DUMONT

Helmut Krausser

# NICHT GANZ SCHLECHTE MENSCHEN

Roman

DUMONT

FSC
www.fsc.org
MIX
Papier aus verantwortungsvollen Quellen
FSC® C083411

Februar 2014

Umschlag: Lübbeke Naumann Thoben, Köln
Umschlagabbildung: © plainpicture / Millenium / Lena Modigh
Satz: Fagott, Ffm
Gesetzt aus der Haarlemmer und der DIN
Druck und Verarbeitung: CPI – Clausen & Bosse, Leck
Gedruckt auf säurefreiem und chlorfrei gebleichtem Papier
Printed in Germany
ISBN 978-3-8321-6257-3

www.dumont-buchverlag.de

*Pray thou thy days be long before thy death,*
*And full of ease and kingdom; seeing in death*
*There is no comfort and none aftergrowth,*
*Nor shall one thence look up and see day's dawn*
*Nor light upon the land wither I go.*
*Live thou and take thy fill of days and die*
*When thy day comes; and make not much of death*
*Lest ere thy day thou reap an evil thing.*

(Swinburne)

Um viele Jahre bitte vor dem Tod,
die sorglos sind und königlich. Im Tod
ist weder Trost noch Nachhinein. Du wirst
den Tag nicht dämmern sehn, es gibt kein Licht,
wohin du gehst. Leb aus der Fülle deiner
Zeit, und wenn dein Tag gekommen ist,
dann stirb. Mach aus dem Tod kein großes Ding,
das boshaft Schatten wirft, wo du noch lebst.

# ZWEI BRÜDER

Am 1. August 1914, dem Tag der Mobilmachung des Deutschen Reiches, als der Kaiser keine Parteien mehr kannte und der Jubel in den Straßen keine Grenzen, wurden, motiviert vor allem durch patriotisch-erhabene Gefühlswallungen – auch weniger hochgestochene Beweggründe spielten eine gewisse Rolle – in Potsdam zwei Brüder gezeugt, die am 26. Februar des darauffolgenden Jahres im Abstand weniger Minuten den Leib der erschöpften Mutter verließen.

Der zum Doppelvater beförderte Erzeuger, der fünfzig Jahre alte Amtsgerichtsrat Theodor Loewe, gab seiner Frau Hedwig, sobald es der Arzt ihm erlaubte, einen salzigen Kuß auf die Stirn, denn Tränen der Rührung, die ihn übermannten, waren von den Aug- zu den Mundwinkeln geflossen, und er fühlte sich keineswegs verpflichtet, diese Zeichen entschiedener Anteilnahme schamhaft wegzuwischen.

Am 3. März 1915 wurden die beiden Nachwuchsdeutschen in der St. Peter und Pauls-Kirche auf die Namen Max und Karl getauft, von einem katholischen Priester, der nach dem Herunterbeten der üblichen Formeln seiner Hoffnung Ausdruck verlieh, hier wüchse das Wertvollste heran, was das Reich in dieser schicksalhaften Lage benötige. Männliche Zwillinge von hörbar robuster Natur (er lächelte breit) seien ein Zeichen, ein gutes Zeichen, ein den Sieg verheißendes Gottesgeschenk. Theodor Loewe, kein sehr gläubiger Mensch, wunderte sich über das bellizistisch-rekrutierende Gerede des Pfaffen. So viel Welthaltigkeit schien nach seinem Geschmack zu einem vor allem spirituellen Akt nicht zu passen. Wenn er seinen Söhnen den Ritus der Taufe auch sicherheitshalber nicht hatte vorenthalten wollen, schaden konnte es ja nichts, befremdete, ja verstörte ihn die Idee, hier werde von einem Vertreter der Geistlichkeit über künftiges Kriegspersonal spekuliert. Gleich nach der Zeremonie, als die aus Sachsen und Brandenburg angereisten Verwandten sich mit den Säuglingen vor dem Kirchenportal fotografieren ließen, umarmte Theodor seine Hedwig liebevoll und raunte ihr ins Ohr, daß weder Max noch Karl jemals erfahren dürften, wer von beiden zuerst das Licht des Kreißsaals erblickt habe. Sie sollten nicht mit einer Erbfolgenummer gebrandmarkt sein, sondern absolut gleichberechtigt aufwachsen. Hedwig raunte zurück, daß das exakt ihrer Ansicht entspreche, schon weil sie selbst situationsbedingt nicht aufmerksam genug gewesen sei, um mit letzter Sicherheit sagen zu können, ob sie nun zuerst Max oder Karl herausgepreßt habe. Die beiden blutverschmierten Kreatürchen hätten sich von Anfang an zum Verwechseln geähnelt.

Hedwig Loewe fand es selten sinnvoll zu lügen, aber in diesem Fall machte sie eine Ausnahme. Es war definitiv Max gewesen, der als erster den Mut besessen hatte, sich kopfüber in den Geburtskanal zu stürzen. Und die Schwestern, die dem Arzt assistierten, hatten Max sogleich ein dementsprechendes Leistungsabzeichen an die Zehe geheftet. Kein Zweifel möglich. Hedwig, eine engelhaft niedliche, zart gebaute und meist gutgelaunte Frau von dreißig Jahren, sympathisierte mit den aufregend neuen, beängstigend demokratischen Ansichten ihres deutlich älteren Gatten, den sie aus Vernunftgründen geehelicht, dann jedoch schnell liebgewonnen hatte. Er war auf seine Weise ein ehrlicher und anständiger Mann. Wobei das nicht alle so beurteilt hätten.

Die Loewes lebten während des für Deutschland immer unglücklicher verlaufenden Völkerringens relativ komfortabel in einer Sieben-Zimmer-Wohnung in der Nähe des Nauener Tors und konnten sich selbst während der härtesten Entbehrungszeit zwei Bedienstete leisten, ein Zimmer- und ein Kindermädchen. Von beiden machte Theodor Loewe körperlichen Gebrauch. Hedwig nahm ihm das aber nur anfangs und pro forma übel, sie war ja eingeweiht. Theodor hatte ihr freimütig von seinem Leiden berichtet, mittlere bis schwere, sagte er, und seine Stimme zitterte, Satyriasis, er könne nicht anders, nein, mit Liebe habe das nichts zu tun, es handle sich eher um die Verrichtung kloakischer Bedürfnisse, um eine Art sexuellen Brechdurchfalls.

Hedwig war dafür, die Menschen zu nehmen, wie sie sind. Wenn einer über vierzig ist, schrieb sie ihrer Mutter einmal, änderst du ihn nicht mehr.

Insgeheim war Hedwig sogar froh, um nicht zu sagen: heilfroh, selbst nur noch an hohen Feiertagen sogenannte eheliche Pflichten auf sich nehmen zu müssen. Dergleichen hatte ihr selten Genuß, oft aber Schmerzen bereitet. Insgesamt gesehen war – und blieb – Theodor Loewe eine gute, ja prächtige Partie für das aschblonde Fräulein, eine Handwerkerstochter mit blassem Teint und Sommersprossen. Die Eheleute hatten sich alsbald für getrennte Schlafzimmer entschieden, nicht zuletzt, weil Hedwig oft heftig träumte und dabei um sich schlug, während ihr Gatte regelmäßig und ohrenbetäubend schnarchte. Mehr ist ihm nicht vorzuwerfen, schrieb Hedwig an die Mutter, wir haben soviel Freude aneinander am Tag, daß man in der Nacht dem Glück getrost eine Pause gönnen darf.

Lene, das Zimmer-, und Albertina, das Kindermädchen, besaßen noch weniger Grund, sich zu beklagen. Beide vergötterten den geistvollen, oft witzigen Juristen. Er hatte ihnen nicht nachstellen müssen, sie hatten sich ihm, unabhängig voneinander, nachgerade aufgedrängt – und wurden von Theodor Loewe für ihre Sonderleistungen großzügig entlohnt. Die beiden alleinstehenden jungen Frauen konnten die schlimmen letzten Kriegsjahre behütet verbringen, ohne existentielle Ängste zu erdulden. Und Theodor wußte seine außerehelichen Aktivitäten lange so geschickt zu arrangieren, daß beide, Lene wie Albertina, sich für seine einzige Geliebte hielten. Bis eines Nachts das Unvermeidliche geschah. Lene betrat ohne zu klopfen Theodors Schlafzimmer, wollte sich an ihn schmiegen, draußen donnerte es, und sie tastete nach seinem Leib, woraufhin eine schrille weibliche Stimme erst für Verwirrung, dann für Klarheit sorgte. Theodor bemühte sich vergebens, die beteiligten Parteien an einen Tisch, besser gesagt, in ein Bett zu bringen. Ihm blieb nichts übrig, als die ungeraden Kalendertage Lene, die geraden Albertina zu widmen und beide darum zu bitten, sich mit den Gegebenheiten abzufinden. Er rechnete darauf, daß die Mädchen im Angesicht des Krieges vernünftig und kompromißbereit sein würden. Das waren sie denn auch, eine gewisse Zeit über, aber sie blieben – Krieg hin oder her – Frauen.

Hedwig, die stets informiert war über die Lage, registrierte anfangs einigermaßen amüsiert, wie ihre weiblichen Domestiken aufeinander immer eifersüchtiger wurden, sich bald gegenseitig ins Pfefferland wünschten – und erst als der Loewesche Haushalt unter dem Konflikt zu leiden begann, bat sie den Gatten um einschneidende Maßnahmen zur Säuberung des, wie sie es nannte, entstandenen Saustalls.

Theodor Loewe erbat sich Bedenkzeit. Er liebte seine Hedwig, was uneingeweihte Beobachter vielleicht überrascht hätte, bedingungslos, und war selbst alles andere als froh über die entstandene Situation. Just in jener Ära gewaltigster politischer und gesellschaftlicher Umbrüche, als die alte Ordnung immer hilfloser dem Chaos wich, wurde er befördert und als Richter an den obersten preußischen Strafgerichtshof nach Leipzig berufen.

Was bedeutete, daß er in letzter Instanz Todesurteile bestätigen und Gnadengesuche ablehnen mußte, die eigentlich dem Kaiser zur Prüfung hätten vorgelegt werden sollen. Dieser indes hatte weiß Gott anderes zu tun, als sich in derart niedere Angelegenheiten einzumischen. Theodor Loewe wuchs über sich hinaus. Er weigerte sich, Dienst nach irgendeiner stillschweigend getroffenen Vorschrift zu leisten. Das Wesentliche an Preußen war ja eben die Vorschrift an sich, und was nicht von Vorschriften penibel geregelt war, besaß Zukunft, konnte so oder so interpretiert werden. Loewe tat alles, um etliche Akten neu zirkulieren zu lassen, er verschleppte Verfahren, überschätzte den ihm gegebenen Handlungsspielraum und rettete mit jener Selbstüberschätzung doch mindestens fünf in minderschweren Fällen angeklagten Mitmenschen das Leben, in einer Zeit, da zum höheren Wohl der Allgemeinheit angeblich Exempel statuiert werden mußten. Sein Engagement trug ihm in Kollegenkreisen einen fragwürdigen Ruf ein, als Besserwisser und Weichling, als subversives Element, und nach nur drei Monaten der Amtsausübung wurde er im Oktober 1918, vom Kaiser höchstpersönlich, das behauptete jedenfalls die Verabschiedungsurkunde, zurück nach Potsdam und in den Ruhestand geschickt.

Max und Karl, übrigens keine eineiigen Zwillinge und schon gut voneinander zu unterscheiden, waren da gerade dreieinhalb Jahre alt und übten sich in ersten Denkversuchen. Weil ihr Vater selten die Zeit erübrigen konnte, sich ernsthaft mit ihnen abzugeben, pflegten sie ein um so innigeres Verhältnis zur Mutter, doch letztlich war es Albertina, das Kindermädchen, das den entscheidenden Grundstein für die künftige Entwicklung der Brüder legte. Sie brachte ihnen, noch bevor sie eingeschult wurden, das Lesen bei, was zufällig geschah, aus Mangel an Spielzeug. Albertina schnitt die Schlagzeile der täglichen Zeitung aus, zerteilte diese mit der Schere in einzelne Buchstaben und forderte von den Buben, sie möchten jene Schnipsel wieder in eine sinnvolle Reihenfolge bringen. Beide, Max wie Karl, bewiesen außerordentliches Talent, sie waren im Alter von vier Jahren bereits fähig, mittels ausgeschnittener Buchstaben einen Geburtstagsgruß an die Mutter zu formulieren. Auch wenn das Ergebnis visuell einer anonymen Drohung glich, reagierte Hedwig mit geballtem Mutterstolz auf die erste schriftliche Botschaft ihrer Kinder, WIR HABEN DICH SO LIEB MAMA, die doch weniger zu Mutters Geburtstag gratulieren als auf sich aufmerksam machen wollte. Lene, der Kammerzofe, war gekündigt worden, statt ihrer bestellte nun eine kartoffelnasige und als erotisches Beutegut nicht ernstzunehmende Amalie das Haus. Im November 1918 war das Deutsche Reich am Ende, es folgte der Verzicht des Kaisers auf den Thron und alle Staatsämter, während Anfang Januar 1919 der Richter Loewe seinen vorherigen Posten überraschend zurückbekam.

Es hatte eine Revolution gegeben, Deutsche hatten auf Deutsche geschossen, und Revolution wie Gegenrevolution beurteilten, in der Eile, die beiden charakteristisch ist, das dringend benötigte Personal nach eher plumpen Kriterien. Einer, den die alte Ordnung boshaft aussortiert hatte, konnte naturgemäß kein Feind der neuen Unordnung sein. So grobschlächtig dachte man auf Seiten der Umstürzler, egal, ob sie als heilbringende Linke auf die verderbte Rechte einschlugen oder umgekehrt. Viele, die einfach nur Krawall machen wollten, fanden sich, zu jedem Spaß und Raubzug bereit, auf irgendeiner Seite wieder. Allen gemeinsam war alsbald die Wut auf Theodor Loewe, der, anscheinend grundfeige, sich nirgendwo positionieren mochte. Die Leiche Rosa Luxemburgs war aus dem Landwehrkanal noch nicht wieder aufgetaucht, als Loewe im April 1919 erneut und diesmal endgültig in Rente geschickt wurde, was ihn ganz froh stimmte, denn die Zeit war seine nicht mehr, sie war ihm ebenso endgültig über den Kopf gewachsen, blieb unübersichtlich, auch im Rückblick, und er beschloß, sich künftig mehr um seine Söhne zu kümmern, was er, wie er sich eingestand, längst einmal hätte tun sollen.

Zwar schlief er manchmal noch mit Albertina, aber es war nie mehr wie früher, als er neben ihrem Körper auch ihre unmittelbare Dankbarkeit und Verehrung genießen durfte. Inzwischen war Albertina zu einer Art Familienmitglied geworden, oder betrug sich zumindest so, mit einem Selbstbewußtsein, als seien ihr aus Gewohnheit allerlei Rechte erwachsen. Als die Loewes im Sommer 1920 zur ersten Urlaubsreise nach dem Krieg aufbrachen, nach Ahrenshoop an der Ostsee, begehrte sie ernsthaft, mit Theodor das Hotelzimmer zu teilen. Das ging nicht an – Hedwig erhob Einspruch, wenngleich sie in ihrer natürlichen Gutmütigkeit zu allerhand Kompromissen bereit war. Sie sei einverstanden, schlug sie vor, wenn Albertina nach Mitternacht heimlich mit ihr den Platz tausche, solange diese tagsüber vor der Welt, ohne Ansprüche und Allüren, die Bedienstete spiele, die sie ja nun mal sei. Auf diese Weise könne jede der beteiligten Parteien nach Lust und Gusto leben, ohne vor den Argusaugen der Öffentlichkeit ihr Gesicht zu verlieren. Genau so wurde es gehandhabt. Max und Karl, die in einem eigenen Zimmer schliefen, bekamen die nächtlichen Rochaden mit und stellten diesbezüglich Fragen. So modern, um die Ménage à trois offen auszuleben, waren die Loewes nicht, selbst Albertina hätte sich dabei unwohl gefühlt. Theodor dachte lange darüber nach, wie eine Lösung aussehen könnte, und eines Morgens, am letzten Tag vor der Heimreise nach Potsdam, erklärte er Hedwig, daß sein Trieb nicht länger unter jenen gewissen Bedürfnissen leide, denen ein jüngerer Mann wehrlos ausgesetzt sei, weshalb er sich zum Entschluß durchgerungen habe, Albertina zu kündigen. Er wolle ihr eine großzügige Abfindung zahlen, sie sei noch – einigermaßen – jung und könne, mit etwas Glück, bald einen passenderen Mann fürs Leben finden. Hedwig Loewe reagierte gerührt, doch auch erschrocken darüber, wie kaltherzig Theodor eine Frau, die ihm einige Jahre viel bedeutet hatte, nun abzuschieben gedachte. Sie redete ihrem Gatten ins Gewissen, sich das sorgfältig zu überlegen, denn immerhin würde sie mit Albertina nicht nur eine Konkurrentin verlieren, sondern vor allem eine Freundin, ja eine nicht so schnell zu ersetzende Vertraute. Theodor Loewe wunderte sich über seine Hedwig nicht schlecht. Ihr Edelmut erschien ihm beinahe grotesk und nicht von dieser Welt. Aber wie so viele unfreie Väter entschied er letztendlich zu Gunsten seiner Kinder, die in geordneten, geklärten Verhältnissen aufwachsen sollten.

Albertina fiel aus allen Wolken, als ihr das Abfindungsangebot unterbreitet wurde. Sie sollte künftig in Berlin leben, als Eigentümerin einer Zwei-Zimmer-Wohnung im Elendsstadtteil Moabit, und während der kommenden fünf Jahre monatlich fünfzig Mark erhalten. Ein Vorschlag, der vom neutralen Standpunkt aus recht großzügig genannt werden muß. Eigentlich hätte Albertina nichts zu erwarten gehabt, schlicht nichts, Punkt. Ihr Dienstherr, wäre er ein schlechter Mensch gewesen, hätte ihr kündigen, sie ohne einen Becher Wasser in die Wüste schicken können, sozusagen. Dann – und nur dann hätte Albertina Grund gehabt, sich zu beklagen, zu zetern und zu schreien. So aber blieb ihr, und darin bestand die subtile Brutalität der Offerte, nichts anderes übrig, als wortlos anzunehmen, was ihr geboten wurde. Natürlich beklagte sie sich dennoch, zeterte und schrie, aber die Flüche und Drohungen, selbst ihre flehentlichen Bitten, vermochten Theodor Loewes reines Gewissen nicht zu verletzen. Albertina fand alsbald eine neue Stelle als Garderobiere, und für die Zukunft war sie als Wohnungseigentümerin gewappnet. Nur besaß sie eben, außer dem unerbittlich herannahenden Alter, keine nennenswerte Zukunft mehr, schon gar nicht jene, die sie sich zwischendurch einmal eingebildet und angemaßt hatte, als Zweitfrau eines bedeutenden Staatsbeamten, dessen Kind sie einst beinahe, hätte er nicht immer so akkurat aufgepaßt, ausgetragen hätte. Sie wurde nie mehr wirklich glücklich, verfiel dem Alkohol, lebte aber noch dreißig Jahre lang unscheinbar dahin, bis sie im Januar 1950 erst einen Herzinfarkt, danach ein Armengrab bekam.

Im Herbst 1920, mit fünfeinhalb Jahren, wurden die Söhne der Loewes eingeschult. Sie überraschten ihre erste Lehrerin, das schmallippige Fräulein Koch, durch flüssiges Lesen und die sichere Beherrschung des kleinen Einmaleins. Letzteres hatte ihnen ihr Vater beigebracht. Um ihm eine Freude zu bereiten, waren die Buben oft eine halbe Stunde früher aufgestanden und hatten sich gegenseitig Zahlen an den Kopf geworfen, die multipliziert werden mußten. Wer den ersten Fehler beging, verlor an den anderen das Recht, vom Vater im Huckepack zur Haustür befördert zu werden, und sie haßten es, wenn der Vater als Spielverderber auftrat und auch noch den Verlierer auf seine Schultern nahm.

Max und Karl, wiewohl sie unzertrennlich waren und immer füreinander da, gestalteten ihren gemeinsamen Werdegang von Beginn an als brüderlichen, aber sehr ernst genommenen Wettkampf. Den Rat des Vaters, sich stets einen Vorsprung gegenüber den Mitschülern zu erarbeiten, um es später einmal leichter zu haben im Leben, hatten sie gewissenhaft verinnerlicht. Man hätte dabei nicht behaupten können, sie seien dazu von einem ehrgeizigen Erziehungsberechtigten angestiftet worden, nein. Der Wunsch, über den anderen hinauszuwachsen, beherrschte beide gleichermaßen. Wäre einer der beiden deutlich und dauerhaft ins Hintertreffen geraten, hätte der andere seinen Ehrgeiz vielleicht gezügelt, aus Mitgefühl, aus Scham, wer weiß. So aber gab es keinen Grund dafür, sie erwiesen sich in den meisten Fällen als ebenbürtig. Theodor Loewe konnte seine Söhne eine Zierde des jungen Deutschland nennen, ohne je Widerspruch hinnehmen zu müssen. Aufgrund ihrer häuslich erworbenen Kenntnisse durften sie denn auch beide die zweite wie auch die vierte Klasse der Grundschule überspringen, wurden vom dankbaren Vater an Weihnachten mit der Karl-May-Gesamtausgabe und je einem Fahrrad belohnt. Hedwig Loewe, die als einzige zur Mäßigung riet – erfolglos –, erkrankte im Jahr 1923 an Krebs. Weil sie die Amputation ihrer linken Brust immer wieder hinausschob, starb sie schnell und schmerzhaft. Bei der Beerdigung weinten Max und Karl, trauerten um die tote Mutter und stellten zugleich die Frage, ob Albertina nun nicht zurückkehren könne. Theodor Loewe gab, am Boden zerstört, seinen Söhnen keine Antwort. Er war in einem Alter, in dem man die eigene Zeit der Unreife so gut vergessen hat, daß kindliche Pragmatik einem unheimlich und taktlos vorkommen muß. Max und Karl hingegen konnten nicht verstehen, warum ihr Vater künftig lieber ohne eine Frau an seiner Seite leben wollte. Sie vermißten die fürsorgliche Zärtlichkeit, die sie sowohl von der Mutter als auch von Albertina erfahren hatten. Äußerlich wirkten sie kaum noch wie Zwillinge. Das kam, weil Karl einen viel größeren Appetit entwickelte als der oft kränkelnde Max. Auch in ihren Frisuren unterschieden sie sich auffallend. Max' Haar war glatt und spröde und schien viel weniger schnell zu wachsen als die wuchernde, immer leicht fettig schimmernde Lockenpracht seines Bruders. Eine genetische Merkwürdigkeit, und nicht die einzige.

Beider Lieblingsfach war zum Befremden des Vaters weder Deutsch noch Mathematik, sondern – ausgerechnet – Religion. Sie ahnten früh, daß es hier um etwas nicht klar Faßbares ging, fanden sich mit vielen Behauptungen konfrontiert, mit denen sich wunderbar spielen und spekulieren ließ. Warum Jesus immer mit langen Haaren dargestellt werde, fragten sie ihren Lehrer, Herrn Vogel, wo doch der Apostel Paulus solche Frisuren ausdrücklich kritisiert hätte. Und warum nicht alle Männer in christlichen Ländern Jesus nacheifern würden, statt alle drei Wochen zum Friseur zu gehen? Sie fragten auch, woher man denn wissen könne, daß Jesus Gottes einziger Sohn gewesen sei. Aus der Lektüre der griechischen Götter- und Heldensagen wußten sie, daß der inzwischen abgesetzte Zeus in etlichen Verkleidungen vielfach für Nachwuchs unter menschlichen Frauen gesorgt habe. Der christliche Gott dagegen habe sich nur einmal hinreißen lassen, eine Ehe zu brechen? Vielleicht seien die anderen Male ja unentdeckt geblieben? Für solche Fragen und Äußerungen bekamen sie mächtig Ärger, und Theodor Loewe wurde dringend gebeten, die Elternsprechstunde zu besuchen. Dort beklagte man sich pflichtgemäß über die vorwitzigen Brüder, aber bei allem Unmut klang auch der Respekt durch, den achtjährige, zur Blasphemie neigende Kinder sich weißgott verdient haben. Theodor Loewe mußte lachen, als man ihm vortrug, auf welche Weise seine Söhne zu verdächtigen Subjekten geworden waren, und schlußendlich lachte der Schuldirektor mit, was auf Kosten des Lehrers Vogel ging, der in seiner senilen Renitenz einfach nicht zu begreifen gewillt war, um welche Ausnahmetalente hier Debatten entstanden. Max und Karl sollten, fand der Schuldirektor, nachdem er mit Loewe Senior im Kaiserkeller ein paar Gläser Riesling getrunken hatte, unbedingt auf eine bessere Schule gehen, die ihren Anlagen, welche man bemerkenswert, wenn nicht gar aufsehenerregend nennen müsse, eher entspräche. Er schlug das neugegründete Jesuitenkolleg vor, als härteste denkbare Zuchtanstalt, die die beiden Himmelsstürmer entweder bändigen oder zu neuen Ruhmestaten anstacheln könne. Loewe, schon etwas betrunken, willigte ein, und der Religionslehrer Vogel, ein banaler Mensch von bequemlicher Denkart, war einfach nur froh, die Kinder loszuwerden. Allen schien damit gedient.

Im Potsdamer Jesuitenkolleg herrschte eine strenge Zucht. Die Prügelstrafe war beliebt und gefürchtet zugleich. Nachts, im Schlafsaal, tobten sich etliche Schüler aus, holten nach, was der Tag ihnen vorenthielt. Es bildeten sich Banden, die um die Vorherrschaft kämpften und alle, die nicht dazugehörten, als potentielle Sklaven betrachteten. Max und Karl wurden früh mit Tatsachen konfrontiert, deren Verständnis eher der Spätpubertät vorbehalten sein sollte. Sowohl von seiten einiger präpotenter Mitschüler wie auch einzelner Lehrkräfte wurden, auf subtile oder drastische Art, Begierden an sie herangetragen, mit denen ihre jungen Seelen nicht umzugehen wußten. Miteinander darüber zu reden, vermieden die ansonsten so vertrauten Brüder, geschweige denn, daß sie sich einem Außenstehenden, und sei es dem Vater, offenbart hätten. Sie verstanden allerdings ganz gut, daß sie sich mit einer gewissen Willfährigkeit Vorteile verschaffen konnten, während sich sperrig zu geben, unmittelbare Nachteile mit sich brachte, in Form von unverdient schlechten Noten und noch sadistischerer Repressalien.

Lehr- seien keine Herrenjahre, meinte der Vater stets, wenn sie über das ihnen zugemutete Pensum klagten. Ihm genügte zu wissen, daß die Söhne – nach anfänglichen Schwierigkeiten – Fuß gefaßt hatten im System und ihren Notendurchschnitt auf das von ihnen gewohnte Niveau trieben. Überaus gern bekam er zu hören, daß es im Kolleg eine Mehrzahl latenter Atheisten gab, die die Theologie als eher theoretisches Spiel betrieben. Den leisen Hinweis, daß es sich bei einigen jener Gottlosen um überzeugte Hedonisten altgriechischer Natur handeln müsse, überhörte Loewe. Was verstünden Neunjährige denn schon von *Hedonismus*? Ein irgendwo aufgeschnappter Begriff, der zu Preußen nicht paßte.

Karl aß sehr viel, als ahnte er, daß ein dickes Kind weniger attraktiv wirken würde.

Und wirklich wurde er fortan in Ruhe gelassen.

An seinem zwölften Geburtstag trat er dem Potsdamer Schachclub *Steinitz* bei, wofür er eine Sondererlaubnis der Schule erbitten und eine Einverständniserklärung seines Vaters vorlegen mußte. Üblicherweise war es für Unter-Sechzehnjährige undenkbar, das meist verrauchte Ambiente eines Schachlokals zu betreten. In letzter Zeit hatte man auf höchster, heißt: ministerieller Ebene umgedacht, um die Vormachtstellung Deutschlands im Weltschach nicht weiter zu gefährden. Gerade bei Zöglingen zwischen acht und zwölf Jahren könne bei intensiver Betreuung der größte Leistungsschub erreicht werden. Dank der deutschen Weltmeister Steinitz und Lasker und der Vizeweltmeister Janowski und Tarrasch genoß das Schachspiel in jener Epoche hohes Ansehen im Reich, und es war eben erst zum Eklat gekommen – Emanuel Lasker hatte 1924 die Weltmeisterschaft gegen den Kubaner Capablanca verloren. Maßnahmen waren erforderlich.

Nach einigem Hin und Her wurde Karl gestattet, an Freitagen von 15 bis 18 Uhr das Schulgelände zu verlassen, um im Hinterzimmer des Café Hohenlohe Schachunterricht zu erhalten. Prompt wurde er bei seiner ersten Teilnahme Jugendvereinsmeister, setzte sich gegen ein halbes Dutzend älterer Jugendlicher mühelos durch. Karl besaß für alle Arten von Brettspielen außerordentliches Talent. Mit ein wenig mehr Fleiß hätte er es zu einer Schach-Karriere bringen können, allein, soviel Freude er auch daraus zog, komplizierte Eröffnungen zu studieren und vertrackte Probleme zu lösen, so sehr kam ihm das Spiel auch als ein – wenn auch erhabener – Weg vor, das wirkliche Leben zu versäumen, zu vertändeln. Ältere Männer, die das reale Leben gegen eines zwischen Läufern, Türmen und Springern eingetauscht hatten, entsetzten ihn regelrecht. Er verzichtete infolgedessen auf Wettkämpfe und weitere Meisterschaften, zog sich aus dem Vereinsleben zurück. Nur manchmal noch, wenn er glaubte, sich eine Pause von seinen philosophisch-politischen Studien gönnen zu dürfen, holte er das kleine klappbare Taschenbrett hervor, baute irgendeine komplexe Problemstellung auf und ruhte nicht eher, bis er die Lösung gefunden hatte. Max hingegen war so gar kein Spieler. Abgesehen von ein wenig Rommé und Canasta im Urlaub mit den Eltern hatte er nie Karten in der Hand gehalten, selbst wo es in der Schule zum guten Ton gehörte, in den Pausen, nachts im Schlafsaal, ja manchmal sogar während der Schulstunden heimlich unter der Bank Skat zu spielen, um einen viertel Pfennig pro Punkt. Er hatte als Kind nicht einmal Murmeln besessen. Auch als Sportler zeigte er keinerlei Ehrgeiz. Die Turnerei war ihm gar so verhaßt, daß er sich strikt weigerte, Reck, Bock und Barren auch nur zu berühren. Er hockte sich abseits und ließ sich eine Vier geben. Und Rutenschläge auf den entblößten Hintern.

Anfang Februar 1928 kam es zum Skandal am Potsdamer Jesuitenkolleg. Ein Lehrer für Latein und Altgriechisch, Jonathan Fink, noch keine dreißig Jahre alt, entschloß sich zum Freitod durch einen Sprung in die eiseskalte Havel. In seinem Nachlaß wurden Dutzende nie abgeschickte Liebesbriefe an Max Loewe gefunden. Niemand war gewillt, darum ein Aufhebens zu machen, bis auf Jonathan Finks langjährige und vor der Welt geheimgehaltene Braut Anna Tritt, die erst auf der Herausgabe seiner persönlichen Habe bestand und dann, verständlicherweise, Aufklärung darüber begehrte, was mit ihrem Bräutigam los gewesen war. Sie konfrontierte den eben dreizehn gewordenen Max mit jenen Briefen, wobei sie ihm nur ein paar jugendfreie Passagen – im Grunde die einigen wenigen jugendfreien Passagen – auf einer Parkbank vorlas. Max tat erstaunt, als begriffe er überhaupt nicht, womit er es hier zu tun habe. Nein, der Herr Fink habe sich ihm nie indiskret genähert, was sie denn mit ›genähert‹ eigentlich meine? Diese Auskunft genügte dem dreiundwanzigjährigen Fräulein Tritt, um vorerst Ruhe zu finden. Jonathans Faible für den Jungen war demnach *minniglich* (wie sie es nannte) und platonisch gewesen, und die in den Briefen nicht etwa nur angedeuteten sodomitischen Sauereien hatten nie aus der Fantasie ins Reale gefunden, Gott sei Dank.

Die Wahrheit behielt Max für sich. Jonathan Fink hatte dem Jungen gegenüber sehr wohl seine obsessiven Gefühle offenbart und sich auch an ihm vergangen, sogar mit anfänglichem Erfolg, sofern man unter Erfolg verstehen konnte, daß die Begierde mehr auf Neugier als auf Gegenwehr stieß. Bis Max, dem das alles irgendwann über den Kopf wuchs, der täglich befürchten mußte, daß die Mitschüler dahinterkämen, endlich und deutlich Nein sagte. Was nicht genügte. Erst als Max genügend schriftliche Beweise für die Aberrationen seines Lehrers gesammelt und ihm gedroht hatte, diese publik zu machen, kam die Affäre zu einem Ende. Jonathan Fink, der unter fürchterlichen Seelenqualen litt und sich das frigide (so behauptete er) Fräulein Anna stets nur als Alibi vor sich selbst warmgehalten hatte, zog Konsequenzen, mit denen nicht zu rechnen gewesen war.

Max weinte nicht. In ihm war alles wie betäubt, die Todesnachricht nahm er äußerlich beinahe gleichgültig auf, wie jemand, der noch Angst haben muß, sich durch eine übertriebene Reaktion zu verraten. Sobald er wieder zu einem klaren Gedanken fähig war, zeigte er sich erstaunt, wie wenig genügt hatte, um einen erwachsenen Menschen derart und für immer aus der Bahn zu werfen. Statt eines Schuldgefühls erfüllte ihn der Suizid sogar mit einem gewissen Stolz, für den er sich, wie ihm durchaus bewußt war, hätte schämen sollen.

Gerne wollte er mit seinem Bruder darüber diskutieren, traute sich aber nicht. Zu vieles war bislang verschwiegen worden. Max hätte einiges berichten, beichten können, die sattsam bekannte Geschichte eines närrisch begehrten, ausgenutzten Zöglings.

Daß er Fink gemocht, bisweilen gar verehrt und etliche seiner angeblich so verderblichen Handlungen weidlich genossen hatte, war eine ganz andere Geschichte. Die dunkle Hälfte der Wahrheit, die er niemandem erzählen konnte.

Jonathan Finks gesammelte Briefe hätte Max verbrennen können, tat es aber nicht. Im Gegenteil – als nach dem Fund der Leiche das Zimmer des Lehrers tagelang unverschlossen war, betrat er es und legte das Briefkonvolut in einer der Schubladen ab. Vielleicht, um sich wichtig zu machen, vielleicht aus edleren Motiven – Max hätte das nicht begründen können. Damals nicht, auch später nicht. Karl, an dessen Ohren einige Gerüchte gedrungen waren, kommentierte den Tod des Lehrers mit einer Brutalität, zu der nur grüne Jungs fähig sind. Eine Schwuchtel weniger, sagte er, Schwamm drüber. Max gab keine Antwort. Aber aus seinen Augen blitzte Empörung.

Mit Beginn der Pubertät nahm der bis dahin sportlich-friedliche Zweikampf der Loewe-Brüder gallige Züge an. Sie eroberten sich die Welt der großen Gedanken durch fanatische Lektüre grade jener Bücher, die ihnen keine Lehrkraft als altersgerecht empfohlen hätte. Karls damals bester und einziger

Intim-Freund Johann Münchinger, ein denkfauler Revoluzzer, dem es vor allem darum ging, die Obrigkeit zu provozieren, machte ihn auf die Schriften von Liebknecht und Marx aufmerksam. Karl, der sich erst an Schopenhauer (zu negativ), dann an Hegel versucht hatte, aber ohne Genuß, weil noch ohne tieferes Verständnis, sog die ihm viel plausibler erscheinenden Texte von Marx, später auch Lenin, gierig auf, er wußte von nun an bescheid über die kommenden Erfordernisse. Alles, restlos alles, war ihm klar geworden. Er verstand die Welt und ihre Defizite. Wußte, wie ihr zu helfen sein würde. Max war längst nicht soweit. Karls Erleuchtungsgehabe rief seinen Spott hervor. Auch Neid spielte eine gewisse Rolle. Die ehemals einander so verbundenen Brüder wurden, wenn auch noch im Mantel einer spielerischen Form, von Rivalen zu Gegnern. Denken war so eine feine Sache. Am Ende eines jeden Tages dachte man besser, tiefer, anders – und was bis dato als gesichert galt, das galt nichts mehr, war nurmehr Müll, der überwunden und entsorgt sein wollte. Die Selbstherrlichkeit allen anfänglichen Denkens gestaltete die Pubertät der Loewe-Brüder zu einem frivolen Spiel vermeintlicher Allmacht, geliehener Überlegenheit. Ein Rausch, dem nichts gleichkam.

Als Max sich vom radikalen Freiheitsbegriff des damals längst toten, aber in Mode kommenden Philosophen Stirner beeindruckt zeigte (nicht etwa überzeugt, nur eben beeindruckt), meinte Karl trocken, der sei an einem Insektenstich gestorben, und das nicht etwa im Dschungel, sondern mitten in Berlin. Max reagierte ob der substanzlosen Sottise beleidigt. Als sei aus Stirners Denken ein Luftballon erwachsen, der beim ersten Mückenstich zerplatzen müsse – Karls rücksichtsloses Von-Oben-Dahergerede war schwer zu ertragen.

Max liebte es, Schopenhauer zu lesen, allein er wußte daraus keine praktischen Schlüsse zu ziehen, es sei denn, gegen fast alles Mißtrauen zu hegen und der Lebenslust, vor allem in Form jugendlicher Gestaltungssucht, nicht zu vertrauen. Max fühlte sich, gerade dadurch, daß er noch kein System, keine höhere Wahrheit gefunden hatte, die er als Fahne vor sich hertragen konnte, seinem Bruder überlegen. Karls Verhalten erklärte er sich folgerichtig, wenn auch faktisch unzutreffend, mit dessen Frustration, auf dem Weg der geistigen Vervollkommnung nicht Schritt halten zu können. Er hätte sich nicht schlecht gewundert, hätte er erfahren, daß Karl über ihn ganz ähnlich dachte. Mit sogar noch etwas mehr Überheblichkeit.

Nach Jonathan Fink, der ihm Schopenhauer so erfolgreich wie Kant (zu blutleer) erfolglos anempfohlen hatte, wurde Friedrich Nietzsche zum entscheidenden Einfluß für Max. Mit vierzehn Jahren geriet er an ein Exemplar der »Fröhlichen Wissenschaft«, was in eine drei Jahre dauernde Ekstase mündete. Er betrat mit der Lektüre jenes Buches nicht etwa fremdes Terrain, nein. Er empfing eine zweite Taufe, stürmte, zitternden Herzens, den Palast eines Denkers, der alles, was zuvor für sicher und indiskutabel galt, zertrümmert hatte. Der mit dem großen Hammer der Vernichtung philosophierte und seine Leser losließ aufs tabulose Denken an sich. Der jedes Individuum, das ihm verfallen war, in eine von Gemeinplätzen und Vorurteilen unumstellte Zone zwang. Mit seiner Sprache, seinen fast ausnahmslos trinkbaren Sätzen, bewirkte er zugleich, daß sich das aller Sicherheiten beraubte Individuum in der neuen Freiheit nicht nur frei und nackt, sondern sogar wohl und kreativ fühlte, beinahe wie ein junger, aufbegehrender Prometheus, dem alles Allzumenschliche ebenso vertraut wie krank und überwindbar erschien. Bis am Horizont des neuen Denkens der drohende Nihilismus überwunden und eine neue Ordnung der Dinge entstanden sein würde, jenseits der paulinisch-christlichen Moral, der billigen und überkommenen Einteilung in Gut und Böse. Die Unschuld des Werdens, verbunden mit dem Willen zur Macht. Max konnte seinem Bruder endlich eine weit höhere Vision entgegensetzen, und wie so viele Jugendliche unter dem Einfluß dieses Denkers schnappte er über, glaubte sich dazu ausersehen, eines Tages die Papier gebliebenen Gedanken des Riesen in Taten zu übertragen. An ihm würde letztendlich die Umsetzung jener Neu-Ordnung der Welt liegen. Denn niemand sonst begriff Nietzsche so gut wie Max Loewe. Fand Max Loewe, der gebenedeit war unter den Jünglingen. Der sich im Stande der Gnade wähnte, wie alle Beseelten, die ein elitäres Ideal und Dogma für sich gefunden hatten. Denn ER hatte die Himmel geleert, hatte einen schon lange an seiner Ausgedachtheit leidenden Gott getötet und dem verwaisten Menschen dessen Krone aufgesetzt. Max fühlte sich wie einer jener zuvor blinden Sklaven, die plötzlich sehen und urteilen können, weil alle Sichtblenden und Kulissen abgeschafft sind und die Bühne wieder, wie in der Urzeit, das Wesentliche zeigt. Das wüste leere Land vor dem Zugriff der Spießer und Philister, der Moral und Metaphysik. Max war, wie viele seiner Zeitgenossen, auf dem langen Pfad hin zum Übermenschen gelandet und entwickelte eine jugendlich-starke Verachtung gegen alles, was ihn begrenzen, behüten, zurück in herkömmlich-triviale Lebensbahnen lenken wollte. Gott war tot und Nietzsche ein Prophet. Max' Verehrung für den im syphilitischen Wahnsinn gestorbenen Philosophen ging indes noch einen Schritt weiter. Er hielt sich bald für den wiedergeborenen Nietzsche selbst. Denn Nietzsche war um zehn Uhr morgens geboren worden, genau wie Max, und er war auf dem linken Auge etwas kurzsichtiger gewesen als auf dem rechten. Genau wie Max. Da war kein vernünftiger Zweifel mehr möglich.

In diesen Jahren entwickelten sich die Loewe-Brüder in zwei fast gegenläufige Richtungen, wurden sich mehr als nur fremd. Karl, obwohl mehrmals mit Inbrunst darauf hingewiesen, vermochte der Lektüre Nietzsches nicht annähernd ähnliche Begeisterung abzugewinnen. Im Gegenteil. Er nannte dessen Tonfall schwärmerisch und wenig konkret, viel zu sprunghaft, pointiert, rein auf Wirkung geschrieben. Zu metaphorisch für Philosophie, zu aphoristisch für eine systematische Phänomenologie. Sektiererische, elitäre Zuckerwatte, die den einfachen Menschen außen vor ließ, ja verachtete. Max war über diese Beurteilung – Lästerung – derart entsetzt, daß er seinem Bruder eine Ohrfeige verpaßte. Die Brüder hatten noch kein einziges Mal miteinander gerauft oder sich gar geprügelt. Nun wäre es beinahe dazu gekommen. Aber Karl wandte sich nur ab und ging dem Konflikt aus dem Weg, wie jemand, der es nicht nötig hat, seine Überzeugung ohne Not mit Gewalt zu verhandeln.

Max schämte sich hinterher. Nietzsche wäre sicher nie die Hand ausgerutscht. Einen wie Karl zu berühren, und sei es nur mit den Fingerspitzen, wäre IHM nicht eingefallen. Wenn überhaupt, hätte ER ihn über den Haufen geschossen. Dachte Max. Man muß sich von seinen Blutsbanden befreien, hatte Nietzsche irgendwo gesagt. Sinngemäß. Muß sich eine neue Familie suchen, eine rein geistige Verwandtschaft. Alles andere behindere nur die Freiheit, das höchste Gut des Denkens. Max überlegte, von zu Hause auszureißen, in der weiten Welt nach jenem Glück zu suchen, das seiner Euphorie angemessen war. Die Welt erwies sich leider als rückständig. Für die Fremdenlegion war er zu jung. Wo hätte er sonst hingehen können? Und was hätte mit der Fremdenlegion, selbst wenn er sie durch aufpeitschende Brandreden zu Nietzsche bekehrt hätte, erreicht werden können? Zähneknirschend beschloß Max, noch einige Jahre auszuharren, bevor das erste Fanal möglich wurde, das erste zu setzende Zeichen auf dem Weg in die völlige Unabhängigkeit. Er war zu jener Zeit wild entschlossen, mehr aus seinem Leben zu machen als irgendein Mensch zuvor. Den Zarathustra vermochte er auswendig herzusagen, er hätte sich vor keiner Diskussion mit belesensten Nietzsche-Exegeten gescheut.

Erst die Gier auf das Mädchen Irmgard, eine drahtige Blondine aus der Nachbarschaft, die Max mit ihrer kleinen Lücke zwischen den oberen Schneidezähnen schier wahnsinnig machte, brachte ihn der rückständigen Welt und dem verdorbenen Bruder wieder näher. Denn ausgerechnet Karl, als wollte er den Bruder ärgern, lud Irmgard, dieses geistig schlichte Gezücht einer Arbeiterfamilie, ins Kino ein, sie sahen sich Chaplins *The Kid* an, lachten und weinten zusammen, und am Ende bekam Karl zum Dank für den gelungenen Nachmittag einen Kuß auf die Wange. Wovon er Max voller Stolz, nicht ohne Bosheit, berichtete und das Geschehene sogar ein wenig ausschmückte. Irmgards verschwitzter Handteller habe, behauptete Karl, heiß auf seinem Nacken gelegen, sie habe ihn an sich herangezogen, und er hätte seine Zunge in ihren Mund stekken können, wenn ihm dergleichen nicht als zu frühe Verpflichtung vorgekommen wäre. In der darauffolgenden Nacht bekämpfte Max seine Eifersucht durch exzessive Masturbation, fand sich endgültig zurückgeschleudert in die Allzumenschlichkeit des Daseins. Irmgard, und das war die eigentliche Tragik der Episode, konnte mit dem etwas schüchternen, ungelenken Karl wenig anfangen, es kam nie zu mehr als jenem scheuen Wangenkuß. Wenn Max, den sie ungleich interessanter fand, sie fortan nicht demonstrativ geschnitten, wie eine Unterleibskranke behandelt hätte, wäre sie ihm aller Wahrscheinlichkeit nach verfallen, und er hätte seinen Wunschtraum, einmal mit der Zungenspitze in ihrer Zahnlücke zu wühlen, in die Tat umsetzen können. *Jede Jugend ist eine Tragödie verpaßter Möglichkeiten, die widerwillig zur Komödie wird.* Notierte Max einige Jahre später in seinem Sudelbuch. Karl hatte ihm inzwischen gestanden, damals geschwindelt und übertrieben zu haben, aber es war für fast alles zu spät. Irmgard hatte mit achtzehn Jahren einen Stahlarbeiter geheiratet, der sie sogleich schwängerte, somit jeglicher Attraktivität beraubte und in einen banalen Alltag zwang. Das Mädchen, aus dem womöglich viel mehr hätte werden können, wurde glücklich. Das immerhin. Zum Kotzen, dachte Max, als er Irmgard eines Tages auf der Straße traf und ein paar Worte mit ihr wechselte. Glückliche Menschen waren nach seiner Auffassung am Tiefpunkt des Bewußtseins angelangt und von Tieren im Zoo kaum unterscheidbar. Nur Irmgards immer noch irritierende Zahnlücke hielt ihn davon ab, ihr mitzuteilen, was er von so viel Verkommenheit hielt. Die Liebe, die er für das Mädchen empfunden hatte, trug er mit großer Anteilnahme zu Grab.

Ansonsten verlief die Schulzeit der Loewes weitgehend konfliktfrei. Um den Anforderungen der modernen Zeit zu entsprechen, auch weil sie nicht mehr mit katholischer Theologie belästigt und mit Ruten gezüchtigt werden wollten, wechselten sie (das Potsdamer Jesuitenkolleg wurde ohnehin aufgelöst und in Berlin neu gegründet) ab der Obersekunda an die Humboldt-Oberrealschule, wo sie nach Latein und Altgriechisch auch Englisch und Französisch lernten, die Sprachen der Weltkriegssieger.

Vater Theodor, der von Gicht und Arthrosen geplagt war, fand es eine gute Idee, seinen Söhnen den Weg zur Diplomatenlaufbahn zu ebnen, damit sie, anders als er selbst, einmal etwas sehen würden von der Welt.

Wer nicht mindestens ein oder zwei Auslandsaufenthalte hinter sich gebracht, wer nicht London und Paris besucht hatte, gelte in der gehobenen Schicht inzwischen nichts mehr. Behaupteten unisono die Loewe-Brüder, so wie umgekehrt Abertausende englischer und französischer Söhne aus besserem Hause behaupteten, daß man im sagenhaften Berlin gewesen sein müsse, um einen gewissen Grad an Weltläufigkeit zu erreichen. 1932 waren Max und Karl siebzehn und bestanden ihr Abitur mit Einserschnitten. Der Vater spendierte beiden eine Reise. Karl durfte im Sommer für vier Wochen nach London, Max nach Paris. Sie bekamen jeweils 400 Mark Reisegeld, eine großzügige Summe. Karl hielt sich viel in der Londoner Staatsbibliothek auf, gab wenig Geld aus und legte am Grab seines Namensvetters Marx ein Bukett aus roten Rosen nieder. Wovon er dem Vater mit Rücksicht auf dessen politische Unbedarftheit nichts erzählte. Max verlor sein Kapital bei einem stark überteuerten Besuch im Bordell und sah sich leider gezwungen, dem Vater davon zu erzählen, damit der ihn auslösen konnte. Theodor Loewe hatte seine Liebe stets auf beide Söhne gleichermaßen verteilt. Doch wenn er ehrlich zu sich war, liebte er Max etwas mehr, allein, weil der viel öfter Gelegenheiten bot, ihm zu verzeihen. Theodor Loewe, der sich verbraucht und unnütz vorkam, verzieh so gern. Es war ihm ein Genuß, ja eine echte Lust, um Pardon gebeten zu werden und den auch zu gewähren. Karl hingegen geriet so gut wie nie in Bedrängnis oder in irgendeine Abhängigkeit zum Vater, er war der mustergültige Sohn, beinahe schon abstoßend reif. Max gewöhnte sich in Paris das Trinken an, Karl jedoch empfand jede Beeinträchtigung seines Denkvermögens durch Alkohol als Selbstverstümmelung. Max war nach Nietzsche sehr diffusen Einflüssen ausgesetzt, darunter Klages, Rilke, Spengler und Jünger, aber auch Trakl, Heym, die Futuristen um Marinetti und sogar einige Vertreter des Dadaismus hatten es ihm angetan, sein Lieblingsstück war der Baal, von dem noch jungen Kleistpreisträger Bertolt Brecht. Ein Drama, das Karl lange Zeit abscheulich fand, eine schwarze Messe aus Menschen- und Frauenverachtung, ein zur Selbstzerstörung anstiftendes Machwerk aus Weltekel und hysterischer Selbstüberschätzung.

Max Loewes Nietzsche-Engagement hatte an Verve eingebüßt, mangels sichtbarer Fortschritte. Hätte Deutschland den Weltkrieg nicht verloren, dann – glaubte er, wäre manches vielleicht ganz anders verlaufen. So aber regierte der Alltag die Menschen, zwang sie, kleinlichen Bedürfnissen nachzugeben, auf Kosten der großen Aussicht. Max' ehrgeizige Vision, das deutsche Volk, die Kulturnation Nummer eins in der Welt, in einer Allianz mit den ja auch einigermaßen kultivierten Franzosen zu Vorreitern einer alles umwälzenden philosophischen Bewegung zu erziehen, auf welche Weise auch immer, wurde weniger und weniger wahrscheinlich. Die Menschen, das mußte er schmerzlich einsehen, strebten in der großen Mehrzahl nicht dem Übermenschen zu, sondern dem Stück Fleisch am Sonntag und genügend Brot und Kartoffeln unter der Woche.

Max suchte, schwer enttäuscht, nach einem Platz für sich, einem System von Relevanz, nach jenem festen Punkt im All, von dem aus der alte Archimedes einst die Erde aus den Angeln hatte heben wollen. Max lebte dahin, eine heimatlose, flatternde Seele, gepeinigt von der Sehnsucht, dem Geschehen anders denn als Außenseiter zusehen zu müssen. Wieder und wieder ertappte er sich bei dem doch eigenartigen Phänomen, auf etwas für minderwertig Befundenes Neid zu entwickeln, konkret auf seinen Bruder, für den der Kommunismus die einzig relevante humanistische Bewegung war und die Weltrevolution der einzig sinnvolle Kampf. Max hielt Karls Sowjet-Affinität für eine, wie er es nannte, Bübchenliebschaft, eine Utopie primitiver Denkart. Karl beurteilte seinen Bruder nicht weniger streng. Max habe den roten Faden noch nicht entdeckt im Labyrinth seiner Orientierungslosigkeit, paktiere mit extremen, elitären Positionen, die sich selbst nicht ganz geheuer seien und ihren irrationalen Kitzel aus überzogenem Pathos, glasigen Phrasen und expressionistischer Lyrik bezögen. Er suche verkrampft nach Fluchtwegen aus dem Großbürgertum, beharre auf einer fatalen und illusionistischen Überheblichkeit gegenüber seinen Mitmenschen, das sei nichts anderes als metrisch verbrämtes Köcheln im eigenen Saft, führe zwangsläufig zur Trunk- und Abenteuersucht und müsse letztlich in den fundamentalen Selbstzweifel, ja in den Selbstmord münden. Im Ergebnis drohe ein fahrlässig vergeudetes Leben. So redete der wütende Karl – im Gespräch mit seinem Vater – über den eigenen, einzigen Bruder.

Theodor Loewe nickte nur, er war durch Krankheiten und Lebenserfahrung zu alt und verlebt, um noch überzeugend eine Position zu beziehen, die er nicht anderntags schwer angezweifelt hätte. Politische Tiraden hinterließen in ihm ein Gefühl dumpfer Mattigkeit. Vielleicht hatte Karl recht, vielleicht auch nicht, wer vermochte das schon zu beurteilen, jetzt? Wo das Leben der beiden jungen Männer doch eben erst begonnen hatte und die Zukunft sich Optionen in jede Richtung vorbehielt. Theodor Loewe gab auf. Nicht wie man aufgibt im Bewußtsein, versagt zu haben. Eher so, wie man etwas losläßt, von sich stößt, das einem keine Freude mehr bereiten will.

Es war Zeit, fand er, zu sterben, und die Beantwortung drängender Fragen anderen zu überlassen. So starb der Gerichtsrat a. D., mit sehr gemischten Gefühlen, in seinem 67. Lebensjahr an einem Schlaganfall. Er war in der Todessekunde stolz auf seine Sprößlinge, und doch voller Sorge, nicht alles in seinem oder in ihrem Sinne geregelt zu haben, was wiederum – das war sein nun wirklich allerletzter, nicht ganz zu Ende gebrachter Gedanke – nun einmal das Los jeglicher zum Verfall bestimmten Entitäten ist, nämlich beleidigt zu sein (daß ohne einen alles irgendwie weitergehen wird, und oft ganz anders als vorhergesehen).

Beim Begräbnis, im September 1932, sprach Karl kaum ein Wort über den eigenen Vater, überließ die Leichenrede dem bestellten Priester. Dies hatte seinen tieferen, niemandem je offenbarten Grund darin, daß Karl bei öffentlichen Reden oft, egal worum es ging, die Tränen in die Augen traten, was ihm sehr peinlich war.

Hinterher, beim Leichenschmaus im Gasthof zur Eule, überraschte er die Verwandtschaft durch anhängliche Redseligkeit, als wäre er betrunken. Insbesondere überrumpelte er den Bruder durch sein absurdes Angebot, Brüderschaft zu trinken, und zwar mit Sprudelwasser, was denn auch geschah. Max war seinem Wesen nach zu sentimental, um gegen unvorhersehbare Versöhnungsangebote gefeit zu sein. Er ärgerte sich immens über seine Schwäche, wider jede Überzeugung gerührt zu reagieren, sobald er angemenschelt wurde.

Nietzsche, dachte er dabei, hätte das sicher nicht für gut befunden. *Es fehlt mir an Härte*, notierte er am Morgen danach in einer Art Tagebuch. *Ich schleife mich ab an so vielem, das ich zerschneiden müßte. Ich werde nie ein Diamant sein. Spiegele das Licht nur wider, statt zu strahlen.*

Karl fand unter anderem lobende Worte über den immer noch jungen Brecht, der sich politisch ja überraschend positiv entwickelt habe und nun endlich klare, verständliche Werke zur Aufklärung der Arbeiter verfasse. Den *Baal* müsse man nun definitiv anders lesen und bewerten, als eine Art Abgesang auf spätbürgerlich-dekadente individuelle Veitstänze. Max schwieg beharrlich und ließ sich auf Debatten nicht ein, die er als schwer deplaziert empfand.

Es ging doch darum, den Vater zu Grabe, nicht irgendwelche Gesinnungskämpfe auszutragen.

Dafür war nicht die Zeit und der Ort, hier, in einem Potsdamer Gasthof, bei Schweinebraten und dunklem Bier, an dem Max sich betrank, bis er sich übergeben mußte.

Das Testament des Gerichtsrats bedachte beide Söhne paritätisch. Irgendetwas anderes hätte die Zwillinge auch überrascht. Sie feierten eine von niederen Zwängen freie Zukunft, sahen sich imstande, die nächsten Jahre nach eigenem Gutdünken zu gestalten und die Pläne, die der entmachtete, nun verwesende Vater für sie gehabt hatte, erst einmal ruhen zu lassen. Max begriff, warum Karl auf dem Leichenbegängnis so euphorisch und mitteilsam gewesen war. Ihm, mit ein wenig Verspätung, ging es ja genauso. *Man muß das als Geschenk begreifen,* notierte Max in seinem Tage- oder Notizbuch. *In einer Zeit wie dieser nicht hungern zu müssen, sondern versorgt zu sein, mehr als versorgt, beschert, wie an Weihnachten. Dadurch, daß die Alten abtreten, ohne die ihnen gegebene Zeit über Gebühr auszureizen, machen sie uns Nachgeborenen einiges möglich. Es lebe der Tod!*

Max und Karl kamen überein, die riesige Potsdamer Wohnung samt biedermeierlichem Interieur zu verkaufen, den Erlös zu teilen und zwei kleinere Wohnungen in Berlin zu erwerben. Karl zog in den Wedding, ein schmutziges Arbeiterviertel und eine traditionelle Hochburg der Roten. Aber auch in diesem Stadtteil, vor allem dort, wo er an Mitte grenzte, fand man Straßen, in denen es sich leben ließ. Max bevorzugte die Gegend um den Nollendorfplatz in Schöneberg, wo es viele Bordelle und anrüchige Lokale gab, darunter auch solche mit homosexueller Klientel. Ernst Jünger hatte ein paar Jahre, gar nicht lange her, drei Hausnummern weiter gewohnt; Else Lasker-Schüler (die von Max aber so gar nicht geschätzt wurde) wohnte immer noch da, und man mußte mit der U-Bahn nur ein paar Stationen fahren, bis man vor der Arztpraxis von Gottfried Benn stand, der im Nebenberuf einer von Max' bevorzugten bis schwer verehrten Lyrikern war. Um sich von ihm behandeln zu lassen, erwog Max ernsthaft, sich eine minderschwere Haut- oder Geschlechtskrankheit einzufangen, er wußte nur noch nicht, wo. Das würde sich mit der Zeit ergeben.

Max gewann an Welterfahrung vor allem im erotischen Bereich, was, wie er später in seinem Sudelbuch notierte, *der schnellste Weg sei, jedwede schöne Illusion durch grauenvolle Wahrheiten zu ersetzen.*

Er schlief mit Frauen, öfter aber mit Männern. Sein Wesen besaß auf unstete, brüchige Naturen große Anziehungskraft, verfügte über jenen verschattet moribunden Charme, dem man für Tage und Wochen verfällt, bevor er einem auf die Nerven zu gehen beginnt. Max pflegte etliche Beziehungen gleichzeitig. Keine dauerte lange, noch war je von Liebe die Rede. Physisch ähnelte er einem Schiele-Motiv, dürr, mit heraustretenden Rippen, riesigen Füßen und kurzgeschorenen Haaren. Sein trauriger, oft wie hilfesuchend im Zimmer umherwandernder Blick wirkte auf viele Betrachter unheimlich, auch gehörte er jener seltenen Sorte von Menschen an, die zu faszinieren imstande sind, obwohl sie bevorzugt schweigen, selten Bonmots und niemals Witze in die Konversation streuen. Karl war ganz anders, er rasierte sich nicht, seine eher pyknische Erscheinung wurde von einem Dschungel aus braunen Locken gekrönt, und er redete viel, während er selten masturbierte, nie ins Bordell ging und darauf hoffte, eines Tages in der vorüberschwappenden Menge die große Gefährtin zu erkennen, mit der er den Rest des Lebens verbringen würde. Kleinere Techtelmechtel zur Triebstillegung, dachte er, würden nur seinen Blick trüben, für die eine, Einzige, Wesentliche. Seltsamerweise deckte sich eine solche Erwartungshaltung, eine solche Fokussierung auf das Rarissimum, so gar nicht mit seinem Glauben an die Grundähnlichkeit aller Menschen. Ja, es schien, als hätten die Brüder jeweils ein sexuelles Dogma entwickelt, das sich konträr zu ihren weltanschaulichen Positionen verhielt.

Als ihr gesetzlicher Vormund wurde ein Onkel eingesetzt, Theodors älterer Bruder Ernst, der mit seinen 78 Jahren kaum noch in der Lage war, den Freiraum der jungen Loewes einzuschränken, geschweige denn erzieherisch auszugestalten. Wo er eine

Unterschrift leisten mußte, tat er dies wie eine lästige Pflicht, die ihn nichts weiter anging. Bald sparten sich Max und Karl denn auch den Brief oder die jeweilige Zugfahrt nach Leipzig und fälschten die Unterschrift des Onkels. Nicht, weil sie seinen Einspruch zu fürchten gehabt hätten, sondern weil die Prozedur ja doch nur reine Formalie gewesen wäre.

Ernst-Erich Loewe, ein ehemals mittelmäßig erfolgreicher Kolonialwarenhändler, der zeit seines Lebens auf emotionale Bindungen jeglicher Art verzichtet hatte und inzwischen damit zufrieden war, wenn er mit heißem englischem Schwarztee, in eine Decke gehüllt, vor seinem Weltempfänger hocken und am Sendersuchknopf drehen konnte, mochte keine Jugendlichen. Da machten selbst Max und Karl keine Ausnahme. Im Gegenteil, er mochte sie sogar noch etwas weniger. Sie würden eines Tages seine Erben sein, ohne jemals irgendetwas für ihn getan zu haben. Daß er nicht allzuviel zu vererben hatte, war eine andere Sache. Ernst-Erich wartete auf den Tod, von dem er sich vergessen fühlte. Sah belästigt eher als verbittert auf jenes folgenlose Nichts zurück, das sein Leben gewesen war. Ein grotesker Haufen ausgesessener Zeit. Die jungen Loewes verachteten ihn instinktiv, ohne genug über den Onkel zu wissen. Für ihr Verdikt genügte der Umstand, daß er keine Spur von sich hinterlassen würde. Wer in ihren Augen etwas gelten wollte, mußte mindestens einmal den Puls der Gegenwart erhöht haben, mußte mindestens einmal das Risko eingegangen sein, die eigene Existenz in die Waagschale zu werfen, auf doppelt oder nichts. Darauf konnten sie sich, trotz aller Unterschiede, einigen.

Beide fanden es bewegend, die erste eigene Wohnung auszusuchen, zu kaufen und zu beziehen. Leere Räume mit Teppichen und Tapeten auszukleiden, mit Möbeln und Lampen, mit Kissen und Bettbezügen, mit Geschirr und Besteck, mit Buchregalen, Schirmständern und Blumenvasen. Max fand bei einem Trödler zwei Kuhfelle zum Sonderpreis, auf denen lag er gerne, wenn er rauchte und nachdachte. Oder er verkroch sich zwischen den schwarzen und roten Plüschkissen auf der wuchtigen viktorianischen Recamiere. Karl entschied sich für eine kahle, streng funktionale Ästhetik des Notwendigsten. Klare Formen ohne Zierat. Den vier Quadratmeter großen Schreibtisch aus Stahl und Glas, der das Arbeitszimmer so herrlich transparent belassen hatte, tauschte er aber bald gegen einen aus Holz ein, an dem man nicht das Gefühl bekam, sich die Unterarme abzufrieren.

Die so unterschiedlich eingerichteten Wohnungen besaßen eine einzige Gemeinsamkeit – nämlich je ein Exemplar des ersten europäischen in Serie gefertigten Kühlschranks der deutschen Kühl-und-Kraftmaschinen-GmbH.

Karl kam mit dem ›roten‹ Wedding, der so rot gar nicht mehr war (dank des obsessiven Engagements von Dr. Joseph Goebbels waren bereits ganze Straßenzüge bräunlich verfärbt), wenig zurecht. Der Wedding war in weiten Teilen viel eher ein grauer und vor allem im Winter deprimierender Stadtteil. Hier hatte Karl sich unter die Arbeiter mischen, sie studieren und auf politische Versammlungen gehen wollen. Doch die meisten Arbeiter besaßen eine Nase für den jungen Mann aus gutbürgerlichem Hause, der ganz alleine zweieinhalb saubere, helle Zimmer bewohnte, sie reagierten mißtrauisch und oft berlinisch derb, machten sich über ihn lustig, er fand keine Freunde für seine Seele – und politische Versammlungen zu besuchen, das mußte er am eigenen Leib erfahren, war gefährlich. Bei seinem ersten Versuch geriet er prompt in eine wilde Saalschlacht, etwa fünfzig SA-Männer überfielen die Veranstaltung, skandierten Parolen, randalierten mit Schlagstöcken, die Polizei griff mit zwei Hundertschaften ein, die prügelten, politisch vorbildlich neutral, jeden nieder, der ihren Weg kreuzte, ob von links oder rechts, einerlei. Sogar Schüsse fielen und es gab mehrere Verletzte zu beklagen. Karl zog sich geschockt in seine Wohnung zurück.

Politisch motivierte Morde waren im Norden Berlins keine Seltenheit. Noch vor wenigen Monaten hatte, gleich eine Straße weiter, ein SA-Mann eine 37-jährige Frau auf offener Straße erstochen, einfach nur, weil er sie ihrem Erscheinungsbild nach für eine Kommunistin hielt. Karl vertiefte sich fortan um so lieber in die Lektüre marxistisch-ökonomischer Literatur. Für unüberschaubare und nervenzerfetzende Straßenkämpfe war ihm sein junges Gehirn denn doch zu wertvoll – und ein Raufbold war er ohnehin nie gewesen, inzwischen tendierte er zum Pazifismus. Beziehungsweise dazu, die vielleicht hier und da nötige Drecksarbeit anderen zu überlassen, die durch Muskelkraft und Hemmungslosigkeit dazu viel eher prädestiniert waren. Wie um sein Gewissen zu erleichtern, spendete er die stolze Summe von fünfhundert Reichsmark, gebunden an ein Hilfsprogramm für notleidende Proletarier, vulgo: eine Volkssuppenküche. Er zögerte noch, der KPD beizutreten. Die neu gegründete Sozialistische Arbeiterpartei Deutschlands, die SAPD, eine linke Abspaltung der SPD, schien ihm intellektuell attraktiver, war aber von der Zahl ihrer Wähler her praktisch bedeutungslos. Er dachte lange darüber nach. Die SAPD, das war der größte Unterschied, forderte vehement eine Einheitsfront aller linken Parteien und Gewerkschaften gegen den aufkommenden Faschismus. Die KPD traute nur sich selbst. Wenn überhaupt.

Von der großen Depression der letzten Jahre der Weimarer Republik, von der Weltwirtschaftskrise und dem Leid der über fünf Millionen Arbeitslosen bekamen die Brüder höchstens soviel mit, wie man als Nichtbetroffener mitbekommen konnte. Sie lasen in der Zeitung darüber, sahen die langen Schlangen der Stempelgänger vor den Arbeitsämtern, staunten über Menschen, die breite Schilder auf dem Rücken trugen – SUCHE ARBEIT – MACHE ALLES –, doch die konkrete Armut und Verzweiflung ringsumher blieben in ihrer Wahrnehmung klein und namenlos, wie durch ein Fernrohr betrachtet. Selbst Karl spürte doch, bei allem Engagement für die Sache der Arbeiter, in keinem Moment echtes Mit-Leid im engen Wortsinn. Es ging ihm viel zu gut dafür, und das Elend ringsumher fand wie hinter einem Gaze-Vorhang statt, behielt etwas Abstraktes, das zwar Bedauern zuließ, echte Bedrückung aber nicht.

Die Krise tauchte eben nicht ganz Berlin in Schwermut, es gab genügend Inseln, auf denen das blühende Leben unvermindert weiterging, fast wie in jenen Jahren, für die gerade die Bezeichnung *Goldene Zwanziger* in Mode kam.

Ende Januar 1933 wurde, für die Loewes überraschend, Adolf Hitler zum Reichskanzler ernannt, während die Kommunisten als zweitstärkste Kraft das Nachsehen hatten. Die NSDAP, eine Partei, die beide Brüder über Jahre hin nicht wirklich ernstnehmen wollten, hatte aus Geldmangel kurz vor der Selbstauflösung gestanden, bevor sie sich im letzten Moment durch Finanzspritzen aus der Wirtschaft erholen konnte. Die SA, halb Schlägertruppe, halb Privatarmee, die im letzten Jahr für drei Monate verboten gewesen und vorschnell für tot erklärt worden war, zählte nun fast 400.000 Mitglieder – wo kommt nur soviel Geld her, die alle zu ernähren und mit Uniformen auszustaffieren –, fragte sich Karl oft, wie geht das bloß? Jene sonderbar wiederauferstandene SA organisierte am 30. Januar einen Fackelzug als Siegesfeier. Sowohl Max wie Karl trieb es zum Brandenburger Tor, sie wurden, ohne sich zu begegnen, Zeugen des Aufmarsches und zeigten sich beeindruckt. Der eine, Max, ganz offen, aus der spontanen Empfindung heraus, der andere, Karl, gab immerhin zu, daß die Kommunisten, wenn sie bei der nächsten Wahl gewinnen würden, durchaus von dem Spektakel etwas lernen könnten.

*Reklame beherrschen sie – leider* – schrieb er seinem einzigen Freund, Johann Münchinger, der die Schule abgebrochen hatte und neben der Stütze von schwer durchschaubaren Geschäften in der Filmbranche lebte.

Du weißt, was Lenin sagte, schrieb er an Johann: *Es ist eine alte Wahrheit, daß man in der Politik oft vom Feinde lernen muß.* Und du weißt auch, was er zu dir gesagt hätte: *Der Film ist für uns die wichtigste aller Künste.*

Ein paar Tage darauf, die Einrichtung der neuen Wohnung stahl viel Zeit, wurde Karl formell Mitglied der KPD, als gelte es, ein Zeichen zu setzen gegen die jüngsten Entwicklungen in Deutschland. Er hatte sich pragmatisch für die mächtigste linke Partei entschieden, die ganz auf der Linie des großen, von Karl verehrten Genossen Stalin lag, während die gar nicht mehr zu den Wahlen angetretene, aber im Untergrund noch agierende SAPD etliche Trotzkisten in ihren Reihen duldete. Was an Trotzkisten eigentlich so verabscheuungswürdig sein sollte, nein, das hatte niemand Karl bisher erklären können. Und es tat auch nichts mehr zur Sache. Um elf Uhr dreißig morgens, am 4. Februar, setzte Karl Loewe seine Unterschrift unter eine lange Beitrittserklärung und bekam ein vorläufiges Parteibuch ausgehändigt.

Fast zeitgleich, im Grunde nur Minuten später, wurde die KPD als staatsfeindliche Partei *geächtet*, was immer das bedeuten mochte, denn es handelte sich nicht, wie man annehmen könnte, um ein Verbot. Praktisch bedeutete es, daß ohne legitime Grundlage, doch mit einer Entschiedenheit, die niemand für möglich gehalten hätte, die Jagd auf ihre ranghöchsten Mitglieder begann. Die neuen Machthaber griffen zu, errichteten für politische Gegner erste sogenannte *Konzentrationslager*, schreckten auch vor Verschleppung und Mord nicht zurück. Das Ausmaß der Brutalität, die Hemmungslosigkeit des Terrors, mit der eine radikale Partei die Gunst der Stunde für sich zu nutzen wußte, machte jeden Beobachter sprachlos. Manche sagten einen Bürgerkrieg voraus. Zu dem es nicht kam. Und niemand konnte überzeugend erklären, warum sich kein schlagkräftiger Widerstand zu organisieren wußte. Das Land war in einen revolutionären Taumel geraten, und viele Faktoren spielten, wie von einem Teufel kunstvoll jongliert, zusammen. Hindenburg, der schon greise und gesundheitlich schwer angegriffene Reichspräsident, unterschrieb mehrere Notstandsgesetze, die den Nazis in die Hände spielten. Der Protest der linken Parteien blieb seltsam kraftlos und unkoordiniert, bis zuletzt waren sich Kommunisten und Sozialdemokraten spinnefeind. Statt verzweifelter Gegenwehr boten sie ein jämmerliches Bild der Ratlosigkeit und Apathie.

Als ›rechts‹ galten übrigens Stahlhelm und Deutschnationale, als ›links‹ SPD und KPD, als mittig das katholische Zentrum und ein paar unbedeutende liberale Parteien. Die NSDAP, offiziell extrem-rechts eingeordnet, war dabei, objektiv betrachtet, irgendetwas anderes, mit dem konventionellen Parteien-Spektrum nicht zu fassen.

Max, an dem die Ereignisse eher abperlten, als daß sie ihn alarmiert hätten, erfüllte sich einen lange gehegten Traum und suchte Albertina auf. Sie war nicht allzuschwer zu finden, arbeitete noch immer als Garderobiere, seit neuestem im *Femina*, dem beliebten Ballsaal mit zweitausend Sitzplätzen, elektrisch hebbarem Parkett und drei Tanzkapellen. Er besuchte sie mittags bei ihr zu Hause in Moabit, klingelte aufs Gradewohl. Sie erkannte ihn kaum wieder, fühlte sich aber geschmeichelt, als der junge Mann mit der leisen Stimme und den dunklen, traurigen Augen ihr erzählte, wie sehr er unter ihrem Verlust gelitten habe. Sie kochte dem Gast Kaffee und betrachtete staunend den großen Strauß roter Rosen. Max stand vom Stuhl auf und setzte sich neben Albertina auf das Sofa. Ob er sich ein wenig an sie drücken dürfe, wie damals? Verwirrt ob dieser Bitte, sagte sie nicht ja noch nein und duldete es, daß Max ein Ohr zwischen ihre Brüste bettete. Ich kann deinen Herzschlag hören, flüsterte er. Wie ein fernes Echolot. Kann ich heute bei dir bleiben? Albertina begann zu weinen. Sie fühlte sich veralbert, und wenn nicht veralbert, dann war dieser junge Mensch doch eindeutig verschroben. Zu viele Erinnerungen an eine große, hoffnungsvolle Vergangenheit kehrten zurück. Er müsse jetzt gehen, sagte sie barsch, das führe zu nichts, sei doch verrückt. Nein, sie duldete keine Widerrede, sie schob Max, der sich eben mit offenem Mund in ihr verschwitztes Decolleté wühlen wollte, von sich fort und wies ihm die Tür. Er winselte und bettelte, bot ihr Geld für die Nacht. Sie ohrfeigte ihn, obgleich die Summe ihr an sich imponierte und sie für Sekunden ins Grübeln geriet. Doch Albertina war in jener Zeit mit einem Tischler befreundet, der, obwohl er nur alle paar Abende vorbeikam, die Eifersucht in Person war. Ihr blieb wenig anderes übrig, wenn sie sich nicht auf ein ganz und gar unvorhersehbares und närrisches Abenteuer einlassen wollte, als Max aus ihrer Wohnung – und – das war das Allerschlimmste – den riesigen, duftenden Rosenstrauß in den Müllkübel zu werfen.

Max suchte Trost im Nachtleben. Man sah ihm seine siebzehn Jahre nicht unbedingt an, er ließ sich einen Schnurrbart wachsen, um älter zu wirken. Einige Male war ihm der Einlaß in gewisse Etablissements verwehrt worden. Seitdem er einen eleganten Anzug trug, kam das kaum noch vor und ganz sicher nicht in den Clubs der Homosexuellen, wo er schnell Freunde fand und Kontakte zu den üblichen Vergnügungen – Kokain, Partys unter erotischen Motti, Transvestitenfeten, bis hin zu Hinterzimmerorgien jeglicher Couleur. Ein paarmal ging er mit älteren Herren mit und genoß das Gefühl, begehrt und beschenkt zu werden. Aus Gleichaltrigen machte er sich wenig, sie waren ihm in den allermeisten Fällen zu oberflächlich und charakterlos. Das Milieu des nächtlichen Berlin um den Nollendorfplatz herum war in ganz Europa berühmt und berüchtigt; jeglicher noch so entlegene Trieb konnte hier befriedigt werden, wenn man Glück hatte, sogar ohne dafür zahlen zu müssen.

Berlin, das war so viel. Berlin, das waren:

Die Dominas, die mit hohen, oft schillernd roten, goldenen oder giftgrünen Stiefeln samt obligatem Bubikopf vor dem *Kaufhaus des Westens* auf willige Opfer warteten.

Berlin, das waren:

Die Fünfuhrfrauen, die in der Sparte *Geselligkeit* regelmäßig Kontaktanzeigen schalteten und ihre diversen *Cicisbeos* (so die gebräuchliche Bezeichnung für einen Freund, einen Liebhaber auf Zeit) wie Marionetten mit dem kleinen Finger zu lenken verstanden. Keine Prostituierten im engeren Sinne, da sie für mehr Salär, als einer Hure zustand, viel weniger Dienstleistung boten. Eine gute Fünfuhrfrau war hübsch, schick, amüsant, kokett, gebildet, eine tolle Tänzerin und meist äußerst sparsam beim Erweisen sexueller Gefälligkeiten. Männer, die ihnen verfallen waren, sollten es gefälligst als Lust und Erfüllung empfinden, nach allen Regeln der Kunst ausgenommen zu werden. Angefangen mit dem sogenannten Droschkengeld nach dem Fünfuhrtee. Bevor die Tölpel endlich, in der Regel nicht vor Mitternacht, für wenige Sekunden ans Ziel gelangten.

Berlin, das waren aber auch:

Die Separées der *Mokka-Diele* in der Potsdamer Straße, wo sich junge Paare zum Knutschen treffen konnten, ohne durch einen Gedeckzwang viel Geld zu verjubeln.

Das *Romanische Café*, wo man an kleinen runden Tischen Zeitungen las und nicht unbedingt etwas konsumieren mußte. Politische Gespräche aller Couleurs fanden dort statt. Und in den großen Warenhäusern öffneten livrierte Knaben, die sich ansprechen ließen, die sich allermeist aufgeschlossen gaben, den in die Jahre gekommenen Sumpfblumen der vermögenden weiblichen Kundschaft die schweren Messingtüren.

All das war Berlin. Das Wort *Shopping* gab es schon, und *Grill-Rooms* bedienten den schnellen Hunger der Großstadt nach Tieren und Menschen. Nie war eine deutsche Stadt europäischer, metropolitischer gewesen. Berlin gab den Puls der Zeit vor, es schien ganz und gar undenkbar, daß diese Stadt binnen weniger Wochen zu einem großen Dorf werden würde, beherrscht von Verrückten. Man konnte in Berlin auch mit wenig Geld Abenteuer erleben, und die Schrippen gab es in den Aschinger-Filialen zur Fünf-Groschen-Erbsensuppe umsonst dazu, soviel man wollte.

Für Geld gab es einiges, für mehr Geld fast alles, und das in einem weitgefächerten Angebot.

In Berlin konnte jeder nach seiner Façon glücklich werden. Was es an Begierden gab, wurde bedient. Nichts Menschliches war fremd, nur manchmal eben etwas teurer. Oder sehr teuer. Wenn es *zu* entlegen war.

Besonders interessierten Max jene Bordelle, die auf Schmerz- und Demütigungs-Praktiken spezialisiert waren, nicht unbedingt, weil er selbst dort nach Lusterfüllung suchte. Eher ging es ihm darum, Freier zu beobachten, die alle Hemmschwellen um sich herum abgebaut hatten, die keinerlei Schamgefühl mehr kannten und sich von Dominas vor aller Augen auf alle mögliche Arten ›behandeln‹ ließen. Solche Menschen faszinierten ihn, weil sie einerseits die Moral hinter sich gelassen hatten, andererseits ihr Sklaventum sowohl zur Schau stellten wie auch stilisierten. Er fragte sich oft, welche Schlüsse Nietzsche aus jenen Darbietungen gezogen hätte, kam aber zu keinem Ergebnis, außer vielleicht jenem, daß kommende Philosophen unbedingt einmal Zeuge solcher Exzesse gewesen sein und dem Sexus die gebührende Achtung erweisen sollten.

Max sah angezogen um einiges beeindruckender aus als nackt. Die Natur hatte ihm aber einen sehr ästhetischen Penis geschenkt, der sich in der Szene großer Beliebtheit erfreute. Es bereitete Max Vergnügen, Vergnügen zu bereiten, und er mußte selten einmal Hand an sich legen, um zu sexueller Entspannung zu kommen. Wenn auf gewissen Partys genug Alkohol geflossen war, offenbarten auch manche Frauen, oft gerade solche, denen man ob ihrer Gepflegtheit und ihrer tadellosen Umgangsformen dies nur schwer zugetraut hätte, von welchen Fantasien sie besessen waren. Nur die Angst vor Geschlechtskrankheiten, wozu für viele auch eine Schwangerschaft zählte, nichts sonst, sorgte für einen Rest von Vernunft und Mäßigung.

In typischen Lesben-Treffs wie dem *Dorian Gray* gab es auch eine gemäßigte Anzahl männlicher Besucher (und mittwochs einen gemeinsamen Sado-Maso-Abend), man war da nicht so strikt, während von der Szene (von teuren Travestie- und sehr teuren Nackttanzlokalen sowieso) auch viele Nicht-Homosexuelle angezogen wurden. Es galt als chic, in diesen Kreisen zu verkehren. Das *Eldorado* verlangte zwanzig Mark Eintritt und zehn für eine Flasche Wein. Dafür hätte man sich im Luxushotel Kempinski sieben Flaschen des besten Riesling gönnen können. Auch schwule Nazis, manche nach Dienstschluß im Chiffon-Kleid, manche sogar ganz offen in Uniform, suchten im Nollendorf-Kiez nach sexuellen Abenteuern. Im *Eldorado* verkehrten des öfteren der SA-Chef Ernst Röhm, sein Stellvertreter Edmund Heines und der Berliner SA-Oberste Karl Ernst, und wer das wußte, hielt sich gern an der Illusion fest, so schlimm würde es am Ende mit den Nazis schon nicht werden. Es gab sogar, das war besonders verwirrend, ganz unpolitische Menschen, die eine geliehene SA-Uniform auf Fetisch-Parties trugen.

Am 26. Februar 1933 wurde Max achtzehn Jahre alt. Er hatte für die Festivität eines seiner Lieblingslokale, das *Silhouette* in der Geisbergstraße, gemietet. Als er es um Mitternacht betreten und den Chor der Geburtstagsgratulanten hören wollte, gerührt schon von der Vorstellung, im Mittelpunkt einer Clique von Freunden und Verehrern zu stehen, fand er die Pinte schwarz und verschlossen vor.

Karl feierte nicht. In seiner sterilen Weddinger Wohnung löste er ein kniffliges Kreuzworträtsel, spielte eine Partie Schach gegen sich selbst und ging um elf Uhr nachts zu Bett.

Am 27. Februar, spätabends, brannte der Reichstag. Angeblich sollte der Brandstifter ein junger Kommunist namens Van der Lubbe gewesen sein, der noch am Tatort verhaftet worden war. Weder Max noch Karl glaubten an diese Version des Geschehens, sie hielten die Nazis eines raffinierten Täuschungsmanövers für fähig. Allzu wahrscheinlich hatten diese das Gebäude selbst in Brand gesetzt, um einen Vorwand für neue Notstandsgesetze zu haben.

Prompt wurde am nächsten Tag über die KPD ein Demonstrations- und Publikationsverbot verhängt, wurden ihre Strukturen zerschlagen und fast alle ihrer Funktionäre verhaftet. Komplett verboten wurde die KPD während des Dritten Reiches dabei nie, dazu bestand bald keine Notwendigkeit mehr.

Doch immer noch war Deutschland formal eine Demokratie, und bei den Wahlen am 5. März errangen die Kommunisten trotz herber Verluste beachtliche 12,6 Prozent der Stimmen. Die wurden ihnen jedoch aufgrund der Reichstagsbrandverordnung aberkannt, was den Nationalsozialisten die zuvor verfehlte absolute Mehrheit einbrachte und Carte Blanche gab. Viele Oppositionelle hatten auf Bayern gehofft, doch ausgerechnet dort konnten die Nazis ihre Stimmenzahl verdoppeln. Das bisherige Mehrparteiensystem wurde unter dem Gejohle der politischen Laufkundschaft de facto in eine Diktatur umgewandelt. Im Reichstag stimmten bis auf die SPD alle dort noch vorhandenen Parteien ihrer Entmachtung zu. Zentrum wie auch Deutschnationale erklärten ihre Selbstauflösung.

Vorgänge, die ein neutraler Berichterstatter seiner Zuhörerschaft nicht plausibel hätte erklären können. Man wäre versucht gewesen, von schwarzer, vielmehr brauner Magie zu sprechen, und wirklich ging es vielen wie Max Loewe, der erst erschrocken, dann ungläubig, verblüfft, um nicht zu sagen: *sonderbar berührt* das Geschehen verfolgte. Was da vorging, war ohne Beispiel, und mächtig, auf seine Art. Eine ungeheuerliche Bewegung, die in ihrer Zerstörungswut einem Naturschauspiel gleichkommt, während doch alle Naturgesetze außer Kraft gesetzt und die schutzlosen Zuseher auf sich gestellt sind.

Max Loewe hatte das Programm der Nationalsozialisten studiert und wenig Erwägenswertes darin gefunden. Ein roher Haufen war das, mit einer lächerlich verworrenen anti-intellektuellen Ideologie, getragen von einem geradezu paranoiden Antisemitismus. Und dennoch kam es ihm vor, als würde hier unaufhaltsam Geschichte geschrieben, mehr noch, als gäbe es einen wenn auch populistischen, wenn auch auf dumpfen Ressentiments beruhenden Gegenentwurf zum Marxismus, der virilsten und bedrohlichsten Vision der Zeit. Während das Modell der parlamentarischen Demokratie offensichtlich gescheitert war, zu den Akten gelegt. Max hatte das neueste Buch Ernst Jüngers gelesen, *Der Arbeiter*. Darin wurde, in einer gestelzten, schwer verdaulichen Sprache, die Symbiose von Rot und Braun als vorläufiges Ziel der Geschichte diskutiert. Max hatte das Buch nicht leiden können, zu steril war es, zu wenig konkret, aber nachträglich verstand er es auf seine Weise als Warnung davor, wie ähnlich sich Kommunismus und Faschismus seien und wie gefährlich, weil neben diesen beiden momentan nichts von ähnlicher Attraktivität existierte. Was für Max bedeutete, daß man sich für eines der Übel entscheiden mußte, um nicht außen vor zu bleiben. Die Geschichte strebte allem Anschein nach, und das war erregend, auf einen großen Konflikt jener alle bisherigen Werte umwertenden Systeme zu.

Auf höherer Ebene hatte Nietzsche etwas Ähnliches vorhergesagt. (Nietzsche hätte überhaupt sehr viel, wenn nicht gleich alles vorhergesagt, giftete Karl. Der erste Satz des Zarathustra werde irgendwann noch als Ankündigung der Quantenmechanik gelten. Kleingeist! rief Max, Großkotz! schrie Karl zurück.)

Die Gegenwart war ein Strudel geworden, ein ungeheuerlicher Sog. Einschüchternd und kaum überschaubar. Hier wurden, so kam es Max vor, Themen verhandelt, die in der Geschichte der Menschheit bislang taktvoll ausgespart wurden, hier ging es ums Ganze, um einen hemmungslosen und radikalen Umbruch der Zivilisation. Max wehrte sich noch ein paar Wochen, bis er einsehen mußte, daß jenes Ungeheuerliche die Zeit, in der er lebte, mit Bedeutung auflud. Und daß ihm das nicht völlig unangenehm war. Eine wilde Ära brach heran, in der der Mensch Dinge ausprobieren konnte, die er nie zuvor ausprobiert hatte, an deren Ende ein unvergleichliches Scheitern drohte oder etwas sagenhaft Neues, für das es Worte noch nicht gab. Max fühlte die drängende Sehnsucht, aktiver Teil der Umwälzung zu werden, aber er zögerte, wartete ab. Es sprach auch viel dagegen. Vom intellektuellen Standpunkt waren die Nazis definitiv indiskutabel, nicht umsonst galt ihnen das Wort »Intellektueller« als Schimpfwort. Und sie taten einiges, um ihren Ruf als illiterate Barbaren zu festigen.

Am ersten April, manche hielten es für einen derben Scherz, gab es einen Boykott jüdischer Geschäfte, ausgerechnet, das war von den neuen Machthabern anscheinend übersehen worden, an einem Samstag/Sabbat, da die Läden strenggläubiger Juden ohnehin geschlossen waren. Man konnte das als politische Drohgebärde abtun, als Ausrufezeichen, das die neue Regierung setzte. Und was, wenn das mit dem Sabbat gar kein dummes Versehen gewesen war, sondern Absicht, um die Aktion in einem moderaten Rahmen zu halten? Um etwas auszuprobieren? Sowohl Max wie auch Karl waren vom Jesuitenkolleg her antisemitisch geprägt, doch ohne Aplomb und rigide Überzeugung. Die Judenfrage war ihnen mehr oder minder egal. Beide glaubten, Karl sogar etwas mehr als Max, daß das internationale Judentum arkan-hierarchischen Strukturen unterlag, im Inneren streng organisiert und etlicher Umtriebe verdächtig sei, doch hielten sie den einfachen jüdischen Kaufmann, den der Boykott am härtesten traf, für einen Menschen wie jeden anderen, ohne politischen oder geheimbündlerischen Hintergrund. Auch in der restlichen Bevölkerung kam keine Pogromstimmung auf. Öfter als von Mißhandlungen war die Rede von Gesten der Loyalität gegenüber den jüdischen Mitbürgern; das Regime konnte die Aktion kaum als Erfolg verbuchen. Ein Grund vor allen anderen war, daß man in jüdischen Geschäften oft billiger einkaufen konnte.

Das Beängstigendste an der ganzen Aktion blieb, daß ein Unternehmen wie Karstadt noch vor dem ersten April in vorauseilender Willfährigkeit jedem jüdischen Mitarbeiter gekündigt hatte, um vom Boykott nicht betroffen zu werden. Die jüdischen Mitglieder im Karstadt-Aufsichtsrat waren zuvor von ihrem Posten zurückgetreten, um jene Entscheidung nicht mittragen zu müssen. Bizarre Vorgänge, die man im Ausland mit Kopfschütteln registrierte.

Am 11. Mai, einen Tag nach der Bücherverbrennung unliebsamer Autoren, neben Rosa Luxemburg auch Freud, Brecht und Heinrich Mann, überlegten Max und Karl Loewe, aus purer Scham das Land zu verlassen. Sie waren beide unabhängig voneinander vor Ort gewesen, hatten Erich Kästner in der

Menge der Zuschauer erkannt, der mitansehen mußte, wie seine eigenen Bücher dem Scheiterhaufen übereignet wurden. Goebbels hielt eine geifernde Rede an die deutschen Studenten, benutzte die Worte *Schmutz und Unrat*. Und die Funken knackten; ein lauer Wind trug Aschefetzen über den Platz. Der Kopf einer Magnus-Hirschfeld-Statue, dessen Sexualkunde-Institut den Nazis schon lange ein Dorn im Auge gewesen war, wurde auf eine Lanze gespießt und geschwenkt. Unter dem Applaus von 70.000 Zuschauern.

Leider hingen die Brüder zu sehr an ihren neuen Wohnungen und ihrem vom Erbe des Vaters gepolsterten Alltag, um Deutschland sofort den Rücken zu kehren. Max beruhigte sich alsbald, redete sich die Sache klein. Es seien nur Bücher verbrannt worden, keine Menschen. Karl verwies auf einen prophetischen Spruch von Heine, wonach, wo Bücher verbrannt werden, am Ende auch Menschen – aber Max wiegelte ab. Griffige Sprüche seien eben nur Sprüche, keine Orakel, und Theater bleibe Theater, wie pyromanisch illuminiert auch immer.

Karl war seinem Wesen nach großmäulig und spitzzüngig zugleich. Er konnte mehr austeilen als einstecken und neigte dazu, seine Unsicherheiten zu überspielen. Während Max sich selten verstellte und die Brüche in seinem Wesen, seine Träumerei und Unentschlossenheit, offen zur Schau trug. Das mußte er selten bereuen, allermeist brachte es ihm Sympathien ein. Wenn er sich einmal zu etwas durchgerungen hatte, tat er es schnell und konsequent. Karl, der immer vorgab, Bescheid zu wissen, wie genau zu handeln wäre, verschleppte vieles, womit er sich, vor allem von seiten seiner politischen Mitstreiter, den Vorwurf einer gewissen Trägheit einhandelte.

Am 14. Mai wurde Karl Loewe verhaftet. Eigentlich mehr zu einem Verhör abgeholt als wirklich verhaftet. Tags darauf unterschrieb Max seinen Antrag auf Mitgliedschaft in der NSDAP. Er habe sich, wäre er je danach gefragt worden, in einer stärkeren Position befinden wollen, um dem allzu naiven Bruder zu helfen. So hätte er sich vor der Nachwelt gerechtfertigt. Tatsächlich saß Karl nur zwei Tage im Spandauer Gefängnis und zeigte sich viel weniger naiv als befürchtet. Gefragt, ob er den kommunistischen Idealen abschwören wolle, sagte er sofort Ja Ja Ja – und wurde daraufhin nicht etwa wegen seines Sarkasmus gefoltert, sondern entlassen. Die Nazis hatten wichtigere Feinde, die unter Kontrolle gebracht werden mußten. Achtzehnjährigen, noch wandelbaren Jüngelchen gestand man die Möglichkeit einer schnellen politischen Umorientierung zu – und gab sich für den Moment auch mit Kreidefressern zufrieden. Immerhin hatten im Januar '33 mehr als ein Drittel der Deutschen links gewählt und im März noch die Hälfte aller Berliner Wahlberechtigten, fast anderthalb Millionen – diese alle dafür züchtigen zu wollen, wäre selbst geisteskranken Berserkern nicht eingefallen.

Was die Linke nie geschafft hatte, setzten die Nazis sofort durch – der 1. Mai wurde Feiertag. Sie griffen nicht nur zur Peitsche, auch zur Süßigkeit, erkauften sich geschickt den Rückhalt des Volkes, der allein mit Repressalien nicht zu erlangen gewesen wäre. Karl war entsetzt darüber, wieviele Menschen, ohne daß man sie dazu gezwungen hätte, plötzlich die nationale Revolution begrüßten. Schulklassen sangen an jedem Morgen ohne Aufforderung das Horst-Wessel-Lied.

Er hätte auch nie für möglich gehalten, daß ein scheinbar so gewaltiger, mitgliedsstarker Apparat wie die Partei der KPD sich als komplett wehrlos und ohnmächtig erweisen würde. Der preußische Kultusminister ordnete an, daß sitzengebliebene Schüler doch noch versetzt würden, wenn sie der Hitlerjugend beiträten. Die Klassenkonferenz solle im Einzelfall ›weitherzig entscheiden‹. Hitler hielt eine vielbeachtete ›Friedensrede‹, um das Ausland zu beschwichtigen. Dabei hielten nicht wenige für möglich, daß die Franzosen, ja sogar die Polen (!) einmarschieren würden, um das Schlimmste zu verhindern.

Es war bald offiziell nicht mehr von einer ›nationalen Erhebung‹ oder ›nationalen Revolution‹ die Rede, sondern von der ›National-Sozialistischen Revolution‹, wobei das Sozialistische durchaus betont wurde. Als ob sie jedem etwas hätte bieten können. Die Massen jubelten dem Führer zu, die Diktatur mußte ihre Fratze vorerst nur einigen Minderheiten offenbaren, und in vielen Ländern der Erde wurden gar Sympathien laut für das, was da in Deutschland vorging. Eine ausgeblutete, durch Parteienstreit fast unregierbar gewordene Nation, die unter den von der Siegerjustiz angeordneten Reparationszahlungen für einen – angeblich – von ihr verschuldeten Weltkrieg schwer zu leiden gehabt hatte, setzte sich unter der Führung eines einzelnen Mannes, eines vorbestraften Gefreiten, dreist, in frischem Selbstbewußtsein über alle Gebote hinweg ins grelle Licht, verkündete, wirkungsvoll inszeniert, eine neue Ordnung der Dinge, schob ihre Widersacher schlicht beiseite – das hatte etwas Kraftvolles, Imposantes. Erinnerte an Napoleon Bonaparte. War, für sich genommen, großes Kino. Selbst die entschiedensten Feinde der Nazis mußten eingestehen, daß hier etwas nie Gekanntes vor sich ging und das Glück der Stunde nun schon über einige Monate auf seiner Seite hatte.

Max' Antrag auf Mitgliedschaft in der NSDAP wurde, wie Hunderttausende andere, abschlägig beschieden. Es war ein auf vier Jahre festgesetzter Aufnahmestop beschlossen worden. Inzwischen wollten zu viele Trittbrettfahrer Parteimitglied werden, der Nimbus des exklusiven Clubs schien gefährdet, und Max war zudem Waise, ein nicht volljähriges Mündel. Weder dem Bruder noch irgendjemandem sonst erzählte er vom Antrag und von der erlittenen Abfuhr.

Das antisemitische Programm der Nazis, zuvor von vielen als Gerede abgetan, begann die Gesellschaft zu verändern.

Jüdische Entscheidungsträger, namentlich und zuallererst Richter, wurden durch arische und linientreue Beamte ersetzt, und während die Juden bald in tiefer Angst lebten, schwelgte das Gros des deutschen Volkes in einer Art von diffuser Aufbruchsstimmung. Etliche ausländische Zaungäste, die mit dem neuen Regime nichts zu schaffen, aber von ihm auch nichts direkt zu befürchten hatten, beschrieben jene Monate nicht etwa nur als bedrückend, sondern auch und vor allem als auf eigenartige Weise elektrisierend, schon allein, weil fast jeder Tag etwas Unvorhersehbares brachte.

Allen ›Volksgenossen‹ wurde der Gebrauch des Hitlergrußes empfohlen, sofern man nicht in den Verdacht geraten wollte, durch Nicht-Gebrauch das neue System abzulehnen. Es gab anfangs noch Zeitungen, denen leidlich zu trauen war (kein Mensch wird je wissen, welcher Mut sich hier hervortat), während die meisten in vorauseilendem Gehorsam das Regime hofierten. Gerüchte kursierten, von zu Tode geprügelten Kommunisten und Sozialdemokraten, aber nur hinter vorgehaltener Hand, denn *Greuelmärchen* zu verbreiten stand bereits unter schwerer Strafe.

Im Juni, während der später so genannten ›Köpenicker Blutwoche‹, kam es zu etlichen Morden der SA an hochrangigen linken Politikern. Diese Verbrechen konnten nicht so leicht unter den Teppich gekehrt werden, also wurde darüber wie über militärische Gefechte berichtet. Einige der Verfolgten suchten Schutz bei der immer noch neutralen Polizei, die sich daraufhin eine Machtprobe mit SA-Männern lieferte, aber aufgrund deren zahlenmäßiger Überlegenheit nicht viel ausrichten konnte. Anton Schmaus, der Sohn eines danach im eigenen Hause erhängten SPD-Abgeordneten, erschoß drei Angreifer, bevor er selbst, schon in Polizeigewahrsam, eine Schußverletzung im Rückenmark erlitt, der er später erlag. Die toten Braunhemden wurden zu Märtyrern der Bewegung erklärt, die im Kampf gegen wild um sich schießende, amoklaufende Staatsfeinde gefallen seien.

Der politisch unauffällige Bürger nichtjüdischer Abstammung schien vorderhand wenig befürchten zu müssen. Der Glaube vieler Juden und Antifaschisten, der totalitäre Spuk werde mehrheitlich als repressiv empfunden, sei ein schnell verderbliches Phänomen und werde schon bald an sich selbst zugrunde gehen, zielte arg an der Realität vorbei. Viele hielten es mit der simplen Phrase, daß, wo gehobelt werde, Späne fielen. Gebildetere Menschen sprachen vom *Weimarer Augiasstall*, der mit der groben Bürste gereinigt werden müsse. Sogar auf das mitunter deprimierende Straßenbild hatte die braune Revolte eine unmittelbare Wirkung. Im Oktober bereits wurde Berlin zur »Stadt ohne Bettler« deklariert. Tausende Obdachlose waren in Lager verfrachtet worden.

Der Nationalsozialismus erlebte einen von weiten Teilen der

Bevölkerung begeistert getragenen Siegeszug. Bei der Volksabstimmung vom 12. November erreichten die Nazis 93 Prozent Ja-Stimmen, wenn auch nach einer gigantischen und einschüchternden Propagandakampagne. Zwar waren einige Auszählungen manipuliert, und Angst spielte eine gewisse Rolle, denn beinahe niemand glaubte an die Wahrung des Wahlgeheimisses, doch selbst das Ausland zeigte sich beeindruckt, welchen Rückhalt Hitler in der Bevölkerung bereits genoß. Karl und Max Loewe wagten es mit *Nein* (Karl) zu stimmen bzw. einen leeren Zettel (Max) abzugeben, doch die erwarteten Repressalien blieben aus.

Die höchste Zahl an Nein-Stimmen wurde nicht in Berlin, sondern in Hamburg erreicht, mit stattlichen 21,5 Prozent. Die Publikmachung dieses Rekords verwirrte viele Regime-Gegner, deren Wahlfälschungsthesen damit der Wind aus den Segeln genommen wurde.

Im Dezember '33 kam es zum Prozeß gegen den angeblichen Brandstifter Marinus Van der Lubbe und vier seiner angeblichen Hintermänner, allesamt hohe kommunistische Funktionäre.

Auf Brandstiftung stand bis dahin zwar, sofern keine Menschen zu Schaden gekommen waren, nur eine Freiheits-, nicht die Todesstrafe, diese wurde aber in einer *Lex Van der Lubbe* rückwirkend verhängt, ein Justizskandal ohnegleichen. Die vier kommunistischen Funktionäre hingegen wurden aus Mangel an Beweisen freigesprochen. Viele sahen darin ein Anzeichen, daß der Justizapparat noch nicht völlig gleichgeschaltet war.

Karl und Max verstanden den Freispruch als geschickte Taktik, um dem Ausland vorzugaukeln, daß Deutschland weiterhin ein

Rechtsstaat sei, und politisch gefärbte Prozesse nicht unbedingt Schauprozesse mit festgelegtem Ausgang sein mußten.

Während Max nach einiger Zeit die politischen Ereignisse vor sich auszublenden begann, wie etwas zu Lästiges, und viel eher bestrebt war, eine sexuelle Identität für sich zu finden, forschte Karl die Möglichkeiten aus, Deutschland doch noch zum Kommunismus zu bekehren. Eigentlich, fand er, seien die Voraussetzungen dafür ja nie besser gewesen als gegen Ende des letzten Jahres. Er konnte einfach nicht begreifen, warum vorging, was vorging. Karl hätte so genau gewußt, was im Fall der Fälle zu tun gewesen wäre, welche Gebäude man besetzen, von welchen Positionen man Druck ausüben müßte etc. Er hatte ein Szenario erarbeitet, das, ein Nichtvorhandensein der Nazis vorausgesetzt, vielleicht funktioniert hätte. Im Grunde spielte er wie ein Kind mit Blechsoldaten nach, was in Deutschland geschehen war, nur unter anderen Vorzeichen. Sein Leben lang blieb er der Überzeugung, daß im Januar 1933 auch eine rote Revolution möglich gewesen wäre, hätte die Linke nur über die Stimmenmehrheit sowie über einen charismatischen Anführer wie Stalin verfügt. Und stets dachte er an Lenins wuchtige Worte: *Wer Berlin hat, hat Deutschland. Und wer Deutschland hat, hat Europa. (...) Das wichtigste Glied in der Kette der Weltrevolution ist Deutschland, und von der deutschen Revolution hängt der Erfolg der Weltrevolution ab.*

Wie konnte es nun weitergehen?

Nach einem Jahr, in dem beide keinen Gedanken an die vom Vater gewünschte Diplomatenlaufbahn verschwendet hatten, schrieben sich die Loewe-Brüder an der Friedrich-Wilhelms-

Universität ein. Während Max sich für Philosophie und Germanistik entschied, seinem Herzenswunsch gemäß, rang Karl sich zur Juristenlaufbahn durch. Einen Anwalt, fand er, könne die kommende Zeit immer gebrauchen, auch wenn ihn die Juristerei mit ihrer bürokratischen, unpoetischen Sprache und ihren fantasielosen, dabei oft verschwurbelten Gedankengängen geradezu anwiderte.

Max schlief nicht mehr mit Männern, seitdem Gerüchte die Runde machten, daß die rege Berliner Homosexuellenszene mit Spitzeln durchsetzt worden sei, die dem radikal homophoben Polizeichef Heinrich Himmler lange Listen lieferten. Im Grunde waren Max Frauen sowieso etwas lieber, auch wenn er den Umgang mit ihnen, was das Triebleben betraf, für kompliziert und zeitraubend hielt.

Karl lernte ein Mädchen kennen, das zwar nicht ganz dem Ideal entsprach, dem er zustrebte, die aber als Zwischenlösung nicht zu verachten war. Ihr Name lautete Marie Dressler, zweiundzwanzig, eine Floristin, die wundervolle Gestecke entwerfen konnte. Marie sang auch gern, ihr Lieblingslied war ein Schlager der Tiergarten Boys, mit den Zeilen:

*Nichts schöner als ein Maitag*
*der nebenbei noch Freitag*
*Am Abend mit der Süßen*
*am Wannseestrande küssen*
*weit weg von der Laterne*
*Wonnemond und Sterne*
*wär Licht genug für uns …*

Und als sie die auf dem Gehsteig vor der Blumenhandlung geträllert hatte, mit ihrem warmen Sopran, konnte Karl nicht anders, er stellte sich mutig bis dreist vor die ihm Unbekannte hin und sagte, er nehme die Einladung an. Zwei Stunden später hatte er ihr Herz erobert.

Marie lebte noch bei ihren Eltern, in der nicht so bürgerlichen Hälfte des Stadtteils Charlottenburg, konnte sich aber nach zehn Uhr abends leicht aus der Wohnung schleichen, in der sie eine Kammer mit separatem Zugang bewohnte. Sie verfügte über typisch berlinischen Mutterwitz, nahm, wo Karls Schüchternheit obsiegte, die Dinge gern mal in die Hand, und einigermaßen hübsch war sie auch, das Gesicht vielleicht weniger, ihre Figur aber, als Schattenriß ein Ideal, machte etliches wett. Um Politik kümmerte sie sich nicht, besaß jedoch ein tief ausgeprägtes Gefühl für Recht und Unrecht. Sie war noch nie zur Wahl gegangen, und wenn, hätte sie eher das Zentrum gewählt als etwas Extremes. Sie gehörte auch nicht zu jener unerträglichen Vielzahl von Mädchen, die Hitler als einen schneidigen, gar schmucken oder genialen Politiker verehrten. Marie Dressler mochte an Karl Loewe dreierlei: Erstens seine wilden braunen Locken, die von keinem Friseur dauerhaft zu bändigen waren (worunter Karl nicht wenig litt, denn er sah von Natur so aus, wie sich das Klischee einen linken Revoluzzer vorstellte). Zweitens mochte sie seine fleischigen, weichen Hände, die ihren Hals so gut massieren konnten, und drittens gefiel ihr, wie er sie pausenlos zu erziehen versuchte, ihr dauernd etwas erklärte, penetrant und besserwisserisch. Viele Mädchen hätte das abgestoßen, Marie hingegen fühlte sich dadurch erst wirklich ernstgenommen, und tatsächlich war Karl jemand, der viel zu sagen hatte, selbst in Augenblicken, da zu schweigen angemessener gewesen wäre.

Nachdem sie ihn mehrmals nachts, in einem der Parks oder an einem der Badeseen, an denen sich junge Paare unbeobachtet fühlen konnten, manuell befriedigt hatte, willigte Marie schließlich in den Beischlaf ein, unter der Voraussetzung, alsbald eine offizielle Verlobung stattfinden zu lassen. An diesem Punkt zögerte Karl. Ganz diverse Empfindungen stritten in ihm. Allein schon Maries Vater – einen Backmeister in der Märkischen Brotfabrik – um ihre Hand bitten zu müssen, dieses alberne Ritual, das noch nicht einmal nur formell gewesen wäre, es drohte ja eine mögliche Ablehnung – die Aussicht darauf schreckte ihn mehr als der Besuch beim Zahnarzt, den er seit dem dreizehnten Lebensjahr so konsequent verweigerte. Zudem war Marie, trotz allem, was man für sie in die Waagschale werfen konnte, weit entfernt davon, jenes Ideal darzustellen, das er für sich erträumt hatte. Es kam zu einigen nächtlichen Begegnungen, bei denen Marie nachhaltigen Druck ausübte, allein dadurch, daß sie weder Druck noch sonst etwas ausübte. Karl kapitulierte notgedrungen, war bald mit allem einverstanden. Maries Eltern verhielten sich ihm gegenüber reserviert, wofür es keinen echten Grund gab, außer daß der junge Mann aus gutbürgerlichem Hause stammte, also kein bodenständiger, somit vertrauenswürdiger Prolet war, eine Wohnung (wenn auch nur im Wedding) besaß und Jura studierte. Das alles wäre hinzunehmen gewesen. Doch diese Frisur! – man sah ihm seinen politischen Standpunkt ja geradezu an. Das würde, das mußte Ärger geben. Der Mensch war zudem noch zwei Jahre jünger als Marie.

Wenigstens katholisch, meinte die Mutter. Am Ende verkündete der selten rasierte, klapperdürre und leicht bucklige Moritz Dressler sein abschließendes Verdikt.

Dies lautete nicht etwa *Ja, so soll es sein, in Gottes Namen,* sondern: *Na jut, wenn mein Gör es mal partout so will.*

Immerhin. Es wurde selbstgebackener Rhabarberkuchen und Tee, danach Eierlikör serviert, und Karl sah mit großer Erwartung dem Abend entgegen.

Max lebte während jener Zeit mit einer Prostituierten zusammen, wobei er sie anfangs bezahlte, dann nicht mehr. Das ließ sein Selbstbewußtsein enorm anschwellen, und die Tatsache, daß Ellie, wie sie für Freunde hieß, Ellinor Margarethe Jakobowski, dreiunddreißig Jahre alt, tagtäglich von etlichen Männern benutzt wurde, sie jenen aber immer etwas vorenthielt, was spät am Abend, oft eher gegen Morgen, er, nur er in Empfang nehmen durfte, echte, tiefe Zuneigung, eine Sehnsucht nach Geborgen- und Vertrautheit, verbunden mit einer animalisch zu nennenden Hingabe. Max war der glücklichste aller unglücklichen Menschen auf der Welt. Und beschwor Ellie bei jeder Gelegenheit, ihrer Klientel Ade zu sagen, fortan nur für ihn allein zu existieren. Ellie reagierte jeweils belustigt und brachte Max' ungewisse Zukunft zur Sprache. Wie könne ein Student der Philosophie und Germanistik, der sein Studium zudem nicht gerade sorgfältig betrieb, einer deutlich älteren Frau ernsthaft ein sorgloses Leben in Aussicht stellen? Vorwitzig sei das, um nicht zu sagen: gedankenlos. Max wußte dem nicht viel entgegenzuhalten, und es ärgerte ihn. Ellie war eine prachtlockige Brünette mit schmalen Lippen und hellem Teint, hohen Wangenknochen und einem etwas zu kurzen Hals. Sie legte Wert auf ihre Taille, aß beinahe nur Gemüse und helles Fleisch und trug bevorzugt schwarze Stiefeletten. Max war eines Tages auf sie aufmerksam geworden, weil sie nicht nur der Schauspielerin Pola Negri, sondern auch Albertina entfernt ähnelte. In der Nacht, als er das *Silhouette* verschlossen fand, hatte er in seiner Verzweiflung bei Ellie Zuflucht gefunden und die drei Gramm Geburtstagskoks, die er bei sich trug, großzügig mit ihr geteilt. Sie hatten beide, beinahe in derselben Sekunde, Nasenbluten bekommen, und wie sie so gemeinsam blutend über dem Waschbecken hingen, hatten sie lachen müssen. Aus wöchentlichen Begegnungen waren nach und nach tägliche geworden, die beiden redeten mehr als zu vögeln, fühlten sich wohl miteinander, und irgendwann gab ihr Max kein Geld mehr, nur hin und wieder eine Phiole voll Kokain, dann, weil beide sich vor der Macht des Rauschgifts zu fürchten begannen, nur noch Liebe – etwas, wonach Ellie sich jahrelang gesehnt hatte.

Sie war nicht mehr blutjung, doch an der Seite von Max fühlte sie sich wieder so. Es war das beste Gefühl, das er ihr geben konnte, wenngleich sie immer bereit war, zuzugeben, einer Illusion nachzuhängen, die irgendwann ein Opfer fordern würde.

Ihr gemeinschaftlicher Entzug schweißte die beiden zusammen. Sie nannte Max, in Anspielung auf einen damals populären Roman Colettes, *Chéri* – und wie die alternde Protagonistin des Romans plagte nichts Ellie mehr als der Altersunterschied, der, so mahnten ihre Kolleginnen, über kurz oder lang zur Trennung führen *müsse*. Sie wollte sich für diesen Fall ihre Würde bewahren und zögerte, Max zu gestehen, wie sehr sie ihm verfallen war. Leider – und das war nicht wiedergutzumachen, hatte der junge Mann einmal, einfach, weil er glaubte, keine Geheimnisse haben zu müssen, zu dürfen, von Albertina erzählt. Von seinem Wunsch, der Vater hätte die Bedienstete nicht verstoßen, sondern den Verlust der Mutter mit ihr ausgeglichen, zum Wohl der Familie.

Schaler Ersatz für einen Kindertraum zu sein fand Ellie nicht eben erregend. Zumal jene sagenhafte Albertina, das ging aus Max' Beschreibungen hervor, sich in einem Punkt deutlich von ihr unterschied. Die Natur hatte Ellie mit wenig Brustumfang gesegnet, weshalb sie einen selbstentworfenen Büstenhalter trug, der mit kleinen samtenen Stützkissen jenen als Makel empfundenen Umstand geschickt kaschierte. Ihn zum Patent anzumelden, wäre ihr im Traum nicht eingefallen.

Schwieriger zu kaschieren waren Max' finanzielle Unpäßlichkeiten. Von seinem Erbteil war kaum noch etwas übrig. Im Gegensatz zum sparsamen Karl hatte Max das meiste auf den Kopf gehauen oder in fragwürdige Bekanntschaften investiert. Er sah nun drei Möglichkeiten: entweder neben dem Studium eine ihm unwürdige Arbeit anzunehmen, seine Eigentumswohnung zu verkaufen und billig zur Miete zu wohnen oder beim Pferderennen zu gewinnen. Letzteres schien deutlich attraktiver als die Alternativen, also fuhr er regelmäßig mit der Trambahn nach Mariendorf, zu den Trabrennen. Wo er erst seine, dann große Teile von Ellies Rücklagen verspielte. Es war nicht etwa so, daß ein hochintelligenter Mensch wie Max keinen Weg gefunden hätte, ein gewinnbringendes System auszutüfteln. Dessen Schwachpunkt lag einzig bei den Pferden, die unfähig waren, seinen Gedanken zu folgen, die sich einen Dreck um mathematische Formeln scherten und oft sogar, aus tierischer Bosheit, anders ins Ziel einliefen als von Max prognostiziert. Damit hatte niemand rechnen können.

Und es gab ein anderes Problem: Der bereits zwei Jahre vor der Machtergreifung der Nationalsozialisten eingeführte *freiwillige Arbeitsdienst* für Studenten wurde in einen unfreiwilligen umgewandelt. Was bedeutete, daß Karl und Max in den Semesterferien zehn Wochen eine primitive Tätigkeit auf dem Land verrichten sollten, vermutlich irgendeine Form von Erntehilfe. An sich fanden beide die Idee nicht grundverkehrt. Kommende Akademiker würden Tuchfühlung halten zum Proletariat. Eine Maßnahme gegen bourgeoise Abgehobenheit. Wäre dergleichen von den Kommunisten gekommen, hätte zumindest Karl einen Sinn darin entdeckt und wäre dem Aufruf gefolgt. Max hingegen fand jegliche Form von Zwangsdienst am eigenen Land als Freiheitsberaubung, der sich Künstler, und für einen solchen hielt er sich, prinzipiell entziehen müßten. Beide wagten es, sich krank zu melden, ohne bei der Studentenschaft ein Attest zu hinterlegen noch zum sogenannten ›Ausgleichsdienst‹, einer körperlich anspruchslosen Tätigkeit, anzutreten. Wider die eigene Erwartung kamen sie damit durch, während sich viele andere zähneknirschend zum Dienst einfanden, im Glauben, es ginge nun einmal nicht anders.

Doch in der Frühphase des Regimes waren die neuen Machthaber selbst noch unsicher, was genau sie wem zumuten konnten und wie darauf reagiert werden würde. Die Atmosphäre der Angst wertete in vielen Augen Soll- zu Muß-Bestimmungen auf.

Max schrieb einen langen, ätzend-ironischen Essay über das *Deutsche Wesen* und dessen Hang zum sklavischen Gehorsam. Diesen Text irgendwo, und sei es auch anonym, auszuhängen oder sonstwie in Umlauf zu bringen, wagte er denn doch nicht. Wie so vieles, das man sich in jener Zeit einfach von der Seele schreiben mußte, landete der Essay (eher ein wütendes Pamphlet) zuerst in einer abschließbaren Schublade, wurde dann – schweren Herzens – verbrannt. Aus Sicherheitsgründen. Max war frustriert. Seinen brillanten Text, das Einzige, was er in den letzten Jahren zu Papier gebracht hatte, selbst zu verfeuern, bildete doch das beste Beispiel für ebenjenen Kadavergehorsam, den er darin furios kritisiert hatte. So konnte es nicht weitergehen. Depressionen nagten an ihm. Er mußte sich entscheiden. Zur Affirmation oder Opposition. Dazwischen gab es kein Glück in diesem Land, in dieser Zeit.

Am Abend des 28. Juli 1934 kam es in Karls Wohnung zu einer längeren Debatte. Marie wollte einen Liebesbeweis.

Denn jeder Beischlaf könne einen *Menschen* zur Folge haben. Aufgrund dessen begehrte sie einen Liebesbeweis, um die mögliche Zukunft dieses möglichen Menschen gesichert zu wissen.

Was sie sich darunter vorstelle, fragte Karl verdutzt und leicht verärgert. Er solle sich eben etwas einfallen lassen, gab Marie zur Antwort, das sei gewiß nicht zuviel verlangt, und ihm einen Hinweis zu geben, würde den romantischen Gehalt der Sache entscheidend reduzieren. Karl hatte für Romantik reichlich wenig übrig, eine sentimental-bürgerliche Attitüde war das, die beengte und ärmliche Verhältnisse überhöhen und verklären wollte, um Vernunft und Widerstandswillen des Proletariats einzulullen.

Was verstünde denn bitte *er* vom Proletariat? Weil Marie sich auf stur stellte und die Wohnung um zehn Uhr abends, wie von den Eltern ausbedungen, verließ, ohne sich zu einem Kompromiß oder Zugeständnis herabzulassen, fragte Karl, und das war außergewöhnlich, seinen Bruder um Rat.

Der meinte, und er lachte dabei (er lachte selten), derlei Geflügel müsse man sofort verlassen, sonst binde man sich ein Leben lang Unglück und Fremdherrschaft ans Bein. Und er zitierte IHN: *Würdig schien mir dieser Mann und reif für den Sinn der Erde: aber als ich sein Weib sah, schien mir die Erde ein Haus für Unsinnige. Ja, ich wollte, daß die Erde in Krämpfen bebte, wenn sich ein Heiliger und eine Gans miteinander paaren.*

Karl hielt sich für derb verspottet und brüllte, daß es hier nicht um irgendein Flittchen gehe, sondern um die erwählte

Frau seines Herzens, und daß er nie mehr irgendein Wort von Max hören wolle, wenn ihm nicht gleich noch etwas Angemesseneres einfiele. Max entgegnete, daß er das Wort *Flittchen*, womit wohl Ellie gemeint sei, nicht auf sich (oder ihr) sitzen lasse. Es kam zum erneuten Bruch zwischen den Brüdern. Sie redeten über Monate nicht miteinander.

Marie wäre dabei mit einer schlichten Geste zufrieden gewesen. Ihr hatte in etwa vorgeschwebt, daß Karl sich mit einem gereimten Gedicht aus der Affäre ziehen würde, oder mit vielen Kerzen, die er nachts vor ihrer Haustür in Form eines Herzens drapieren würde, vielleicht noch garniert mit einem auf der Gitarre begleiteten Lied, etwas in der Art. Statt dessen verstand Karl ihre Forderung ganz falsch und überschrieb ihr den halben Besitzanspruch an seiner Weddinger Wohnung. Romantisch war das eher nicht, aber als Zeichen wog es schwer – und Marie gab sich damit zufrieden. Auch ihre Eltern waren genügend beeindruckt. Eine mögliche Hochzeit wurde für den kommenden Herbst ins Auge gefaßt, und Marie erhielt die Erlaubnis, hin und wieder bei Karl zu übernachten. Für die strengen Konventionen der Zeit war das eine generöse Regelung. Übelwollende Nachbarn hätten die Dresslers wegen Kuppelei anzeigen können, ungeachtet des bestehenden Verlobungsverhältnisses. Aber es gab zum Glück nicht nur Boshaftigkeit auf der Welt. In Berlin, und daran hatten auch die Nazis noch nichts grundlegend ändern können, war es den allermeisten Menschen einerlei, wie, wann und mit wem es der Nachbar sich gut gehen ließ. Daß es Karl Loewe im Grunde nicht wirklich gut ging, kümmerte sie gleich noch viel weniger. Je näher der Termin der Hochzeit rückte, desto unruhiger wurde der junge Bräutigam. Mal kamen die Zweifel wie ein Schwarm Stechmücken, mal wie ein Ausschlag auf der Gehirnhaut. Dabei wäre es Karl schwergefallen, seine Einwände gegen die Heirat zu präzisieren. Marie besaß keinen schlechten Charakter, sie war weder dumm noch faul oder fade, und im Bett gab sie sich hin und wieder sogar Mühe, ihren Geliebten zu verwöhnen, auch wenn er sein Geschlechtsorgan vor dem Höhepunkt immer herausziehen mußte, egal, ob da oder dort. Das war im Rahmen, soviel Karl über Frauen wußte. Marie war eben – im Rahmen. Sie war, mit anderen Worten, nichts Besonderes. Immer öfter dachte Karl an die warnenden Worte seines Bruders; ihn beschlich der Verdacht, daß er Marie vielleicht nur noch heiraten wollte, um vor Max keinen Fehler eingestehen zu müssen. Was seltsam war, da ihm Max' Urteil doch völlig egal sein konnte. Daß der Bruder in großen Schwierigkeiten steckte, war das Letzte, was die wenigen verbliebenen gemeinsamen Bekannten über Max zu berichten wußten, und auch das nur aus sekundären Quellen.

Max war inzwischen kein Wohnungsbesitzer mehr. Nach Abzug aller Schulden blieb immerhin genug Kapital, um eine Weile lang nicht auf Ellies Einnahmen vertrauen zu müssen. Zur Universität ging er kaum noch, als Ausrede benutzte er vor sich selbst, daß die Nationalsozialisten starken Einfluß auf die Lehrpläne genommen hatten. Einige Denker waren verpönt, manches Denken gar verboten. Es fiel nicht besonders auf, denn ausgerechnet der aufregendste neue Philosoph, Martin Heidegger, war eben nicht verboten worden, im Gegenteil, der Freiburger Professor hatte den Nazis seine Aufwartung gemacht, mit einer das Regime begrüßenden, ja beinahe anschleimenden Rede. Dieser Umstand ließ Max sehr unsicher zurück. Wenn epochale Genies wie Heidegger oder Richard Strauss kein Problem hatten, sich mit den Nazis zu arrangieren, sie also nicht als unmittelbare Gefahr für Frieden und Menschschlichkeit ansahen, wo lag die Wahrheit? Doch wohl, wie meistens, irgendwo in der Mitte zwischen Dämonisierung und Verharmlosung. Max litt daran, daß die von ihm verehrten Idole alle nur redeten und schrieben, sie schrieben kluge und dicke Bücher, erschufen große Kunst, zweifellos, aber sie erreichten nur einen winzigen Teil der Bevölkerung, während die Nationalsozialisten an den riesigen Rädern im Innersten der Macht saßen, wo sie handeln konnten und handelten. Max fühlte sich ständig versucht, Teil jenes Getriebes zu werden, ein kleines Rad im Räderwerk, aus dem irgendwann ein größeres Rad werden konnte. Aber was war er denn, was war aus ihm geworden? Ein verkrachter Student mit Alkoholproblem, ein erfolgloser Pferdewetter, der mit einer alternden Hure zusammenlebte. Niemand konnte für so jemanden Verwendung finden. Das enorme Potential, das er einst gehabt hatte, schien für immer verloren.

Ein durch und durch verdorbener Charakter hätte vielleicht immer noch reüssieren können, durch pure Skrupellosigkeit, auf Gebieten, auf denen hartherzige und fanatische Subjekte für diverse Drecksarbeit benötigt wurden. Ein solcher Mensch war Max nun einmal nicht. Mußte er deswegen ein Nichts sein? Eines Morgens war er am Mehringdamm 32 gewesen, in der Arztpraxis von Gottfried Benn. Dem er sich nackt präsentierte und den Verdacht äußerte, er habe sich eine Geschlechtskrankheit eingefangen, verspüre Schmerzen beim Urinieren. Was gar nicht stimmte. Er wollte mit dem verehrten Dichter ins Gespräch kommen, brachte aber kaum einen Ton heraus. In diesem Moment verstand er sich als Störenfried, ihm wurde beim ersten Anblick der Praxis klar, daß der große Dichter nichts so sehr herbeisehnte wie den Feierabend, um in Ruhe, zeitgenossenfrei, zu dichten. Insgesamt richtete der etwas mürrisch wirkende Benn acht Worte an ihn: *Guten Tag. Ich kann da nichts erkennen. Wiedersehn.* Ein Wort mehr, als Christus am Kreuz eingefallen waren. Aber Benns Händedruck war den Besuch insgesamt doch wert gewesen.

Max empfand sich als Gefangener seiner Zeit. Als würde ein verschneites Dach auf ihm lasten, das jederzeit zusammenbrechen und ihn unter sich begraben konnte. Eine Heldentat.

Ihm war nach einer Heldentat zumut. Ganz egal welcher.

Eines Abends teilte ihm Ellie mit, daß sie Angst habe, ihrer Arbeit weiter nachzugehen. Sie sei von der Behörde aufgefordert worden, einen Ariernachweis zu erbringen, sei aber vom Vater her halbe Jüdin. Offiziell war Prostitution rigoros verboten, inoffiziell ging vieles weiter wie gehabt. Auch Präservative zu benutzen oder anzubieten war gegen das Gesetz, dennoch waren sie überall erhältlich.

Die Nazis machten keinen ernsthaften Versuch, die Menschheit sittlich umzuerziehen. Doch die Möglichkeit, ein Herrenrassenpenis könne zersetzenden Umgang mit einer artfremden, gar mosaischen Vulva haben, war etwas anderes, Ernsteres. Noch gab es keine klaren Direktiven, noch hatte das Wort *Rassenschande* nicht Einzug in die Paragraphen gehalten. In Hamburg wurde denn auch gleich nach der Machtergreifung ein spezifisch jüdisches Bordell eröffnet, bald aber wieder geschlossen, auf Geheiß des Führers. Der das irgendwie nicht hinnehmbar fand. In Berlin waren zur selben Zeit ein Dutzend der berüchtigtsten und von Max oft frequentierten Anbahnungslokale zugemacht worden, darunter das *Silhouette*, in dem sogar Marlene Dietrich gerne zu Gast gewesen war, die

*Monokel-Bar*, das *Dorian Gray*, das *Mikado* und die *Zauberflöte*. Selbst das von Ernst Röhm so geliebte *Eldorado* überlebte nicht. Homosexuelle trafen sich bald in privaten Salons, organisierten sich neu, gründeten zum Beispiel Literaturzirkel oder Kochgemeinschaften. An der Verfolgung von Lesben zeigte sich das Regime seltsamerweise nie interessiert, aber das konnte zu dieser Zeit niemand ahnen.

Ellie hielt es für nötig, ihre Permanenz-Annoncen in den Berliner Boulevardblättern – *(Masseuse sorgt in diskreter Atmosphäre für individuelle Entspannung etc.)* aufzukündigen. Und ihren Liebhaber von ihrer prekären genetischen Herkunft zu unterrichten.

Max reagierte erstaunt, denn er hatte an Ellie nie angebliche jüdische Charakteristika wahrgenommen, weder physiognomische noch Wesenszüge. Ihr Nachname, Jakobowski, hätte ihm wohl einmal zu denken geben müssen, aber was sind Namen, wenn nicht Schall und Rauch. Selbstlos bot er Ellie an, sie zu heiraten; sie solle sich christlich taufen lassen, bestimmt könne damit etwas erreicht werden. Ellie entgegnete, sie sei ja schon getauft, protestantisch, schon immer, wie übrigens ihr Vater selig auch. Max staunte. Aha, sagte er nur. Aha.

Ihm war nicht recht klar gewesen, daß die Nazis dabei waren, eine Gesellschaft zu errichten, in der dem wie auch immer erblich gezeichneten Individuum kein Schlupfloch bleiben sollte, um sich durch Assimilation einer Verfolgung zu entziehen. Dergleichen erschien ihm widersinnig, dumm und überaus boshaft, auch ihm selbst gegenüber, denn wenn er ganz ehrlich zu sich war, hatte er sich stets darauf verlassen, daß im äußersten Notfall Ellie für das Feuer im Ofen sorgen würde. Er schlug etwas pathetisch vor, ihr falsche Papiere zu besorgen, und erkundigte sich in einschlägigen Lokalen nach dem Preis. Es wäre sehr teuer, zudem vergebens gewesen, denn die Nazis hatten sich längst Zugang zu allen Ämtern und Akten verschafft, und Ellies Vater war nun einmal als Samuel Jakobowski geboren worden. Daß er irgendwann eine Arierin geheiratet und deren Glauben angenommen hatte, spielte eine untergeordnete Rolle. Die Situation der getauften deutschen sogenannten *Halbjuden* (die Nazis sprachen von *Mischlingen ersten Grades*) war dabei längst nicht besorgniserregend. Im Gegenteil, das Regime legte Wert auf die Feststellung, daß man sogar Volljuden, sofern sie als Frontkämpfer gedient hätten, als Volksgenossen anerkenne. Und Samuel Jakobowski war im Weltkrieg Leutnant gewesen. Es gab Möglichkeiten, die drohende Gefahr kleinzureden. Glücklicherweise fanden in zwei Jahren die Olympischen Spiele in Deutschland statt. Bis dahin würden die Nazis, die ohnehin schwer unter dem Auslandsboykott litten, sich hüten, einen allzu üblen Eindruck in der Welt zu hinterlassen. Alles beruhigte sich wieder. Ellie arbeitete nicht mehr von der Straße aus, wechselte das Zimmer, sie ließ sich in Gaststätten ansprechen und hielt sich einige Stammkunden warm. Sie verdiente sogar etwas mehr als früher, die Preise hatten angezogen. Es war dann auch ein ganz anderes Ereignis, das in Max Panik auslöste.

In Deutschland sollte die allgemeine Wehrpflicht eingeführt werden, in einem halben Jahr schon, im März 1935. Einem Pro-Forma-Studenten ohne Zwischenscheine, einem Arbeitsdienst-Drückeberger würde sicher kein Aufschub gegönnt werden. Max dachte an Karl, dem Militarismus jeder Art verhaßt war. Wie würde er sich verhalten? Nachdem die Brüder länger nichts voneinander gehört hatten, kam es zu einem Treffen, im November '34, im *Roberts* am Kudamm, wo sie Milchshakes (Karl) und Cocktails (Max) amerikanischer Art verkosteten. Ein neumodisches Schnellrestaurant; bezahlt wurde am Ausgang, was die Bedienung als Verzehrsumme auf dem Ticket gelocht hatte.

Man umarmte sich, und von einem Moment auf den nächsten war eine nicht mehr für möglich gehaltene Intimität wiederhergestellt. Karl schien nur darauf gewartet zu haben, jemandem in aller Offenherzigkeit seine Nöte zu erklären. Die im Wesentlichen daraus bestanden, daß er Marie nicht mehr liebte und die immer wieder verschobene Hochzeit näherrückte, somit die Gründung einer Familie. Die Wehrpflicht war dagegen ein kleineres Kaliber, jedenfalls schien Karl gerade keinen Gedanken daran zu verschwenden. Es gab ja vielleicht einen Weg, aller anfallender Probleme mit einer einzigen Maßnahme Herr zu werden. Am Ende eines langen Abends einigten sich die Brüder auf die Emigration. Karl würde die Verlobung mit Marie lösen, und Max würde Ellie mitnehmen, sie in Frankreich oder England, da waren sich die Brüder noch uneins, vielleicht sogar ehelichen. Mit dem halben Erlös aus dem Verkauf von Karls Wohnung konnten sie sich eine Zeit lang über Wasser halten, danach würde sich schon irgendetwas finden. Notfalls konnten sie Nachhilfestunden in Latein und Mathematik geben, den Fächern, in denen sie sich stets hervorgetan hatten. Sie waren zukunftstrunken und voller Pläne, die am Ende einer Nacht stringent erscheinen. Zuletzt warfen sie eine Münze. Kopf bedeutete Paris, Adler aber London. Kopf gewann, und die Sache war ausgemacht.

Karl fand im Nachhinein Paris sogar besser, denn wenn im deutschen Reich, wie beide hofften, sich die Nazis bald verausgabt hätten und entmachtet wären, würde man schneller zurückkehren können in die Heimat.

Marie reagierte hysterisch und schwer enttäuscht, wollte von der Entlobung so gar nichts wissen, sie erinnerte Karl an den

Schwur, den er ihr gegenüber einmal geleistet hatte. Als er sie eines Nachts unbedingt hatte haben wollen und seine von der Begierde gelockerte Zunge zur Marionette seines Triebs geworden war.

Er wiederum nannte Marie kindisch. Es habe sich ja nun hinreichend gezeigt, daß sie beide füreinander nicht geschaffen seien, weshalb solle man darauf bestehen, daß da was schief zusammenwachse, zu einer vorhersehbaren Sollbruchstelle?

Apropos, sagte Marie, ich bin doch keine Jungfrau mehr.

Ja nun, sagte Karl. Er verkaufte die Wohnung für zehntausend Reichsmark. Ungefähr die Hälfte, zweitausend, ließ er Marie zukommen. Die maulte, daß er ohne ihre Einwilligung die Wohnung gar nicht hätte verkaufen dürfen. Und so billig. Tatsächlich hatte Karl zwar die Absicht, aber nie die Zeit gehabt, ihren halben Besitzanspruch notariell beglaubigen zu lassen. Auch Max und Ellie machten alles zu Geld, was sie noch besaßen. Max, der fast nichts mehr besaß, wurde sogar kriminell, er verschaffte sich mit geliehenem Geld Kokain, das er mit Backpulver streckte und an einen Bordellbetreiber weiterverkaufte. Er hatte unverschämtes Glück. Der Homosexuelle, der ihm die zweitausend Mark aus alter Ergebenheit geborgt hatte, ein schon angegrauter Varieté-Regisseur, wurde über Nacht verhaftet und verschwand in einem Konzentrationslager. Max war die Sache peinlich, aber für die Unmöglichkeit, das Geld zurückzuzahlen, konnte er definitiv nichts. Ellie hatte gespart, und als sie ihrer Mutter von den Emigrationsplänen erzählte, stellte sich heraus, daß auch die Mutter gespart hatte. Und unter Gewissensbissen litt. Denn ihr, der waschechten Arierin, drohte keine Gefahr. Ihrem zur Hälfte jüdischen Kind, das sie leichtfertig in die Welt gesetzt hatte, sehr wohl. Ellie und ihre im fernen Görlitz lebende Mutter hatten sich nach einem Streit jahrelang nicht geschrieben, um so herzlicher fiel nun die Versöhnung aus. Ich brauche ja kaum was zum Leben, sagte die Mutter, ging zur Bank und hob einen stattlichen Betrag ab, den sie der Tochter in die Hand drückte. Daß du eine Tänzerin geworden bist, Kind, sagte die Mutter, habe ich dir lange nicht verzeihen können. Es ist ja auch verrückt, einen Beruf zu ergreifen, den man höchstens zwanzig Jahre lang ausüben kann. Aber die Dinge sind nun mal, wie sie sind. Nimm das Geld, mach das Beste draus.

Ellie plagten Skrupel. Andererseits –

Am ersten Januar 1935 bestieg das Trio den Nachtzug über Mannheim nach Paris. Im selben Wagen befand sich – ausgerechnet – auch Gottfried Benn, der, vom *Völkischen Beobachter* als ›Ferkel‹ tituliert, in Hannover ausstieg, um für das Regime als Stabsarzt zu arbeiten und gegen alle Anfeindungen eine vorläufige Ruhe zu genießen. Max, Karl und Ellie blieben sitzen und spielten *Pantomime* – gegen die innere Aufregung. Die Beamten, die routinemäßig nach dem Grund der Reise fragten, erhielten zur Auskunft, es handle sich um eine Urlaubsfahrt. Die bereits 1931, weit vor den Nazis, beschlossene Reichsfluchtsteuer von 25 Prozent diente den neuen Machthabern als Einnahmequelle, womit vor allem jüdische Auswanderer geschröpft wurden, die nach Palästina unterwegs waren.

Als die drei gegen Mitternacht die Reichsgrenze passierten, angekommen in der Freiheit, holte Ellie eine Flasche warmgewordenen Sekt aus ihrem Gepäck, das letzte Geschenk ihres treuesten Kunden, der mit seinem Selbstmord gedroht hatte, für den Fall, daß sie nicht wiederkäme. Und selbst der abstinente Karl ließ sich zu einem Schluck überreden.

Sofort nach ihrer Ankunft in Paris stellte sich heraus, daß die Brüder doch noch sehr unreif waren. Statt sich bei erfahrenen Exilanten nach preiswerten Möglichkeiten zu erkundigen, logierten sie in ihrer Großspurigkeit für fünfundsechzig Francs die Nacht im Hotel *Radio* am Montmartre, mit Zentralheizung und fließend heißem Wasser, erkundeten die Stadt, aßen im Restaurant und ließen Wochen vergehen, bevor sie sich ernsthaft Gedanken über die nähere Zukunft machten. Nur Ellie, ein von Natur aus vorausschauender, auf Sicherheit bedachter Charakter, knüpfte in Cafés einige Bekanntschaften, wofür sie sich von Max allabendlich Eifersüchteleien anhören mußte.

Paris war schlichtweg großartig. Die Stadt erwies sich als noch liberaler, als es selbst Berlin in den goldenen Jahren vor den Nazis gewesen war. Eine Zuflucht, ein El Dorado für Abenteurer und Freigeister, für Andersartige und Schwarze Schafe, Genies und Scharlatane, Bonvivants und Avantgarde-Ästheten. Hier konnte der Ehrgeizige zum Emporkömmling werden und der faule Träumer seine Ruhe haben, hier tobte das Leben, sexuell wie intellektuell, viele Amerikaner waren in der Stadt und brachten neue Ideen nach Europa, neue Musik und Literatur, und während in Berlin mit definitiv entarteten Parametern über angeblich entartete Kunst debattiert wurde, etwa ob Nolde oder Barlach einem *nordischen Impressionismus* zuzuordnen seien, wie Propagandaminister Goebbels meinte, oder dem entbehrlichen Müll, wie Chefideologe Rosenberg meinte, eine Debatte, die Hitler dann höchstpersönlich, aus einer Laune heraus, zu Ungunsten Barlachs und Noldes entschied (worauf Goebbels zum um so entschiedeneren Kämpfer gegen die Moderne wurde – eine bedrückende Komödie), konnte man in Paris kaum irgendwo betrunken zu Boden stürzen, ohne das

Atelier eines bedeutenden Künstlers im Sichtfeld zu behalten. Max und Karl verfeinerten ihr Französisch, indem sie auf Märkten lange um Preise feilschten, indem sie Kellner in Gespräche, ja oft sogar in politische Debatten verwickelten. Den teutonischen Akzent, der sie anfangs als Touristen verriet, legten sie binnen dreier Monate vollständig ab. Ellie hingegen tat sich schwer mit der neuen Sprache. Max verwendete viel Mühe darauf, ihr das Nötigste beizubringen, nächtelang führte er simple Konversationen mit ihr, fragte sie wie ein Schulkind nach Vokabeln ab. Sobald sie sich überfordert fühlte, sagte Ellie, daß ihr Französisch immerhin gut genug sei, um notfalls etwas Geld zu verdienen. Ein Kalauer, den Max nicht mehr hören konnte. Der ihm Bauchschmerzen bereitete.

Ellie war alles in allem ein pflegeleichtes Wesen, frei von Bosheit. Wenn man sie aber reizte oder wenn sie etwas getrunken hatte, konnte sie rücksichtslos austeilen und bot das beste Beispiel für eine sogenannte *Berliner Schnauze*. Manchmal wirkte sie auch etwas primitiv und ungelenk, entsprach nicht ganz dem gängigen Bild einer Frau von Welt und zeigte einen beinahe pubertären Humor. Wenn Max sich für seine Freundin genierte, ließ er sie das deutlich spüren. Ellie hielt ihm im Gegenzug vor, daß er keine Fröhlichkeit ertrage und zum Lachen in den Keller gehe. Im Lauf der Zeit wurden die beiden einander etwas ähnlicher, kamen dem Partner entgegen, wie es bewußt oder unbewußt in jeder Beziehung geschieht, in der man sich, um ein Höchstmaß an Liebe und Begierde zu empfangen, noch Mühe gibt, dem anderen zu gefallen. Max redete sich ein, er könne von einer solchen Annäherung profitieren, hielt er sich selbst doch, was seine Wirkung nach außen betraf, für etwas steif und verschattet. Auf viele Menschen wirke er, meinte Ellie, zuerst arrogant, dann unsicher und verschlossen. Ganz und gar nicht – wie Max bis dato von sich geglaubt hatte – souverän und unbestechlich. Für solch erhellende Vorhaltungen liebte er Ellie, wenn auch stets mit ein wenig Verspätung. Ob sie dabei die reine Wahrheit sagte oder nicht, egal, das spielte eine nachgeordnete Rolle. Sie machte aus ihrem Herzen keine Mördergrube, redete frei, wie sie es empfand, und ein bißchen was war fast immer dran an dem, was sie so unbekümmert bis (hinter-)gedankenlos von sich gab. Max fand Ellie gerade deswegen vertrauenswürdig, weil er sie vertrackter Strategien letztlich für unfähig hielt. Umgekehrt brachte Ellie der Bildung und Klugheit ihres Freundes Respekt entgegen, stellte an Max aber einen latenten Mangel an Diplomatie und Weltweisheit fest. Gerne hätte er Ellie Vorschriften gemacht, doch seine an jedem dritten Abend formulierten Heiratsanträge lehnte sie beharrlich ab. Nicht etwa, weil sie ihn nicht liebte. Es war die erfahrene Frau in ihr, die befürchtete, daß Max sie allzubald überbekommen würde. Womit sie grundfalsch lag. Erst ihre ständigen Weigerungen, Max zum Ehemann zu nehmen, brachten den dazu, an Ellies Liebe zu zweifeln und mögliche Alternativen in Betracht zu ziehen. Eine solche ins Auge springende Alternative war Janine, ein neunzehnjähriges Marktfräulein von außerordentlicher Schönheit, bei dem Max an jedem Mittwoch und Samstag Obst kaufte. Er dachte sich nicht viel dabei, als er sie zum Tee einlud, danach zum Wein. Es steckte auch nicht viel dahinter, als er sie am Seine-Ufer küßte und ihre Brüste streichelte. Zu mehr kam es nicht, denn Max begriff gerade noch rechtzeitig, daß er Janine gar nicht haben, sondern Ellie bestrafen wollte, Ellie davon aber nie etwas erfahren würde, was die Aktion bis zur kompletten Sinnlosigkeit entwertete. Einfach nur einen neuen Körper zu genießen, lohnte das zu erwartende Nachspiel in Konsequenzistan nicht. Janine fand sich mißbraucht, verstand die Welt nicht mehr und weinte. Max entschuldigte sich bei ihr, es läge seinerseits ein beklagenswertes Mißverständnis vor. Dann ließ er das Mädchen auf der Straße stehen, um kein noch größeres Unheil anzurichten.

Bisweilen erinnerte sich Max an seinen großspurigen Vorsatz, mehr aus seinem Leben zu machen als irgendein Mensch zuvor.

Hitler – der von einem außenpolitischen Erfolg zum nächsten raste, erst die Heimholung des Saarlandes ins Reich, später dann der deutsch-britische Flottenvertrag, selbst mit der allgemeinen Wehrpflicht hatte er sich gegen die Sieger des Weltkrieges durchgesetzt – war denn nicht genau er jener Mensch, der mehr aus sich gemacht hatte als irgendwer zuvor?

Ein Gefreiter, ein kleiner Meldegänger, der nach dem Putsch 1923 eigentlich zum Tode hätte verurteilt werden müssen, der es stattdessen, kaum zu glauben, zum Reichskanzler gebracht hatte, der dabei war, der deutschen Nation nach ihrer verheerendsten Niederlage zu neuem Glanz zu verhelfen. Dem die Bevölkerung zujubelte, in dem vier von fünf deutschen Frauen einen Retter der Nation zu erkennen glaubten. Max war an dem Punkt angelangt, einsehen zu müssen, daß ein anderer dabei war, seinen verwegenen Traum Wirklichkeit werden zu lassen. Ein genialischer Demagoge. Hitler war kein Nietzsche, nein, aber vielleicht war er ein Wegbereiter, eine Volksausgabe dessen, was für die Grundsteinlegung der Zukunft benötigt wurde. Ein populistisches Gelenkstück für kommende, kaum vorstellbare Umwälzungen. Hitler war nur ein sterblicher Mensch, der, auf gewisse Weise beeindruckend, über seine Zeit herrschte. *Aber es herrscht doch immer die Zeit über die Menschen.* Notierte Max in sein Sudelbuch. *Nur der Übermensch wird zeitlos sein.*

Während er dies schrieb, empfand er bereits die bedrückende Gewißheit, die Ankunft des Übermenschen nicht mehr zu erleben.

*Es müßte ja richtiger:* Übermenschheit *heißen, es kann ja keinen Einzelnen geben. Höchstens Propheten und Vorkämpfer. Und Nietzsche wollte mit voller Absicht keine Systematik in sein Denken bringen, um nur keine Bürokraten hinter sich zu scharen. Das weiß ich nun. Denn Systeme –*

Max begriff, in einer einzigen Sekunde, einer hell gleißenden, riesigen Sekunde, daß jeder heilige Kampf, angekommen in der realen Politik, in eine Schreckensherrschaft münden muß. Denn der heilige Krieger ist immer nur einer, seine dumpfen Schergen sind andere und viele. Und jeder Kampf, auch der heiligste, braucht Gewalt, um einer Idee Raum abzugewinnen in der Wirklichkeit, sie Fuß fassen zu lassen im Folgen-Reich (oder *Konsequenzistan*, wie Max das Land nannte, in dem, anders als im Denken, nicht rücknehmbare Fakten geschaffen wurden). Die Idee erobert sich Terrain. Die Gewalt hört aber nicht auf, sie muß die eroberte Wirklichkeit verteidigen gegen andere vermeintlich heilige Kämpfer. Die Idee wird ersetzt durch Gewalt. Eine Schreckensherrschaft beginnt.

Für Max stand damit fest, daß er wohl nie ein politisch aktiver Mensch sein würde. Aber wohin dann mit all der abzusitzenden Zeit? Konnte das eine Aussicht sein? Kleinlaut hinter dem Ofen Stunde um Stunde zu töten?

Wir sind hier Fremdkörper ohne Zukunft. Unser Aufenthalt, Bruder, ist mit herben Zinsen geliehen. Wir haben kein Schicksal. Paris scheißt auf solche wie uns.

Ach was, sagte Karl, erstens solltest du nie für uns *beide* reden, zweitens nicht so einen *Schmarren*, drittens – wir sind *jung!* Und Jugend ist das Entree-Billett – überallhin!

Karl sah sich bald gezwungen umzudenken. Junge Frauen, das stimmte, waren überall und von Herzen willkommen. Junge Männer eher nicht. Es sei denn in gewissen Kreisen, von denen Max etwas verstand, Karl aber auf keinen Fall etwas verstehen wollte. Max' Bisexualität war ihm ein Symptom der Décadence, eine ekelhafte Verirrung, und oft fragte er den Bruder, halb erzürnt und halb ängstlich, wie denn um Himmels Willen ein Zwilling solch eine Neigung entwickeln könne und der andere nicht? Max entgegnete, breit grinsend, das habe er dem Privatunterricht des Herrn Fink im Jesuitenkolleg zu verdanken. Wenn Jonathan Fink damals *dich* attraktiver gefunden hätte, wäre es heute andersherum, wahrscheinlich.

Das ist Quatsch, nie im Leben! Karl wies die Möglichkeit entschieden von sich. Und wollte darüber nicht weiter debattieren. Denn hundertprozentig sicher war er sich eben auch nicht. Er glaubte zu Max' Gunsten, daß der nicht wirklich Spaß daraus bezog, mit Männern zu schlafen. Wahrscheinlich lebt er irgendein Trauma aus – und schläft mit Männern, um für diesmal *nicht* der Ausgebeutete zu sein. So oder ähnlich reimte sich Karl die Perversion seines Bruders zusammen.

Max genoß es, endlich wieder verruchte Lokale betreten zu können, ohne Angst vor einer Verhaftung zu haben. Um Ellie machte er sich dabei keine Gedanken, das war eine Sache unter Männern, die sie nichts angehen mußte. Er begann in der bei Päderasten sehr beliebten Cosy-Bar, erkundigte sich dort nach anderen Lokalitäten, in denen Gleichgesinnte zusammenkamen – das *Vertige* und *Roland* – und ging immer zur besten der genannten Adressen, wo er sich wiederum neue Lokalitäten nennen ließ usw. Bis er Zugang zu Kreisen fand, in denen Freundschaften zu knüpfen sich effektiv lohnte. Max hatte im Schaufenster nichts als seinen straffen, schlanken Körper, jenes bereits erwähnte schmucke Geschlechtsteil und ein stilles, höfliches, auch, wenigstens dem Anschein nach, diskretes Wesen, zu dem viele Homosexuelle Vertrauen faßten. Auf diese Weise bekam er eine Stellung angeboten. Er bat sich Bedenkzeit aus.

Karl suchte unterdessen Kontakt zu kommunistischen Emigranten. Ihm schwebte ein Redakteursposten in irgendeiner der vielen deutschsprachigen Exilzeitungen vor. Er probierte es beim *Pariser Tageblatt*, beim *Neuen Vorwärts*, bei der *Sozialistischen Warte* und etlichen anderen. Aufgrund seines Alters und der daraus abzuleitenden Unerfahrenheit nahm man Karl eher als Belästigung denn als Bereicherung wahr – und nie für voll. Die noch beste Offerte bestand in einem Volontariat, das arbeitsintensiv, doch kaum bezahlt sein würde. Er könne auch Nachhilfestunden geben, in diversen Fächern, lautete mehrmals sein letzter, fast geflüsterter Vorschlag, bevor man ihn freundlich, aber bestimmt, vor die Tür setzte. Karl zeigte sich über die geringe Solidarität, die ihm entgegengebracht wurde, irritiert. Er mußte zwar zugeben, daß es sehr viele ältere und erfahrenere Genossen gab, die im schönen Paris ums Überleben kämpften, aber die Art, *wie* man auf ihn zu verzichten können glaubte, besaß etwas tief Demütigendes.

In Berlin waren derweil, am 19. Februar 1935, zwei adlige Frauen, Benita von Falkenhayn und Renate von Natzmer, hingerichtet worden, wegen nachgewiesener Spionage und Landesverrats. Sie hatten der polnischen

Armee einen möglichen deutschen Aufmarschplan verraten. Der polnische Generalstab hatte die Information allerdings zu keinem Zeitpunkt ernstgenommen, denn wie sollten ausgerechnet Frauen Zutritt zu militärischen Geheimnissen haben?
Vollends tragisch mutete an, *wie* die Spionage aufgeflogen war. Renate von Natzmer war als Sekretärin im Verteidigungsministerium beschäftigt gewesen. Ihre Mutter hatte sich bei Renates Vorgesetzten darüber beschwert, daß die Tochter abends im Büro so viele Überstunden ableisten müsse. Es waren jedoch nie Überstunden angeordnet worden. Der Vorgesetzte machte der Gestapo Meldung.
Hitler gewährte keine Gnade. Die beiden ausnehmend schönen und noch jungen Frauen wurden vom Scharfrichter mit einem sogenannten Richtbeil enthauptet – grauenhaft drastische Skizzen wanderten durch die Boulevardblätter. Die erregte Diskussion darüber brachte Hitler dazu, zu verfügen, daß im Deutschen Reich Todesurteile nur noch per Guillotine oder durch den Strang zu vollziehen seien.

Ein Helfershelfer, las Max in der Zeitung, ein gewisser Pole namens Georg oder Jerzy Sosnowski, ein Major der Reserve und selbsternannter Ritter von Nalecz, sei dagegen nur zu lebenslanger Haft verurteilt worden, weil ihm als Nicht-Deutschem kein Landesverrat zur Last gelegt werden konnte. Max erschrak. Er kannte Jerzy. Jeder, der in Berlin längere Zeit das Nachtleben in gewissen Kaschemmen genossen hatte, kannte diesen großzügigen Polen; legendär waren dessen Champagnerfeste – und Max glaubte sich nun auch an Benita von Falkenhayn zu erinnern, eine lebenslustige Blondine, die gerne lachte, das war bei dieser Feier im *Hohenzollern-Café*, die beinahe zur Orgie – Max schauderte. Er stellte sich ihren vom Körper getrennten Kopf vor und brachte das Bild nicht mehr dazu, sich von *seinem* Kopf zu trennen, er träumte schlimm und bildete sich nach und nach ein, sogar Sätze mit jener Benita gewechselt zu haben, nicht nur Trinksprüche und Anzüglichkeiten. Sosnowski war auf einem dieser Feste verhaftet worden, mit allen anderen Gästen, fünfzig an der Zahl. Max schauderte es noch mehr. Vielleicht stand sein Name drüben im Reich auf irgendeiner Liste. Bestimmt hatte man all jene Gäste gefoltert, nach irgendwelchen Namen ausgepreßt – und welchen würden sie lieber nennen als seinen, nicht aus Gemeinheit, aber da sie wußten, daß er nicht mehr vor Ort, sondern in ›Sicherheit‹ war, würden sie sich gar nichts dabei denken, seinen Namen zu nennen. Unter Folterschmerzen zu brüllen. Aller möglichen und denkbaren Verbrechen würden sie ihn bezichtigen. Sodomie. Handel mit Kokain. Umgang mit polnischen Spionen. Jüdischen Nutten. Wer weiß, was noch alles. Max wurde ganz bleich, er zitterte – und doch ging es ihm in den folgenden Tagen besser und besser. Er empfand sich plötzlich, auf eigenartige Weise, wieder als bedeutend. Wie seit der ersten Nietzsche-Lektüre nicht mehr.

Und er hatte, anders als sein Illusionen nachhängender Bruder, eine Stellung in petto. Oder immerhin in Aussicht.

Er sprach am Abend mit Ellie darüber, und als die nichts daran auszusetzen fand, auch mit Karl. Der einiges daran auszusetzen fand. Ob er sich nicht schäme, etwas derart unter jeder Menschenwürde Befindliche auch nur in Erwägung zu ziehen. Max entgegnete, daß man sich in dieser Zeit, im fremden Land, allzu skrupulöse Erwägungen leider nicht erlauben könne. Die Arbeit sei zudem gut bezahlt.

Fortan stand Max Loewe gegen sechs Uhr morgens auf, um im Stadtpalais des Marquis de Paulignac ein halbes Dutzend unterforderter Huskies in Empfang zu nehmen, die viel Auslauf brauchten. Mindestens drei Stunden sollte er mit ihnen durch den Bois de Boulogne hetzen, dafür waren ihm dreißig Francs pro Tag (umgerechnet fünf Reichsmark) als Vergütung versprochen worden, und wenn er hinterher dem Marquis, sofern der Lust hatte, zur Verfügung stand, in der Bedienstetenwohnung oberhalb der Garage, gab es zwanzig Francs zusätzlich. Plus Trinkgeld. Davon konnte man leben, wenn man nicht unbedingt Wert auf ein Hotel legte.

Raymond Paulignac, ein im sechzigsten Lebensjahr stehender, noch stattlicher Mann, lebte seine erotische Neigung sehr versteckt aus. Als Gatte einer viel jüngeren Frau und Vater von drei fast erwachsenen Töchtern aus erster Ehe mußte er den Schein wahren, vor allem vor seinen Sportskameraden. Paulignac ritt immer noch aktiv Dressur und war Mitglied im nationalen olympischen Komitee. Auch seine Germanophilie suchte er geheimzuhalten. Dafür hätte es in der französischen Hauptstadt weit weniger Verständnis gegeben als für erotische Aberrationen jedweder Art.

Der Marquis war zugleich euphorischer Nietzscheaner wie Wagnerianer und hatte an dem jungen Deutschen sofort Gefallen gefunden. Hitler hielt er für einen spleenigen, aber fähigen Mann, um den die schlappgewordenen Franzosen Deutschland beneiden müßten. Einen baldigen Krieg zog der Marquis nicht in Betracht, das sei nur Säbelrasseln und Emanzipationsgehabe. Nein, der Frieden von Versailles sei für die Deutschen sehr ungerecht gewesen, das habe er dem alten Clemenceau oft ins Gesicht gesagt. Es sei ganz natürlich, wenn ein derart unritterlich behandeltes Kulturvolk sich eine Rächergestalt suchen würde für die Satisfaktion. Aber selbstverständlich wüßten alle europäischen Nationen, daß sie sich eine Katastrophe wie den Weltkrieg kein zweites Mal leisten könnten. Und war dieser Weltkrieg nicht komplett sinnlos gewesen?

Lieber Max, fragen Sie die Kinder auf der Straße, worum es bei diesem Krieg eigentlich gegangen ist! Die wüßten es nicht, und zu Recht, denn es ging doch um nichts. Wegen nichts mußten so viele Menschen sterben. Da ist das Erstarken des Nihilismus doch nachzuvollziehen, ebenso die Abkehr von der Tonalität in der Musik. Jetzt berufen sich selbst die spanischen Anarchisten auf Nietzsche, weil sie in ihm nicht den großen Konservativen erkennen. Er hat ja die Werte nicht zertrümmert, weil er gegen Werte war. Er hat die falschen Werte zertrümmert und neue gefordert, aus Liebe zum Menschen. So steht es im Zarathustra. Ich liebe die Menschen, trotz ihrer Fehler. Sinngemäß. Stimmen Sie mir zu?

Max sagte jeweils Ja und Amen, um seinen Brotgeber nicht zu verärgern. Ob Nietzsche die Menschen wirklich geliebt hatte oder nur den Menschen an sich – eine schwierige Frage.

Nietzsche habe jedenfalls nichts mit Antisemitismus zu tun gehabt, während Hitler –

An dieser Stelle unterbrach ihn der Marquis. Das mit den Juden – eine Schrulle, gewiß, aber doch keine, die von heute auf morgen entstanden sei. Religion ist Schwachsinn. Jede. Immer. Aber die der Juden sei schon besonders unappetitlich. Sie hätten viele Jahrhunderte Zeit gehabt, sich von ihren Bräuchen loszusagen, von ihren ekligen Hüten und schwarzen Mänteln und Schläfenlocken Abstand zu nehmen. Ihre Halsstarrigkeit, ihr dämlicher Glaube, Gottes erwähltes Volk zu sein, sei doch zum Kotzen. Wenn es ein erwähltes Volk gebe, dann die Deutschen, siehe ihre Komponisten, Dichter und Philosophen. Nicht zu vergessen ihre naturwissenschaftlichen Nobelpreisträger. Und es sei nun einmal Tatsache, daß der Jude an sich den Goi als Feind betrachte, den man übervorteilen müsse. Das könne man schwarz auf weiß im Talmud nachlesen. Gerade die französische Kultur würde schwer leiden unter dem Einfluß pseudointellektueller Juden. Wenn Hitler auch blind um sich schlage, wie jeder paranoide Emporkömmling, würde es doch ganz Unschuldige nicht treffen. Oder? Max wagte nicht zu widersprechen, zumal er vor nicht allzulanger Zeit noch recht ähnlich gedacht hatte. Inzwischen war sein Weltbild in der Rassenfrage moderat. Etliche jener deutschen Komponisten, Dichter und Philosophen, auch Naturwissenschaftler – seien doch Juden gewesen.

Hätte er gesagt, hätte ihm der Sinn nach Einspruch gestanden. Was Paulignac von sich gab, war nur folgenloses Gerede. Ohne Visum für Konsequenzistan. Wenn man den Zeitungen Glauben schenken durfte, entspannte sich die Lage der deutschen Juden zunehmend.

Der Marquis meinte dann noch, er habe angeregt, daß bei der Olympiade nächstes Jahr in Berlin die französische Delegation, als Zeichen des Respekts gegenüber dem Gastgeber, den rechten Arm zum deutschen Gruß erheben solle. Eine kleine, taktisch gemeinte Geste, aber es seien oft kleine Gesten, die große Kriege verhindern könnten. Er habe sich zwar mit dieser Meinung im Komitee bisher nicht durchgesetzt, arbeite aber daran. Frankreich und Deutschland, diese angeblichen Erbfeinde, könnten zusammen die Welt beherrschen, könnten die blasierten Engländer zum Teufel jagen und den geknechteten Menschen in Rußland die Freiheit schenken.

Daß der Kommunismus das Allerletzte und Abscheulichste sei, wenigstens darin waren sich Max und der Marquis einig. Max fürchtete sich vor der Frage, warum genau er hier in Paris herumlungere, warum er nicht aktiv am neuen Deutschland mitarbeite.

*Hitler mag keine Schwanzlutscher.*

Hätte er gesagt. Die Hinrichtung Ernst Röhms, des schwulen SA-Chefs, und seiner vermeintlich päderastischen Putschisten sei Grund genug, die kommenden Entwicklungen lieber aus sicherer Warte zu beobachten. Dagegen hätte der Marquis rein weltanschaulich nichts einwenden können.

Ellie, Karl und Max zogen vom Hotel Radio ins studentisch geprägte Quartier Latin, in ein Souterrain-Zweizimmer-Appartement in der Rue Clovis mit Ofenheizung und Lokus auf halber Treppe. Nachdem sie es lange hinausgezögert hatten, meldeten sie sich bei den Behörden an. Denn als Vergnügungsreisende konnten sie nun nicht mehr glaubhaft gelten, und es wäre gefährlich gewesen, bei einer Personenkontrolle ohne den Stempel amtlicher Duldung erwischt zu werden. Wer Ausländer bei sich aufnahm oder ihnen eine Wohnung vermietete, war per Gesetz verpflichtet, dies innerhalb von 24 Stunden zu melden. Also beantragten Karl und Max eine Aufenthaltsgenehmigung, eine *Carte d'Identité*, die für drei Jahre gelten würde. Einen Status als politische Flüchtlinge nahmen sie aber nicht in Anspruch. Ellie weigerte sich zuerst, hielt es für sicherer, keine unabänderliche Identität mit sich herumschleppen zu müssen, sah aber bald ein, daß das etwas milchmädchenhaft gedacht war.

Im Jahr 1932 konnten Deutsche eine Carte d'Identité noch sehr schnell und ohne Schwierigkeiten erhalten. Seitdem hatte sich vieles verändert. Die französische Regierung suchte ein Mittel, sich ausländischer Unruhestifter auf schnellstem Wege zu entledigen. Flüchtlinge mit einer Carte d'Identité wurden bald zur Ausnahme. In den meisten Fällen erhielten sie schon Ende 1934 lediglich sogenannte ›*Récépissés*‹ – das waren Empfangsbescheinigungen, die drei Monate lang gültig waren und jeden Emigranten hundert Francs plus vier Francs Stempelpapier kosteten.

Max und Karl Loewe hatten sich in der Freiheit gewähnt – und nicht wirklich eine Ahnung gehabt, was in Frankreich 1934 vor sich gegangen war. Nämlich eine Welle der Xenophobie.

Ein rumänischer Hochstapler und Jude namens Alexandre Stavisky hatte der Rechten den Vorwand für antisemitische und fremdenfeindliche Kampagnen geliefert. Der Einfluß faschistischer Gruppen wuchs bedenklich. Im Oktober dann ermordeten kroatische Nationalisten, die dem faschistischen Geheimbund Ustascha angehörten, den zu einem Staatsbesuch in Marseille weilenden jugoslawischen König. Der im gleichen Wagen befindliche französische Außenminister Barthou kam ebenfalls ums Leben. Die französische Polizei reagierte auf die Morde mit einer Reihe brutaler Aktionen gegen Ausländer. Da die Gerichtsverhandlung zeigte, daß die Attentäter vom Deutschen Reich zumindest mittelbar unterstützt worden sein mußten und daß ihre Pässe wohl aus einer deutschen Fälscherwerkstatt stammten, wurden viele deutsche Emigranten des Landes verwiesen. All das war gerade mal ein halbes Jahr her, und unter normalen Umständen hätten Max, Karl und Ellie keine

Chance auf eine schnelle Aufenthaltsgenehmigung gehabt. Es gab jede Menge Gründe, als lästiger Ausländer zu gelten und expediert zu werden. Dazu gehörten: unerwünschte politische Betätigung, strafbare Handlungen oder Betteln, unerlaubte Arbeit oder Zeitungsverkauf, wirtschaftliche Not und Inanspruchnahme französischer Wohlfahrtseinrichtungen. Schon der Nichtbesitz von gültigen Papieren brachte viele Emigranten in eine prekäre Lage. Weil das Deutsche Konsulat keine abgelaufenen Pässe verlängerte, standen bald so gut wie alle Emigranten vor demselben Problem. Immer wieder kam es vor, daß Flüchtlinge direkt an Deutschland ausgeliefert wurden. Max, Karl und Ellie waren all jene Probleme nicht im Mindesten bewußt gewesen, sie hatten bislang mit ihrer Gedankenlosigkeit schlicht Glück gehabt. Das Paradies Paris büßte an Glanz immens ein. Karl geriet in Panik. Er, ein wenn auch sehr kurzfristiges Mitglied der deutschen KPD, mußte der hiesigen bürgerlichen Regierung ein Dorn im Auge sein. Für die drei erwies es sich als entscheidender Vorteil, *nicht* den Status als politischer Flüchtling in Anspruch genommen zu haben. Max und Karl besaßen noch, wenn auch mehr zufällig, ihre Immatrikulationsbescheide der Friedrich-Wilhelms-Universität. Sie hätten behaupten können, ein Jahr im Ausland studieren zu wollen. Sie schrieben sich denn auch sofort an der Sorbonne ein, um dem Szenario mehr Glaubhaftigkeit zu verleihen. Ellie konnte das nicht, sie besaß nur die mittlere Reife, somit keine Berechtigung zu irgendeinem Studium. Es kam, wie zu erwarten: Statt einer Carte d'Identité erhielten alle drei den Status eines *Refus de Séjour*. Das war eine Aufenthaltsverweigerung, gegen die beim Innenministerium Berufung eingelegt werden konnte. Bis eine endgültige Entscheidung getroffen wurde, durfte der Antragsteller im Ort bleiben, mußte sich jedoch gewöhnlich einmal in der Woche bei der Polizei melden. Erst im Laufe des Jahres 1935, aufgrund einer Initiative der Sozialisten, entspannte sich die Lage der Emigranten wieder. Davon konnte Karl zu diesem Zeitpunkt aber nicht ausgehen, und die Furcht, alsbald in einem deutschen Konzentrationslager zu landen, trieb ihn in Richtung Wahnsinn. Obwohl ihm auf dem Weg dorthin noch wochenlang sein Stolz im Weg stand, bat er den Bruder, der viel gelassener agierte, endlich um Hilfe.

Max nutzte denn seine Beziehung zum Marquis de Paulignac, der ihm den Gefallen gerne tat, aus ureigensten Motiven. Aber war es ratsam, den einzigen Verbündeten im Land gleich um *drei* Gefallen in Reihe zu bitten?

Er entschloß sich zur Wahrheit, trat hin vor *Raymond*, wie er ihn, wenn sie unter sich waren, nennen durfte, und sagte, indem er seine offenen Handflächen zeigte und die Stimme senkte, er habe aus Deutschland zwei Freunde mitgebracht, seinen Bruder, einen ehemaligen Kommunisten, und eine als Halbjüdin verfolgte, nicht mehr ganz so junge Prostituierte, aber der eine habe dem Kommunismus und die andere der Prostitution abgeschworen.

Ich verstehe völlig, lieber Raymond, wenn du für diese beiden nichts tun willst, aber ich halte es für meine Pflicht als Ehrenmann, dich darum zu bitten.

Was schnitzt du denn für große Töne? Der Marquis lachte. Max verstand nicht.

Dein Bruder also – ein starkes Stück. Und die andere, hohoho – ist deine Freundin etwa? Ja? Ta petite amie?

Max nickte. Mit dem Mut der Verzweiflung. Der Marquis lachte erneut, als habe er lange kein ähnliches Amüsement genossen.

Du möchtest mich ernsthaft darum bitten, daß ich einem Roten und einer versauten Halbjüdin helfe, nur weil der eine dein Bruder ist und du in die andere deinen Samen gießt?

Diesmal wagte Max es nicht zu nicken. Er senkte leicht den Kopf.

Du bist wirklich ein Deutscher! Imponierst mir. Du redest von deinem Bruder und der Frau, mit der du schläfst! Redest von Menschen, die dir nahestehen. Wofür hältst du mich? Nein, diese Art Fanatismus müssen wir Franzosen von euch erst noch lernen! Was guckst du mich an mit so großen Augen? Nutz mich aus! Das bißchen Einfluß, das ich habe, Mensch, könnte ich doch besser nicht genießen, als dir und den deinen zu helfen! Wofür denn lebe ich?

Max schnellte aus dem Sessel, um seinen Wohltäter zu umarmen und zu küssen.

Auf diese Weise bekamen die drei deutschen Emigranten eine Carte d'Identité und hatten vorläufig ihre Ruhe, wenn sie auch das für sie zuständige Departement, Paris, nicht ohne Genehmigung verlassen durften. Aber wozu hätten sie das tun sollen? Sie feierten, kauften Wein, Kerzen und Leckereien, die sie immer schon einmal hatten kosten wollen, Austern zum Beispiel, deren Genuß Ellie mit den Worten kommentierte, derlei habe sie von ihren Kunden oft genug als Dreingabe bekommen.

Karls Fröhlichkeit war anfangs echt; bald wirkte sie bemüht und aufgesetzt. Zwar war er heilfroh darüber, nicht mehr unmittelbar eine Abschiebung erwarten zu müssen, aber daß er diesen Umstand seinem Bruder und dessen fragwürdigen Beziehungen zum Adel zu verdanken hatte, nagte schwer an seinem Selbstbewußtsein. Karl fühlte sich fehl am Platz, und erkundigte sich bei diversen Gleichgesinnten über Wege, sich in die Sowjet-Union abzusetzen. Wo jemand wie er seiner Meinung nach gebraucht wurde. Glücklicherweise geriet er an wohlwollende Menschen, die ihm dringend davon abrieten. In Moskau seien junge Genossen aus Deutschland derzeit ganz automatisch einem Spionageverdacht ausgesetzt. Von etlichen, die rübermachten, habe man nie mehr etwas gehört, sie seien verschwunden. Karl reagierte empört. Wohin war der Kommunismus gekommen, wenn ein Held, ein Riese wie Stalin sogar aus den eigenen Reihen der Gesetzlosigkeit verdächtigt werden konnte? Und doch bewirkten die Warnungen, daß Karl unschlüssig wurde und die weite Reise immer wieder verschob. Schließlich war die Sowjet-Union noch jung, quasi in der Pubertät, und ihrer selbst noch nicht sicher. In einer solchen Phase waren vereinzelte Überreaktionen tatsächlich denkbar.

Im September 1935 wurde das ›*Gesetz zum Schutz des deutschen Blutes und der deutschen Ehre*‹ erlassen. Ellie, als Mischling ersten Grades, und der reinblütige Max hätten nun nur noch mit besonderer Genehmigung heiraten können. Für die Entscheidung darüber wären die »körperlichen, seelischen und charakterlichen Eigenschaften des Antragstellers, die Dauer der Ansässigkeit seiner Familie in Deutschland, seine oder seines Vaters Teilnahme am Weltkrieg oder seine sonstige Familiengeschichte« zu beurteilen gewesen.
Eine Heirat im Ausland unter Umgehung des Gesetzes konnte für den Mann (und nur für den Mann) eine Haftstrafe nach sich ziehen.

Aber von Heirat wurde sowieso nicht gesprochen.

Zwischen Max und Ellie war ein seltsamer Beziehungsstatus entstanden, beide wußten nicht genau, ob sie noch zusammen waren oder nicht, und beide vermieden es, sich einer Debatte darüber auszusetzen. Nachts schliefen sie zusammen in einem Bett, wobei es oft zu spontanen Gerangeln kam, jedoch ohne amouröses Kolorit oder Liebesbekenntnis. Sie wollten einander nicht endgültig verlieren und dennoch keine Rücksicht nehmen müssen auf den anderen. Ellie beherrschte immer noch kaum zehn Worte Französisch, aber ihr Englisch war passabel. Sie ließ sich auf den Boulevards von Touristen ansprechen, gab sich nichtsahnend und ging mit ihnen aufs Hotel, stellte sich dann als mittellos und bedürftig dar, womit sie, statt feste Tarife zu nennen, auf unverfängliche Spenden hoffte. So wähnte sich Ellie auf der sicheren Seite, ohne bei den Behörden einen Bockschein beantragen zu müssen, der ihr als Ausländerin sowieso nie erteilt worden wäre. Max würde, vermutete sie, von ihren Geschäften nichts wissen wollen. Sie erzählte ihm deshalb auch nur, was er zu hören begehrte, daß sie sich wieder stundenlang in den großen Kaufhäusern herumgetrieben, sich viele schöne Dinge nur angesehen und endlos gelangweilt habe. Max steckte ihr hin und wieder Geld zu. Es abzulehnen hätte sein Mißtrauen erregt, also nahm Ellie es an und deponierte es in einer Schublade, für kommende magere Zeiten. Karl und Max betrachtete sie als Familienmitglieder. Man muß nicht jedes Familienmitglied lieben. Karl auch nur zu mögen, dazu hatte nie ein Grund bestanden. Zu oft war Ellie von ihm geringschätzig behandelt worden, mit einer gewissen kaum überspielten Verachtung. In letzter Zeit allerdings verhielt er sich auffallend freundlich zu ihr, und eines Tages, als sie beide lange ausgeschlafen hatten, Max mit den Hunden unterwegs war und die erste Frühlingssonne durch die Fenster drang, stand Karl in Unterhosen vor Ellie und bat um eine Umarmung. Ihm sei so hundeelend.

Karl Loewe litt unter Einsamkeit und Depressionen. Er küßte Ellies Hals und hielt sie fest, preßte seine Hände auf ihre Brüste. Er habe, sagte er, dem ältesten Gewerbe der Welt oft nicht den nötigen Respekt entgegengebracht. Ob sie stolz auf ihren Beruf sei und demnach eine Sache rein unter professionellen Aspekten betrachten könne, würdevoll und mit aller gebotenen Diskretion?

Warum? Willst du mich ficken?

Ja. Bitte.

Das fände Max bestimmt nicht gut.

Er muß es nicht erfahren.

Ellie wußte weder aus noch ein. Instinktiv hielt sie es für richtig, Karl abzuweisen. Andererseits drohten Konflikte, egal, wie sie sich verhalten würde. Am liebsten wäre es ihr gewesen, Karl hätte von sich aus dem frivolen Spiel ein Ende gemacht, aber der dachte gar nicht daran, hielt Ellie fest umklammert und bettelte.

Ich kann dir doch Geld geben, zischte er in ihr Ohr. Ellie stieß ihn zurück. Man scheißt nicht da, wo man ißt! – Geld stinkt aber nicht! – Wenn du Geld ausgeben willst, in Paris gibt es jede Menge Möglichkeiten. –

Aber ich will doch – sagte Karl, dann sagte er nichts mehr, denn Ellie hatte ihm die Hand auf den Mund gepreßt. Die ganze Zeit dachte sie nach, wog Für und Wider ab. Ihr tat der arme Junge ja leid. Sie nahm ihren Schal, die Mütze und den Mantel und stürzte ins Freie hinaus. Das Ganze war einfach nicht geschehen, und gut.

Für Karl war gar nichts gut. Er brannte darauf, sein Leben endlich auf Wirkung anzulegen. An der Sorbonne mehr als nur pro forma französisches Recht zu studieren, darin sah er keinen Sinn, die günstigen Mensa-Mahlzeiten einmal abgerechnet. Die Juristerei war sowieso eine Schnapsidee gewesen. Nun mußte er auch noch Angst haben, daß Ellie ihn verriet und sein Verhältnis zum Bruder daraufhin vergiftet wäre. Woran Ellie zum Glück im Traum nicht dachte. Allerdings erwähnte sie gegenüber Max einmal, daß Karl wohl einsam sei und bedrückt, daß er die zärtliche Berührung einer Frau nötig habe. Max antwortete mit einem Schulterzucken. Dafür sei er nicht zuständig, nein. Es gebe Kontaktanzeigen.

Karl fand keine Anstellung, doch immerhin einen Weg, seine Zeit auf einigermaßen stilvolle Art und Weise abzutöten. In einem Antiquariat auf dem Boulevard St. Germain hatte ein Zettel im Fenster gehangen:

SCHACHPARTNER GESUCHT. BIETE KAFFEE UND ZWEI FRANCS PRO STUNDE.

Dieser Einladung war er nachgekommen, es gab nicht nur Kaffee und Trinkgeld, sondern auch die Möglichkeit, kostenlos Bücher auszuleihen, die in den städtischen Leihbibliotheken vergeblich gesucht worden wären. Der Betreiber des Antiquariats war ein stämmiger Herr mit breiten Hosenträgern und einer nie erkaltenden Pfeife, ein Bretone, der von sich behauptete, von seinem Geschäft recht wenig zu verstehen, was, wie Karl bald herausfand, der reinen Wahrheit entsprach. Monsieur Jacques Marmaton, so hieß der etwas über fünfzigjährige Besitzer, besaß nicht das geringste Berufsethos, im Gegenteil, stets wies er darauf hin, daß das Geschäft als Teil einer Konkursmasse in seinen Besitz geraten war – und wenn es auch nicht viel abwarf, so bot es dem genügsamen Marmaton dank geringer Instandhaltungskosten doch ein Auskommen. Er war unter Bibliophilen beliebt, weil er sich leicht, fast ohne Widerstand, herunterhandeln ließ, ob aus Unkenntnis über den Wert der Ware oder aus purer Gleichgültigkeit, das hätte Karl nicht sagen können.

Schach gegen Marmaton zu spielen war vergleichbar damit, als ausgewachsener Mann gegen ein Kleinkind zu boxen. Karl mußte sich schwer beherrschen, um dem Gegner nicht die Freude am Spiel zu verderben. Bis er herausfand, daß einfach nichts Marmaton die Freude am Spiel verderben konnte. Er war ein großartiger Verlierer, zollte dem Gegner Beifall, bewunderte sogar einfachste Mattsetzungstechniken, die in jedem Lehrbuch auf den ersten Seiten Erwähnung finden. Karl überstand einen kalten März und einen ziemlich kühlen Frühling, indem er sich Marmatons heißen Kaffee gönnte, eine volle Kanne stand immer griffbereit auf dem Kohleofen, und meist gab es noch Leckereien dazu, Kuchen, Pralinés, Gebäck oder auch nur frisches Baguette mit Knoblauchbutter. Karl bemühte sich anfangs, einen gewissen Prozentsatz der Spiele zu verlieren, aber jedesmal wenn er aufgab und so tat, als gäbe es keine Rettung mehr, sah Marmaton ihn zweifelnd, ja gar etwas enttäuscht an und impfte ihm ein schlechtes Gewissen ein. Zuletzt ließ Karl die Mätzchen bleiben und gewann einfach. Marmaton fand es anscheinend höchst befriedigend, an einen Spieler geraten zu sein, der ihm haushoch überlegen war. Er mochte Karl, obwohl er zuvor eine gewisse Antipathie gegen Deutsche gehegt hatte, denn sein Vater war vor Verdun gefallen. Jules Marmaton, ein Oberst, nicht irgendein Soldat. Ein Zufallstreffer aus einem Geschütz habe ihm den Kopf weggerissen, leider, aber das höre sich schlimmer an, als es gewesen sei.

Aha, meinte Karl.

C'est la guerre, meinte Jacques Marmaton. Da ist jedes schnelle Ende ein gutes.

Es war, unabhängig von der Jahreszeit, ziemlich düster in dem nur von ein paar Ölfunzeln beleuchteten Laden, dem mächtige Pappeln einiges Tageslicht vorenthielten. Ab und an wurde das Spiel durch Kunden gestört. Die Marmaton dann aufreizend unwillig bediente. Ständig seufzend und sich räuspernd gab er der Klientel das Gefühl lästig zu fallen, aber wenn es tatsächlich – selten genug – zu einem Geschäftsabschluß gekommen war, wenn er einen oder zwei Bände verkauft hatte, manchmal auch ein Ölgemälde billiger Machart, holte er aus einem kleinen, mit Wildblumen bemalten chinesischen Kirschholz-Schränkchen eine Flasche Orangenlikör hervor und zwei Gläser, weil doch etwas zu feiern sei.

Karl lehnte den Alkohol durchweg ab. Wenn er ihm partout aufgedrängt wurde, nippte er zum Schein daran und schüttetete den Inhalt des Gläschens, sobald sich eine Gelegenheit bot, ins leere Glas Marmatons. Die beiden spielten über fünfhundert Partien gegeneinander. Marmaton hatte Karl liebgewonnen und zögerte nicht damit, ihm dies mitzuteilen. Karl bekam Angst. Über die Maßen sensibilisiert durch die erotischen Verstrickungen seines Bruders, sah er Gefahren voraus, wo niemand sonst welche vermutet hätte. Die Zuneigung des Antiquars, fürchtete er, könne in jedem Moment unschickliche, widernatürliche Formen annehmen. Das war, objektiv gesehen, unwahrscheinlich, doch genügte der Umstand, daß Marmaton Karl nach einer besonders beeindruckenden Attacke auf dem Königsflügel anerkennend in die Backe kniff – schon läuteten in Karl Alarmglocken und er fand, daß Schluß sein müsse, ein für allemal, mit diesem lullenden Schattenleben auf Kaffee-und-Kuchen-Basis. Er hatte nicht den Mut, Marmaton seine Entscheidung mitzuteilen, er ging einfach nicht mehr hin. Marmaton wartete vier Wochen lang, dann stellte er in die Auslage das alte, vom Pfeifenrauch gilbig gewordene Schild: SCHACHPARTNER GESUCHT. BIETE KAFFEE UND ZWEI FRANCS PRO STUNDE. Aber jeden neuen Spielpartner komplimentierte er alsbald aus seinem Laden. Zu oft handelte es sich um Nichtskönner, denen es einfach nur um zwei Francs und einen Becher heißen Kaffee ging. Der Antiquar trauerte um Karl wie um einen verlorenen Sohn, er nahm zu dessen Gunsten – vielmehr Ungunsten – an, daß er als unerwünschter Ausländer bei Nacht und Nebel expediert worden sei. Um dies zu verhindern, hätte er dem jungen Deutschen sogar eine Adoption angeboten, denn er besaß keine Erben, bis auf einen Cousin in Marseille, den er kaum kannte.

Karl fühlte sich bald etwas besser. Im Sommer in Paris zu leben ließ keine Trübsal zu, auch wenn nicht alles lief wie erhofft. Sich einfach irgendwo niederzulassen und das Treiben der Menschen in diesen wunderschönen Straßen zu beobachten, genügte als Mittel gegen jede Form der Langeweile.

Karl entwickelte sich nach der Abfuhr durch Ellie nicht, wie man leicht hätte annehmen können, zum Bordellbesucher, noch masturbierte er öfter als zuvor. Musterhaft gelang ihm, was so vielen katholischen Priesteranwärtern partout nicht gelingen wollte, nämlich den eigenen Sexus als hormonelle Zumutung, als Angriff auf seinen freien Willen zu begreifen, dem man mit Entschiedenheit entgegentreten mußte, um objektiv zu bleiben und keiner zweiten Marie Dressler entscheidenden Einfluß zu gönnen. Karl mutierte, ob aus verletztem Stolz oder aus innerer Einsicht, zu einem geschlechtslosen Wesen, das alle ihm offerierten Angebote, die es unter großstädtischen Bedingungen, zumal bei Nacht, in den dafür vorgesehenen Lokalitäten zuhauf gegeben hätte, in den Wind schlug. Ihm kam es nicht so vor, als würde er etwas verpassen. Im Gegenteil, er sortierte bewußt alles aus, das ihm nur billige Befriedigung versprach, wenngleich er die Möglichkeit, doch einmal der idealen Gefährtin zu begegnen, nach wie vor heilig hielt.

Abends gingen die drei oft aus und suchten Anschluß an Künstlerkreise. In ihrer Vorstellung von Paris gab es überall Ecken und Winkel, wo sich bedeutende Menschen zum Gedankenaustausch trafen, Wein tranken, sich die Köpfe heißdebattierten und Manifeste ersannen, Aktionen, gar Umsturzpläne. Vielleicht war das so. Irgendwo. Vielleicht wollten diese bedeutenden Menschen unter sich sein und trafen sich im Verborgenen. Es gab Lokale, in denen regelmäßig und eifrig politisiert wurde, meist aber von eher unbedeutenden Proleten, Bauernfängern oder Burschenschaftsstudenten, die auf Promille und Randale aus waren.

Die drei gingen in die Theater, in die großen und die kleinen, in die Lichtspielhäuser, ergötzten sich an Greta Garbo und am Grand Guignol, saßen in Cafés und in den großen Wirtshäusern der Porten, hörten sich in verrauchten Spelunken Jazz-Combos an oder besuchten Avantgarde-Konzerte, wo Musik gespielt wurde, die im deutschen Reich als entartet gegolten hätte. Sie hätten es nie zugegeben, um nicht als ignorant zu gelten – aber vieles von dem, was da Tonkunst der Zukunft zu sein behauptete, bahnbrechend und neu, wirkte auf die Gebrüder Loewe nicht anders als sinnlos quälender Lärm. Das sei sehr interessant gewesen, sagten sie einander hinterher. Und nickten bedeutsam. Auf musikalische Erziehung war in ihrer Familie nie übertrieben Wert gelegt worden. Karl hörte gern traurige

Schubert-Lieder und Max die glitzernden Klavierstücke Chopins; darüber hinaus hatten sie sich selten mit klassischer Musik beschäftigt, und wenn, dann nur deshalb, weil das ihrer Meinung nach zum geistigen Repertoire eines intellektuell kompletten Menschen gehörte. Max, der als Nietzscheaner doch eigentlich verpflichtet gewesen wäre, sich ein Urteil über Richard Wagner zu bilden, behalf sich mit Nietzsches striktem Verdikt über den einst anscheinend großen, dann zum Christentum und zum Antisemitismus abgedrifteten Komponisten. Der Beginn von *Also sprach Zarathustra* von Richard Strauss, das war seine Erbauungsmusik, *Carmen* von Bizet die einzige Oper, mit der er etwas anfangen konnte. Denn mit ihr hatte er sich, auf Anraten Nietzsches, einmal intensiv beschäftigt. Karl hatte ein Problem mit großen Orchestern, die er als überwältigend und bourgeois empfand. Warum letzteres, das hätte er sinnvoll nicht erläutern können. Kammermusik wirkte auf ihn durchschaubarer, ehrlicher. Und anrührender. Ellie hingegen hatte kein Problem damit, zuzugeben, daß sie an Musik nichts genießen könne, was über das Niveau eines Schlagers hinauswies. Diese Beichte fanden beide Loewe-Brüder unnötig bis peinlich, enthielten sich aber jeden Kommentars. Auch in die Galerien pilgerten sie und betrachteten jüngste Schöpfungen der Kubisten, Expressionisten, Surrealisten und Futuristen. Hier immerhin kam es vor, daß der Künstler, um den es ging, bei der Vernissage anwesend war. Einmal bekamen sie in einer Galerie am Boulevard Poissonnière den längst berühmten Picasso zu sehen, doch weil in einem deutschen Kunstlexikon von 1929 dessen Werke als *Kunstschnurrpfeifereien* bezeichnet worden waren, flößte ihnen der Anblick – sowohl des Menschen wie seiner Bilder – wenig Ehrfurcht ein. Das lag unter anderem wohl auch daran, daß der Mensch, den sie sahen, Picasso gar nicht war, sondern ihm nur ähnlich sah.

Karl verurteilte die ausgestellten Gemälde als mäßig begabte, wenn auch witzige Provokation. Was daran denn witzig sein solle, fragte Ellie. Max, nur um dem Bruder zu widersprechen, meinte, Ellie habe instinktiv recht, das sei begabt, doch ganz und gar witzlos. Ich habe doch überhaupt nicht gesagt, daß das begabt ist, maulte Ellie, und Max stimmte ihr zu, das habe sie zwar nicht gesagt, es sei aber die Wahrheit, und er nehme zu ihren Gunsten immer erst einmal an, daß sie nicht lüge. Ellie reagierte mit einem irritierten, verständnislosen Blick. Wann hätte ich denn je gelogen? Fragte sie schüchtern. Max, dem Ellies Unbedarftheit in diesem Moment auf die Nerven ging, antwortete, er brauche frische Luft.

Paris war ein Fest, das anscheinend hinter verschlossenen Türen stattfand.

Vielleicht, dachte Max, wurde ein ganz anderes Entree-Billett benötigt als nur Jugend und Talent. Vielleicht mußte man erst jemand sein, und wenn man dann jemand oder etwas war oder darstellte, würden Einladungen kommen, an geheimnisvolle Orte, wo höhere Weihen warteten.

Max, der der großen Welt gerne einen Passierschein vorweisen wollte, einem geistigen Gesellenbrief ähnlich, versuchte aus dem Gedächtnis seinen Essay über das ›Deutsche Wesen‹ zu rekonstruieren. Obwohl er sich, bis auf wenige Passagen, des Wortlauts einigermaßen erinnerte, war die Rekonstruktion am Ende doch weit entfernt vom Furor jener wut- und glutvollen Notwendigkeit des Originals. Max mußte einsehen, daß es keine absolute Prosa gab, wie etwa absolute Musik, daß jedes Schriftstück in seiner Wirkung und Bedeutung stark von der Zeit abhing, in der es entstand oder gelesen wurde. Was eben noch brillant und ein Juwel gewesen war, schrumpfte bald zum fast schon naiven Kommentar zusammen, zu wertlosem Geschwätz. Keine Zeitung, der er den Essay anbot, nahm ihn in Druck. Wobei man erwähnen muß, daß viele Redakteure den Text höchstens überflogen, weil sie sich beim Anblick des hageren und blassen Jünglings ihr Urteil bereits gebildet hatten.

Jemand wie Nietzsche, fand Max, konnte nachträglich froh sein, ein Leben lang Außenseiter, nicht ernstgenommener Sonderling gewesen zu sein. Nur dadurch, im Exil des heraklitischen Verborgenen, hatte er die Reinheit und Logik seiner Gedanken adäquat in Worte kleiden können. Ohne sich der Diskussion, der Politik, dem Zwang zu Kompromissen aussetzen zu müssen. Die Gegenwart ist, laut Zarathustra, des Pöbels. *Ihr zu Hilfe eilt man immer zu spät, denn sie ist krank und nicht vernünftig behandelbar. Der Ausweg für eine Existenz in Würde und Schönheit kann einzig darin bestehen,* dachte Max und schrieb es in seinem Sudelbuch nieder, *sich still und gedankenvoll, aber ohne lebensgefährdende Wunden in die Zukunft zu retten.*

Wie Schiller in der Maria Stuart schrieb: *Nicht der ist König, der der Welt gefallen muß. Nur der ists, der bei seinem Tun nach keines Menschen Beifall braucht zu fragen.*

Das hört sich ja schön an, sagte Ellie, der er es vorlas. Max strich den letzten Satz.

Ich muß einen Roman schreiben, dachte er. Essays reichen längst nicht hin für diese Zeit. Ein monströses, bunt flirrendes Gewölle voll Abscheu und Ekel, aber auch Neugier und Majestät. Ein großer und neuer Roman. Notwendig muß er sein. Nicht unbedingt schön.

Noch in derselben Nacht skizzierte er das erste Kapitel des *Stilleben mit Hure und Bruderfeind. Gegen die drohende Sinnlosigkeit. Wie man nie wird, was man nie war.*

Ein etwas zu langer Titel, fand Max. *Die Sinnlosigkeit* – genügte. Ein Buch für alle und keinen.

Ein Roman herkömmlicher Bauart konnte das nicht werden. Das mußte letztlich etwas Epochal-Sonderbares wie der *Zarathustra* sein, eine Gehirnwäsche im besten Sinne. Der Leser sollte durch die reine und reinigende Lektüre das Gefühl bekommen, seine gewaschenen, feucht und schwer gewordenen Gedanken im frischen Wind trocknen zu müssen. Anders als Nietzsche wollte Max Loewe seine künftigen Leser nicht zu Schülern, sondern zu Verbündeten machen, die mit ihm unmittelbar und von Anfang an auf Entdeckungsreise gehen sollten, statt nur von den Ergebnissen erzählt zu bekommen. Max hielt sich für zu jung, um glaubhaft einen Propheten zu mimen. Er wollte mit offenen Karten spielen, unverstellten Einblick in die Genese seines Denkens bieten. Empathie erzeugen, wie es Goethes Werther, jene andere epochal-sonderbare Figur, geschafft hatte. Damals hatten sich Hunderte Jugendliche umgebracht, das sprach schon für ein Buch, auch wenn Goethe danach sein Talent daran verschwendet hatte, den eigenen Mythos vom Großkünstler geschickt zu manifestieren und echte Großkünstler wie Hölderlin zu schikanieren. Goethe, der Hitler der deutschen Literatur, war nie wegen Massenmords angeklagt worden. Erstaunlich. Und der kleingeistige Kleist, dem auf Erden nicht zu helfen war, brachte – leider – lieber sich selbst um als diesen ihm so verhaßten eitlen Popanz. Kleist war eben Mittelmaß. Zu keiner Großtat fähig. Max sah die Malaise klar vor sich. Niemand hatte sich aufgerafft, Goethe zu ermorden, niemand würde sich aufraffen, Hitler zu töten. Das alles lag im Wesen der Deutschen begründet. *Sie wollen fallen, hereinfallen auf jemanden, nicht herausfallen aus einem sinkenden Schiff. Da könnten sie ja vielleicht ertrinken, auf offener See.*

Manchmal gab Max in den Gesprächen mit dem Marquis Andeutungen von sich, wie er die Geschichte der deutschen Literatur, quasi in einem großen Berufungsprozeß, neu beurteilen wollte. Der Marquis jedoch erwies sich als kein vielversprechender Verbündeter, er hielt Goethe für einen Gott, dem die Franzosen nichts Ebenbürtiges entgegenhalten könnten, trotz Rousseau, Montaigne und Diderot. Höchstens vielleicht – auf anderer Ebene – de Sade. Doch dessen Zeit sei noch nicht gekommen. Max hatte vom Marquis de Sade nie etwas gelesen, Raymond lieh ihm die Erstausgabe der *Justine* – und Max äußerte bei der Lektüre mehrmals ein herzhaftes Oho, erstaunt darüber, welches Maß an Verdorbenheit eine Epoche hervorbringen konnte, die er bis dahin in erotischer Hinsicht als eher unbedarft beurteilt hätte.

*So kam ich unter die Franzosen.* Lange Zeit stand nur dieser erste Satz fest, eine Hommage an Hölderlins *Hyperion*. Bis Max umdachte. Der erste Satz eines ersten Romans mußte etwas Eigenes sein, originell und kraftvoll, mußte ein Tor in eine neue Welt aufstoßen – und viele Leser würden die Anspielung vielleicht gar nicht verstehen. Zudem klang der Satz frankophob und erklärungsbedürftig. Wie bin ich denn unter die Franzosen gekommen? Zufällig? Nein, ein Münzwurf hat darüber entschieden. Paris war der Kopf und London der Adler. Warum nicht diese Information an den Anfang stellen? Das hatte doch etwas Verspieltes, Luftig-Leichtes. Andererseits – wirkte es für einen Menschen, der Stoßkraft und Würde seines Willens hochhalten wollte, nicht allzu ohnmächtig-devot, sich zum Spielball einer Scheibe Kleingelds zu machen? War damit etwas von jener Heideggerschen Geworfenheit ins Leben kapriziös variiert? Gar parodiert?

*Alles hat zwei Seiten, auch die Kugel. Eine Seite, die sichtbar, und eine, die unsichtbar ist. Wir können sie drehen und wenden, wie wir wollen, das Ganze ergibt sich immer als Summe aus dem Sicht- und Unsichtbaren. Wie genau wir das eine auch kartographieren, vermessen und beleuchten, so ungewiß werden wir uns des anderen sein. Eine Münze entschied darüber, ob ich in Paris oder in London sein würde. Vielleicht gibt es neben mir noch jenen anderen, der gerade in London sein Heil und einen Halt im Leben sucht. Ich hingegen kam unter die Franzosen, muß mich mit dem Abfall des Faktischen begnügen, der von der reichen Tafel der Möglichkeiten übrigblieb. Jede Entscheidung macht uns um so vieles ärmer, engt uns ein, zieht Mauern hoch um uns, auf die wir mit der Kunst künstliche Horizonte malen. Die echten Horizonte waren uns zu fern, zu groß, zu unhandlich, zu unüberschaubar. Kunst, und damit meine ich jede Gegenwelt, die irgendwer, ob Maler, Architekt, Bildhauer, Literat oder Komponist, erschafft, beginnt immer mit gefälschten Horizonten, sie richtet sich nie nach dem, was ist, sondern nach unserer Vorstellung davon. Nach unserem Vermögen, das zu Sehende zu deuten. Wir müssen, was wir vorfinden, vereinfachen, um damit souverän umgehen zu können. Die komplexe Welt wird auf eine knabenhafte Skizze reduziert. Und selbst wenn wir durch immerwährendes Lernen die Skizze nach und nach ausgestalten, verfeinern, kolorieren, erweitern – nie wird Kunst, selbst allergrößte nicht, in Konkurrenz zu dem treten können, was uns einst gegenübertrat. Als wir an der Mutter Busen hingen und staunten und ganz selbstverständlich Teil von allem waren, es nicht hinterfragen, sondieren, erklären mußten, nein, wir waren auf die unvollkommenste Weise perfekt. Bis wir uns abgesondert haben, Individuen wurden, durch das Lernen und Denken und Studieren. Fremde in einer Welt, deren Kinder wir waren. Wir lernten Gott, wir lernten uns selbst. Für Gott und uns selbst wurde die Skizze zu eng. Gott starb, wir blühten auf. Noch standen uns Vater, Mutter und Bruder im Weg. Und mein strammstehendes Geschlecht, für das es so viele Namen gibt. Gottes Penis hieß Mephisto.*

*Aber Gott ist tot, ihn sind wir los, Mephisto noch nicht. Das Allzumenschliche am Menschen. Wir müssen Einsamkeit genießen lernen. Ungebundenheit. Das Weib fortschreien, das Sicherheit und Kinder will. Um kompromißlos die Wände um uns her einzureißen, um wieder in Kontakt mit dem Urszenario zu treten und jenseits aller Konventionen und geistigen Mullbinden unsere Wände/Wunden auszuheilen im Licht jener heiligen Sonne, die von unserer Existenz kaum etwas ahnt. Wir müssen lernen, immer lernen, nur so bleiben wir uns treu. Jede Gewißheit muß einen Verdacht nach sich ziehen, kann höchstens eine Zwischenlösung sein. Sobald aus unserem Denken ein Regelwerk erwächst, ist es tot, an Verfettung gestorben. Jeder Sinn ist nur ein hausgemachter Zwang, dem wir uns ohne Not aussetzen.*

Soweit der Wortlaut der ersten Seite jenes Romans, den Max Loewe schrieb. *Die Sinnlosigkeit.*

Er war betrunken vor Stolz, nebenbei auch konkret betrunken, als er Karl und Ellie den Text bei Kerzenschein vorlas.

Ellie hielt sich mit einem Urteil zurück, meinte nur, es klänge ganz klangvoll, nur irgendwie naja, besonders der Absatz mit dem Weib, das Sicherheit und Kinder will.

Karl nannte das Gehörte substanzloses Geblubber, bis auf den Titel (den fand er sehr passend) sinnfreies Gequatsche, entstanden aus spätpubertärer bourgeoiser Fantasie. Max wußte nicht, welcher der beiden Kommentare ihn mehr beleidigte. Sowohl Karl als auch Ellie waren vorerst für ihn gestorben, er trat vor die Tür, um eine Zigarette zu rauchen und die drückende Wut im Bauch auf den ganzen Körper zu verteilen. Er wollte selbst aus dieser Situation noch etwas lernen und mußte, wenn auch widerwillig, einsehen, daß es zwischen Mensch und Übermensch niemals eine Komfort-Verbindung geben würde, eher und allerhöchstens einen steinigen, sauerstoffarmen, verlust- und dornenreichen Weg, durch viele eisige Nebel hindurch.

Auch Karl lernte aus der Angelegenheit etwas. Nämlich, daß es nicht genügte, die Schriften des Klassenfeindes vernichtend zu kritisieren. Man mußte ihnen etwas Eigenständiges entgegenhalten. Und zwar nicht im theorielastigen hochwissenschaftlichen Duktus der großen marxistischen Urväter. Nein, Karl begriff, daß verirrte Jugendliche wie Max eine Sprache benötigten, die ihrer inneren Unsicherheit und Unreife gewissermaßen entsprach, die den besonderen Umständen der modernen Zeit geschuldet war. Die den Rhythmus des Jazz verinnerlicht hatte und die Kosmopolität der europäischen Jugend. Die sich auch zu nicht vordergründig politischen Themen äußerte und die Ängste des Erwachsenwerdens ernstnahm, statt sie als periodische und von selbst vorübergehende Schwäche abzutun. Dazu gehörte, sich den neuen Philosophen zu stellen, die jenseits des dialektischen Materialismus standen, aber nicht so verblasen waren wie die elitären Kulturpessimisten. Der Reiz dieser neuen Pragmatiker mit ihrer im Grunde schlichten Denkungsart lag zweifelsohne darin begründet, daß ihnen viele Einblicke in die menschliche Psychologie zur Verfügung standen, von denen Marx und Engels noch kaum etwas hatten ahnen können.

Karl setzte sich in den Lesesaal der Universität und entwarf handschriftlich die Skizze eines Buches, in dem ein junges verliebtes Paar, ohne Bildung und Arbeit, in bewegten Zeiten ein

Nest für sich bauen und zugleich seine Würde behalten wollte. Durch Gespräche miteinander sollten sie ihre Situation analysieren, gegenseitige Kritik und Selbstkritik üben, ohne pädagogischen Zeigefinger, sollten ruhig auch einmal Fehler machen, bis sie aus eigenster innerer Logik den Entschluß fassen würden, sich politisch auf seiten der Arbeiterklasse zu engagieren. Er schrieb sogar ein paar Kapitel; seine Gemütslage besserte sich deutlich. Und verschlechterte sich wieder, als er die Kapitel noch einmal las. Das war alles steif und langweilig, leblos und blutleer.

Max hörte davon und gab seinem Bruder *Kleiner Mann – was nun?* zu lesen, von Hans Fallada. Karl staunte. Genau dieses oder ein sehr ähnliches Buch hatte er schreiben wollen, traurig, witzig, raffiniert, es war kaum ein einziges Mal didaktisch, im Gegenteil, scheinbar unpolitisch, aber wahr und poetisch, dabei immer auf dem Boden der Tatsachen, geerdet, mit einem enorm liebevollen, dennoch präzisen Blick für die üblichen menschlichen Schwächen. Ein Welterfolg, ein Meisterwerk, das er nie in die Hand genommen, weil er es aufgrund seiner hohen Verkaufszahlen als trivial vorverurteilt hatte. Und weil es die Nazis weder verboten noch verbrannt hatten. Karl erkundigte sich nach dem Autor, stellte entsetzt fest, daß der allem Anschein nach in Deutschland geblieben war. Und nicht einmal im Zuchthaus saß, geschweige denn im KZ. Wie war das möglich? Verwirrt und entmutigt stellte Karl seine Schreibversuche vorläufig ein.

Und schlich wie ein ausgedünnter Schatten seiner selbst durch einen Spätsommer, dessen Idyll ihn beinahe anwiderte, besonders wenn ihm junge Menschen begegneten, die ohne ersichtlichen Grund Spaß am Leben hatten, tanzten, lachten und tranken.

Seine Ersparnisse wurden Woche für Woche dezimiert, dahingerafft, ihm graute davor, Max und Ellie bald auf der Tasche zu liegen, dabei besaß er immer noch mehr an Barem als beide zusammen. Nur nahmen sie ständig etwas Geld ein, wenn auch nicht viel, er dagegen gab immer nur aus, und man mußte nicht Mathematik studiert haben, um vorherzusehen, wohin das führen würde.

Es hätte selbst für Ausländer ohne gültige Papiere Jobs gegeben, zum Beispiel als Tellerwäscher in einer der monströsen Küchen der großen Hotels. Doch Arbeitszeiten von täglich 13 Stunden bei bis zu 40 Grad Hitze wirkten abschreckend auf Karl, der körperliche Arbeit nur vom Hörensagen kannte.

Gerade, als er vor Kummer begann, den Menschen, und zwar allen Menschen, denen er begegnete, auf die Nerven zu gehen, geschah ein kleines Wunder. Die Redaktion des deutschsprachigen *Pariser Tageblatts* nahm einen Text von ihm an. Er hatte, ohne konkret Namen zu nennen, über Marmaton geschrieben und die Schachpartien im düsteren Antiquariat, über Butterplätzchen und Kaffee, über die Sportlichkeit und Versöhnungsbereitschaft des Bretonen, dessen Vater im Krieg durch eine deutsche Kanone ums Leben gekommen war. Über das Schachspiel an sich, das ein für den Pazifisten von heute angemessenes Mittel sei, seine Aggressionen wie auch seine Kreativität auszuleben und sich mit Gegnern aus aller Welt zu messen, ohne unbedingt deren Sprache zu beherrschen. Er hatte Lenin zitiert: *Schach ist Gymnastik des Geistes und des Verstandes.*

Es war ein harmloser Artikel ohne hohe Ambition, der dem verlorenen kleinen Idyll nachtrauerte und dem Leser zu Herzen ging, durch die literarisch präzise Beschreibung einer für Paris typischen Szenerie.

Das menschelt, befand der Redaktionsassistent, ein Herr

Müller, das trieft ja geradezu vor Gemüt! Sowas können wir brauchen. Für eine Dezemberausgabe. Derlei können Sie uns gern öfter mal bringen. Bisher war ihm der junge Mann nur durch unreif-freigeistige und ausufernde Salbadereien aufgefallen, ebenso überspannt wie – das hätte Karl indes von sich gewiesen – trotzkistisch angehaucht.

Das Honorar, fünfzig Francs, bekam Karl im voraus ausbezahlt, es war nicht viel, und der Text wurde dann auch noch um seinen eher theoretisch-meditativen Teil gekürzt, damit er in drei Spalten paßte. Aber für Karl besaß die Publikation enorme Bedeutung, er hatte endlich Geld verdient, konnte sich reinen Gewissens einen Journalisten nennen, und seine schlechte Laune war prompt verflogen.

Ob er ein *guter* Schachspieler sei, wollte Marius Müller noch wissen. Karl wußte keine Antwort zu geben, er hatte kaum Vergleichsmöglichkeiten. Marmaton war beileibe kein Maßstab gewesen. Zu bescheiden wollte Karl ja auch nicht wirken, vielleicht ließ sich mit dem Schach wieder einmal etwas verdienen. Deshalb nickte er. Kurz, aber entschieden.

Soso, meinte Müller. Und wünschte ihm noch einen guten Tag.

Karl hielt an der Tür inne.

Spielen Sie selbst?

Ich? Nein, keine Spur.

Karl verließ das Gebäude über den Hinterhof.

Kommunisten waren der Pariser Polizei verhaßt, und wenn ein Detektiv beobachtete, daß man die Redaktion einer kommunistischen Zeitung betrat oder verließ, konnte man sich großen Ärger einhandeln. Fast alle Kommunisten waren deshalb offiziell als weniger verhaßte Sozialisten unterwegs.

Der Herbst '35 brachte keine größeren Veränderungen. Die drei jungen Deutschen hatten gelernt, bescheiden zu leben, und waren erstaunt, wie lange man sich auch von recht wenig Geld über Wasser halten kann, wenn der Speiseplan größtenteils aus Reis und Nudeln besteht, die man in schweren Säcken in Außenbezirken zum Sonderpreis kauft. Ellie gönnte sich inzwischen einen regelmäßigen Liebhaber, ohne dessen Zuwendungen es für eine gewisse Lebenswürde dann doch nicht gereicht hätte. Sie hielt das Verhältnis vor Max geheim, der seine Augen anscheinend verschloß und so tat, als würde er nichts ahnen. Tatsächlich ahnte er nichts, was Ellie nach und nach beinahe wie eine Beleidigung empfand, als Desinteresse an ihrer Person. Pierre Geising war Besitzer eines kleinen Hotels am Gare du Nord und unglücklich verheiratet. Er sprach als gebürtiger Elsässer ein grammatisch makelloses Deutsch mit leichtem Akzent. Und er war mütterlicherseits gebürtiger, wenn auch konvertierter Jude, weshalb er für Ellie, mit der er zum ersten Mal im Kaufhaus Samaritaine, in der Abteilung für Damenwäsche, angebandelt hatte, nicht nur Begierde, sondern auch Loyalität empfand. Ellie behauptete, mit zwei Brüdern zusammenzuleben, die bei Nacht und Nebel, in letzter Sekunde, vor den Nazis geflohen seien. Was, für sich genommen, nicht gelogen war. Bis auf den Nebel und die letzte Sekunde. Pierre Geising gab einen Wunschfreier ab, den Ellie sich nicht besser hätte malen können. Aus Furcht vor Geschlechtskrankheiten ging er nie zu Prostituierten. Und Ellie, mit allem Raffinement, mit einer ingeniös zu nennenden Fähigkeit, die Situation richtig zu beurteilen, spielte die züchtige, schwer zu erobernde Frau. Hielt den knapp vierzigjährigen, recht schmuck aussehenden Mann, was sonst nicht ihre Art war, lange hin, bevor sie seinem Drängen endlich nachgab. Hinterher weinte sie sogar, ließ sich trösten. Immer war in Geisings Hotel, dem *Monbijou*, irgendein Zimmer frei. Und nie ging sie von ihm fort, ohne ein Geschenk erhalten zu haben. Als Pierre sie fragte, ob sie sich eventuell zu einer Intimrasur entschließen könne – sie mit der Zunge zu verwöhnen war ihm lieber als alles –, tat Ellie erst empört, dann zaghaft neugierig, halb einverstanden, bis sie sich, unter viel Getue und Geziere, in der Badewanne von ihm rasieren ließ – und eine Liebeserklärung erhielt.

Glücklicherweise war Pierre von seiner vermögenden, aber gefühllos gewordenen Frau abhängig. Ellie wußte in jedem Moment, daß ihr Status einer Mätresse nie, vielleicht nicht nie, aber vorerst doch sicher nicht, bedroht sein würde. So konnte sie Pierre problemlos eingestehen, wie sehr auch sie ihn liebe. Keine Sekunde plagte Ellie ein schlechtes Gewissen Max gegenüber. Sie war nun mal eine Hure, das stand außer Zweifel. Doch hätte sie nie einen Gedanken an den letztlich eher uninteressanten Menschen Pierre Geising verschwendet, wäre es nicht darum gegangen, dringend notwendiges Geld zu verdienen. Ihrer Logik gemäß mußte sie sich keine Vorwürfe machen. Und hätte doch gerne von Max Vorwürfe irgendeiner Art gehört. Er schlief nur noch selten mit ihr, dann jedoch mit Leidenschaft und laut, als hätte sich zwischen den beiden nichts verändert. Sie wurde daraus nicht recht schlau.

Vielleicht bin ich für Max nicht schlau genug, dachte Ellie, vielleicht benutzt er mich hin und wieder, aus der Not heraus, alldieweil er mich längst loswerden, gegen jemand Geeigneteren eintauschen möchte.

Sie lag mit ihrer Einschätzung nicht völlig falsch. Max zweifelte inzwischen tatsächlich daran, daß Ellie der richtige Umgang für ihn sei, abseits der unvermindert sexuellen Attraktion. Daß sie seinen Roman, vielmehr die erste Seite eines

Romans, der nie zu Ende geschrieben, ja nicht einmal weitergeschrieben wurde, mit so hilflosen Phrasen wie *klangvoll, nur irgendwie naja* bedacht hatte, war für Max der letzte Auslöser gewesen, an Ellies Gefährtinnenfähigkeit zu zweifeln. Hart kritisieren hätte sie ihn, keine Rücksicht nehmen müssen, sofern ihr etwas mißfiel. Oder aber, da war er unsicher, loyal und begeistert sein. Jedenfalls hätte sie irgendeine ihn unterstützende Haltung annehmen müssen; er wollte eine Frau an seiner Seite, die ihn so oder so vorwärtsbrachte.

Die Krise verflog. Je länger Max darüber nachdachte, desto besser stand Ellie vor ihm da. Schließlich *hatte* sie ihn ja hart, beinahe vernichtend kritisiert, ohne indes durch aufgeschnappte Phrasen vorzutäuschen, das dafür nötige Vokabular zu besitzen. Er glaubte, wollte glauben, daß Ellie auf ihre Weise ehrlich zu ihm war und liebevoll. Und ihre fehlende Bildung, ihre Weigerung, endlich ernsthaft die französische Sprache zu erlernen – nun, dachte er, sie ist ungebildet, aber auf ihre Weise klug, und oft kommt etwas aus dem Bauch ahnungsloser Frauen treffender daher als aus dem Hirn verquaster und halbgebildeter Männer. Vielleicht, dachte Max, stelle ich die falschen Ansprüche, beschwere mich zuviel – und freue mich zuwenig an dem, was sie ist.

Geising wollte Ellies Brüder gerne einmal kennenlernen. Sie redete sich bevorzugt damit heraus, daß es sich bei den beiden um junge, eher schlicht geschnitzte Naturen handelte, die recht wenig Verständnis dafür aufbringen würden, daß ihre Schwester ein Verhältnis mit einem verheirateten Mann begonnen hatte. Das leuchtete Geising ein. Manchmal schien er ganz und gar vergessen zu haben, daß er jenseits aller gesellschaftlichen Konventionen unterwegs war, und wenn es ihm dann doch wieder einfiel, entlockte es ihm ein breites Grinsen, das seine Selbstzufriedenheit nur andeuten konnte. Was er an Ellie besonders schätzte, war ihre Sauberkeit. Damit war nicht, oder nicht nur, ihre Körperhygiene gemeint. Ellie wußte, welches Wässerchen sie benutzen mußte, damit es zwischen ihren Schenkeln stundenlang nach grünen Äpfeln roch. Wobei Max das mißbilligte. Sie sei doch keine Obstplantage, sie solle nach Sünde und Begierde riechen, nach nichts anderem. Für Pierre Geising war Ellie die Reinheit in Person, das komplette Gegenteil einer käuflichen Frau, bei der man Angst haben mußte, Absonderungen diverser Vorgänger zu erschnuppern.

Er kaufte seiner Geliebten einen schicken Ledermantel, der Ellie gleichermaßen entzückte wie in Erklärungsnöte trieb. Ein warmer Mantel im Winter ergab zwar Sinn, durchaus, die Anschaffung eines solch teuren, beinahe extravaganten Kleidungsstücks hätte Karl und Max gegenüber dennoch begründet werden müssen. Ellie verfiel, nach stundenlangem Grübeln, auf die Idee, zu behaupten, sie habe den Mantel in einem Waggon der Metro gefunden und an sich genommen. Mehr als nur irritiert registrierte sie, wie gleichmütig und bereitwillig ihr diese Geschichte abgekauft wurde. Karl meinte nur, da habe sie aber Glück gehabt. Max, der doch Lunte wittern, sie – anders als Karl, den das moralisch nichts anging – zumindest des Diebstahls oder Unterschleifs hätte beschuldigen, ihr lebhaft ins Gewissen reden müssen, reagierte so gut wie gar nicht, als sei das Ganze selbstverständlich und bedürfe keinerlei Kommentars. Wirklich dachten die Loewe-Brüder, jeder für sich, in anderen Sphären, und ein Mantel, ein wenn auch noch so nützlicher, doch toter Gegenstand, ein Ding, nicht mehr, wie teuer auch immer, zog an ihrer Wahrnehmung spurlos vorüber.

Weihnachten nahte, und Ellie legte Wert darauf, die Wohnung heimelig auszugestalten. Sie bastelte aus rotem und gelbem Papier, aus dem sie Sterne und Mondsicheln schnitt, Folien für die Fenster, stellte zusätzliche Kerzen auf, brannte Räucherstäbchen ab, bemalte, gekonnt, eine weiße Wand mit einem Christbaum samt Christbaumkugeln, und am Heiligen Abend kochte sie Kaninchenschenkel in Tomaten-Knoblauchsoße, mit Kartoffelklößen und Ratatouille aus dem Einweckglas. Karl schrieb darüber einen kleinen Artikel, Thema *Heimatgefühle im Exil*, und brachte den an Neujahr zu Marius Müller, der einen kleinen Karrieresprung gemacht hatte und nun Tageblatt-Redakteur war. Der zeigte sich davon ganz angetan. Leider könne man solch einen Text erst wieder im nächsten Dezember in Druck geben, und nein, diesmal gebe es keinen Vorschuß, niemand wisse, was im nächsten Dezember sei, ob die Zeitung, der es schlecht ging, dann noch existiere.

Der Marquis de Paulignac war für seine sechzig Jahre erstaunlich viril. Er legte großen Wert auf die Paßform seines gezwirbelten schlohweißen Schnurrbarts, den er allabendlich in Binden legte. So abgelebt sein schlaffes, von geplatzten Äderchen durchzogenes Gesicht auch aussah, die flinken lichtblauen Augen machten etliches wett. Sie schienen in jener Schlachtplatte von einem Antlitz gewissermaßen ein Eigenleben zu führen. Wenn er erregt war, zwinkerte der Marquis, ohne sich dessen bewußt zu sein. Die Augenlider wurden ihm zu Kastagnetten und gaben den schnellen Rhythmus vor, mit dem seine fleischvollen Lippen am Objekt der Begierde saugten. Max kam ihm gerne entgegen, der Marquis spürte und honorierte das. Es sei ihm sehr wichtig, sagte er einmal, daß man sich ihm gegenüber nicht überwinden müsse.

Um so überraschender wirkte die Kündigung, die ohne Warnung und Vorzeichen geschah. Max hätte sie nicht im Traum für möglich gehalten.

Im Januar 1936 eröffnete ihm Raymond, er habe sich verliebt. Anderweitig. In einen jungen muskulösen Mulatten aus Algerien. Der werde künftig morgens die Hunde ausführen, es tue ihm leid. *Tempora mutantur – et nos* – Er flüsterte, mit schamvoll gesenktem Kopf, und bot Max eine Abfindung an, von tausend Francs, quasi als Übergangsgeld, als humane, freundschaftliche Geste. Max lehnte ab. Er wollte nicht als gierig gelten, zudem nahm er den Laufpaß zuerst nicht ernst, war sich seiner Bedeutung in Bezug auf den Marquis sicher und hoffte auf eine schnell vorübergehende Geschmacksverirrung. Doch Raymond ließ über Wochen nichts von sich hören, und Max mußte einsehen, daß jene Quelle, die ihm ein Mindestauskommen geboten hatte, versiegt war. Wovon sollte fortan die Miete bezahlt werden?

Kurz dachte er daran, den Marquis zu erpressen. Aber womit? Was er wem auch immer hätte erzählen können, es wären doch nur Behauptungen gewesen. Er glaubte sich am Ende eines vergeudeten Lebens, wie es ihm der dummdreiste Bruder oft genug prophezeit hatte.

Ellie beruhigte ihn. Sie habe noch etwas beiseite legen können. Er wollte nicht wirklich wissen, woher das Geld stammte, obgleich er laut danach fragte. Sie lächelte nur.

Max beschloß, der Sache das wenige Gute abzugewinnen. Er mußte nicht mehr um fünf Uhr morgens aufstehen und konnte nachts so viel denken und trinken, wie er Lust hatte. Im Grunde war das gar nicht so wenig, im Gegenteil, sein ständig unter Schlafentzug leidender Körper dankte es ihm. Der Roman, den er sich einmal in den Kopf gesetzt hatte, die *Sinnlo-*

*sigkeit*, wurde Nacht für Nacht verfeinert. Aber immer nur die erste Seite. Eine zweite anzufangen, davor schreckte er zurück, wie vor etwas Unumkehrbarem, Irreparablem. Vielleicht waren Gedichte ja eher seine Stärke. Er probierte sich aus, und eines Mittags, nach knapp tausend verworfenen, vernichteten Zeilen fand er, zu seinem eigenen Erstaunen, auf dem letzten Sudelblatt der Nacht etwas von Wert und Schönheit, etwas Schlicht-Naives, das so schlicht und naiv auf den zweiten Blick nicht war.

*ich hab die nacht*
*allein verbracht*
*an dich gedacht*
*gedicht gemacht*
*hier bitte schön*

Beinahe hätte er es Ellie gezeigt, aber größer als sein Stolz war seine Furcht. Ihm graute davor, daß sie etwa sagen könnte:

*Ach, das ist ja niedlich.*

Oder, viel schlimmer: *Bei der letzten Zeile fehlt der Reim. Hast du den vergessen?*

Danach hätte er sich nur noch von ihr trennen können.

Karl trieb sich zu jener Zeit gerne in zwielichtigen Spelunken herum, und sein Vorsatz, keinen Tropfen Alkohol anzurühren, wurde etlichen Prüfungen unterzogen. Für wirkungsvollere Drogen, die ihn seltsamerweise eher interessiert hätten, besaß er nicht das Geld, er trank also Café Crème und las Bücher wieder und wieder, die ihm Trost spenden konnten, besonders gerne Briefe Lenins aus seiner Züricher Zeit, bevor ihn der deutsche Generalstab in einem plombierten Eisenbahnwaggon nach Rußland geschickt hatte, als menschliche Geheimwaffe zur Beendigung des Zweifrontenkrieges. Die Seiten waren über und über mit Anmerkungen und Randnotaten versehen.

*Politisch gravierende Umwälzungen,* so lautete eine davon, *benötigen Kriege, die das Sicherheitsdenken der Bourgeoisie aushebeln können. Im Krieg und dem damit stets verbundenen Chaos werden, und sei es durch Zufall, Möglichkeiten wach* (sic!), *die ansonsten immer Träume geblieben wären. Im Chaos obsiegt Taktik über Strategie. Dem deutschen Generalstab war einzig wichtig, den Gegner Rußland zu destabilisieren. An die Entstehung des Sowjetreichs wurde keinen Moment gedacht, ansonsten Lenin sicher liquidiert worden wäre. Kriege sind ganz besondere Spielfelder, von eigener weltpolitischer Dynamik. Von daher nicht grundsätzlich zu verurteilen. Der Weg zum globalen Kommunismus wird ganz ohne Krieg nicht möglich sein, ein gewisser Blutzoll muß wohl entrichtet werden.*

Ein Satz, der Max zu brutal, zu selbstgewiß, also primitiv erschienen wäre.

Karl lag viel am Wohl der Menschheit, Max hingegen mehr am Wohl des Menschen an sich. Zwei schwer zu vereinbarende Ansätze.

Eines Abends im Januar 1936 wurde Karl von jemandem angesprochen, in einer vielfrequentierten, weil preiswerten Brasserie an einer der Porten. Ob er Deutscher sei. Karl bejahte, er konnte kaum anders, denn er las in einem deutschen Buch und schrieb deutsche Wörter auf dessen Leerseiten nieder. Der ihn ansprach, war ein hagerer älterer Mann um die fünfzig, braungebrannt, vielleicht auch von natürlich dunklem Teint, nachlässig rasiert, mit perlmuttfarbenem Stoppelbart. Er stellte sich als Victor Beaumarchais vor. Auf dem Kopf trug er eine Art beduinischen Turban, dazu aber einen konventionellen europäischen Sommeranzug aus weißem Leinen und an den Füßen moosgrüne Filzpantoffeln, kaum die passende Bekleidung für eine Stadt voller Pfützen und Haufen aus halbgeschmolzenem Schnee. Seine Lippen bildeten einen schmalen Strich, wenn er zuhörte, zwei wütend miteinander ringende Schlangen, wenn er widersprach. Zustimmend äußerte er sich beinahe nie, er machte einen rechthaberischen bis inquisitorischen Eindruck, alles andere als sympathisch, dennoch auf eine Weise faszinierend. Er drehte sich Zigaretten aus dem tiefschwarzen Tabak, den nur Menschen rauchen, die auf die Färbung ihrer Zähne nichts mehr geben. Auf Nachfrage gestand er, halber Franzose, halber Algerier zu sein, afrikanisch von der Mutter her. Umgekehrt fragte er Karl, ob er sich eher als Deutscher fühle oder als Kommunist.

Karl behauptete, man sei ja doch beides, das erste von Geburt, das zweite aus Überzeugung. Ob das eine stärker wirke als das andere, sei eine Frage des Charakters.

Beaumarchais, der in Wahrheit Jean Zanoussi hieß, verstand nicht, was Karl damit sagen wollte, und Karl verstand es ebensowenig, aber noch wußte er ja auch nicht, was und wieviel er diesem fremden Gegenüber überhaupt mitteilen wollte.

Bald stellte sich heraus, er war an einen lupenreinen Anarchisten alter Schule geraten, der Kommunisten nicht ausstehen konnte, weil er sie für denkfaul und spießig hielt, für brutal und repressiv. Nur der gemeinsame Feind, der Faschismus, mache es möglich, daß man hier zusammen einen Schnaps trinken könne. Karl trank keinen Schnaps und ließ sich anfangs auch nicht überreden, einen auszugeben. Beinahe wäre das Gespräch an diesem Punkt abgebrochen worden. Einzig Zanoussis Durst führte zu einer Verlängerung.

Ich gehe bald nach Spanien. Das wird das erste Land, das wir erobern. Dort werde ich gebraucht. Wo wirst *du* denn gebraucht?

Ich weiß es nicht genau. Und das ist mein Problem.

Soll ich es dir sagen? Für einen Armagnac? Oder einen Aperol? Komm schon, ein Aperol!

Karl trug nur wenige Münzen bei sich, aber gut, einen Aperol würde sein Budget so eben noch verkraften. Ihm war langweilig – und vielleicht ergab sich ein neuer Artikel daraus.

Vor vielen großen Pariser Cafés standen eherne Becken, gefüllt mit glühender Kohle, so konnte man auch im Januar draußen sitzen, unter dem Vordach, und die eine Hälfte des Körpers der Glut, die andere dem Frost aussetzen. Das schuf ein gewisses manichäisches Gefühl auf der Haut. Karl fühlte sich an das Café Reimann in Berlin erinnert, wo es ein ähnlich verschwenderisches Heizsystem, wenn auch aus viel kleineren Koksöfen, gegeben hatte.

Er gierte im Grunde danach, jemandem, und sei es einem völlig Fremden, von sich zu erzählen. Wobei er sich dafür schämte, wie wenige Sätze doch eigentlich notwendig waren, um seine Situation hinreichend zu schildern.

Zanoussi hörte zu, dann ergriff er die Initiative, sprach davon, daß die meisten Menschen zu dumm, banal, kurzum nicht geeignet seien für das *Wort*, in der *Tat* aber reüssieren könnten. Sprich: für die Idee der Freiheit wollten zu viele Halbtalentierte aufklärerisch wirken und als Lehrer gefeiert werden, statt sinnvolle Blutarbeit zu erledigen und mit einem Fanal in die Geschichte einzugehen.

Ach ja? Hörte Karl sich sagen und gab sich leicht beleidigt.

Doch doch, das sei so, meinte Zanoussi. Es sei geschichtlich oft notwendiger, den Feind taktisch-brutal zu enthaupten, als ihm strategisch-theoretisch entgegenzutreten. Hitler sei ohne Zweifel ein bemerkenswerter Feind, dem man Respekt zollen müsse. Wenn Karl bei Gelegenheit etwas historisch Bemerkenswertes tun wolle, dann solle er auf seinen Lebenserhaltungsinstinkt pfeifen und Hitler mit in den eigenen Tod reißen. Das sei eine klar umrissene Aufgabe, die ewigen Nachruhm verspreche.

Karl war amüsiert – und auch geschmeichelt. Wie oft hatte er jemandem gegenübergesessen, der ihn für fähig hielt, etwas historisch Bedeutsames zu vollbringen?

Hitler jetzt zu ermorden, wendete Karl ein, würde aber bedeuten, dem Feind einen großen Märtyrer zu schenken.

Du Idiot, du selbstgefälliger Winsler, zischte Zanoussi, du bist am Ende keinen Deut besser als irgendein ahnungslos-verblendeter Hitlerjunge, verzieh dich, du arbeitest den Braunhemden in die Hände.

Dergleichen mochte Karl nicht auf sich sitzen lassen. Warum er denn nicht selbst tätig werde, fragte er den Prediger. Zanoussi gab zur Antwort, er sei den Behörden weidlich bekannt, als Unruhestifter, Querulant und Querdenker, er könne dem Tyrannen niemals so nahe kommen wie ein noch junger Mann, ein unbeschriebenes Blatt.

Du müßtest einfach nur mit einem Blumenstrauß vor ihn hintreten, aus dem Blumenstrauß eine geladene Pistole ziehen, auf ihn richten, den Zeigefinger ein paarmal bewegen und wärst für immer ein Held der Geschichte. Was würdest du dafür denn opfern müssen? Ein paar Jahre halbgaren Lebens. Wer weiß, wieviele Leben du retten würdest, im Tausch für dein eigenes.

Selten war Karl mit so eindeutigen Forderungen an sich selbst konfrontiert gewesen. Das machte Spaß. Klar und einleuchtend fand Karl die Sache aber nicht. Würde Hitler einen, der als Jungkommunist verhaftet und drangsaliert worden war, jemals auf Schußnähe an sich herankommen lassen? Und wer, bitte wer, konnte mit Gewißheit sagen, daß es zum Krieg kommen würde? Hitler konnte das nicht ernsthaft vorhaben. Einen Krieg gegen Frankreich, England und Polen – und wer weiß gegen wen noch? Oder?

Zanoussi zündete sich eine selbstgedrehte Zigarette an und winkte Karl verschwörerisch zu sich, bis beider Stirnen sich beinahe berührten.

Krieg oder nicht, das steht nicht fest. Aber Hitler wird die Juden töten. Alle, die er schnappen wird. Du wirst es erleben und dich an mich erinnern.

Karl nickte – und sah erleichtert ein, daß er an einen Verrückten geraten war. Offensichtlich hielt nicht einmal der große Vorsitzende Stalin es momentan für opportun, Hitler umzubringen. Und für jemanden wie ihn, mit seinen Möglichkeiten, wäre das ja wohl die leichteste Übung. Nur Stalin wußte exakt, warum er stillhielt.

Denkbar war, daß er die Deutschen nicht reizen wollte. Falls es doch irgendwann zum Krieg käme, wäre es Stalin vielleicht lieber, die Deutschen würden von jemandem wie Hitler geführt, statt von einem fähigeren Menschen. Denn Karl hielt von Hitlers Talent längst nicht so viel, wie fast alle anderen das inzwischen taten. Hitler hatte, fand er, bisher einfach Glück gehabt. Sagenhaftes Glück. Und den Mut der Frechheit. Eine durchschlagende Kombination. Warum sollte Hitler die Juden denn *töten*? Aus denen soviel Geld herauszupressen war. Und wenn sie kein Geld mehr besaßen, konnte man ihre Körper versklaven, als billige Arbeitskräfte gebrauchen.

Du redest Unsinn, sagte Karl, er gebrauchte nun selbst das Du – bewußt respektlos. Hitler mag fanatisch sein und dumm, aber doch nicht geisteskrank. Selbst wenn er es wäre, so stünde hinter ihm doch ein Kulturvolk, das sich nicht alles gefallen ließe, egal wer ihm Befehle gibt –

Zanoussi fiel ihm ins Wort. Karl hege seltsame Vorstellungen. Die Verbindung von Volk und Kultur sei ein Paradox, ein Widerspruch in sich selbst. Kultur sei immer die Sache von Individuen, das Volk, jedes, sei mitgeschleppter Müll, allenfalls Publikum.

Ein solcher Satz machte es Karl einfach, das Gespräch an diesem Punkt abzubrechen und nach Hause zu gehen. Dieser Spinner hatte nur Quatsch abgesondert.

Aber er hatte auch *Spanien* erwähnt. Spanien.

Für Karl bislang kaum mehr als ein vage mediterran konnotiertes Wort, hallte es nach in seinem Kopf. Bei nächster Gelegenheit wollte er sich erkundigen, was es damit auf sich hatte.

Am 8. Februar 1936, denkbar kurz bevor Max und Karl ihre Volljährigkeit feierten, starb der alte Ernst-Erich Loewe, denkbar sanft, mittels Herzschlag im Fauteuil, während im Radio der denkbar spannende Slalom-Abfahrtslauf der Damen aus Garmisch-Partenkirchen übertragen wurde. Die Brüder bekamen vom Tod ihres Onkels und Vormunds zuerst nichts mit. Erst als Karl Anfang März, wie alle paar Monate wieder, mit seinem Freund Johann Münchinger korrespondierte, weil ihm an glaubhaften Berichten über die Lage im deutschen Reich gelegen war, erwähnte der, er sei von einem Nachlaßverwalter angeschrieben worden, einem Herrn Dr. Hans Malies. Malies habe wissen wollen, ob es eine postalische Adresse gebe, unter der Max und Karl Loewe zu erreichen wären, wegen Liquidierung der Erbmasse. Karl, dem kaum noch ein Sou geblieben war, schrieb sofort an Dr. Malies und wollte wissen, ob es sich lohnen würde, das Erbe anzutreten.

Diese Auskunft könne er ihm leider nicht geben, meinte Malies, denn es hätte noch kein Gutachter über den exakten Wert der Hinterlassenschaft befunden. Es zeichne sich aber ab, so sein diskreter Hinweis, daß die Brüder keine Schulden übernehmen müßten, von daher lohne sich das Erbe bestimmt. Karl und Max dachten nach. Der verstorbene Onkel hatte immerhin ein Haus am Rande Leipzigs besessen. Wenn man das zu Geld machte, konnte man jahrelang sorgenfrei leben.

Am 27. Februar 1936 ließ Hitler die entmilitarisierte Zone im Rheinland besetzen, womit die Souveränität des Reiches über seine Westgrenze wiederhergestellt war. Diese erneute Revidierung der Versailler Verträge wurde von der Bevölkerung gefeiert. Durch Hitlers Beteuerungen, nur friedliche Absichten zu hegen, ließen sich Großbritannien und Frankreich beschwichtigen. Die wohl letzte Möglichkeit, Deutschland auf dem Weg zur Großmacht durch einen begrenzten Krieg in die Schranken zu weisen, ging ungenutzt vorüber.

Max weigerte sich, Reichsgebiet zu betreten, das käme für ihn auf keinen Fall in Frage. Bestimmt stand sein Name auf etlichen Listen etwaiger Regimefeinde, schon wegen dieser Sache damals mit Jerzy Sosnowski. Karl suchte einen deutschen Exil-Anwalt auf, der sich auf Exilanten-Problematiken spezialisiert hatte. Ob ihm Strafverfolgung drohe, fragte Karl, weil er sich dem Wehrdienst entzogen habe? Der Anwalt meinte, nun, formaljuristisch nein, denn zum Zeitpunkt des Grenzübertritts habe es ja noch keinen Wehrdienst gegeben. Zu seinem Glück habe er sich an der Sorbonne eingeschrieben und könne so für sich geltend machen, ein Jahr Auslandsstudium hinter sich gebracht zu haben. Unter einer Willkürherrschaft werde selbstverständlich nicht alles von Paragraphen geregelt. Grundsätzlich aber, vom Buchstaben des Gesetzes her, und solange sein Paß noch gültig sei, könne Karl guten Gewissens ins Reich einreisen, er dürfe sich dort nur nicht allzulange aufhalten und keinen festen Wohnsitz annehmen. Ansonsten könne ihm ein Musterungsbescheid zugestellt werden, der ihn dann in seiner Mobilität ernsthaft einschränken würde. Wenn Max dem Bruder eine Interessenvertretungserklärung unterschriebe, könne Karl das Erbe in beider Namen in Empfang nehmen. Wie schnell er es dann flüssig machen würde, sei natürlich eine andere Frage, aber das könne durch einen deutschen Anwalt mit gegebenem Mandat stellvertretend geregelt werden. Der würde selbstverständlich zehn bis fünfzehn Prozent verlangen, vom Nettogewinn aus der Erbschaftsliquidierung, aber zu diesem Abschlag war Karl gerne bereit.

Insgesamt, meinte sein Rechtsbeistand, müsse die Reise nach Leipzig und zurück nach Paris keine Woche in Anspruch nehmen, wenn man die Dinge vorher terminlich koordinieren würde.

Max versuchte noch, seinen Bruder umzustimmen. Der lehnte rigoros ab.

Es grenze an Wahnsinn, predigte Max, in einem Drachenrachen, zwischen den Zähnen des Raubtiers, nach versteckten Schätzen zu suchen. Zwar stand die Olympiade kurz bevor, und es herrschte in Deutschland so etwas wie politisches Tauwetter; etliche Bestimmungen wurden gelockert. Schilder, die den Juden das Betreten des deutschen Waldes verboten, wurden größtenteils abgehängt. Und es existierte sogar eine Anweisung des Reichsführers-SS an die Gestapo, die verbot, in den nächsten Wochen gegen irgendeinen Ausländer wegen des §175 (Homosexualität) ohne seine persönliche Genehmigung auch nur mit einer Vernehmung oder Vorladung vorzugehen.

Max blieb dabei. Geldgier dürfe kein Beweggrund sein, unkalkulierbare Risiken einzugehen. Karl wies den Verdacht der Geldgier weit von sich. Er brauche zwar Geld, und dringend, das schon, aber doch nur, um Kapital für etwas Eigenes zu haben, für die Fahrt nach Spanien zum Beispiel. Es war das erste Mal, daß er Max gegenüber dieses Ziel erwähnte.

Was willst du denn in Spanien?

Dabeisein, wenn es losgeht.

Wenn was losgeht?

Karl gab keine Antwort, lieh sich, ungern, aber was blieb ihm übrig, von Ellie das Reisegeld und fuhr am 29. März 1936 mit dem Nachtzug nach Saarbrücken. Wie alle aus Frankreich einreisenden Deutschen wurde er einer strengen Paßkontrolle unterworfen. Und prompt verhaftet. Er mußte anderthalb Tage in einer ungeheizten Zelle verbringen, bevor der Anwalt Dr. Malies telegraphisch für ihn bürgte. Das Ganze entsprang nicht etwa, wie man annehmen könnte, faschistischer Willkür. Es war viel verrückter.

In Deutschland hatten die Dresslers Strafanzeige gegen Karl Loewe gestellt. Durch einen Besuch beim Grundbuchamt hatten sie herausbekommen, daß Marie beim Verkauf der Weddinger Wohnung übers Ohr gehauen worden war. Auch wenn

Maries halber Besitzanspruch nie von einem Notar beglaubigt wurde, so gab es doch ein von Karl Loewe unterzeichnetes, schriftliches Versprechen, quasi eine Urkunde, in der er Marie die Immobilie zur Hälfte überschrieben hatte. Marie Dressler standen demnach noch dreitausend Reichsmark zu. Auch war, fanden die Eltern, ein Kranzgeld fällig, denn Marie hatte sich Karl im guten Glauben an eine baldige Eheschließung hingegeben, sich sonst ja nichts zuschulden kommen lassen und sei ohne schwerwiegenden Grund zur Lösung der Verlobung gedrängt worden. Ihre ramponierte sittliche Ehre verlange nach einer finanziellen Beschwichtigung. Karl Loewes Anwalt, ebenjener Leipziger Dr. Malies, ein, wie sich herausstellte, skrupelloser Winkeladvokat, riet seinem Mandanten dazu, die Unterschrift unter der maschinengeschriebenen Abtrittserklärung als Fälschung zu bezeichnen. Das genüge, um erstmal Ruhe zu haben. Um den Rest müsse er sich keine übertriebenen Sorgen machen, denn so etwas wie ein *Kranzgeld* sei praktisch nicht mehr justiziabel in der modernen Zeit. Marie Dressler hätte schon *beweisen* müssen, daß sie erstens ihre Jungfräulichkeit nicht vorher schon verloren und zweitens den vorehelichen Beischlaf mit der strikten Bedingung einer künftigen Heirat verknüpft hätte. Da würde am Ende Aussage gegen Aussage stehen. Sollte es zum Prozeß kommen, könne man immer noch einen Vergleich anstreben.

Karl hätte erleichtert sein können, und war es keineswegs. Die Beschuldigung bestand ja völlig zu Recht, er hatte Marie um dreitausend Mark betrogen, aus der Not heraus, um sich und dem Bruder eine Zukunft zu ermöglichen – und weil die Dresslers das Geld nicht wirklich verdient hatten. Irgendwie war das in Ordnung gewesen. Aber die ehrbaren Brotbäcker nun zu bezichtigen, sie hätten eine Unterschrift gefälscht, schien ihm so gar nicht in Ordnung, widerstrebte seinem Gewissen. Er wußte nicht ein noch aus, andererseits konnte er auch keinen Sinn darin entdecken, ins Gefängnis zu gehen. Davon würde nichts und niemand etwas haben, sah man von der Rachsucht der Dresslers einmal ab. Schlußendlich befolgte er den Rat seines Anwalts und kam relativ ungeschoren aus der Sache heraus. Um den Preis eines beschädigten moralischen Selbstbilds. Immer hatte er an sich hochsehen können, sogar als er den Nazis geschworen hatte, sich nicht mehr auf der ›falschen‹ Seite politisch zu engagieren – das war eine durchaus erlaubte Taktik gewesen, um Folter und Verfolgung zu entgehen. Die Dresslers, die sich den ungewiß gewordenen Gang vor Gericht weder leisten konnten noch wollten, zeigten sich mit einer freiwilligen und einmaligen Zahlung von sechshundert Reichsmark zufrieden und zogen die Strafanzeige zurück. Jene sechshundert Reichsmark streckte Dr. Hans Malies vor, der sich aber im Gegenzug von Karl Loewe ein Dokument unterschreiben ließ, das ihm vierzig Prozent der Erbschaft sicherte.

Max fand es sonderbar, wie sehr die Entscheidung Karl mitnahm. Es handele sich doch nur, schrieb er in einem Expreß-Brief, um eine beleidigte Schnepfe und deren gierige Eltern, an so etwas müsse man keine unnützen Gedanken verschwenden.

Wenn man so verdorben ist wie du, antwortete Karl, sicher nicht. Dir ist sowieso schon alles egal.

Noch immer war nicht klar, woraus nun die Erbmasse genau bestehen würde. Karl Loewe wohnte in einer billigen Pension, sein offizieller, der Behörde gemeldeter Wohnsitz aber lautete c/o Dr. Hans Malies, Schillerstr. 6, Leipzig.

Prompt wurde an jene Adresse ein Einberufungsbescheid versandt. Malies verweigerte, dazu besaß er jedes Recht, vorerst die Annahme des Einschreibens und riet seinem Klienten dazu, sich schleunigst zu verflüchtigen, es gehe um Tage, nein, eher um Stunden. Am besten sei es, wenn er an den Bodensee fahre, sich über die grüne Grenze in die Schweiz und von dort zurück nach Frankreich absetzen würde. Seinen Anteil aus der Erbschaft könne er dann per internationaler Überweisung bekommen.

Karl ahnte, daß man ihn gründlich übers Ohr hauen würde, aber in zunehmender Panik befolgte er Malies' Ratschlag. Während der Zugfahrt von Leipzig nach Friedrichshafen entging er jeder Kontrolle. Er wollte aber nicht bei Nacht über die Grenze, allein schon, weil er sich im Dunkeln fürchtete, zumal in einer ihm unbekannten Gegend. Ihm fiel etwas Besseres ein. Mit einer Art Tretboot, das eigentlich den Gästen eines Badebetriebs zu Amüsierzwecken diente, setzte er, am hellichten Tag, bei gleißendem Sonnenlicht, ans rettende Ufer über. Er war dabei nur mit einer Badehose bekleidet, seine Kleidung trug er in einer Strandtasche mit sich. Keines der Patrouillenboote schöpfte Verdacht – wer hat schon vor, mit fast nichts auf der Haut das Land zu verlassen?

Nach vier aufregenden Wochen, einem illegalen Grenzübertritt und einer Odyssee durch die so paranoide wie bürokratische Schweiz kam er mit dem Zug in Paris an, und es war ihm da schon egal, ob er jemals auch nur einen Pfennig bekommen würde. Tatsächlich wurden ihm per Western-Union-Telegraph umgerechnet neunhundert Reichsmark überwiesen. Malies entschuldigte sich in einem kurzen Brief, mehr sei aus dem alten Häuschen nicht herauszuholen gewesen, und erwähnte die fällig gewordene Reichsfluchtsteuer, etwaige Notarkosten, das

Zugticket und etliches andere, darunter die angeblich unbezahlt gebliebene Rechnung für das Pensionszimmer. Auch habe er wegen der verweigerten Annahme des Einschreibens das Mißtrauen der Behörde auf sich gezogen.

Malies verbuchte auf relativ legale Weise beinahe 12.000 Reichsmark als Honorar und Unkostendeckung. Ein Routinefall. Karl Loewe würde deutsches Gebiet nie mehr betreten können, ohne mit ernsten Konsequenzen rechnen zu müssen. Doch war das Unternehmen am Ende nicht vergebens gewesen. 900 Reichsmark waren immerhin etwas. Malies hätte sich im Grunde selbst diese milde Gabe sparen können, ging aber lieber auf Nummer sicher. Wer konnte schon wissen, wie die Zukunft aussehen würde. Alles schien möglich.

Karl stellte ein Zittern an sich fest, als er das Geld in Empfang genommen hatte. Er flanierte über den Boulevard de Raspail, blinzelnd, schmunzelnd, und überlegte, ob und wie er sein Abenteuer in irgendeine Art von Artikel verwandeln konnte. Plötzlich fühlte er eine Hand schwer auf seine Schulter schlagen und erschrak, schnellte herum.

Marius Müller, inzwischen Redakteur der neugegründeten *Pariser Tageszeitung*, erwischte Karl auf dem Place de L'Odeon. Er unterbreitete ihm ein Angebot, nicht, wie man jemandem ein Angebot unterbreitet, eher so, wie man einen Schuldner am Schlafittchen packt und an der Flucht hindert. Karl habe doch immer einen Posten gesucht, einen Posten von Bedeutung, ob das stimme oder nicht? Stimmt, sagte Karl, wobei sein Atem für das Wörtchen kaum genügte.

Na dann, na also! Er, Müller, könne für ihn, Loewe, endlich etwas tun. Und umgekehrt. Es werde ein Schachspieler gebraucht, für die Volksolympiade in Barcelona. Es gebe eine deutsche Mannschaft von beachtlicher Spielstärke, aber das vierte Brett könne nicht adäquat besetzt werden. Leider.

Entschuldigung?

Karl vermochte dem Redeschwall Müllers so schnell keinen Sinn abzugewinnen.

Ob er Interesse habe, vom 19. bis zum 26. Juli das kommunistische Exil-Deutschland sportlich zu vertreten? In Barcelona. Die Zugfahrt zweiter Klasse würde von der Zeitung gezahlt, auch ein Verpflegungsgeld von sechzehn Francs pro Tag. Das sei, zugegeben, nicht arg viel, aber man könne zur Not doch davon leben.

Karl, sobald er verstanden hatte, worum es ging, sagte sofort zu. Der sportliche Aspekt war ihm herzlich egal. Bei der Gegen- oder Volksolympiade in Barcelona sollten, wie er alsbald erfuhr, auch Volkstanz, Musik und Theater zu den Wettkampfsportarten gehören; niemand auf der Welt würde diese pazifistische Protest-Veranstaltung jenseits ihres symbolischen Gehalts sonderlich ernstnehmen. Aber Karl würde eine Zugfahrt ins ersehnte Spanien bezahlt bekommen und sogar noch etwas Taschengeld. Er geriet darüber völlig aus dem Häuschen.

Stellt euch vor, sagte er Max und Ellie, wen ihr vor euch habt?

Wen haben wir denn vor uns? Fragte Ellie. Karl warf ihr mit einer abschätzigen Geste das geliehene Reisegeld vor die Füße.

Einen Olympioniken!

Ach? Sieh mal an. Max runzelte die Stirn.

Jawohl, ich werde das *andere Deutschland* vertreten. In Barcelona. Ich! Werde Schach spielen gegen Gegner aus der ganzen Welt!

Besser gegen Gegner als für den Führer! Max, das wollte zu seinem Naturell so gar nicht passen, untergrub den erhabenen Moment, ließ ein mittelmäßiges Wortspiel vom Stapel und schob gleich noch ein abgeschmacktes hinterher: Barcelona? Das kommt mir spanisch vor.

*Verdammte Brut!* Schrie Karl und lachte.

Schon am nächsten Morgen erhielt er durch einen Botenjungen die Hin- und Rückfahrkarte für die katalonische Hauptstadt. Verpflegungsgeld lag keines bei.

Drei Tage später brach der spanische Bürgerkrieg aus. Die *Olimpiada Popular* wurde prompt abgesagt und Karl per Telegramm gebeten, das Ticket an die Zeitung zurückzusenden. Was er nicht tat. Er verhielt sich schlichtweg so, als sei das Telegramm nicht rechtzeitig eingetroffen, und bestieg am 17. Juli 1936, um fünf Uhr morgens, am Gare de Lyon den letzten regulären Zug, reiste als Tourist, voller Komfort und ohne Problem, nach Spanien ein. Stunden später wären die Grenzen bereits geschlossen gewesen, und es hätte für einen Einzelgänger etlicher Schliche und Erklärungen bedurft, um die Grenzposten der jeweiligen Kriegsparteien zu passieren. Während der Fahrt bestellte Karl vom Schaffner sämtliche verfügbaren Zeitungen, er wollte über Art und Ausmaß des Konflikts ausreichend informiert sein. Auch ein spanisches Wörterbuch studierte er beflissen und beherrschte bei der Ankunft in Barcelona bereits die Zahlen von eins bis zehn sowie fünfzig Vokabeln.

# DIE GRÖSSE DER ZEIT

Pierre Geising erwies sich als nicht ganz so vorhersehbar, wie Ellie angenommen hatte. Obschon seine Frau über Vermögen verfügte, die bedeutendste Attraktivität, die ihr in Geisings Augen geblieben war, spielte der Hotelbesitzer durchaus mit dem Gedanken, sich vielleicht von ihr zu trennen. Seine schnell entstandene sexuelle Abhängigkeit von Ellie war die eine Motivation, hinzu kam, daß er sich wirklich verliebt hatte, in einem Ausmaß, von dem man bei einem geistig relativ gesunden Vierzigjährigen nicht ausgehen konnte. Geradezu närrisch und pubertär verhielt er sich, zum Beispiel, wenn er Ellie im Bad einschloß und nicht gehen lassen wollte, bevor sie ihm einen Liebesschwur durchs Schlüsselloch geleistet hatte, wenn er seinen nackten Körper vor dem Abschied gegen ihren preßte, bis Ellie kaum noch atmen konnte, wenn er ihr übertriebene Geschenke machte, nach dem Mantel noch neue Schuhe und eine silberne Halskette mit kleinen Saphiren. Daß es sich bei den Saphiren um Fälschungen handelte, spielte keine Rolle, denn Geising hatte sie in gutem Glauben einem Flohmarkttrödler an der Porte de Clignancourt abgekauft, und alle waren glücklich, Geising, Ellie – und der Flohmarkttrödler sowieso.

Wenn Ellie nach den nachmittäglichen Schäferstündchen aufbrach in Richtung der Rue Clovis, litt Pierre Geising echte Schmerzen in der Brust, Stiche und Beklemmungen sowie eine nicht näher beschriebene Leere im Kopf, die ihn, behauptete er, mit ihrem Gewicht erdrücke. Eine Leere habe doch kein Gewicht, meinte Ellie. Dochdoch, insistierte Pierre, diese Leere schon. Eine finsterschwarze Schwerleere sei das, die sie in ihm hinterlasse. Finsterschwarz. Aha. Ellie mußte lächeln. Seine flehentlich geäußerte Bitte, sie solle nur einmal eine Nacht im Monbijou verbringen und morgens an seiner Seite erwachen, lehnte Ellie weiterhin ab, Halskette hin oder her. Sie wußte, wie man frische Verliebtheit am längsten konserviert: indem man ihr sparsam nachgibt, ihren Hunger nie sättigt und sie nicht ohne Not desillusionierenden Morgenstunden aussetzt. Außerdem wäre ihr keine Ausrede gegenüber Max eingefallen.

Im deutschen Reich wurde am 10. Juli 1936 der für seinen Mut während der Zeit der Saalschlachten legendäre Kommunist Etkar André nach dreieinhalbjähriger Untersuchungshaft unter anderem wegen Hochverrats und Mordes an einem SA-Truppführer zum Tode verurteilt. Trotz äußerst dürftiger Beweislage. Breite internationale Proteste der höchsten diplomatischen Stellen verlangten eine Begnadigung. Hitler ließ die Angelegenheit zunächst offen. Außenpolitisch bemühte sich die Diktatur um Zurückhaltung, die jüngste Krise mit Österreich wurde diplomatisch gelöst. Man wollte der feindlichen Presse nicht in die Karten spielen, wollte viel eher das Bild einer einig und zufrieden hinter dem Führer stehenden Nation suggerieren. Man kam diesem Propagandaziel gerade dadurch nahe, indem man nicht das Lamm spielte, das hätte zu durchschaubar und heuchlerisch gewirkt, sondern indem man den starken, aber bedächtig agierenden Wolf gab, der selbstbewußt, wiewohl vernünftigen Gründen nicht unzugänglich war. Nicht wenige Menschen dachten um, hielten Hitler für einen gewieften Pragmatiker in der Maske des Fanatikers.

Dr. Joseph Goebbels notierte in seinem Tagebuch (26. Juni 1936): *Regeln für Partei Olympiade besprochen. Partei tritt nicht auffällig in Erscheinung.*
In einer Presseanweisung ordnete er an, daß der Rassenstandpunkt bei der Berichterstattung völlig unbeachtet bleiben müsse.

Geising verfiel auf krude Gedanken. Ellie eines Tages zu verfolgen, war noch nicht mal der absonderlichste. Im Gegenteil, für jemanden, der an finsterschwarzer Schwerleere litt, lag das auf der Hand.

Ellie blickte sich, wenn sie in schnellem Schritt über die Straßen zur Metro eilte, immer mal um, eine praktische Angewohnheit aus Hitlerdeutschland. Nein, sie war sich einigermaßen sicher, Pierre folgte ihr nicht, und hatte sie erstmal den Waggon betreten, gab es doch Dutzende Möglichkeiten, wo sie wieder aussteigen würde. Pierre wußte einzig, daß sie und »ihre Brüder« irgendwo im Quartier Latin wohnten, das war ihr ganz in der Frühphase der Beziehung einmal rausgerutscht. Seither hatte sie exaktere Nachfragen mit nichts als einem tadelnden Zungenschnalzen beantwortet. Mit Ellie Jakobowski in den Waggon der Linie 5 nach Süden stieg denn auch nicht Pierre Geising, sondern Luc Bouchard, ein sechzehnjähriger Küchenjunge des *Hotel Monbijou*, dem der Auftrag seines Chefs soviel Spaß bereitete, daß er sich beinahe durch sein Dauergrinsen verraten hätte.

Am Gare d'Orléans-Austerlitz stiegen beide zur Linie zehn um und fuhren zwei Stationen bis zur Rue du Cardinal Lemoine. Eigentlich hätte Ellie der Knabe auffallen müssen. Aber er hielt geschickt Abstand.

22. Juli 1936

Lieber Max,
ich sage dir: Barcelona! Eine Stadt in Aufruhr, in Euphorie ist das, schwarz und rot beflaggt, voller Musik, eine Stadt im Taumel des Ausnahmezustands, der sich johlend und stampfend zur Regel erhebt. Freiheit und Gerechtigkeit! Binnen weniger Tage ist dort nichts mehr wie zuvor. Das Volk feiert die Machtübernahme durch die Arbeiterklasse, skandiert an jeder Straßenecke Parolen, die irgendwie, aus innerer Poesie heraus, zu Versen und Liedern werden. Man muß von der Sprache gar nicht viel verstehen, um sich von der revolutionären Woge getragen und bewegt zu fühlen. Auf den Ramblas wird gesungen, als Begleitung genügt oft eine krächzende Geige, eine betrunken geschlagene Trommel, wo im Grunde doch überhaupt kein Instrument nötig wäre, dem Singsang Struktur und Resonanz zu verleihen. Stell dir vor, mir war nicht bekannt, daß man in Katalonien einen herben, vernuschelten Dialekt dem Spanisch der Wörterbücher vorzieht, ich habe rein gar nichts verstanden, und mich doch willkommen und eingebunden gefühlt. Von den Kämpfen habe ich wenig mitbekommen, nur Schüsse gehört, das natürlich schon. Es heißt, daß von allen spanischen Städten der Putsch der Faschisten in Barcelona am schnellsten und schmerzlosesten niedergerungen wurde, dank der Entschlossenheit der Arbeitermilizen. Es kursieren Geschichten von kaum bewaffneten Menschenmengen, die in purer Todesverach-

tung die Maschinengewehrnester der Putschisten überrannt haben sollen. Inwieweit das stimmt, weiß ich nicht, noch nicht, aber die Vorstellung ist so schön – ich möchte gern daran glauben. Die Rede ist von etwa tausend Toten und Verwundeten. Entscheidend für den Ausgang war wohl auch, daß die Guardia Civil, eine paramilitärische Polizeitruppe mit ausgezeichneten Schützen, sich nach langem Zögern auf die Seite der Republik schlug. Einige Pfaffen, das wird dir gefallen, sind exekutiert worden, weil sie von ihren Kirchtürmen die Menschenmenge beschossen haben (sollen). Bis auf die Kathedrale, ein wundervolles Bauwerk, wurden alle Kirchen in Brand gesteckt und nur ihre verkohlten Mauern sind geblieben, ein gespenstischer Anblick. Die Kämpfe müssen sehr einseitig verlaufen sein. Keine Macht kann es mit dem Willen einer zu allem entschlossenen Arbeiterschaft aufnehmen. Am Schluß war nur noch die nahegelegene Atarazanas-Kaserne in faschistischer Hand, die heldenhaft und mit außerordentlicher Kühnheit gestürmt wurde. In den Straßen stehen noch die Barrikaden, tote Pferde liegen herum, aber niemand hat das kurze Chaos ungebührlich ausgenutzt und kein einziges Geschäft wurde geplündert. Der verräterische General Goded wurde gezwungen, im Rundfunk seine Niederlage einzugestehen. Jetzt haben die Läden schon alle wieder geöffnet, und die Aufräumarbeiten gehen schnell voran. Die Menschen sind ausnehmend freundlich.

Ich bin Sportler der *Olimpiada Popular*. Das zu äußern, öffnet Türen und Herzen. Du wirst lachen und es für eine Phantasie halten, aber drei ziemlich gutaussehende Frauen schoben ihre Hemden hoch, offerierten mir ihre Brüste, als sei es das Normalste der Welt. Es handelte sich allerdings, die Pointe sei dir gegönnt, um Huren, die vom Ende der Prostitution wohl etwas raunen gehört hatten, dennoch gewohnten Handlungsmustern folgten, unschlüssig, ob man sich der neuen Doktrin sogleich und buchstabengetreu unterwerfen muß.

Hier gibt es fortan nur noch freie Menschen, keine Hierarchien. Man duzt sich untereinander. Alle Berufe, sofern sie der Gemeinschaft dienen, gelten als gleichermaßen wertvoll. Niemand, kein Dienstleister, kein Barbier oder Schuhputzjunge, nicht einmal ein Hotelpförtner, der davon zu leben gewohnt war, nimmt noch ein Trinkgeld an, und schon der Versuch, eines zu geben, beleidigt mitunter den Stolz des freien Volksgenossen. Die Prostituierten sind die einzigen, die mit der entstandenen Situation nicht so ganz klarkommen. Man hat ihnen mitgeteilt, daß sie endlich befreit sind vom Joch patriarchalischer Versklavung. Und ihnen Arbeitsplätze in den Fabriken angeboten. Einige sollen das Angebot akzeptiert haben. Wie die anderen sich künftig ihr Brot verdienen, überläßt man ganz ihrer freien Entscheidung bzw. ihrem Talent zur Improvisation. So kam ich zu einem billigen Zimmer, und Ines, eine stämmige, breitschultrige Hure, zum Titel einer Zimmerwirtin. Ich tue ihr einen Gefallen, betont sie. Na bitte sehr. Ich sehe bis hier, wie du zwinkerst. Nein, sie ist nicht mein Typ, falls du das wissen willst. Aber witzig ist es schon, daß wir nun beide mit Damen aus dem ältesten Gewerbe zusammenleben. Auf Zuhälter und Drogenhändler wird Jagd gemacht. Mein Quartier liegt in einer schmutzigen Gegend unweit vom Hafen, im zweiten Stock eines schmalen Mietshauses, von dessen Türen und Fensterläden aller Lack abgeblättert ist,

und die Latrine – ich schweige. Innen aber ist die Wohnung sauber. Eng, doch gemütlich.
Barcelona ist eine wunderschöne Stadt, von verspielter Architektur, und nicht so schlimm heiß, wie ich befürchtet hatte. Die politische Lage ist sehr unübersichtlich, ich will da gar nicht ins Detail gehen, dazu fehlt mir die Tinte. Ich habe selber vieles noch nicht verstanden. Es gibt wohl mehrere Sorten von Polizei und jede Menge Volksmilizeinheiten, die sich spontan formieren und wieder auseinanderfallen, betrieblich organisiert. Inwieweit man dem loyal gebliebenen Teil des regulären Militärs vertrauen kann?
Vordergründig haben die Anarchisten das Sagen, aber sicher nicht lange. Sie sitzen jetzt mit der Regierung an einem Tisch, wollen aber nicht mitregieren, lehnen jede Regierungsform ab und beschwören ein Chaos herauf. Sie reden sich auf die hervorragende Disziplin hinaus, die während der Niederschlagung der Revolte geherrscht hat, und glauben, daß diese anhalten, daß der freie Mensch ganz von selbst eine höhere Moral entwickeln wird. Man wird sehen. Das Problem der den Anarchisten verhaßten Hierarchien betrifft natürlich unmittelbar die Miliz. Ohne eingehaltene Befehlskette kann nunmal keine Armee funktionieren, welchem Ideal sie auch immer verpflichtet ist. Deswegen wird genau hier, wenn auch stillschweigend, eine Ausnahme geduldet. Der einfache Soldat, der niedere Offizier, schuldet seinem Feldwebel bzw. dem ranghöheren Offizier zwar keinen unbedingten, mit dem Wesen des Anarchismus unvereinbaren Gehorsam, aber einen gewissen, sagen wir: pragmatischen Respekt, im Sinne der höheren Sache. Ich verwende Begriffe, die eigentlich un-

sinnig sind, denn die Anarchisten kennen keine exakte militärische Rangordnung. Es gibt aber sehr wohl ordentliche ›echte‹ Generäle, die von nun an von jedermann (und jederfrau) mit Vornamen angesprochen werden, die ihre Mitstreiter umgekehrt nicht wie Untergebene, sondern wie Auszubildende oder Schutzbefohlene behandeln (sollen). Die Vertreter der Ausbeuterkaste, die großbürgerlichen Bewohner Barcelonas, scheinen von einem Tag auf den anderen aus dem Stadtbild verschwunden zu sein. Einige sind wohl geflohen, viele andere tarnen sich, glaube ich, mit der Kluft einfacher Arbeiter, heulen mit den Wölfen. Einige Übergriffe hat es verständlicherweise gegeben, die spontane Wut der Menschen hat sich entladen, in vereinzelter Lynchjustiz. Aber viele sogenannte Greuel entstammen, wenn nicht direkt der Phantasie der bürgerlichen Auslandspresse, dem Umstand, daß man alle Gefängnisse geöffnet hat und die Kriminellen nicht sofort zu besseren Menschen geworden sind. Inzwischen hat sich das beruhigt. Ein gewisser Blutzoll mußte bezahlt werden. Das war so, ist – und wird immer so sein. Auf den Straßen dominiert nicht etwa der Ruf nach Revanche oder Rache. Die allgemeine Fröhlichkeit hat sogar etwas Surreales an sich; einer frischen Liebe vergleichbar, wenn alles von Neubeginn, Amnestie und Verzeihung geprägt ist. Natürlich werden die Kommunisten hier bald das Ruder übernehmen müssen, aus ganz selbstverständlichen Gründen, aber ich gebe zu, daß der momentane Zustand doch etwas Berükkendes an sich hat. Selbst du, was immer du politisch darstellen magst, könntest dich dieser Welle kaum entziehen, hier vor Ort wird nicht einfach nur Geschichte geschrieben, es findet etwas statt, etwas Großes, Unbeschreibliches,

das mich jubilieren läßt. Etwas, um das ich die Braunhemden bei ihrem Fackelzug im Januar '33 stets beneidet habe. Hier findet das Licht der neuen Zeit den direkten Weg ins Herz der Menschheit. Viele Sportler der *Olimpiada Popular,* die wie ich in Barcelona gestrandet sind, haben sich spontan einer Internationalen Brigade angeschlossen. Werden, während ich dir diese Zeilen schreibe, an der Waffe ausgebildet. Ich ringe noch mit mir, aus zweierlei Gründen. Ich will, wie du weißt, keine Waffe in die Hand nehmen müssen. Dies einfach so auszusprechen, das rieten mir vertrauenswürdige Sportskameraden, würde mir den Vorwurf der Feigheit eintragen und den Verdacht der Spionagetätigkeit – für pazifistische Sperenzchen habe man in dieser Lage sehr wenig Verständnis. Der zweite Grund ist meine Zimmerwirtin Ines, die mich geradezu vergöttert und mich dauernd fragt, was sie mir Gutes tun kann. Sie verwöhnt mich morgens mit Weißbrot, eingekochten Erdbeeren und echtem Kaffee, kocht mittags und abends schlichte, aber wohlschmeckende Mahlzeiten, meist Kartoffeln und Fisch. Ines verlangt dafür nur Pfennigbeträge. Einen Sportler der *Popular* zu beherbergen, verschafft ihr anscheinend Vorteile, soweit ich das richtig beurteile. Fleisch gibt es auf Bezugsschein, auf dem Schwarzmarkt gibt es fast alles. Zu relativ vernünftigen Preisen. Nicht einmal die notorischen Schieber und Kreditjuden wollen sich als Feinde der Revolution exponieren.
Es lebt sich in dieser lichterloh entzündeten Stadt so unbeschwert – als Tourist. Wie du dir sicher denken wirst, will ich mich damit nicht zufriedengeben. Muß einen Weg finden, wie ich mir selbst treu bleiben und der gerechten Sache, um die hier gekämpft wird, bestmöglich dienen kann.

Weil ich so gar nicht weiß, wo ich morgen sein werde, ist es relativ sinnlos, daß du diesen Brief beantwortest. Ich nehme einfach mal an, daß es dir und Ellie gutgeht, grüße sie bitte recht herzlich von mir, Dein Bruder Karl

PS. Wenn dir oder Ellie etwas zustößt oder in Paris sonst etwas von Wichtigkeit geschieht, so sende mir Nachricht davon an KL c/o Ines Rodrigo, Carrer de Sant Jeroni 2. Eine wahrscheinlich bald schon vage Adresse, doch die einzige, die ich für den Moment anzubieten habe. Falls mich ein Schicksal ereilt, ich meine das letztmögliche, verschwende bitte kein Geld an die Überführung meiner Überreste nach irgendwohin. Dann möchte ich hier begraben sein. Es lebe die Freiheit!

Max las den Brief Ellie vor, die bei dem Wort *Kreditjuden* mißbilligend die Brauen hob, sonst aber von Karls Schilderungen bewegt schien. Sie fragte Max, auf welcher Seite *er* denn in Spanien kämpfen würde, müßte er sich für eine entscheiden. Er gab keine klare Antwort, zuckte nur mit den Schultern, als ginge ihn das nicht wirklich etwas an. Ob man sich dann nicht automatisch mit dem Niedersten gemein mache, bohrte Ellie nach. Nein, sagte Max, er halte es für einen wenn auch verbreiteten Aberglauben, daß geistige Unabhängigkeit zugunsten des geringeren Übels aufgegeben werden müsse. Er sei doch nur ein einzelner Mensch, der auf keiner Seite dieses Konflikts entscheidend etwas bewirken könne. Die Position, die er vertrete, werde aber entscheidend geschwächt, verriete er sie durch eine momentan vielleicht opportun scheinende Parteinahme. Weswegen, so schloß Max sein kurzes Plädoyer, soll ich zwischen Pest und Cholera wählen, wenn ich doch gesund bleiben will –

und kann? Vielleicht kommt ja bald die Zeit, die froh über jeden sein wird, der ihr noch etwas anderes anzubieten hat.

Ellie spürte, daß Streit in der Luft lag. Du kannst, hätte sie beinahe gesagt, nicht im Ernst die Faschisten durch deine Gleichgültigkeit gewähren lassen. Aber sie sah auch voraus, wie Max sich darüber lustig machen würde, er würde aufstehen und die ihm vorgeworfene Gleichgültigkeit pantomimisch nachstellen, indem er den Faschismus lässig wie ein Stierkämpfer an sich vorüberwinkte, vielleicht sogar mit dem Hitlergruß, den er bei solchen Debatten oft pompös-ironisch gebrauchte. DEUTSCHER EXILSTUDENT VERSÄUMT SEINE PFLICHT! ÖFFNET DEM BRAUNEN KEHRICHT TÜR UND TOR. SKANDAL! So oder mit ähnlich ausgedachten Parolen hätte Max die Debatte ins Absurde, Lächerliche gezerrt.

Er hätte Ellie sogar, wäre er in Zorn geraten, vorgeworfen, daß sie die Welt durch eine blassrot getönte, jüdische Brille sehe, nach egoistischen Maßgaben und primitivsten Überlebensinstinkten, ohne Sinn und Blick für den höheren Mechanismus im Zeitgetriebe – jenseits des von der Todesmühle beengten Horizonts. Was immer er damit meinte. Wenn sie stritten und Max angetrunken war, kam es vor, daß er einfach nur schwieg, demonstrativ schwieg, wo andere ihre Frauen geschlagen oder niedergebrüllt hätten. Davon fühlte sich Ellie verletzt, abgetan, als geistig nicht satisfaktionsfähiges weibliches Bündel wild umherirrender Emotionen. Eine besonders tückische, kaum zu verzeihende Strategie. Sein Schweigen nahm ihr die Luft, erstickte ihre Wut wie mit einem Kissen. Jede Geste zuviel von ihr, jede etwas zu laut geäußerte Silbe wäre in seinem Schweigen wie ein in Harz gegossenes Beweisstück ihrer Hysterie gelandet. Und doch konnte sie nicht anders, als durch ein energisches Seufzen ihren Protest zu bekunden.

*Auf den Straßen dominiert nicht etwa der Ruf nach Revanche oder Rache.*
Karl hatte diesen Satz mit bestem Wissen und Gewissen geschrieben. Sein subjektiv sehr begrenzter Einblick in die Geschehnisse erlaubte ihm diese Aussage. In Wahrheit war eine Zeit der Abrechnung gekommen. Allein in Katalonien wurden in den ersten Tagen des Bürgerkriegs etwa 700 Priester, Mönche und Nonnen ermordet, auf grausamste Weise massakriert. Die Gesamtzahl der aus politischen Motiven Getöteten belief sich auf etwa 25 000. Auf Reiche und Großgrundbesitzer wurde Jagd gemacht, und wer auch nur eine Krawatte trug, riskierte bereits seine Festnahme. Es gab Plünderungen und Standgerichte. Aber auch rühmliche Ausnahmen. So wurde der Bischof von Barcelona von Durruti persönlich vor dem wütenden Mob gerettet, wie man sagt, aus Dankbarkeit, weil jener Bischof einst ein Gnadengesuch für den schon zum Tode verurteilten Anarchistenführer unterzeichnet hatte. Die von den Faschisten unter General Franco begangenen Greueltaten, welche wohl weniger spektakulär waren, doch in ihrer Anzahl jene der Republikaner weit in den Schatten stellten, wurden von der internationalen unabhängigen Presse seltener debattiert. Kastrierte, verblutende Priester, geschändete Nonnen, abgefackelte Kirchen, zerschossene Klöster, geöffnete Särge – das waren Bilder, die auf das bürgerliche Europa ungemein bedrohlicher wirkten als etwa die nüchterne Meldung, man habe leider tausend Gefangene vor dem Rückzug, damit sie nicht wieder zu verfeindeten Soldaten würden, erschießen müssen. Frankreich, unter der linksgerichteten Regierung von Léon Blum, nahm ebenso wie das britische Empire zu den

Vorgängen in Spanien eine neutrale Haltung ein, womit man letztlich den Faschismus unterstützte.

Selten hatte sich Pierre so knisternd-lebendig gefühlt wie in jenem Moment, als er am Abend um neun Uhr jene Straße betrat, in der seine Geliebte wohnte, als er die Luft nach Atomen ihres Parfüms abschnüffelte und den Tropfen Schweiß, der ihm am Hals entlangrann, mit einem Taschentuch auffing. Die Sonne würde erst in einer halben Stunde untergehen, noch war es taghell und sehr warm. Den schweren Spazierstock trug er nicht zuerst als Gehhilfe bei sich, sondern als potentielle Waffe. Die Gegend war übel beleumundet, zwar noch nicht die Rue Clovis selbst, aber benachbarte Slums im 5. Arrondissement, in denen es Hotels geben sollte, die Zimmer für fünf Francs die Nacht vermieteten, winzige Zimmer, in denen man nachts aufstehen und Hunderte über die Tapeten wandernde Wanzen töten mußte, damit man für Stunden seine Ruhe hatte. Pierre war immens aufgeregt. Ein Hemd mit nurmehr halbsteifem Kragen, der perlmuttfarbene Leinenanzug, dazu die bordeauxrote Seidenkrawatte – das waren die für jemanden wie ihn leichtestmöglichen Bekleidungsstücke – trotz der nun langsam nachlassenden Hitze. Es sei denn, er hätte sich als Prolet oder Künstler verkleiden wollen, was er tatsächlich kurz erwogen hatte. Dabei gab es noch gar keinen Plan, was er aus seinem erschlichenen Wissen nun konkret zu machen gedachte. Es war wie in der glorreichen Zeit, vor fünfzehn Jahren, als er seine spätere Frau Julie, die stolze und hochgewachsene Tochter des Weingroßhändlers Bertin, geliebt und erobert hatte, als noch alles, zumindest sehr vieles, möglich und die Zukunft ein offenes Tor ins Zauberreich gewesen war.

Am 25. Juli beschloß Hitler, dem Hilfeersuchen von General Franco nachzukommen, mit einer Finanzspritze von 500 Millionen Reichsmark und Truppen, allen voran der Legion Condor, die auf diesem Weg in Spanien ihre neuen Flugzeuge testen sollte.

Pierre Geising wartete, bis die Dunkelheit hereinbrach, dann ging er schnellen Schrittes an dem dreistöckigen Mietshaus vorüber und warf einen Blick auf das Klingelschild mit den insgesamt zehn Namensplaketten. *Jakobowski* stand dort nirgends zu lesen. Er hatte von Luc, seinem gewitzten Küchenjungen, die Adresse erfahren, aber in welchem Stockwerk Ellie wohnte, wußte er noch nicht. Unschlüssig ging er weiter, bis ans Ende der Straße, kehrte dort noch einmal um. Die Vorhänge vor den beiden Souterrainwohnungen waren zugezogen. Geising lauschte, während er so tat, als würde er sich die Schuhsenkel binden. Eine Wohnung hier mochte ungefähr 350 Francs Miete kosten. Souterrainwohnungen waren ihrer Düsternis wegen deutlich billiger, vor allem in dieser Gegend, in der bei Nacht oft in den Rinnstein gekotzt, gegen die Hauswände gepisst oder gar eingebrochen wurde. Demnach war es ziemlich wahrscheinlich, daß Ellie und ihre Brüder, als arme Exilanten, sich dort einquartiert hatten. Er spähte schräg hinab, auf den winzigen Spalt zwischen den Vorhängen der Wohnung zu seiner Linken. Im Inneren brannte Licht. Mehr konnte man nicht erkennen. Plötzlich ertönte ein gedämpfter Schrei. Geising glaubte Ellies Stimme zu erkennen, obwohl es nur ein kurzer Schrei war, nicht wirklich ein Schrei aus Not oder Schmerz, mehr eine stark betonte Gefühlsäußerung. Er zögerte. Im Grunde mit dem heute Erreichten bereits zufrieden, spielte er dennoch mit dem Gedanken, an Ellies Tür zu klopfen. Ob sie sich über so unvermuteten Besuch freuen würde, fragte er sich – und zweifelte daran. Keine Frau, ausnahmslos keine, möchte ausspioniert werden. Er trug für den Fall der Fälle ein Geschenk bei sich, eine Bonbonniere mit Marzipan- und Nougatpralinés. Während er so hin- und hergerissen seine Schuhsenkel band und wieder öffnete und wieder band, betrachtete Geising die Situation aus allen möglichen Perspektiven.

Da, wenige Meter entfernt, schräg unten, lebte Ellie, mit ihren wertkonservativen Brüdern, die ihr die Liaison mit einem verheirateten Mann krummnehmen würden. Naja. Seinen Ehering hatte Pierre vorsorglich abgenommen und in seiner Brusttasche verstaut. Aber kommt man mit Lügen auf Dauer weiter? Bringt man sich damit letztlich nicht nur in neue, noch verfahrenere Bredouillen?

Pierre Geising erwog das Für und Wider von etwas, das immer amorpher wurde, theoretischer. Wie so viele Verliebte bedachte er sehr spät, als sei er erst durch Zufall darauf gestoßen, die Kernfrage, aufgrund derer diese romantisch absurde Situation überhaupt hatte entstehen können. Warum weigert sich Ellie, mir mitzuteilen, wo sie wohnt? Rigide Brüder, gut. Vielleicht schämt sie sich für diese Adresse? Soviel zu schämen gab es da nicht. Pierre Geising war kurz davor, jenen Gedanken zu denken, der unter normalen Begleitumständen jedem leidlich intelligenten Lebewesen als erstes in den Sinn gekommen wäre, nämlich den, daß seine Geliebte etwas vor ihm verbergen wollte. Doch dazu kam es nicht mehr. Die Haustür flog auf, heraus trat Ellie, die dabei war, sich mit den Händen in den Ärmeln einer Strickjacke zu verheddern. Hinter ihr trat ein junger Mann ins Freie, der seine Arme um Ellies Schultern legte und sie darum bat, doch bitte nicht überzureagieren, dem Faschismus sei allenfalls eine Halbwertzeit von wenigen Jahren gegönnt.

Das ist dann aber nicht dein Verdienst, jetzt laß mich, ich brauch frische Luft – rief Ellie und riß sich los. Pierre Geising beugte seinen Kopf ganz tief zu seinen Schuhen hinab, in der Hoffnung, nicht erkannt zu werden, und Ellie, die immer noch mit der Strickjacke kämpfte, übersah den sich bückenden Mann, blieb an ihm hängen und stürzte wie in einem Chaplin-Film aufs Trottoir. Max sprang ihr sofort zur Seite, fragte, ob sie sich was getan habe. Geising murmelte eine Entschuldigung, es sei ihm äußerst peinlich. In diesem Moment sah Ellie ihm ins Gesicht und erstarrte. Binnen Zehntelsekunden waren so viele Entscheidungen zu treffen.

Max registrierte durchaus, daß Ellie den fremden Mann intensiv und mit einigem Grimm fixierte, aber das schien im Rahmen, angesichts dessen, daß sie am linken Ellbogen eine Schramme davongetragen hatte.

Der Mann erhob sich und stammelte weitere Entschuldigungen, die seltsam übertrieben wirkten. Schließlich war es Ellie gewesen, die besser hätte achtgeben müssen. Mit ein paar Sekunden Verspätung bemerkte Max dann doch, was an der Situation vor allem merkwürdig und irritierend war. Der fremde Mann redete Deutsch.

Sind Sie ein Landsmann? Der so angesprochene Pierre Geising bemerkte seinen Fehler, besaß aber die Geistesgegenwart, ihn auszubügeln.

Früher einmal war ich das, ja. Ich bin im Elsaß geboren. Und muß Ihnen recht geben. Der Faschismus hat nicht viel Zukunft. Wenn ich mich vorstellen darf: Pierre Geising. Erlauben Sie mir bitte, Sie beide auf irgend etwas einzuladen? Das wäre mir ein großes Bedürfnis.

Geising war der Meinung, daß durch Ellies bewundernswerte Selbstkontrolle die Situation bereits entschärft sei. Ein Trugschluß. Statt sich dankbar vom Acker zu machen, redete etwas in ihm, ein amoklaufender Schalk oder der pure Übermut, von Wein und einem nahegelegenen Lokal, in dem man plaudern und sich kennenlernen könne. Ellie indes sah sofort die Konsequenzen voraus, wenn Max sich als Max Loewe, nicht als Max Jakobowski vorstellen würde. Die Angelegenheit sei der Rede nicht wert, sagte Ellie, eine Entschuldigung deshalb nicht nötig. Sie werde ein Pflaster auf den Ellbogen kleben und gute Nacht.

Mit dem letzten Satz kehrte sie um, tat ein paar Schritte in Richtung ihrer Wohnung, schob den Schlüssel in die Haustür und hoffte, daß Max dem Trottel einfach nur Adieu sagen und ihr folgen würde. Der aber, warum auch nicht, reichte Geising die Hand. Ich bin Max.

Ellie rief laut, er solle ihr schnellstens helfen, die Wunde abzuwaschen und ein Pflaster draufzukleben. Dabei blutete sie nicht einmal. Max, der mit dem sympathisch wirkenden Elsässer sehr gerne ein kostenloses Glas Wein getrunken hätte, konnte daraufhin nicht anders, als seiner Lebensgefährtin beizustehen, und verabschiedete sich. Pierre Geising erinnerte sich der Bonbonniere, die er die ganze Zeit unter die linke Achsel geklemmt hatte, und drückte sie Max in die Hand, als kleine Wiedergutmachung. Kommst du jetzt? Ich könnte eine Blutvergiftung kriegen! Ellies Tonfall klang sonderbar schrill, Max war nahe daran, sich bei dem Fremden zu entschuldigen. Statt dessen reichte er ihm noch einmal die Hand zum Abschied, stumm, mit einem Kopfnicken, und folgte Ellie ins Badezimmer.

Warum führst du dich so auf? Die kleine Schramme sieht man doch kaum. Der Mann war nett, schau, er hat uns Pralinen geschenkt. Dabei war es nun wirklich nicht seine Schuld.

Ellie sah in den Spiegel über dem Waschbecken und zog ihren Lippenstift nach. Bei etwas besserer Beleuchtung hätte Max vielleicht bemerkt, wie kreidebleich sie war. Langsam beruhigte sie sich, bis ihr einfiel, daß es einen letzten Stolperstein gab. Diese Bonbonniere war ja sicher als Mitbringsel für sie gedacht gewesen. Wenn nun ein kleines Kärtchen darinnen lag, mit verräterischen Zeilen? Zeig mal her. Ellie riß Max den Karton aus der Hand. Ich muß pinkeln. Mach die Tür von außen zu. Während Max gehorchte und in die Küche ging, um an einer Tasse kalten Malzkaffees zu nippen, öffnete Ellie die Pralinenschachtel. In der Tat, da lag ein Kärtchen. *Von Pierre für die größte Süßigkeit der Welt.*

Was ging nur vor im Kopf dieses impertinenten Subjekts? Und warum, wenn er sie so hatte kompromittieren wollen, hatte er es sich dann anders überlegt? Egal. Sie würde Schluß machen. So ein Verhalten würde sie sich von niemandem bieten lassen. Verliebtheit entschuldigt längst nicht alles.

Max trank den Kaffee und begutachtete die Visitenkarte, die Geising ihm mitsamt den Pralinen in die Hand gedrückt hatte. *Hotel Monbijou, 2, Rue Dunkerque (presque Gare du Nord)**. Interessant. Er wunderte sich nun doch etwas darüber, warum Ellie, statt sofort die Schramme auszuwaschen, erst einmal ihren Lippenstift nachgezogen hatte. Und warum sie kein Pflaster verlangte. Die Pflaster lagen nämlich nicht im Bad, sondern hier in der Küche, in der Besteckschublade. Und überhaupt war es, zumal für eine Dame, nicht die feine Art, im Bad zu pinkeln, dafür gab es den Abort auf halber Treppe. Dieses Vorhaben gar noch offen, mit deutlichen Worten anzukündigen, nein, so kannte er seine Geliebte nicht.

* So, »fast Nordbahnhof«, statt etwa près de, »nahe bei« liest es sich auf der originalen Visitenkarte des Hotels.

Er entnahm der Schublade die Packung mit den Pflastern und stellte sich vor die Badezimmertür.

Kommst du zurecht?

Ellie war damit beschäftigt gewesen, Pierres Kompliment-Kärtchen in kleine Schnipsel zu zerreißen und im Abfluß des Waschbeckens zu entsorgen. Max' Stimme klang durch die Tür leicht sarkastisch, aber das konnte ihrer Angst und Einbildung entspringen.

Ich hab hier die Pflaster! Du wolltest doch eines. Jod haben wir nicht. Soll ich in der Nacht-Apotheke ein Fläschchen besorgen?

Ellie tupfte sich den Schweiß von der Stirn. Dann öffnete sie die Tür und umarmte Max. Es war der sicherste Weg, ihm nicht ins Gesicht sehen zu müssen.

Tut mir leid, ich war wohl ein wenig hysterisch. Es muß aber auch so gräßlich blöd ausgesehen haben, wie ich lang hingeklatscht bin. Sie flüsterte und legte ein leichtes Tremolo in ihre Stimme.

Ach so, dachte Max. Das war es also. Die Eitelkeit einer gestolperten Frau. Er kam um ein Lächeln nicht umhin.

Karl hätte nicht etwa in Barcelona festgesessen. Die französische Regierung entsandte zwei Dampfschiffe, die *Cella* und die *Djenne*, um die französischen Sportler sicher heimzuholen. Denen hätte Karl sich anschließen können. Doch die Schiffe kehrten fast ohne Passagiere nach Frankreich zurück.

Die Anarchisten besaßen in Barcelona seit Jahrzehnten eine Hochburg. Schon um 1910 herum waren über achtzig Prozent der Arbeiter Mitglied in einer anarchosyndikalistischen Gewerkschaft gewesen, der CNT (Confederación National de Trabajo), die selbst im Jahr 1936 bei einer Million Organisierter nur einen einzigen bezahlten Funktionär besaß. Die Anarchisten verstanden sich nicht als politische Partei. Zu ihren Prinzipien gehörte es, sich nicht an parlamentarischen Wahlen zu beteiligen und keine Regierungsposten zu übernehmen. Sie wollten sich des Staates nicht bemächtigen, sondern ihn abschaffen. Die CNT verfügte auch über keine finanziellen Reserven, nicht einmal eine Streikkasse gab es. Ihre Widerstandsaktionen dauerten daher meist nicht sehr lange, verliefen aber wirkungsvoll und betriebsnah, mit revolutionären Mitteln, vom Streik bis zur Guerilla, von der Sabotage bis zum bewaffneten Aufstand. Ihre illegale Arbeit überließ sie einer Geheimorganisation, der FAI (Federación Anarquista Ibérica). Deren Kadergruppen hatten die Aufgaben der Selbstverteidigung, Waffenversorgung, Geldbeschaffung, Gefangenenbefreiung, des Terrorismus und der Spionage übernommen. Das Prestige der FAI war unter den spanischen Arbeitern immens. Die großbürgerliche Schrekkenspropaganda behauptete selbst jetzt noch, die FAI werde von Moskau finanziell unterstützt, aber das war selbstverständlich Unsinn.

Karl interessierte sich sehr dafür, wie denn ein »Staat«, das Wort paßte ja nicht, also ein Gemeinwesen unter anarchistischer Führung aussehen würde. Zu seinem Erstaunen funktionierte alles, soweit er es beurteilen konnte, ganz gut. Er verstand dabei nur nicht, wer im Endeffekt beziehungsweise im Hintergrund die Befehle gab, es konnte ja nicht sein, daß aufgrund von basisdemokratischen Entscheidungen immer gleich ein Konsens erzielt werden konnte. Er stand dem Phänomen weiterhin mißtrauisch gegenüber und hielt das Ganze zwar für originell, aber von einer momentanen Euphorie der Bevölkerung getragen. Würde diese verfliegen, kämen die Probleme von selbst.

Die politische Lage nach dem Aufstand der rechten Putschisten gegen die legitim gewählte Volksfront-Regierung war äußerst verworren schon durch die Vielzahl der am Konflikt beteiligten Kräfte. Auf der einen Seite standen die Monarchisten, die radikalmonarchistischen Karlisten, die Nationalisten, die faschistoide Falange, die Partido Agrario der Grundbesitzer, die Konservativen und Katholiken, die halbe Guardia Civil und ein paar andere gemäßigt rechte Gruppierungen. Auf der anderen Seite standen die republikanische Mitte-Rechts-Partei UR (*Unión Republicana*), die republikanische Linke IR (*Izquierda Republicana*), die Sozialisten der PSOE (*Partido Socialista Obrera de España*) mit ihrer Gewerkschaft UGT (*Unión General de Trabajadores*), die stalinistischen Kommunisten der PCE (*Partido Comunista de España*), die Linksmarxisten der POUM (*Partido Obrero de Unificación Marxista*) und die CNT der Anarchisten sowie ein paar baskische Splitterparteien, darunter sogar konservative Christdemokraten. Und – selbstverständlich – die andere Hälfte der Guardia Civil.

Man hätte Stunden gebraucht, um die Kompliziertheit der Vorgänge auch nur anzudeuten, denn die jeweils beteiligten Lager bekämpften sich untereinander oft mehr als gegeneinander.

Karl fühlte sich nach Wochen noch zu verunsichert, um zu entscheiden, wohin er gehörte.

Eben wurden in der Lepanto-Kaserne (alsbald in Lenin-Kaserne umbenannt) unter der Stabsführung der frischgegründeten moskautreuen PSUC (*Partit Socialista Unificat de Catalunya*), die der Fusion der PSOE und der PCP (*Partit Català Proletari*) entsprang, Freiwillige für eine erste Internationale Brigade rekrutiert. Es konnte nicht schaden, sich dort einmal umzusehen. Auf dem Hof wurde mit Holzgewehren exerziert, das war nachvollziehbar; wirkungsvollere Waffen wurden an der Front benötigt. Karl betrat das Rekrutierungsbüro und hatte Schwierigkeiten, sich verständlich zu machen, schließlich geriet er an einen noch jungen Kommissar in Zivil, der leidliches Englisch sprach. Er stellte sich ihm vor, legte seinen inzwischen zerfledderten Mitgliedsausweis der KPD auf den Tisch, ließ auch nicht unerwähnt, daß er als Schach-Sportler ins Land gekommen sei, denn der schmallippige Kommissar, eine halbe Portion von Mensch mit fast weiblichen Händen, schien, das verriet sein Akzent, Russe zu sein, und in Rußland war das Schachspiel populär wie sonst nirgendwo. Der Kommissar reagierte kaum, nur mit den Worten:

Sportler, aha?

Woraufhin er einen abschätzigen Blick auf Karls Bauchgegend warf. Danach legte er ihm ein Papier vor, das Karl unterschreiben und sich dann beim Quartiermeister melden solle.

Ich hätte noch ein paar Fragen.

So?

Ich bin Pazifist. Und Journalist. Geübt im Umgang mit dem Wort.

Der Kommissar lehnte sich spontan zurück.

Und?

Karl bat darum, keinen Dienst an der Waffe leisten zu müssen, er sei ein Geistesmensch und am Gewehr viel weniger nutzbringend als etwa in der Schreibstube. Seiner Überzeugung nach sei die Feder, in der richtigen Hand, stärker und wirkungsmächtiger als das Bajonett.

Dann sollen wir unsre Soldaten mit Schreibkielen ausrüsten, ja?

Nein, meinte Karl, er habe doch gesagt: in der richtigen Hand, eben seiner. Ihm widerstrebe es, auf Menschen zu schießen, selbst auf Faschisten, die ja auch nur fehlgeleitete und in den meisten Fällen noch umzustimmende Kreaturen, also potentiell Menschen seien.

Der Kommissar öffnete den Mund.

Faschisten. Potentiell Menschen. Aha?

Ihrer äußeren Erscheinung nach, ja. Durchaus. Ich habe den Marxismus studiert und halte mich für fähig, ihn argumentativ effektvoll zu vermitteln. Gerne würde ich bei einer Zeitung arbeiten, oder –

Hier bereits schnitt ihm der Kommissar das Wort ab.

Er solle froh sein, ein funktionierendes Gewehr zu bekommen, und den Rest gefälligst der Partei überlassen, die wisse am besten, wo sie ihn am effektivsten einsetzen würde. Wenn er aber ein Feigling und Drückeberger sei, solle er sich jetzt sofort aus dem Staub machen. Pazifisten hätten in einer Armee nichts verloren, würden als schlechtes Beispiel dienen und untergrüben den Glauben ihrer Kameraden an die Notwendigkeit, gegebenenfalls das höchste persönliche Opfer zu bringen.

Karl nickte. Da war schon was dran. Ihm wurde nicht bewußt, welches Glück ihm eben widerfuhr. Es hätte einige andere Polit-Offiziere gegeben, die jemanden wie ihn sofort für einen deutschen Spion mit sehr ungeschickt ausgedachter Tarnung gehalten hätten. Menschen wurden in diesen Tagen aus weit geringeren Verdachtsmomenten füsiliert. Und niemand hätte vom abrupten Ende des Karl Loewe erfahren. Sein Körper wäre in einen Sack gesteckt und nächtens irgendwo in der Peripherie vergraben worden.

Schade, meinte Karl zum Abschied, ich hätte gerne mit *meinen* Mitteln für die Freiheit gekämpft.

Adiós! Zischte der Kommissar, den nur der Umstand, daß Karl sich ihm als Sportler der Olimpiada Popular vorgestellt hatte, zögern ließ, diesen jungen Mann verhaften und verhören zu lassen.

Ellie hatte in der Nacht mit Max geschlafen, damit er nicht doch noch ins Grübeln geriet. Die Angelegenheit ging ihr nah, es gab Gründe dafür. Max hatte ihr schon manchen Fremdgang verziehen, hier jedoch waren deutlich andere Voraussetzungen gegeben. Ellies Affäre mit Geising zog sich bereits über Wochen hin, und in ihrer Leichtfertigkeit hatte Ellie ihrem Verehrer sogar gesagt, daß sie ihn liebe. Daß Pierre daraufhin gleich verrückt werden würde und vor ihrer Haustür eine krude Komödie ablieferte, nein, das war nicht vorauszusehen gewesen. Ellie besaß durchaus einen Begriff von Sitte und Anstand, und wenn sie auch nie zuvor unter dem Gefühl gelitten hatte, Max ernsthaft zu betrügen – diesmal war es endlich soweit.

Schluß, Schluß, Schluß. Aus. Schade um die schöne Einnahmequelle. Im Abstand von mehreren Stunden erschien ihr Pierres Spionage-Aktion dabei nicht mehr ganz so verwerflich und abscheulich wie im ersten Moment. Das alles bekam etwas Ungelenk-Romantisches, auf eine gewisse Art wirkte es beinahe becircend und mitleidheischend. Während sie am Morgen schlaflos im Bett lag, zogen Gedanken wie fremde Heere durch ihren Kopf. Was, wenn Max sie gar nicht mehr liebte? Er hatte ihr schon lange keine Liebeserklärung mehr gemacht. Sie war nun sechsunddreißig Jahre alt. Mit ein wenig Glück konnte Ellie ein neues Leben beginnen, an der Seite eines Hotelbesitzers. Und Pierre, das hatte sogar Max bestätigt, war ein sympathischer Mann. Er trank nicht, war vermögend, konnte seine Gefühle ausdrücken – Ellie erschrak. Ihre Mutter hätte vielleicht so gedacht, hätte Sicherheit im Zweifelsfall höher bewertet als Zuneigung. Verfluchte Gene! Das konnte nicht wahr sein. Neben ihr lag der Mensch, den sie nach wie vor liebte. Ellie kam sich elend vor. Die Lust, laut aufzuschreien, war kaum noch zu bezähmen, es fehlte nicht viel und sie hätte Max geweckt, ihm alles gebeichtet.

Statt dessen bettete sie ihren Kopf aufs Kissen zurück, suchte Zuflucht im Schlaf, delegierte, was anstand, an den kommenden Tag.

Eine weise Entscheidung, prompt wirkte am Morgen nichts mehr so dramatisch und fatal wie noch bei Nacht, unter Schock. Was war denn eigentlich passiert? Pierre hatte sich danebenbenommen. Wofür er nun, ganz klar, einen schmerzhaften Tadel einstecken mußte. Ellie legte das Strafmaß fest. Sie würde sich eine Woche lang nicht bei ihm blicken lassen. Danach konnte das Leben vielleicht weitergehen. Mit Abbitten, Verzeihungen und Geschenken. Was sprach dagegen? Dafür sprach in jedem Fall, daß nur noch wenig Geld im Haus war und Max keinerlei Anstalten machte, sich eine Beschäftigung zu suchen.

Karl las die Zeitungen jener Tage mit besonderer Aufmerksamkeit.

Aus Deutschland hieß es, Sowjetrußland habe bereits in die Kämpfe aktiv eingegriffen, unter anderem durch ein mit zwei Geschützen bewaffnetes Öltankschiff vor dem Hafen von Ceuta.

Die Meldung bedeutete nichts anderes, als daß auch Hitler bald Waffen und Soldaten nach Spanien senden würde. Mussolini wahrscheinlich ebenso. Der spanische Bürgerkrieg drohte zu einem großen Stellvertreterkrieg zu werden. Und die Regierungen von Frankreich und Großbritannien verhielten sich, das war kaum zu begreifen, verabscheuungswürdig neutral.

Wo es zuerst nach einem schnellen Sieg der legitim gewählten Volksfront ausgesehen hatte, schraubten objektive Beobachter ihre Erwartungen zurück und sahen ein langes, blutiges Ringen voraus. Das konnte Karl so gar nicht recht sein. Wenn er ehrlich war, mußte er sich seine Angst eingestehen, letztlich doch mit nichts als seiner physisch-pyknischen Wirkung in den Kampf einzugreifen und vielleicht – ohne greifbaren Sinn und Zweck – sein Leben zu opfern. Zudem hieß es aus dem Ausland, der Kampf werde von republikanischer Seite auf reichlich dilettantische Art geführt. Spanier seien zum Beispiel zu stolz, Schützengräben auszuheben, weswegen Tiefflieger leichtes Spiel hätten und Tausende hinmähten. Auch besäßen die Rekruten der Volksfront oft nur, wenn überhaupt, minderwertige Gewehre, die regelmäßig an Ladehemmung litten oder gar in der Hand explodierten. Gut, das konnten Latrinenparolen der Gegenseite sein, Formen grausam subtiler Propaganda. Wem konnte man trauen? Karl ging nachmittags gern an den Strand, um zu baden, mit schlechtem Gewissen.

Ellie hielt durch. Geising mußte neun lange Tage leiden, bevor er sie wieder zu Gesicht bekam. Und als sie sich endlich trafen, an der Theke einer Tanzdiele nahe seinem Hotel, teilte sie ihm mit, das Treffen finde rein aus formellen Gründen statt, um die Beziehung sauber und ein für allemal zu beenden. Das machte eine Diskussion auf gleicher Höhe von vornherein unmöglich; Geising blieb nichts übrig als zu winseln und um Verzeihung zu bitten. Spät, nachdem er sich den Mund fransig geredet hatte, wurde ihm zwar immer noch kein Pardon gewährt, aber eine Bedenkzeit in Aussicht gestellt. Dankbar küßte er Ellies Hände, und der Ladenbetreiber, der die ganze Zeit über mit spitzen Ohren gelauscht hatte, klatschte Beifall, wobei unklar blieb, ob er dem Paar zur möglichen Versöhnung gratulieren oder Pierre Geisings servile Haltung verhöhnen wollte. Geising bestand darauf, Ellie am nächsten Tag groß auszuführen. Bedenkzeit bedeute ja nicht, daß jeder im stillen Kämmerlein über der Zukunft brüten müsse. Es tat ihm auch ehrlich leid, was er getan hatte, wieder und wieder verwies er darauf, daß er von sich aus bestimmt nicht an Ellies Tür geklingelt hätte – niemals.

Er habe sich eben nur davon überzeugen wollen, daß seine Geliebte es einigermaßen bequem habe, daraus könne man einem fürsorglichen Mann doch keinen Strick drehen. Und es freue ihn, trotz aller peinlichen Begleitumstände, einmal ihren Bruder Max kennengelernt zu haben, diesen schmucken jungen Mann, dessen Freundlichkeit doch der wohltuendste Aspekt in dem ganzen Durcheinander gewesen sei. Ellie gab wohldosiert nach und verknüpfte ihr Entgegenkommen mit einer Bedingung. Statt ihr teure Kleider zu kaufen und sie für viel Geld ins Maxim auszuführen, solle Pierre lieber ihren Bruder Karl unterstützen in seinem Kampf für die Freiheit des spanischen Volkes. Er sei, berichtete sie unter Tränen, nach Barcelona gefahren, um sein Leben für die gerechte Sache einzusetzen, sitze dort nun fest, ohne einen Centime, und könne sein Zimmer nicht bezahlen, verfüge nicht einmal über Tabak, geschweige denn Brot. Pierre, sichtlich betroffen, drückte ihr dreihundert Francs in die Hand, die solle sie Karl überweisen, es sei ihm eine Ehre, dessen Idealismus zu fördern. Er selbst habe schon, trotz seines fortgeschrittenen Alters, erwogen, nach Spanien zu gehen und für die Freiheit zu fechten (sic!), allein, es gebe zu viele Angestellte, schuldlose, brave Menschen, deren Existenz von ihm und seinem Betrieb abhängig sei. Ellie hätte beinahe laut losgelacht. Statt dessen gab sie Pierre einen Kuß auf die Wange und machte ihn glücklich damit.

Im Deutschen Reich unterdes geriet die Olympiade zu einem gewaltigen Prestigegewinn für das Regime. Die Spiele, besucht von neunundvierzig Nationen (der Boykott der Russen störte hier keinen), waren fast perfekt durchorganisiert, und nur ein paar extrem linke Blätter bekrittelten kleinere Pannen, in einer überkritischen Weise, die auf neutrale Beobachter peinlich erbsenzählerisch wirken mußte. Beim Einzug ins Berliner Olympiastadion hatte die französische Delegation tatsächlich den rechten Arm zum Hitlergruß erhoben, was in Paris für Diskussionen sorgte, aber als Höflichkeit gegenüber dem Gastgeber durchging. Später redete man sich damit heraus, daß es sich nicht um den Hitlergruß, sondern um den olympischen Gruß gehandelt habe, wobei die beiden voneinander kaum zu unterscheiden seien, leider. Auf einem Presseempfang für 1200 Journalisten wies Dr. Joseph Goebbels den Vorwurf, man wolle mit den Spielen Propaganda für den Nationalsozialismus machen, von sich, mit den Worten: »Wenn es so wäre, würde ich es wissen.«
Die wichtigsten Wettkämpfe wurden, das war eine sen-

sationelle Novität, vom Fernsehen in fünfundzwanzig Berliner *Fernsehstuben* übertragen. Zum Star und bejubelten Publikumsliebling der Spiele wurde der *amerikanische Neger* Jesse Owens, mit für unglaublich gehaltenen 10,2 Sekunden im Hundertmeterlauf. Einige linke Zeitungen strichen heraus, daß Hitler Jesse Owens nicht zu seinen Siegen gratuliert habe, während andere betonten, daß ihm dies aufgrund des Regelwerks gar nicht erlaubt gewesen sei. Für die Deutschen trat die aus dem kalifornischen Exil angereiste, zuvor emigrierte, weil halbjüdische Florettfechterin Helene Mayer an (sie betonte, es sei eine Ehre, ihrem Heimatland zu dienen – und gewann eine Silbermedaille, woraufhin sie von Hitler als die *beste und fairste Sportlerin der Welt* bezeichnet wurde), außerdem der populäre Ringer Werner Seelenbinder, der als Kommunist bekannt war.
Alle Wettkämpfe fanden in entspannter Atmosphäre statt. Für gut zwei Wochen blickte die Welt nach Berlin, und viele Korrespondenten zogen ein überraschendes Fazit. Man habe sich dort wohlgefühlt und kehre rundum beeindruckt zurück. Am Ende sorgte einzig der Medaillenspiegel für eine gewisse propagandistische Note. Denn Deutschland hatte in so einschüchternder Art den Sieg davongetragen, mit 89 Medaillen gegenüber 56 der USA und 16 des Überraschungsdritten Ungarn, daß die Nazis die angebliche Überlegenheit der arischen Rasse nicht einmal groß herausstellen mußten, die blanken Zahlen sprachen mehr und überzeugender als alle Reden des Herrn Goebbels.

Spanien hatte seine Mannschaft aufgrund des Bürgerkriegs im letzten Augenblick zurückgezogen, die dortigen Zeitungen berichteten deswegen eher leidenschaftslos und wertneutral über die sportlichen Ereignisse in Berlin. Was in Karl das pure Entsetzen auslöste, denn anders als viele seiner Zeitgenossen begriff er sofort, welche Macht die zuverlässig gemessene Zahl besaß. Ihr wurde, im Gegensatz zu noch so raffiniert ausgedachten Sätzen, bedingungslos vertraut. Sie war eine feste Größe, eine mit keinem rhetorischen Mittel angreifbare Konstante. Er wußte, was andere nur ahnten oder befürchteten: Hitlerdeutschland hatte, was sein Ansehen in der Welt betraf, reichlich Boden gutgemacht. Daß den Nazis so gar kein verwertbarer Fehler unterlaufen war, ärgerte ihn maßlos. Aber was hätte man tun sollen? Das Spektakel schweigend ignorieren? Das hätte sich womöglich noch schlimmer ausgewirkt.

Max, weil er viel Zeit hatte, die auf irgendeine Weise abgetötet werden mußte, verfolgte in den Pariser Kinos die Wochenschauen, obschon ihn Sport nicht sonderlich interessierte. Der Herdenmensch war für ihn ein viel zu fragiles, unvollkommenes Wesen, um mit anderen Herdenmenschen in Wettstreit zu treten. Jedem hart trainierenden Sportler galt sein Spott, als würde sich jemand aufgrund seiner körperlichen Talente aus der Verantwortung für sein geistiges Fortkommen stehlen. Er fand es sonderbar, letztlich gar erbärmlich, daß seine Spezies so großes Interesse aufbrachte für Leistungsunterschiede, die mittlerweile in Zehntelsekunden und halben Zentimetern gemessen werden mußten, um überhaupt noch irgendeine Überlegenheit festzustellen.

Frankreich belegte dank 19 errungener Medaillen einen mit Finnland geteilten fünften Platz. Erstaunt registrierte Max, daß über Hitler in den Gesprächen der einfachen Arbeiter oft positiv, mit verhaltenem Respekt geredet wurde, und nur die

Tatsache, daß es sich um einen Deutschen handelte, hielt viele Patrioten von einem offen geäußerten Lob ab.

Goebbels hatte am 8. August 1936 in seinem Tagebuch notiert: *Mittags Führer: Frage Spanien. Nach der Olympiade werden wir rabiat. Dann wird geschossen. Und 2jährige Dienstpflicht eingeführt. (...) Der Führer ist in blendender Kampfstimmung. In Spanien furchtbare Greueltaten. (...) England beschwichtigt. Frankreich spielt Neutralität. Und Sowjetrußland tritt offen für Spanien ein. Nachm. zum Fußballspiel Deutschland–Norwegen. Ein dramatischer, nervenaufpeitschender Kampf, bei dem die Deutschen nicht ganz verdient 2:0 unterliegen. Der Führer ist ganz erregt, ich kann mich kaum halten. Ein richtiges Nervenbad. Das Publikum rast. Ein Kampf wie nie.*

An Samstagabenden trieb Max sich gerne im Dunstkreis jener Kaschemmen um, in denen schlichte Vertreter des Subproletariats, gewohnt, im Durchschnitt dreizehn Stunden pro Tag einer entwürdigenden Tätigkeit nachzugehen, den einzigen Höhepunkt ihrer Woche auslebten, wenn sie sich nämlich bis zur Besinnungslosigkeit betranken, obszöne Lieder sangen und Kellnerinnen egal welcher Attraktivität in den Ausschnitt griffen. Bis die dann fällige Ohrfeige einen Schlußstrich unter alle Begierden setzte. Gut, manche besaßen noch die Kraft, im Billigpuff für fünfeinhalb Francs eine Art Befriedigung zu erheischen. Die meisten aber resignierten, krochen gegen zwei Uhr nachts in ihre Schlafkojen zurück, um, pleite wie sie meist waren, mit Sonntagsarbeit ihr Salär aufzubessern. Max dachte lange darüber nach, wie jenen Existenzen geholfen werden müßte, wie man sie im Sinne einer nietzscheanischen Revolte sinnvoll levitieren, auf irgendeine Art weiterentwickeln konnte, aber immer kam er zu denselbem Ergebnis, nämlich daß jede Gesellschaft von einem arbeitswilligen Bodensatz abhängig war, den keine noch so gut gemeinten, noch so kundig formulierten Botschaften zu erziehen, gar neu zu formen vermochten. Diese deprimierende Einsicht, auf die er gerne verzichtet hätte, trieb ihn genau zu jenem Zynismus, den ihm Ellie manches Mal vorwarf. Max wollte Gutes bewirken, er wußte nur nicht, wie. Nirgends fand er auch nur Ansätze eines Entgegenkommens. Seine ehrgeizigen Entwürfe rieben sich wund an der Realität, begannen zu bluten, und er badete, er, der Prophet im fremden Land, der Schattenvorauswurf des Übermenschen, in einem Tümpel voller Frösche, die, was sie vom Leben begehrten, lauthals quakten. *Ficken! Mehr Wein hierher! Ein Lied, eins, zwei! Zeigt uns Titten! Und bist du nicht genau wie ich, polier ich dir die Fresse. Zum Spaß!*

Ein zahnloser arabischer Bänkelsänger spielte auf seinem Banjo dazu.

Max fand, daß er genug gehört hatte, um sich mit vollem Recht in die Einsamkeit zu schicken, in die hohe, erhabene Einsamkeit, die allein ein Leben in Würde verspricht. Max blieb oft wach, verliebt in den orangefarbenen, fast schon rötlichen Schimmer der Pariser Laternen. Gegen vier Uhr morgens betrat er manchmal die riesigen Markthallen nahe dem Châtelet, um das dortige Gewimmel und die riesigen Berge von frischem, duftendem Gemüse zu betrachten. Er mochte die Dämmerung, das Geräusch der morgendlichen Straßenkehrer mit ihren Dreimeterbesen. Und den Anblick der blassen, schlaftrunkenen Arbeitermädchen in der Metro, mit einem Croissant in der Hand.

Nie war er seinem Bruder gedanklich so nahe gewesen wie in jenen Monaten. Was er ihm gegenüber natürlich nie zugegeben hätte. Aber manchmal, gerade in Situationen, wenn er Tagelöhner in ihrer grobschlächtigen Feierlaune beobachtete, hielt er es tatsächlich für möglich, daß der Kommunismus jenen ausgebeuteten Affen (es waren für ihn Affen, domestizierte Tiere, nicht Menschen wie er selbst) ein wenn auch arg primitives Gerüst leihen würde, auf dem sie geistig wie materiell geringe Fortschritte machen konnten. Bei Tageslicht dann verwarf er die Idee prompt wieder. Max, obwohl er eine sentimental-soziale Ader besaß, bis hin zu spontanem Mitgefühl, dachte zutiefst elitär. Ob man den Affen nun fünfhundert Francs oder sechshundert Francs pro Monat ausbezahlte, hätte recht wenig geändert, sie würden den Mehrwert doch am Samstagabend vertrinken. (Karl hätte in diesem Fall geantwortet: Ja, du hast recht. Für diese Leute kann nichts mehr getan werden. Aber für ihre Kinder kann noch *alles* getan werden.)

Dem Ideal einer absurden Gleichheit zuliebe, die nie existieren würde, die intellektuelle Elite, das Gehirn der Gesellschaft, auszuschalten, zu ächten, gar mit dem Tod zu bedrohen, einen solchen Wahnsinn konnte nur brutale rote Ignoranz einfordern, die am Wesen des Menschen achtlos vorbeiging. Das nun einmal daraus bestand, sich in Szene und über die Mitmenschen hinwegzusetzen, in irgendeiner Art. Die Welt war ein Tummelplatz der Eitelkeiten und der Mensch dem Menschen ein Werwolf. Max stand in der Abenddämmerung gerne vor der Kathedrale Notre Dame, einer Kirche, die in der französischen Revolution einst zum »Tempel der Vernunft« umgeweiht worden war. Er blickte sehnsüchtig zu den grotesken Wasserspeiern, den *Gargouilles*, mit ihren tollen Fratzen hinauf – und fühlte sich ein wenig wie Quasimodo, nur ohne Bukkel. Und ohne Glocken. Seine Gedanken drehten sich im Kreis. Diese herrlich anzuschauende Kirche. Was war dafür an Affenarbeit nötig gewesen? Und nun – nicht nur Schönheit, sondern Hauptquartier der Affenpfaffen. Würde es dem Kommunismus gelingen, erst einmal den Aberglauben zu beseitigen, wäre er ja sogar zu etwas nutze, dann könnte man darauf aufbauen. Viel Kreativität, aber auch fast alle Probleme der denkenden Tiere resultierten aus der Weigerung, die eigene Sterblichkeit zu akzeptieren. Absurde Konstrukte, darunter sämtliche Religionen, versprachen dem leidenden, beleidigten Tier ein Weiterleben im himmlischen Jenseits. Max hätte sich ob dieses Nonsens amüsiert, wäre ihm nicht immer wieder bewußt geworden, wie groß der Bedarf an Jenseits, an irgendeiner postmortalen Aussicht war, nicht nur beim Sklavenvolk der Affen, selbst unter zirkelschlußfähigen Menschen. Erschütternd wirkte geradezu, wie sogar ganz nichtsnutzige Entitäten von einem Weiterleben träumten, als seien sie mit diesem einen Leben nicht schon genug beschenkt.

Dauernd mußte er an Adolf Hitler denken und wie gerne er mit ihm tauschen würde. Reichskanzler und Führer, niemandem verpflichtet, alleiniger Entscheidungsträger, mit allem denkbaren Spielraum, *das* wäre eine Position, um sofort konkret zu werden. Er war so neidisch auf diesen Mann, der von der Geschichte, vom Glück, vom Schicksal, vom Abschaum, wovon auch immer, an einen Platz gespült worden war, der doch viel besser einem wie ihm, Max, gebührt hätte. Was würde man alles anordnen können? Ein Verbot totalitärer Parteien. Zwangsbildung für alle, und im Alter oder bei Krankheit eine staatliche Grundversorgung. Später, wenn die notwendigsten diktatorischen Maßnahmen gegriffen hatten, eine Demokratie, aber ohne Parteien, mit direkt gewählten Politikern, Persönlichkeiten, die sich vorher in anderen Bereichen bewährt hatten. Keine Berufspolitiker und pure Rhetoriker. Wahlrecht nur für die Intelligenz (ab nachgewiesenem IQ von über 130). Schließung der Kirchen oder Umfunktionierung zu Kulturstätten (Konzertsälen, Bibliotheken etc.). Enteignung des Klerus und der Superreichen. Abschaffung der Todesstrafe und der Wehrpflicht. Eine kompakte Berufsarmee, vielleicht, für den Moment, zur Sicherung des Status quo, aber irgendwann ein vereintes Europa und dann, in ferner Zukunft – der Weltstaat, der sorglos jedwede Finanzmittel in die Bekämpfung der Armut, in die Förderung der Kunst und der Wissenschaften stecken konnte, bis die Menschheit endlich ihr erbärmliches Niveau entscheidend anheben, sich nach oben schrauben würde, dem Licht entgegen.

Anders als ein von Lobbys und Wählerstimmen abhängiger Demokrat, verfügte ein Diktator über die Macht, einige dieser Programmpunkte sofort in die Wirklichkeit umzusetzen. Um am effektivsten etwas zu verändern, hätte man sich bislang genau wie Adolf Hitler verhalten müssen? Interessant. Doch auch sehr merkwürdig.

Jemand wie Max konnte höchstens Vorschläge unterbreiten. Aber wem – und wie? Womit? Schön, selbstverständlich blieb ihm der Weg, ein Buch zu schreiben, wie so viele andere es taten, im Glauben, dem Ziel damit einen Zentimeter näherzukommen. Vielleicht war das kein völliger Unfug und jeder Zentimeter ein von Sportschiedsrichtern meßbarer Fortschritt. Aber im Grunde stand doch alles schon da, schwarz auf weiß, auf Papier, hunderttausendfach gedruckt, und zehnmal besser geschrieben, als es ihm je möglich sein würde.

Manchmal dachte Max, daß man mit Hitler auf irgendeine Weise ins Gespräch kommen müßte. Im Licht der Olympiade hatte der eine fast versöhnliche Figur abgegeben. Hatte seinen Willen zum Frieden, zur Völkerverständigung bekundet. Selbst seinen Antisemitismus hatte er relativiert. Vielleicht war er lernfähig. Ob er Nietzsche je gelesen hatte? Interessante Frage. Am 24. August mußte Max in der Zeitung lesen, daß der Wehrdienst in Deutschland auf zwei Jahre verlängert wurde. Das, fand er, sei nicht nur ein Verbrechen am jungen Menschen, das sei der Auftakt für ein viel größeres Verbrechen, den Krieg.

Zur selben Zeit begann in Moskau der erste Schauprozeß, mit dem der andere große Diktator, Stalin, sich seiner vermeintlichen Widersacher entledigte. Die Zeitungen berichteten darüber nur zaghaft, wie über eine innere, undurchschaubare Angelegenheit, die man aus der Ferne nicht beurteilen könne oder wolle. Aber es gab einige vor allem jüngere Kommunisten, die die Tragweite des Geschehens begriffen und das Land verließen. Dazu boten sich wenige Möglichkeiten, wenn man weder Geld noch einen guten Vorwand besaß. Sich im spanischen Bürgerkrieg als Freiwilliger zu melden, war mithin die eleganteste Lösung. Auf diese Weise kam Karl mit Leuten in Berührung, die, sobald sie zu ihm Vertrauen gefaßt oder genug Alkohol getrunken hatten, die Verhältnisse in der Sowjetunion als eher blutrot denn rosig schilderten. Tausende würden abtransportiert, nach Sibirien, wenn sie Glück hatten, andere landeten in Folterkellern oder vor dem Erschießungskommando. Karl war sehr vorsichtig und ließ sich kaum zu einem Kopfnikken bewegen. Nie hätte er die Methoden der nationalsozialistischen Propaganda für so raffiniert gehalten. Eigentlich hätte er diese gedungenen Typen, diese zersetzenden Kräfte sogleich dem nächsten Vorgesetzten melden müssen. Aber er hatte noch keinen Vorgesetzten, und es erschien ihm unklug, sich derart zu exponieren, ohne vorher Flagge gezeigt zu haben. Die Angst, selbst für einen faschistischen Spion gehalten zu werden, stieg mit jedem Tag, an dem er seinen Beitritt zu einer militärischen Einheit verzögerte. Als Ausflucht vor sich selbst diente das Argument, er müsse, bevor er an die Front ging, erst besser die spanische Sprache beherrschen, um zu wissen, was über ihn geredet werde. Auch hoffte er nun auf einen Dolmetscherposten, der ihm den Dienst an der Waffe ersparen würde. Ein Posten als Küchenjunge oder ähnliches wäre ihm denn doch nicht kriegswichtig genug gewesen. Als Dolmetscher, der schon deutsch, englisch und französisch sprach, konnte er hingegen wertvoll sein. Viele ausländische Freiwillige in der Internationalen Brigade beherrschten allenfalls eine dieser Sprachen. Er wäre dann, sagte er zu Ines, ein lebender Stein von Rosette. Karl mußte den Scherz erklären. Ellie hatte ihm einen Scheck über zweihundert Francs geschickt; mit dieser Summe konnte er drei, vier Wochen recht gut leben, umsorgt von der meist maßlos überschminkten Ines, der er erzählt hatte, er sei als Berichterstatter für die Pariser Tageszeitung im Land. Auch allen anderen, die, mehr oder weniger beiläufig, mehr oder weniger neugierig, nach seiner exakten Funktion fragten, gab er diese Auskunft. Stets trug er die beiden Artikel bei sich, die er für die Zeitung geschrieben hatte, als triftigen Beweis. Wenn auch der zweite davon noch gar nicht gedruckt worden war und vorerst nur als Typoskript existierte.

Ines reagierte entzückt und fragte sofort, ob er sie einmal erwähnen würde. Ihren Namen gedruckt zu lesen, bedeutete, sagte sie, eine Art von Unsterblichkeit.

Ja, weshalb eigentlich nicht? Karl, von ihrer Bitte gerührt, setzte sich hin, schrieb und schickte an Marius Müller, den Redakteur der PT, einen, wie er fand, packenden und anschaulichen, dabei mit Humor gewürzten Erlebnisbericht aus der Etappe.

Es ist eine Gnade, in dieser großen Zeit in Barcelona zu leben. Warum es eine große Zeit ist?
Weil endlich dem Faschismus tatkräftig Einhalt geboten wird, weil die Jugend aus aller Welt in Barcelona zusammenkommt, um sich unter Einsatz des eigenen Lebens dem Kampf zu verpflichten. Wie hat mich der 23. Juli bewegt, die Kundgebung der sechstausend ausländischen Sportler, denen anzugehören ich die Ehre hatte. Man bedauere den Ausfall der *Olimpiada* außerordentlich, aber man habe so Gelegenheit erhalten, den heldenhaften Kampf des spanischen Volkes gegen den Faschismus zu bewundern. Einige meiner Kameraden waren von der leidenschaftlichen Stimmung so hingerissen, daß sie sich spontan der katalanischen Miliz anschlossen, die gegen Saragossa marschiert. *Volksfront* und *Solidarität* sind die Parolen dieser Zeit. Wie viele Sprachen hört man derzeit auf den Ramblas? Es wimmelt von jungen Freiwilligen aus Frankreich, Deutschland, Rußland, England undsoweiter, sogar aus den USA treffen begeisterte Rekruten ein, die erkannt haben, was die Stunde geschlagen hat. Und doch gibt es keinerlei Verständigungsschwierigkeiten, alle eint das gemeinsame Ziel: den Feind vernichtend zu schlagen. Immer neue Kompanien, Brigaden, Divisionen eilen zur Front, stemmen sich den faschistischen Horden entgegen. *No pasaran!* (zu deutsch: *Hier kommen sie nicht durch!*) ist ein Schlachtruf, den die Kommunistin Dolores Ibarruri Gomez geprägt hat. Ja, auch Frauen wissen hier ihren Mann zu stehen, sind sich ihrer Bedeutung bewußt, ob in den Hospitälern und Fabriken, ob in der Truppenbetreuung oder gar im aktiven Kampf. (Wie viele Vorur-

teile gegen Frauen, die Gewehre tragen, mußten die Männer hier beschämt zurücknehmen!) Es war Caridad Mercader, die in ihrer Klugheit entschied, den gefangenen General Goded nicht sofort erschießen zu lassen, sondern ihn zu zwingen, seine Niederlage per landesweit übertragener Rundfunkansprache einzugestehen. Das ist für viele Städte Spaniens sehr wichtig und hilfreich gewesen. Das weibliche Geschlecht feiert sein endgültiges politisches Erwachen, seinen Ausbruch aus überkommenem Rollendenken, und ganz Barcelona befindet sich in einem Zustand flimmernden Selbstbewußtseins. Die Ekstase überträgt sich unmittelbar auf jeden Zeugen des Geschehens. Hier wird Geschichte geschrieben, ein Geist von lustvoller Pflichterfüllung reißt alle mit, jeder sucht und findet zumeist seinen Platz, an dem er von Nutzen sein kann. Nehmen wir zum Beispiel Ines Rodrigo, die Frau, bei der ich zur Untermiete wohne. Sie ging einmal, vor ihrer Befreiung, dem ältesten Gewerbe der Welt nach, von Armut und Arbeitslosigkeit dazu gezwungen. Nun steht sie morgens um sechs Uhr auf, um den Fischern am Hafen etwas abzuverhandeln, das sie mir am Mittag kredenzen kann. Steht Schlange für Kartoffeln und Gemüse, denn ich, als Sportler jener leider nicht zustande gekommenen *Olimpiada Popular* sowie als Korrespondent der Pariser Tageszeitung im Krisengebiet, bin ihr Held.
Die Brotzuteilung funktioniert exzellent – aber welcher Mensch will allein vom Brot satt werden? Ines Rodrigo veredelt mein Leben, sie weiß, in welcher Straße es den günstigsten Tabak zu kaufen gibt und welchen Spekulanten man besser aus dem Weg geht.
Sie tut mir soviel Gutes, als sei ich ihr Sohn, ohne daß ich etwa ein sehr lukrativer Gast wäre, nein, das bin ich leider nicht. Ich hege ihr gegenüber ein Schuldgefühl und möchte ihren

Namen preisen, als einer von so vielen leider meist namenlos bleibenden Frauen, die durch ihr selbstloses Engagement dem glorreichen Geschehen hierzulande zu einer noch menschlicheren Note verhelfen. Wer will bigott, aus preiswerten Vorurteilen heraus, Ines Rodrigo als gefallene Frau beschimpfen? Nur Schufte könnten das tun, deren Denken von dummen Vorurteilen geprägt und verstellt ist. Doch Barcelona, wie ich es erlebe, widerspricht allen Klischees und gängigen Vorstellungen, nichts ist mehr so, wie es einmal war, die Vergangenheit geht, wenn überhaupt, als ein Gespenst um, das seinen Frieden gefunden hat und sich in aktuelle Geschehnisse nicht mehr einmischen will. Ja, wir leben in einer großen Zeit, die uns prüft. Wir müssen und werden diese Prüfung siegreich bestehen.

Daß die schon legendäre Kommunistin Dolores Ibarruri Gomez, volkstümlich *La Pasionaria* (Die Passionsblume) genannt, einem Faschisten die Kehle durchgebissen haben sollte, ließ Karl unerwähnt. Lobenswert und beeindruckend sei das vielleicht gewesen, aber vor allem auch unappetitlich, meinte Ines. Er las ihr den Artikel in gebrochenem, stark fehlerhaftem Spanisch vor. Ihr Leben habe, sagte sie, an Sinn entscheidend gewonnen. Gemeinsam brachten sie den Umschlag zur Post.

Eine Empfangsbestätigung, geschweige denn Antwort, erhielt Karl nie, nahm aber wie selbstverständlich an, daß der Artikel in Druck gegangen sei und man ihm das fällige Honorar eines fernen Tages ausbezahlen werde. Wirklich erreichte der Artikel zwar seinen vorgesehenen Empfänger, Marius Müller, der aber schmiß ihn kopfschüttelnd in den Papierkorb. Wie konnte Karl Loewe damit prahlen, bei einer ehemaligen Prostituierten zu wohnen, die sich morgens angeblich für ihn die Beine in den Leib stand? Der Leser würde bestimmt ganz andere Schlüsse ziehen. Warum war Loewe nicht selbst an die Front gegangen? In diesem zusammengeschusterten Artikel war alles in Bewegung, nur der Erzähler nicht. Offizielle Lesart war zudem, daß es in Barcelona eine große Auswahl an Lebensmitteln gab. Keine *Spekulanten*. Wie konnte Loewe sich dreist zum *Korrespondenten der Pariser Tageszeitung* erklären? Amtsanmaßung war das. Und dieser abgedroschen pathetische Tonfall! Der völlig mißglückte Absatz über das Gespenst der Vergangenheit! Nein, der Text war Müll. Ließ man die Nutte weg, blieb nur das übliche Gewäsch.

Max trieb sich tagsüber wieder in einschlägigen Clubs herum, wo ältere Herren ihm gerne etwas spendierten. Selten sagte er nein, und fast regelmäßig war er schon vor dem Abend angetrunken. Eines späten Nachmittags kam jemand in die Cosy-Bar, dessen Gesicht Max sofort wiedererkannte. Das war Serge, der Kammerdiener des Marquis de Paulignac, ein dürrer, schlaksiger Mensch von sehr steifen Manieren. Durch ihn war damals, auf die genau gleiche Art, der Kontakt zum Marquis zustande gekommen. Raymond hätte es, als Person des öffentlichen Interesses, selbstverständlich nie wagen können, ein solch verrufenes Etablissement zu betreten. Serge, der etwa fünfzig Jahre alte, glatzköpfige Mensch, den aufgrund seiner Nase beinahe jeder (fälschlicherweise) für einen Juden hielt, hob erfreut die Brauen, als er Max erkannte und zu sich winkte. Er habe eine Botschaft des Marquis zu überbringen, aber bitte nicht hier.

Sie unterhielten sich auf der Straße, wie damals, als Max das Angebot offeriert wurde, allmorgendlich die Huskies auszuführen.

Ich habe Sie bereits gesucht, sagte Serge mit seiner hohen, fast weiblichen Stimme. Der Marquis bitte um ein Treffen, es sei wichtig und dringend. Der Kammerdiener, der sich selbst lieber als *Butler* bezeichnete, steckte Max ein Kuvert zu, als kleine Aufwandsentschädigung, und schlug ein Treffen im Bois de Boulogne vor, morgen um 12 Uhr, nahe der U-Bahn-Station Porte Dauphine. Max hatte nichts Besseres vor und sagte zu. Im Kuvert befanden sich 500 Francs. Sorgenfrei und neugierig zu sein, fand Max eine berauschende Kombination.

Eines Nachmittags brachte Ines von ihren Besorgungsgängen einen Mann mit nach Hause, offensichtlich einen Matrosen. Ein großer, braungebrannter Kerl mit ölverschmierter Hose und grimmigem Blick. Sie ging mit ihm in die kleine Kammer, in der ihre Matratze lag, und sperrte von innen ab. Karl, der im anderen, größeren Zimmer residierte, in dem auch die Küchenzeile, zwei Kleiderschränke und ein Wäscheständer untergebracht waren, bekam Geräusche zu hören, die an Eindeutigkeit nicht zu überbieten waren. Anscheinend wurde die Prostitution wieder geduldet, stillschweigend.

Viele Huren waren nach ihrer ›Befreiung‹ den Milizen an die Aragon-Front gefolgt, wo sie venerische Krankheiten verbreiteten und oft größere Verluste verursachten als das feindliche Artilleriefeuer.

Und selbst wenn nicht – er hätte Ines keinen Vorwurf gemacht. Sie mußte von irgend etwas leben – und Karl gab ihr pro Tag kaum mehr als umgerechnet drei, vier Francs. Er hatte geglaubt, daß Ines in ihn verliebt sei, so sehr vergötterte und umsorgte sie ihn. Umgekehrt empfand er nur Freundschaft und

Dankbarkeit. Deswegen auch keine wirkliche Eifersucht. Eigentlich war er froh gewesen, daß sie ihm nie ihren Körper angeboten hatte, wenn er auch tagtäglich mit diesem Angebot gerechnet hatte. Und sich etwas wunderte, weil es so gar nicht dazu kommen wollte. Ines war eine dralle, kurvenreiche Frau mit großen Brüsten und herben Gesichtszügen. Nichts, was im Normalfall Karls Interesse erregt hätte. Aber das hier war der Krieg, nicht der Normalfall, und manchmal geriet sogar der sehr beherrschte Karl unter den Einfluß ganz natürlicher Gelüste.

Der braungebrannte Matrose verließ die Wohnung nach nur zwanzig Minuten. Sein grimmiger Blick, in Wahrheit nur falsch interpretierte Verlegenheit, war einem breiten Lächeln gewichen.

Hat er dich gut behandelt? Fragte Karl.

*Ich* hab *ihn* gut behandelt, antwortete Ines. Stört es dich?

Nein. Wahrscheinlich denkt er jetzt, daß ich dein Zuhälter bin.

Du bist aber nicht mein Zuhälter. Du bist mein Gast.

Und ich weiß das zu schätzen.

Einmal sprach ihn ein sehr alter Mann aus der Nachbarschaft an. Karl verstand kaum ein Wort, denn der Greis sprach derbstes Català und hielt es wohl für unter seiner Würde, zum Hochspanisch zu wechseln. Ines sei schon eine *Carajo Mujer*, soviel glaubte Karl zu verstehen, und er nickte beflissen, eine tolle Frau, zweifellos.

Um 12 Uhr mittags wartete der Marquis am Rande des *Bois* auf einer Parkbank. Max setzte sich neben ihn, grußlos, als könnten sie beobachtet werden. Raymond sah blass aus, stark gealtert, beinahe senil, und seine Hände zitterten. Wie war's denn in Berlin? Fragte Max und steckte sich eine Zigarette an.

Ach bitte, könntest du aufs Rauchen verzichten, ja? Ich war nicht in Berlin.

Nein? Max zog sein Taschenmesser, kappte die Glut von der Zigarette und schob sie zurück in die Schachtel.

Nein, das war mir leider nicht vergönnt.

Der Marquis flüsterte; es machte Mühe, ihm zuzuhören.

Nicht er, Raymond de Paulignac, sondern sein Cousin zweiten Grades, Melchior de Polignac, der Grund für die unterschiedliche Schreibweise lag an diesem und jenem, hatte beim Eröffnungsbukett der olympischen Spiele zur Rechten Hitlers sitzen dürfen, und verantwortlich dafür war folgendes.

Du erinnerst dich sicher an den Algerier, dessentwegen ich dich verlassen habe?

Max verzog den Mund. Wirst deine Gründe gehabt haben.

Hatte ich. Mein Gott. Es tut mir leid. Aus tiefstem Herzen leid. Wie konnte ich? Du warst stets so loyal, aber dieses kleine Schwein mit seinem riesigen – du bist ja schon gut bestückt, aber er, diese Kanaille, kurz und gut, er hat mich erpreßt, erpressen wollen, vielmehr, ich dachte mir nichts dabei und hab ihn geschlagen, ohne darauf zu achten, daß dieses Pack noch stolzer sein kann, als es dumm ist. Er rennt zu meiner Frau, berichtet ihr von meiner Neigung, die glaubt zuerst kein Wort, überrascht uns aber in der Wohnung über der Garage. Mon Dieu! Was war ich blöd! Er hatte mir eine Versöhnung angeboten, ich Trottel bin darauf eingegangen – und die Tür geht auf, die Tür, die ich immer verriegelt hielt, das kleine Schwein hat – hinter meinem Rücken –

Es war eine lange Geschichte. Denise, Raymonds Gattin, hatte zuerst mit Scheidung gedroht, dann, als sie begriff, daß das keine adäquate Strafe, sondern eher ein Entgegenkommen sein würde, hatte sie darauf bestanden, daß er auszog, und, das war teuflisch zu nennen, seinen Sitz im olympischen Komitee abgab. Denise wußte genau, wie sie ihren Mann am härtesten treffen konnte. Daß Raymond sich absentieren und in Berlin zwei unbeschwerte Wochen genießen würde, kam für die zornentbrannte Frau nicht in Frage. Sie kündigte an, nötigenfalls den Zeitungen, ersatzweise, falls die geschwiegen hätten, seinen Kindern oder gar der Sittenpolizei einen Wink zu geben. Raymond hatte ihren Forderungen voll und ganz entsprochen, nicht zuletzt, weil er Denise, erstaunlicherweise, immer noch liebte, und seine drei fast erwachsenen Töchter aus erster Ehe sowieso. Er traute Denise, die kaum fünfzehn Jahre älter war als das älteste seiner Kinder (die zwanzigjährige Blanche), durchaus zu, vollends die Nerven zu verlieren.

Die letzten Wochen, so der Marquis, seien die reine Hölle gewesen. Er sehne sich nun nach einem Freund. Einem vertrauenswürdigen Menschen.

Wofür? Fragte Max.

Wofür denn wohl? Was für eine Frage ist das?

Raymond rückte näher an Max heran, flüsterte ihm direkt ins Ohr. Ich möchte mich an diesem Schwein rächen. Hast du dahingehend Möglichkeiten?

Was denn für Möglichkeiten?

Naja, kennst du irgendwen, der an so was, sagen wir: interessiert wäre?

Woran?

Verdammt, treib keine Spielchen mit mir!

Das läge mir fern. Was willst du genau? Dem Algerier eine Abreibung verpassen oder was?

Mindestens. Du kennst doch bestimmt Leute –

Max kannte keine *Leute*, die dem Marquis in seiner Rachsucht hätten weiterhelfen können. Was er jedoch für sich behielt und so tat, als müsse er überlegen.

Was wär es dir wert?

Zehntausend Francs.

Wie bitte?

Zehntausend Francs, wenn du dieses Schwein erledigst. Fünf, wenn du ihm beide Beine brichst.

Bedaure. Max erhob sich, als wolle er die Versuchung so schnell loswerden wie einen Batzen Taubenkot vom Mantelärmel. Wenn er etwas von sich wußte, dann, daß er weder ein Mörder noch ein Beinebrecher war. Und beides in diesem Leben nicht mehr werden wollte. Selbstverständlich wäre es ihm möglich gewesen, sich zu erkundigen, bei gewissen Subjekten, die gewisse Subjekte kannten. Aber das wäre gleichbedeutend damit gewesen, es selbst zu tun.

Schlag dir das aus dem Kopf. Wo wohnst du derzeit? Zu Hause?

Raymond nickte und wurde ein wenig rot. In der kleinen Wohnung über der Garage. Und nur wenn Gäste da sind, ist es mir erlaubt, das Haus zu betreten. Um den Schein zu wahren. Sind wir wieder Freunde?

Max fühlte, daß er nicht gleichzeitig nein sagen und die 500 Francs behalten durfte. Darum sagte er ja. Schlicht und einfach: *Ja.*

Zwischen Karl und Ines war ein recht vertrautes Verhältnis entstanden. Sein Spanisch wurde besser und besser, und wenn sie in ihrer kleinen Kammer auch pro Tag im Durchschnitt vier bis fünf Freier bediente, schien sie ihm nach wie vor ergeben. Einmal erzählte er ihr von dem Greis aus der Nachbarschaft, der sie eine tolle Frau genannt habe, was doch ein großes Kompliment sei. Ines zog die Brauen hoch.

Was alte Männer sagen, kümmert das Leben nicht weiter.

So lautete ihr spärlicher Kommentar dazu.

Einmal, es war schon dunkel draußen und nur zwei Kerzen erhellten die Wohnung, hatte Karl Lust, Ines zu küssen, einfach nur zu küssen, seine Zunge an ihren Lippen entlang spazierenzuführen, und er nahm sich die Freiheit heraus, sie an sich zu pressen, den Kopf in ihr Decolleté zu wühlen, wobei er nicht physisch erregt war, nein, es ging ihm mehr um das Gefühl, für seine Schläfen eine Art von Heimat zu finden, einen behüteten Andock- und Ruhepunkt. Ines, ganz anders als Marie Dressler, konnte hervorragend küssen, und als sei es das Selbstverständlichste der Welt, nahm sie Karls Penis, der irgendwie den Weg vom Hosenstall an die Frischluft gefunden hatte, in den Mund, woraufhin er binnen Sekunden ejakulierte.

Danke. Sagte Karl, weil ihm nichts Besseres einfiel.

Bitte. Sagte Ines. Gern geschehen.

Am nächsten Morgen, als das Hochgefühl nachließ, schämte sich Karl nur noch stärker dafür, tatenlos herumzusitzen, während an der Front gestorben wurde, ob im Einzelfall sinnvoll oder nicht.

Viele Menschen, sinnierte er, betrachten das Leben nicht wie ein exklusives Geschenk, wollen mehr, wie Kinder, die an jedem Tag des Jahres Geburtstag oder Weihnachten feiern möchten. Bisher hatte Karl für ein solches Denken nur Verachtung übriggehabt. *Die Angst vergoldet mir jeden Tag, so muß man das auch einmal betrachten,* schrieb er in sein Notizbuch. *Vielleicht bin ich gar kein Pazifist. Sondern ein Feigling.*

*Ich weiß es gar nicht. Am Leben zu hängen, kann doch nicht feige genannt werden. Es für zu wenig zu verschwenden, sicher auch nicht.*

Es war noch einmal ein warmer heller Septembernachmittag. Max fuhr in den Norden der Stadt, um sich das *Hotel Monbijou* anzusehen. Es gab dafür mehrere praktische Gründe. Vom Bois de Boulogne war das Hotel leicht in zehn Minuten zu erreichen, und der Besitzer, Pierre Irgendwas, hatte in der Nacht, als Ellie über ihn gestolpert war, einen sympathischen, menschlichen Eindruck gemacht. Zudem kannte Max sonst keinen Hotelbesitzer, vielleicht würde sich das kleine Unglück noch als *Fügung* erweisen.

An der Rezeption saß ein schon etwas älterer Mann mit pockennarbigem, sonst blasiertem Gesicht, der ihm vorerst nicht weiterhelfen konnte. Monsieur Geising sei beschäftigt und wünsche nicht gestört zu werden, um was es denn gehe?

Das möchte ich mit Monsieur le Directeur persönlich besprechen. Dann warte ich eben.

Das steht Ihnen frei.

Danke sehr.

Max wartete anderthalb Stunden. Bis Pierre Geising, hochroten Kopfes, als sei er gerannt, ihm die Ehre erwies.

Ja bitte?

Mein Name ist Max Loewe. Sie werden sich vielleicht nicht an mich erinnern…?

Das tue ich tatsächlich nicht.

Sie haben mir mal Ihre Karte gegeben, nach einem kleinen Mißgeschick in der Rue Clovis, das ist schon einige Wochen her…

Nun erinnerte sich Geising. Zugleich schrillten all seine

Alarmglocken. Statt eine Antwort zu geben, vertraute er darauf, daß interessiertes Schweigen nichts verderben konnte.

Erinnern Sie sich?

Grob. Worum geht es?

Ellie konnte jeden Moment die Treppe herabschreiten. Geising bat den jungen Mann in sein Büro, bot ihm einen Aperitif an. Max sagte nicht nein.

Und? Geising war zu aufgeregt, um die Situation zu erfassen, geschweige denn, probat zu taxieren. Ellies Bruder schneite hier herein, zu welchem Zweck? Wie hatte er sich genannt? Löwe. Nicht Jakobowski. Merkwürdig.

Sie haben mir freundlicherweise einmal Ihr Kärtchen überreicht. Darauf stand, Sie seien Hotelier. Nun, darum geht es. Ich brauche ein Zimmer. Hin und wieder.

Ach ja?

Nicht für mich. Eine hochgestellte Persönlichkeit hat häuslichen Ärger und möchte ab und an ein Refugium finden. Ich bin, wenn Sie so wollen, der Sekretär.

Soso?

Jene hochgestellte Persönlichkeit schlägt vor, Ihre Dienste in Anspruch zu nehmen, ohne daß die Anspruchnahme Ihrer Dienste penibel protokolliert würde. Verstehen Sie mich?

Voll und ganz. Er will sich nicht ins Gästebuch eintragen. Hören Sie, Herr –

Loewe. Max Loewe.

Löwe also. Nun, das verstößt gegen polizeiliche Vorschriften, wie Ihnen bekannt sein dürfte. Und woher soll ich wissen, wer mir da ins Haus kommt. Und zu welchem Zweck. Denn das wollen Sie offenbar vor mir geheimhalten, stimmt's?

Max nickte. Es handle sich, deutete er an, um eine intime Angelegenheit. Mit Diskretionsbedarf. Er, als Mann, würde sicher Verständnis aufbringen. Max zwinkerte verschwörerisch. Sein Auftraggeber sei bereit, den doppelten Preis für das Zimmer zu bezahlen.

Geising überlegte hin und her. Normalerweise hätte er sich auf das Arrangement eingelassen, dergleichen war an der Tagesordnung, und wenn es sich tatsächlich nur um erotische Stelldichein handelte, hätte selbst die Polizei im Fall einer Entdeckung vielleicht ein Auge zugedrückt, gegen ein wenig Beschwichtigungsgeld.

Aber nein, die Sache war Geising zu heiß. Er sah auf die Uhr. Ellie mußte das Hotel inzwischen verlassen haben. Das beruhigte ihn ein wenig. Aber mehr und mehr beunruhigte ihn der Nachname dieses jungen Mannes.

Darf ich Ihnen eine Frage stellen?

Tun Sie das.

Die junge Frau, die damals über mich so unglücklich… gestolpert ist…

Ja?

Geht es ihr gut? Sie hat sich hoffentlich keine blauen Flecke zugezogen.

Keineswegs. Der Vorfall war ihr nur ein wenig peinlich. Hinterher haben Ihre Pralinés sie sehr getröstet.

Ach ja? Geising setzte ein mühsames Lächeln auf.

War das Ihre Verlobte?

Max wunderte sich über diese Frage. Das ging diesen Menschen doch nun einen feuchten Kehricht an. Doch statt einfach nur zu nicken, räusperte er sich laut. Nein, sagte er, wir wohnen nur zusammen.

Geising wollte nicht aufdringlich werden. Außerdem war ihm gerade eingefallen, daß, falls es jemals zur Heirat mit Ellie käme, Max sein Schwager werden würde. Konnte er ihm da einen Gefallen verweigern? Vielleicht war der Moment gekommen, um die Karten auf den Tisch zu legen.

Hören Sie, Herr Löwe, ich will mich einmal schwer verbiegen und Ihnen vertrauen. Wenn Sie ein Zimmer benötigen, sagen Sie Bescheid, eines haben wir fast immer frei, dann händigt der Portier Ihnen den Schlüssel aus, und Ihr Herr Auftraggeber kann über den Hof kommen, über den Hintereingang. Das Zimmer kostet hundertzwanzig Francs pro Tag, auch wenn es vielleicht nur stundenweise genutzt wird. Hinterlegen Sie das Geld in der Nachttischschublade. Wenn die Polizei Ihren Auftraggeber bei uns erwischt, aus irgendeinem Grund, manchmal gibt es Paßkontrollen, soll er behaupten, er sei nur als Besucher hier, das Zimmer ist dann jeweils auf eine Dame eingetragen, die ich gut kenne und die mir einen Gefallen tun wird. So kann fast nichts passieren. Trinken Sie einen Cognac mit mir?

Max hatte nichts dagegen.

Ich muß Ihnen etwas sagen, Max, darf ich Sie beim Vornamen nennen, so jung wie Sie sind?

Max hatte wiederum nichts dagegen.

Geising schenkte den Cognac ein.

Ich bin Pierre. Nennen Sie mich ruhig so. Hören Sie! Das wird Sie jetzt wahrscheinlich sehr überraschen. Ellie und ich, wir kennen uns.

Ah.

Mehr noch, wir sind einander vertraut.

Oh?

Wir haben eine Beziehung, Ellie und ich.

Max sagte nichts.

Bitte urteilen Sie nicht vorschnell, lieber Max. Es stimmt, ich bin ein verheirateter Mann. Deswegen hält Ellie die Sache geheim. Sie schämt sich. Ihnen aber will ich heute und hier die

Wahrheit sagen. Ich werde mich scheiden lassen und Ellie heiraten. Wenn sie ja sagt.

Max nahm einen Schluck Cognac.

Ich sehe an Ihrem Gesicht, lieber Max, daß Ihnen die Situation nicht behagt, mir ebensowenig, und doch fühle ich bereits eine Erleichterung. Eine große Erleichterung. Kann es wirklich Zufall sein, daß Sie den Weg zu mir gefunden haben? An solche Zufälle will ich nicht glauben. Es ist eine Fügung. Ihre Schwester aber ist ein Geschenk des Himmels.

Jaja. Sie ist übrigens nicht meine Schwester.

Max biß sich auf die Lippen. Dieses Wort – *Fügung* – hatte er heute selbst schon, wenn auch nur in Gedanken, verwendet. Keine zwei Stunden lag das zurück. Dinge fügen sich zusammen. Messer und Herzen, Kanonenkugeln und Kasernenmauern, ineinanderkrachende Kriegsschiffe – seine Gedanken wirbelten wie Schnee im Sturm von da nach dort. Wie konnte er so dumm gewesen sein?

Sie ist nicht Ihre Schwester?

Nein, sie ist, Ellie ist meine – Halbschwester. Hörte Max sich sagen.

Geisings Gesicht hellte sich auf. Damit war alles bestens erklärt.

Ich hatte mich schon gewundert, wegen eurer verschiedenen Nachnamen.

Sagen Sie, Pierre, sagen Sie mir bitte –

Ja?

Als Ellie über Sie gestolpert ist, damals, da kanntet ihr beide euch längst. Richtig?

Das ist wahr. Ich hatte die Bonbonnière für Ellie dabei, besaß dann aber den Mut nicht mehr, an ihre Tür zu klopfen. Sie wollte mir ja nie sagen, wo ihr wohnt, deshalb hab ich ihr nachspioniert. Als ihr beide aus dem Haus kamt, kniete ich nieder, um meine Schuhe zu binden, vielmehr – um mein Gesicht zu verbergen.

Nun nahm auch Geising einen Schluck aus seinem Cognacschwenker. Und seufzte tief.

In Max' Kopf tauchten Tausende Szenarien auf und wieder ab, wie feiste Wale aus einem Meer von Möglichkeiten.

*Ich bringe dich um, hier in diesem Zimmer. Zerschlage dieses Glas und steche dir mit einer Scherbe die Augen aus. Sie ist auch nicht meine Halbschwester, ist eine Nutte, eine verlogene Nutte. Sie fickt mit mir. Und liebt nur mich. Mich, du Hundsfott! Dich Idioten würde Ellie höchstens ruinieren, nicht heiraten. Du bist so dumm wie Hundescheiße!*

Auf Max' zerbissene Lippen legten sich viele plausibel anmutende Sätze, die er alle mühevoll hinunterschlucken mußte, bevor sie zuviel Atem bekamen. Ihm war übel, der Cognac brannte in seinem Bauch, zwischen seinen Ohren entstand eine gedankenfreie Hitze, die seinen Kopf beinahe zerplatzen ließ. Aber außer jener Hitze war da noch etwas anderes, er nahm es wie etwas Fremdes wahr, das seine Emotionen kontrollieren half. Er hätte es in der Nachbetrachtung mal instinktive Vernunft, mal eine Art von verzweifeltem Schalk genannt. Was immer zu tun war, es mußte geplant sein, bedacht. Durch hinreichende Reflexion abgesegnet. Er mußte schnellstens hier raus, diesem Kojoten aus den Augen.

Ja nun.

Wie darf ich das verstehen?

*Verstehs doch, wie du willst, du Kackebatzen!*

Nein. Keine Aggressionen. Contenance bewahren. Später konnte man Entscheidungen treffen, nicht jetzt.

Dann ist das nunmal, wie es ist.

Und Sie sind mir nicht böse?

Ich finde es gut, daß Sie mir reinen Wein eingeschenkt haben. Beziehungsweise Cognac. Hervorragenden Cognac.

Willst du noch einen? Geising streckte ihm die rechte Hand entgegen. Wir sollten uns duzen.

Max ergriff die angebotene Hand, das war nun auch schon egal.

Wir können uns gerne duzen. Wo wir ja bald verschwägert sein werden – sollte ich – finde ich, das Zimmer für hundert Francs bekommen.

Einverstanden.

Mein Auftraggeber wird trotzdem hundertzwanzig bezahlen.

Ach ja? Pierre verstand nicht.

Mit der Differenz möchte ich meinen Bruder unterstützen. Er kämpft in Spanien.

Ah! Gute Sache! Bravo! Mon dieu, wie es mich freut, daß wir zu dieser Aussprache gefunden haben.

Eins noch! Darf ich dich bitten, es *mir* zu überlassen, Ellie davon in Kenntnis zu setzen?

Pierre runzelte ein wenig die Stirn, aber angesichts der Tatsache, daß Ellie ihre Brüder, Halbbrüder, wochenlang hintergangen hatte, war das wohl statthaft und sinnvoll.

Einverstanden.

Karl setzte sich an der Paralelo ins *Café Español* und beobachtete die Vogelhändler, die an den grüngestrichenen Kiosken hockten, mit ihren engen Käfigen, in denen sie bis zu zwei Dutzend zwitschernde Tiere hielten. Vom Schwimmen im Meer war er hungrig und bestellte Thunfisch-Sandwiches mit Oliven, dazu *agua con gas*, eine Versicherung dagegen, kein ordinäres Leitungswasser kredenzt zu bekommen.

Links von ihm saß ein Mensch in einem Kaftan, der ihn aufdringlich anstarrte. Karl glaubte, sein Gesicht von irgendwoher zu kennen. Und wirklich, er mußte ihn kennen, denn der Mensch winkte ihn nun zu sich. Natürlich. Beaumarchais! Vielmehr: Zanoussi! So hatte er sich letztlich genannt. Ob das endgültig sein richtiger Name war? Karl erinnerte sich an den Winterabend, an dem ihn der Redeschwall des Erzanarchisten einen Aperol gekostet hatte. Es war kaum verwunderlich, Zanoussi hier zu treffen. Was hatte er noch mal prophezeit? Ach ja, daß Hitler alle Juden töten würde, na klar. Karl wäre diesem Menschen lieber aus dem Weg gegangen. Aber vielleicht war Zanoussi inzwischen, das konnte passiert sein, ein hohes Tier geworden, ein Subjekt von Einfluß, Kaftan hin oder her. Karl winkte zurück, ging zu ihm hin und nahm Platz. Das glaubte er ihm doch zu schulden, denn Zanoussi war es schließlich gewesen, der ihn auf den Gedanken gebracht hatte, nach Spanien zu gehen.

Mit einem laschen Händedruck erneuerten sie ihre Bekanntschaft.

Karl, nicht wahr?

Ja, immer noch, sagte Karl, man muß euch gratulieren.

Wem?

Euch. Den Anarchisten.

Ja, durchaus. Schon, oder?

Durutti wird von der halben Welt gefeiert.

Wer?

Durutti.

Ach ja, der. Blödsinn!

Wie bitte?

Durutti, erklärte Zanoussi, sei ein fanatischer Idiot, der Sturm auf die Atarazanas-Kaserne hätte Hunderte Menschenleben gekostet, unnötige Opfer, weil man Luft- und Artilleriehoheit besessen habe und die Putschisten mit ein paar Bomben leicht zur Aufgabe hätte zwingen können. Aber die Bewegung brauche Helden, und Helden seien eben, in den allermeisten Fällen, Idioten mit viel Glück.

Karl fand diese Aussage degoutant und zynisch. Er stand auf und wollte gehen, sich grußlos entfernen. Zanoussi rief ihn zurück.

Warte! War nur eine Probe! Komm wieder her, beruhige dich. Hättest du nicht so empört reagiert, hätte ich dich sofort erschossen.

Du hättest mich – erschossen?

Natürlich. Paß bloß auf, was du redest. Im Karneval der Träume.

Zanoussi schien nicht ganz richtig im Kopf. Nun auch noch Angst vor ihm haben zu müssen, war der Zumutung zuviel.

Hast du denn eine Waffe? Um mich zu erschießen?

Ich *bin* eine Waffe. Jetzt setz dich doch wieder. Du rotes Ferkel. Nimm Platz!

Abends stellte Max Ellie ohne Umschweife zur Rede. Ob sie neben ihm noch eine andere Beziehung am Laufen habe, wollte er sie nicht fragen, um keine schmerzhaften Lügen zu hören. Er konfrontierte sie direkt mit den Tatsachen.

Ich war bei Geising. Er hat alles gestanden. Nein, ich habe dir nicht nachspioniert, wie er es wohl getan hat. Wir haben uns zufällig getroffen, so unglaubwürdig das auf dich jetzt auch wirken mag. Wir kamen ins Gespräch wegen einer ganz anderen Angelegenheit. Dabei habe ich alles erfahren. Er denkt daran, dich zu heiraten. Glücklicherweise, frag nicht, warum, hab ich ihm gesagt, du seist meine Halbschwester, nicht meine Geliebte. Er betrachtet mich also nicht als Nebenbuhler. Und wirklich kommt es mir so vor, als wärst du tatsächlich eher eine Halbschwester als eine Geliebte. Ein verlogenes, mißratenes Stück. So, nun rechtfertige dich. Und erzähl mir keine Räuberpistolen. Liebst du diesen Mann?

Ellie lauschte der wohleinstudierten Rede mit halb offenem Mund und setzte sich an den Küchentisch. Wie ein getroffener Boxer zusammensackt. Zwischen all den unangenehmen Gefühlen, die die Situation ihr aufzwang, gab es doch auch etwas, das man mit Erleichterung umschreiben konnte. Eine Art potentieller Erleichterung, insofern sie die nächsten Minuten überstehen würde.

Natürlich liebe ich ihn nicht. Wir leben von seinem Geld, das ist alles. Du bist dir ja zu fein für eine Arbeit.

Max legte fünfhundert Francs auf den Tisch. Die Geste entbehrte nicht einer gewissen, beinahe spielfilmhaften Theatralik, und er genoß den Moment, als er sah, wie perplex Ellie das Geldbündel registrierte.

Stammt das von Pierre?

Nein, das hab ich verdient.

Womit?

Gehört nicht hierher. Was machen wir nun?

Ellie schwieg. Ihr war so, als würde sie nicht ernsthaft gefragt, als sei längst bestimmt, was geschehen würde.

Liebst du mich noch?

Max stellte die Frage in einem sehr sachlichen Ton, er berührte dabei ihre Hand, streichelte mit dem Daumen über ihre Finger, wie über die Saiten einer Harfe.

Ja.

Das sagst du nicht etwa nur, um mich zu besänftigen?

Nein, und ich wollte, du hättest mich viel früher danach gefragt. Manchmal hab ich ja gar nicht mehr gewußt, ob wir noch zusammen sind.

Wir sind es, von meiner Seite aus.

Gut. Danke.

Tränen stahlen sich in Ellies Augwinkel. Sie ergriff Max' Hand, zog sie an ihren Mund und küßte sie. Er schämte sich bereits, seine Gefährtin einem derart strengen Verhör unterzogen und je an ihr gezweifelt zu haben. Wo die Unterredung bisher schon filmische Züge gehabt hatte, wurde sie nun geradheraus opernhaft.

Ich werde Pierre morgen sagen, daß Schluß ist. Du mußt dir keine Sorgen machen.

Vielleicht will ich das aber gar nicht.

Dieser Satz ließ Ellie dann doch ratlos zurück, und zum ersten Mal wagte sie es, Max in die Augen zu sehen.

Das willst du nicht?

Du hast mit halb Berlin geschlafen. Denkst du, es macht mir noch viel aus, wenn du mit diesem Tölpel schläfst? Ich liebe nunmal eine Hure. Mit allen damit verbundenen Vor- und Nachteilen.

Ellie entspannte sich. Max hatte ihr eine Liebeserklärung gemacht. Mehr zählte nicht für den Moment.

Wir müssen uns auf eine glaubhafte Biographie einigen. Ich schlage folgendes vor: Samuel Jakobowskis Witwe, Hedwig, hat noch einmal geheiratet, den Juristen Theodor Loewe, dem sie die Zwillinge Max und Karl gebar. Einverstanden?

Wozu soll das gut sein?

Das überlass mal mir. Du merkst dir einfach, deine Mutter heißt von nun an Hedwig und ist tot. Gestorben 1930 an Brustkrebs im Alter von – lass mich rechnen, sagen wir 49 Jahren. Alles klar? Du preßt aus deinem Pierre heraus, was du kriegen kannst, und falls der Trottel sich von seiner Frau, was ich nicht glaube, tatsächlich scheiden läßt, gibst du ihm den Laufpaß. Mit einem Arschtritt.

Kann es sein, daß du böse bist?

Wenn ich es geworden sein *sollte*, Miststück, trägst *du* dafür die Verantwortung!

Am nächsten Abend klopfte es, und Pierre stand vor der Tür, mit einem großen Korb voller Fressalien und Wein. Er strahlte vor Glück und schritt ohne konkrete Aufforderung an Max vorbei in die Wohnung, gab Ellie einen Kuß und sah sich in allen Ecken um.

Die Bude ist gar nicht so schlecht, wie ich dachte. Habt ihr Lust auf Kino? Oder wollen wir ein Picknick machen?

Kino fände ich gut, sagte Max. Dort würde weniger geredet werden, dachte er, und die Gefahr, sich in Widersprüche bezüglich der eigenen Familiengeschichte zu verstricken, wäre fürs erste minimiert.

Sie lösten Tickets für die Neun-Uhr-Vorstellung im *Studio L'Étoile*, wo zwei deutsche Filme in Originalfassung liefen: *Man braucht kein Geld* mit Hans Moser und *Liebelei*, die Verfilmung eines Schnitzler-Stücks mit Magda Schneider und Gustav Gründgens. Max hätte sich eher noch für *La Bohèmienne* (*The*

*Bohemian Girl*) begeistern können, den neuen Laurel&Hardy-Film, wollte aber keine Abstimmung riskieren.

Ellie saß zwischen den beiden Männern, und Max registrierte, wie Pierre in der Dunkelheit seinen Arm um Ellie legte und sie hin und wieder gierig auf den Hals küßte oder an einem ihrer Ohrläppchen sog, kaum zu ertragen. Manchmal war Max danach, eine Hand auf Ellies Knie zu legen, schlicht um Pierre zu verunsichern oder von weiteren Zuneigungsbezeugungen abzuhalten, so wütend tobte seine Eifersucht. Dann wiederum, wenn er tief in sich ging und seiner Gefühle noch einmal Herr wurde, konnte er der Situation durchaus etwas Burleskes abgewinnen, das ihm half, souverän und unverdächtig zu reagieren. Ellie bereute es schwer, sich auf derlei eingelassen zu haben. Ständig fürchtete sie, einen Fehler zu begehen. Und im Kino nicht mit Max schmusen zu dürfen, weil ein anderer sie in Beschlag nahm, brachte ihr erst zu Bewußtsein, in welch konfuse Lage sie sich manövriert hatte. Was vorher so einfach zu verwalten gewesen war, durch strikte Trennung der Sphären, wuchs nun zu einem Geschwür zusammen, das von keiner Seite berührt werden konnte, ohne daß es schmerzte. Stumm und duldsam ließ sie Pierre gewähren und dachte dabei doch immer darüber nach, wie Max das auffassen mußte. An seiner Stelle hätte sie bestimmt längst losgeschrien, laut, und dem Versteckspiel ein Ende gemacht.

Pierre Geising ahnte nichts von alldem. Er war glücklich. Die Zurückhaltung, die salzsäulige Steifheit seiner künftigen Braut erklärte er sich mit der Präsenz ihres Halbbruders.

Komm, lass uns was essen gehen. Ich lade dich ein.

Wohin, fragte Karl. Zanoussi vollführte eine großtuerische Geste.

Ins *Ritz*, wohin sonst?

Und das meinte er ernst. Das beste Hotel der Stadt war teils in ein Hospital, teils in eine Volksküche umgewandelt worden. Essen gab es nur gegen Berechtigungscoupon, aber es wurde nicht penibel kontrolliert, zudem besaß Zanoussi ein ganzes Bündel solcher Coupons.

Inzwischen war Spanien in zwei ungefähr gleich große Hälften geteilt. Die Regierung behielt die Kontrolle über den Osten und einen schmalen Küstenstreifen im Norden, den Aufständischen gehörte bereits der gesamte Westen. Die Front verlief unter anderem kurz vor Madrid, das sich in republikanischer Hand befand. Am 14. August eroberten die faschistischen Truppen nahe der portugiesischen Grenze ein letztes republikanisches Nest, die Stadt Bajadoz. Als Bajadoz nach schweren Kämpfen gefallen war, richteten die Sieger unter den überlebenden Verteidigern ein schreckliches Blutbad an. In der Stierkampfarena wurden 1200 Menschen zusammengepfercht und erschossen, insgesamt kamen bis zu 4000 Menschen, auch viele Zivilisten, zu Tode. Die Tradition der marokkanischen Soldaten – manche redeten euphemistisch von einer *Unsitte* –, abgeschnittene und in der Luft getrocknete Penisse der Getöteten als Trophäen zu sammeln, wurde von General Franco anschließend verboten.

Zanoussi hörte sich beim Essen die Geschichte an, wie Karl in der Kaserne heruntergeputzt und abgeschmettert worden war. Ihm gefiel der junge Mann aus Deutschland, Kommunist hin oder her. Wenigstens zeigte er eine klare Haltung und redete niemandem nach dem Mund. Sein Prinzip, keine Waffe in die Hand zu nehmen, war, fand Zanoussi, ein Lippenbekenntnis ohne Wert. Spätestens wenn es einmal darum ging, sich von einem heranstürmenden Feind erschießen zu lassen oder denn doch sein Leben zu verteidigen, würde sich herausstellen, was dieses pazifistische Postulat wirklich taugte. Zanoussi trank billiges Bier, und mit jedem Glas, das er in sich hineingoß, wurde Karl ihm noch ein wenig sympathischer. Vielleicht, nein, ganz sicher sogar, war dieser weichliche Polittourist kein Kämpfer, zuviel Theorie hatte seinen Kopf aufgebläht und für die wesentlichen Fragestellungen und Anforderungen der Zeit vergiftet. Unübersehbar und über jeden Zweifel erhaben war aber auch sein Wunsch, sich lieber heute als morgen aus der Peripherie des Geschehens, aus der Welt der nutzlosen Zivilisten zu verabschieden. Zanoussi machte Karl ein Angebot.

Du nennst dich einen Journalisten?

Ich schreibe für die Pariser Tageszeitung, ja.

Ein Presse-Fritz! Ein Papier-Falter! Ein Zeilen-Honoratior! Na gut, soll sein. Willst du mal was zu berichten haben? Exklusiv? Zanoussi hielt sich an der Tischplatte fest, seine Hände, mit denen er nach der neuen Bierflasche griff, zitterten leicht.

Heute nacht könntest du was erleben. Ich würde für dich bürgen. Sowohl was deinen Leumund betrifft als auch für deine Sicherheit. Komm mit! Als Pressevertreter. Du wärst so unabhängig, wie du willst.

Worum dreht es sich denn?

Was soll die Frage? Bist du feige? Oder ein Spion?

Nein, beides nicht.

Zanoussi nannte ihm einen Treffpunkt am Südende der Ramblas, um zehn Uhr abends. Und ging, um seinen Rausch auszuschlafen.

Karl fand die Volksküchen eine fabelhafte Sache von großer Werbewirkung, es gab sie überall in Barcelona. Die Lebensmittelvorräte wurden praktisch gratis an die Bevölkerung verteilt und nicht nur an die Ärmsten und Bedürftigsten. Aber ob die Anarchisten rechtzeitig begriffen, daß diese Vorräte eines nahenden Tages verbraucht wären, und ob sie wussten, wie sie die notwendige Produktion dann organisieren würden, stand auf einem anderen Blatt.

Er mußte zugeben, daß in den Fabriken ganz normal gearbeitet wurde, eher sogar, wie es hieß, etwas fleißiger und effektiver. Einige Fabrikbesitzer und kapitalistische Funktionäre, die am Leben gelassen wurden, hatte man zu einfachen Arbeitern degradiert.

Max konnte seine Eifersucht nicht zähmen, geschweige denn verdrängen. Wie so viele Männer zog er es vor, dem eigenen Scheiterhaufen immer neuen und neuen Brennstoff zu liefern. Das geschah indes nicht nur aus masochistischen Motiven. Wenn Ellie von Pierre zurückkehrte, kam es vor, daß Max sie in der derbstmöglichen Weise fragte: *Wieder aufgetankt worden?* Und Ellie antwortete, mit ihrer nicht minder derben Berliner Schnauze: *Be- ja, auf- nein.* Danach schliefen sie um so wilder miteinander. Seine Eifersucht verwandelte sich direkt in Leidenschaft und Begierde. Davon hatten beide etwas. Nie war Ellie so stürmisch von ihm geliebt worden. Von jenen Momenten abgesehen, litt Max Höllenqualen.

Vor dem Treffen mit Zanoussi betrat Karl noch einmal sein Zimmer, wusch und rasierte sich und setzte sein Testament auf. Für den Fall, daß ihm etwas geschehen würde, sollte Ines sein verbliebenes Bargeld an sich nehmen. Er nahm zwar an, daß dies auch ohne testamentarische Verfügung der natürliche Verlauf der Dinge sein würde, aber niemand sollte Ines eines Diebstahls bezichtigen können. Karl war jemand, der stets den schlimmstmöglichen Verlauf der Ereignisse vorhersah und diesem, soweit es irgend ging, entgegenwirkte.

Pünktlich um zehn Uhr abends erschien er am Treffpunkt. Zanoussi war schon da, er hatte seinen Kaftan gegen einen blauen Overall getauscht, in dem er wie ein Mechaniker aussah.

Um ihn herum standen etwa zwei Dutzend Menschen in ähnlicher Kleidung, es gab keine Uniform, und alle waren bewaffnet, mit Gewehren, Handgranaten und Pistolen oder Revolvern. Karl hatte mit einem Marsch zum Bahnhof gerechnet, mit einer Zugfahrt ins Hinterland, der damit verbundenen Plünderung eines Klosters, irgend etwas dieser Art. Statt dessen stand man eine halbe Stunde herum, bis die hinreichende Teilnehmerzahl erreicht war, als würde ein Reiseführer es unter seiner Würde finden, vorher mit der Exkursion zu beginnen.

Was ist los? Fragte Karl. Zanoussi gab keine befriedigende Antwort. Druckste herum, schwieg sich aus, plötzlich aber ergriff er das Wort und hielt eine kurze Rede.

Ein Vertreter der ausländischen Presse – dabei deutete er auf Karl – sei heute zugegen, der der Welt Bericht erstatten würde. Wir wollen unseren Gast mit unserem Leben beschützen, Freunde! Das zustimmende Geheul machte Karl verlegen. Derart im Mittelpunkt zu stehen, ohne zu wissen, worum es überhaupt ging, verunsicherte ihn nur noch mehr. Plötzlich sagte jemand, die Boote lägen bereit. Und daß jedes Boot nur zehn Kämpfer tragen könne.

Boote? Wofür? Mit welchem Ziel? Karl war ratlos und zupfte Zanoussi am Ärmel. Es schien aber nicht Zanoussi das Sagen zu haben, sondern jemand, der erst ganz zum Schluß zu dem Haufen gestoßen war, ein bulliger, kurzgewachsener Mensch mit kräftiger Stimme. Der wandte sich nun an Karl. Du bist der Journalist?

Bin ich.

Mein Name ist Angél. Sie gaben einander die Hand. Dein Platz ist im ersten Boot.

Die Gruppe von nun etwa fünfzig Milizionären, auch drei Frauen hatten sich angeschlossen, legte die zweihundert Meter bis zum Hafen im Laufschritt zurück. An einem Kai machte man halt. Im Wasser schaukelten drei Boote mit je sechs Rudern. Es entstand ein kurzer Streit darüber, wer an Land bleiben mußte. Karl verstand kein Wort. Zanoussi gab ihm einen Schubser. Hast du keine Kamera dabei?

Eine Kamera? Du meinst, einen Fotoapparat?

Ja, natürlich.

Nein, habe ich nicht.

Schade. Ist dir wohl gestohlen worden?

Ja, leider, log Karl, der begriff, daß für Zanoussi ein anständiger, ernstzunehmender Journalist einen Fotoapparat bei sich tragen mußte. Selbst in finsterster Nacht.

Egal. Na los, spring!

Karl ließ sich vorsichtig in das schwankende Boot hinab und nahm am Bug Platz. Es wurde sehr eng. Er zählte vierzehn Menschen pro Boot und acht, die schließlich am Kai zurückblieben.

Sieben Männer und eine Frau. Was bedeutete, daß zwei Frauen sich auf den Booten befinden mußten. Das beruhigte ihn. Wenige Sekunden lang. Wenn man Frauen mitnahm, konnte es so gefährlich nicht werden. Dachte er aus alter Gewohnheit, bis ihm einfiel, daß eine solche Schlußfolgerung unter den hiesigen Gegebenheiten weltfremd bis reaktionär war. Die Boote legten ab. Karl hatte noch immer keine Ahnung, wohin man aufbrach, ihm fiel kein vernünftiger Grund ein, warum und wohin diese Nußschalen-Flotte nachts im Hafen von Barcelona unterwegs sein konnte. Einige größere Schiffe ankerten einen halben Kilometer vor den Hafenmauern. Darunter auch welche, deren Namen mit kyrillischen Lettern geschrieben waren. Wollte man etwa einen russischen Dampfer entern? Gar ein Kanonenboot? Das wäre, selbst die Tollkühnheit der Anarchisten vorausgesetzt, einem Himmelfahrtskommando gleichgekommen und einem ausländischen Journalisten und Ehrengast gegenüber, um das Mindeste zu sagen, unhöflich.

Immer weiter entfernten sich die Lichtquellen Barcelonas, doch wurde munter weiter gerudert, bis plötzlich, in der Dunkelheit mehr erahn- als sichtbar, der metallene Rumpf eines großen Schiffes auftauchte. Der bullige, kurzgewachsene Mann namens Angél rief etwas, und oben, an Deck, gingen Lampen an. Karl, geblendet, blinzelte, bis seine Augen sich nach und nach an den Lichtsturm gewöhnten. Er konnte den Namen des Schiffes lesen: *Uruguay*.

Strickleitern wurden herabgelassen. Angél war der erste, der sich emporhangelte, ihm folgten alle anderen Insassen seines Bootes nach, bis auf einen, der zurückblieb, um das schwankende Gefährt in Position zu halten. Nun war Karls Boot an der Reihe, und man überließ ihm den Vortritt. Todesmutig, um sich keine Blöße zu geben, ergriff Karl die Strickleiter und zog seinen untrainierten Körper nach oben, wobei ihm zwischendurch die Idee kam, haltzumachen und um Hilfe zu bitten. Nie in seinem bisherigen Leben hatte er vor einer ähnlichen Herausforderung gestanden, und er entschied sich dafür, die Kletterei einfach hinter sich zu bringen, die Angst zu ignorieren.

Als er von Angél über die Reling gezogen wurde, verspürte er ein massives Glücksgefühl. So ähnlich mußte sich Trunkenheit anfühlen. Er wußte immer noch nicht, wozu er hier war, wo genau er überhaupt war, aber gut, das mußte vielleicht so sein. Was spielte das für eine Rolle? Angél unterhielt sich mit dem Kapitän des Schiffes. Soldaten in Uniform standen an Deck herum, das Gewehr im Anschlag, die Diskussion wurde hitziger. Ein paar der Soldaten schienen nervös zu werden, aber jemand schrie aus dem Hintergrund, daß wir alle Brüder seien. Etwas in der Art. Nur der Kapitän, ein schnurrbärtiger Mittvierziger, schien das nicht ganz so zu sehen, er gestikulierte und brüllte. Angél wurde ungeduldig, zog seine Pistole und hielt sie dem Kapitän an den Kopf. Das also schon. Es ging um eine Eroberung. Aha. Die an Deck befindlichen Soldaten wurden entwaffnet. Sie wirkten nicht arg in ihrer Würde verletzt, leisteten kaum Widerstand. Es war von Schlüsseln die Rede.

Karl wandte sich an Zanoussi. Was ist da los? Zanoussi schüttelte mürrisch den Kopf. Eine Handgranate wanderte von seiner linken Faust in die rechte und zurück. Der Anlaß mußte von einiger Wichtigkeit sein. Der Kapitän protestierte heftig. Wogegen genau? Aber egal, die Dinge lagen nunmal so und so. Angél und der Kapitän, und Angéls Pistole bohrte sich dabei in den Nacken des Kapitäns, schritten voran, hinab ins Schiffsinnere. Angél gab einen Befehl. Ein Schlüsselbund kam ins Spiel. Und Türen taten sich auf. Verschlossene Türen, aus denen Menschen in schmutziger Kleidung taumelten.

*Rache für Bajadoz!*

Brüllte Angél Ruiz, dessen Spitzname *Luzbel* war, zu deutsch Luzifer. Er schob die Mündung seiner Pistole einem älteren weißhaarigen Herrn ins rechte Nasenloch und drückte ab. Gehirnmasse spritzte an die Wand. Und ein eben noch mit diffuser Hoffnung gefüllter, nun lebloser Körper fiel zu Boden. Karl hatte Mühe, sich nicht zu übergeben. Der Kapitän, ein stolzer Teniente der regulären Streitkräfte, schien mit dem, was vorging, nicht einverstanden, das war klar ersichtlich. Zanoussi zündete seine Handgranate und warf sie in die nächste Zelle. Alle wichen zurück. Die Detonation hinterließ enormen Eindruck, viele hielten sich die Ohren zu. Karl war zu unerfahren, ihm platzte beinahe das Trommelfell, und beim Anblick dessen, was in der Zelle übrig war, konnte er seinen Brechreiz nicht mehr kontrollieren, übergab sich auf Leichenteile, was Gott sei Dank nicht weiter auffiel, die Meute war zu sehr damit beschäftigt, erstens die Wachmannschaft in Schach zu halten, zweitens die Insassen des republikanischen Gefängnisschiffes Uruguay zu liquidieren. Unschuldsbekundungen ließ man nicht gelten, Ausnahmen wurden nicht gemacht. Eine der beteiligten Frauen tat sich besonders hervor, indem sie laut lachte und ab und an das Wort *Gerechtigkeit* skandierte. Manche der Gefangenen rannten, sobald sich ihre Zelle geöffnet hatte, blindlings in die Menschenmenge, und man mußte sie zum Stolpern bringen, um sie dann, ohne Gefahr für die eigenen Leute, mit Kugeln vollzupumpen. Nach dem Blutbad befahl Angél Ruiz den Rückzug. Und er klopfte dem Teniente zum Abschied auf die Schulter, wie um sich dafür zu entschuldigen, daß er eine solche Sauerei hinterlassen hatte, die ja nun irgendwer aufwischen mußte. Zanoussi, in Geberlaune, bot dem kreidebleichen Karl einen Schluck Schnaps aus seinem Flachmann an. Karl schüttelte den Kopf. Zanoussi fragte noch, in vollem Ernst, als sie bereits nebeneinander im Boot saßen, ob und wie Karl über die Aktion berichten würde. Der gab keine Antwort.

Du findest es grausam, was wir getan haben, nicht wahr?

Karl gab wiederum keine Antwort.

Sieh es mal so: Eine Vergeltung war notwendig. Woher passende Opfer nehmen? In Barcelona. Wären wir durch die Straßen gezogen, hätte es Unschuldige treffen können. Auf diesem Schiff aber waren alle schuldig. Und selbst wenn im Einzelfall nicht, so wurde ihrem Leiden ein schnelles Ende bereitet. Und die Revolution hat Lebensmittel gespart. Schreibst du etwas Nettes über uns?

Karl nickte. Aus Angst. Kaum hatten die Boote am Kai angelegt, lief er, so schnell es seine zitternden Knie zuließen, davon, ohne sich von irgendwem zu verabschieden. Angél Ruiz fand, während er sich mit Zanoussi und einigen anderen in einer Taverne betrank und die Aktion nachbesprach, daß dieser komische Kerl, der angebliche Journalist, eine doch recht fragwürdige Figur abgegeben habe.

Laß mal, meinte Zanoussi. Mit zwei Worten wurde ein Leben verschont. Die Runde wandte sich anderen Themen zu.

Max traf sich wieder mit Raymond. Er habe, teilte er dem trist und schlaff wirkenden Adligen mit, ein Quartier aufgetrieben, das man über einen separaten Eingang diskret betreten könne, ohne sich eintragen zu müssen. Das Zimmer mit relativ gutem Komfort koste hundertzwanzig Francs pro Tag und sei für Raymond gut und schnell erreichbar. Die Miene des korpulent gewordenen älteren Herrn hellte sich merklich auf. Das sei aber kein Bordell oder Stundenhotel, fragte er, denn mit den Betreibern eines solchen wolle er nichts zu tun haben. Nein, versicherte Max, es handle sich um einen ehrenwerten, seriösen Betrieb.

Wie seriös ein Betrieb sein kann, der sich auf solche Geschäfte einläßt, gab Raymond zu bedenken. Bitte, sagte Max, wenn du nicht willst.

Sicher doch. Ich vertraue dir. Hundertzwanzig Francs, sagst du?

Der Preis scheint mir angemessen.

In der Tat. Mir bleiben so wenige Jahre, das ist nicht Zeit genug, um zu feilschen. Wollen wir deinen Fund einweihen? Heute noch?

Heute nicht. Und morgen auch nicht.

Wie muß ich das denn nun auffassen?

Ich stehe dir nicht mehr zur Verfügung, Raymond.

Nein?

Tu bloß nicht so erschrocken. Du warst mit mir durch. Alles hat seine Zeit, ich noch etwas mehr, du wohl etwas weniger. *Unsere* ist vorbei.

Ach so?

Ich besorg dir was Frisches. Keine Angst. Ich sehe ja die Gier in deinen Augen. Du wirst zufrieden sein.

Max überreichte Raymond ein Kärtchen des *Hotel Monbijou.*

Am nächsten Tag um zwei Uhr fand sich der Marquis in dessen Hinterhof ein, wo schon ein junger Mann wartete, den Max am Abend zuvor in der Toilette der Cosy-Bar begutachtet und für passend befunden hatte.

Sie sind mein Sekretär?

So lautete das Codewort. Pierre hatte Max zuvor den Schlüssel für das Zimmer Nummer 27 ausgehändigt, und der hatte ihn an Raymond weitergegeben, auf der Straße, im Vorübergehen.

Ja, der bin ich. Und bereit zum Diktat.

Dem schlanken Vorstadtknaben aus Neuilly waren dreißig Francs Salär in Aussicht gestellt worden. Dafür hätte er noch einiges mehr getan als das, was nun von ihm erwartet wurde.

Hinterher zeigte sich der Marquis rundum zufrieden. Drei Geldscheine à fünfzig Francs hatte er in das Nachtkästchen gelegt, Trinkgeld inbegriffen – und am Abend dieses rundum gelungenen Tages holte sich Max seinen Anteil von Pierre, der über die Vorgänge in seinem Hotel gar nichts Genaueres wissen wollte. Wenngleich er annahm, daß Max, er selbst und kein anderer, in aller Stille, eine Affäre mit einer Frau aus begüterten Kreisen auslebte. Das machte ihm seinen künftigen Schwager erst recht sympathisch. Zuvor hatte er Max gegenüber eine quälende moralische Minderwertigkeit verspürt. Die nun verpuffte.

Pierre betrat selten vor halb elf Uhr abends seine Privatwohnung in der Rue Gabrielle. Julie, seine Frau, war dann meist schon zu Bett gegangen und hatte das Licht im Schlafzimmer gelöscht. Manchmal wurde es nach Mitternacht, bis er zu ihr kroch. Ohne sich durch eine Anrede geschweige denn eine Liebkosung bemerkbar zu machen, tastete er sich im Dunkelen zu seiner Seite des Bettes, schlüpfte unter die Decke und schlief schnell ein. So vergingen oft mehrere Tage, ohne daß das Paar irgendein Wort miteinander wechselte.

Womit Julie sich ihre Zeit vertrieb, wußte er nicht. Daß sie fremdging, hielt er für sehr unwahrscheinlich aufgrund ihrer völligen sexuellen Unlust. Und selbst wenn, es wäre ihm egal gewesen. Vielleicht nicht ganz egal, denn es bestand die theoretische Möglichkeit, daß im Fall einer Scheidung Julie als die Schuldige verurteilt werden würde. Andererseits war Pierre Geising kein ganz schlechter Mensch, und er hätte seiner Frau eine solch brachiale bis heimtückische Form der Trennung nie zugemutet. Aber daran, daß diese Ehe nurmehr eine Farce war, bestand kein vernünftiger Zweifel. Ihrer beider Weg war längst kein gemeinsamer mehr, es ging einzig darum, wie und wann man das einmal zur Sprache brachte. Konnte Julie denn ernsthaft glücklich sein mit dem momentanen Zustand? Womöglich war dem so, sie hatte sich bisher nie beschwert. Ob sie ahnte, daß Pierre hinter ihrem Rücken etwas laufen hatte?

Wenn sie von Verstand war: ja. Sie mußte doch von seinen Sehnsüchten und Bedürfnissen wissen, die so oft Anlaß zu Debatten und Streitereien gegeben hatten, bevor der Streit einem stummen Zorn, danach einem phlegmatischen Schweigen gewichen war. Seit nunmehr fünf Jahren verweigerte sich Julie ihrem Gatten. Seit ungefähr viereinhalb Jahren verzichtete Pierre darauf, Julie mit jenem Paragraphen des Gesetzes zu konfrontieren, der ihm ein Mindestrecht auf ehelichen Verkehr zugestand. Wie oft genau, das wurde von den Gerichten unterschiedlich definiert. Im Durchschnitt ging man davon aus, daß sich die Ehefrau, sofern keine besonderen Gründe vorlagen, mindestens einmal pro Woche dem Mann zur Verfügung stellen mußte, wollte sie den Ehefrieden nicht boshaft unterlaufen.

Nein, Pierre war ganz sicher – Julie, die mit ihren bald vierzig Jahren eine nach wie vor beachtens- und begehrenswerte Frau war, die immer noch ihre Taille besaß und eine makellose helle Haut, mußte einfach annehmen, daß er sie betrog. Sie nahm es demnach hin, erhob keinerlei Einspruch dagegen, verwirkte fahrlässig ihre angestammten Rechte, in einer beinahe beleidigenden Gleichgültigkeit. Je länger Pierre darüber nachdachte, desto weniger hatte er sich vorzuwerfen. Im Grunde würde sich durch eine Scheidung kaum etwas ändern. Julie würde versorgt sein, ihr Leben, woraus genau es auch bestand, fände nur eben anderswo statt. Seinetwegen konnte sie sogar die Wohnung behalten. Dann würde sich für sie fast gar nichts ändern.

Einige Male wachte Pierre mitten in der Nacht auf und war nahe daran, Julie zu wecken, um sie über die kommenden Veränderungen in Kenntnis zu setzen. Dann wieder kam es ihm unfair vor, eine Schlaftrunkene mit einem Übermaß an Information zu überrumpeln, und er verschob die fällige Aussprache auf den jeweils nächsten Sonntag. Sonntags pflegten Pierre und Julie in die Kirche Sacré-Cœur zu gehen. Hierbei ergab sich die gewöhnlich beste Gelegenheit für einen Dialog. Oft ging sie ungenutzt vorüber, mit dem Austausch von banalen Kleinigkeiten, die der Rede nicht wert waren. Ein paarmal auch, weil Pierre die nötige Portion Mut nicht aufbrachte oder er sich Ellies Gefühlen noch nicht sicher gewesen war.

Jetzt – Anfang Oktober – dachte Pierre an den kommenden Winter, an Nächte, die er mit Ellie verbringen wollte statt mit seiner eiseskalten Fehlentscheidung von einst. Gleich würden sie die Kirche betreten, und Pierre hatte ins Kalkül gezogen, daß seine sehr gläubige Frau ihm im Inneren eines Gotteshauses sicher keine hysterische Szene machen würde.

Nein, zur Hysterie neigte sie nicht, das konnte man Julie zugute halten. Ihre Leidenschaftslosigkeit war allumfassend.

Wir müssen etwas besprechen, begann er, und die Worte klebten ihm auf der Zunge, er spuckte sie wie Tabakkrümel von den Lippen.

Eben wollte ich dasselbe sagen, entgegnete Julie, und ihre sanften, kornblumenblauen Augen musterten ihn.

Aha? Dann du zuerst. Pierre war ein höflicher Mensch.

Ich werde sterben. Schon bald. Dann bist du mich los.

Wie bitte? Er glaubte, sich verhört zu haben, denn der sachlich leise Ton des Gesagten korrespondierte so wenig mit seinem Inhalt.

Ich war bei Dr. Leroux. Er hat meine Lungen untersucht. Ich

habe noch ein paar Monate. Bei einem Klimawechsel vielleicht etwas mehr. Ich werde nach Menton ziehen, an die Küste, ins Ferienhaus meiner Eltern. Und wünsche dort ungestört zu sein. Keine Besuche bitte. Machen wir uns nichts vor.

Die Besucher strömten eben in die Kirche, die Glocken läuteten. Pierre war unfähig, irgendein Wort hervorzubringen, er faßte Julie bei der Hand, sie entzog sich der Berührung und setzte sogar ein Lächeln auf.

Sag nichts Falsches. Sag einfach nichts. Ich reise im Lauf der Woche ab, wir werden uns nicht wiedersehen. Was war es, was *du* mit mir besprechen wolltest?

Nichts von Belang. Ich meine, warum lenkst du ab? Wie kannst du –?

Julie legte zwei Finger auf seine Lippen.

Es ist alles gut, wie es ist. Wir sind in Gottes Hand.

Drei Tage danach brach Julie in den Süden auf. Es gab einen stillen Abschied, bei dem Pierre die Tränen in den Augen standen. Julie umarmte ihn kurz, er verstand das als eine Geste der Vergebung. Sie wollte nicht zum Zug begleitet werden. Die Pferdedroschke, vollgepackt mit etlichen ihrer Habseligkeiten, wartete bereits. Julie sah sich nicht noch einmal um.

Pierre überlegte lange, wie er mit dieser gespenstischen Situation umgehen sollte. Er konnte seiner Frau zum Beispiel schreiben, lange, innige Briefe, es gab Ärzte, bessere Ärzte, Koryphäen, Zweit- und Drittgutachten, spontane Heilungen, die Meerluft bewirkte oft Wunder, kurzum, Pierre schämte sich bis auf die Knochen, statt zuzugeben, wie sehr ihm das alles zupaß kam. Über Wochen hin war es ihm unmöglich, mit Ellie zu schlafen. Jeder Erektion wurde durch drängende Schuldgefühle das Blut entzogen. Er berichtete Ellie, schon allein, um seine Impotenz zu erklären, von Julies Krankheit. Wenn es etwas Gutes daran gebe, so sei es die Freiheit am Horizont, für die Lebenden. Ellie faßte das als einen makabren Heiratsantrag unter Vorbehalt auf.

Sie neigte so gar nicht zum Pathos, auch mißfiel ihr, mit einer sterbenden Schönheit zu konkurrieren. Obgleich sie nie ernsthaft erwogen hätte, jemals Julies formelle Nachfolgerin zu werden, liebäugelte sie doch mit der Möglichkeit, als gäbe es eine zweite Ellie, die ungebunden war und keine Rücksicht auf Max nehmen mußte. Auf Pierres Gefühle nahm sie schon gar keine Rücksicht.

Was, wenn sie dich einfach satt hat? Wenn Julie gar nicht krank ist, sondern in Menton die Nacht zum Tag macht? Warum wollte sie nicht zum Zug begleitet werden? Wer weiß, wohin sie gefahren ist?

Pierre reagierte ob jener Erwägungen entsetzt, und es fehlte nicht viel, daß er grob geworden wäre. Erst nach und nach begann er Ellies Motiv zu verstehen, zu ihren Gunsten zu deuten, als Hilfestellung, als Vorschlag, um mit der Zumutung dieses angekündigten Todes besser fertigzuwerden. Natürlich – unvorstellbar sei ja nichts auf dieser Welt –, immer müsse man selbst das Entlegenste bedenken.

Hat sie in deinem Beisein je gehustet oder Blut gespuckt?

Tatsächlich, nein, das hatte Julie nie getan.

Aber das ist doch sonderbar. Laß dich bloß mal nicht veräppeln. Ich mein ja nur.

Ellie brachte es mit ein paar Sätzen fertig, daß Pierres Gedanken sich nicht mehr an Wahrscheinlichkeiten orientierten, sondern an unrealistischen, beinahe theatralischen Optionen. Wirklich geholfen war ihm dadurch recht wenig.

Ob Julie bald sterben würde oder es sich, in der Wärme des Südens, vielleicht auch am Nordpol, gutgehen ließ, mit einem Liebhaber, keines jener Szenarien wäre angenehm und leicht zu verkraften gewesen. Pierre behalf sich, wie die meisten Menschen, denen zu viele Konjunktive eine Wahl vorgaukelten, mit Pragmatik. Was in der entstandenen Realität allein zählte, war doch, daß er seiner Geliebten eine konkrete Aussicht bieten und sie nahe bei sich haben konnte. Er bat also Ellie, zu ihm in die Rue Gabrielle zu ziehen. Na schön, ein paar Nachbarn würden sich das Maul zerreißen, das war zu ertragen.

Und wenn sie stirbt, nimmst du mich zur Frau?

Selbstverständlich. Nach der Trauerzeit.

Wie lange wär die denn?

Zehn Monate.

Und wenn sie nicht stirbt?

Dann, ja dann... freuen wir uns erstmal, denke ich, was soll ich dazu bitte sagen? Pierre murmelte etwas davon, daß echte Liebe nicht über Leichen gehen müsse, man diskutiere im Endeffekt über Formalien, nichts weiter.

Ellie besprach sich mit Max.

Pierre möchte mich in seiner Nähe haben. Ich soll zu ihm ziehen und den Platz seiner Frau einnehmen.

Das möchtest du nicht. Kommt nicht in Frage, nein. Sag ihm, das fändest du degoutant.

Weswegen?

Na, weil... Max stockte, ihm fielen nur Begründungen ein, die spießbürgerlich klangen.

Weil ich das nicht will. Punktum.

Und das soll ich ihm so sagen?

Nein, du sagst ihm, du könntest nicht in eine Wohnung ziehen, in der du dich wie eine Einbrecherin fühlen müßtest, weil noch überall das Parfüm deiner Vorgängerin aus den Schränken und Schubladen strömt. Beruf dich, wenn sonst nichts hilft, auf Gott. Sag ihm, daß du einen Mordsrespekt hast vor der heiligen Institution Ehe, etwas in der Art.

Ja, gut.

Ellie freute sich maßlos über Max' Eifersucht. Um ihn bei Laune zu halten, um ein kleines Lächeln von ihm zu erhaschen, berichtete sie von Pierres anhaltender Impotenz.

Wie ein kleines Mädchen von einem Besuch beim Zahnarzt berichtet. Er hat überhaupt nicht gebohrt. Ellie fand das witzig. Selbst beim dritten und vierten Mal. Max schüttelte nur enerviert den Kopf. Manchmal fragte er sich, wie um Himmels Willen er ein so simples, grob geschnitztes Stück Mensch lieben konnte. Dann wieder fand er es ganz natürlich, denn Ellie war eben da, besaß ihre Qualitäten.

Man liebt, was um einen und für einen da ist. Liebt, was einen liebt. Sofern man es nicht haßt. So einfach.

Und mochte das alles auch etwas komplizierter sein, er hätte keine sinnvollen Worte gefunden, um den Sachverhalt besser und präziser auszudrücken.

Pierre reagierte enttäuscht, wirkte aber auch beeindruckt von Ellies Prinzipien. Im Nachhinein kam ihm seine Offerte leichtfertig, unannehmbar bis geschmacklos vor. Er hatte schlicht nicht genügend darüber nachgedacht, was es bedeuten würde, einer Frau das unausbleibliche Getuschel der Nachbarn zuzumuten. Wenigstens schien Ellie nicht an der Ernsthaftigkeit seiner Absichten zu zweifeln, und seine nachlassende Fähigkeit, sie in physischer Hinsicht zu befriedigen, nahm sie ihm nicht weiter übel.

Auf Zanoussis Vermittlung hin lernte Karl bald einen der wenigen echten Intellektuellen der Anarchisten kennen, Diego Abed de Santillán, ein wichtiger, vielbeschäftigter Mann, ein Literat, der in Berlin Medizin studiert hatte und etwas Deutsch sprach.

Er ist Pazifist wie du, vielleicht redet ihr mal miteinander. Hatte Zanoussi vorgeschlagen. Santillán war von seinem Rang her eine Art Minister und mitverantwortlich für den Aufbau der Miliz. Wenngleich er keinen offiziellen Rang besaß und das Wort Minister im Zusammenhang mit einem Anarchisten damals noch keinen Sinn ergab. Es wirkte auf Karl denn auch beeindruckend, wie leicht es war, mit so einem führenden Kopf ins Gespräch zu kommen. Es genügte, ihn bei einer Kundgebung direkt anzusprechen und um Rat zu bitten. Santillán nahm sich zehn Minuten Zeit für den jungen Deutschen, der seinen Beitrag zur Befreiung des spanischen Volkes leisten, aber nicht mit der Waffe kämpfen wollte und für einen Fronteinsatz kaum, wie er schamerfüllt eingestand, die nötigen körperlichen Bedingungen erfüllte. Da gäbe es doch genügend Möglichkeiten, meinte Santillán, Karl solle als Fabrikarbeiter anfangen, das sei nebenbei ein brauchbares körperliches Training.

Naja, meinte Karl, aber das wäre vielleicht, nein, ganz sicher sogar, eine Verschwendung der in ihm wohnenden Fähigkeiten.

Du willst lieber in der Küche arbeiten oder im Lazarett als Sanitäter? Es gibt soviel sinnvolle und wichtige Beschäftigungen. Es lag ein gewisser spöttischer Ton in diesen Worten.

Das schon, aber eigentlich liegt meine Domäne im geistigen Bereich. Ich bin Journalist, freier Journalist.

Ohne feste Anstellung im Moment?

Das weiß ich nicht so genau. Ich vermute es fast.

Bist du Anarchist?

Nein. Kommunist.

Geh zur POUM, die haben, in Maßen, ein Herz für Pazifisten. Als Ausländer wird dich niemand zwingen, mit einer Waffe zu kämpfen. Bei uns dürftest du als Ausländer sogar jederzeit desertieren, ohne Konsequenzen, wußtest du das?

Karl schüttelte erstaunt den Kopf.

Das hat seinen Grund nicht nur im anarchistischen Prinzip. Ich will dir was sagen: Leute haben wir genug, was wir brauchen, sind Waffen. Wir haben die Grenze nach Frankreich dichtgemacht, denn ständig kommen junge Idealisten ins Land, die uns unterstützen wollen, uns aber nur auf der Tasche liegen, weil sie sich alle zu fein sind, mit dem Gewehr in der Hand ins Feld zu ziehen. Und selbst wenn sie ein Gewehr in die Hand nehmen, schießen sie sich eher aus Ungeschicktheit ein Loch in den eigenen Fuß als einem Faschisten ein Loch in den Kopf. Du machst mir den Eindruck einer gewissen Bildung, aber gute Milizionäre brauchen keine Bildung, die ist für einen Kämpfer eher als geistige Behinderung einzustufen. Wovon lebst du im Moment?

Letzte monetäre Reserven. Ich kam als Gast, als Sportler in dieses Land, und lebe sehr bescheiden.

Als Sportler? Santillán hob die Brauen.

Schach.

Wie dem auch sei. Ich gebe dir einen Rat: Steig herab von deinem Podest, unterdrücke deinen Dünkel, leiste ehrliche und harte Arbeit, iß das Brot, das du verdienst, mit reinem Gewissen. Und wenn es nur ein halbes Jahr dauert: Mach diese Erfahrung, sie lohnt sich ungemein. Nebenher kannst du dich bei den ausländischen Presseagenturen um einen Posten als Kriegsberichterstatter bewerben. Wahrscheinlich sprichst du leidlich Spanisch, aber kein Català, richtig?

Karl nickte. Er fühlte sich ertappt und durchschaut.

Dann geh nach Madrid, bestimmt gibt es dort bessere Möglichkeiten. Viele unserer Frontkämpfer können weder schreiben noch lesen. Du könntest diesen Menschen nach Diktat Briefe an deren Angehörige aufsetzen, das wäre, nicht wahr? – eine recht sinnvolle Tätigkeit. Da bekämst du sogar direkt, aus erster Hand, Informationen von der Front, ohne daß du dich in eine dringende, mit der Würde deiner Person nicht zu vereinbarende Gefahr begeben müßtest.

Karl hörte aus diesen Sätzen allerlei Spitzen heraus, die er wenig gerechtfertigt fand. Dieser salbadernde Mensch kannte ihn doch gar nicht, nahm sich aber das Recht heraus, ihn zu kritisieren, ja herunterzumachen. Um nicht zu sagen: zu zerpflücken.

Santillán legte ihm zum Abschied noch einmal dringend *Demut* ans Herz. Die Jugend müsse in Zeiten wie dieser bereit sein, sich ausnahmsweise einer großen Sache zu unterwerfen. Habe man sich erst bewährt, komme der verdiente Aufstieg von selbst. Seinen Vortrag schloß er mit zwei eingeübten Aphorismen ab. Die Welt wird immer leiden unter jungen Männern, die zuviel erreichen, und alten Männern, die zuviel behalten wollen. Angesichts ihres kurzen Lebens machen sich die Menschen meist unangemessen viele Sorgen. Guten Tag!

Aufgewühlt erzählte Karl am Abend Ines von jener Begegnung. Und fragte sie, wobei er von ihr eher tröstende Worte als eine klare Stellungnahme erwartete, was er tun solle.

Du solltest, sagte Ines, etwas abnehmen.

Das unter dem Dach gelegene Zimmer Nummer 27 des *Hotels Monbijou* erfreute sich zunehmender Beliebtheit. Raymond de Paulignac hatte zwei, drei engen Freunden die von ihm geschätzte Adresse samt den mit ihr verbundenen Vorteilen anvertraut. Es schien ein gewisser Bedarf an einem Plätzchen solcher Art zu bestehen, nicht nur von homosexueller Seite. Mitunter trafen sich dort sogar Menschen ohne irgendein erotisches Motiv, und einmal diente das Zimmer sogar als Übernachtungsmöglichkeit für einen Bankier, der am nächsten Tag ins Ausland floh. Jedesmal verdiente Max zwanzig Francs, sein Kapital wuchs. Ein wenig des verdienten Geldes ließ er Karl zukommen, per Scheck. Womit die Sache unter moralischem Gesichtspunkt veredelt wurde. Es war ab einem gewissen Zeitpunkt unumgänglich, Pierre zum Mitwisser zu machen, denn nicht immer verfügte Max über die nötige Zeit, persönlich im Hotelhof zu warten, um irgendeinem Unbekannten den Zimmerschlüssel zu überreichen. Bald schon genügte es, an der Rezeption nach dem *Spezialtarif für Zimmer 27* zu fragen. Es war gar nicht leicht gewesen, Pierre dieses Procedere schmackhaft zu machen.

Um Himmels willen, Max, was geht da vor? Ich dachte, du nutzt das Zimmer für dich selbst.

Habe ich das je behauptet?

Nein, nicht ausdrücklich, aber… Herrgott!

Was regst du dich so auf? Du kannst immer behaupten, du hast von nichts gewußt, hast das Zimmer mir, deinem künftigen Schwager, zur Verfügung gestellt. Daran ist nichts ehrenrührig oder strafbar. Du weißt von nichts, und viel mehr weiß auch ich nicht.

Pierre war nicht grundsätzlich überzeugt, hielt sich für hintergangen und legte, halb aus Ängstlichkeit, halb aus verletztem Stolz, dem undurchschaubaren Treiben einen Riegel vor. Woraufhin Ellie sehr beleidigt reagierte und eine halbe Woche nichts von sich hören ließ. Pierre lenkte schließlich ein. Objektiv besehen würde er wohl keine Gefängnisstrafe riskieren, wenn die Sache aufflog, und Ellie zu verärgern war das letzte, was er wollte.

Karl stand bald vor der schwerwiegenden Entscheidung, die Heimreise nach Paris anzutreten oder irgendeiner mehr oder weniger sinnvollen, mit Naturalien bezahlten Tätigkeit nachzugehen. Seine Finanzen waren fast aufgebraucht, und auf Ines' Kosten wollte er nicht leben, wiewohl sie ihm ständig einflüsterte, er müsse sich keine Sorgen machen, er habe unbegrenzten Kredit und sei ihr Liebling. Seine Gefühle für Ines waren aber nach wie vor bestenfalls freundschaftlicher Natur, ihr Verkehr mit den Freiern, den er täglich durch die dünne Wand mitanhören mußte, bereitete ihm Ekel. Nicht zuletzt empfand er Ines als Klotz am Bein. Ohne ihre Zuwendung und Aufopferung hätte er sich ja längst für irgend etwas entschieden, entscheiden müssen. Selbstgefällig benutzte er seine Zimmerwirtin als Rechtfertigung für eigene Versäumnisse. Wenn er darüber reflektierte und ehrlich zu sich war, stieß ihm der Selbstbetrug sauer auf. Er fand sich in einem Teufelskreis wieder. Und dann kam Post. Ein Scheck von Max über vierhundert Francs. Den einzulösen war gar nicht einfach, denn in Barcelona war das Bankensystem Geschichte. Nur ein paar ausländische Transaktionsbüros und Wechselstuben funktionierten noch. Schlußendlich bekam Karl die Summe von umgerechnet dreihundertzwanzig Francs ausbezahlt. Damit konnte, Sparsamkeit vorausgesetzt, der kommende Winter ausgesessen werden. Ehrenrunden im Teufelskreis. Karl nahm sie zähneknirschend in Kauf. Immerhin folgte er Santilláns Ratschlag und bewarb sich bei mehreren internationalen Nachrichtendiensten. Dort wären dringend Kriegsberichterstatter gesucht worden, die die Welt von den Vorgängen an der Front aus erster Hand informierten. Karl meinte regelmäßig, sein Talent liege eher darin, jene unausgegorenen Informationen literarisch und in der korrekten politischen Terminologie auszuformulieren. Worauf er zur Antwort bekam, daß solche Posten, falls sie überhaupt existierten, für die Neffen mächtiger Herausgeber reserviert seien. Um vielleicht einmal als gefüttertes Etappenschwein zu enden, müsse der Normalmensch sich zuerst als Frontferkel beweisen. Karls Hoffnung ruhte auf dem wachsenden Einfluß der moskautreuen Kommunisten. Sie hatten zu Beginn der Kämpfe zahlenmäßig kaum eine Rolle gespielt, doch dank der Waffenlieferungen Stalins, von denen die republikanische Regierung längst abhängig war, zogen sie viele zuvor anarchistisch organisierte Arbeiter auf ihre Seite.

Eine Unzahl von Agenten und Politkommissaren leistete harte Propagandaarbeit. Die neu aus dem Boden geschossenen Zeitungen der spanischen KP ließen keine Gelegenheit ungenutzt, den Anarchisten und den angeblichen Trotzkisten von der POUM am Zeug zu flicken. Binnen weniger Monate war ein Bürgerkrieg im Bürgerkrieg entstanden. Die Gefechte fanden vorerst noch auf medialer Ebene statt, und die Anarchisten begriffen erst spät, was um sie herum vorging. Sie waren sich ihrer Vormachtstellung zu lange zu sicher gewesen und trieben wie versehentlich, ohne ernsthafte Gegenmaßnahmen einzuleiten, ihrem Untergang entgegen.

Am 19. November fiel Durutti an der Front, die schon auf dem Stadtgebiet von Madrid verlief. Der Leichnam wurde nach Barcelona überführt, und Karl sah sich den Trauerzug zu Ehren des toten Helden an. Es war der größte, den Spanien je erlebt hatte. In der Pariser Tageszeitung wurde darüber kein Wort verloren, das Blatt lag komplett auf Moskauer Linie, derzufolge die Anarchisten entweder nicht existierten oder keine Erwähnung verdienten. Über eine halbe Million Menschen erwiesen Durutti die letzte Ehre. Es war ein trüber, wolkenverhangener Tag, und die Menschen sanken zu Tausenden auf die Knie, als die Ehrenwache den Sarg vorbeitrug. Es ging das Gerücht um, Durutti sei von hinten aus nächster Nähe erschossen worden, vielleicht sogar von einem seiner eigenen Leute. Andere machten die Kommunisten verantwortlich. Die Anarchisten hielten an der Darstellung fest, eine verirrte Kugel der Faschisten habe ihn von einem Hochhaus aus getroffen. Doch das Loch mit den Pulverspuren in Duruttis Hemd machte für Ballistik-Spezialisten jeden Zweifel unmöglich: Die Kugel mußte aus einer Entfernung von zehn bis höchstens fünfzig Zentimetern Entfernung abgefeuert worden sein.

Zu diesem Zeitpunkt wußten nur eine Handvoll Menschen, was wirklich passiert war. Durutti hatte vorne neben dem Fahrer gesessen, das Gewehr zwischen seinen Knien. Beim Aussteigen im Kampfgebiet gab Durutti nicht acht, der Gewehrkolben stieß gegen das Trittbrett des Wagens, ein Schuß löste sich und durchschlug Duruttis Brust. Ein tragischer Unfall, verursacht durch grobe Fahrlässigkeit. Es war klar, daß seitens der Anarchisten kein Interesse bestand, die Wahrheit zu verbreiten. Erstens hätte niemand daran geglaubt, denn Durutti war ein sehr erfahrener Mann im Umgang mit Waffen. Zudem wäre eine glorreiche Legende auf banale Weise zerstört worden. Alle Zeugen des Vorfalls mußten schwören, bis zum Ende des Krieges zu schweigen.

Mit Duruttis Tod verlor die anarchistische Bewegung ihre einzige zugleich fähige wie charismatische Führungspersönlichkeit. Der innerspanische, regional überschaubare Konflikt war eine Sache von Hitler/Mussolini auf der einen und Stalin auf der anderen Seite geworden. Ein prestigeträchtiger Stellvertreterkrieg der großen extremen Systeme. Genau wie einst von Karl befürchtet.

In ihrer Not hatte die Zentralregierung in Madrid schon im August die Mobilisierung der Reserve der Jahre '33 bis '35 angeordnet. Die anarchistische CNT indes weigerte sich, ihre Leute für eine reguläre Armee bereitzustellen. Zehntausend junge Männer bekundeten in einer Großdemonstration ihre Weigerung. Wir gehen an die Front, riefen sie, aber wir beugen uns keiner Disziplin und keinem Befehl, der nicht direkt aus dem Volk kommt! Die Ideologie der Anarchisten war gewollt primitiv, für jeden verständlich und in der Realität sofort konkret überprüfbar. Es galt das Prinzip der organisierten Indisziplin. Jeder trug Verantwortung vor sich und dem Kollektiv. Jeglicher Zwang blieb ein Tabu. Darin lag enorme Anziehungskraft – und ebensoviel Angriffsfläche. Mit dem Ausbleiben militärischer Erfolge begannen viele, auch ganz einfache Menschen, an diesem Prinzip zu zweifeln. Die Hoffnung, ein befreiter Arbeiter würde automatisch zum besseren Arbeiter werden, ein höheres Ethos entwickeln und vertreten, hatte getrogen. In vielen ländlichen Kollektiven war den Herbst über nicht hart genug gearbeitet worden, stattdessen waren alle Vorräte verbraucht, und die Produktion hinkte dem Bedarf weit hinterher. Die skrupellose

Propaganda der KP hatte es unter diesen Umständen leicht, den Anarchismus per se zum Sündenbock zu stempeln. Während die anarchistischen Theoretiker sich noch über die Nicht-Einmischungspolitik der westlichen Demokratien wunderten, unfähig, das innere Wesen des Faschismus als radikal-restauratives Element der Bourgeoisie zu begreifen, war die Revolution, die so groß und beeindruckend begonnen hatte, längst zum Stillstand gekommen. Immer mehr Arbeiter forderten eine rote Armee. Hinzu kam, daß die Zentralregierung den Anarchisten nur die jeweils nötigsten Lieferungen an Waffen und Munition zugestand. Allein mit ihrer Unerschrockenheit, ihrem ungebrochenen Kampfeswillen, war an der Front kein Meter Boden gutzumachen. Die CNT hatte bis dahin etliche ihrer eisernen Grundsätze geopfert, ohne aus diesen Zugeständnissen an die Lage wenigstens irgendeinen Gewinn zu erzielen. Ende September akzeptierte sie drei unbedeutende Ministerien in der katalonischen Regionalregierung. Am 9. Oktober wurden mit ihrer Zustimmung alle Komitees und Räte aufgelöst, und am 4. Dezember stellte die CNT sogar drei Minister in der Zentralregierung von Madrid. Es handelte sich jedoch um Kabinettsposten zweiten und dritten Ranges, von marginaler politischer Wirkung. Am 17. Dezember 1936 bereits meldete die *Prawda*, daß *in Katalonien die Säuberung von Trotzkisten und Anarcho-Syndikalisten begonnen habe, sie werde mit derselben Energie wie in der Sowjetunion durchgeführt.*

Eine scheinbar prahlerische Meldung, die zum Zeitpunkt ihrer Publikation bei den Anarchisten für Hei-

terkeit sorgte. Erst im Februar/März 1937 wurde vielen die Lage bewußt, und es kam zu offenen Differenzen zwischen der Basis der CNT und ihren inkompetenten Funktionären. Als Verteidigungsmaßnahme wurde eine fanatische Kampfgruppe namens *Die Freunde Duruttis* gegründet, aber auf der Straße und sogar in den Fabriken dominierten bereits die Stalinisten. Durutti hatte stets betont, die Sowjetunion sei eben das Gegenteil einer freien Kommune, nämlich ein Staat, wie er im Buche stehe, voller Bürokraten, getragen von einer Diktatur, der angeblichen Diktatur des Proletariats, einem Unterdrückungsapparat, der in ein Terrorregime münden könne und müsse.
Moskau war vor allem daran gelegen, das Beispiel einer geglückten Revolution auf europäischem Boden zu verhindern. Diesem Zweck wurde selbst der Ausgang des Krieges untergeordnet.

In Deutschland war mit dem Ende der Olympiade die kurze Tauwetter-Periode sogleich und unwiderruflich zu Ende gegangen. Hitler benutzte eine angebliche Bedrohung seitens Sowjetrußlands als Vorwand, um das Land weiter aufzurüsten. Die neue Großmacht setzte Ausrufezeichen besonderer Art.

Am 4. November 1936 wurde Etkar André, der trotz jahrelang erlittener Folter bei seinem Prozeß eine beeindruckende Haltung gezeigt und jeden einzelnen Anklagepunkt rhetorisch brillant mit beißender Ironie entkräftet hatte, enthauptet. Ungeachtet aller internationalen Proteste.

Karl glaubte, daß selbst die ansonsten unerschütterlich zu ihm haltende Ines von seiner Tatenlosigkeit zunehmend irritiert war. Was nicht stimmte, im Gegenteil, für Ines hätte alles ewig so weitergehen können. Dank des jungen Deutschen war es ihr möglich, sich als Zimmerwirtin auszugeben, wenn sie, was öfter einmal vorkam, aufgefordert wurde, ihr zwielichtiges Dasein den revolutionären Errungenschaften anzupassen, sprich ihrer Profession zu entsagen. In Eigenregie und ehrenamtlich zogen etliche anarchistische Aktivistinnen mit Handzetteln und Broschüren durchs Barrio Chino, gerierten sich kaum weniger moralisch als die Heilsarmee, nur eben aufdringlicher, ja bedrohlicher. Verdächtige Subjekte unterzogen sie einem Verhör und/oder einer improvisierten politischen Schulung, die den Prostituierten Aufklärung über und Wege aus ihrer Verkommenheit anbot. An Ines perlten alle Vorwürfe ab. Ihr Dasein, sagte sie jeweils, sei durchaus geläutert und von revolutionärem Wert, sie gebe einem ausländischen Journalisten Obdach. Was sie sonst noch in ihren vier Wänden tue, sei allein eine Sache ihrer Lust und ihrer Bedürfnisse und gehe niemanden etwas an. Anarchie bedeute doch zuallererst Freiheit, oder etwa nicht? Die Frauenrechtlerinnen sahen sich kurz an, zeigten sich von Ines' Auftreten beeindruckt und entschieden, daß sie in einem solchen Fall nicht zuständig seien.

Karl war, seit er sich hatte eingestehen müssen, in welchem Ausmaß ihn die Angst beherrschte, nicht mehr derselbe Mensch. Jegliches Selbstvertrauen ging ihm verloren, und er mißdeutete winzigste Zeichen, sei es nur, daß Ines, aus welchem Grund auch immer, ihre Augenbrauen anhob oder sich auf die Lippen biß, als gälte es, einen Kommentar zu unterdrücken. Seiner paranoid gewordenen Wahrnehmung nach mußte etwas geschehen.

Paß auf, sagte er zu Ines, ich werde an die Front gehen. Im Frühjahr, als Sanitäter. Vorher will ich die dazu nötige medizinische Grundausbildung machen. Und mich physisch in Form bringen. Du setzt mich bitte auf Diät. Sei hart zu mir. Ich werde morgens am Strand Sport treiben und nachmittags in einem Lazarett freiwillig Dienst leisten, bis ich den Anforderungen dieses Krieges genüge und einen sinnvollen Beitrag im Kampf gegen den Faschismus leisten kann. Keine Widerrede. Versuch nicht, mich umzustimmen. Wisch dir das Wasser aus den Augen. Ich wünsche nicht, daß du mich weiterhin verweichlichst und von meiner Bestimmung abbringst. Hast du das verstanden? Sonst bin ich dir ernsthaft böse.

Ines nickte und flüsterte Karl ins Ohr, wie stolz sie auf ihn sei. Sie versuchte Karl zu küssen, auf den Hals, auf den Mund, was dieser nicht zuließ. Ihre Zuneigung war ihm nie ganz geheuer, schien ihm irrational und kontraproduktiv, wenngleich er gegen ein wenig Kosen und Küssen an sich gar nichts gehabt hätte. Er verzichtete darauf, verbot sich jedwede Seelenmassage zugunsten eines höheren Ziels. Und kam sich bald nur noch unwichtiger vor.

Pierre Geising litt mehr, als er zugeben mochte, darunter, seit zwei Monaten keinen Brief seiner Frau mehr erhalten zu haben. Ständig dachte er darüber nach, wie es ihr ging, was sie tat, welche Ärzte ihr beistanden und welche Menschen.

Das Verhältnis zu Ellie drohte aus seiner Sicht in die Brüche zu gehen, weil der Schatten seiner gescheiterten Ehe es belastete und erkalten ließ. Fortwährende Impotenz kann von keiner Geliebten dauerhaft hingenommen werden. Nahm er an. Ellie hätte ihn, wäre je die Sprache darauf gekommen, beruhigen können. Für jedes Mal, das sie nicht mit ihm schlafen mußte, war sie froh, wenngleich es ohne positive Bedeutung blieb, denn Max reagierte inzwischen mißtrauisch auf Ellies Mitteilungen, wonach wieder einmal nichts passiert sei. Er hielt das für eine verlogene Beschwichtigungsstrategie, für rücksichtsvolles Geschwätz.

Barcelona, 10. Dezember 1936

Lieber Bruder, liebe Ellie, habt meinen herzlichsten Dank für den Scheck, der mir viel bedeutet, um nur das Mindeste zu sagen.
Wie geht es euch? Ihr habt kein Wort darüber verloren, also nehme ich mal nur das Beste an. Ich bereite mich hier gewissenhaft auf meinen Kriegseinsatz vor, der unmittelbar bevorsteht. Ein Menschenleben ist in Spanien zur Zeit nicht arg viel wert, es herrscht eine gewisse Verschwendungssucht verbunden mit einer fatalen Gewissenlosigkeit auf beiden Seiten. Man muß sehr vorsichtig sein, um nicht zwischen den Mühlsteinen zermahlen zu werden. Es drängt sich der Eindruck auf, daß es gar nicht so sehr darauf ankommt, wo man steht, sondern allein darauf, wofür man gehalten, wie man beurteilt wird. Die KP macht Boden gut, räumt mit diesen unhaltbaren Zuständen nach und nach auf, sie allein steht für eine klare Doktrin, eine Linie, auf der man sich positionieren kann, ohne in einer politischen Grauzone umherzutaumeln, hilflos allen möglichen Verdächtigungen und Momentparolen ausgesetzt. Als Deutscher gilt man hierzulande schnell als Hitler- Sympathisant, und es bedarf des dreifachen persönlichen Einsatzes, sich hiervon reinzuwaschen. Ich werde mich zum Sanitätsdienst bei den regulären Truppen melden, schon deswe-

gen, weil ein effektiv arbeitender deutscher Spion sicher eine andere Einheit wählen würde. Für einen Außenstehenden ist das alles wohl schwer nachzuvollziehen. Hier, wo Krieg im Krieg herrscht und der Wildwuchs des Anarchismus noch immer nicht gebändigt ist, kann niemand der gängigen Logik entsprechend seinen Platz suchen. Ich grüße euch herzlich, euer Karl.

Der Brief, wiewohl ausreichend frankiert, traf nie in Paris ein. Max und Ellie machten sich um Karl denn auch Sorgen, aber es gab, fanden sie, nichts, was sie hätten tun können, außer eben mit der Sorge zu leben und sie, so gut es ging, zu verdrängen. Max schickte keinen weiteren Scheck, in der Annahme, daß das Geld den Adressaten ohnehin nicht erreichen würde.

Anfang Dezember faßte Geising einen schwerwiegenden Entschluß. Er übertrug Ellie kommissarisch die Leitung des Hotels und reiste Richtung Menton ab. Ellie war nicht im mindesten befähigt, geschweige denn vorbereitet, eine solche Verantwortung zu übernehmen, aber Pierre meinte, sie solle einfach in seinem Sessel Platz nehmen und streng gucken, dann liefe alles wie von selbst. Mehr oder minder.

Was willst du in Menton? Laß deine Frau lieber mal in Ruhe. Sie wird schon ihre Gründe haben, misch dich da nicht ein!

Ellie spielte ein wenig die Eifersüchtige, aber allzuviel Theater war gar nicht nötig, sie war wirklich eifersüchtig, geradezu gekränkt. Pierre wollte nur drei Tage fort sein, es wurden aber sechs daraus. Sechs Tage blieb sie ohne Nachricht. Sechs Tage, in denen sie mit Max im Hotel schlief, um sich morgens und abends die langen Wege vom und ins Quartier Latin zu sparen. Die beiden ließen es sich gutgehen, tranken Champagner und orderten das Tagesmenü aufs Zimmer. Streng achteten sie darauf, sich nicht dem Klatsch des Personals auszusetzen. Wenn einer der Boys an der Tür klopfte und das Essen auftrug, zog sich Max ins Bad zurück und trat erst wieder heraus, wenn der mögliche Zeuge das Zimmer verlassen hatte. Am vierten Tag von Pierres Abwesenheit kam der Marquis de Paulignac vorbei und fragte flüsternd nach dem Spezialtarif für Zimmer 27. Der Rezeptionist, Xavier Chapelle, ein früh ergrauter Mann von vierundvierzig Jahren und unbeweglicher Mimik, war in groben Zügen eingeweiht und händigte dem Marquis den Schlüssel aus. Was es genau mit jenem Spezialtarif auf sich hatte, wußte Chapelle aber nicht. Geising hatte ihm gegenüber nur erwähnt, daß vielleicht jemand danach fragen würde. Dann solle er demjenigen den Schlüssel geben, ohne Gegenfragen zu stellen, das sei schon in Ordnung, ein kleiner exklusiver Service für enge Freunde des Hauses. Chapelle dachte sich seinen Teil, war aber von seinem Charakter her grundloyal und recht zufrieden mit der Position, die er in diesem Leben erreicht hatte. Er würde sie nicht ohne Not riskieren, und mit seinem Chef verband ihn sogar etwas wie Freundschaft. Daß der Marquis mit dem erhaltenen Schlüssel nicht etwa das gebuchte Zimmer betrat, sondern hinaus auf die Straße lief und nicht mehr auftauchte, nahm Chapelle verwundert zur Kenntnis. Gleich darauf huschte ein Mann im langen Mantel an der Rezeption vorbei und nahm die Treppe nach oben beinahe im Laufschritt, wobei er seinen Zylinder mit einer Hand festhielt und so gleichzeitig weite Partien seines Gesichts verdeckte.

Dabei stieß er mit der eben von oben kommenden Ellie zusammen und räusperte ein *Excusez-moi, Madame.* Ellie antwortete auf deutsch: *Nix passiert.* Und der Mann seufzte laut, hetzte an ihr vorbei, ohne sich, wie es der mindeste Anstand erfordert hätte, noch einmal nach ihrem Wohlbefinden zu erkundigen. Ellie sah ihm verwundert nach, da trat ein schlaksiger junger Mann, beinahe noch ein Knabe, durch die Drehtür und sah sich nach den Schildern um, die den Zimmernummern per Pfeil eine Richtung zuwiesen. Er rollte geschickt eine glimmende Zigarette von einem Mundwinkel zum anderen, nickte in die Runde und schlängelte sich an Ellie vorbei, die auf der untersten Treppenstufe stehengeblieben war und darüber nachdachte, wie sie das Verhalten des Zylinderträgers einordnen sollte.

Das ist ja der reinste Taubenschlag hier, rief sie Xavier zu. Der aber sprach kein Wort Deutsch, nur ein wenig, und recht wenig, Englisch.

Much Business today!

Yes, Madam, yes.

You know these people?

Yes, Madam, yes.

The one with the hat, what is his name?

Yes.

Ellie gab weitere Nachfragen auf. Xavier fand es offensichtlich für unter seiner Würde, sich mit ihr abzugeben. In der Tat konnte Chapelle sie nicht leiden, und daß Pierre nicht ihn, sondern diese Deutsche, die kein Französisch sprach und, wie man unter den Zimmermädchen munkelte, zu ihrem Bruder ein eigenartig inniges Verhältnis unterhielt, mit der Leitung des Hotels betraut hatte, das war, gelinde gesagt, eine Frechheit.

Pierre Geising nahm den Frühzug und traf nach sechsstündiger Fahrt um elf Uhr morgens in Menton ein. Er trug nur den kleinen Koffer für Strandausflüge bei sich, und statt ein Taxi zu nehmen, ging er zu Fuß. Die Thermometer in den Auslagen der Geschäfte zeigten 12 Grad. Selbst im Dezember machte die Stadt einen gemütlichen und friedvollen Eindruck. Julie hatte hier als Kind ihre Sommerferien verbracht und ihr im letzten Jahr verstorbener Vater seinen Lebensabend – in einem schmucken Haus mit großem Garten, oben auf den Hügeln über dem Stadtkern. 40.000 Francs war es bestimmt wert. Pierre hatte es erst einmal gesehen und betreten, damals, vor fünfzehn Jahren, als er mit Julie dort den ersten Teil der Flitterwochen verbringen durfte, bevor es weiter nach Casablanca ging. 1921. Eine schöne Zeit. Ein Schwarm von Erinnerungen kehrte zurück. Pierre zögerte, er wollte Julie weder überfallen noch ihr sein Kommen per Postkarte oder Telegramm ankündigen. Er hätte sich, würde sie nach dem Grund seiner Reise fragen, Sorgen gemacht, weil sie keinen Brief beantwortet habe. Das sei doch Grund genug. Im übrigen wäre es viel eher an ihr, sich zu rechtfertigen. Was war das denn für ein Benehmen, alle Brücken zu ihrem alten Leben abzubrechen, sich ihrem liebenden Gatten zu entziehen, unter dem Vorwand einer Krankheit? Nein, der letzte Satz mußte umformuliert werden. Sich ihrem von Kummer geplagten Gatten zu entziehen, *gerade* im Fall einer ernsten und lebensbedrohlichen Krankheit. So würde er seine Ankunft rechtfertigen.

Das alte, vor wenigen Jahren generalrenovierte Haus schimmerte in der Sonne. Die grellweiß gestrichene Fassade mit den himmelblauen Fensterläden hätte dem Idyll einer ägäischen Insel entsprungen sein können. Nur das Spitzdach aus ockerfarbenen Ziegeln und der mit vielen Gemüsesorten und Blumenbeeten reich bepflanzte Nutzgarten beeinträchtigten die fast arkadische Aura des Feriensitzes mit seinen insgesamt acht Zimmern auf zwei Stockwerken. Pierre konnte gut nachvollziehen, daß sich jemand, dessen Tage gezählt waren, diesen Ort ausgesucht hatte, um mit dem Tod, oder mit dem Leben, wie auch immer, ins reine zu kommen. Aber würde man sich nicht als einzelne Person auf Dauer verloren und einsam vorkommen in diesem riesigen Haus? Julie würde sicher vor Ort Personal angestellt haben, sie reagierte allergisch auf Staub – und hier unten im Süden gab es riesige Spinnen, vor denen sie sich ekelte. Den Garten mit den eigenen Händen zu bestellen, und selbst jetzt, im Dezember, gab es etliches Unkraut zu jäten, traute Pierre seiner Frau durchaus zu, sie war nicht so zart und zerbrechlich, wie man auf den ersten Blick annahm. Von außen wirkte das Haus weder verwahrlost noch bewohnt, kein Fensterladen stand offen. Es war halb zwölf Uhr morgens, konnte es sein, daß Julie noch schlief? Konnte es sein, daß sie sich vielleicht gar nicht in diesem Haus aufhielt? Nicht in Menton, nicht einmal in Frankreich? Pierre hatte viele Eventualitäten angedacht oder sich mehr oder minder farbig ausgemalt, er war auf alles gefaßt, sogar auf sehr schmerzhafte Szenarien, inmitten derer er wie ein trotteliger Komparse herumstehen würde. Vielleicht, diese Möglichkeit erwog er erst jetzt, war Julie bereits gestorben und irgendwo hinter der blendendweißen Fassade in Verwesung begriffen. So vieles war denkbar. Wenn auch nicht sehr wahrscheinlich. Pierre öffnete die Gartenpforte und ging den mit rotem Roussillon-Sand bestreuten Pfad entlang zur Haustür. Es gab keine Klingel, nur ein überdimensioniertes bronzenes Hufeisen, mit dem man gegen das Holz pochen konnte. Pierre zögerte, es zu benutzen. Sich auf diese Weise anzukündigen, kam ihm brachial vor. In diesem Moment – endlich – wußte er genau, weshalb er hier war. Es ging nicht darum, Julie bei irgendeiner Verfehlung zu ertappen oder ihr im Kampf gegen die Krankheit beizustehen. Das eine wäre kleinlich, das andere nicht praktikabel gewesen. Pierre wollte einen inneren Frieden finden, sich mit der Person, die ihm einmal viel bedeutet hatte, aussöhnen. In Paris war ihm das nicht möglich gewesen, der Schock hatte ihm die Zunge gelähmt, er hatte neben sich gestanden, hilflos, unfähig, einen klaren Gedanken zu fassen. Nun nahm er das schwere Hufeisen in die Hand, hob es an, ließ es fallen. Und erschrak bei dem mächtigen, hohlen Geräusch.

Er trat zwei Schritte zurück. Im Inneren des Hauses schien nichts und niemand auf das Klopfen zu reagieren. Plötzlich hörte Pierre eine Stimme in seinem Rücken.

Wer sind Sie und was wollen Sie?

Er drehte sich um. Eine uralte Frau in weiten Röcken schlurfte ihm entgegen, stützte einen Arm auf die Gartenpforte und blieb da stehen, als würde sie nicht wagen, den Garten zu betreten. Eine braungebrannte Greisin hatte das Wort an ihn gerichtet. Sie sah einer Märchenhexe gleich, und die monströse wollene Mütze, die sie auf dem Kopf trug, verstärkte den Eindruck. Das Weib sah aus, als balancierte es einen runden Laib Brot auf dem Kopf. Ebenso unangenehm war ihre knarzig-keckernde Stimme. Pierre tat einige Schritte auf sie zu, um die Lautstärke des sich anbahnenden Gesprächs zu senken. Es half nichts. Das Keckern wurde nicht leiser.

Haben Sie hier was verloren?

Ich komme aus Paris, wissen Sie, mir gehört dieses Anwesen. Zum Teil jedenfalls.

Die Herrschaften sind nicht zu Hause. Sind unterwegs. Seit zwei Tagen schon.

Pierre schluckte. Er hatte Mühe, seine Getroffenheit zu verbergen.

Ach? Wohin sind die Herrschaften denn unterwegs?

Das weiß ich nicht, mir sagen die ja nichts. Nie sagen die mir irgendwas.

Sind Sie eine Angestellte?

Ich? Nein, was sollte ich denn bitte noch tun, in meinem Alter, mit all dem Wasser in den Beinen. Sie machen sich lustig über mich!

Und *wer*, wenn ich fragen darf, begleitet Madame?

Na, ihr Mann, wer denn sonst?

Pierre sog die Lippen ein, kaute darauf herum. Er bot der Greisin ein verknautschtes Karamelbonbon an, das er seit Wochen in der Westentasche trug. Endlich hatte er eine Verwendung dafür gefunden. Obwohl er nicht sicher war, ob er wirklich mehr erfahren wollte, stellte er weitere Fragen.

Und wie gut kennen Sie meine… ich meine Madame?

Das alte Weib schnalzte mit der Zunge und ließ das Bonbon geräuschvoll von einer Backe zur andern gleiten. Wie man sich eben kenne, wenn man hin und wieder ein Wort unter Nachbarn wechsle, am Gartenzaun.

Und er? Ihr Mann? Was ist das für ein Typ?

Warum fragen Sie denn das? Ach so, Ihnen gehört das Haus, sagten Sie. Ja dann… Verstehe. Ob Sie gute Mieter haben, wollen Sie wissen? Ich kann das nicht beurteilen. Ich bin keine, die über Nachbarn herzieht, weiß Gott nicht. Ich könnte nichts Schlechtes über die beiden sagen.

Pierre überlegte die ganze Zeit an einer Konstellation herum, die eine weniger dramatische Erlärung liefern konnte. Julie war ein Einzelkind, hatte keinen Bruder. Ein Cousin vielleicht?

Und die Gesundheit von Madame? Wie steht es um die? Hustet sie viel? Bei unserer letzten Begegnung schien sie zu kränkeln. Besorgniserregend.

Ach ja? Mir ist nichts aufgefallen. Kommen Sie wirklich extra aus Paris, um all diese Fragen zu stellen?

Pierre konnte nicht mehr klar denken. Er sagte einfach irgendwas.

Nein, die Wahrheit ist – ich bin ein alter Jugendfreund, auf einer sentimentalen Reise in die Vergangenheit, verzeihen Sie meine Neugier. Es geht mich wahrscheinlich nichts an. Adieu. Mit diesen Worten verabschiedete er sich von der Greisin, lüpfte den Hut und lief den Hügel hinab. Ohne sich vorgestellt zu haben. Und ohne sich noch einmal umzusehen.

Pierre Geising hätte den Fünf-Uhr-Zug nach Paris besteigen können. Statt dessen nahm er Logis in einem Hotel am Strand, dem *Astoria*, das Zimmer mit eigener Küche vermietete und für die Vollpension nur 40 Francs verlangte.

Dort wollte er noch einmal über alles in Ruhe nachdenken. Einfach zu resignieren, von der Bildfläche zu verschwinden, im Bewußtsein, daß Julie ein perfides Spiel mit ihm trieb, das ging nicht, jedenfalls nicht sofort. Zorn hatte sich in ihm aufgestaut, und es dauerte lange, bis er alldem auch eine positive Seite abgewann. Vielleicht würde er sich nun doch von Julie scheiden lassen und konnte Ellie, viel früher als erwartet, ehelichen. Daß Julie vielleicht gar nicht sterben mußte, war ein weiterer positiver, wenn auch nicht im Vordergrund stehender Aspekt.

Wo mochten die beiden sein, Julie und der Mann, der sich dreist/geschickt als ihr Gatte ausgab, damit in der kleinen Stadt keine Gerüchte kursierten? Nizza, Monte Carlo, San Remo, es gab etliche lohnende Ausflugsziele in der Umgegend. Pierre Geising verschob seine Abreise immer wieder. Während der folgenden Tage lief er noch oft die Hauptstraße hinauf, zu den Hügeln, hämmerte mit dem Hufeisen gegen die Tür und erhielt keine Antwort. Dann endlich gab er auf, fuhr nach Paris zurück und beschloß, Julie aus seinem Gedächtnis zu streichen. So gut es eben ging.

Karl spazierte an jedem Morgen zum Strand und begann sein Ertüchtigungsprogramm mit einem Dauerlauf über drei Kilometer. Danach stürzte er sich ins fünfzehn Grad kalte Wasser, kraulte hundert Meter weit hinaus und wieder zurück, rieb sich mit einer rauhen Wolldecke ab und schlüpfte in einen Trainingsanzug. An kleinen Garküchen konnte man sich einen Becher heißen Tee für zwei Centimos besorgen und geröstete Kastanien, Butterbrote oder einen Teller Erbsensuppe. Sogar Süßigkeiten wurden für Kleingeld verkauft. Noch litt Barcelona nicht unter einer ernsthaften Verpflegungskrise. Nur die Milch wurde hin und wieder knapp. Fleisch gab es selten, aber es war nicht unmöglich, welches zu bekommen. Hier am Strand war vom Krieg fast gar nichts zu spüren. Die Menschen kamen mit ihren Kindern und den Alten, und niemand gab etwas auf Warnungen, man könne von feindlichen Schiffen aus beschossen werden. Einen einzigen optischen Hinweis auf den Krieg boten leichter verwundete Milizionäre, die die Sanatorien bereits stundenweise verlassen konnten und Seeluft schnuppern wollten. Manche hatten eine Gliedmaße eingebüßt oder waren trübsinnig geworden oder litten an offenen Wunden, die mit frischer Luft behandelt und durch ein feines Drahtgeflecht vor den Fliegen geschützt wurden. Ein vermutlich hochrangiger Verwundeter mit eingegipsten Beinen wurde auf Holzpritschen an den Strand getragen, für einige Stunden dort geparkt und später wieder abgeholt. In der Zwischenzeit rauchte er eine Zigarette nach der anderen, löste Kreuzworträtsel und trank mit dem Strohhalm Weißwein aus einer Literflasche. Die Flasche hatte er tief in den Sand eingegraben, damit sie kühl blieb.

Karl widmete sich, nach dem Bad und dem heißen, stark gezuckerten Tee, seinem Muskelaufbau. Er stemmte Hanteln, beziehungsweise, weil Ines ihm keine echten Hanteln hatte besorgen können, zwei abgenutzte Aktentaschen voller Steine. Das sah sehr merkwürdig aus und zog allerhand Kommentare nach sich.

Karl kam mit einem jungen Engländer ins Gespräch, der eben erst in Barcelona eingetroffen war und sich unbändig freute, daß irgendwer seine Sprache beherrschte. Sein Name war Eric Blair, ein baumlanger Kerl, es stellte sich heraus, daß er die letzten Monate in Paris verbracht hatte, in einer üblen Gegend, die dabei kaum einen Kilometer Luftlinie von der Rue Clovis entfernt lag. Dort hatte er in einer von Wanzen verseuchten Absteige gewohnt und in einem Luxushotel als Spülhilfe gearbeitet. Karl und Eric verstanden sich auf Anhieb. Der junge Engländer war einer jener vielen Idealisten, die ins Land kamen und in den Krieg ziehen wollten, schon allein weil sie glaubten, es dort nicht viel schlechter zu haben, eher im Gegenteil. Selbst nach den Erfahrungen des Ersten Weltkriegs galt vielen jungen Menschen der Krieg noch als eine *prächtige Sache*, die man einmal miterlebt haben mußte. Blair meinte, auch dem Frieden sei nicht immer zu trauen, er wußte erschütternde Geschichten über den hygienischen Zustand der Pariser Hotelküchen zu erzählen, und der lakonisch trockene Humor, mit dem er seine Erfahrungen preisgab, ließ Karl mehrmals in ein hechelndes Lachen ausbrechen.

Wenigstens habe ich in Paris etwas über Wanzen gelernt.

Was denn?

Pfeffer. Sagte Eric und zwinkerte. Man muß Pfeffer auf das Bettlaken streuen, den hassen die Wanzen und machen einen großen Bogen um dich.

Werd ich mir merken. Meldest du dich zu den Milizen?

Eric nickte. Er war ein schlaksiger Mann mit schmalem Gesicht, Oberlippenbart und nach hinten gekämmten braunen Haaren. Seine Flanellhose war fleckig und die Lederjacke abgewetzt. Nein, antwortete er auf die nächste Frage, er gehe nicht zu den Anarchisten, er sei Kommunist. Karl reichte ihm die Hand. Bravo! Wie es in bewegten Zeiten üblich ist, schlossen sie schnell Freundschaft aufgrund von wenigen äußerlichen Gemeinsamkeiten.

Und du? Treibst Sport?

Ich habe meinen Körper verludern lassen, gestand Karl, ich muß ihn in Form bringen. Heute nachmittag will ich in einem Lazarett vorsprechen, für eine Sanitätsausbildung.

Karl hatte das eigenartige Gefühl, dem Engländer, den er noch keine halbe Stunde kannte, anvertrauen zu können, was er keinem anderen Menschen erzählt hätte. Ich bin Pazifist, weißt du, aber vermutlich ist diese Überzeugung aus purer Angst geboren. Ich liege im Konflikt mit mir. Eric kommentierte Karls Offenheit mit einem anerkennenden Brummen, zündete zwei Zigaretten an und hielt Karl eine davon hin. Der wollte, da die Zigarette nun schon einmal brannte, nicht unhöflich sein, wenngleich er selten rauchte, normalerweise nur in Gesellschaft und nie auf Lunge.

Was ist mit *dir*? Hast *du* keine Angst?

Doch. Natürlich. Nur Idioten haben keine Angst. Aber was solls? Angst läßt sich schwer in Energie umwandeln. Und wann hätte es je einen besseren Grund gegeben, sein Leben zu riskieren?

Das stimme schon, flüsterte Karl kleinlaut. Eben noch hatte er seine übliche Litanei anstimmen wollen, daß doch jeder denkende Mensch begehre, an der richtigen Stelle, auf die sinnvollste Weise eingesetzt zu werden. Angesichts von Erics lakonischer Haltung schwieg er lieber und machte einen bekümmerten Eindruck. Eric klopfte ihm auf die Schulter.

Sanitäter zu sein ist sehr sinnvoll. Mach dir mal keine Gedanken. Wenn du einen unsrer Leute rettest, kann der danach einen Faschisten für dich mit erschießen. Das einzige, was mich wirklich ärgern würde, wäre, an der Front zu fallen, ohne wenigstens *einen* Faschisten getötet zu haben.

Etwas an dieser Mitteilung ließ Karl innerlich auf Distanz gehen. Die Simplizität einer solchen Rechnung wirkte auf ihn abstoßend und bestrickend zugleich. Einleuchtend in ihrer jugendlichen Mathematik, und doch bestürzend. Es bedeutete nichts anderes, als daß Eric Blair keinen Unterschied machte zwischen sich selbst und irgendeinem Kämpfer der Gegenseite, wer immer das sein mochte, vielleicht ein ganz ungebildeter zwangsrekrutierter Siebzehnjähriger. War das etwa die für einen Soldaten einzig richtige Herangehensweise an den Krieg? Beim Gedanken daran schüttelte es Karl buchstäblich. Als sich bald noch herausstellte, daß Eric Blair ein gebildeter Mensch war, der viel las und in seiner Freizeit Prosa verfaßte, Geschichten und Reportagen, war Karls Selbstwertgefühl auf dem Tiefpunkt angelangt. Wenig hätte gefehlt, und er wäre bereit gewesen, sich an Erics Seite zur Front zu melden, so sehr beeindruckten ihn dessen drei Worte: *Aber was solls?*

Danach erschien ihm jeder Wunsch nach einem langen, erfüllten Leben wie eine aus bourgeoiser Eitelkeit entsprungene Kleinmädchenphantasie.

Ich habe auch einmal Reportagen verfaßt, hörte er sich sagen, leider nur Blödsinn für ein Käseblatt. Karl schnippte die Zigarettenkippe in den Sand. Er packte seinen Kram zusammen und wünschte Eric viel Glück bei den Internationalen Brigaden. Und eine befriedigende Abschußquote. Der Engländer zog beide Augenbrauen hoch.

Wieso? Ich gehe nicht zu den Internationalen Brigaden.

Sagtest du nicht, du seist Kommunist?

Eben deswegen bevorzuge ich die POUM. Bei den Brigaden sollen doch nur die Stalinisten das Sagen haben.

Aber – Karl unterbrach sich und schwieg. Die Internationalen Brigaden waren Truppen von freiwilligen ausländischen Linken jeglicher Couleur, deren Ausbilder in der Tat zumeist aus Moskau stammten. Die POUM (Vereinigte Marxistische Arbeiterpartei) war hingegen, soviel man hörte, ein schlecht organisierter Haufen trotzkistisch gefärbter Wirrköpfe, die sogar, das behaupteten die Zeitungen der PSUC unentwegt, Verräter seien und im Soldbuch der Reaktionäre stünden. Vielleicht hatte Eric das nur noch nicht mitbekommen.

Was ziehst du denn für ein Gesicht?

Karl wiegelte ab. Er fühlte sich bereits etwas besser. Die Milizen der POUM lagen an der Front vor Huesca, die seit Wochen praktisch stillstand. Im dortigen Grabenkampf ging nichts vorwärts, es gab auf beiden Seiten kaum Verluste zu beklagen, ein Umstand, den die moskautreue Propaganda dankbar aufgriff, um gegen die POUM als fünfte Kolonne Francos zu hetzen. Karl war nicht so blauäugig, um allem, was von der Sowjetpresse behauptet wurde, Glauben zu schenken. Aber konnte es nicht sein, daß dieser auf Vorschuß glorreiche und aufopferungsbereite Maulheld namens Eric sich ganz bewußt für jenen Frontabschnitt entschieden hatte, an dem ihm die geringste Gefahr für Leib und Leben drohte?

Erst Stunden später gab Karl vor sich selbst zu, daß jede seiner Beurteilungen und Mutmaßungen doch einzig dem Zweck diente, vor dem inneren Spiegel eine bessere Figur abzugeben.

Statt der kläglichen, die ihm die Wirklichkeit zumutete. Er hatte sich inzwischen, seinem Vorsatz gemäß, als freiwillige Hilfskraft in einem Lazarett gemeldet. Die Stockwerke 2, 3 und 4 des ehemaligen Luxushotels Ritz wurden, wie er von seinem Ausflug mit Zanoussi noch in Erinnerung hatte, als solches genutzt. Karl nahm allen Ernstes an, daß man ihn dort genausogut wie irgendwo anders willkommen heißen und ausbilden würde. Statt dessen wurde er nach seinen praktischen Erfahrungen befragt. Weil er solche nicht vorweisen konnte, lachte man ihn aus.

Es stünden, hieß es, genügend Frauen für diese Aufgabe bereit, und die Verwundeten, in der überwältigenden Mehrzahl Männer, würden nunmal Frauen als Pflegekräfte bevorzugen. Einen fähigen Chirurgen, hieß es, könne man immer gebrauchen. Ob er ein solcher sei, wurde Karl gefragt. Beinahe hätte er ja gesagt, einfach nur, um dem Spott der Ärzte Paroli zu bieten. Und um sich ein wenig besser zu fühlen, bevor er am Abend gedemütigt auf sein Zimmer schlich. Es hätte einige Möglichkeiten gegeben, eine kostenlose Ausbildung zum Sanitätsdienst zu erhalten, die anarchistischen Kommunen boten das an, nur eben nicht in den Lazaretten selbst.

Am nächsten Morgen pflanzte sich Karl vor Ines auf und verkündete, daß er eine für seine Zukunft tiefgreifende Entscheidung getroffen habe. Statt als einfacher Sanitäter in den Krieg zu ziehen, wolle er die Sache lieber gleich richtig angehen und Medizin studieren. Ines klatschte Beifall und umarmte ihren Gast. Irgendwoher zauberte sie eine Flasche süßlichen Sekt – und ausnahmsweise trank Karl ein Becherchen mit. Er war, fand er, angesichts eines Lebens, das so kurz sein und unvermittelt enden konnte, ein Mann zu vieler Prinzipien. Noch am selben Tag schrieb er sich an der Volksuniversität ein, die inzwischen etliche geräumte Klosteranlagen als Hörsäle nutzte. Jeder durfte studieren, es gab keine Gebühren. Karls Spanisch war längst noch nicht gut geschweige denn perfekt, aber schließlich war er vor noch nicht langer Zeit der Klassenprimus in Latein gewesen – und hatte seinen hiesigen Kommilitonen damit einiges voraus. Daß er darauf nicht früher gekommen war. Morgens pflegte er weiterhin seinen Dauerlauf am Strand zu machen, aber zum Baden war das Wasser nun, so kurz vor Weihnachten, schlichtweg zu kalt. Und wer Aktentaschen mit schweren Steinen durch die Gegend schleppte, machte sich aller möglichen Dinge verdächtig.

Am 23. Dezember 1936, morgens zwischen 10 und 12 Uhr, signierte Alfred Döblin seine Bücher in der Galerie *Billiet,* wo eine Art Messe für deutsche Emigrantenliteratur stattfand. Max hatte *Berlin, Alexanderplatz* gelesen, einen Roman, den er bis zur Hälfte sehr ordentlich und originell, dann überambitioniert und zerfahren bis ermüdend fand. Er stellte sich in die kurze Reihe der Kunden, obwohl er den Roman nicht bei sich trug und auch nicht vorhatte, ein anderes Buch zu kaufen. Döblin, ein Mann in den Fünfzigern, wirkte freundlich und geduldig, dabei sehr bieder, so gar nicht, wie Max ihn sich vorgestellt hatte, nämlich als wilden Bürgerschreck, als Alkoholiker mit verschattet genialischem Antlitz.

Entschuldigen Sie, daß ich mein Exemplar von *Berlin, Alexanderplatz* in Deutschland zurücklassen mußte.

Döblin entgegnete schlagfertig, daß es dort von größerem Nutzen sei als hier.

Darf ich Ihnen eine Frage stellen? Max wartete das Nicken seines Gegenübers gar nicht ab und zog aus seiner Tasche eine Mappe aus festem Karton.

Sie sind für mich ein Schriftsteller von Rang, und ich benötige einen Rat.

Döblin zog die Stirn in Falten, in Vorausahnung dessen, was kommen würde.

Wir sind, sozusagen, Kollegen, auch wenn ich selbst noch ganz am Anfang stehe. Ich habe hier ein unvollendetes Manuskript eines Romans, oder etwas in der Art eines Romans. Würden Sie es sich ansehen und mir Ihre Meinung dazu sagen?

Nein.

Wie bitte?

Nein, junger Mann, das mache ich nicht. Aus Prinzip nicht.

Aber… warum denn nicht? Es ist kein voluminöses Manuskript, es würde Ihnen nur sehr wenig Ihrer kostbaren Zeit stehlen. Und vielleicht würde es Ihnen ja sogar gefallen.

Hätte Döblin geahnt, wie wenig Zeit ihm mit der Lektüre dieses *unvollendeten Romans* tatsächlich verlorengehen würde, hätte er vielleicht doch einen Blick hineingeworfen. Aus purer Neugier. So aber erklärte er sein Prinzip.

Erstens: Ich kann mich irren. Sie sind jung, und egal, was Sie mir zeigen wollen, Sie werden in ein paar Jahren ganz anders schreiben als jetzt, das ist der natürliche Lauf der Dinge. Würde ich Ihnen hier und heute ein schlechtes Zeugnis ausstellen, könnte das ein großer Fehler sein, der Ihnen ohne jeden guten Zweck den Mut und das Selbstbewußtsein raubt.

Ich würde Ihr Urteil sicher nicht überbewerten, hätte Max beinahe gesagt, fing den Satz aber kurz vor den Zähnen ab.

Zweitens: Ein wirklicher Schriftsteller wird immer seinen Weg gehen, egal, was andere ihm über seine Arbeit sagen. Drittens: Selbst im allerschlimmsten Fall, nämlich wenn mir Ihr Werk gefiele, so könnte ich doch wenig dafür tun, außer es genau jenen Leuten zu empfehlen, deren Beruf darin besteht, solche Manuskripte zu prüfen, und die das sicher mit oder ohne meine Empfehlung gewissenhaft tun werden, schon allein, weil es in deren ureigenem Interesse liegt, gute Literatur zu entdekken. Viertens: Mag sein, daß Ihre Talentprobe nicht umfangreich ist, vielleicht nur aus fünfzig Seiten besteht, und ich nach zwanzig davon bereits zu einem Urteil gekommen sein könnte – bedenken Sie bitte, wie viele solcher Anfragen ich bekomme...

Es sind nur zweieinhalb Seiten, warf Max dazwischen. Döblin starrte ihn an, erst entgeistert, dann belustigt.

Zweieinhalb Seiten?

Ich denke mir, jemandem wie Ihnen genügt ein einziger erster Satz, um sich ein Urteil zu bilden.

Das ist... äh... ein Klischee. Viele sehr gute Bücher beginnen unspektakulär bis schwachbrüstig. Steigern sich dann. Ein guter erster Satz allein bedeutet noch nichts.

Aber wir Emigranten müssen doch zusammenhalten. Betrachten Sie es nicht als Teil Ihrer Aufgabe, als schon durchgesetzter Autor jungen Kollegen Beistand zu leisten?

Bedaure, nein. Entschuldigen Sie mich? Hinter Ihnen stehen noch andere Leser, die es wenigstens für nötig finden, mir mit dem Kauf eines Buches etwas Respekt zu erweisen.

Also darum geht es? Verstehe. Max sah sich um. Hinter ihm standen drei Leute, die dem Gespräch interessiert zuhörten, wenngleich sie auf seinen Blick hin wegsahen und unbeteiligt taten. Er hatte nicht das Gefühl, die Veranstaltung zu stören. Nun überkam ihn die Lust, sie ins Groteske zu ziehen.

Wenn ich eines Ihrer Bücher kaufe, lesen Sie dann meines? Es hat einen Titel: *Die Sinnlosigkeit*. Wie finden Sie den Titel?

Irgendwie... auf negative Weise – vielversprechend. Wir sind hier nicht auf dem Bazar.

Nein? Ich dachte, eine Messe und ein Bazar seien sich nicht so grundunähnlich.

Mag sein. Nun legen Sie es aber ein wenig deutlich auf meine Nerven an.

Sie kommen doch von Hölderlin und Nietzsche her. An wen, wenn nicht an Sie, sollte ich mich wenden?

Haben Sie das irgendwo über mich gelesen? Oder haben Sie diesen Schluß aus meinen Büchern gezogen? Ich will Ihnen mal was verraten: Wir Autoren, und ich zähle Sie einfach mal dazu, obwohl Sie mir völlig unbekannt sind…

Das könnten Sie jederzeit ändern!

…sind Einzelkämpfer. Jeder muß seinen eigenen Weg finden, zu Licht und Glück. Es kommt vor, daß wir uns innerhalb einer Gruppe positionieren, für einen gewissen Zweck und Nutzen. Aber ein Autor, ein echter Autor, nicht nur ein Schreiberling, zeichnet sich dadurch aus, daß er diesen dornigen, steinigen Weg unbeirrt vorangeht, ungeachtet aller Anfeindungen. Weil er etwas zu sagen hat. Und er gibt einen Dreck darauf, was jemand wie ich dazu zu sagen hat.

Dann disqualifiziere ich mich allein schon dadurch, daß ich hier mit Ihnen rede?

Nein. Sie sind, wenn ich das sagen darf, sehr jung. In gewissem Sinne sind Sie allmächtig. Und wenn Sie mich beneiden, ist das grundfalsch, eher müßte ich *Sie* beneiden, um Ihre Möglichkeiten. Ich habe aus meinem Leben ein bißchen was gemacht. Sie aber können aus Ihrem noch *alles* machen. Jetzt entschuldigen Sie mich bitte.

Max nickte und trat gehorsam aus der Reihe. Döblins Befund, er sei allmächtig, deckte sich ganz und gar mit seiner eigenen Auffassung, nichts anderes hatte er hören wollen – doch jene Allmacht für die Zeitgenossen unter Beweis zu stellen, kam, je länger er darüber nachdachte, einer Fleißarbeit, einer lästigen Hausaufgabe gleich.

Ellie, Max und Pierre feierten aus deutscher Tradition heraus Heiligabend, an dem in Paris jeder Vergnügungsbetrieb geöffnet hatte, im *Monbijou* mit einer gebratenen Gans, Rosmarinkartoffeln und einem kräftigen Rotwein aus dem St. Emilion. Vorher hatte man groß ausgehen wollen. Pierre schlug vor, sich in der Opéra Comique Bizets *Carmen* anzusehen. Er wäre als Hotelbesitzer an günstige Restkarten gekommen. Max war damit einverstanden, Ellie eher nicht, sie verwies auf die *Laterne*, das deutsch-französische Cabaret, wo ein lustiges Weihnachtssonderprogramm dargeboten werden sollte. Max las sich die Ankündigung durch. Eine der Nummern hieß: *Wie kommen die Löcher in den Käse?* Und da war für ihn der Spaß auch gleich zu Ende. Zuletzt einigte man sich, wie so oft, auf Kino. Auf den Champs Elyssée, im gleichnamigen Lichtspieltheater, lief *Moskau–Shanghai* mit Pola Negri in deutscher Fassung. Die Zeitungen meldeten, daß sich tags zuvor Leo Trotzki aus Europa verabschiedet hatte und aus seinem norwegischen Exil nach Mexiko übersiedelte, wohl, weil er sich dort vor einem drohenden Mordanschlag Stalins sicherer fühlte. Erwähnt wurde auch, in welchen Dimensionen die *Rote Hilfe* die Regierungstruppen in Spanien unterstützte, nämlich unter anderem mit 50 Tonnen Süßigkeiten, 25 Tonnen Wurstwaren, 60 Tonnen Obst, 100.000 Schachteln Zigaretten, 100.000 Zigarren und 50.000 Litern Cognac. Und das war nur die Feiertagsextraverteilung. Es klang, als müsse man sich um Karl, von dem die drei lange nichts gehört hatten, keine großen Sorgen machen, jedenfalls wenn es um die Frage der Verpflegung ging. Kaum jemand in Frankreich realisierte, daß das Ziel der sowjetischen Spendenbereitschaft vor allem darin bestand, den verarmten Anarchisten in der Gunst der spanischen Bevölkerung den Rang abzulaufen. Aus Deutschland wurde gemeldet, daß die Begriffe nichtdeutscher Herkunft *Café* und *Lokal* künftig nicht mehr verwendet und durch *Kaffeehaus* bzw. *Gaststätte* oder *Bierstube* ersetzt werden sollten.

Der Film mit Pola Negri, eine frische UFA-Produktion unter der Spielleitung Paul Wegeners, ging als mehr oder minder *passable Unterhaltung* durch. Ellie hörte im Kino zum ersten Mal die Stimme jener Schauspielerin, die ihr angeblich recht ähnlich sehen sollte. Viel Volk war auf den Straßen und Boulevards unterwegs, Paris glänzte, selbst das Wetter zeigte sich verständnisvoll mild, und François, der Chefkoch im *Monbijou*, tranchierte und kredenzte dem hungrigen Trio die bei mittleren Temperaturen stundenlang gegarte Gans in Pierres Büro wie einen definitiven Beleg seiner Kunst, bevor er sich in den Feierabend verabschiedete. Drei Dessertportionen (Karamelpudding mit Zimtapfelschnitzchen) lagen in der Kühlung bereit. Nichts schien einem geglückten Ausklang des Abends im Weg zu stehen. Man hatte vorab vereinbart, sich keine Geschenke zu machen. Pierre verstieß gegen die Abmachung und legte Ellie eine Perlenkette um den Hals. Für Max zog er ein silbernes Zigarettenetui aus der Tasche. Vorwürfe, weil die beiden umgekehrt für ihn kein Geschenk besorgt hatten, wiegelte Pierre ab, das sei schon in Ordnung, er schenke gern, Vereinbarung hin oder her. Daß Max sich brüskiert fühlen könne, zog er erst gar nicht in Betracht.

Ellie band ihr Haar zu einem Dutt, um ihren Hals freizulegen und die Perlenkette noch wirkungsvoller herauszustellen. Die Geschwindigkeit, mit der sie das tat, die drei Handgriffe, die nötig waren, um den Haarschopf zu wickeln, mit einem Gummi zu bändigen und in Form zu bringen, kam einem Schauspiel gleich, dem sowohl Max als auch Pierre fasziniert zusahen. Man unterhielt sich über Bierstuben und Gaststätten, über die deutsche Sprache im allgemeinen und den nationalsozialistisch getrimmten Wortschatz im besonderen. Die Gesprächsthemen gingen nach Mitternacht aus, für den Rotwein galt das nicht. Max ließ sich dazu herab, ein einfaches Kartenspiel zu erlernen, eine Art Mau-Mau, er fand sogar Gefallen daran. In Maßen. Um ein Uhr morgens war Pierre betrunken und wollte sich mit Ellie zurückziehen, in eines der leerstehenden Zimmer. Nein, sagte Max, das sei nicht gut. Pierre, erstaunt ob des ernsten Tonfalls, erklärte weitschweifig, was er meine. Nein, es gehe nicht darum, daß Ellie in die Rue Gabrielle ziehen solle, er habe vollstes Verständnis, daß sie sich dort unwohl fühle, aber es sei doch Unsinn, daß die beiden jetzt noch, spät in der Nacht, den langen Weg ins Quartier Latin zurücklegten und Geld für ein Taxi bezahlten. Max könne im Zimmer 27 nächtigen, er und Ellie in einem anderen der drei verfügbaren Gästezimmer. Am Morgen dann treffe man sich im Speisesaal zum Frühstück – wie eine Familie. Und Pierre umarmte erst Max, dann Ellie, er war klar artikulierter Worte kaum noch mächtig, doch um so mehr auf Harmonie bedacht. Er empfand es als Affront, daß die beiden aufstanden, ausgekaute Floskeln murmelten und gute Nacht wünschten.

Pierre dachte an die Weihnachten mit Julie, das waren oft steife Anlässe gewesen, aber immer hatte man am Ende zusammengefunden und war vertraulich geworden, vom Geist des Festes beseelt. Wieso und mit welchem Recht erdreistete sich Max, über seine ältere Halbschwester zu bestimmen, als sei sie ein Kind und müsse vor Zudringlichkeiten beschützt werden.

Das war lächerlich und impertinent. Pierre konnte sich damit nicht abfinden. Diesmal nicht.

Ellie ist meine Prinzessin. Lang lebe Ellie. Hurra!

Geh schlafen, sagte ihm Max ins Gesicht, du bist besoffen und weißt nicht, was du redest

Ach? Ist das so? Wirklich? Du kannst mich mal. Du bist nämlich nicht Ellies Vater, weißgott nicht, du mischst dich in Dinge, die Erwachsene unter sich ausmachen sollten.

Max gab ihm statt einer Antwort einen Schubser, Pierre geriet aus dem Gleichgewicht, plumpste auf das Kanapee und lallte sinngemäß, aber für niemanden mehr verständlich, wie unbotmäßig er das finde. Er haschte nach dem Arm seiner Geliebten. Die aber tat, als würde sie sich für ihn schämen oder wolle sich heraushalten, stieß ihn zurück, das war – allerhand. Ungehörig. Eine Verschwörung. An mehr erinnerte sich Pierre am Morgen nicht. Offenbar hatte er auf dem Kanapee im Büro genächtigt, Max und Ellie aber woanders, weit weg. Ihm war kalt, und er dachte darüber nach, ob und wem er böse sein mußte, durfte, sollte.

In der Zeit zwischen Weihnachten und Neujahr war das Zimmer 27 an fast jedem Tag ausgebucht. Xavier Chapelle blieb nichts anderes übrig, als auch das akustisch nicht so abgelegene Zimmer 26 für einen Spezialtarif anzubieten. Die 20 Francs, die Max zugestanden hätten, wanderten derweil in seine Tasche. Als das herauskam, geriet Max mit Xavier in einen heftigen Streit. Max forderte von Pierre, daß er seinen Sous-Chef hinauswerfen solle. Wegen Unterschleifs. Und um einen lästigen Mitwisser loszuwerden. Pierre meinte, daß das aufgrund von Xaviers langjährigen Verdiensten nicht in Frage komme. Max solle sich mit Xavier einigen, auch finanziell. Und Xavier warf er vor, daß er das Hotel in eine Art Bordell verwandeln würde, aus Geldgier. Man setzte sich zusammen, war aufeinander angewiesen, teilte die zusätzlichen Einnahmen in drei gleiche Summen. Es wurde ferner beschlossen, daß keinesfalls mehr als zwei Zimmer ohne Eintrag ins Gästebuch bewohnt werden dürften. Und sollte die Nachfrage noch so groß sein.

Silvester wollten Max und Ellie für sich feiern, so hatte es Max beschlossen und Pierre davon mit wenigen Worten in Kenntnis gesetzt. Der nahm inzwischen an, er habe sich an Heiligabend irgendwie, ohne sich daran erinnern zu können, danebenbenommen. Es stieß ihm sauer auf, wie sehr seine Geliebte unter dem Kommando des Halbbruders stand, er zog jedoch ein eigenes Fehlverhalten in Betracht. Vielleicht waren seine gegen die Verabredung gemachten Geschenke ein Grund gewesen, aber ihn deswegen so zu bestrafen, schien unverhältnismäßig. Pierre Geising hatte den Silvesterabend fünfzehn Jahre lang mit Julie gefeiert, und ihm wurde schlecht bei der Vorstellung, wie sie nun feiern würde, er mochte gar nicht daran denken. Also betrank er sich in der leeren Wohnung, was blieb ihm sonst übrig? Und ging früh und zornig zu Bett. Vorher verbrannte er eines von Julies besten Ballkleidern auf dem Balkon, was ihm am nächsten Morgen kindisch und rachsüchtig vorkam, einerlei, welche Befriedigung er angetrunken daraus gezogen hatte.

Max und Ellie sahen sich um Mitternacht das Feuerwerk auf der Place de la Concorde an, sie küssten sich und wärmten einander und vermieden das Thema Pierre, als existiere er nicht. Hier sind, sagte Max in feierlichem Ton, so viele Menschen geköpft worden. Heute wirkt die Meute wie ein Haufen glücklicher Säuglinge, satt von Lichtern – und wir sind nur zwei Schaufeln voll Mensch, Touristen im Schicksal.

Ellie verstand nicht, was Max damit sagen wollte, aber sie nickte, von seinem Tonfall beeindruckt. Und ging ihm unwillentlich auf die Nerven, indem sie seit einer Woche ständig das Couplet trällerte, das Pola Negri im Film von sich gegeben hatte:

*Mein Herz hat Heimweh nach deiner Liebe*
*und in Gedanken bin ich immer bei dir*
*Schenkst du auch andern heut deine Liebe*
*brennt doch die Sehnsucht wie ein Feuer in mir*
*Du bleibst mir fern, doch für alle Zeiten*
*wird mich dein Bild Tag und Nacht begleiten.*
*Wenn es auch tausend andre gibt*
*ich hab nur dich geliebt*
*und du bleibst der einzige Mann*
*dem ich gehören kann.*
Undsoweiter.

Karl hatte die ersten Vorlesungen hinter sich gebracht. Nun wußte er einiges über den menschlichen Blutkreislauf, vieles andere blieb im Ungewissen. Sein Geld ging zur Neige und er überlegte, wo und welche Arbeit er bekommen könnte. Er heftete an der Uni einen Zettel ans schwarze Brett, auf dem er sich, wie es ursprünglich einmal sein Plan gewesen war, als Nachhilfelehrer anbot, für Latein, Mathematik, Französisch und Englisch. Die wenigen Studenten, die darauf reagierten, zeigten sich mit Karls Honorarvorstellungen nicht einverstanden und schüttelten den Kopf.

Mitte Januar traf ein Brief von Eric ein. Der Engländer hatte sich damals beim Abschied Karls Adresse aufgeschrieben und versprochen, von sich hören zu lassen, wenn er wieder in der Stadt wäre. Ernsthaft damit gerechnet hatte Karl nicht. Es war ein Brief von der aragonischen Front.

Lieber Karl,
ich befinde mich in Alcubierre, in den Hügeln nordwestlich von Saragossa. Es ist langweilig hier, es ereignet sich gar nichts. Zwischen uns und den Schützengräben der Faschisten liegen 750 Meter. Hin und wieder pfeift uns eine Kugel um die Ohren, aber es wäre reiner Dusel – oder enormes Pech, je nachdem –, wenn ein Geschoß treffen sollte. Offensiven ergeben wenig Sinn, Stellungen wie diese sind von der Infanterie ohne eine überwältigende Überlegenheit nicht einzunehmen. Anders wäre es mit Artillerieunterstützung, aber wir haben keine. Die Faschisten zum Glück auch nicht. Die erste Waffe, die man mir in die Hand gab, stell dir vor, war ein deutsches Mausergewehr aus dem Jahr 1896. Immerhin kann man jemanden damit erschlagen. Jeder Soldat muß mit fünfzig Patronen auskommen, meistens handelt es sich um wiedergefüllte Hülsen, die selbst in den besten Gewehren klemmen. Ein bißchen besser ist die mexikanische, und wirklich gut ist nur die deutsche Munition, aber die bekommen wir nur von Gefangenen und Deserteuren. Die Hälfte unserer ›Männer‹ sind fünfzehn- bis siebzehnjährige Kinder. Auch elf- und zwölfjährige Milizionäre habe ich gesehen. Manche sind aus Begeisterung hier, andere wurden von ihren Eltern des Soldes wegen ins Feld geschickt. Zehn Peseten Lohn erhält täglich jeder, vom General bis zum einfachen Soldaten, und jeder verkehrt mit den anderen auf der Grundlage völliger Gleichheit. Im Zweifelsfall entscheidet auch mal das Los – was seine Nach-

teile hat. So wurde das beste Gewehr nicht etwa jemandem gegeben, der damit umgehen kann, sondern einem fünfzehnjährigen Fiesling, einem *Maricon*, das heißt einem Homosexuellen. Es ist kalt hier, ich habe sechs Jacken und drei Hosen übereinander an, und friere dennoch. Das Problem ist es, Brennholz zu finden. Die Gegend hat kaum noch einen bleistiftschmalen Ast übriggelassen. Das brüchige Kalkgestein schneidet das Schuhwerk in Stücke. Morgens ergießt sich der Nebel wie eine Flüssigkeit in die Schützengräben, und eine Viertelstunde Regen genügt, um die Verhältnisse unerträglich zu machen. Es mangelt an Maschinenöl. Die Gewehre werden mit Olivenöl geschmiert, sogar mit Bratfett. Wenigstens ist das Essen ganz gut, und es gibt viel Wein – gut einen Liter – und ein Päckchen Zigaretten pro Tag und Mann. Der Tagesablauf ist immer derselbe: Wache schieben, auf Spähtrupp gehen und graben, graben, graben. Wir haben ein paar kleine Kerzen, wie man sie auf Geburtstagstorten steckt, sie brennen acht Minuten. Im Falle eines nächtlichen Angriffs entscheidet dieses bißchen Licht über die nötige Orientierung, also über Leben und Tod. Selbst die Landschaft bietet einen deprimierenden Eindruck. Überall leere, von menschlichem Kot überkrustete Stoppelfelder. Auch die Kirchen werden als Latrine benutzt, und manche Kameraden kacken einfach überallhin, selbst einen halben Meter von ihrer Schlafstelle entfernt. Man gewöhnt sich daran. Auch an die Läuse. Für fünfzig Mann gibt es jeweils ein Maschinengewehr. Während meiner Ausbildung mußte ich sinnlos exerzieren, es gab keine Unterweisung in Waffenkunde, da Waffen schlicht nicht vorhanden waren. Die sogenannte F.A.I.-Handgranate wird spöttisch als neutrales Kriegsgerät bezeichnet, sie tötet den Mann, der sie wirft, oder den, auf den sie geworfen wird, vielleicht sogar beide. Vier von fünf Verwundungen, die ich hier miterlebt habe, entstanden im Umgang mit den eigenen Gewehren. Ich habe in diesem Brief ein paarmal von *Soldaten* geschrieben, aber niemand von Verstand könnte unsre Haufen teils minderjähriger, teils debattierfreudiger Dilettanten mit Soldaten verwechseln. Die Spanier haben etliche Talente. Kriegführung gehört eher nicht dazu. Die Unterversorgung an Munition und Waffen unseres Frontabschnitts seitens der Zentralregierung scheint mir eklatant. Die 29. Division, der ich angehöre, besteht fast nur aus Milizen der POUM. Hier an der Front gibt es dankenswerterweise nicht die geringsten Feindseligkeiten zwischen POUM und PSUC. Während in den stalinistischen Zeitungen allerhand Gehässiges über uns verbreitet wird. Schenk diesem Schwachsinn bitte keinen Glauben. Wenn man uns das Nötigste an Feuerkraft gäbe, täten wir nichts lieber, als die Initiative zu ergreifen. Alles ist besser als Ödnis und Ohnmacht. Einem Pazifisten wie dir wird das fragwürdig erscheinen, und wenn ich dereinst wieder im sicheren England bin, wird es mir vielleicht ebenso ergehen. Ein paarmal habe ich aus großer, aus sehr großer Entfernung auf einen Menschen geschossen. Die Wahrscheinlichkeit, ihn getroffen zu haben, schätze ich als verschwindend gering ein.

Ich habe noch eine Bitte. Könntest du mir evtl. Streichhölzer und ein, zwei Kilo Tabak schicken? Streichhölzer sind knapp, aber lebensnotwendig, und den Tabak brauche ich als Tauschware. Heller Tabak wäre ganz grandios, der ist hier einiges wert. Wenn du nur normalen bekommst, beschwere ich mich nicht. Das Geld dafür gebe ich dir selbstredend bei meinem nächsten Urlaub, außer wenn ich zu diesem Zeitpunkt tot sein sollte. Und am dritten Tag nicht auferstanden bin. Was beides nicht sehr wahrscheinlich ist, ich möchte dennoch auf die Möglichkeit hingewiesen haben. Nicht, daß du mich als Gauner in Erinnerung behältst. Bald wird meine Frau in Barcelona eintreffen, du kannst dir dein Geld, als weitere Sicherheit, auch von ihr holen. Die Chancen, daß dein Paket hier eintrifft, stehen gar nicht so schlecht. Und sie erhöhen sich noch, wenn du deutlich schreibst: An Eric Blair, *Ingles* – befreundete Ausländer sind den Spaniern nämlich heilig. Wenigstens das ist ein positiver Aspekt dieses Krieges: Selten bin ich im Leben so viele Freundschaften eingegangen, es tröstet über so manches hinweg. Lass es dir gut gehen im schönen Barcelona, auf ein baldiges Wiedersehen, es grüßt dich, sehr herzlich, dein Eric.

Zur selben Zeit, während die faschistische Wintergroßoffensive vor Madrid scheiterte, bekam Pierre Geising in Paris einen anderen Brief. Der stammte von seiner Frau, Julie, und es vergingen Stunden, bevor Pierre sich dazu durchrang, ihn zu öffnen. Zu erwarten stand, daß Julie ihrer gemeinsamen Ehe ein grausames Ende bereiten würde, und Pierre fürchtete sich vor einer Demütigung. Was er dann las, konnte grausamer und demütigender nicht sein.

Menton, 15. Januar 1937

Mein lieber Pierre,
mit diesem Brief möchte ich dir persönlich und ohne jedes Gefühl der Feindseligkeit mitteilen, daß ich gestorben

bin. Ich habe Bertrande, meine Haushälterin, gebeten, ihn an dich zu senden, sobald meine Zeit auf Erden verronnen ist. Ich habe mich ja ein wenig gewundert, daß du mir in den letzten Wochen nicht mehr geschrieben hast, aber es hat mich auch und vor allem gefreut, ich nehme an, du wolltest meinen Wunsch nach Abgeschiedenheit und Stille respektieren. Mir hätte auch die Kraft gefehlt, die richtigen Worte zu finden, gar solche des Trostes und der Zuversicht. Nun bin ich, wenn der gütige Vater mich annimmt, oben bei ihm. Ich zeichne diese Zeilen auf, bevor mich die Erstickungsanfälle am Schreiben hindern werden, so kommen in diesem Brief die Tempi der Vergangenheit, Gegenwart und Zukunft etwas durcheinander. Ich möchte in Menton begraben werden, auf dem kleinen Friedhof, der nicht weit nördlich von jenem Haus liegt, in dem wir unsere Flitterwochen verbracht haben. Es ist über den Winter an Madame und Monsieur Arac vermietet. Zuerst wollte ich selbst darin wohnen, aber es ist so groß, da hab ich mir zwei Zimmer ganz nah am Meer besorgt. Die Seeluft konnte mich nicht heilen, aber gutgetan hat es, aufs Meer hinauszusehen, der Mensch wird dann so klein und alles relativ auf dieser schönen Welt. Leider wird dir nicht erspart bleiben, einen Ausflug nach dem Süden zu unternehmen, du mußt, wie es aussieht, ein paar Papiere unterschreiben, bevor mein Sarg der Erde übergeben werden darf. Bürokratie.
Mein lieber Mann, wir hatten unsere schönen Jahre, und danach, naja, hast du mir den Freiraum gewährt, der mir so wichtig und notwendig war. Ich konnte nicht in allen Belangen die Ehefrau sein, die du dir erhofft haben magst, verzeih mir das bitte. Auf unsre ganz eigene Weise haben

wir uns doch arrangieren können. Das glaube, vielmehr hoffe ich. Vielleicht sehen wir uns eines Tages wieder, dann werde ich dich vor Gott als meinen Gatten umarmen – und schließe diesen Brief mit einem Gebet. Mögest du noch viele Jahre glücklich leben, das wünscht dir von Herzen Deine Julie.

PS. Du wirst es als Sentimentalität sehen und keinen ökonomischen Sinn darin erkennen, dennoch: Wenn es irgend geht, behalte das Haus in Menton. Vielleicht verbringst du einmal deinen Lebensabend dort. Dann würden wir uns wieder nahe sein. Wie einst, an diesem zauberhaften Ort.

Pierre meldete sich krank. Er wollte niemanden sehen und sprechen. Zwei Tage lang nahm er keine Nahrung zu sich, nur ein Glas Tee, das Ellie ihm aufnötigte. Inzwischen war auch die offizielle Mitteilung eingetroffen, daß Madame Julie Geising, geborene Bertin, verschieden war. Ein Doktor Gremoulins hatte den Totenschein unterzeichnet. Die Beisetzung nach katholischem Ritus könne mit dem Einverständnis des Ehemanns erfolgen, hierfür sei seine Anwesenheit nötig, es sei denn – es folgten mögliche Gründe von höherer Gewalt, die Pierre eine Entschuldigung angeboten hätten. Er riß sich mit letzter Kraft zusammen und unternahm die Reise, wenngleich er Angst hatte, beim Begräbnis die Fassung zu verlieren.

Wie würde er sich jemals verzeihen können, seine Frau in ihrem Sterben alleingelassen zu haben? Statt dessen hatte er sie aller möglichen Umtriebe verdächtigt, nur aufgrund der Aussagen eines alten Weibes mit einem Brot auf dem Kopf. Seine verstorbene Gattin noch einmal zu sehen, lehnte er ab. Als die vier von der katholischen Gemeinde Menton bestellten Träger

Julies Sarg an den Seilen ins Erdloch hinabgleiten ließen, dabei keine Miene verzogen, ja eher wie von einer alltäglichen Last endgültig befreit wirkten, weinte Pierre und ging auf die Knie. Das Ehepaar Arac kondolierte.

Von der Begräbnisrede des Pfarrers, einem fernen, unwirklichen Bla-Bla, bekam er nichts mit. Es wäre nun an ihm gewesen, als erster ein Schäufelchen Erde auf den Sarg zu werfen. Er verzichtete, begann zu rennen und erreichte, außer Atem, den Mittagszug nach Paris.

## VON DER ZERBRECHLICHKEIT DER ZEIT

Sie ist also tot. Was machen wir nun?

Max stellte die Frage in ruhigem, sehr sachlichem Ton. Ellie wußte nicht genau, worauf er abzielte.

Was sollen wir denn machen? Müssen wir was machen?

Pierre wird dich heiraten wollen.

Aber erst nach der Trauerzeit. Frühestens in einigen Monaten. Bis dahin kann doch alles weiterlaufen wie bisher.

Max sah seiner Geliebten tief in die Augen und hörte dabei der Färbung ihrer Worte hinterher, eine komplexe synästhetische Aktion. Wie sehr wollte Ellie, daß alles weiterlief wie bisher – und weswegen genau? Wie sich Ellie in den letzten Tagen um den deprimierten Pierre gekümmert und sogar zum ersten Mal bei ihm übernachtet hatte, weil sie es akut für nötig hielt, das war Max nicht geheuer gewesen. Zwischen ihr und dem Hotelier gab es längst nicht nur eine sexuell-geschäftliche Verbindung, nein, eine freundschaftliche war hinzugekommen, unzweifelhaft. Sie empfand etwas für diesen Mann.

Max sah nachts oft in den Spiegel, wie um im eigenen Mienenspiel eine Antwort zu lesen auf die beiden drängendsten Fragen: Würde er fähig sein, sich damit auf Dauer zu arrangieren? Oder mußte er dem ein Ende setzen, sofort, solange er noch – vielleicht noch – die Möglichkeit dazu besaß?

Mir wäre sehr daran gelegen, sagte er jetzt, auf lange Sicht planen zu können.

Was bedeutet?

Es läuft alles weiter wie bisher.

Du verwirrst mich.

Ich habe manchmal tatsächlich das Gefühl, daß du verwirrt bist. Dabei ist die Sache höchst simpel. Ich möchte dir heute und immer vertrauen. Einfacher geht es nicht.

Wovon genau redest du denn jetzt?

Lenk bitte nicht mit Fragen ab, wo Antwort verlangt wird. Kann ich dir vertrauen? Sag ja oder nein. Klipp und klar.

Aber ja doch.

Ellies Art, jede Gelegenheit zum Pathos zu vermeiden, enervierte mitunter. *Aber ja doch.* Was war das für ein Satz? Ohne Verb und Substantiv. Ohne Subjekt und Objekt. Hätte sie nicht sagen können: *Ja, lieber Max, du kannst mir vertrauen, heute und immer. Du bist der Mann meines Lebens.* Oder konnte man solche Sätze nur von Bühnen herab hören?

Max fehlte es an Mut, sich einzugestehen, was genau er wollte, wiewohl das mögliche Ziel, wenn auch noch unleserlich, vage und amorph, *am Horizont seiner Seele geschrieben stand.* So drückte er sich aus, wenn er spätnachts betrunken versuchte, seine Gedanken in Worte zu fassen. Wie meist, war der lyrische Tonfall Näherung und Verdrängungsmechanismus zugleich, ein Versuch, sich möglichst viele Optionen offenzuhalten, während doch all sein Denken und Wünschen auf *ein* Szenario zielte, in dem Pierre zuletzt entmachtet und ausgeschaltet sein würde. Max litt bald weniger unter seiner Eifersucht als unter dem Verdacht, ein kleinbürgerliches Denken und Besitzstreben habe ihn ereilt. Er befand sich in einer Situation, die aufgrund ihrer weitgefächerten Möglichkeiten mit den beteiligten Menschen zu spielen, zu jonglieren begann. Nein, er war nicht länger Herr der Lage, auf keinen Fall. Das Gegenteil zu behaupten, wäre einem Selbstbetrug gleichgekommen. Ellie war keine berechenbare Variable. Verblüfft stellte Max fest, daß der Grundsatz des dialektischen Materialismus, wonach das gesellschaftliche Sein das Bewußtsein des Menschen bestimmt, vielleicht nicht so trivial und plump sein mußte, wie er zuvor gedacht hatte. Sein Denken, stellte er fest, orientierte sich mehr und mehr an gegebenen Bedingungen, statt Plänen zu folgen, die allein auf dem inneren Reißbrett entstanden.

Erics Bitte brachte Karl in Verlegenheit. Seine Geldreserven waren nahezu aufgebraucht, wie übrigens auch die Tabakvorräte im Hinterland. Ihm als Nichtraucher wäre nicht weiter aufgefallen, welche Knappheit diesbezüglich herrschte. Streichhölzer hingegen blieben erhältlich. Heller Tabak galt als Seltenheit. Karl bat Ines, sich auf dem Schwarzmarkt nach passenden Angeboten umzusehen, und wirklich erstand sie von einem südamerikanischen Matrosen für dreißig Peseten anderthalb Kilo Virginia Blend Grobschnitt. Karl schnürte und beschriftete ein Paket und schickte es an die Front. Wonach er sich von einer lästigen Pflicht befreit fühlte. Ines verhielt sich sehr großzügig, weigerte sich, von Karl ausbezahlt zu werden, sie sagte, sie ziehe tiefe Befriedigung daraus, einen Freiheitskämpfer zu unterstützen. Was Karl als versteckte Kritik an seiner Person begriff.

Ein paar Wochen später klingelte ein Botenjunge des *Hotel Continental* an der Tür. Eine englische Señora wolle Señor Loewe sprechen, sie erwarte ihn um sechzehn Uhr in der Lobby des Hotels, wenn ihm das möglich wäre. Karl richtete aus, die Uhrzeit sei ihm recht, und er war froh, daß die Sitte, Trinkgeld zu geben, abgeschafft worden war, wenn auch der Junge so aussah, als hätte er persönlich nichts gegen ein wenig Nostalgie. Die englische Señora war Mrs. Blair, Erics Gattin, eine hübsche, brünette, etwas zackige Person, die sich ihm vorstellte, ohne einen Vornamen zu nennen. Sie sei ihm sehr dankbar, ihren Mann im Feld unterstützt zu haben, und wolle nun seine Auslagen begleichen. Karl meinte, daß ihm das peinlich sei, normalerweise wäre es ja der Rede nicht wert, unter Freunden helfe man sich, allerdings lägen die Dinge für einen mittellosen Studenten im Ausland, zumal in der momentanen Lage, etwas anders – wenn es ihr also nichts ausmache, nähme er ausnahmsweise das Geld an.

Was studieren Sie denn?

Medizin.

Das verdient höchsten Respekt.

Karl betrachtete die zierliche Frau mit der energischen Stimme. Sie hatte ein Scheckbuch vor sich auf den Knien. Daß sie es sich leisten konnte, auf nicht absehbare Zeit in einem Hotel zu logieren, deutete an, daß Eric eine gute Partie gemacht hatte. Auf die Frage, wieviel er denn nun genau bekomme, rutschten Karl vier Silben heraus, die zusammen das Wort hundertfünfzig ergaben. Hinterher konnte er sich diese Dreistigkeit nicht erklären. Das halbe Monatsgehalt eines Frontkämpfers – und genug, um Ines während der nächsten Wochen korrekt auszubezahlen. Vier Silben, die so viele Probleme lösten, auch wenn sie eigentlich unentschuldbar waren. Es war das zweite Mal in seinem Leben, daß er jemanden betrog. Mrs. Blair zuckte nicht etwa zusammen, sie schrieb Karl Loewe, ohne zu zögern, einen Scheck über hundertfünfzig Peseten aus und bedankte sich erneut für den Dienst, den er Eric erwiesen hatte.

Wie um jenen Frevel abzubüßen oder gar zu rechtfertigen, betrieb Karl sein Studium der Medizin gewissenhaft und mustergültig. Er belegte sieben Seminare pro Woche und schnitt in der vorgezogenen ersten Zwischenprüfung als Bester des Semesters ab. Er bekam sogar einen Nachhilfeschüler, somit eine dringend benötigte Erwerbsquelle. Das Ehepaar José und Clara Rosario lebte im feinen Norden der Stadt und suchte für seinen einzigen Sprößling, den zwölfjährigen Sebastián, einen Lateinlehrer. Es stellte sich heraus, daß der Junge seit Ausbruch der Revolution keine Schule besuchte, statt dessen von seinen Eltern unterrichtet wurde. Nur eben in Latein nicht. Karl verstand sofort. Die Rosarios waren eine tief bürgerliche Familie, wohlhabend und wertkonservativ. Während der Revolution hatten sie sich still und unauffällig verhalten müssen, nun kamen sie langsam aus ihrem Versteck hervor und fühlten sich sicher genug, einen Lehrer zu engagieren, auch wenn sie nicht wissen konnten, wie Karl politisch gestrickt war. Ihm lag nichts daran, den Rosarios mehr als das Nötigste auf die Nase zu binden, er hatte auch kein Problem damit, für vier Peseten die Stunde einem Zwölfjährigen Latein beizubringen, ungeachtet der Klassenfrage. Zumal sich Sebastián als reizendes Kind und gelehriger Schüler erwies. Karls Befinden besserte sich merklich, er genoß das Gefühl, für sich eine kleine Lösung gefunden zu haben.

Barcelona glich nicht mehr der Metropole, in die er sich im letzten Juli verliebt hatte. Zwar behaupteten die rot und schwarz angestrichenen Trambahnen noch immer den Sieg der Arbeiterklasse, und auf dem Hügel jenseits der Plaza España, dem gemeinsamen Exerzierplatz aller Parteimilizen, herrschte reges Treiben, doch die kameradschaftliche, im besten Sinne sportliche Konkurrenz war einem zunehmenden Mißtrauen gewichen. Die Stadt verlor an Frohsinn und Verve. Das hing unmittelbar mit der Lebensmittelversorgung zusammen, vor den Geschäften bildeten sich lange Schlangen für Milch und Brot. Fleisch wurde kaum noch angeboten. Es fanden seit einiger Zeit auch keine Stierkämpfe mehr statt, das hatte seinen Grund allerdings nicht darin, daß man die Stiere aufgegessen hätte, sondern darin, daß praktisch alle guten Matadore Faschisten gewesen waren.

Das Stadtbild verluderte zusehends, viel Müll und Schutt blieb einfach liegen, und aus Angst vor Luftangriffen wurde die Straßenbeleuchtung stark reduziert. Das zuvor so rege Nachtleben war, abgesehen von einigen trüben und gefährlichen Tavernen, zum Erliegen gekommen. Amüsierbetriebe und Revuen, so es sie überhaupt noch gab, zeigten ein deutlich entschärftes Programm. Wo vorher Nackttänze eher die Regel gewesen waren, galten sie dank der bemerkenswerten revolutionären Prüderie als Darbietungen, die nicht mit der Menschenwürde zu vereinbaren seien. Entgegen vielen klischeehaften Vorstellungen pflegten die meisten Anarchisten ein strikt monogames Weltbild. Mehr als einen Partner oder eine Partnerin zu haben, kam ihnen unnatürlich bis ekelhaft vor.

Cafés, in denen zuvor eine hochentwickelte Debattierkultur geherrscht hatte, glichen immer mehr Vereinslokalen, geschlossenen Gesellschaften, in denen der Andersdenkende nicht länger willkommen war. Zusammenstöße und Schlägereien endeten nicht selten in Schußwechseln. Karl fühlte sich ans Berlin der frühen Dreißiger erinnert, an die Zeit der Saalschlachten und politischen Morde.

Es gab weitere Phänomene, die die Atmosphäre verdüsterten. Dazu gehörte zum Beispiel, daß kaum noch Frauen Dienst an der Waffe taten. Während der Revolution hatten gewehrtragende Frauen und Mädchen wie selbstverständlich zum Straßenbild gehört und zu einer gewissen militanten Erotik beigetragen. Dem grobschlächtigen Mundwerk der Arbeiter wurden wochenlang Zügel angelegt. Ein nicht unwichtiger Aspekt, ein Mosaikstein, der dem Aufstand seinen besonderen Esprit verlieh. Nun wurden jene Kämpferinnen ungeachtet ihrer Verdienste als Walküren und Flintenweiber verspottet und zurück in die Häuser gezwungen, von Männern, die tief aus ihrem Inneren den alten Macho hervorkramten. Vielleicht einfach nur, weil sie wieder unter sich und grobschlächtig sein, ihren Frust loswerden wollten. Kommunisten und Anarchisten bauten ihre jeweiligen Parteizentralen zu Festungen aus, mit MG-Nestern und Sandsäcken vor den Eingängen – bald stellte sich nurmehr die Frage, wann es zum blutigen Zusammenstoß kommen würde.

Weil Hitler und Mussolini die Truppen Francos mit Kriegsmaterial in ungeahntem Ausmaß versorgten, sahen sogar viele Anarchisten die einzige Rettung in Stalin, der die Waage, zumindest vorerst, einigermaßen im Gleichgewicht halten konnte. Stumm, beinahe duldsam hatte die anarchistische Führungsriege ihre stetige Entmachtung ertragen, hatte auf ein militärisches Wunder gehofft, einen schnellen Sieg der Loyalisten, nach dem man sich wieder um den inneren Feind kümmern konnte. Die Sowjetkommissare, die zu Tausenden ins Land strömten, waren ganz anders gestrickt. Sie traten auf, als bestünde das erste und vorrangige Kriegsziel im Niederringen der Anarchie. Manche Beobachter beschlich der Verdacht, daß Stalin an einem Sieg in Spanien nicht viel lag, solange nur die Idee der permanenten Revolution diskreditiert sein und verschwinden würde.

Wer, wie Karl, im Zentrum dieser Vorgänge, gleichsam im Auge des Orkans, sein ohnehin nicht sehr aufmerksames, von ideologischen Scheuklappen behütetes Dasein fristete und keinerlei Möglichkeit besaß, die Lage von außen und vernünftig, nach Abwägung aller Fakten zu beurteilen, nahm die Veränderung nur schleichend wahr, auf der Ebene eines diffusen, sehr wechselhaften Stimmungsgemenges. Es gab konkrete Alltagserlebnisse, die seinen Argwohn erregten, andere, die relativierend wirkten. Manchmal auch beides in einem. So mußte er eines Nachmittags zusehen, wie Plakatkleber der PSUC einen Halbwüchsigen, der ihnen eine Beleidigung nachgerufen hatte, in die Besinnungslosigkeit prügelten.

Er ist doch noch ein Junge! rief Karl seinen Gesinnungsgenossen von der anderen Straßenseite aus zu. Einer der Plakatkleber, der größte und kräftigste, rannte daraufhin auf Karl zu, der, vor Furcht erstarrt und im Glauben, den größten Fehler seines Lebens gemacht zu haben, stehenblieb. Auch weil davonzulaufen bei seiner Kurzatmigkeit keine vielversprechende Option gewesen wäre. Und was geschah? Der Plakatkleber stellte sich breit vor ihn hin. Statt Karl einen Hieb zu versetzen, begann er, ihm die Aktion zu erläutern. Stell dir vor, Mensch, wir haben selber Augen im Kopf. Daß das ein Junge ist, wissen wir, deshalb lassen wir ihn ja auch am Leben. Aber SYPHILITISCHE MUTTERFICKER schimpft uns keiner, kein Rotzbengel, kein alter Sack, niemand. Bist du damit einverstanden?

Karl nickte zustimmend und übte zerknirscht Selbstkritik. Er habe sich eingemischt, ohne alle zugrundeliegenden Aspekte des Vorgangs zu kennen, dafür bitte er um Entschuldigung. Der Plakatkleber akzeptierte Karls Erklärung und winkte ihn weg.

Bei aller Erleichterung darüber, so billig davongekommen zu sein, war Karl doch Stunden später noch fasziniert von dem

Szenario. Der Halbwüchsige hätte in der Tat keine so grobe Beleidigung ausstoßen dürfen, vor allem als einzelner gegenüber drei viel kräftigeren Männern. Eine Teilschuld an dem Exzess mußte ihm angelastet werden, keine Frage.

Ähnlich verhielt es sich im großen Maßstab. Wo andere vor Verzweiflung über die drohende Tragödie die Fassung verloren, blieb für Karl vieles, ja das meiste im logischen Rahmen. Seine Erwartungshaltung filterte und färbte die Wahrnehmung simpelster Sachverhalte. Karl hatte von Anfang an den Sturz der Anarchisten als politische Notwendigkeit vorhergesehen. Daher fiel es ihm schwer, das Vorgehen, das zu diesem Sturz führen mußte, als brutal, ja ungeheuerlich einzustufen oder darin gar ein leichtfertiges Aufs-Spiel-Setzen der höheren Sache zu erkennen. Militärisch spielten die Anarchisten, soviel er wußte, doch kaum noch eine Rolle. Selbst Duruttis legendäre Truppe hatte, als sie in Madrid das erste Mal unter feindlichem MG-Feuer gelegen war, versagt. Wenngleich Karl die Aktionen der PSUC teilweise übertrieben fand, als Kanonenschüsse auf Mückenschwärme, ging er von einem rein kriegsstrategisch legitimierten Motiv aus. Wer wäre er denn auch gewesen, um Stalins Pläne in Zweifel zu ziehen? Der große Genosse in Moskau verfügte über viel präzisere Informationen. Er würde am besten wissen, was die Lage erforderte.

Selbst wenn die Anarchisten sich entschlossener und energischer gewehrt hätten, als die Kommunisten (und die Zentralregierung in Madrid) mit Flugblättern und Brandreden zu attakkieren – viel Beifall seitens der Bevölkerung wäre ihnen nicht mehr zuteil geworden.

Sobald das Proletariat nach Grundnahrungsmitteln Schlange stehen muß, glaubte Karl, wird es seine Gunst immer denen zuwenden, die imstande sind, dem Mangel Abhilfe zu schaffen.

Im Zweifelsfall genügt ein mehr oder minder glaubhaftes Versprechen. Binnen weniger Monate verfünfzigfachte sich die Mitgliederzahl der KP. Und auch Karl fand es nun sinnvoll, ihr beizutreten. Als politisch nicht eindeutig positionierter Deutscher war man in Barcelona lange nicht mehr so beliebt wie vor Hitlers Engagement für Franco.

Die KP hieß den Studenten Karl Loewe sehr herzlich willkommen. Aufgrund seines deutschen Parteibuches begrüßte man ihn gar als bewährten Genossen und Widerstandskämpfer. Ihm wurde angetragen, sich zu freiwilliger Parteiarbeit zu verpflichten. Auf seine Frage, welche Möglichkeiten es da gebe, wurde zurückgefragt, worin seine Möglichkeiten bestünden. Plötzlich und endlich schienen Karls Fremdsprachenkenntnisse von Wert zu sein und entsprechend gewürdigt zu werden. Man bot ihm eine Stelle beim kommunistischen Rundfunksender PSU-I an. Die Arbeitszeit sei mit seinem Studium verträglich und betrage nur zwei Stunden pro Tag. Er könne frei wählen, ob er lieber von fünf bis sieben Uhr morgens oder in den beiden Stunden vor Mitternacht zum Einsatz kommen wolle. Karl entschied sich für die Zeit vor Mitternacht; ein Frühaufsteher war er beileibe nicht.

Sold sei für ein Ehrenamt selbstverständlich nicht vorgesehen, aber er könne sich in den kommunistischen Volksküchen verproviantieren, habe im Krankheitsfall Anspruch auf bevorzugte medizinische Behandlung und bekomme einen kostenlosen Ausweis für die rote Leihbibliothek. Karl bedankte sich, auch wenn er wußte, daß die rote Leihbibliothek, außer bei sehr verspäteten Rückgaben, ohnehin keine Gebühren verlangte. Rundfunk – das Wort bedeutete für ihn die Verheißung, Kulturmenschen zu begegnen, die seine Begabung erkennen und fördern könnten. Sein künftiges Aufgabengebiet wurde gar als *kriegswichtig* beschrieben, und am ersten Arbeitstag, vielmehr in der ersten Arbeitsnacht, trat er den Dienst mit dem Vorsatz an, sich durch besonderen Fleiß auszuzeichnen.

Kulturmenschen begegneten ihm vorerst keine. Überrascht stellte er fest, daß er überhaupt nicht im Rundfunkgebäude von *Radio Barcelona* tätig sein würde, welches sich die PSUC noch immer mit der POUM teilte. Es ging anscheinend gar nicht darum, Nachrichten auszustrahlen.

Man bestellte Karl zum Hauptquartier der PSUC im *Hotel Colón* an der Plaza Catalunya und verfrachtete ihn ins sechste und oberste Stockwerk, in eine winzige Kammer, die einer Verhörzelle glich und auf den ersten Blick nur einen Stuhl, einen Tisch und ein Radiogerät enthielt. Dazu Bleistifte, gelbliches Papier, einen Eimer und eine von der Decke baumelnde Glühbirne. Der Eimer diente wohl als Pißpott für den Notfall. Das Radiogerät war auf einen bestimmten Sender voreingestellt. Karls Aufgabe bestand darin, zwei Stunden lang mitzuschreiben, was der Feind, beziehungsweise das neutrale Ausland, über die Vorgänge in Spanien mitzuteilen hatte, möglichst detailgenau. Er solle den fälligen Rapport leserlich verfassen, in spanischer Sprache. Außer Karl gab es noch etliche andere Freiwillige in ähnlichen Kammern, so viele, wie es feindliche oder neutrale Sender gab. Er reagierte zuerst etwas enttäuscht über das geringe kreative Potential jener Tätigkeit, zeigte sich jedoch beeindruckt, mit welcher systematischen Gründlichkeit die KP an Informationen interessiert war. Wer in Spanien was und von wem erfuhr – das *war* kriegswichtig, zweifellos. Anfangs wurde Karl einzig auf die BBC, den *Reichssender Hamburg* und *Radio France* angesetzt. Für das Abhören der landesinternen franco-faschistischen Sender hätte er zuvor einen deutlich größeren spanischen Wortschatz erlangen müssen. Von den Sendern, die ihr Programm in Català ausstrahlten, ganz zu schweigen. Er gab sich Mühe und entwarf seinen Bericht erst aufgrund hingekritzelter Notizen (er erwog, einen Stenografie-Kurs zu belegen), dann, zusammenfassend, übertrug er das Wesentliche in Schönschrift und Versalien, wobei er aussagekräftige Details unterstrich und manchmal mit kurzen emphatischen Kommentaren versah. (*Absurd! Abscheulich! Lachhaft!*) Nach Ablauf zweier Stunden, während derer oft auch nur Musik gesendet wurde, besuchte Karl gerne die Nachtkantine, um eine ehemals warme oder von vornherein kalte Kleinigkeit zu essen. Das war nun keine Kantine mit Großküche und emsigem Betrieb, sondern ein Kellerloch, in dem eine dicke, ständig fluchende ältere Frau mit der Suppenkelle in drei Kesseln rührte, die Erbsen, Bohnen und Linsen enthielten, manchmal auch Spurenelemente von Bauchfleisch oder Speck. Hinter ihr stand ein Korb, gefüllt mit schon altbackenem Brot, und wer die Zeit dazu besaß, konnte sich die Bohnen, Linsen, Erbsen (manchmal gab es dazu auch Kartoffeln oder Reis) in verkrusteten Steingut-Töpfchen auf einer kleinen Feuerstelle erhitzen. Man durfte sich nicht beschweren, die Tageskantine war geschlossen und die Gratis-Speisung im Kellerloch ein Service über das Nötigste hinaus. Auch Wasser und leichten, säuerlichen Weißwein gab es umsonst. Karl lernte ein paar seiner Kollegen kennen, wobei es sich zu zwei Dritteln um *Kolleginnen* handelte. Manche waren ansehnlich und jung, wie Radio Milano, eine italienische Aktivistin, sicher nicht älter als zwanzig. Man redete sich hier unten nicht mit dem realen Vornamen an, sondern mit dem Namen des abgehörten Senders (*Ich bin Radio Belgrad – und du?*). Das war keine vorgegebene, ausgeklügelte Taktik der Geheimhaltung, sondern eine selbstgewählte scherzhafte Marotte derer, die sich *die Kompanie der Lügenfresser* nannten. Unerwünscht, wenn auch nicht explizit verboten, war, sich über die Inhalte der protokollierten Nachrichten auszutauschen.

Die Spitznamen wurden alsbald verschliffen. Karl, einer der wenigen hier, die ausreichend gut Französisch sprachen, spezialisierte sich bald auf das Abhören von Radio France. So wurde er *Franz* gerufen, und die schwarzhaarige junge Italienerin *Mila.* Sie nach ihrem richtigen Namen zu fragen, traute er sich lange nicht. Wer solch irrelevante Fragen stellte, geriet schnell in Verdacht. Mila sprach, wie er selbst, ein einfaches, aus dem Wörterbuch erlerntes Hochspanisch. Sie rauchte dünne russische Zigaretten und schien auf das Essen der Nachtkantine angewiesen zu sein, zeigte großen Appetit, brachte ein Beutelchen getrockneter Gewürze mit, peppte ihren Mitternachtsimbiß auf. Mila war dabei gertenschlank. Man konnte auf den Gedanken verfallen, daß der verquollene Fraß hier ihre Hauptnahrungsquelle bildete.

Karl hatte noch nie ein Mädchen mit derart pechschwarzem Haar gesehen. Sie trug es meist zum Pferdeschwanz gebunden, manchmal aber, wenn es frisch gewaschen war, ließ sie es, der Wirkung durchaus bewußt, lose um ihren hohen Hals fallen. Welch ein Anblick. Sie besaß so schöne und feingliedrige Hände, als wäre sie eine Geigenvirtuosin. In diese Richtung ging denn auch das erste Kompliment, das Karl ihr zu machen wagte. Sie lächelte und sagte leise: *Grazie*, wurde sogar ein wenig rot. Sie zu fragen, ob sie einen Freund hatte, wagte Karl aber nicht. Ein solches Mädchen mußte einfach einen Freund haben. Bestimmt hatte einer der hohen Offiziere sie für sich entdeckt, oder sie zog einen jungen Athleten vor. Jemand wie Mila lief nicht einfach frei herum, nein, und Karl mußte zugeben, daß er sich verliebt hatte, unglücklich verliebt, aussichtslos verliebt. Das konnte er nicht brauchen, am allerwenigsten jetzt, wo er seine Existenz endlich in den Griff bekam und in sinnvolle Bahnen lenkte. Er ließ von Mila ab, sah sie nur immer wieder verstohlen an, registrierte aber erleichtert, wie sie jedem Annäherungsversuch anderer *Lügenfresser* mit demonstrativer Gleichgültigkeit widerstand.

Es gab noch einen etwas älteren Italiener, der von allen *Vati* genannt wurde. Karl verdächtigte ihn, mit Mila verwandt zu sein oder gar Schlimmeres. Es stellte sich aber heraus, daß die beiden nichts miteinander zu tun hatten.

Alle Männer, die es hier mit ihr ins Kellerloch verschlug, dachten dasselbe. Mila gehörte in eine andere Liga. Sich bei ihr Chancen auszurechnen, schien Größenwahn oder Zeitverschwendung. Wenn sie aber mit einem Offizier zusammen war, wieso aß sie um Mitternacht so gierig das zerkochte alte Zeug? Das hätte sie dann wohl nicht nötig gehabt. Demnach mußte ihr Liebhaber ein junger, sportlicher Schönling sein. Karl hatte in den letzten Wochen über zehn Kilo abgenommen, nicht genug, um ausreichend Selbstbewußtsein zu beziehen. Immerhin konnte ihn niemand mehr einen Fettkloß nennen, er hätte allenfalls noch als stämmig gegolten und scheute den Blick in den Spiegel nicht länger.

Am achten Februar fiel Malaga in die Hand der Faschisten. Die *Lügenfresser* erfuhren es zuerst. Kein Zweifel war möglich, selbst die republikanischen Sender vermeldeten den Fall der südspanischen Hafenstadt. Im Kellerloch herrschte eine tristgedrückte Stimmung.

Die stets vor sich hin fluchende Frau an den Essenskesseln fluchte noch etwas lauter als sonst, in einem Phantasiedialekt, den niemand verstand. Dann spendierte sie eine Wasserflasche, halbvoll mit Schnaps, als kleinen Trost. Jeder griff zu. Karl nicht. Das sollte sich als folgenschwer erweisen.

Mila trat zu ihm hin und fragte, warum er nicht trinke.

Alkohol vernebelt meinen Geist.

Dazu ist er da, der Alkohol.

Das will ich aber nicht.

Mila sah ihn durchdringend an. Ihm wurde ganz heiß, auch ohne jeden Tropfen Schnaps.

Wenn ich dir einen Rat geben darf –?

Bitte. Gerne.

Ein nüchterner Mensch hat etwas zu verbergen. Solange du nicht trinkst, wird jeder dich für einen Spion halten, der Angst hat, sich zu verraten.

Ach so?

Wenn du einen Schnaps trinkst, wirst du vielleicht den Mut haben, zu fragen, ob du mich nach Hause begleiten kannst.

Vielleicht. Dazu müßte ich aber schon zwei oder drei trinken.

Dann tu das.

Karl brach der Schweiß aus. Die Situation wuchs ihm über den Kopf. Bildete er sich das nur ein oder hatte Mila ihn eben dazu aufgefordert, sie nach Hause zu begleiten? Er hätte gar keinen Schnaps mehr trinken müssen, so besoffen kam er sich vor.

Gehen wir.

Erst mußt du trinken.

Was war nun das? Karl hatte Angst. Schon winzige Mengen Alkohol hatten bei ihm stets einen Zustand des Nicht-mehr-völlig-bei-sich-Seins und Kopfschmerzen bewirkt. Aber wenn Mila unbedingt wollte. Sie goß ihm ein Wasserglas voll, er trank es in einem Zug aus und fragte: Können wir jetzt gehen?

Jetzt ja.

Alle sahen den beiden hinterher, und Vati murmelte etwas

in sich hinein, das Karl nicht verstand, obwohl er es sehr wohl verstand.

Vor dem Gebäude, in tiefer Dunkelheit, gestand er Mila seine Liebe. Sie lachte und gab ihm einen Kuß. Dann zog sie ihn hinter sich her, durch die finsteren Straßen, und immer wieder betonte er seine Liebe, nie habe ein weibliches Wesen ihn derart in Verzückung versetzt, jawohl, was denn ihr Freund dazu sagen würde, daß sie ihn einfach so küsse in dieser mondlosen Nacht – und Malaga, was meine sie dazu? Das sei doch furchtbar, so wie sie schön sei, atemberaubend schön. Sie waren vor einer Art Wohnheim angelangt, in dem Mila – er vergaß, nach ihrem echten Namen zu fragen – ein Zimmer besaß.

Du kannst nicht mit reinkommen. Das verstehst du, oder?

Ich verstehe alles. Alles.

Findest du nach Hause?

Sicher. Keine Sorge.

Ich mag dich. Bis morgen.

Nie in seinem Leben, Malaga und Leichenberge hin oder her, war Karl so glücklich und ausgelassen wie in dieser Nacht, als er durch Barcelona tänzelte, taumelte, auch wenn er sich mehrmals verlief und erst gegen vier Uhr morgens sein Haupt – heißa! – aufs dafür vorgesehene Kissen bettete.

Als er gegen zehn Uhr morgens aufstand und, wie gewohnt, eine Tasse Kaffee trinken wollte, rief er vergeblich nach Ines, sie war nicht in der Wohnung. Das kam mitunter vor. Er hatte an diesem Tag zwei Seminare und danach eine Lateinstunde mit Sebastián zu absolvieren. Zwischendurch kaufte Karl von einer Greisin auf der Rambla ein Stück selbstgemachten Diabetiker-Apfelkuchen, weil es Zucker gerade nicht gab, und aß ihn, weil es Kaffee offensichtlich auch nicht gab, mit kaltem schwarzem

Tee, den ein Kioskbetreiber anbot, zum Preis einer Viertelpesete zuzüglich fünf Centesimos Pfand für den Becher. Viele Tische der Cafés waren von obsessiven Dominospielern besetzt, die niemand aus ihrer Ruhe bringen konnte, als ginge es ihnen darum, zu demonstrieren, mit welcher Verachtung sie dem Leben gegenüberstanden, indem sie einen Großteil davon mit dem Herumgeschiebe von Holzklötzchen vertändelten. Genaugenommen, gab Karl zu, könne man genau dasselbe über Schachspieler sagen, wenngleich das doch irgendwie (aber wie genau?) etwas anderes war. Nach einigem Nachdenken beurteilte er die Domino-Enthusiasten milder als im ersten Zorn. Jedem Lebewesen müsse zugestanden werden, seine Zeit auf Erden nach Gusto abzusitzen, mit geistlosen Ablenkungen aller Art. Diese Freiheit müsse jegliches politische System dem Individuum gönnen, ansonsten eine Unfreiheit entstünde, die totalitär genannt werden könne. Was aber, fragte sich Karl, mag geschehen, wenn es zu viele solcher Verweigerer gibt? Wenn die gute Sache unter allgemeinem Desinteresse entscheidend leidet? Darf eine Bewegung dann die Rechte des einzelnen regulieren und beschränken? Gibt es einen Zweck, der jedes Mittel heiligt?

Mit Sebastián paukte er unregelmäßige Verben, aß Kekse, die ihm Mutter Rosario auf einem Silbertablett offerierte, und trat mit breiter Brust auf den Balkon hinaus, unter dem die Stadt in all ihrer Schönheit lag. Wie hatte sich sein Leben in so kurzer Zeit zur puren Erfüllung hin verwandeln können? Er hatte Arbeit, war grundversorgt, studierte, fand am Studium sogar Gefallen, und ein Engel hatte ihn geküsst. *Ich mag dich. Bis morgen.* Diese fünf Worte Milas machten den Tag zum Fest und die Nacht zum Ziel aller Sehnsucht.

Ab halb sieben Uhr abends hielt er sich erneut in der Wohnung auf, von Ines war wieder nichts zu sehen, was ihm nun doch sehr merkwürdig vorkam. Es klopfte. Draußen stand der Nachbar, der sehr alte Mann, der Ines einmal als *Carajo Mujer* tituliert hatte. Inzwischen war Català für Karl keine völlige Fremdsprache mehr, und es gelang ihm, das Wesentliche dessen, was der fast zahnlose Mensch mitteilen wollte, zu begreifen. Ines sei abgeholt worden, gestern Nacht, von der *Guardia de Asalto,* den Sturmgardisten, sie habe sich der Festnahme ein wenig widersetzt und einen Knüppelhieb abbekommen. Und geblutet. Übers ganze Gesicht.

Pierre kam langsam wieder zu sich. Sosehr ihn der Tod seiner Frau beschäftigt hatte, weniger eigentlich ihr Tod als die erbärmliche Nebenrolle, die ihm dabei zugemutet worden war, so sehr fand er sich nun bereit, unter das Geschehene einen Strich zu ziehen und ein neues Leben zu beginnen. Julie hatte ihm etliches hinterlassen, er mußte sich für den Rest dieses neuen Lebens in finanzieller Hinsicht keine Sorgen mehr machen. Und Ellie, seine Braut in spe, hatte sich prächtig bewährt während der Krise, hatte ihm die schwarzen Gedanken aus der Stirn gekrault und liebevolle Worte geflüstert. Selbst wo sie das Angedenken an Julie zu unterlaufen versuchte, meinte sie es ja zweifellos nur gut. Pierre hatte ihr Julies letzten Brief ausgehändigt, wie um Ellie mit der Dimension seines Leidens vertraut zu machen. Sie sollte begreifen, in welchen Abgrund ihn diese Zeilen einer Toten gestoßen hatten.

Und Ellie wies ihn geschickt, einfach indem sie die Passage immer wieder vorlas, als müsse sie deren Gehalt erst selbst noch richtig einordnen, auf etwas hin, was er bis dahin immer überlesen hatte.

*Mein lieber Mann, wir hatten unsere schönen Jahre, und danach, naja, hast du mir den Freiraum gewährt, der mir so wichtig und notwendig war. Ich konnte nicht in allen Belangen die Ehefrau sein, die du dir erhofft haben magst, verzeih mir das bitte.*

Das Wort ›Freiraum‹ betonte Ellie derart, daß es Pierre beinahe brüskierte. Sie stieß ihn mit der Nase auf etwas, das er bisher nicht wahrgenommen oder vor sich ausgeblendet hatte.

Julie hatte einen *Freiraum* genossen. So wie Ellie die Vokabel intonierte, wurde sie zu etwas Geheimnisumwittertem, einem Hort des Bösen, einer Brutstelle des Verrats. Ellie meinte, er rede sich da sicher nur etwas ein. Pierre aber wollte sich genau das einreden, weil es ihm guttat.

Ich bitte dich um dein unabhängiges Urteil – als Frau –, niemand geht so mutterseelenallein von dieser Welt, es sei denn eine von allen verabscheute Kreatur, hab ich recht? Und Julie war alles andere als eine verabscheuungswürdige Kreatur! Was meinst du?

Ellie zuckte mit den Schultern, als stünde es ihr nicht an, in dieser Frage Stellung zu beziehen.

Ich werde nie erfahren, wer Julie in ihren letzten Wochen beigestanden hat. Rief Pierre nun laut. Und weißt du was? Es ist mir auch vollkommen egal! Sie ist tot, und wir zwei leben!

Amen! Sagte Ellie und empfing einen ungehemmten Schwall von Liebe, den sie kaum in sich unterzubringen wußte. Ihr war, als hätte sie sich im Wettkampf mit einer Toten passabel geschlagen und behauptet. Pierre würde ihr auf Monate hin gehören. Das gefiel ihr. Sogar sehr.

Mit gemischteren Gefühlen als Karl war selten ein Mensch auf seiner Arbeitsstelle erschienen. Ebensosehr wie er sich freute, Mila wiederzusehen, bekümmerte ihn das Schicksal der armen Ines. Warum die Sturmgarde, eine Art Stadtpolizei, sie verhaftet hatte, war ihm ein Rätsel. Es stand zu entscheiden, ob er über ihren Verbleib etwas herausbekommen wollte. Das wäre mit etlichen Risiken verbunden. Andererseits bestand das vielleicht viel höhere Risiko darin, das Geschehen einfach hinzunehmen, wie jemand, der etwas zu verbergen hatte. Karl sprach seinen diensthabenden Offizier direkt darauf an. Seine Zimmerwirtin, Ines Rodrigo, sei verhaftet worden. Von der *Guardia de Asalto*. Er würde gerne wissen, warum. Entweder, um ein mögliches Mißverständnis zu korrigieren, oder um zu erfahren, bei welchem verkommenen Subjekt er da über Monate hinweg gehaust habe.

Der Offizier, ein Spanier, zuckte mit den Achseln. An sich wollte er dem Studenten, der so beispielhaft Dienst leistete, gern einen Gefallen tun. Karl hatte für seine Ohren auch den richtigen Ton getroffen, eine Mischung aus Chuzpe und Unterwürfigkeit. Aber über einzelne Gefangene, vor allem wenn es sich um politische Gefangene handelte, konkret etwas zu erfahren, war schwierig. Karl appellierte an die Kompetenz seines Vorgesetzten. Jemand wie Sie, sagte er, wird sicher Wege und Möglichkeiten besitzen, nicht wahr? Der Chef der Sturmgarde ist doch einer von uns, oder nicht? Mir liegt wirklich viel daran.

Der Offizier brummte erst mißmutig, dann führte er ein Telefonat, wobei er sich den Namen der möglichen Gefangenen noch einmal buchstabieren ließ. Es folgten zwei weitere Telefonate. Endlich schüttelte er den Kopf und legte auf.

Die haben, sagen sie, keine Ines Rodrigo verhaftet.

Karl nickte wie geistesabwesend, um die Angelegenheit, die er bereits gefährlich aufgebauscht hatte, zu marginalisieren. Bedeutete diese Auskunft etwa, daß Ines tot war? Und wenn Ines tot war, was bedeutete dann das? Wenn ihre Festnahme, was Karl sich nicht vorstellen konnte, aus politischen Motiven erfolgt war, blieb die Möglichkeit, daß sie in den offiziellen Akten vorerst nicht auftauchte. Wahrscheinlicher schien, daß sie durch den Knüppelhieb tödlich verletzt worden war und man ihren Leichnam als Betriebsunfall aus der Welt geschafft hatte. Den allseits verhaßten Sturmgardisten war jede Schweinerei zuzutrauen.

Ich danke Ihnen für Ihre Mühe. Sie sind ein guter Mensch.

Bitte sehr. Man hat mir eine *Rodrigo Katarina* und einen *Rodrigo Juan* angeboten. Falls dir das weiterhilft, Kamerad.

Das tut es leider nicht, dennoch: danke.

Gern geschehen. Zwischen dir und dieser Ines ist wohl was gelaufen? Sei ehrlich!

Karl verneinte das vehement, auch wenn er den nach Schlüpfrigkeiten gierenden Offizier damit enttäuschte. Er glaubte, alles Menschenmögliche für die verschollene Freundin getan, sich weit genug aus dem Fenster gelehnt zu haben. Nun war es an der Zeit, Mila zu begegnen. Zuvor mußten noch zwei Stunden Dienst heruntergerissen werden. Zum ersten Mal benutzte Karl dabei den Pißpott. Seine Aufregung äußerte sich in gesteigertem Harndrang und permanenter Übelkeit. Zuletzt steckte er sich zwei Finger in den Mund, um seinen eisenschweren Bauch zu erleichtern.

Pierre hatte Ellie und Max zu sich bestellt, um ihnen einen gutgemeinten Vorschlag zu unterbreiten. Beide sollten fortan dauerhaft und endgültig im *Hotel Monbijou* residieren, als seine Gäste, und die Adresse in der Rue Clovis aufgeben. Er verfüge inzwischen über die nötigen monetären Reserven, um das morsche Gebäude, das zu Maupassants Zeiten einmal modern gewesen sei, von Grund auf renovieren zu lassen. Danach würde es statt der zwei Sterne drei wert sein, vielleicht sogar vier.

Und wißt ihr was? Euch beide will ich mit der Bauleitung betrauen. Ihr bezieht ein Fixgehalt von jeweils siebenhundert Francs im Monat und haltet mir allen Ärger vom Leib. Kommt mir bitte nicht mit dem Einwand, daß ihr von so was nichts versteht. Ich bin mir sicher, ihr kriegt das alles hin. Sagt einfach ja – und ich bin glücklich.

Max und Ellie sahen einander kurz an, sagten gleichzeitig ja und waren glücklich. Eine Zeit, die eben noch aussichtslose Exilanten in sorglose Bauherren verwandeln konnte, verdiente es, gelobt zu werden. Beide hielten sie Pierre für einen netten und großzügigen, aber auch leichtsinnigen Menschen. Die Erbschaft schien ihm einige Schrauben gelockert zu haben.

Womit sie nicht rechneten, war seine Menschenkenntnis. Entgegen jeder Erwartung an sich selbst gingen Max und Ellie mit Fleiß und Sorgfalt an die ihnen übertragene Aufgabe. Als wäre weiter nichts dabei, machten sie sich mit allem Wissenswerten vertraut. Sie mußten eigentlich gar nicht viel wissen, nur eben die richtigen Leute aussuchen, die aus ihrem Wissen keinen überzogenen Profit schlagen wollten. Der Rest bestand darin, Handwerker zu organisieren und den Hotelbetrieb so umzustrukturieren, daß das Haus nur etwa vier Wochen komplett für die Kundschaft geschlossen werden mußte, wegen der Lärmbelästigung durch die Fassadenarbeit.

Max und Ellie kündigten ihr Mietverhältnis, telegrafierten Karl ihre neue Postanschrift und gaben damit an, nun auch telefonisch erreichbar zu sein.

Xavier Chapelle, der die Deutschen nach wie vor verachtete und zu ignorieren suchte, stieg vom Rezeptionisten zum Hotelmanager auf, bei veranderthalbfachtem Gehalt. Er faßte die Beförderung ganz richtig als Beschwichtigungsmaßnahme auf. Und machte sich dennoch Gedanken um seinen über allen Wolken schwebenden Chef. In einer Mischung aus Neid, Besorgnis und Verwunderung.

Pierre Geising hatte nebst seiner Gattin auch viel von seinem Pflichtgefühl verloren. Er glaubte, die wenigen schönen Jahre, die ihm vor dem Einbruch des Alters noch vergönnt sein würden, intensiver nutzen zu müssen als bisher. Er flanierte viel, frühstückte spät, las im Café ausgiebig die Zeitungen und betrat endlich und zum ersten Mal in seinem Leben den Louvre. Boxsportveranstaltungen hatten es ihm angetan, und um seinen lädierten Rücken zu stärken, mietete er regelmäßig ein Boot, ruderte einige Kilometer die Seine auf und ab. Er begann auch, sich legerer zu kleiden, lief tagsüber ohne Schlips herum und kaufte sich für die Spaziergänge in den Parks eine Lederjacke, die ihm ein jugendliches, verwegenes Aussehen verleihen sollte. Den Zylinder trug er fast nie mehr, selbst wenn er am Abend schicke Lokale oder die Oper besuchte. Die Zeit der Zylinder schien vorüber zu sein.

Karl saß nach Mitternacht in seinem Kämmerchen, feilte noch an seinem Rapport, als Mila hereintrat und ihm um den Hals fiel, gutgelaunt und ausgelassen, strahlend, ein überwältigender Ausbund an Lebenslust.

Frauen, dachte er, können altern und trotzdem noch um einiges schöner werden, klüger und begehrenswerter, können an Persönlichkeit, Charme und Charisma gewinnen. Aber den Zauber, den ein Mädchen mit geröteten Wangen verströmt, wenn es von einem augenblicklich starken Gefühl gelenkt wird und ihr Körper dabei kaum sichtbar zittert und tanzt – dieses Elixier-Sein, diese hochansteckende Blüte, ist ihnen nur wenige Jahre lang gegeben. Karl, hilf- und wehrlos umzingelt vom Glück, trat Schweiß auf die Stirn und Wasser in die Augen.

Ein Wesen wie Mila an seiner Seite einzuordnen, welches Selbstbewußtsein wäre dazu nötig gewesen? Seines reichte nicht aus.

So kam es, daß er ihre Liebkosungen scheinbar gleichgültig zu dulden schien und seine Verlegenheit verbarg, indem er im Text, obwohl er kaum klar denken konnte, letzte Verbesserungen vornahm. Mila rümpfte die Nase.

Du – sag mal, hier stinkt es. Sie deutete auf den Pißpott. Hast du gekotzt?

Hab ich. Mußte sein. Moment noch! Wiewohl Karl der Geruch peinlich war, wirkte die Art, wie er damit umging, auf Mila souverän.

Hast du was Schlechtes gegessen?

Wahrscheinlich.

Nein, ich hab etwas Übles erfahren, hatte Karl ursprünglich sagen wollen. Gerade noch rechtzeitig fiel ihm ein, daß momentan vielleicht nicht der beste Zeitpunkt war, über Ines zu reden und Milas Eifersucht zu provozieren. Er signierte seinen Rapport, seufzte laut auf, wie von einer Zentnerlast befreit. Er griff Mila, ohne sie anzusehen, um die Hüfte, zog sie zu sich und genoß ihre Zungenspitze an seiner. Alles war wie im Traum, von einer verrückten Logik unterlegt.

Ich hab Hunger. Gehn wir in die Kantine?

Karl trug fünfundzwanzig Peseten bei sich. Kalter klebriger Eintopf war mit diesem Umstand unvereinbar, er wollte sein Mädchen ausführen und verwöhnen. Nur der blöde Krieg stand dem im Weg. Um diese Uhrzeit hatten in Barcelona keine Restaurants mehr offen.

Ich könnte uns, sagte Karl, Nudeln auf italienische Art machen. Ich habe Salz, Olivenöl und eine Dose Tomaten.

Mila fand den Vorschlag romantisch.

Ich hab mein Beutelchen Gewürz! Dann laß uns zu dir gehen und wir besorgen aus der Kantine noch Wein!

Einverstanden!

Das Leben konnte so einfach sein. Karl nahm in jener Nacht das Glück wie etwas Selbstverständliches wahr, als hätte das Schicksal ein Gehirn und Gewissen und hielte es für nötig, das Fehlen von Ines irgendwie auszugleichen. Mila war nicht wie so viele deutsche Mädchen, die herumgezickt und entweder Bedingungen oder etwas in Aussicht gestellt hätten, das sie dann im letzten Moment bereuten und verweigerten. Mit ihr um halb zwei Uhr nachts Nudeln zu essen, war der Himmel auf Erden, ein intimer Akt, der der Seele mehr als dem Magen galt.

Als Karl das wundervolle Geschöpf zu küssen und zu entkleiden begann, machte es keinerlei Anstalten fortzulaufen, im Gegenteil, Mila drängte ihn zur Eile, sie gab sich ihm hin, weil sie es wollte, als wäre damit, ohne langes Nachdenken, dem Natürlichsten der Welt Tribut gezollt.

Während der Schließung des *Monbijou* wollte Pierre mit Ellie eine kleine Reise unternehmen, in die Normandie vielleicht. Sie hatten seit dem Renovierungsbeschluß nicht mehr zusammen geschlafen, und überhaupt nur ein einziges Mal seit Julies Tod. Er meinte, daß es doch genüge, wenn Max die Bauaufsicht übernähme, zwei Augen sähen da auch nicht viel weniger als vier. Ellie hielt dem entgegen, daß sie sich schäbig vorkäme, ihrem Bruder die Arbeit zu überlassen, während sie selbst sich am Meer amüsieren würde, das gehe nicht, das müsse er einsehen. Es kam dann auch nur zu einem Ausflug nach Versailles, wo sie Pierre in einem Gebüsch mit der Hand befriedigte, um wieder eine Weile lang Ruhe zu haben. Ellie verkehrte dabei nicht ungern mit ihm, er war ein begnadeter Kniekehlenküsser und in oralen Techniken auch sonst versiert. Ihr ging es darum, nicht ständig verfügbar zu sein und die Beziehung auf kleiner Flamme am Köcheln zu halten. Weswegen sie die Spröde, meist Lustlose gab und ihre Gunst strikt rationierte.

Max suchte auf seine Weise Entspannung. Oft verbrachte er den Abend in der Cosy-Bar, um kultivierte Freigeister kennenzulernen und im einschlägigen Kreis Werbung für das in Kürze generalrenovierte *Monbijou* und dessen diskrete Spezialtarife zu machen. Das Hotel bekam eine komplett neue Kücheneinrichtung, einen neuen Putz, neue Matratzen, neue Zimmerbeleuchtungen, neue Teppichböden. Einige Wände zwischen den Zimmern wurden niedergerissen, damit Suiten entstanden. Bettgestelle, die teilweise über sechzig Jahre alt waren, wurden ebenso ersetzt wie die veralteten Steckdosen. Als besonderer Clou wurden in ausgewählten Zimmern kleine Kühlschränke installiert, mit Getränken zu weit überteuerten Preisen. In einigen der Pariser Luxushotels hatte sich das als überraschend lohnende Investition erwiesen. Max dachte sich sogar etwas Eigenes aus. Drei der nun nur noch dreißig statt vierunddreißig Zimmer sollten Nichtraucherzimmer werden, es gab immer mehr Menschen, die Wert auf so etwas legten. In den Suiten sollte der Gast über ein eigenes Radiogerät verfügen können und über eine Badewanne. Xavier hatte all diese Vorschläge schweigend akzeptiert, als fehle es ihm an Lust, auszutesten, welches Gewicht seine Stimme noch besaß. Pierres einzige Vorgabe war gewesen, daß die Kosten insgesamt nicht mehr als zweihunderttausend Francs betragen dürften. Wie es aussah, war es Max gelungen, genügend günstige Verträge auszuhandeln, um mit drei Vierteln der Summe auszukommen.

Julie Geising hatte das Hotel stets gehaßt und sich geweigert, einen Fuß hineinzusetzen. Für Pierre hatte es den Versuch dargestellt, unabhängig vom Wohlstand seiner Frau Erfolg zu haben. Was ihm nicht immer geglückt war. Mehrere Male war das Hotel hart an der Pleite entlanggeschrammt, und daß Pierre nun das Geld seiner Frau in die Renovierung steckte, gewährte ihm eine kleine Rache. Inzwischen war er fest überzeugt davon, daß Julie nicht einsam gestorben war – auch wenn er den Beweis dafür wohl nie bekommen würde. Er legte keinen Wert auf Nachforschungen, um nicht in dieser oder jener Weise enttäuscht zu werden. Es lebte sich befreiter mit einer Toten, gegen die man ein wenig – und nicht zuviel – Groll hegen konnte.

In der Pariser Tageszeitung war ab Juli 1936 Klaus Manns *Mephisto* als Fortsetzungsroman abgedruckt worden, immer auf der vierten und letzten Seite. Max hatte in das Werk ein paarmal hineingelesen, ohne Genuß, es erschien ihm stilistisch fragwürdig und politisch so einseitig wie boshaft. Wie konnte Klaus Mann denn wissen, aus welchen Motiven Gründgens, denn der war offensichtlich gemeint, in Deutschland blieb? Vielleicht ja, um dort, im stillen, Gutes zu bewirken. Als gefeierter Schauspieler und Intendant verfügte man über Möglichkeiten, die man beim Gang über die Grenze ungenutzt abgab. Der Roman hatte etwas an sich, was Max an linker Gesinnung stets angewidert hatte: Selbstgefälligkeit, das Zufriedensein darüber, sich mit einigen humanistischen Grundsätzen aus dem Poesiealbum unangreifbar auf der Seite des Guten und Wahren zu wissen. Eine preiswerte, primitive Position, die es jedem Sonntagsdenker erlaubte, tiefer reflektierende Zeitgenossen als weltfremde Schwärmer zu diffamieren, oder als Dulder, wenn nicht gar Sympathisanten des Bösen. Zudem, das pfiff jeder Pariser Spatz vom Dach, war Klaus Mann homosexuell, wie Gustav Gründgens auch. Es mochte sich wer weiß was zwischen den beiden abgespielt haben. Nein, als Autor hatte der Sohn des Nobelpreisträgers wenig Eindruck auf Max gemacht.

Um so mehr war er vom Menschen Klaus Mann überrascht, den er zufällig kennenlernte, an einem Abend in der Cosy-Bar. Es schwappte und schubste sich eine Blase von Bewunderern um den besten Platz in der Nähe dieses gut – oder zumindest interessant aussehenden Schriftstellers. Max fiel es zuerst nicht auf, anderen sofort. Beide, Max Loewe wie Klaus Mann, besaßen eine ganz ähnliche Ausstrahlung, fragil, melancholisch, vergeistigt, still und ohne triftigen Grund leidend, getrieben von der Sehnsucht, geistigen Halt zu finden in einer Welt, die jedem Individuum über den Kopf wuchs oder, besser gesagt, über alle Köpfe hinwegrollte, rücksichtslos. Dank seiner wenn auch objektiv geringen Berühmtheit hatte sich Klaus Manns Ausstrahlung bereits in eine Art Aura verwandelt, während Max Loewe allenfalls Eindruck hinterlassen konnte, nur eben keinen großartigen. Als wären sie beide gleichgepolte Magnete, die sich abstoßen mußten, kam es zu einem kurzen, belang- und folgenlosen Gespräch, und später, als um Mitternacht ausgelassen getanzt wurde, suchte sich der Schriftsteller einen anderen Bettgenossen aus, einen derben Jüngling mit Schmerbauch und frech wilderndem Scherzmaul. Den er folgerichtig gegen zwei Uhr morgens in sein Hotel einlud/lockte, mit der Aussicht auf kostenlose Morphine. Die Blase der Übergangenen zeterte und schnatterte, noch lange wurde im Cosy darüber diskutiert. Während Max längst abseits, vor seinem fünften Glas Wein saß und die Begegnung, die wenigen Sätze, die er mit Klaus Mann gewechselt hatte, rekapitulierte und mit einer Bedeutung auflud, die übertrieben, dem Anlaß sicher nicht angemessen war. Schüchtern hatte der Autor des *Mephisto* ihm gegenüber gewirkt, bemitleidenswert unsicher, bescheiden, von daher grundsympathisch. Wo Max schon als eigenbrötlerisch galt, schwer zu durchschauen, wäre Klaus Mann von unvoreingenommenen Beobachtern als tapsig taumelnder Schatten seiner selbst treffend beschrieben worden. Der Sohn von Thomas Mann zu sein, schien einem Fluch gleichzukommen. Klaus, das verstand Max instinktiv, wollte ekstatisch ausleben, was sein verklemmter Vater mit seiner preziösen Schreibe sublimierte – und war doch zutiefst neidisch auf jene Sublimation, die sexuelle Entsagung in literarische Produktivität verwandeln half. Klaus Mann, eine im Grunde arme Sau, lebte das Leben eines Pseudo-Revoluzzers, eines Vater-Stellvertreters, der mit seiner dürftigen Ernte nie glücklich werden würde, werden konnte. Aber wiewohl dieses Urteil im Bereich des Möglichen oder Diskutierbaren lag, wurde es für alle Zeit entwertet durch den simplen Fakt, daß Klaus Mann Max Loewe hatte abblitzen lassen. Für einen Schmerbauch mit Scherzmaul.

Ellie erzählte er in höchst beiläufiger Manier von der Begegnung, wie man etwas erwähnt, das man auf der letzten Seite der Zeitung gelesen hat. Ellie überraschte ihn mit der Aussage, sie habe als Zwanzigjährige die Buddenbrooks verschlungen, es sei sogar ihr Lieblingsbuch. Und als die Rede auf Thomas Manns erotische Neigungen kam, reagierte sie ungläubig. Der Mensch sei doch verheiratet und habe Kinder. Max meinte, daß jede Zeile von Thomas Mann wie mit abgespreiztem kleinem Finger geschrieben wirke, schwules Geschwülst, wer nur die mindeste Ahnung von Literatur habe, könne daran nicht vorbeisehen.

Dann habe ich also – im Gegensatz zu dir – nicht die mindeste Ahnung von Literatur, nein? Willst du das damit sagen?

Genau das wollte Max sagen, selbstverständlich. Und wollte dabei auch keinen Streit provozieren. Er schwieg, wie so oft. Und stieß Ellie damit erst recht vor den Kopf. Die Angelegenheit war im Grunde lächerlich. Statt sich darüber zu freuen, daß seine Lebensgefährtin nicht so komplett unbelesen war, wie er angenommen hatte, nahm Max ihr übel, wie frech, beinahe anmaßend, sie sein literarisches Urteilsvermögen in Frage stellte.

Tief in seinem Inneren ärgerte ihn auch der Umstand, daß die zweieinhalb Seiten seines Romans, so großartig sie vielleicht auch sein mochten, für einen Nobelpreis noch nicht ernsthaft in Frage kamen. Selbst wenn Klaus Mann bereit gewesen wäre, sie zu lesen und ihm eine Empfehlung zu schreiben.

Ach Kollege, hatte Klaus gesagt (man duzte sich früh in der Cosy-Bar, unter Deutschen zumal), Kollege, sieh es mir nach. Wir wollen an einem so schönen Abend doch nicht über unsere Arbeit plaudern...

Dieses Arschloch.

Ellie fragte sich wieder einmal, warum Max noch mit ihr zusammenbleiben wollte, wenn er sie offenbar verachtete. Und warum sie ihn liebte, während Pierre täglich darum bemüht war, ihren Alltag mit roten Teppichen auszukleiden. Gerecht war das nicht.

Karl vernachlässigte für einen Tag seine Vorlesungen, um sich mit Mila am Strand zu amüsieren. Er konnte nicht fassen, was in der Nacht geschehen war. Hätte es für seine Entscheidung, nicht an die Front zu gehen, irgendeines Arguments, einer Rechtfertigung bedurft, war Mila das Überzeugendste, was sich fürs Hinterland ins Feld führen ließ. Karl war nie ein Romantiker gewesen, aber die Liebe als Entschuldigung für einfach alles zu gebrauchen, erschien sogar ihm in diesem Fall vernünftig. Seine Schuldgefühle verflüchtigten sich, er bettete seinen Kopf auf Milas Bauch und sah in den Himmel hinauf. Sie nannten einander ihre wahren Namen. Mila hieß Ludovica Guardagno, stammte aus Bari und war neunzehn Jahre alt. Karl beschloß, sie weiter Mila nennen, umgekehrt bat er sie darum, ihn wie bisher Franz zu rufen, schon allein, weil er sich wie ein neuer Mensch fühlte, der auf seine abgelegte Haut keinen Wert mehr legte. Alles war nun anders und großartig. Mila krempelte ihre Hose bis über die Knie hoch und ließ die Gischt um ihre nackten Füße spielen. Röcke, sagte sie, besitze sie nicht. In Italien wäre das ein Skandal ohnegleichen. Sie habe alles hinter sich gelassen, ihre Eltern, drei Brüder, zwei Schwestern, um hier in Spanien die Freiheit zu leben. Karl nickte zustimmend. Es gebe, erklärte Mila stolz, keine Macht der Welt, die ihr Zügel anlegen könne, sie mache, was sie wolle. Karl nickte erneut, aber weniger heftig.

Mila begann zu singen. Sie hatte eine helle, leicht kieksige, dabei angenehme Sprechstimme, und ihren Akzent fand Karl, wie fast alles an ihr, entzückend. Der Gesang – nun ja. Das Meer erträgt soviel.

Am Abend erhielt Karl ein Telegramm aus Paris. Mila war ganz baff. Wer Telegramme aus Paris erhielt, der stellte etwas dar. Was steht denn drin, fragte sie, neugierig wie ein Kind, dann erschrak sie. Ihr war eingefallen, daß, so drückte sie es aus, schlimme Nachrichten gerne in Telegrammen reisen.

Karl las vor.

*Sind umgezogen Hotel Monbijou, Rue Dunkerque 2. Gehts dir gut? Brauchst du etwas? Wir sind telefon. erreichbar u. Trudaine 42–79. Grüße M und E.*

Karl mußte nun viel erzählen und erklären, aber das Wichtigste konnte er sich selbst nicht erklären: Aufgrund welcher glücklichen Fügung leisteten sich Max und Ellie den Aufenthalt in einem *Hotel*? Beziehungsweise: Warum verloren sie darüber kein Wort?

Immerhin hatten sie die Wörter *telefonisch* und *unter* abgekürzt, um Gebühren zu sparen.

Mila zog am nächsten Tag zu Karl in die kleine Wohnung, er hatte sie dazu aufgefordert, und erst als sie ihr Einverständnis gab, kamen ihm Bedenken. Eine schöne junge Frau konnte in diesem verrufenen Viertel vor Belästigungen nicht sicher sein. Er sagte ihr das. Er sagte ihr auch, mit wem er hier über Monate zusammengelebt hatte. Falls Ines zurückkäme, womit Karl aber nicht rechnete, könne es eng werden. Mila wollte alles ganz genau wissen.

Du hast – mit einer Prostituierten? Geschlafen?

Sie benutzte ein italienisches, viel ordinäreres Wort und sah ihn mit großen Augen an.

Nein, niemals. Ines war meine Zimmerwirtin, und das ist alles.

Weshalb hat man sie denn verhaftet?

Ich habe keine Ahnung. Nicht die geringste. Ich befürchte leider, daß sie tot ist. Ihr Name stand nicht auf der Liste der Gefangenen. Die Sturmgardisten haben sie brutal geschlagen. Das weiß ich von einem Nachbarn. Und was ich noch weiß, ist, daß sie bestimmt nichts dagegen hätte, wenn du hier mit mir zusammenlebst. Sie war ein guter Mensch, vielleicht ist sie es noch immer.

Du vergötterst sie ja geradezu!

Karl entgegnete nichts. Der Vorwurf zeugte von sehr wenig Großmut. Milas unverhohlene Eifersucht ging ihm zum ersten

Mal auf die Nerven. Italienerinnen, dachte er, müssen vermutlich so sein. Er packte das Mädchen an den Schultern und riß es an sich. Rabiat und besitzergreifend. Mila schien das sehr zu gefallen. Sie war erregt, und schon Sekunden später lagen beide auf dem Bett. Im allerletzten Moment appellierte sie mit einer Ohrfeige an Karls Verantwortung, und er ergoß sich, laut stöhnend, auf ihren Bauch. Gern hätte er mit der Geliebten ein Kind gezeugt, aus der puren Lust heraus, im wahrsten Sinne des Wortes. Erst nach dem Akt sah er ein, daß das noch einmal gut bedacht sein wollte. Und als er mit Mila darüber redete und erfuhr, daß sie auf Nachwuchs vorläufig nicht den geringsten Wert legte, kaufte er in der Apotheke Kondome.

Beider Zusammenleben erwies sich als wenig problematisch. Nachts gingen sie gemeinsam zur Arbeit und kamen spätnachts gemeinsam heim. Tagsüber studierte Karl, während Mila sich ein paar Trinkgelder dadurch verdiente, daß sie italienischen Freiwilligen der Internationalen Brigaden Spanisch beibrachte. Trinkgeld zu geben war an sich noch immer verpönt, aber freiwillige Spenden für bedürftige Aktivisten wurden geduldet und als sinnvoll erachtet. Was Karl durch seine Latein-Nachhilfe und Mila durch ihre Sprachkurse verdienten, wanderte in eine Haushaltskasse. Anschaffungen, die über das Notwendigste hinausgingen, bedurften des beiderseitigen Einverständnisses. Karl und Mila verstanden sich als funktionierende Kleinzelle im urkommunistischen Sinn.

Die Renovierungsarbeiten verliefen überaus zufriedenstellend. Die Zimmer im ersten Stock konnten, wenn auch zum reduzierten Preis, vermietet werden, während im zweiten der Umbau in vollem Gange war. Und umgekehrt. Das neue *Monbijou* würde, wenn alles weiterhin so glatt lief, Mitte April eingeweiht werden, mit einem Fest. Pierre, der an Einzelheiten nicht interessiert war, stellte zweitausend Francs zur Verfügung, einfach so, ohne zu wissen, wofür genau.

Anfang April erkundigte sich Karl, was ein Anruf nach Paris denn kosten würde. Jemand war gekommen, um die überfällige Miete für Ines' Wohnung einzutreiben. Die Hoffnung, daß es sich um Wohneigentum handelte, erfüllte sich nicht. Eine schon ältere Frau mit einer haarigen Warze auf der Unterlippe sagte ihm, daß die Minute mit zehn Peseten berechnet werde. Er müsse das Gespräch anmelden und für den Zensor ein Formular ausfüllen.

Für den – was?

Den Zensor. In welcher Sprache wollen Sie das Telefonat führen?

In Deutsch.

Dann müssen Sie sich mit einem Zensor verabreden, der Deutsch beherrscht.

Französisch ginge auch, oder Englisch. Konzedierte Karl.

Warum nicht Spanisch?

Das spricht außerhalb Spaniens fast niemand in Europa.

Ach? Naja, viel Glück.

Es stellte sich heraus, daß die Wartezeit oft bis zu sechs Stunden betrug, bevor eine Verbindung zustande kam. Karl mußte auf dem Formular angeben, wen er antelefonieren wollte und warum. Der Zensor, meist ein politischer Kommissar der PSUC, würde während des Gesprächs neben ihm sitzen und zuhören. Es durfte nicht über die politische Lage in Spanien allgemein und insbesondere in Barcelona geredet werden. Politische Lage war dabei ein sehr vieldeutiger Begriff. Falls der Zensor den Verdacht hegte, es würden politische Sachverhalte über einen

Code mitgeteilt, unterbrach er die Leitung. Für Karl als Parteigenossen galt eine gewisse Vorzugsbehandlung. Er meldete das Gespräch nach Paris um dreizehn Uhr an, und keine zweieinhalb Stunden später kam es zustande. Zu seinem Glück war ein Offizier vorhanden, der gut deutsch wie auch einigermaßen französisch sprach. Vielleicht, ja wahrscheinlich sogar würde beides vonnöten sein. Und das war es dann auch. Es meldete sich Xavier Chapelle an der Rezeption des *Monbijou*. Karl nannte seinen Namen und fragte auf französisch nach seinem Bruder. Er bat um Eile, denn dies sei ein sehr teures Gespräch aus dem Ausland. Chapelle brummelte etwas von, er sehe nach, ob Monsieur Max auf seinem Zimmer sei, Moment bitte.

Was macht Ihr Bruder in Paris?

Der Zensor war ein ganz sympathisch wirkender junger Schnauzbartträger, blond mit blauen Augen und Sommersprossen, er nutzte die entstandene Stille, um das seiner Meinung nach vage formulierte Gesprächsprotokoll mit neuen Details zu versehen, mehr aus Langeweile denn aus Ordnungssucht oder gar Anteilnahme. Karl registrierte erfreut, daß er gesiezt wurde. Die Zeit, in der jeder mit jedem auf du war, ging zu Ende.

Er ist Student.

Was studiert er denn?

Philosophie.

Aha.

Die Minuten vergingen. Vier, vielleicht fünf, gefühlte zehn. Dann endlich meldete sich Max am anderen Ende der Leitung. Er hatte nur ein Zimmer entfernt im Direktionsbüro gesessen, aber Chapelle hatte sich auf das Stichwort *Ausland* hin etwas Zeit gegönnt, aus purer Unleidlichkeit.

Hallo? Karl, bist du das?

Ja, hör zu. Fass dich kurz, jede Minute kostet mich zehn Peseten. Sag mir, wie es kommt, daß ihr ins Hotel gezogen seid. Geht es euch gut?

Das ist eine lange Geschichte.

Ach, nein, bitte, keine langen Geschichten. Sei so konzis wie möglich.

Was bedeutet *konzis*? Der Zensor sah verstört auf.

Soviel wie knapp, kurz angebunden.

Mit wem redest du da?

Der Zensor hat mich etwas gefragt, hier wird mitgehört, Entschuldigung.

Keine Angaben über Politik! Zischte der Zensor. Noch einmal so etwas und ich kappe das Gespräch! Sofort.

Aber – Karl schwieg entgeistert.

Hallo? Bist du noch dran? Also, in Kürze: wir haben einen Hotelbesitzer kennengelernt und hatten die Ehre, sein Hotel renovieren zu dürfen, also die Renovierung zu überwachen, bald wird die Bude mit einem Festakt neu eröffnet. Und du? Brauchst du Geld?

Kann ich immer brauchen. Wenn ihr es erübrigen könnt. Ich studiere Medizin, sobald ich Arzt bin, zahle ich alles zurück, selbstverständlich.

Medizin? Du? Ich dachte, du kannst kein Blut sehen?

Ich habe mich daran gewöhnt, hier in Barcelona –

Gerade noch rechtzeitig gestaltete Karl den Satz um, wurde er doch des grimmigen Gesichtsausdrucks des Zensors gewahr.

Hier in Barelona geht alles mustergültig seinen Gang, und ich kann zu optimalen Bedingungen studieren, habe auch einen Nebenerwerb beim Radio.

Beim Radio? Toll. Was machst du denn da?

Ich – das unterliegt der Geheimhaltung. Es gibt kein Honorar, aber immerhin eine Art kalten klebrigen Eintopf...

Der Zensor hob den Finger. Keine herablassenden Angaben über die Lebensmittellage!

Ich hab auch ein Mädchen getroffen, eine Italienerin.

Und *ich* habe Döblin und Klaus Mann kennengelernt. Sie waren ganz wild darauf, meinen Roman zu lesen. Aber ich komm einfach nicht dazu, ihn fertigzuschreiben...

Was redet der da? Der Zensor verzog mißbilligend den Mund.

Ich weiß auch nicht genau.

Ihr Bruder, sagten Sie, sei Student. Dabei schreibt er Romane! Und renoviert Hotels!

Das macht er wohl nachts, nach den Hausaufgaben.

Der Zensor dachte kurz nach, stieß Luft aus, dann gab er mit einem Wink das Gespräch wieder frei.

Also, wenn es euch da oben gut geht und ihr etwas Geld übrig habt, dann sendet es an die übliche Adresse, ich lebe da jetzt alleine, meine Zimmerwirtin wurde... in ein Krankenhaus eingewiesen, und ich bin so verliebt, das kannst du dir kaum vorstellen.

Reichen tausend Francs?

Dicke. Danke. Das wäre famos. Auch wenn das meiste davon wahrscheinlich für dieses unverschämt teure Gespräch hier draufgehen wird...

Wieder hob der Zensor den Finger.

Kein Problem. Das Leben hier ist ein Traum. Momentan. Vergiß bloß nicht, rechtzeitig abzuhauen. Die Zeitungen sagen, solange Frankreich und England neutral bleiben, hat die Republik gegen Franco auf Dauer keine Chance.

An diesem Punkt kappte der Zensor die Leitung. Er habe, meinte er, bis dahin viel durchgehen lassen, aber defätistische Kommentare über den Ausgang des Krieges seien nicht hinnehmbar. Dieses Brüderchen sei wohl ein Schweinehund.

Max habe doch nur, sagte Karl, objektive, neutrale ausländische Medien zitiert, das sei doch nicht mit seiner Privatmeinung gleichzusetzen.

Der Zensor schüttelte den Kopf, nicht böse, eher traurig. Dann offenbarte er eine unvermutet menschliche Seite.

Das Gespräch war doch eh schon teuer genug für Sie – und alles Wesentliche wurde gesagt. Sie sind schwer verliebt und brauchen Geld. Er, der Philosophiestudent und Freizeitschriftsteller, schickt Ihnen Geld. Und so viel! Ich will gar nicht wissen, woher er das hat. Mission erfüllt. Ich gehe jetzt Kaffee trinken. Schönen Abend, Genosse.

Karl mußte achtzig Peseten bezahlen, drei Viertel seiner gesamten Barschaft. Und doch war das eine überaus lohnende Investition in Hinsicht auf die kommenden tausend Francs.

Sobald sie eintrafen, nur drei Tage später, ging er noch einmal ins *Hotel Continental.* Ihm sei ein bedauerlicher Irrtum unterlaufen. Meinte Karl und drückte Mrs. Blair fünfzig Peseten in die Hand. Kaufen Sie Ihrem Mann Tabak dafür. Ich entschuldige mich. Der Krieg – wissen Sie –

Schon gut. Die junge Dame lächelte verzeihend. Es war meine Schuld. Ich dumme Pute hätte auf Ihre Forderung ja nicht eingehen müssen. Hätte mich gefälligst mal nach dem Tabakpreis erkundigen können. Eric wird sich freuen. Er hält sehr viel von Ihnen. Er dachte tatsächlich, daß Sie derjenige gewesen seien, den man übers Ohr gehauen hat.

Ich dachte wiederum, Sie seien wohlhabend, stotterte Karl, um sich weiter zu rechtfertigen, und er hoffte auf eine Äußerung wie: *Machen Sie sich keine Gedanken, wir kommen schon klar.* Aber Mrs. Blair tat ihm den Gefallen nicht.

Nein, wir sind arme Leute. Leider. Ich kann ganz gut tippen. Wenn Sie mal von jemandem hören, der eine Tippse braucht –

Sie vollendete den Satz nicht, wohl weil ihr die Situation peinlich wurde. Karl hätte bei der Partei anfragen können; fähige Schreibkräfte wurden gesucht. Aber die Frau eines Mannes, der bei der POUM Dienst tat, das kam nicht in Frage. Also versprach er, sich anderweitig umzuhören, drückte der Engländerin noch einmal die Hand und verließ mit betrübter Miene das im übrigen wirklich winzige Zimmer. Mrs. Blair würde hier einigermaßen sicher sein, so sicher, wie man in diesen Zeiten irgendwo sein konnte. Das *Continental* galt als neutraler Ort, weil es durch die Generalität kollektiviert worden war, nicht durch die CNT oder UGT. Ehefrauen von Frontkämpfern bezahlten für die Logis, wie Karl von einem Kofferträger erfuhr, nur einen beinahe symbolischen Betrag. Um so mehr schämte er sich nun seiner Verfehlung, die er nur halb aus der Welt geräumt fand.

Das Fest, mit dem die Wiedereröffnung des *Monbijou* gefeiert wurde, bestand unter anderem aus einem nachmittäglichen Barbecue im Innenhof des Hotels und verfolgte einen gewissen Zweck. Max hatte nicht nur langjährige Stammgäste eingeladen, die er mit einer kostenfreien Nacht köderte, er hatte sich auch gezielt an all jene Menschen gewandt, die irgendwann einen der Spezialtarife in Anspruch genommen hatten. Über Kanäle, die nur einem wie ihm zur Verfügung standen. Ganz disparate Elemente einer besonderen Klientel kamen so zusammen und miteinander ins Gespräch. Max fühlte sich wie ein Zirkusdirektor oder Marionettenspieler, der Verbindungen knüpfte, wo vorher Anonymität geherrscht hatte. Pierre Geising bekam von alledem kaum etwas mit, sein Beitrag erschöpfte sich in einer kurzen, aber glutvollen, wohleinstudierten Rede, in der er Max und Ellie für ihr Engagement lobte. Er war in Sektlaune und beinahe hätte er dem Publikum Ellie als seine künftige Verlobte vorgestellt. Das wagte er dann doch nicht, ohne sich vorher mit ihr abzusprechen. Auch war die Trauerzeit für Julie noch lange nicht abgelaufen.

Nach dem Barbecue gab es im umdekorierten Frühstückssaal einen Tanztee; eine fünfköpfige kubanische Mulattencombo spielte Jazz mit vielen Schlagern und Evergreens. Aufgrund der deutlichen Überzahl der männlichen Gäste stellte sich nicht die erhoffte Stimmung ein, es wurde mehr getrunken als getanzt. Die Drinks waren sämtlich umsonst, und Pierre, der nicht viel vertrug, mußte, von Max und Ellie gestützt, die Festivität vorzeitig verlassen.

Tags darauf bekam er zu hören, wie ausgelassen sich das Ganze danach noch entwickelt habe, als der Eiswagen gekommen sei und die Canapés, der Clown und die Vorführung eines Farbfilms über die Amüsierbetriebe am Montmartre sowie als Höhepunkt die Tänzerin Elisse Beau, aus eben einem jener Betriebe, dem *Eve* am Pigalle, zu guter Letzt als wohltätige Geste die Versteigerung der wenigen Bestandteile ihres Kostüms zugunsten der Witwen und Waisen des Viertels. Eine nicht geringe Summe, die Max und Ellie an die Witwen und Waisen weiterzugeben vergaßen. Rundherum konnte das Fest als voller Erfolg gelten. Das *Monbijou* würde von nun an einen gewissen Ruf genießen, würde zu den kostbaren Lokalitäten gehören, die man nur sympathischen Menschen empfahl.

Pierre entschuldigte sich für sein frühes Ausscheiden und lud Max und Ellie zu einer Boxveranstaltung ein. Im *Salle Wa-*

*gram* sollte der französische Mittelgewichtler Tenet gegen den Deutschen Meister Besselmann antreten. Für diesen und sechs andere Kämpfe kosteten die besten Plätze stolze 75 Francs, was um so teurer war, als der Hauptkampf des Abends schließlich ausfiel, weil Jupp Besselmann keine Starterlaubnis aus Berlin bekam.

Bei jener Gelegenheit, direkt am Ring, während irgendein Schwede gegen irgendeinen Belgier kämpfte, hielt Pierre auf die beiläufigstmögliche Weise um Ellies Hand an. Später erklärte er, daß er nur unter diesen Umständen den Mut dazu hätte aufbringen können. Ellie erklärte ihrerseits, daß sie unter diesen Umständen den Antrag als Jux aufgefaßt und deswegen keine Antwort gegeben habe. Es finde sich bestimmt irgendwann eine bessere Gelegenheit und ein romantischeres Szenario, dann könne er einen zweiten, weniger beleidigenden Versuch wagen.

Am selben Tag verbreitete sich weltweit das Gerücht, Pola Negri habe eine Liebesaffäre mit Adolf Hitler. Dies war zwar nur eine Zeitungsente, gegen die Pola Negri gerichtlich vorging und gewann, doch die bloße Meldung nahm Ellie der populären Schauspielerin so übel, daß sie fortan nie wieder eine ihrer Frisuren kopierte.

Der Frühling '37 war für die Loewe-Brüder eine erfüllte Zeit. Keiner von beiden hätte mit dem anderen tauschen mögen, und jeder war auf seine Weise glücklich. Max wurde von Pierre zum Sous-Chef ohne klar definiertes Aufgabengebiet ernannt, sehr zum Entsetzen Xavier Chapelles, der seinen Titel als Hotelmanager dadurch entwertet sah. Max verdiente fortan 850 Francs im Monat, ohne etwas Bestimmtes dafür tun zu müssen. Und steuerfrei. Pierre wollte Max und Ellie, seine künftigen Familienmitglieder, versorgt wissen und von der Peinlichkeit befreit, ihn jedesmal um Geld zu bitten, wenn sie etwas benötigten. Ellie sollte damit indirekt enger an ihn gebunden werden. Zuletzt war es auch ein Weg, sich bei ihr für die absurden Umstände des Heiratsantrags zu entschuldigen.

In den Kämpfen bei Guadalajara im März und April errangen die republikanischen Truppen einen wichtigen Sieg, als Francos Durchbruch an der Front bereits unmittelbar bevorzustehen schien. Eine große Rolle spielten dabei die Internationalen Brigaden *Thälmann, Edgar André* und *Commune de Paris*, die dem italienischen Freiwilligenkorps Verluste von mehr als sechstausend Mann zufügten. Die Regierung war zuvor wegen des drohenden Falls von Madrid nach Valencia umgezogen, was im Nachhinein einem voreiligen und unnötigen Eingeständnis der Niederlage gleichkam. Karl mißbilligte im Gespräch mit Mila jenen Umzug denn auch als sehr bedauerlichen, weil propagandistisch verheerend wirkenden Akt individueller Feigheit. Nun konnte die Hauptstadt überraschenderweise gehalten werden, der Kriegsausgang schien wieder offen. Eine kleine Hoffnung verwandelte sich in sehr viel Zuversicht. Die *Lügenfresser* feierten in der Nachtkantine des PSUC-Hauptquartiers. Die Regierung aber blieb in Valencia, kehrte nicht nach Madrid zurück. Karl schüttelte darüber den Kopf. Am 26. April wurde die Stadt Guernica durch Flugzeuge der Legion Condor, einer verdeckt operierenden Einheit der deutschen Wehrmacht, in Schutt und Asche gelegt. Die strategisch sinnlose Aktion mit dreihundert toten Zivilisten deutete man als Fanal der Wut, als wohl von Hitler persönlich befohlenes Zeichen, den Krieg mit jedem denkbaren Mittel zum siegreichen Ende zu bringen.

*Die Weltpresse tobt*, schrieb Goebbels in sein Tagebuch.

Die Verhältnisse in Barcelona wirkten inzwischen auf viele Menschen bedrückend bis kaum noch erträglich. In langen Schlangen stand man um Lebensmittel an, es mangelte an beinahe allem, bis auf Orangen, Sardinen und Olivenöl. Milch und Fleisch gab es nicht, Brot war sehr knapp. Die Anarchisten gaben der Regierung die Schuld und hetzten mit Flugblättern. Die Spannungen zwischen ihnen und den Kommunisten schienen kurz vor dem Siedepunkt, es war deutlich spürbar, daß es bald zu einem mit Gewalt ausgetragenen Konflikt kommen würde. Die Regierung wiederum hetzte gegen die Anarchisten, beschuldigte sie, dringend an der Front benötigte Waffen in ihren Arsenalen zu bunkern und so die Verteidigungsfähigkeit der Republik zu untergraben. Die Zeitungen wimmelten von Pamphleten und Haßtiraden. Jede der linken Gruppierungen beschuldigte die jeweils anderen der Sabotage oder Unfähigkeit. Barcelona glich einem Pulverfaß. Karl und Mila jedoch lebten in ihrer Liebe wie in einer behüteten Blase. Sie standen beide in Diensten der momentan mächtigsten Partei, hatten jede Nacht etwas zu essen und profitierten überdies von der einstigen Vorausschau Ines Rodrigos, die in ihrer Wohnung, auf dem Boden ihres Kleiderschranks, einen ansehnlichen Vorrat an Reis und Nudeln gehortet hatte, jeweils zwanzig Kilo. Karl und Mila würden viele Wochen von diesem Vorrat existieren können, ohne zwischendurch nur einmal zwingend das Wort Hunger im Mund führen zu müssen. Eine wenn auch geringe Auswirkung der Not bestand für Karl darin, daß das Ehepaar Rosario sich außerstande sah, ihn zu bezahlen. Karl indes bestand darauf, Sebastián weiterhin zu unterrichten. Zum einen war ihm der Junge ans Herz gewachsen, zum anderen lag ihm an der Dankbarkeit der Familie. Er zog in Erwägung, daß diese irgendwann von Wert sein könnte. Keinen Moment zog er hingegen in Betracht, daß die Geldknappheit der Rosarios vielleicht nur ein Vorwand wäre, um ihn, den Kommunisten, loszuwerden. Tatsächlich lag die Wahrheit irgendwo in der Mitte. Seit Karl in die PSUC eingetreten war und er dies den Rosarios mehr versehentlich mitgeteilt hatte (er ließ sich über den schwer im Magen liegenden Fraß der Nachtkantine aus), war sich das bürgerliche Ehepaar uneins darüber, ob es zu Karl auf Distanz gehen solle oder ob es vielmehr sogar ganz gut sei, jemanden wie ihn zu kennen. In jedem Fall hatten sich die Rosarios dafür entschieden, ihm vorsorglich mitzuteilen, daß kein Geld mehr im Haus sei. Sicher ist sicher. Karls Angebot, Sebastián kostenlos Stunden zu geben, beschämte sie dann, einerseits – andererseits keimte in ihnen der Gedanke, der junge Deutsche könne im Auftrag der KP auf sie angesetzt worden sein. Die Atmosphäre des allgemeinen Mißtrauens in der Stadt nährte allerlei paranoide Ideen. Karl erinnerte sich an einen Satz von Lenin: *Wenn eine Gesellschaft nicht mehr träumen kann, wird sie wahnsinnig.*

Max und Ellie debattierten in der Nacht vom 2. auf den 3. Mai lange über die nähere und fernere Zukunft. Max hatte nämlich einen Entschluß gefasst, der Ellie anfangs schockierte, den sie nicht recht einzuordnen wußte, bis er ihr seine Gründe offenlegte.

Pierre wird es wieder tun. Irgendwann ist die Trauerzeit vorbei. Und dann sagst du: Ja.

Ich sage Ja? Wie bitte?

Du nimmst seinen Antrag an.

Ellie verstand diesen Vorschlag, der eher nach einem Befehl klang, als Trennungsgespräch.

Du liebst mich nicht mehr?

Doch. Das tue ich.

Ellies Miene hellte sich auf. Verstehe. Ich sage Ja, und dann halten wir ihn hin.

Ein wenig halten wir ihn hin. Dann heiratest du ihn.

Bist du böse auf mich, Chéri? Warum sagst du denn so was?

Also hör mal! Max wollte Ellie in den Arm nehmen, aber die schob ihn von sich fort und rieb sich die ersten Tränen aus den Augen. Max konnte es nicht leiden, wenn sie weinte, nicht einmal jetzt, wo es ihm doch hätte schmeicheln müssen. Weinende Frauen, fand er, seien das Gegenteil jeglicher Vernunft.

Bitte! Hör mir zu! Du gehst mit ihm ins Bett, er schiebt sein Fortpflanzungsorgan in deine Körperöffnungen, da kannst du ihn doch auch gleich heiraten. Was tuts? Du nimmst dann die französische Staatsbürgerschaft an und bist vor Abschiebung sicher. Für immer versorgt bist du auch. Und vielleicht erschlägt ihn ja der Blitz, dann wärst du wieder frei.

Ich kann nicht glauben, daß du so daherredest! Ich habe vielleicht kein sehr züchtiges Leben gelebt, aber daß mein Freund deshalb von mir verlangt – also! Nein! Du wirst lachen, aber die Ehe ist – selbst für eine wie mich – eine Sache, mit der man keinen Schabernack oder Schindluder treibt.

Das ist kein Schabernack. Ich habe alles wohl überlegt. Ob du einen Ring am Finger und seinen Nachnamen durch die Landschaft trägst, was wäre das mehr als eine Formalie? Ich liebe dich nach wie vor. Und gerade deswegen sage ich: Heirate ihn! Wir hätten alle etwas davon. Glaubst du etwa, daß ich nicht eifersüchtig wäre? Oh ja, ich *wäre* nicht nur eifersüchtig, ich bin es. Und weil ich es eben schon bin, können wir dem ganzen Theater auch einen tieferen Sinn geben.

Es dauerte zwei Stunden, bis Max seine aufgebrachte Geliebte halbwegs davon überzeugt hatte, daß er sie nicht etwa abschieben wollte, sondern viel eher selbstlos zu ihrem Wohl handelte. Stoisch, unter Verzicht auf alle männlich-angestammten Rechte an der Dame seines Herzens.

Und soll ich dann jahrelang mit ihm leben müssen? Wie stellst du dir das vor? Soll er mich auch schwängern dürfen, wenn er das will?

Das wirst du sicher zu verhindern wissen. Wer wäre darin geübter als du? Vertrau mir bitte. Es wird für alles eine Lösung geben.

Ich schwöre dir, wenn du mich fallenläßt, dann werd ich, dann werd ich! – es wird dir übel bekommen, hab acht, was ich sage!

Max nickte stumm. Wieder einmal wunderte er sich, daß seine Liebe ausgerechnet jener verstockt-begriffsstutzigen Person galt. Aber dem war nun einmal so.

Am 3. Mai ging das Pulverfaß hoch.

Der kommunistische Polizeichef Salas befahl der Guardia Civil und den Sturmgardisten, die *Telefónica*, das von den Anarchisten kontrollierte Telefonamt an der Plaza de Catalunya, zu besetzen. Die Anarchisten und die POUM sprachen von einer ungeheuren Provokation. Viele Arbeiter traten spontan in den Generalstreik. Barrikaden wurden errichtet. Bewaffnete Milizen der POUM und der CNT/FAI, die die Vorstädte beherrschten, kämpften sich in Richtung des Stadtzentrums vor, das in großen Teilen von Kommunisten und Guardia Civil gehalten wurde.

Karl wußte nicht, wer wo und warum angefangen hatte, das war auch kaum von Belang. Die vom Krieg bis dato weitgehend verschonte Stadt Barcelona verwandelte sich binnen weniger

Stunden in eine Stätte des Irrsinns. Maschinengewehrnester auf Hochhäusern und Kirchtürmen nahmen jeden unter Beschuß, der es wagte, sich auf der Straße aufzuhalten oder die großen Plätze zu überqueren. Es existierte keine Linie, hinter der man sich sicher fühlen durfte. Welches Haus von welcher Partei verteidigt wurde, ließ sich höchstens durch einen Selbstversuch erfahren, und selbst dann war nichts klar. Manche meinten, es handele sich um einen überhitzten Konflikt zwischen der Polizei und der anarchistischen Gewerkschaft, andere redeten davon, daß die Kommunisten einen Staatsstreich verüben und als ersten Gegner die POUM zerschlagen wollten. Ob die Garden mit oder ohne Befehl gehandelt hatten, wußte niemand außer ihnen selbst. Die Regierung in Valencia rief zur Waffenruhe auf und entsandte zwei der drei anarchistischen Minister nach Barcelona. Ihr Schlichtungsversuch blieb erfolglos.

Auf der Plaza España ergaben sich 400 Gardisten, und am 4. Mai beherrschte die anarchistische Miliz einen Großteil der Stadt, stieß jedoch in einigen Vierteln des nördlichen Zentrums auf erbitterten Widerstand. Es wäre einfach gewesen, diesen Krieg im Krieg zu beenden, hätte die Regierung die beiden wesentlichen anarchistischen Forderungen erfüllt: die Rückgabe der *Telefónica* und die Entwaffnung der allseits verhassten Sturmgardisten. Die Volksarmee blieb die ganze Zeit über neutral, hielt sich aus allen Gefechten heraus.
Während eines kurzen Waffenstillstands von kaum zwei Stunden füllten sich die Straßen rasend schnell mit Menschen, die irgendwelche Lebensmittel besorgen wollten. Aber inzwischen war sogar das Olivenöl knapp, das in Spanien ein Dutzend Funktionen erfüllt.

Karl und Mila setzten drei Tage lang keinen Fuß vor die Tür, gaben aufeinander acht und kuschelten viel, mangels vernünftiger Alternativen. Mila hielt die Ungewißheit kaum aus, ihre einzige Informationsquelle bestand aus Nachbarn, die sich aus irgendwelchen Gründen den Brandherden der Kämpfe genähert und überlebt hatten. Von den Dächern ergieße sich ein Kugelhagel auf ausnahmslos jeden, es gebe keine Menschen mehr, nur Ziele. Karl mußte trotz alledem ein Machtwort sprechen und den Beschützer herauskehren, um Mila daran zu hindern, zum *Hotel Colón*, dem Hauptquartier der PSUC, zu rennen, wo sie sich auf irgendeine Weise nützlich machen wollte. Karl redete mal derb und grob, mal mit Engelszungen auf sie ein, um ihr klarzumachen, daß dies keine Zeit für Vorstöße ins Nichts sei. Jeder Aktionismus, und sei er noch so gut gemeint, komme einem Himmelfahrtskommando gleich. Nur Idioten, meinte er, deren Leben partout nichts wert sei, Hampelmenschen, würden versuchen, sich in diesem Chaos zu positionieren und den Helden zu spielen.

Aber unsere Kameraden, entgegnete Mila mit schriller Stimme, werden abgeschlachtet, willst du – kannst du – mit gutem Gewissen hier herumsitzen?

Ja. Das kann ich. Ich kann vielleicht nicht viel, aber das schon.

Die Zentralregierung entsandte sechstausend Mann Bereitschaftspolizei, eine Eliteeinheit, um den Aufstand der Arbeiterklasse, der von großen Teilen der Weltpresse als unvernünftig, ja als Terrorakt bezeichnet wurde, niederzuschlagen. Dennoch wäre der Ausgang der Gefechte nicht vorherzusagen gewesen. Etwas völlig Unerwartetes geschah. Die Führung der Anarchisten sowie ihre

Gewerkschaft und sogar Funktionäre der POUM riefen ihre Leute dazu auf, die Waffen niederzulegen und zurück an die Arbeit zu gehen. Dem sinnlosen Bruderkrieg sollte ein Ende bereitet werden. Nicht alle folgten der Weisung, doch genug, um den möglichen schnellen Sieg aus der Hand zu geben. Am 6. Mai wurden einige prominente Anarchisten in ihren Wohnungen von Sturmgardisten ermordet. Tags darauf trafen die sechstausend Elitekämpfer aus Valencia ein und übernahmen die Kontrolle über die Stadt. Diese Sturmgardisten waren mit jenen katalanischen gleichen Namens nicht vergleichbar. Sie waren schon von Statur und Uniform her viel imposanter. Handverlesene Männer, gut ausgebildet und mit modernsten Gewehren ausgerüstet. Die Bevölkerung freundete sich mit ihnen schnell an, sie wurden von vielen als Befreier wenn nicht gefeiert, so doch empfunden. Bald flatterten zum ersten Mal republikanische Fahnen von den Dächern statt roter und rot-schwarzer.
Daß es insgesamt nur etwa vierhundert Tote zu beklagen gab, lag daran, daß von beiden Seiten keine Artillerie eingesetzt wurde und sich die Parteien beschossen und belagerten, aber auf Sturmangriffe verzichteten.
Die Macht der Anarchisten war fortan gebrochen. *La Batalla*, ihre Zeitung, erschien zwar noch, aber so heftig zensiert, daß sie fast leere Seiten anbot. Das Ende der POUM mit ihren nur zehntausend Kämpfern, die fast alle an der Aragon-Front lagen, schien nurmehr eine Frage von Wochen. Die Kommunisten hatten endgültig das Sagen und übernahmen auch die Verantwortung in der Zentralregierung. Auf Dauer würden sie niemanden neben sich dulden und den geringsten Anlaß nutzen, sich ihrer Konkurrenten zu entledigen.

Karl und Mila waren euphorischer Stimmung. Die Lage schien geklärt und der Krieg konnte in eine neue Phase treten, von allem Kinderkram und Morast befreit. Endlich wurde durchgegriffen. Es gab wieder Hoffnung auf einen glücklichen Ausgang des Ganzen.

Erstaunlich schnell normalisierte sich das Leben in der Zwei-Millionen-Stadt, als wäre da nichts weiter gewesen. Am Abend des achten Mai gingen Karl und Mila wieder zur Arbeit ins *Hotel Colón*. Dort stand noch das Maschinengewehr, mit dem die Parteizentrale heroisch verteidigt worden war. Aus dem ersten O des mannshohen Schriftzugs von *Colón* heraus hatte es Salve um Salve auf die Plaza Catalunya abgefeuert. Nicht einmal eine Beerdigungsprozession hatte passieren dürfen. Es gehörte zu den Selbstverständlichkeiten eines Krieges, daß man all dies auch anders, tendenziöser formulieren konnte.

Vor seinem Dienstantritt unternahm Karl noch einen Spaziergang zum *Continental*, wo er sich nach Mrs. Blairs Wohlergehen erkundigen wollte. Mila gegenüber ließ er dies unerwähnt, sie mußte davon nichts wissen, es hätte ihr nur unnötige Eifersuchtsschmerzen bereitet.

Mrs. Blair saß in der Lobby und las in einer Illustrierten. Neben ihr, das war überraschend, hockte Eric und schrieb etwas in ein Notizbuch. Karl hätte beinahe kehrtgemacht, doch seine Neugier übertraf sein schlechtes Gewissen. Er machte das Paar hüstelnd auf sich aufmerksam. Eric sah ihn an, schnellte aus seinem Sessel und umarmte Karl wie einen alten, wertvollen Freund.

Wir haben, sagte Eric, viel Angst um dich gehabt. Karl meinte, ihm sei es umgekehrt ja genauso ergangen. Er trug ein Pfund Reis als Geschenk bei sich, als Tauschgut bestimmt zehn Zigaretten wert. Die Blairs wirkten gerührt. Eric war seit wenigen

Tagen auf Fronturlaub, und *Eileen*, endlich erfuhr Karl ihren Namen, hatte das Glück gehabt, die Familienkasse mit ein paar Schreibarbeiten aufbessern zu können. Wir kommen zurecht, meinten beide, als Karl ihnen großspurig seine Unterstützung anbot. Eric erzählte von seinen Kriegserlebnissen, Karl, obwohl ihm das strikt verboten war, von seiner Tätigkeit beim Radio. Politische Erörterungen wurden instinktiv vermieden, soweit ging die Vertraulichkeit dann doch nicht. Erics sehr detaillierte und anschauliche Berichte der Plagen, mit denen die Soldaten in den Schützengräben zu kämpfen hatten, nämlich der Kälte, dem Kotgestank, den Läusen, den Moskitos, dem Tabakmangel, der Papierknappheit, der Langeweile, den veralteten Schießprügeln und, last but not least, den Glückstreffern feindlicher Scharfschützen, bestärkten Karl nur noch mehr in der Einsicht, daß ein solcher Krieg seine Sache nie gewesen wäre. Und er zollte Eric, der nach Ablauf seines Urlaubs freiwillig dorthin zurückkehren wollte, großen Respekt.

Es war schließlich Eileen, die Karl flüsternd auf das Mädchen hinwies, das neben dem Eingang stand und seit einiger Zeit das Trio beobachtete. Ob er sie kenne? Karl drehte sich um und sah Mila. Erst machte sie Anstalten, das Hotel zu verlassen, dann, als sei es dafür zu spät, kam sie näher, sagte *Hallo* und:

Was machst du denn hier?

Viel eher wäre es doch an *ihr* gewesen, zu erklären, was sie hier machte. Karl fühlte sich, wobei auch immer, ertappt und ausspioniert, offenbar hatte Mila ihn verfolgt. Ein starkes Stück. Aber er wahrte die Fassung.

Das ist meine Freundin, sie ist Italienerin, heißt Mila. Wenn ich vorstellen darf – Eric und, wie war noch der Name, sorry?

Karl hatte Eileens Namen nicht etwa vergessen, aber er spielte die Angelegenheit herunter, so gut es irgend ging.

Ich wollte nicht stören, sagte Mila. Ich habe mich nur gewundert.

Worüber? – hätte Karl beinahe gefragt. Und unterließ es. Ein solches Gespräch drohte in die falsche Richtung zu laufen.

Franz, wir müssen zum Dienst.

Ist es schon so weit? Karl sah auf die Uhr. Es war noch nicht einmal halb acht. Er bemerkte, wie Erics und Eileens Brauen zuckten, und lieferte eine Erklärung.

*Franz* ist mein Spitzname, weil ich immer, ja, naja, es hat was mit *Radio France* zu tun.

Er sah in den Augen seiner englischen Freunde, daß eine geistige Barriere entstanden war. Man hatte allen Grund, mißtrauisch zu sein gegenüber Deutschen, die mit diversen Namen operierten. Laut Gerüchten gab es überall in Spanien Gestapo-Agenten, die gezielte Mordanschläge auf Exilanten verübten. Die Stimmung schien irreparabel verdorben. Karl entschuldigte und verabschiedete sich. Der *Hand-Shake* fühlte sich schlaff an, Mila gab niemandem ihre Hand und setzte nur ein gequältes Lächeln auf. Dann gingen sie und Karl hinaus in den noch hellen Tag, liefen eine Zeit lang schweigend nebeneinander her. Bis Karl der Kragen platzte.

Was hast du dir dabei gedacht?

Wobei genau?

Mir hinterherzustreichen, mich zu beobachten. Hast du gelauscht?

Gab es denn was, das ich nicht hören sollte?

Verdammt, so etwas tut man nicht, und wenn, dann läßt man sich nicht dabei erwischen. Wie stehe ich denn da vor meinen Freunden? Warst du vielleicht eifersüchtig?

Die Frau ist hübsch.

Und ihr Mann saß die ganze Zeit neben ihr.

Aber du hast sie angesehen. Und er ist in der POUM.

Du hast also gelauscht?

Es war schlicht nicht zu überhören. Was hast du mit jemandem aus der POUM zu schaffen? Das sind Verräter!

Wer sagt das?

Das sagt die Partei. Weißt du es besser?

Eric ist ein einfacher Soldat, ein Engländer, der bei Huesca seinen Kopf hinhält. Ich dulde nicht, daß du ihn als Verräter bezeichnest.

Sag mal, Franz – Mila blieb stehen und schlug Karl heftig gegen die Brust. Bist du ein Idiot?

Ob ich *was* bin? Du nennst *mich* einen Idioten? Soweit kommts noch!

Die POUM, das pfeifen die Spatzen von den Dächern, wird bald liquidiert. Und selbst wenn dieser Eric ein guter Kerl sein sollte – du bringst uns beide in Gefahr, wenn du mit einem solchen Subjekt Freundschaft pflegst.

Die POUM verteidigt mit zehntausend Mann die Aragonfront. Was erzählst du da, Mädchen? Soll man die alle liquidieren? Weil du eifersüchtig warst, ohne jeden Grund, erfindest du nun einen kruden Vorwand –

Mila legte ihm zwei Finger auf den Mund. Karl war laut geworden, und Passanten sahen sich nach den beiden um. Schnell, und ohne ein weiteres Wort zu wechseln, gingen sie in ihre Wohnung, um sich auszusprechen, zu versöhnen und miteinander zu schlafen. Doch als sie sich eben gegenseitig ihrer Liebe versichert hatten und bereit waren, einander zu verzeihen, wurde heftig an die Tür gepocht.

Pierre Geising überlegte, weil er seinen Fehler nicht wiederholen wollte, in welchem Rahmen er Ellie den nächsten Heiratsantrag machen würde. Er hielt sie für eine ganz und gar romantische Person, der Rituale viel bedeuteten.

Max indes dachte darüber nach, ob der letzte Trumpf, den er im Ärmel behielt, überhaupt noch stichhaltig war. Würde die Sache zwischen Pierre und Ellie jemals aus dem Ruder laufen, konnte er dem Konkurrenten Ellies Vergangenheit enthüllen. Aber gab es diese Vergangenheit noch? War sie denn mehr als eine vage Behauptung? Interessant, dachte er, die Zeit ist eine Art Radiergummi, der alles, was vorher als Fakt gegolten hätte, verschwimmen und verschwinden läßt. Die Zeit erlaubt dem Menschen mehrere Identitäten. Erstaunlich. Und wenn er dann gestorben ist, einigt sich die Nachwelt auf nur eine davon. Diese Erkenntnis wirkte auf Max so ungeheuerlich wie tröstlich. Es bedeutete, daß alle Lexika logen. Und daß jeder zu jedem Zeitpunkt ein neues Leben beginnen konnte. Jenen sensationellen Sachverhalt in seinem Roman adäquat zu verarbeiten, ohne daß dem der Ruch des Banalen anhaftete, daran scheiterte Max wiederholt. Ellie riet ihm dazu, künftig nicht mehr nachts, sondern morgens zu schreiben, relativ nüchtern.

Worin hätte dann der Spaß bestanden? Nein, Max wies Ellies Vorschlag als spießbürgerlich zurück.

Karl zögerte, die Tür zu öffnen, er fragte laut, wer da sei, bekam aber nur ein noch heftigeres Pochen zur Antwort. Er überlegte kurz. Die Sturmgardisten, wenn sie es wären, hätten die Tür längst eingetreten. Vielleicht war es jemand, der Hilfe brauchte. Er öffnete. Draußen stand Jean Zanoussi. Mit einem Sack auf dem Rücken.

Laß mich rein, mach Platz! Zanoussi flüsterte und schob sich und den Sack über die Schwelle, ohne Antwort abzuwarten.

Wenn du mich verrätst, mein Freund, werden andere kommen und dein rotes Kleinhirn an die Wand spritzen! Zanoussi sagte das ganz sachlich, wie einen Wetterbericht, er hievte den Sack in eine Ecke, ein mächtiges und eisernes Geräusch war zu hören. Karl hatte noch keinen Ton von sich gegeben. Mila kam, mit nichts als einem großen Badetuch um den Leib, aus dem Schlafzimmer und gaffte den Eindringling an, ohne etwas zu sagen.

Wer ist die da? Hab ich euch bei was gestört? Egal.

Zanoussi wirkte nervös, bevor er sich eine Zigarette anzündete und langsam zu entspannen schien.

Was soll dieser Auftritt? Du jagst meiner Freundin Angst ein. Mir übrigens auch.

Paß auf, Karl!

Zanoussi, leicht besänftigt durch den Anblick des schönen Mädchens, ließ sich zu einer Erklärung herab.

Mit ein wenig Glück kommen wir alle aus dieser Sache gesund heraus. Ich stelle diesen Sack bei euch ab. Deine Freunde da draußen hätten mich beinahe erwischt. Überall Razzien. Im Sack ist Eigentum des Volkes. Ich habe den Auftrag, es an einen sicheren Ort zu bringen. Das kannst du dir ohnehin denken, und mehr brauchst du gar nicht zu wissen. Ich hole das morgen im Lauf des Tages ab, und die Sache ist erledigt. Niemandem passiert was. Wenn du mich anzeigst, war es das letzte, was du im Leben getan hast.

Mila hörte der Predigt zu, ohne jeden Kommentar. Den Anblick des fakirhaften älteren Mannes mit seinem Beduinenkopftuch und den beigen Leinenhosen fand sie auf faszinierende Weise abstoßend. Zanoussi öffnete die Tür einen Spalt und lugte hinaus. Dann drehte er sich noch einmal um, zog ein Gesicht zwischen Grimm und Verzweiflung, zischte *Merda!* und lief auf die Straße.

Was kennst du bloß für Leute? Mila formulierte den Satz überraschend milde, beinahe nachsichtig. Es wird ja immer schöner!

Karl gab ihr keine direkte Antwort. Wir müssen zur Arbeit, murmelte er schließlich.

Wenn er nicht auffallen will, wozu rennt er in diesem Aufzug herum? Zeigst du ihn an?

Ich weiß, wozu diese Typen fähig sind.

Also nein?

Ja. Nein. Laß uns aufbrechen. Karl erkannte an der Schnute, die Mila zog, daß die Situation für sie nicht hinreichend geklärt war.

Zanoussi ist ein Irrer, wir haben uns in Paris kennengelernt, ich kann nichts dafür.

Dann soll ich darüber keine Meldung machen?

Karl sah sie erschrocken an. Wozu? In dem Sack sind bestimmt Waffen, ein paar alte Pistolen, ein paar Gewehre, was macht das?

Was das macht? Wir sind im Krieg. Da gibt es nur ein falsches oder richtiges Handeln.

Mag sein, mag sein, aber wer will entscheiden – ? Ich bitte dich, Mila, manches ist zu unwichtig, um richtig oder falsch zu sein. Man kann doch einer solchen Kapriole wegen nicht die eigene Gesundheit riskieren. Oder gar mehr.

Mit diesen Waffen werden vielleicht einmal Parteigenossen getötet. Milas Tonfall war nicht anzuhören, ob das Argument restlos ernst gemeint war oder ob sie Karl nur triezen wollte. Er bemühte sich darum, sie nicht von oben herab zu behandeln. Das wäre der sicherste Weg gewesen, ihren Trotz auf den Plan zu rufen.

Selbst wenn man Zanoussi anzeige und er sofort gefasst werde und er keine Freunde hätte, die ihn rächen würden, gebe es immer noch die Möglichkeit, daß er behaupten würde, er und sie, Karl und Mila, seien seine Mitwisser gewesen und würden nur versuchen, angesichts der Lage ihren Kopf zu retten. Allein, daß er diesem Irren die Tür geöffnet habe, könne als Verdachtsmoment gewertet werden.

Mila lenkte vor so vielen Konjunktiven ein. Zanoussis Drohung, die Wand mit Karls Gehirn verzieren zu wollen, hatte ihre Wirkung auch auf sie nicht verfehlt. Anarchisten waren in Milas Weltbild ohnehin geisteskrank und gemeingefährlich, und dieser eine hatte einen besonders furchterregenden Eindruck gemacht.

Während beide die Rambla in Richtung Norden hinaufliefen, kamen sie an einigen kleinen Cafés vorbei, die nach Einbruch der Dunkelheit noch geöffnet hatten. Der kommunistische Polizeipräsident wußte, wie man die schlechte Stimmung in der Bevölkerung heben konnte. Einige Tonnen Schokolade, Kaffee und Tee waren aus der letzten Reserve für den Handel freigegeben worden. Die Sturmgardisten aus Valencia hatten die Lage im Griff. Es gab Razzien und Verhaftungen zuhauf. Karl und Mila hielten Händchen und wären nur schwer auf die Idee gekommen, daß es anständige, intelligente Menschen gab, die das, was vorging, als *roten Terror* bezeichnet hätten. Mila war nicht wohl bei dem Gedanken, ein Verbrechen zu begehen. Das Nicht-Anzeigen eines feindlichen Waffenlagers war zweifellos ein Verbrechen und Gefängnis die mindeste Strafe dafür. Für vergleichbare, selbst für weit geringere Vergehen waren schon Todesurteile verhängt worden.

Aufgrund ihrer neunzehn Jahre war Mila in vielen Fällen bereit, dem wesentlich älteren Franz/Karl die größere Welt- und

Lebenserfahrung zuzugestehen, mehr aus Liebe denn aus innerer Einsicht. Heute hatte sie ihn zum ersten Mal als ängstlich und manipulierbar kennengelernt. Welch zwielichtige Figur hatte er abgegeben! Je länger sie darüber nachdachte, desto verheerender fiel ihr Urteil aus. Sie ließ seine Hand los, unter dem Vorwand, er schwitze zwischen den Fingern. Es klang rüde, wie sie es sagte. Karl, der für so etwas feine Antennen besaß, ahnte, was in Mila vorging. Ihm fiel der Refrain eines spanischen Chansons ein.

*Die Liebe der blutjungen Mädchen ist*
*ein Flämmchen in windiger Nacht …*

Weiter wußte er den Text nicht, es war ein Lied ohne Happy End, melancholisch und bitter. Im sechsten Stock des *Colón* trennten sich ihre Wege; ohne Kuß gingen sie in ihre jeweilige Kammer. Nach Mitternacht, als das Arbeitsprotokoll angefertigt und abgezeichnet war, mußte Karl in der Kantine miterleben, wie Mila offen mit Vati flirtete.

Karl hatte sich einmal davor gefürchtet, daß Vati Milas großer Bruder sein könnte. Inzwischen wünschte er, daß es so wäre. Er zögerte, hinzugehen, Mila am Arm zu nehmen und nach Hause zu drängen. Sie trank Wein, und Vati hatte seine Gitarre dabei, eine blutrot bemalte Klampfe mit nur vier Saiten. Karl schätzte seine Chancen in einer Rauferei mit Vati als gering ein, der Italiener war einen ganzen Kopf größer und von athletischer Statur. Karl tat, als mache er sich nichts aus Milas Koketterie, er sang mit und ließ sich sogar ein Glas Wein geben. Er klopfte Vati auf die Schulter, lobte ihn für sein virtuoses Spiel. Vati hatte von allen hier den leichtesten Job, weil *Radio Vatikan* im Schnitt pro Tag nur eine Viertelstunde lang Nachrichten sendete. Damit zog Karl ihn nun auf, scherzhaft, wie es unter Kameraden üblich ist. Vati war ein gutmütiger Mensch, der gern und laut lachte. Aber ein Sexualtrieb war auch ihm gegeben, und er empfing die Signale, die Mila ihm sandte, mit eitler, verzückter Geilheit. Er konnte sich nur noch nicht sicher sein, inwieweit sie ernst gemeint waren. Wäre er sicher gewesen, hätte er den Kampf um sie sofort aufgenommen und wäre bei erster Gelegenheit rabiat geworden. Man aß und trank, rauchte und sang, und schließlich stellte Karl die entscheidende Frage.

Mila – es ist spät – wollen wir?

Ein Moment aufmerksamer Stille entstand. Alle im Raum hatten mitbekommen, daß zwischen Karl und Mila etwas nicht im reinen war. Manche schienen erleichtert, mindestens einer enttäuscht, als Mila zur Antwort gab:

Ja.

Die Alternative wäre gewesen, Karl vor allen zu brüskieren und Vati zu fragen, ob sie bei ihm nächtigen könne. Doch weder war sie daran interessiert, sich diesem etwas tumben und pausbäckigen Menschen auszuliefern, noch wollte sie einen Ruf als Flittchen riskieren.

Auf dem Nachhauseweg stellte Karl ihr eine viel entscheidendere Frage.

Liebst du mich noch?

Mila dachte lange nach. Viel zu lange. Bis Karl begriff, daß sie so tat, als habe sie die Frage nicht gehört. Er stellte sie kein zweites Mal. Am nächsten Morgen, gegen zehn, holte Zanoussi den Sack ab und drückte Karl zum Dank ein Viertelpfund Tabak in die Hand.

Damit schien die schlimmste Gefahr fürs erste beseitigt. Bis Mila aus dem Zimmer trat und leise sagte:

Nein.

Was nein?

Du weißt schon.

Sie packte ihren Kram, ohne weitere Erklärungen abzugeben. Zuletzt sagte sie doch noch etwas.

Es wäre mir lieb –

Was?

Wenn du dir ein anderes Parteiamt suchst. Ich möchte nicht jeden Abend deine Fresse sehen müssen.

Karl war perplex. So, voller Haß und Ekel, redete ein Mädchen, das ihn vierundzwanzig Stunden zuvor noch liebkost hatte. Und ihre Vorwürfe entbehrten auch noch jeglicher Grundlage. Schließlich war er doch um sie viel mehr besorgt gewesen als um sich selbst. Er wollte sie so nicht ziehen lassen, wollte diskutieren. Ein erfahrener Mann hätte darauf verzichtet und der Geliebten Zeit und Raum gegeben, statt die Situation mit jedem Wort noch zu verschlimmern. Karl war zweiundzwanzig Jahre alt und in Panik. Eben als er Mila mit den vernünftigsten Argumenten umstimmen wollte, ließ ein gewisses Geräusch beide verstummen. Ein Schlüssel drehte sich in der Tür. Ein Mann stand im Flur. Karl nahm ein Küchenmesser, um sich gegen den vermeintlichen Einbrecher zur Wehr zu setzen.

Carlito? Was machst du denn da? Erkennst du mich nicht?

Karl starrte den kahlköpfigen Eindringling an. Das war Ines, irgendwie als Mann verkleidet. Man hatte ihr, so sein erster Gedanke, nicht nur die Haare, auch die Brüste abgeschnitten.

Ines reichte Mila die Hand und sagte, ihr Name sei Juan, Juan Rodrigo, sie wohne hier. Und an die Adresse Karls richtete sie den Satz: Freust du dich nicht, mein *Cariño*? Gibst du mir keinen Kuß?

Ines hatte Karl niemals zuvor als Liebling oder Schätzchen

bezeichnet, noch einen Kuß von ihm verlangt. Mila huschte an den beiden vorbei, auf die Straße hinaus, ohne Karl einen weiteren Blick zu gönnen. Worüber er sogar froh war, denn es hätte ihm an Kraft gefehlt, diesen vernichtenden Blick auszuhalten. Die Szenerie wirkte gruselig und auch slapstickhaft. Wie in einem burlesken Film schienen sich Mila und der Mann die Klinke in die Hand zu geben, als hätte ein unbekannter Regisseur verfügt, daß der Zustand wieder genauso hergestellt werden müsse, wie er war, *bevor* Mila in Karls Leben trat.

Ein hübsches Mädchen! Kompliment! Habt ihrs gut gehabt? Ja? Freust du dich kein bißchen, daß ich wieder da bin? Sag doch mal!

Karl fiel keine Antwort ein. Er bekämpfte den Impuls, dieses verstörende Subjekt abzustechen. Dann lief er Mila hinterher, aber mehr vor Ines davon. Oder Juan.

In Paris begann am 24. Mai die lang erwartete Weltausstellung, kurz Expo 37 genannt. Große Gebiete an beiden Ufern der Seine waren für die Pavillons der über vierzig teilnehmenden Nationen verbaut worden. Max, Pierre und Ellie gingen gemeinsam hin, gleich am Eröffnungstag. Der Besucherstrom war ungeheuer und der Schauwert gewaltig. Am Haupteingang der Place de Trocadéro hielten der Präsident der Republik, Lebrun, und Ministerpräsident Léon Blum klangvolle Reden, die Marseillaise wurde intoniert und aus Abertausenden Kehlen mitgesungen, während an diesem heißen Tag, die Temperatur stieg auf 31 Grad, die goldfarbenen Helme der Garde Républicaine im Licht gleißten. Der eigentliche Einweihungsakt fand dann im Grand Palais statt, Normalsterbliche waren nicht zugelassen, man berichtete nach draußen, was drinnen vorging, nämlich der Einzug des diplomatischen

Corps in den großen Saal des Palais, das über und über mit grünem Laub und blauen Hortensien geschmückt war. Ein riesenhaftes Orchester spielte, und der Chor der Opéra Comique sang die »Hymne an die Gerechtigkeit« von Albéric Magnard, danach den »Marche Héroique« von Saint-Saëns. Am späten Nachmittag wurde die Weltausstellung für das zahlende Publikum freigegeben bei einem moderaten Eintrittspreis von nur sechs Francs für die Tageskarte. Einen Pferdefuß gab es. An fast allen Pavillons wurde noch fieberhaft gearbeitet, einige glichen blanken Gerippen und konnten noch gar keine Inhalte bieten. Rechtzeitig fertig geworden waren nur der belgische, dänische, italienische, norwegische und russische Pavillon. Aber das genügte auch fürs erste, um die andrängenden Massen zufriedenzustellen.

Der deutsche Pavillon wurde am nächsten Morgen um elf Uhr eröffnet. Er, nördlich vom Eiffelturm gelegen, war der größte von allen, ein hochaufragender Monumentalbau mit Hakenkreuz auf dem Dach – und ausgerechnet ihm direkt gegenüber stand der beinahe so hohe der Sowjetunion, gekrönt von Hammer und Sichel. Ellie fragte, etwas naiv tuend, ob diese Bauwerke stehenbleiben und die Stadt dauerhaft verschandeln würden. Nein, antwortete Max, im November werden sie wieder entfernt. Nun fand Ellie, und meinte es halb ironisch, soviel Verschwendung von Muskelkraft und Material sei dann doch irgendwie schade. Der deutsche Bau, illuminiert von zahlreichen Riesenlüstern weit oben, besaß einen düsteren, fast mausoleumsartigen Charakter. Politisch blieb er angenehm zurückhaltend. Die ausgestellten Leistungen, unter anderem ein vielbewundertes Miniaturplanetarium von Zeiss, der 1936er Rekordwagen von Mercedes-Benz, Zeppelin-Motoren von Diesel und Porzellankunstwerke aus Meißen, waren von Begleitpropaganda weitgehend verschont geblieben. Es gab zwanzig Riesengemälde deutscher Landschaften, Idyllen und Befindlichkeiten, darunter ein Bild vom Nürnberger Parteitag und eines mit Hitler, im Auto stehend, vor dem Brandenburger Tor. Das war aber auch alles, sah man vom Personal ab, das sich dem Zuseher etwas zu sehr aufdrängte, um jene jüngsten Errungenschaften des deutschen Volkes zu kommentieren.

Max und Ellie fühlten Anwallungen von Nationalstolz und fanden nichts dabei, wehrten sich nicht, selbst der Elsässer Pierre Geising, längst und aus tiefer Überzeugung Franzose, spürte eine gewisse Phantomlust an seinen deutschen Wurzeln. Man mußte sich, alles in allem genommen, anderen Völkern überlegen fühlen, wenn man einer der großen Nationen entstammte. Ob es nun Frankreich, Großbritannien, Deutschland, Rußland oder zur Not auch Italien war, alle boten Gründe und Argumente genug, das Selbstbewußtsein ihrer Sprößlinge fett zu füttern. Max notierte auf einem Zettel, das Unglück Europas bestehe vielleicht darin, daß jene vier oder fünf genannten Kulturvölker so eng beisammen lägen und, in ständiger Reibung aneinander, Funken schlügen.

Nach Einbruch der Dunkelheit gab es am Eiffelturm ein äußerst aufwendiges Feuerwerk zu bewundern. Pierre fand diesen Hintergrund passend genug, um Ellie, auch in Max' Anwesenheit, das war ihm egal, einen neuen Heiratsantrag zu machen. Welch herrliches Spektakel! Alle drei hatten Wein getrunken und waren von der Lichtregie des Tages enthusiasmiert. Welche Lust, hier zu sein, rief Max, und nicht in Cottbus oder Schweinfurt! Pierre ging auf die Knie. *Ellie Jakobowski, ich bitte dich, von ganzem Herzen und aus dem tiefsten Grund meiner Seele: werde meine Frau!*

Es wirkte ein wenig peinlich und rührend zugleich. Ellie war überaus angetan, dazu schon etwas betütert. Pierre hatte einen romantisch-feierlichen Ton getroffen, dessen Beschwörungszauber sie sich kaum entziehen konnte. Dennoch hielt sie sich streng an das, was Max ihr für den Fall empfohlen/befohlen/diktiert hatte.

Mein lieber Pierre Geising, steh auf! Du hast von heute an ein Jahr Zeit, dir das noch einmal gründlich zu überlegen. Solltest du bis dahin nicht die Lust an mir verlieren, will ich deine Frau werden.

Gib mir die Hand darauf! Forderte Pierre, pedantisch vor Glück. Danach gingen sie feiern, zu dritt, krönten den Abend mit einem Vier-Gänge-Menü im Restaurant *Prunier*. Max hatte dabei angeboten, sich zurückzuziehen und den beiden nun Verlobten das Feld zu überlassen.

*Kommt überhaupt nicht in Frage!* Pierre umarmte seinen künftigen Schwager und küßte ihn auf beide Backen.

Deutschland und Italien machten sich längst nicht mehr die Mühe, ihre Unterstützung für Franco zu verleugnen. Der deutsche Panzerkreuzer »Admiral Scheer« bombardierte den Hafen von Almeria, unter dem Vorwand der Vergeltung für gegnerische Luftangriffe, und die Regierungen in England und Frankreich verzichteten darauf, jenen Akt anzuprangern geschweige denn als Kriegsverbrechen zu verurteilen, aus Angst vor einem daraus resultierenden europaweiten Krieg.

Karl, ohnehin schon trüb gestimmt, fiel in einen Zustand purer Verzweiflung. Ihm kam es vor, als sei die sogenannte freie Welt verrückt geworden und habe ihren Selbstmord beschlossen.

An der Nordfront erzielte Franco bald darauf einen weiteren Sieg. Die Enklave Bilbao, mit ihren wichtigen Metallfabriken, fiel. Den Faschisten gehörte nun, bis auf Gijon, beinahe die gesamte Atlantikküste, sie konnten große Teile ihrer zuvor gesplitteten Kräfte auf die Eroberung Madrids konzentrieren. Falls nichts Unvorhersehbares geschah, war der Ausgang des Krieges damit festgelegt.

Mila mochte sich auch nach drei Tagen noch nicht beruhigen. Natürlich kann man in Menschen nicht hineinsehen – aber konnte ihr Instinkt so sehr versagt haben? Karl war offenbar ein deutscher Spion, der sich mit jedermann gut stellte, mit Anarchisten, Trotzkisten, Engländern, sogar mit transvestitischen Schwanzweibern (*Carajo mujeres*). Wie war es möglich, daß sie sich in jemanden wie ihn verliebt hatte? Dämlich kam sie sich nun vor, beschmutzt von ihrer Naivität. Sie, als politischer Mensch, war ein Opfer sentimentaler Motive geworden. Hatte sich einem im Grunde Fremden hingegeben. Ihr war ganz schlecht, und vorsorglich ließ sie sich auf Geschlechtskrankheiten untersuchen. Wer wußte denn genau, was Karl mit diesem *Maricón* getrieben haben mochte? Das war so ekelhaft. Wenigstens tat Karl ihr den Gefallen, nicht mehr zur Arbeit im *Colón* zu erscheinen. Wahrscheinlich tat er den Gefallen nicht ihr, sondern wieder einmal sich selbst. Sie hätte ihm gerne ins Gesicht gespuckt.

Karl kehrte nur noch einmal kurz zu Ines/Juan zurück, um ein paar persönliche Sachen zu holen. Seine Scham saß zu tief. Zorn und Traurigkeit kamen hinzu. Alles, was er an materiellen Dingen besaß, konnte er bequem in einem Koffer tragen. Scham, Zorn und Traurigkeit hingegen sprengten seinen Kopf.

Dem Vorgesetzten im *Colón* gegenüber hatte er sich krank gemeldet, ohne seine Erkrankung näher zu definieren. Der Teniente wünschte ihm gute Besserung. Karl sprach bei den Rosarios vor, bat um Obdach. Im Gegenzug wolle er Sebastián unterrichten, selbstverständlich kostenlos. Das Ehepaar sah sich vielsagend an, stand nebeneinander breit in der Haustür und druckste herum. Sebastián gab den Ausschlag. Er rannte herbei, drückte sich mit kindlicher Gewalt zwischen die Beine seiner Eltern und rief laut, wie schön das werden würde. Karl bekam ein Zimmer zugewiesen, das einmal von der Köchin bewohnt worden war, in jener nun schon fern-legendären Zeit, als es noch Drachen und Minnesänger, Kammerzofen und Dienstmädchen gab.

Sein enges Verhältnis zu Sebastián ähnelte dem eines älteren Bruders zum jüngeren. Der Kleine war schlicht fabelhaft. Intelligent und gelehrig, dankbar und herzlich. So, dachte Karl, muß einmal mein eigener Sohn werden. Er blendete den Umstand, daß Sebastián das Produkt einer konservativ-bürgerlichen Erziehung war, nicht einmal aus. Das gleiche galt ja auch für ihn selbst, und trotzdem war aus ihm ein denkender Mensch, ein Kommunist geworden. Vielleicht war es gar nicht so verkehrt, Kinder mit bürgerlichen Werten großzuziehen, bevor sie das selbstständige Denken lernten und Klassenbewußtsein entwickelten. Sebastián war ein Wesen, das einem ob seiner Reinheit und Gutmütigkeit Tränen der Rührung entlocken konnte. Bald schon würde die Pubertät über ihn hereinbrechen und den Zauber zerstören.

Könnten nur alle Kinder als Zwölfjährige auf die Welt kommen, dachte Karl, und dann ein paar Jahre lang zwölf bleiben.

Die Rosarios behandelten ihren Untermieter bald wie ein Familienmitglied. Als würde ihre Scheu, ihre Vorsicht ja doch zu nichts mehr nütze sein, teilten sie mit Karl ihre Sorgen und Ressourcen. José Rosario galt als Frührentner infolge seiner asthmatischen Anfälle. Es stellte sich heraus, daß er jene arg dramatisierte, um nicht in einer Fabrik arbeiten zu müssen. Zuvor war er Ballettdirektor am *Liceu* gewesen, ihm hatten sogar sieben Prozent dieses riesigen Opernhauses gehört. Nach der Revolution wurde das *Liceu* verstaatlicht und in *Teatre Nacional de Catalunya* umbenannt. Eine gute Maßnahme, urteilte José Rosario, damit wollte die Regierung den Prachtbau, dieses Sinnbild bürgerlichen Glamours, vor dem Haß der Anarchisten schützen. Jetzt, sagte José, gehört mir nichts mehr davon, aber wenigstens steht es noch, das ist wichtiger.

Die Rosarios hatten in etlichen Generationen Ersparnisse angehäuft, die nun unweigerlich zur Neige gingen. Josés Münzsammlung hatten sie bereits verkauft und das gesamte Mobiliar des Speisezimmers, einen herrlichen Teakholztisch samt acht dazugehörigen Stühlen. Noch gab es ihr Ferienhaus in Mallorca, doch das zu veräußern, schien beinahe unmöglich. Mallorca war fest in der Hand der Faschisten. Karl begriff, daß die Rosarios den Sieg Francos herbeisehnen mußten, und er zeigte, was ihn selbst verblüffte, ein gewisses Verständnis dafür.

Hin und wieder besuchte er seine medizinischen Seminare, doch längst nicht mit derselben Hingabe wie wenige Wochen zuvor, als er Mila ein guter Gatte und Ernährer beziehungsweise den Opfern des Krieges ein kundiger Arzt hatte werden wollen. Im Grunde vertrieb er sich Zeit und Langeweile, ohne von einem tieferen Sinn des Ganzen beseelt zu sein. Sebastián etwas beizubringen, das war ein Mikrokosmos, ein Refugium, und schien doch effektvoller, unmittelbarer als vieles andere.

Er unterrichtete den Jungen längst nicht mehr nur in Latein. Auch Mathematik, Französisch und die Grundlagen simpler Philosophie brachte er ihm bei. Darüber hinaus alles mögliche. Clara Rosario war eine begabte Haushälterin, abends stand immer etwas auf dem Tisch, womit sie alle satt bekam. Karl hatte, als er bei Ines auszog, einige Vorräte an Reis und Nudeln mitgehen lassen, quasi als Morgengabe, und wirklich fußte die Entscheidung der Rosarios, den deutschen Kommunisten bei sich aufzunehmen, zu einem nicht geringen Teil auf nahrungstechnischen Erwägungen.

Es war ein erträgliches Leben, das Karl führte, von einem Tag auf den anderen, von der Hand in den Mund, ohne Horizont und höhere Idee. Viel Geld war ihm nicht verblieben, aber er benötigte wenig, gab kaum etwas aus, leistete sich keinen Becher Kaffee zuviel. Sich derart in Askese zu üben, barg sogar einen gewissen Reiz, der ihm erlaubte, mit der Situation einigermaßen zufrieden zu sein, angesichts des Leidens, in das dieser Krieg so viele Menschen stürzte. Zum ersten Mal dachte Karl darüber nach, Spanien zu verlassen. Glaubte man den neutralen Kommentatoren, war Francos Sieg nach dem Fall Madrids ohnehin nur eine Frage der Zeit. Doch Madrid hielt der Belagerung stand, Tag um Tag, Monat um Monat. Die Republik erholte sich sogar überraschend und brachte die Offensive der Putschisten zum Erliegen. Ebenso überraschend war Karls Begegnung mit Vati, die am ersten Junimorgen in der Aula der Universität stattfand. Es stellte sich heraus, daß der Italiener ihn abgepaßt hatte, nicht etwa um Streit anzufangen, sondern um ihn zu warnen. Mila sei von der Miliz verhaftet worden. Und nach ihm habe man auch gefragt.

Verhaftet? Warum?

Das wußte Vati nicht. Sie werde *incomunicado* gehalten, in Isolationshaft.

Weswegen, wenn ich fragen darf, warnst du mich?

Der Italiener überlegte. Als sei es ihm vorher nicht in den Sinn gekommen, daß er damit vielleicht Verrat beging. Dann zuckte er mit den Schultern.

Die haben nicht gesagt, daß du was getan hast, die haben nur nach dir *gefragt*. Alora. Und wir sind Kameraden, oder?

Dann hat dich nicht Mila geschickt?

Nein. Der bist du, glaub ich, scheißegal.

Ellie verkündete, was sie nun, spät genug, eingesehen habe. Nämlich, daß ihre Zukunft wohl auf viele Jahre hinaus in Frankreich liegen würde, nicht in Deutschland, und daß sie folglich die französische Sprache erlernen wolle. Max und Pierre gaben ihr abwechselnd Stunden, und siehe da: Kaum hatte sie ihre Verweigerungshaltung abgeworfen, machte sie schnelle Fortschritte. Natürlich hatte sie vieles bereits aufgeschnappt. Mühe machten ihr die Verbkonjugationen, ihre Aussprache hingegen war nicht schlecht. Chapelle, der sich in seiner Funktion als Hotelmanager immer mehr an den Rand gedrängt fühlte, beobachtete Ellies Fleiß mit wachsendem Unbehagen. Bisher war es unmöglich gewesen, ihr wichtige Aufgaben zu übertragen, alles, was sie konnte, war, Max zu assistieren, nett auszusehen und ihren Charme spielen zu lassen. Und das war schon nicht wenig. Chapelle verfluchte Geising, diesen stil- und willenlos dahinlebenden Witwer, dem es anscheinend Freude bereitete, aller Welt seine sexuelle Hörigkeit zu demonstrieren. Es hatte eine Verlobungsfeier stattgefunden, danach war Ellies linker Ringfinger um einen Klunker schwerer geworden. *Diese Nutte*. Chapelle nannte sie so, ohne von ihrem Vorleben etwas zu wissen. Eines Nachts verfiel er dem eigentlich naheliegenden Gedanken, daß er wegen dieser Frau nicht nur in karrieristischer, vielmehr auch in erotischer Hinsicht eifersüchtig war. Das kam, weil er ein paarmal vor dem Einschlafen erfolgreich mit der Vorstellung masturbiert hatte, Ellie zu vergewaltigen.

Unterdes lief das Geschäft mit den Zimmern 26 und 27 blendend. Das *Monbijou* wurde zum ersten Mal in einem Londoner Reiseführer für Libertinisten erwähnt, als ein Hotel, das die Privatsphäre seiner Kunden in besonderem Maße garantieren könne. Das klang vage, und der Reiseführer war ein Schwarzdruck, auf zweitausend Exemplare begrenzt. Chapelle schlug dennoch Alarm. Und eine Änderung vor. Künftig sollten sich die Kunden eintragen müssen, unter welchem Namen auch immer, egal, und zwei Tage nach ihrem Check-out, wenn nichts mehr nachgewiesen werden könne, würden die Daten gelöscht. So, als seien die Zimmer nie gebucht worden. Damit habe man keine Buchprüfung zu fürchten, und im Fall einer Razzia würde man sich darauf herausreden, daß die Besucher erst einmal ihr Zimmer beziehen, duschen und schlafen, erst dann ihre Papiere einer gründlichen Prüfung übergeben wollten. Max und Pierre fanden den Vorschlag übertrieben. Einen Gast zu zwingen, eine Probe seiner Handschrift abzugeben, sei sie auch verstellt und behaupte einen falschen Namen, würde der Atmosphäre, von der das Hotel lebte, einigen Reiz rauben. Es würde im Endeffekt bedeuten, aus Gästen Komplizen zu machen. Es entstanden lange Diskussionen.

In Berlin-Plötzensee wurde am 4. Juni 1937 der junge Jude Helmut Hirsch hingerichtet, der vorgehabt hatte, Hitler und Gauleiter Streicher in Nürnberg durch einen

Sprengstoffanschlag zu töten. Es war bereits der einundzwanzigste Attentatsversuch auf den Führer des deutschen Reiches.

Karl ging auf Umwegen nach Hause. Glücklicherweise wußte niemand, wo er zur Zeit wohnte. Nicht einmal Mila hatte er je von den Rosarios berichtet, nur seinen Lateinschüler Sebastián hatte er wohl mal erwähnt. Aber das würde nicht genügen, um ihn in dieser riesigen Stadt ausfindig zu machen. Warum war Mila verhaftet worden? Es mußte mit Zanoussi zu tun haben, einen anderen Grund konnte sich Karl nicht vorstellen. Vermutlich war der Anarchist mit dem Sack Waffen doch noch erwischt worden und hatte unter der Folter Karl denunziert. Über Karl war die Miliz dann auf seine Mitbewohnerin Mila gekommen. So konnte es gewesen sein. Immerhin möglich, wenn auch nicht einleuchtend. Was wollte man Mila denn vorwerfen? Die Freundin eines möglichen Verräters zu sein? Deswegen steckte sie nun in Isolationshaft? Merkwürdig. Karl dachte nach, wie er gefahrlos herausfinden konnte, ob nach ihm gefahndet wurde. Und welche Wege es gab, das Land zu verlassen. Für Ausländer ohne Pässe begann nach den Maiunruhen eine harte Zeit. Die meisten, die das Pech hatten, in eine Razzia zu geraten, wurden verhaftet und nach Frankreich abgeschoben. Das wäre ja völlig in Ordnung gewesen, aber leider wollte sich auch Frankreich nicht mit solch verdächtigen Subjekten belasten und lieferte viele von ihnen an Italien oder Deutschland aus.

Ich muß, dachte Karl, nach Paris und meinen Status als geduldeter Exilant erneuern. Oder ich bleibe einfach hier und verlasse das Haus nicht mehr. Oder ich nehme meine Arbeit wieder auf und warte, was passiert. Ich nehme die Schuld auf mich, trage zu Milas Entlastung bei und gehe ins Gefängnis.

Keine der genannten Möglichkeiten vermochte ihn wirklich zu überzeugen. Aber wenn er alles genau durchrechnete, alle Chancen und Risiken abwog, schien es doch am besten, sich zu stellen. Er besaß weder einen Paß (außer dem plötzlich recht wertvollen KP-Mitgliedsausweis) noch das Geld für einen Schleuser über die Pyrenäen. Sich ahnungslos zu geben, war deutlich besser, als irgendwo aufgegriffen zu werden.

Am nächsten Tag meldete sich Karl Loewe bei seiner Arbeitsstelle zurück. Nach langer Krankheit sei er, sagte er dem Teniente, wieder bereit zum Dienstantritt.

Vorher hatte er die Rosarios darüber in Kenntnis gesetzt, daß es möglicherweise Probleme geben könne. Sie sollten sich keine Sorgen machen, falls er einige Zeit nichts von sich hören lasse. Er wollte nicht mehr als die Sache subtil andeuten, dennoch flossen einige Tränen.

Das ist schön. Wir haben dich schon vermißt. Meinte der Teniente und klopfte Karl auf die Schulter. Der blieb stehen, als erwarte er noch etwas. Bis ihm einfiel, daß der Teniente vielleicht mit der Sache gar nichts zu tun hatte. Die Ungewissheit war nicht auszuhalten.

Verzeihung, Kamerad –

Ja?

Ich habe gehört, daß Mila verhaftet wurde. Man soll auch nach mir gefragt haben. Weißt du irgendwas darüber?

Der Teniente sah überrascht auf. Er wolle als Vorgesetzter nicht geduzt werden, sagte er bestimmt, dabei nicht unfreundlich. Ja, Mila, das habe er wohl mitbekommen, aber mehr wisse er darüber nicht. Man habe auch nach ihren Freunden gefragt und Karls Adresse notiert, vielleicht für eine Zeugenaussage.

Karl erledigte seine Arbeit, protokollierte das Programm

von *Radio France* und rechnete ständig damit, daß die Tür zum Kämmerchen aufflog und bewaffnete Miliz hereintrat. Nichts dergleichen geschah. In der Nachtkantine unterhielt er sich noch einmal mit Vati und den anderen Kollegen. Niemand wußte etwas, nur daß Mila abgeholt worden sei, vor fünf Tagen, und als man sich nach ihr erkundigt habe, hieß es, sie sei *incomunicado*. Alle waren der Meinung, daß das doch sehr mysteriös sei.

Die Rosarios freuten sich aufrichtig, als Karl spät in der Nacht zurückkehrte und ihnen meldete, daß es entweder irgendwo ein großes Durcheinander gab oder aber alles in Ordnung war, soweit es ihn betraf.

Am nächsten Morgen machte er sich auf die Suche nach Zanoussi. Er fragte zuerst im *Café Español*, von dem er wußte, daß Zanoussi es regelmäßig frequentierte. Der Oberkellner, ein frischer Genosse, gab ihm bereitwillig Auskunft. Zanoussi, der Typ mit dem Beduinenkopfschmuck, ja, der komme hier ab und an vorbei, zuletzt vor ein paar Tagen, exakter wollte der Kellner den Zeitraum nicht eingrenzen.

Danach ging Karl zu Ines, oder wie immer sie sich jetzt nannte, klingelte sie/ihn aus dem Schlaf. Ob die Miliz hier gewesen sei und nach ihm gefragt habe, wollte er wissen, und Ines/Juan reagierte sehr pampig, klagte Karl des Diebstahls von Lebensmitteln an, nannte ihn einen Hundsfott und Parasiten. Karl beharrte auf einer Antwort und drohte dem tristen Transvestiten Ohrfeigen an. Juan schüttelte seinen kahlgeschorenen Kopf. Niemand sei hier gewesen, niemand habe nach Karl gefragt. Dann drehte er sich um und schob sein Hemd bis zum Hals hinauf, zeigte kaum vernarbte Striemen von Peitschenhieben, die er ertragen hätte, standhaft – und wie sei es ihm gedankt worden? Gar nicht, noch weniger als gar nicht. Karl, der verehrte Freund, für den er das alles auf sich genommen hätte, habe sich mit einer kindlich-dummen Muschi vergnügt, hier in dieser Wohnung, und habe auf ihn, Juan, geschissen.

Karl ließ den Wortschwall reglos über sich ergehen. Er begriff, daß dieses larmoyante Etwas an sein Mitgefühl appellieren, ein versöhnliches, tröstendes Wort von ihm hören wollte. Zugleich stieg ein Verdacht in ihm hoch.

Hast *du* etwas mit Milas Verhaftung zu tun?

Juan hob beide Hände. Wofür hältst du mich denn?

Karl gab keine Antwort und ging.

Es dauerte drei Tage, bis er zwar nicht Zanoussi selbst, aber jemanden aufgespürt hatte, der ihn gestern noch gesehen haben wollte. Bei bester Gesundheit sei er gewesen, wieso? Mehr wollte der Informant, ein Bibliothekar der Volksbücherei, nicht herausrücken, auch dann nicht, als Karl behauptete, ein Freund Zanoussis zu sein, der ihm eine dringende Mitteilung zu machen habe. Immerhin war der Mensch kooperativ genug, um dank einer Karteikarte zu beweisen, daß Zanoussi am vorigen Tag tatsächlich ein Buch entliehen hatte, nämlich Jules Vernes *Reise um die Welt in achtzig Tagen*. Es gab keinen vernünftigen Zweifel mehr, daß Zanoussi auf freiem Fuß war und Mila aus einem ganz anderen, völlig unbekannten Grund im Gefängnis saß. Angesichts dieser Erkenntnis war es Karl möglich, etwas forscher aufzutreten, er selbst schien in den Kasus nicht direkt involviert zu sein, also nichts befürchten zu müssen. In seiner angemaßten Eigenschaft als deutscher Journalist und Korrespondent der Pariser Tageszeitung ließ er sich einen Termin beim Polizeikommandanten Salas persönlich geben, den er um Auskunft bat nach dem Verbleib einer Ludovica Guardagno aus Bari, Italien. Und er redete ihn mit *Genosse* an, um auch ja keinen Trumpf im Ärmel zu behalten.

Salas gehörte zu jenen Menschen, die gelernt hatten, Querulanten am besten mit Höflichkeit zu begegnen. Anteilnahme zu zeigen, war der beste Weg, Fragestellern den Wind aus den Segeln zu nehmen. Tatsächlich bequemte er sich dazu, in seinen Unterlagen nachzusehen und konnte bestätigen, daß sich eine Guardagno, Ludovica, in der Obhut der Polizei befand. Wessen sie beschuldigt wurde, wo sie gerade war und was mit ihr geschehen würde, darüber wollte er keine Auskunft geben. Es wäre ihm auch schlicht nicht möglich gewesen. Die Bürokratie konnte mit der Anzahl der Verhaftungen kaum Schritt halten. Karl entnahm dem Gespräch immerhin, daß Mila mit hoher Wahrscheinlichkeit noch lebte. Darüber hinaus stellte sich die Frage, welchen Gewinn es brachte, noch mehr wissen zu wollen. Die kleine Hexe hatte ihm den Laufpaß gegeben, hatte seine Liebe mit Füßen getreten. Aus welchem Grund hakte er sie nicht einfach ab? Das Leben mußte weitergehen, und Emotionen, die nun einmal sinnlos geworden waren, konnte man sich, dachte Karl, abgewöhnen wie das Rauchen.

Bei einem Abendspaziergang unten am Hafen begegnete ihm Eileen. Sogleich nutzte er die Gelegenheit, sich noch einmal für den merkwürdigen Auftritt Milas neulich im *Hotel Continental* zu entschuldigen. Das Mädchen habe nicht alle Sinne beisammen gehabt, sich überdies von ihm getrennt, auf eine ganz schoflige Art und Weise, und sitze jetzt in einem Gefängnis, kein Mensch wisse, warum. Das habe ihn doch sehr nachdenklich gemacht, er versuche, sie zu vergessen, aber die Liebe, selbst zu einer im nachhinein unwürdigen Person, hinterlasse Spuren, wenn nicht gar Wunden und Narben, dieser verdammte Krieg gehe ihm auf die Nerven, und er liebäugele mit dem Gedanken, Spanien zu verlassen. Eileen Blair hörte sich sein Lamento mit versteinerter Miene an, und als Karl sich endlich nach Eric erkundigte, meinte sie knapp, er habe bei Huesca einen Halsdurchschuß erlitten, die Ärzte würden um sein Leben ringen. Neunzig Prozent derartiger Verwundungen würden tödlich enden. Dann versagte ihr die Stimme.

Ach, sagte Karl. Ach je. Das ist ja furchtbar. Die Situation war ihm äußerst unangenehm. Er legte seine Hände auf Eileens Schultern, bot ihr eine Umarmung an, sie schien darauf nicht eingehen zu wollen, und er zog seine Hände zurück, steckte sie in die Taschen seiner Jacke, als seien sie ihm peinlich. Was ihn entsetzte, war ein kurz aufblitzender Gedanke. Konnte er denn so verdorben sein, ernsthaft zu wünschen –? Nein, natürlich nicht, er war einfach nur ein intelligenter Mensch, der jede eintreffende Information auf mannigfaltige Weise weiterdachte und in mögliche Handlungsverläufe transformierte. Den winzigen Bruchteil einer Sekunde lang hatte er wohl überlegt, daß, falls Eric Blair seiner Verletzung erliegen, Eileen frei sein würde. Vielleicht war das eine ganz natürliche und logische Schlußfolgerung, derer man sich nicht schämen mußte. In Kriegszeiten erst recht nicht. Das menschliche Gehirn gehorcht egoistischen Gesetzen, reflektiert sich an Begierden, die zu entscheidenden Parametern werden. Jede eintreffende Nachricht wird zuerst darauf geprüft, ob sich aus ihr Vorteile ableiten lassen. Erst hinterher, verspätet, schalten sich gesellschaftlich verordnete Instanzen wie Gewissen, Moral, Feingefühl und Anstand dazwischen. Karl hatte große Lust, Eileen zu küssen oder sonstwie zu trösten. Statt dessen stand er, die Hände in den Jackentaschen, vor ihr und brachte kein Wort heraus.

Eileen verabschiedete sich. Karl glaubte, daß diese wunderbare, taktvolle Frau ihn, und mit vollem Recht, durchschauen und verabscheuen mußte. Dennoch hätte ihn interessiert, ob nicht auch sie eine Zukunft ohne Eric in Betracht zog. Ob nicht auch sie die Vorstellungskraft besaß, vielmehr unter Verlustphantasien litt, um irgendwo, und sei es in der kleinsten Kammer ihres Denkens, den Tausch des toten Eric gegen einen lebendigen Karl zu erwägen.

Es gab keinen Weg, dies zu erfahren, ohne sich ihr, wenigstens andeutungsweise, als Erics möglicher Nachfolger anzubieten. Tatsächlich sagte er zum Abschied etwas wie

*Wenn du irgend etwas brauchst, wenn ich irgend etwas für dich tun kann* – und selbst eine solche Floskel klang noch anzüglich genug. Eileen rang sich zu einem kaum wahrnehmbaren Nikken durch. Dann ging sie, ohne Blick zurück.

Karl lag nachts wach und entwickelte einen schwer nachvollziehbaren Neid auf Eric und dessen Todeskampf. Sowie einen weitaus leichter verständlichen Neid auf Erics Ehefrau. Er war klug genug, um einzusehen, daß Einsamkeit Begierden verstärkt, vergrößert, als würden sie durch ein Fernrohr betrachtet. Doch Einsicht schützt vor Leiden nicht. Im Gegenteil. Das Fernrohr vergrößerte sowohl die Begierde wie die Aussichtslosigkeit. Ein bitteres Paradox.

Wäre mir, dachte Karl, je eine solche Gefährtin gegönnt gewesen, alles in meinem Leben wäre anders, vielversprechender verlaufen.

Die permanente Ungerechtigkeit des Daseins stieß ihn geradezu ab. Ungeachtet der Fragilität jeder menschlichen Existenz kam es letztendlich doch auf Details an. Einige würden den Weg zu den Schatten getröstet antreten, andere für immer unversöhnt. Zu letzteren zählte Karl sich selbst.

Nach einigen Tagen suchte er Eileen noch einmal auf, im *Continental.* Er fand sie bestens gelaunt, beinahe ausgelassen vor. Sie hatte vor wenigen Stunden die Nachricht bekommen, daß Eric, gegen alle Wahrscheinlichkeiten, seine Verletzung überleben würde und sich auf dem Weg der Gesundung befinde. Bald werde er in ein Lazarett in der Nähe Barcelonas verlegt.

*Das ist ja großartig*, rief Karl laut, wie um etwas anderes in seinem Innern zu überschreien.

Ja. Sobald er reisen kann, gehen wir nach England. Eric hat genug geopfert für diesen Krieg.

Es war merkwürdig, wie mit dem Augenblick, in dem Karl von Erics Überleben erfuhr, seine Begierde auf dessen Frau erlosch. Er nahm den Sinneswandel verwundert, doch mit großer Erleichterung wahr. Und auch Eileen schien zu spüren, daß sich etwas in Karls Auftreten ihr gegenüber grundlegend verändert hatte, so als wäre ein Dämon von ihm abgesprungen. Sie behandelte ihn respektvoll und freundlich, fragte ihn nach seiner Meinung, ob Eric, als Mitglied der POUM, Repressalien zu erwarten habe. Karl konnte sie beruhigen. Die Führungskräfte der POUM, nun, das sei etwas anderes, aber einen einfachen Frontsoldaten, noch dazu einen Engländer – wo würde das hinführen? Das Land zu verlassen sei dennoch eine gute Idee. Und er fügte hinzu, daß Menschen von Geist und Kultur nicht unbedingt im Brennpunkt der Geschehnisse stehen müßten, um effektiv ihren Beitrag zur militärischen Krisis zu leisten.

Du meinst, Entschuldigung, wenn ich dich falsch interpretiere, daß es Kanonenfutter gibt und Sahneschnittchen?

Karl mußte lachen. Du hast es erfaßt. *So ist es.* Genau. Bringt euch in Sicherheit.

Erst Stunden später ging ihm die Tragweite dessen auf, was

er da von sich gegeben hatte. Ein derartiges Diktum, das die große Mehrheit der Menschen zu Existenzen zweiter und dritter Klasse erniedrigte, hätte zu jemandem wie Max gepasst. Aus dem Mund eines Kommunisten klang es absurd und nach Verrat an allen Idealen. Karl wußte nicht mehr, im wahrsten Sinne der Redewendung, wo ihm der Kopf stand. Er wollte, um sich von seiner zunehmenden Orientierungslosigkeit abzulenken, etwas Sinnvolles tun, irgend etwas. Noch zwei Wochen lang bemühte er sich darum, mehr über das Schicksal Milas zu erfahren, bis ihn der Teniente im *Colón* beiseite nahm und meinte, es gebe anscheinend triftige Gründe, dies künftig bleiben zu lassen. Genauer könne und wolle er sich dazu nicht äußern.

Karl nahm den Ratschlag mehr als Drohung denn als Empfehlung wahr. Am Abend noch telegrafierte er an seinen Bruder in Paris und äußerte die Bitte, Max solle ihm einen Pass besorgen, er wolle diesem wahnwitzigen Inferno den Rücken kehren.

Auf der Pariser Weltausstellung wurde, am 12. Juli, doch noch ein spanischer Pavillon eröffnet. In der Eingangshalle hing das großformatige Gemälde GUERNICA von Pablo Picasso. Max war über alle Maßen begeistert. Nun habe die Bombardierung der Stadt spät noch ihren Sinn offenbart. Er meinte das nicht völlig ernst, ganz unernst aber auch nicht. Er wußte nicht immer sofort, wie er zu dem stehen sollte, was er soeben gesagt hatte.

Am Abend erhielt er Karls Telegramm, wobei er noch unter der Wirkung des Gemäldes stand. Max stellte sich unter *wahnwitziges Inferno* alles mögliche vor. Grausame Skizzen von Goya fielen ihm ein. Seine Phantasie erschuf apokalyptische Bilder, inmitten derer Karl mit letzter Kraft ums blanke Überleben kämpfte. Deshalb zögerte er auch keine Sekunde, die einzig erfolgversprechende Verbindung zu nutzen, durch die Karl eventuell einen Paß bekommen konnte, und wenn schon keinen echten Paß, dann eine behördliche Einreiseerlaubnis, die eine Abschiebung nach Deutschland verhinderte. Er nahm Kontakt zum Marquis de Paulignac auf. Was sich als gar nicht einfach erwies, denn der Marquis war nach einem Schlaganfall an einen Rollstuhl gefesselt und nahm am gesellschaftlichen Leben nur noch eingeschränkt teil. Seine Frau und seine Töchter kontrollierten ihn, mißgönnten ihm jeden Umgang mit verdächtigen Subjekten. Max wurde von ihnen abgewiesen, obwohl er insistierte, es sei wichtig. Zum Glück war Sommer, ein heißer Sommer, und die Tür zum Schlafzimmer des Marquis, er bewohnte immer noch die alte Chauffeurswohnung über der Garage, stand allnächtlich offen. Max schwang sich nach 22 Uhr über die Mauer, schlich durch den Garten, es war nicht stilvoll, auch riskant, aber der kürzeste Weg. Raymond freute sich außerordentlich über den Besuch, er kicherte wie ein Mädchen. Seine Beine waren gelähmt, geistig schien er noch auf der Höhe zu sein. An Details der Geschichte wirkte er wenig interessiert, er freute sich viel eher, überhaupt noch etwas bewirken zu können, vor allem hinter dem Rücken seiner Familie. Natürlich mußte Max ihm auf gewisse Weise entgegenkommen, das verstand sich von selbst. Danach schrieb Raymond einen Empfehlungsbrief an einen alten Freund im Außenministerium, in dem es sinngemäß hieß, daß dem jungen Karl Loewe, et cetera, Journalist in Barcelona, et cetera, durch ein Sondervisum das Betreten französischen Bodens gewährt werden solle sowie die Weiterfahrt in die Hauptstadt. Schon drei Tage später war das Visum per Einschreiben nach Barcelona unterwegs, an die Adresse der Rosarios. Ob es dort jemals ankommen würde, war unsicher. Ein nicht geringer Teil der Post ging gewöhnlich verloren oder blieb irgendwo liegen. Dem Visum lag ein 500-Francs-Schein bei, was die korrekte Zustellung noch weniger wahrscheinlich machte.

Karl fiel der Abschied von Sebastián sehr schwer. Sein erster Schüler war ihm eine Art Ziehsohn geworden, der zu ihm aufsah und ihm vertraute. Ihn alleinzulassen würde der Knabe wahrscheinlich wie einen Verrat empfinden. Aber hierzubleiben hatte keinen Sinn mehr. Sebastián würde es gutgehen. Nach Francos Sieg stand dem Jungen eine goldene Zukunft bevor. Einen Moment später konnte Karl nur den Kopf über eine solche Beurteilung der Lage schütteln, als habe er schmerzhaft einsehen müssen, nicht mehr zurechnungsfähig zu sein. Es schien höchste Zeit, Ruhe zu finden, irgendwo, Abstand von emotionalen Verstrickungen zu gewinnen, sein Gehirn freizuräumen von Gefühlsgerümpel, das den Blick auf das Wesentliche verstellte.

Das Visum aus Paris traf ein. Karl kündigte schon für den nächsten Tag seine Abreise an. Die Rosarios veranstalteten ein kleines Fest zu seinen Ehren. José spielte nach vielen Monaten zum ersten Mal wieder auf dem Klavier, das eigentlich verkauft werden sollte. Nur schien im Moment, aus einsichtigen Gründen, niemand ein Klavier brauchen zu können, selbst wenn er es für drei Säcke Kartoffeln hätte haben können. Sebastián trug zwei Gedichte vor, vom Vater melodramatisch begleitet, ein sehr kitschiges über den Wert der Freundschaft, von einem Karl nicht geläufigen argentinischen Poeten, das andere war eine ungelenke spanische Übersetzung von *Am Brunnen vor dem Tore*. Es rührte Karl zu Tränen. Clara Rosario hatte eine Flasche Rotwein besorgt und Nudeln mit Manchego-Käse gekocht, wobei der Käse fast höher zu bewerten war als der Wein.

Danach gab es noch Kuchen, einen schlichten Kirschstreuselkuchen mit sehr wenig Butter und Zucker, nach deutschem Rezept. Zum Schluß, als Sebastián schon im Bett war, wurde noch eine Phiole voll Schnaps aufgemacht, und José spielte am Klavier das *Brindisi* aus der *Traviata*. Karl trank den Wein wie den Schnaps und war danach so entfesselt, daß er seine Gastgeber herzte und umarmte. In einer besseren Welt, sagte er pathetisch, würde man sich einst wiedersehen. Er meinte natürlich die Zeit, in der Spanien von Francos kommendem Regime befreit sein würde, aber so wie er es sagte, dachte Clara, daß er vom Jenseits rede, das war zuviel für ihre zarte Seele.

Anderntags bestieg Karl den Zug nach Norden und begegnete zum letzten Mal den Blairs. Auch das mußte gefeiert werden. Es stellte sich heraus, daß Eric, der um den Hals einen Verband trug und nur gekrächzte Laute herausbrachte, großes Glück gehabt hatte, einer Verhaftung zu entgehen. Nicht nur die Führer der POUM, praktisch jeder, der mit ihr in Verbindung stand, war zum Volksfeind und für vogelfrei erklärt worden. Einen Moment lang überlegte Karl, ob er sich für seine Genossen entschuldigen solle. Oder für seine falschen Vorhersagen.

Eileen und Eric trugen ihre elegantesten Garderoben, sie meinten, daß es jetzt von Vorteil sei, bürgerlich zu wirken. Welch eine verkehrte Welt – lautete ihr Kommentar –, als wir hierher einreisten, galt es noch, möglichst proletarisch auszusehen, ansonsten man an der Grenze abgewiesen worden wäre. Karl schüttelte stumm den Kopf. Er verstand längst nicht mehr, was hier warum geschah. Manchmal überfielen ihn Gedanken an das Mädchen, dessen Verschwinden er nicht hatte auflösen können, doch im Grunde war er glücklich, dem Mahlstrom des Krieges entronnen zu sein. Es hieß in den Zeitungen, daß der amerikanische Schriftsteller Hemingway sich derzeit in Spanien aufhielt. Karl konnte sich eine boshafte Bemerkung nicht verkneifen. Wenn man berühmt genug ist, sagte er, kann man jeder Tortur als Tourist beiwohnen und von sich reden machen. Wir, als einfache Menschen, waren schutzlos allen Kapriolen des Krieges ausgeliefert.

Eric, wohl weil alles andere seinem verwundeten Hals zuviel Mühe gemacht hätte, nickte zustimmend. Der Begriff *Torture-Tourist* gefiel ihm. Alle freuten sich wie Kinder auf Paris. Eileen kündigte an, daß Eric ein Buch schreiben wolle, über seine Erlebnisse in diesem Krieg. Wenn es im Leben so oft keine Wahrheit und Gerechtigkeit gebe, dann wenigstens in der Literatur.

Ach ja? Karl horchte auf. Du schreibst ein Buch?

Ich versuchs. Man sah Eric an, daß er nicht gern reden wollte, und darüber erst recht nicht.

Viel Glück! Karl fand das interessant. Und fragwürdig zugleich. Woher nahm Eric das Recht, über den Bürgerkrieg zu schreiben? Wo er ihn doch an einem engen Frontabschnitt erlebt hatte, an dem selten etwas los gewesen war, der kaum stellvertretend für das *Big Picture* stand und höchstens einen sehr subjektiven Ausschnitt wiedergeben konnte. Soviel Chuzpe möchte ich mal besitzen, dachte Karl.

Um acht Uhr abends traf der Zug auf dem Gare du Nord ein.

Die Blairs wollten gleich weiter, mit dem Pullman nach London. Karl hatte Luftlinie noch einen halben Kilometer zurückzulegen, bevor er sein neues, ihm noch unbekanntes Zuhause erreichte, das *Hotel Monbijou* in der Rue Dunkerque, 2.

Max und Ellie fingen ihn noch vor dem Bahnhofsportal ab. Sie hatten ihm so vieles zu erzählen, unter anderem, daß Ellie nun seine Halbschwester war, aus der ersten Ehe der Mutter. Karl staunte nicht schlecht.

Er und Max teilten sich in der Nacht ein Zimmer, aßen sich satt an Weißbrot mit gesalzener Butter, Oliven und frischen Austern vom Markt, rauchten amerikanische Zigaretten, tranken Champagner und unterhielten sich lange. Als Karl, dem das alles wie ein kapriziöser Traum vorkam, endlich begriffen hatte, welchen Aufstieg Max und Ellie verbuchen konnten, welche Aussichten ihrer Zukunft blühten, wußte er sich nicht anders zu helfen, als entgeistert zu lachen. Instinktiv spürte er sofort, daß er in dieser Komödie nur störend herumstehen oder unangenehm auffallen würde. Aber gut. Die Dinge lagen nunmal so und so, und Karl versprach, kein Spielverderber zu sein. Relativ spät fiel ihm ein, Max für sein Engagement zu danken. Er schlief schlecht in jener Nacht, unruhig wie ein Kind in einer ihm fremden Umgebung.

Am nächsten Morgen, beim Frühstück, machte er mit Pierre Geising Bekanntschaft. Allen Fragen, die auf Karls Heldentaten zielten, wich er aus, spielte seine Rolle bescheiden herunter. Er sei nur ein kleines Rädchen gewesen. Sein größter Verdienst, wenn man überhaupt davon sprechen wolle, habe darin bestanden, *Radio France* etlicher Halbwahrheiten zu überführen. Pierre fand Karls Understatement hinreißend, er beneidete ihn ernsthaft darum, dem Weltgeschehen so nahe gewesen zu sein.

Während wir hier, in Paris, sagte er, unsere Zeit mit Kleinigkeiten vertändeln.

In den nächsten Wochen und Monaten führte Karl sein Studium der Medizin an der Sorbonne fort, einfach nur, weil ihm nichts Besseres einfiel. Er dachte darüber nach, seine Erlebnisse im Bürgerkrieg zu einem Buch zu verarbeiten, wie Eric Blair, aber irgend etwas fehlte, um sich des Interesses des Publikums sicher zu sein. Nur einmal war er Zeuge von etwas Wesentlichem geworden, das war das von der Welt zumeist übersehene

Massaker auf dem Gefängnisschiff. Darüber aber zu berichten hätte nur den Faschisten in die Karten gespielt.

Max und Ellie arbeiteten im erweiterten Hotelmanagement, erledigten alles mögliche, von Zeitungsannoncen über die Organisation der Wäsche bis hin zum Waren- und Lebensmitteleinkauf. Ellie, die ständig klagte, daß sie bereits verlebt aussehe, zerkaut von den Zähnen der Zeit, führte ein für ihre Verhältnisse züchtiges, tadelloses Leben, als habe sie immer nur ein ausreichendes Grundeinkommen nötig gehabt, um ihrer Profession zu entsagen. Mit dem Erlernen der französischen Sprache wuchs ihr Selbstbewußtsein. Weder Max noch Pierre hatten bislang von ihren intellektuellen Fähigkeiten viel gehalten. Beide mußten einsehen, daß ein Mangel an Bildung nicht mit Dummheit gleichzusetzen war. Ellie verstand es blendend, den Lieferanten günstige Verträge abzuverhandeln, vielleicht, weil sie durch ihr Vorleben gelernt hatte, Menschen schnell, aufgrund weniger Worte, Gesten oder Mimiken, richtig einzuschätzen. Ihre Bestimmtheit, ihr resolutes Auftreten entstammten der Einsicht, daß die überwältigende Mehrheit der Leute konfliktscheu und kleinmütig war.

*Die nehmen alle lieber den Spatz in die Hand, als mit der Kanone saure Tauben abzuballern! Wichtig ist, dasse'n gewisses Vertrauen entwickeln und das Gefühl kriegen, nicht grob übern Tisch gezogen zu werden.*

Als Karl sie einmal fragte, wie sie ausgerechnet an Pierre Geising geraten sei, sagte sie, naja, das sei gegangen und gekommen, wie es geht und kommt im Leben, im Kaufhaus besonders, ein Blickkontakt habe genügt, zweideutige Worte seien gewechselt worden,

*Haben Sie Lust auf ein Abenteuer? Kommen Sie mit mir.*

*Ich kenne Sie doch gar nicht.*

*Sonst wär es ja kein Abenteuer.*

Ein Mensch habe Mut gezeigt, ein anderer nicht rechtzeitig Einspruch erhoben – *und plötzlich hatte ich ne Zunge im Mund, also genaugenommen zwei.*

Max machte den Vorschlag, im Salon an jedem Sonntagabend eine Art Künstlerstammtisch einzurichten, mit Kammerkonzerten, Lesungen, Debatten, Vorträgen. Pierre, der für Experimente meist zugänglich war, gab sein Einverständnis. Nach anfänglich frustriendem Besucherzuspruch kam die Sache ins Rollen. Max sprach gezielt die in Paris lebenden Exildeutschen an, ob persönlich oder mit Anzeigen in den Zeitungen. Auch die Homosexuellenszene schien an Kultur lebhaft interessiert, und bald wurde das *Monbijou* zu einer Institution zwischen Geist und Eros, zwischen Bildungs- und Anbahnungsstätte, ein Treffpunkt für all jene, die in Paris genau das suchten, was ihnen Berlin vor der Machtergreifung der Nazis geboten hatte. Max ging noch weiter und veranstaltete sogenannte Verwechslungssoireen, auf denen Transvestiten willkommen waren und eine dreiköpfige Combo zum Tanz aufspielte. An diesem Punkt legte Pierre Einspruch ein. Bei allem Verständnis dafür, daß Max seine verlorenen Berliner Verhältnisse im kleinen Rahmen rekonstruieren wollte, wies Pierre auf die entstehende Gefahr hin. Am Pigalle in Montmarte, wo es etliche ähnlich geartetete Lokale gab, die sich dumm und dämlich verdienten, fanden eben oft auch Razzien statt. Weil korrupte Polizeichefs, verständlicherweise, mitverdienen wollten. Kunst sei in Ordnung, Exklusivität und Toleranz auch, aber auf kleiner, windgeschützter Flamme.

Max fügte sich der Zurechtweisung. Fortan wurde im *Monbijou* Wert auf Etikette gelegt. Oft mußten die Besucher erst die Lesung eines minderwertigen Poeten oder den Lichtbildvortrag eines Südamerikaforschers ertragen, bevor sie sich endlich zur Musik von Akkordeon, Klarinette und Geige lasziv bewegen durften. Gleichgeschlechtliches Poussieren und Küssen war ausdrücklich nicht erwünscht. Niemand konnte dem *Monbijou* einen Vorwurf machen. Als die Polizei tatsächlich einmal erschien, war es wegen einer Eifersuchtsszene, in deren Verlauf eine verliebte Tunte einer anderweitig verliebten Tunte ein Glas Erdbeerbowle ins Gesicht geschüttet hatte. Die Hoteldirektion distanzierte sich von dem bedauerlichen Vorfall.

Karl, der noch wenige Wochen zuvor ein so strikter Verächter des Alkohols gewesen war, gewöhnte sich immer mehr das Trinken an. Die Euphorie, dem spanischen Irrsinn entkommen zu sein, verflog viel zu schnell und hinterließ ein Gefühl bohrender Leere. Paris war eine wunderbare Stadt, in der es eine Fülle von Möglichkeiten gab, sich irgendein Wohlgefühl abzuzwingen. Aber in Barcelona, so kam es Karl inzwischen vor, hatte er die beste Zeit seines Lebens genossen, denn dort war er geliebt worden, von Mila, Sebastián und irgendwie sogar von diesem elenden Subjekt namens Ines oder Juan. Er hatte nie hungern müssen, trotzdem war keine Mahlzeit selbstverständlich gewesen. Er war als Radioprotokollant einer gewiss sinnvollen Tätigkeit nachgegangen. Und wenn die Genossen in ihrer Paranoia wohl hier und da überreagiert haben mochten, so doch stets für eine gute, klare Sache, an deren Ausgang etliches hing. Oft dachte er an Mila. Ein neunzehnjähriges Mädchen. Schnippisch, liebreizend, lebhaft. Wo sie nun war, ob tot oder lebendig? Was sie ihm an den Kopf geschleudert hatte, daran erinnerte sich Karl kaum noch. Mädchen mit neunzehn sind eben so. Wissen es nicht besser. Das Spiel Max' und Ellies mit Pierre Geising, den er für einen sympathischen, patenten Menschen hielt, blieb ihm undurchschaubar. Ihm genügte die Einsicht, daß er damit nichts direkt zu tun haben wollte, ansonsten hielt er sich nach Möglichkeit heraus. Wenn Pierre ihn auf seine Halbschwester Ellie ansprach, nickte er beflissen, egal, wonach genau er gefragt wurde. Wieder kam er sich wie jemand vor, der geduldet und mitgeschleppt wurde, ein fünftes Rad am Wagen. Zudem lebte er, notgedrungen, vom Geld seines Bruders, der ihm immer mal wieder einen Fünfziger oder Hunderter in die Hand drückte. Max bereitete es Freude, den Bruder zu unterstützen. Das entstandene Abhängigkeitsverhältnis genoß er aber auch.

Karl brauchte nicht viel. Das war für ihn der einzige Weg, sich zu wehren. Er aß und schlief im Hotel. Und tröstete sich, oft erfolglos, mit dem Gedanken, daß es so vielen Menschen schlechter ging als ihm. In einem Bericht des Völkerbunds wurde die Lage von etwa zwanzigtausend deutschen Emigranten in Europa als *elend* beschrieben. Das sprach ihm aus dem Herzen. Doch bekam er nicht nur Mitleid zu spüren.

Einmal, als Karl seine Betrübnis zu sehr herauskehrte, nahm Ellie ihn an der Hand, zog ihn auf den Balkon, deutete mit einem lauten *Ei Kukke*! auf den unter einem Regenbogen liegenden Süden der Stadt und meinte: *Zieh mal bloß nicht sone Jammerflappe wie'n geschredderter Schwan. Biste lebendig und gesund ausm Krieg zurück und immer noch blutjung. Was soll ich'n da sagen?*

Karl lächelte pflichtschuldigst. Ellie meinte es zweifellos gut. Hatte auf ihre Weise sogar recht. Würde sie je ein Verständnis dafür entwickeln, daß es Menschen gab, die nicht in kleinbürgerlichen Maßstäben dachten? Er sah seinem Bruder oft dabei zu, wie er sich für das Hotel engagierte, voller Fleiß und Zielstrebigkeit, und daraus auch noch Spaß zu beziehen schien.

Das konnte doch nicht wahr sein. Dieser Max war ihm neu und unheimlich. Hatte der Schwärmer sein hochfliegendes, zu den Sternen zielendes Ego gegen eine Krämerseele getauscht? Steckte mehr dahinter als einzig der Wunsch nach einer gesicherten Verortung im bourgeoisen Butterdöschen? Karl hatte mitbekommen, daß Ellie sowohl mit Pierre als auch nach wie vor mit Max zugange war. Die Komödie, derzufolge er Ellies Halbbruder spielen mußte, fand er nur anfangs witzig, dann geschmacklos bis widerwärtig. Zu welchem Ergebnis sollte das am Ende führen? Manchmal war er nahe daran, auf den Tisch zu hauen und die Verhältnisse zu klären. Nur die Angst, hinterher mit nichts dazustehen als einem guten Gefühl, hielt ihn davon ab. Karl und Pierre waren inzwischen Freunde geworden, und Karl begann sogar ein wenig Pierres Boxsportbegeisterung zu teilen.

Der Sommer verlief weitgehend ereignisfrei, wurde von einem regnerischen Herbst abgelöst. Aus einiger Entfernung betrachtet, gingen sechs Monate vorüber, ohne daß sich im Leben der Loewe-Brüder viel veränderte.

Erwähnenswert war der 16. Oktober, als Pierre, Ellie, Max und Karl sich einen gemeinsamen Theaterabend gönnten. Auf dem Spielplan des Théâtre Adyar stand die Uraufführung des jüngsten Brecht-Stückes »Die Gewehre der Frau Carrar« mit Helene Weigel in der Titelrolle. Die Meinungen darüber gingen hinterher weit auseinander. Ellie meinte, daß die Weigel eine tolle Schauspielerin sei, Pierre war beeindruckt von der aristotelischen Einheit des Stückes, wobei er sich nicht recht festlegen wollte, ob es ihm gefallen hatte. Jedenfalls sprach er Karl nochmal seine Bewunderung dafür aus, in Spanien aktiv gewesen zu sein. Karl selbst nannte das Werk erschütternd und aufrüttelnd, er zeigte sich schwer betroffen, ja höchstpersönlich angesprochen und hinterfragt. Zum ersten Mal deutete er an, daß die Flucht aus Spanien ein Fehler gewesen sein könne. In moralischer Hinsicht. Max war in erster Linie hier, um einmal den Autor des *Baal* leibhaftig zu sehen. Möglichkeiten dazu hätte es in Berlin vor einigen Jahren etliche gegeben, damals aber hatte er aus irgendeinem Grund nicht daran gedacht. Nun verkündete er, Brecht sei als Autor für ihn erledigt. Wer eine derart trockene, kunstlose Propagandascheiße fabriziere, könne vielleicht in stalinistischen Kaderschmieden aufgeführt werden, nicht aber an Theatern einer westlichen Kulturmetropole. Die Handlung sei lächerlich, die Sprache naiv und unbeholfen, ohne Zwischentöne und Poesie. Die schwarzweiße Karikatur eines Stückes sei das, und die Haltung dahinter unmenschlich in ihrem verbohrten Proletariats-Heroismus.

Es folgte ein erregter Streit. Karl verteidigte die schlichte Sprache des Autors als wohltuend unpreziös und lobte die klare, unmißverständliche Position, die er einnahm. Die Botschaft, daß es im Kampf zwischen Gut und Böse keine Neutralität geben dürfe, sei nicht verbohrt, sondern kraftvoll, gerade durch den Aplomb ihres Vortrags. Max, dessen Romanfragment inzwischen auf drei Seiten, die er meistens bei sich trug, angewachsen war, verzichtete darauf, eine persönliche Begegnung mit Brecht anzustreben. Dieser einst von Talent gesegnete Literat hatte seinen Verstand in der Garderobe der Politik abgegeben, von so einem war keine Unterstützung zu erhoffen, im Gegenteil. Pierre hielt sich aus der Debatte heraus, er meinte salomonisch, Shakespeare hätte das Thema sicher anders behandelt, aber dessen Zeit sei mit der heutigen eben nicht zu vergleichen. Ein Diktum, das sowohl Karl wie Max als läppisch erachteten, was sie aber beide für sich behielten. Ellie wiederholte noch einmal, daß sich der Abend schon wegen Helene

Weigel gelohnt habe. Man könne doch jetzt noch schön Eis essen gehen. In beiden Punkten gab man ihr recht.

Kurz vor Weihnachten verlangte Xavier Chapelle eine Gehaltserhöhung. Er begründete dies mit dem blühenden Geschäft, das das Hotel allgemein und im Speziellen mit den Sonderzimmern machte. Und fügte hinzu, demnächst heiraten zu wollen, nämlich Blanche, eins der jungen Zimmermädchen, ein unscheinbares, leicht begriffsstutziges Dotscherl aus der Vorstadt, das zu ihm aufsah mangels besserer Perspektiven im Leben.

Was, für sich genommen, von dem Dotscherl schon wieder recht klug war.

Chapelle unterhielt seit einigen Wochen, wie sich nun herausstellte, ein Verhältnis mit ihr und rechnete auf Geisings weihnachtliche Geberlaune. Doch der erbat sich Bedenkzeit. Ihm war nicht klar, wie er die Forderung deuten und bewerten sollte. Als Unverschämtheit? Als versuchte Erpressung? Unverschämt wirkte Chapelles Bitte auf Pierre vor allem deshalb, weil der die Bezüge seines Angestellten wenige Monate zuvor schon sehr großzügig um fünfzig Prozent heraufgesetzt hatte, und selbstverständlich beinhaltete diese Aufstockung ein gewisses Schweigegeld. Das ehemals freundschaftliche Verhältnis zwischen den beiden Männern war dadurch, daß Chapelle seine Verachtung gegenüber Ellie so unverblümt zur Schau trug, nicht besser geworden.

Geising reagierte, ganz gegen seine sonstige Art, zornig und herausgefordert.

Er hätte Chapelle vor die Tür setzen können, mit der Begründung, daß die Beziehung eines Hotelmanagers zu einem Mitglied des Personals gegen jede Etikette verstieß. Allerdings mußte Rücksicht auf Chapelles Mitwisserschaft genommen werden.

Pierre zog Max und Ellie zu Rate. Karl, der immer noch keine Ahnung hatte, welche unerlaubten Dinge im *Monbijou* vorgingen, wurde außen vor gelassen.

Wieviel will er denn haben? Fragte Max.

Das hat er nicht gesagt.

Dann ist es keine Erpressung. Gib ihm einfach mal hundert Francs mehr und warte ab, ob er sich damit zufriedengibt.

Aber der Saukerl bezieht ohnehin schon 1300 Francs im Monat. Dafür könnte ich den Chefkoch des *Charles V* verpflichten. Irgendwo hat auch meine Großmut ihre Grenzen.

Max und Ellie hatten Pierre noch nie so wütend erlebt. Anscheinend war der Hotelier sich bewußt geworden, von Faktoren abhängig zu sein, denen er zuvor weder Aufmerksamkeit noch Respekt geschuldet hatte. Die Angst, daß ihm etwas über den Kopf wachsen könne, versetzte ihn in Panik.

Chapelle, hätte er davon erfahren, wäre erstaunt gewesen. Keinen Moment zog er ernsthaft in Betracht, Pierre Geising die Pistole auf die Brust zu setzen. Er hätte sich mit einem Bonus von fünfzig Francs bereits zufriedengegeben, hätte danach, voller Zuversicht auf die Zukunft, der tumben Blanche ein Kind eingeflößt. Als ihm Pierre schließlich eine einmalige Sonderzahlung von dreihundert Francs offerierte, zahlbar am Tag der Eheschließung, dankte Xavier mit einem ergebenen Händedruck. Sein erstes Kind, so es ein Junge werde, wolle er Pierre nennen. Geising mißverstand das Kompliment seines verliebten Angestellten als Sarkasmus. Von dieser Meinung brachte ihn auch Xaviers Angebot nicht ab, bei der Hochzeit als sein Trauzeuge zu fungieren. Pierre fühlte sich provoziert und auf den Arm genommen.

Was war sonst so los?

In Paris hob die Polizei ein großes Waffenlager aus, das für einen rechtsextremen Putsch vorbereitet worden war. Die Regierung des Léon Blum war im Sommer gescheitert. Die Volksfront aus Liberalen, Sozialisten und Kommunisten existierte aber weiterhin, nun unter dem neuen liberalen Ministerpräsidenten, Chautemps. In der Sowjetunion wurden monatlich Todesurteile an Hunderten angeblicher Volksfeinde vollstreckt.

An der spanischen Front wurden mal von dieser, mal von jener Seite Geländegewinne gemeldet. Während es im Frühling noch nach einem schnellen Sieg der Nationalisten ausgesehen hatte, richtete man sich nun auf einen langen Fortgang des Krieges ein. Seit August gab es eine neue politische Polizei, den komplett vom sowjetischen Geheimdienst NKWD beherrschten SIM (Servicio de Investigación Militar). Die Opposition aus Anarchisten und Linkskommunisten wurde unterdrückt, ihr Führer, der ehemalige Ministerpräsident Largo Caballero, am 21. Oktober verhaftet.

Am selben Tag fiel die Stadt Gijon, die einzige verbliebene rote Bastion Nordspaniens, in die Hand Francos. Auch die letzten Truppen, die noch an die Nordfront gebunden waren, konnten nun gen Osten in Marsch gesetzt werden. Mit Asturien ging auch eine wirtschaftlich bedeutende Provinz verloren. Die Regierung zog von Valencia nach Barcelona um. Zwischen dem Ausland und dem republikanischen Spanien war aufgrund der faschistischen Seeblockade nur noch die Pyrenäengrenze offen. Die Rebellen zogen auch in der Truppenstärke gleich. Jeweils etwa 700.000 Mann standen sich nun gegenüber.

Karl, damals frisch erschüttert und aufgerüttelt durch Brechts »Gewehre der Frau Carrar«, begann über eine Rückkehr nach Spanien ernsthaft nachzudenken. Ihm war klar geworden, daß er bei einem zweiten Anlauf mit einer grundlegend anderen Einstellung in den Kampf ziehen mußte. Pazifismus, die große geistige Errungenschaft des 20. Jahrhunderts, schien nicht geeignet, den Problemen des 20. Jahrhunderts beizukommen.

*Wesentliche Entscheidungen im Leben eines Menschen hängen mit dessen Verhältnis zum Tod zusammen. Tatsächlich macht es für die meisten einen großen Unterschied, ob sie mit dreißig oder siebzig sterben. Wie sie diese Jahre leben, ob sinnvoll oder nicht, ob erfüllt oder nicht, ist zweitrangig. Ich selbst gehöre zu diesen Kreaturen. Die lieber eine etwas weniger lange Ewigkeit tot sein wollen. Und seis auf Kosten vieler anderer. Das ist unlogisch, narzißtisch und am falschen Ende gespart. Es muß einen Weg geben, diese Unlogik so zu verinnerlichen, daß der Lebenswille überlistet wird. Es muß einen Weg geben, den inneren Schweinehund allein durch logische Deduktion zu besiegen. Bis man zuletzt voller Mut und Hingabe ein neues Leben beginnt, als ein kraft der eigenen Gedanken geläutertes Individuum.*

Eines Abends sprach er mit Max darüber und deutete an, woran er litt. Max schüttelte den Kopf und meinte, die Militärs in allen Zeiten hätten mit ihren Rekruten etwas ganz Ähnliches versucht wie er nun mit sich selbst, nämlich Wertvorstellungen, viel mehr Hilfestellungen zu etablieren, die den Verzicht auf das Fest des Lebens erleichtern sollten. *Süß und ehrenvoll sei es, fürs Vaterland zu sterben.* So habe ihre verlogenste Parole gelautet. Es nütze nichts, den Begriff Vaterland gegen einen anderen auszuwechseln. Du hast *Angst* gehabt – und das war gut, ein Symptom von *Intelligenz.* Jetzt suchst du nach Wegen zum Selbstbetrug? Bist du krank?

Karl kam mit dieser arroganten, verständnislosen Argumentation nicht zurecht und verließ schweigend das Zimmer. Pierre, den er danach um Rat fragte, antwortete auf vertrackte Art nichtssagend. Karls Problem bestehe einzig darin, daß er immer noch erst zweiundzwanzig Jahre alt sei, nicht dreißig oder befreiende vierzig, und daß die Aussicht, den Rest des Lebens in Paris zu verbringen, verführerischer wirken müsse als jeder Heldentod nach einer noch so großen Heldentat. Deren Sinn sich erst spät erweisen würde, im ungünstigsten Fall aber nie.

Zuletzt bat Karl auch Ellie um ihre Meinung. Sie hörte sich seine Offenbarungen geduldig an, stöhnte dann auf und meinte nur, er solle sich mal nicht so haben, er könne alle Fehler machen und danach das genaue Gegenteil davon, soviel Spielraum wie jetzt werde das Leben ihm nie mehr gönnen, nein. Mach einfach, wasde willst, und gut ists. Und geh uns nicht auf die Nerven mit deim' Geseier von wegen was wäre hätte sollen sein und war nich so gewesen, weil der Hund geschissen hat. Nur einen Fehler sollteste dir verkneifen.

Und welchen?

Den, danach keine mehr machen zu können. Heb dir den letzten Fehler gut auf, für viel später im Leben.

Karl beschloß, in Paris zu bleiben. Hier hatte er eine Art Familie, sein Studium und wenig ernsthafte Sorgen. Hitler und Mussolini pumpten immer mehr Geld in die Unterstützung der Nationalisten. Falls die spanische Republik dem Ansturm nicht standhalten konnte, würde es viel sinnvoller sein, sich zu einem späteren Zeitpunkt in einem anderen Land zu engagieren, dann vielleicht mit einer abgeschlossenen medizinischen Ausbildung.

Um seinem Gewissen die Zähne zu ziehen, bemühte er sich ernsthaft darum, etwas über Milas Schicksal in Erfahrung zu bringen. Von Paris aus schien das unmöglich. Allein, das Wesen seines Vorhabens bestand nicht in dessen Gelingen, sondern darin, es zu beginnen. Mit allen zur Verfügung stehenden Mitteln. Zuerst sprach er bei der Pariser Tageszeitung vor und verlangte eine Akkreditierung als Journalist. Darüber hinaus hoffte er auf noch ausstehendes Honorar, für den Artikel über die spanischen Frauen im allgemeinen und Ines Rodrigo im besonderen. Marius Müller, der Redakteur, mußte ihm erklären, daß jener Artikel aufgrund stilistischer und inhaltlicher Mängel nie gedruckt worden sei, von daher auch kein Honorar abgegolten werden müsse. Einen Presseausweis könne er haben, bitte sehr, aber es handle sich um ein Papier von geringem Wert. Bleibe die Frage nach dem unterschlagenen Reisegeld. Karl verstand nicht. Müller erwähnte das Telegramm, mit dem Karls sinnlos gewordene Abreise zur *Olimpiada Popular* im letzten Moment hatte verhindert werden sollen.

So ein Telegramm hab ich nie erhalten. Sagte Karl.

Müller seufzte und meinte, gut, das Gegenteil könne er ihm nicht nachweisen. Wenn Karl aber je wieder für die PT arbeiten sollte, würde man jenes Reisegeld von seinen Honoraren abziehen. Karl wolle bestimmt nicht als jemand gelten, der sich an den Finanzressourcen des Sozialismus, wenn auch vielleicht versehentlich, bereichert habe.

Karl Loewe schrieb nie wieder auch nur eine Zeile für die PT. Mit dem Presseausweis, einem dünnen grünen Karton, ließ sich nicht einmal der freie Eintritt zu einer Sportveranstaltung erreichen. Ein wenig aber schon. In seiner Eigenschaft als Mitglied der spanischen KP schrieb er, unter dem Briefkopf der PT, einen Brief an die Parteizentrale in Barcelona. Darin bat er um Auskunft betreffend Verbleib und Gesundheitszustand seiner ehemaligen Genossin Ludovica Guardagno, verhaftet vor über sechs Monaten. Auch begehrte er den Grund der Anklage und das ergangene Urteil zu erfahren. Großspurig setzte er hinzu, daß das sozialistische Ausland begründetes Interesse an der Aktivistin Guardagno habe.

Einen ähnlich lautenden, nüchterner gehaltenen Brief sandte er an das Einwohnermeldeamt in Bari, wobei er sich als Familienangehöriger ausgab. Falls Mila tot war, konnte es ja sein, daß man ihren Tod der Familie mitgeteilt hatte. Gar nicht so sehr aus Mitgefühl, sondern aus bürokratischer Korrektheit. Oder aus viel niedrigeren Beweggründen.

Mehr konnte Karl im Moment nicht tun, doch das wenige reichte bereits aus, damit er sich besser fühlte. Daran änderte auch nichts, daß er von beiden angeschriebenen Stellen keine Antwort bekam. Die Hoffnung, daß Mila noch am Leben war, wurde durch das doppelte Schweigen nur gesteigert.

Karl schrieb auch an Juan Rodrigo, bat ihn um Verzeihung dafür, wie er ihn behandelt habe, aus beklagenswerten Vorurteilen heraus. Es tue ihm leid, inzwischen habe er dazugelernt, aber damals, da sei er eben in jenes Mächen namens Mila verliebt und sehr verbohrt gewesen und und und. Es war ein langer Brief, an dessen Ende die Bitte stand, er, Juan, möge mit offenen Augen Umschau halten und ihm gelegentlich über die jüngsten Geschehnisse Bericht erstatten. Und wenn er jemals diesen halbarabischen Anarchisten, Jean Zanoussi, träfe, irgendwo, vielleicht im *Café Español*, wo dieser ganz gerne mal verkehre, dann möge er ihn auffordern, zu ihm, KL, wohnhaft im *Hotel Monbijou*, Paris, Kontakt aufzunehmen.

Karl wußte nicht genau, was er sich davon versprach, aber der Brief war ein wichtiger Teil des Wesentlichen. Nämlich *alle* Möglichkeiten, die die Entfernung zuließ, ausgeschöpft zu haben.

Der Winter 1937/38 war schmutzig grau und für Pariser Verhältnisse sehr kalt. Pierre fing sich eine Grippe ein, hustete drei Wochen lang und besaß prompt einen Vorwand, Chapelles Hochzeit mit Blanche fernzubleiben. Statt dessen zitierte er den Hotelmanager an sein Bett, um ihm nahezulegen, daß Blanche zur Vermeidung von Gerede und Interessenskonflikten den Arbeitsplatz wechseln solle. Chapelle hatte nichts dagegen, er meinte, daß Blanche, als seine Ehefrau und Mutter seiner Kinder, künftig überhaupt nicht mehr arbeiten müsse, er komme für ihren Unterhalt auf, das liege in der Natur der Sache. Pierre hörte aus Xaviers Antwort eine gewisse Überheblichkeit heraus, die ihn verärgerte.

Max und Ellie genossen das Leben. Sie waren einander vertraut wie selten zuvor, auch wenn – und vielleicht gerade weil – für Ellie und Pierre dasselbe galt. Der Mai rückte näher und damit Ellies gegebenes Versprechen, Pierre zu ehelichen. Sie hatte inzwischen kein Problem mehr damit und war im Gegenteil froh über Max' pragmatische Weitsicht, seinen Großmut, sein Verständnis. Nur von Pierre schwanger werden wollte sie nicht. In ihrem Beruf wußte sie um alle Tricks, dergleichen zu verhindern, aber völlig sicher sein konnte man nie.

Mach dir mal keine Gedanken, meinte Max, es gibt *einen* ganz sicheren Weg zu verhindern, daß er dich bestäubt.

Ach ja? Welchen denn? Sie sah Max erstaunt an, forschte in seinem Gesicht nach der Lösung, und als sie endlich begriff, mußte sie lachen.

Das hätt ich dir im Ernst nicht zugetraut. Du meinst wirklich? Bisher warst du ja nicht der Typ, der... Aber du hast recht, das könnte klappen, du und Pierre, ihr seht euch jetzt nicht soo unähnlich, daß –

Wovon redest du bitte?

Ellie schwieg verunsichert. Mit ihren nun siebenunddreißig Jahren hielt sie sich für eine Schwangerschaft bereits zu alt, aber Max zuliebe hätte sie das Risiko auf sich genommen.

Offenbar dachte er an etwas ganz anderes. Sie grübelte, und die im Zimmer entstandene Stille empfand sie als peinigend.

Ich werde ihn kastrieren.

Was?

Ich kastriere ihn.

Um Himmels willen. Ellie blickte voller Entsetzen in Max' dramatisch verfinsterte Mimik.

Ach, Mädchen, ich mach doch bloß Spaß. Was traust du mir denn zu?

Erleichtert warf sich Ellie in seine Arme und gab ihm einen Nasenstupser. Max' Humor blieb unberechenbar und war manchesmal nicht einmal lustig. Aber oft, sehr oft, gingen seine Späße unter die Haut und waren nicht gleich am nächsten Tag vergessen.

Ende Januar besuchte man zu viert die *Exposition Internationale du Surréalisme* in der Galerie des Beaux-Arts, wo nebst vielem anderen Salvador Dalís *Taxi pluvieux* (Regentaxi) gezeigt wurde. Im Fond eines alten, von Efeu umrankten Automobils saß eine weibliche Schaufensterpuppe im Abendkleid mit einer Nähmaschine auf dem Nebensitz. Chauffeur war eine Gliederpuppe, deren Augen von einer dunklen Brille verdeckt und deren Kopf von einem knöchernen Haifischmaul umrahmt war. Das Innere des Wagens wurde kontinuierlich mit Wasser berieselt, wodurch das Kleid der Puppendame verschmutzte und ihre blonde Perücke in filzigen Strähnen herabhing. Während Weinbergschnecken ihre schleimigen Spuren hinterließen.

Die Kunst wird langsam richtig exzentrisch, kommentierte Pierre, aber es gefällt mir irgendwie doch. Ellie fand es widerlich und beklemmend, aber recht clever gemacht, sie habe ein Faible für Morbides. Max und Karl waren beide begeistert und gebrauchten unabhängig voneinander in derselben Sekunde den Begriff des Memento Mori.

Weniger Eindruck machte auf alle ein Gemälde von René Magritte, an dem sie nur wenige Sekunden verweilten. *Ceci n'est pas une pipe* stand da unter dem Motiv einer Tabakpfeife. Was soll das, fragte Ellie, natürlich ist das keine Pfeife, das ist nur das Bild einer Pfeife, warum muß man das noch extra betonen? Keine Ahnung, meinte Pierre. Max und Karl warfen keinen zweiten Blick auf das Kunstwerk, nachdem sie es bereits mit dem ersten als oberflächlichen Bluff abgetan hatten. Die Tonnen von Kohle, die Marcel Duchamps von der Decke hängen ließ, fanden alle banal. Zustimmend einigen konnte man sich in der Nachbetrachtung nur auf die Artistik und den symbolischen Gehalt eines Delvaux und Max Ernst. Den Begriff der *»Entarteten Kunst«* verwendeten sie dabei alle vier recht lokker und unbefangen, und zumindest Max meinte ihn grundpositiv. Im Fall des kaum konservierbaren Regentaxis von Dalí fand er zum Beispiel beeindruckend, daß hier ein Künstler etwas für den Moment schaffe und nicht an das Museum denke, das man hinterher drumherum bauen müsse.

Karls Situation verbesserte sich insofern, als sich seine Freundschaft zu Pierre intensivierte. Für den Hotelier war der Medizinstudent, ganz anders als der leicht hochnäsige, grimmig-melancholische Max, ebenjener jugendliche Kamerad, der ihm allein durch seine Gesellschaft über die Schreckensvisionen des nahenden Alters hinweghalf. Der ihm das Gefühl gab, noch viele

Jahre im vollen Saft zu stehen. Zusammen besuchten sie das Sechs-Tage-Rennen, die Galopper in Longchamps, einige Adult-Spektakel am Montmartre. Sie lachten und tranken gemeinsam, unterhielten sich auch über ernsthafte Dinge wie Politik und die Zukunft der Menschheit.

Pierre, der bislang ein liberal-demokratischer Mensch gewesen war und mehr aus Trägheit mit dem Strom schwamm, fand zunehmend Gefallen an Karls Zukunftspanoptikum einer kommunistisch geeinten, gereinigten und gerechten Welt. Die Ideen von Marx und Lenin hatte er immer nur in einer von der bürgerlichen Presse entstellten oder verstümmelten Version verinnerlicht. Die Größe und Nachhaltigkeit jener Gedanken beeindruckten ihn außerordentlich, und er begriff, welchen Kitzel die, die dafür kämpften, aus ihrem Kampf beziehen konnten. Leider reagierte er letztlich resignierend, mit frühseniler Larmoyanz. Wäre ich mal zwanzig Jahre jünger – so redete er sich zumeist aus aller Verantwortung heraus. Doch wie um sich reinzuwaschen, seine Pflicht zu delegieren, steckte er Karl Geld zu, bestand darauf, er solle es nehmen, kein Gewese darum machen. Karl akzeptierte diese Geschenke vor allem, um unabhängiger von Max' Almosen zu werden. Die Loewe-Brüder hatten nun einiges von der Welt gesehen und waren doch immer noch von ihrem Konkurrenzverhältnis geprägt.

Nach und nach, es ließ sich kaum vermeiden, bekam Karl die sonderbaren Vorgänge im *Monbijou* mit, was die Vergabe der Zimmer 26 und 27 betraf. Er wohnte in einer Kammer unter dem Dach, und manchmal drangen von unten recht eindeutige Geräusche an sein Ohr. Doch enthielt er sich jeden Kommentars, tat nichtsahnend, blendete diesen Sumpf für sich aus. Daß er in Barcelona mit einem Transvestiten zusammengelebt hatte, von dem ihm einmal sogar eine sexuelle Gefälligkeit erwiesen worden war, erzählte er niemandem. Max hätte ihn für den Rest seines Lebens damit aufgezogen.

Alles war soweit in Ordnung, als Ordnung stilles Glück und Sorgenfreiheit meint. Es hätte immer so weitergehen können, wie im Rausch, zumal es nur ein Sekt-, kein Schnapsrausch war. Bis eines Tages, im frühen März, jemand, der sich auf Karl berief, kurz nach Mitternacht ein Zimmer haben wollte, dazu Rotwein, Brot und gesalzene Butter. Max, der an der Rezeption aushilfsweise Dienst tat, verlangte von dem späten und hörbar angetrunkenen Gast Papiere, einen Ausweis. Der Gast berief sich auf Karl, der ihn eingeladen habe, und machte ein großes Gezeter. Vorerst wurden die Formalien auf den Morgen vertagt, und der Gast bekam die freigewordene Gesindekammer von Blanche.

Karl, am Morgen geweckt, reagierte perplex, als er den Frühstückssaal betrat, obgleich ihm gesagt worden war, daß der nächtliche Stänkerer eine Art Turban trug. Dort hinten im Eck hockte Jean Zanoussi, der ein weichgekochtes Ei nach dem anderen köpfte und gierig verschlang.

# FREIHEIT

*Irgendwie und irgendwo gehören wir doch in der großen europäischen Völkerfamilie zusammen, und vor allem, wenn wir alle ganz in unser Innerstes blicken – dann, glaube ich, möchten wir doch keine der wirklichen europäischen Kulturnationen vermissen oder sie auch nur wegwünschen. Wir verdanken uns nicht nur mancherlei Ärger und Leid, sondern doch auch eine ungeheuere gegenseitige Befruchtung. Wir gaben uns ebenso Vorbilder, Beispiele und Belehrungen, wie wir uns aber auch manche Freude und viel Schönes schenkten. Sind wir gerecht, dann haben wir allen Grund, uns gegenseitig weniger zu hassen – als uns zu bewundern.*

Adolf Hitler (Reichsparteitagsrede September 1937)

Man muß wissen, wann man die Zelte einpacken muß. Das freie Spanien, das *ehemals* freie Spanien, gehört jetzt deinen Mördergenossen. Gratuliere.

Wie bist du über die Grenze gekommen?

Wieso? Ich bin französischer Staatsbürger. Ich habe das verdammte *Recht*, hier zu sein. Du wolltest doch Kontakt zu mir, oder nicht? Du hast doch diese Schwuchtel gebeten, mir auszurichten, wo ich dich finde. Also, hier bin ich.

Schwuchtel? Fragte Max.

Das heißt aber nicht, daß ich dich eingeladen hätte. Das könnte ich gar nicht, ich bin selbst nur zu Gast hier. Karl bemühte sich, jedem Verdacht entgegenzutreten, er habe seine Kompetenzen überschritten.

Was für eine Schwuchtel? Bohrte Max nach.

Das spielt doch keine Rolle, rief Karl laut und wandte sich an Pierre. Ich hab ihn nicht eingeladen, ich hab ihn nur um briefliche Auskunft gebeten, das ist alles. Ein Mißverständnis.

Auch Zanoussi wandte sich nun an Pierre. Ich habe kein Geld, wenn Sie welches von mir wollen. Wäre ich jetzt nicht hier, wäre ich in einem Gefängnis des SIM. Sie haben hier das Sagen? Voilà! Verfügen Sie über mich! Demonstrieren Sie mir Ihre Macht, so oder so! Ich bin der blutleere Schatten eines Mannes, das Übrigbleibsel eines großen Traums, der vor die Hunde ging. Ich esse Ihre etwas zu weichen Eier, mit nichts in der Tasche. Soll ich gehen? Dann gehe ich. Und wenn ich gehe, sickert die Hölle durchs Erdreich, vergiftet die Äcker und die Früchte der Felder. Mir ist nichts geblieben als der Zorn.

Er ist Anarchist, erklärte Karl.

Ach was? Sagte Pierre, der zum ersten Mal in seinem Leben einen leibhaftigen Anarchisten aus der Nähe zu sehen bekam. Er fand das spannend und amüsant.

Dann essen Sie sich erstmal satt! Karls Freunde sind auch mir willkommen.

*Er ist nicht mein Freund*, murmelte Karl auf deutsch.

Die Unterhaltung wurde ansonsten auf Französisch geführt, und Ellie hatte Mühe zu folgen. Zanoussi redete, während er kaute, wirres Zeug und verschluckte jede zweite Silbe. Jetzt aber deutete er mit drei Fingern auf sie.

Wie verhält es sich denn mit der Jüdin?

Weshalb nennen Sie mich eine Jüdin?

Bist du keine? Ich täusche mich selten. Hitler wird euch alle umbringen, denkt an meine Worte! Ihr geht einmal in Flammen auf. So wird das sein. Sela. Du, Karl, hättest du bloß mal Hitler umgebracht, wie ich es dir nahegelegt habe. Aber nein! Warst dir zu fein und zu gering zugleich!

Pierre grinste übers ganze Gesicht. *Ist er gefährlich?* Fragte er Karl auf deutsch, mit zusammengebissenen Zähnen, wobei er sein Grinsen aufbehielt.

*Ich weiß nicht genau.*

Pierre stellte dem sonderbaren Menschen erst einmal Max und Ellie vor. Max sei Karls Bruder, Ellie Karls und Max' Halbschwester, und er selbst sei hier der Chef und Ellies Verlobter. Zanoussi zog erstaunt die Brauen hoch, als hätte er Ellie inkorrekt, unter Wert behandelt und bereute dies nun. Karl erzählte in drei, vier Sätzen, daß er Zanoussi in Paris kennengelernt und in Barcelona per Zufall getroffen habe, bevor sie zusammen ein Gefängnisschiff geentert und alle Insassen massakriert hätten.

Ach was? Pierre lachte los. Was machst du denn für Sachen, Karl?

Ich hab nur zugesehen, schlimm genug.

Es stimmt, er hat nur rumgestanden und gekotzt, meinte Zanoussi, in bedauerndem, lakonischem Tonfall.

Prompt entstand eine eigenartig ausgelassene Stimmung am Tisch, zwischen Verwirrung und surrealem Witz. Und was war das mit der Schwuchtel? Wollte Max hartnäckig wissen, aber das Gespräch nahm einen anderen Verlauf. Zanoussi berichtete über die Massenverhaftungen, denen er nur durch die Flucht aufs Land knapp habe entgehen können. Etliche führende Anarchisten seien ohne jede Anklage füsiliert worden, oft vor den Augen ihrer Kinder.

Wo man eben noch bereit war zu lachen, kippte die Stimmung in Betroffenheit um.

Zanoussi beschrieb die Foltermethoden des SIM, die dem Erfahrungsschatz des NKWD entstammten. Heißes oder eiskaltes Wasser, mit dem die Häftlinge verbrüht oder verkühlt werden, Scheinhinrichtungen, Lärmfolter, ständige Orientierungslosigkeit, die schnell zum Wahnsinn führt, das Sitzen oder Liegen auf Böden, aus denen spitze Scherben ragen, undsoweiter. Die Verhaftungen geschähen völlig willkürlich, oft sei nicht einmal eine Denunziation vonnöten. Die Sowjetkommissare verdächtigten beinahe jeden, es reiche aus, ein falsches Buch zu besitzen, um in den Kerkern zu landen. Wenn man nicht das Glück habe, gleich erschossen zu werden, müsse man mit einer monatelangen Isolationshaft rechnen, und wer zuletzt freikam, einfach, weil es nicht genug Zellen gab, der sei an Körper und Seele zerbrochen. Einige der politisch Verantwortlichen redeten und handelten wie Geisteskranke, wie pathologische Sadisten, die sich mit einer bürokratisch-phrasenhaften Sprache rechtfertigten. So sei es auf dem Höhepunkt eines schwierigen Krieges im Zweifelsfall besser, wenn *einige* Unschuldige ihr Leben verlören, als daß *ein* feindlicher Spion weiterhin seiner Zersetzungsarbeit nachgehen könne, die den Tod so *vieler* Unschuldiger verursachte.

Karl warf immer wieder ein *Nana*, oder *Naja* oder *Blabla* dazwischen, um das Gesagte zu diskreditieren, als Propaganda eines verbitterten Verlierers. Zanoussi ging darauf nicht ein und zeigte große Würde und Beherrschtheit bei seinem Vortrag. Das militärische Desaster ergebe sich unter anderem daraus, daß nichtkommunistischen Generälen wichtige Informationen über die Front einfach vorenthalten würden. Etliche Sozialisten, die sich weigerten, in die KP einzutreten, seien unter falschen Anklagen wie Feigheit oder Sabotage erschossen worden.

*Lachhaft*. Meinte Karl. Was wäre der Sinn davon?

Wenigstens, so schloß Zanoussi seinen Bericht über die Greuel, haben auch die naiven Idioten von der POUM dran glauben müssen. Noch das Schlimmste trägt eine Spur Gutes in sich. Hier bin ich nun. Zu Fuß, bei Nacht und Nebel über die Pyrenäen gekommen, stolz und hungrig auf Heimatboden angelangt. Ihr seid alle, das kann ich fühlen, stattliche, bemerkenswerte Menschen. Es ist traurig, daß ihr so bald tot sein werdet. Und schön, daß ihr noch lebt.

Seine Worte hinterließen in der Runde ein halb feierliches, halb ratloses Schweigen. Man sah sich untereinander an, wie um durch bloße Blicke einen Konsens zu vereinbaren. Es war an Pierre, das Urteil zu fällen. Zanoussi erwartete die Entscheidung kauend. Ein mit Butter und Kirschmarmelade bestrichenes Croissant nach dem anderen schob er sich zwischen die schwarz verfärbten Zähne. Insgesamt, sosehr er auch bemüht war, sich in Szene zu setzen, hinterließ er den bemitleidenswerten Eindruck eines Mannes, der von fremder Hilfe so abhängig war wie kaum jemand sonst.

Pierre dachte nach. Ein wenig aus Faulheit, mit dem Gestus eines trägen Cäsars, entschied er, daß Zanoussi vorerst bleiben könne, auch unentgeltlich. Er müsse aber mit einer einfachen Schlafstätte neben der Küche vorliebnehmen. Immerhin würde er es dort warm haben und müsse nicht als Gast in den Büchern geführt werden, falls er Bedenken trage, seinen Aufenthalt den offiziellen Stellen bekannt zu machen. Und wie er die trage, sagte Zanoussi. Und bedankte sich mit einer tiefen Verbeugung für die Hilfe. Neben der Küche wohne er ohnehin am liebsten. Pierre sei ein Wohltäter der Menschheit.

Wenige Tage später, am 12. März, zogen deutsche Truppen in Wien ein. Unter dem Jubel der Bevölkerung wurde der Anschluß Österreichs an das deutsche Reich verkündet. Adolf Hitler hatte sein Heimatland nicht etwa mit Waffengewalt erobern müssen, es ergab sich ihm freiwillig. Viele seiner Anhänger hatten ihm zuvor schon außenpolitisches Genie zugebilligt. Nun hielten sie ihn für einen Messias.

Zanoussi blieb zwei Wochen lang beinahe unsichtbar, als hätte er Angst, unangenehm aufzufallen. Er aß viel und las viel. Karl besorgte ihm etliche Bücher aus der Leihbibliothek, meist trivialer Natur. Zanoussi legte auf Tageslicht keinen gesteigerten Wert, er krümmte sich auf seine Pritsche in einer Abstellkammer neben der Hotelküche und war damit völlig zufrieden. Er besaß nichts weiter als die Kleider, die er auf dem Leib trug. Ellie bot ihm von Max und Karl abgelegte Unterwäsche an und erklärte sich bereit, seinen Kittel und sein Kopftuch auszukochen. Zanoussi wirkte von der dringenden Notwendigkeit der Aktion nicht überzeugt und zeigte sich nur deshalb einverstanden, um niemanden zu verärgern. Karl versorgte ihn auch mit billigem schwarzem Tabak und suchte das Gespräch mit ihm. Er fühlte sich für Zanoussis Anwesenheit indirekt verantwortlich und wollte die Situation, so gut es ihm möglich war, überschauen. Dem verblendeten Anarchisten, der sorgfältig ausgebildete Sowjetkommissare als geisteskrank titulierte, war einiges zuzutrauen, und in der Hotelküche lagen scharfe Messer.

Karl wurde von Zanoussis Friedfertigkeit überrascht. Vor ihm saß ein Mensch, der mit den irdischen Dingen abgeschlossen zu haben schien, der nicht länger darauf bestand, Teil von allem zu sein. Der abwinkte und nachgab, wenn es zum Streit hätte kommen müssen.

Wir, er benutzte gern den Plural, hatten einen großen Sommer voller Hoffnung. Wir haben vielleicht versagt, aber was nun kommt, liegt außerhalb unserer Verantwortung. Phantastisches wird geschehen. Der Bär und die Hunde, der Rauch und das Grauen. Die Menschen werden sich zu vielen einen Todesengel teilen müssen. Sie werden von den Flügeln fallen, hinab ins Nichts.

So schwadronierte er in Zungen dahin, und einzig der enorme Appetit, den er entwickelte, widersprach dem Bild eines asketisch-dunklen Propheten.

Warum hast du mit mir reden wollen? Es war Zanoussi, der das Thema ansprach. Während Karl sich schon damit abgefunden hatte, daß ihm ein nicht länger ernstzunehmendes Subjekt gegenübersaß. Im Gefühl, es sei egal, doch tue gut, erzählte er von Mila, schilderte das Glück der gemeinsamen Liebe, wobei er ungewollt in denselben trist-verbitterten Duktus verfiel, den Zanoussi für seine Lebenserinnerungen verwendete. Karl konstatierte mit einiger Überraschung, daß der alte Anarchist mitunter noch fähig war, einfache und klare Sätze zu formulieren.

War diese Mila Parteimitglied? Das ist gut, über solche wird Buch geführt. Andere verscharrt man einfach. Wie tote, stinkende Hunde. Ach, und wie war ihr richtiger Name? Warte, ich sollte mir das aufschreiben. Lu-do-vi-ca Gua – wie buchstabiert man das?

Zanoussi deutete an, daß es vielleicht eine Quelle gebe, dank derer man etwas über Mila erfahren könne. Näheres dürfe er natürlich nicht sagen. Aber es sei klar, daß auch die Anarchisten beizeiten etliche Leute in die Reihen ihrer Gegner eingeschleust hätten. Die Paranoia der Kommunisten habe mitunter auch Gründe. Zanoussi presste alle zehn Fingerspitzen auf seine Stirn, wie um sie beim Nachdenken in Form zu kneten. Er brummte, daß es schwer und gefährlich sei, von Frankreich aus einen Kontakt herzustellen. Unmöglich nicht. Karl sei ein Freund, und er wolle ihm gern einen Dienst erweisen. Die CNT und die FAI seien zwar abgetaucht, im Untergrund aber nicht ganz ohnmächtig. Karl solle ihm ein wenig Geld geben, er müsse telefonieren, nicht hier, auf dem Amt. Vielleicht müsse er auch ein, zwei Telegramme senden. Sicherer wäre eine Funkverbindung. Dazu müßte er ein paar alte Pariser Kameraden aufsuchen, und vorher seine Kleidung wechseln, damit er auf der Straße nicht auffalle. Max lieh ihm, wenn auch widerwillig, seinen Sonntagsanzug. Ellie nähte die Ärmel hoch, und Zanoussi sah überraschend schick darin aus. Zum ersten Mal seit zwei Wochen trat er vor die Tür, ins Freie.

Da geht er hin, meinte Max. Den sehen wir nicht wieder. Den Anzug verkloppt er im Leihhaus.

Er kommt schon wieder, sagte Karl.

Ja, weil er es hier gut hat. Kann sein.

Nein, nicht deshalb. Nicht deshalb allein.

Später mischte sich noch Xavier Chapelle in die Debatte. Er war nach seinen Flitterwochen nicht mehr ganz so entspannt und selig wie zuvor. Und tat beleidigt, weil Pierre ihn in die Entscheidung, einen Anarchisten zu beherbergen, nicht einbezogen hatte.

Mir wärs nen Anzug wert, wenn er bliebe, wo er hingehört.

Max schien recht zu behalten, denn in der folgenden Nacht meldete sich Zanoussi nicht zurück. Vielleicht hat ihn die Polizei aufgegriffen, sagte Karl. Max bot ihm eine Wette an, über fünfzig Francs.

Die könnte ich ja doch nur mit deinem Geld bezahlen, wenn ich verliere. Das ergibt keinen Sinn.

Ein paar Stunden später dann ärgerte sich Karl, die Wette nicht angenommen zu haben.

Nachmittags gegen drei Uhr betrat Zanoussi das Hotel. Der schöne Anzug zeigte hier und da Rotweinflecken, Abschabungen und einen kleinen Riß am rechten Ärmel. Er sei irgendwo hängengeblieben, entschuldigte sich Zanoussi, und es war nicht klar, ob er den Ärmel meinte oder sich insgesamt. Er sei jetzt müde und wolle schlafen. Wenn man ihm vorher einen Teller Suppe zubereiten könne, einen kleinen Teller Nudelsuppe vielleicht – das wäre wunderbar. Ellie sagte dem Koch Bescheid und beschwichtigte Max, der über seinen ruinierten Anzug in Rage geriet.

Spät am Abend schickte Zanoussi einen der Küchenjungen nach Karl. Der Küchenjunge gab zuerst frech zur Antwort, er sei kein Laufbursche und dürfe ohne Anweisung des Chefs seinen Arbeitsplatz nicht verlassen. Zanoussi reagierte sanft, mit leisem Bedauern. Der Küchenjunge, ebenjener Luc Bouchard, der einmal im Auftrag Pierres Ellies Adresse ausgekundschaftet hatte, zeigte sich von Zanoussis Reaktion eigentümlich berührt, dachte um und fragte den Küchenchef, ob er vom Para Befehle entgegennehmen müsse. *Para*, als Abkürzung von *Parasite*, das war die Bezeichnung, die man hier unten für den Anarchisten gebrauchte, nicht nur hinter vorgehaltener Hand. Selbst die beiden Tellerwäscher behandelten ihn mit dem Neid und der Verachtung derer, die täglich hart für ihr Auskommen arbeiten müssen. Man war sich nicht einig, wie der Para einzuordnen war. Offensichtlich als Freund des Hauses, doch keines regulären Zimmers würdig. Irgend etwas also zwischen Herr und Bettler. Gilbert, der Küchenchef, entschied, daß es vielleicht besser sei, wenn man Karl Meldung mache. Über Karls Position innerhalb der Hotelhierarchie war man sich hier unten, im Reich der Töpfe und Pfannen, noch weniger im klaren.

Zwei Stunden vergingen, bevor Zanoussi endlich erzählen konnte, hustend, denn er hatte sich erkältet, was er in Sachen *Ludovica Guardagno* erreicht hatte.

An Handfestem war dies nicht allzuviel. Karl bekam anfangs den Eindruck, daß Zanoussi sich nur wichtig machen wolle. Nach und nach begriff er dann, mit welchen Schwierigkeiten die Recherche verbunden war. Zanoussi hatte Kontakt zu alten Kameraden geknüpft, die ihm, als einem, der aus Spanien glücklich geflohen war, mehr Skepsis als Vertrauen entgegenbrachten. Er habe eine ganze Nacht saufen, tanzen und Reden halten müssen, bis man von seiner Loyalität leidlich überzeugt gewesen sei. Daß er sich nach einer jungen Kommunistin erkundigte, angeblich nicht einmal aus eigenen Motiven, wofür es noch ein gewisses Verständnis gegeben hätte – all das habe die Sache so delikat und anrüchig gestaltet.

Karl unterbrach ihn ungeduldig. Und?

Naja, meinte Zanoussi. Das Notwendigste sei in die Wege geleitet. Der SIM habe in Barcelona zwei Hauptgefängnisse, in der Calle Zaragoza und im Seminar Conciliar. Wenn Mila dort gefangengehalten werde oder gefangengehalten worden sei, bekäme er alsbald eine Nachricht. Und im Falle ihres Todes würde eine andere Quelle antworten. Im Moment müsse man abwarten. Die Kontakte nach Spanien über Kurzwellensender seien chiffriert, das funktioniere nicht auf dem normalen Postweg.

Dann weißt du – im Endeffekt – nichts?

Zanoussi schwieg. Obschon er den jungen Deutschen, er wußte nicht einmal, warum genau, liebgewonnen hatte, ging der ihm manchmal auf die Nerven mit seiner Attitüde, von anderen soviel mehr zu fordern als von sich selbst. Zanoussi sah tief in sich hinein und weit in der Zeit zurück. Vielleicht war er Karl einmal recht ähnlich gewesen. Tatsächlich hatte er im Jahr 1929 mehrere Wochen in Berlin verbracht und hätte die Möglichkeit gehabt, auf Hitler zu schießen. Das war bei einer Rede in einem großen Park, dessen Namen er nicht mehr wußte. Er stand damals in vorderster Reihe und trug einen geladenen Revolver in der Brusttasche. Und dachte keine Sekunde daran, sein Leben für den Tod dieses geifernden Clowns zu opfern, der, so dachte man, dem politischen Ruin entgegensah.

Der Frühling schmolz den letzten gelbfleckigen Schnee vom Trottoir. Paris übertrumpfte sich an jedem Tag mit neuen Spektakeln und Sensationen, die im Grunde aber nur die alten mit verbesserter Reklame waren. Was anderswo vorging, darüber berichteten pflichtgemäß die Zeitungen, doch gab es keinen Widerhall in der Bevölkerung, als wäre man der politischen Entwicklungen müde.

Hitler hatte Anfang Februar den Außenminister Konstantin von Neurath durch Joachim von Ribbentrop ersetzt. Neurath hatte Hitler davon abgeraten, einen baldigen

Krieg zu beginnen, Deutschland sei dafür zu schwach. Seine Ablösung hätte Signal genug sein müssen, alarmiert zu sein, statt dessen wurde sie als wenig interessante interne Personalie gehandelt. Auch der Kriegsminister Werner von Blomberg hatte seinen Hut nehmen müssen, und die Zeitungen berichteten breit über dessen Heirat mit einem fünfundzwanzig Jahre jüngeren ehemaligen Fotomodell als den angeblichen Anlaß des Rücktritts. Hitler setzte die Entmachtung der Wehrmachtsführung durch und war von nun an oberster Befehlshaber. An die Stelle des Kriegsministeriums trat das neugeschaffene *Oberkommando der Wehrmacht* unter Leitung des Hitler treu ergebenen Wilhelm Keitel.

Max kam es manchmal vor, als sei er der einzige Bewohner dieser so selbstverliebten Stadt Paris, der Augen und Ohren angesichts der drohenden Katastrophe nicht verschloß.

Er mußte sich von Ellie gar den Vorwurf gefallen lassen, ein Griesgram und Schwarzseher zu sein, ein Nörgler, Defätist. Sie sprach nun schon ganz gut französisch und bezog aus dem Gefühl, parlanter Teil des bunten Treibens geworden zu sein, Freude und Selbstgewißheit. Max entnahm den Kellerregalen öfter mal eine Flasche guten Bordeaux, um sie nach Mitternacht mit Zanoussi zu teilen, gemeinsam zu rauchen und über die Zukunft zu debattieren.

Leider behauptete Zanoussi, daß die Zeit für Debatten abgelaufen, von einer Ära der Tatsachen eingeholt sei. Womit er jeden Gedankenaustausch von vornherein der Lächerlichkeit und Redundanz preisgab. Was schade war, denn Nietzsche besaß bei den katalanischen Anarchisten einen guten Ruf, und Max interessierte sich durchaus dafür, welche Einsichten sie aus dem Denken des deutschen Philosophen bezogen und wie sie sie in die politische Praxis umsetzen wollten. Zanoussi erwies sich als wenig gebildet. Er habe eine Antipathie gegen allzu theoretische und vergeistigte Schriften. Seine Menschenkenntnis habe er dem Studium von Menschen zu verdanken. Und der Lektüre von Unterhaltungsromanen, die oftmals unterschätzt würden, wo sie ihre inneren Qualitäten doch vor viel mehr Lesern beweisen müßten als all das hochgestochene Zeug. Ein solches Denken faszinierte Max, forderte zugleich seinen Widerwillen heraus, als müßte er sich davon abgestoßen fühlen. Der Anarchist redete mitunter ganz vernünftig, dann wieder bekam er Schübe von pathetisch-poetischer Logorrhöe, während derer man ihn einfach nicht ernstnehmen konnte. Der Genuß von Alkohol schien ihn paradoxerweise zu ernüchtern.

Karl, der jede weitere Auseinandersetzung mit Zanoussi hatte vermeiden wollen, wurde am 19. April darüber in Kenntnis gesetzt, daß Ludovica Guardagno am Leben sei. Tags zuvor hatte Zanoussi zum zweiten Mal überhaupt das Hotel verlassen und seine dubiosen *Freunde* besucht.

Die Nachrichten aus Barcelona ließen keinen Zweifel zu. Zanoussi versprach sich Anerkennung und Dank für seine Intervention, statt dessen wirkte Karl verstört, als würde eine lebende Mila Fragen aufwerfen, die bei einer Toten nicht möglich oder nötig gewesen wären.

Wessen wird sie denn beschuldigt? Fragte er mürrisch.

Das weiß ich nicht. Ob sie es weiß? Oder irgendwer? Ich arbeite daran.

Karl litt unter einem schlimmen Verdacht. Vielleicht erfand Zanoussi all das nur. Vielleicht gab er peu à peu Phantasie-Informationen preis, um sich einen Wert zu verleihen, der ihm den Platz neben der warmen und nahrhaften Küche sichern half. Pierre hatte wiederholt angefragt, wie lange der unreinliche Gast noch zu bleiben gedenke, und jedesmal hatte Karl ihn drum gebeten, Zanoussis Duldung zu verlängern, bald könnten Nachrichten eintreffen, die von Wichtigkeit seien.

Um so verblüffender war, daß Zanoussi eines Tages, am 29. April, frühmorgens sein Bündel packte, sofern von einem Bündel die Rede sein konnte. Er schlich sich einfach davon, hinterließ keinen Gruß. Er hatte weder Geld noch Lebensmittelvorräte gestohlen, was sein Verschwinden mit einem noch mysteriöseren Schleier umgab. Niemand wußte sich einen Reim darauf zu machen. Die Hotelangestellten wurden reihum befragt, ob sie Zanoussi eventuell beleidigt oder sonstwie angegangen hätten. Keiner war sich irgendeiner Schuld bewußt.

Pierre schnalzte mehrmals nichtssagend mit der Zunge und meinte dann, es gebe weißgott Schlimmeres. Man gab ihm soweit recht.

Am ersten Mai kniete er vor Ellie und bat erneut, denn ein Jahr sei nun vergangen, seine Liebe aber nicht, um ihre Hand. *Kannste haben, ist gewaschen*, lautete Ellies Antwort. Die Hochzeit sollte am fünfzehnten Juni stattfinden, führende Meteorologen sagten übereinstimmend warmes und trockenes Wetter voraus.

Karl war die Sache nicht geheuer, er stellte den Bruder zur Rede. Er hatte Max und Ellie beobachtet, wie sie sich immer noch küssten und miteinander turtelten, wenn Pierre gerade nicht zugegen war.

Liebst du sie nicht mehr?

Max wollte zuerst lügen. Statt dessen hielt er mit einer vieldeutigen Geste die Dinge in der Schwebe, bevor eine weitere Geste andeutete, daß Karl sich gefälligst um seinen eigenen Kram kümmern solle.

Ellie ging in den Hochzeitsvorbereitungen auf und nahm Pierre, der darüber recht froh war, alle Arbeit ab. Sie bestimmte, in welcher Kirche die Trauung vorgenommen werden, welches Kleid sie tragen, wie und mit wem Pierre seinen Junggesellenabschied feiern würde und welche Erfrischungen wann und wo auf die Gäste warteten. Sie plante das Zeremoniell minutiös durch, überließ nichts dem Zufall.

Karl bekam mehr und mehr das Gefühl, keine Ahnung zu haben, was eigentlich vorging. Er litt auch unter dem Wissen, dem möglicherweise vermeintlichen Wissen, daß Mila noch lebte und seiner Hilfe bedurfte, wenngleich er ihr beim besten Willen keine Hilfe sein konnte.

Seinen Bruder begann er zu verachten. Vielleicht war es illusionär, das Dasein als Mission zu verstehen, mochte sein, das konnte niemand mit Sicherheit wissen. Aber das Leben wie einen Urlaub vom Nichts zu verbringen, kam für Karl nicht in Frage. Max zitierte Eugen Levinés berühmtes letztes Bonmot. Und hielt seinem Bruder entgegen, daß er doch zielgerichtet arbeite, daß er sich hier etwas aufbaue und Geld verdiene.

Wofür, fragte Karl, verdienst du dieses Geld? Für welches Ziel?

Damit wir nach Amerika abhauen können, wenn Onkel Adi zu Besuch kommt. Ganz einfach.

*Ach*, sagte Karl, und es klang wie das Echo von *einfach*.

Am 1. Juni gegen Abend zog über Paris ein schwerer Sturm auf. Max und Ellie spazierten die Champs-Élysées entlang, Max ließ sich weitschweifig über die absurde Diskrepanz aus zwischen existenzphilosophischer Erkenntnistiefe und der Fragilität eines Menschenlebens. Dessen Dauer reiche an die Lebenserwartung einer nichtsnutzigen Riesenschildkröte nicht entfernt heran. Gäbe es Gott, wäre er ein Spaßvogel oder ein Sadist.

In nur vierhundert Metern Entfernung spaltete ein Blitz einen Baum, der gespaltene Baum erschlug einen Menschen. Max und Ellie bekamen nichts davon mit, sie waren gerade dabei, in die nächstgelegene Metrostation zu flüchen. Am nächsten Tag stand in den Zeitungen zu lesen, der Sturm habe zwei Todesopfer gefordert, eine junge Frau im Bois de Vincennes und den bekannten, ebenfalls noch relativ jungen österreichischen Schriftsteller Ödön von Horvath.

Max wünschte sich, daß er von diesem Autor je etwas gelesen hätte. Um wieviel aufregender hätte er die Nachricht von dessen tragischem Tod empfinden können. Und die junge Frau, die vom Blitz getroffen wurde, war vielleicht ein großartiger Mensch, doch nicht von öffentlichem Interesse, sie erhielt keinen Nachruf. Dieser Umstand machte Max für Stunden melancholisch. Er schrieb der unbekannten Toten ein Gedicht. Es begann mit den Zeilen

Nichts wird man über dich je wissen,
wenn überhaupt, daß du noch jung
gewesen bist und eine Frau,
doch das genügt, es hätte jede
treffen können, die wir liebten.

Es sind zu viele Menschen hier
auf dieser Erde. Sie verbrennen,
manche lichterloh, im Blitz,
andere auf kleiner Flamme,
ohne Aufsehn, oft zu spät.

Max fand keine dritte Strophe, kein befriedigendes Ende für sein Poem, letztlich deshalb, weil er nicht über eine unbekannte Tote, sondern über sich selbst, einen Lebenden schrieb, dessen Ende nicht feststand. Immer, wenn er für seinen Roman eine neue Seite konzipiert hatte, kamen ihm Zweifel, ob das dort Gesagte den Tod irgendeines Baumes rechtfertigen würde. Daß, im Umkehrschluß, ein Baum es gewagt hatte, das Leben eines anscheinend talentierten Autors zu beenden, wirkte auf ihn weniger lächerlich-tragisch als maliziös und rachsüchtig.

In Berlin wurde der populärste Tennisspieler seiner Zeit, Gottfried von Cramm, dreimaliger Wimbledon-Finalist, verhaftet und wegen einer angeblichen homosexuellen Affäre zu einem Jahr Zuchthaus verurteilt. Der Sportler, der in der ganzen Welt für sein Fair Play bekannt und beliebt war, hatte sich stets geweigert, der NSDAP beizutreten.
In Spanien eroberten die Nationalisten die Stadt Bielsa an der französischen Grenze. Siebentausendachthundert Soldaten der republikanischen 43. Division *Barcelona* flüchteten nach Frankreich.

Die Hochzeit verlief prächtig. Nach der standesamtlichen Trauung prozessierte man, ein bewußter Akt der Demut, zu Fuß zur lutheranischen Kirche *du Nazaréen*, wo um zwölf Uhr mittags die Ringe getauscht wurden. Es war ein warmer Tag, nicht zu heiß, mit leicht bewölktem Himmel.

Pierre hatte etwas überraschend Max als Trauzeugen gewählt, Ellie griff mangels anderer Möglichkeiten auf Karl zurück, der erst ablehnen wollte, sich dann aber überreden ließ. Gegen halb drei fuhr man mit Pferdekutschen in den Bois de Boulogne, wo es unter großen blau-weiß gestreiften Sonnenzelten eine Art Picknick-Buffet gab und, auf besonderen Wunsch Ellies, Gesellschaftsspiele, die sie an ihre frühe Kindheit im Berliner Viktoria-Park erinnerten und dementsprechend albern waren, unter anderem Sackhüpfen, Tauziehen und Eierlaufen. Nach anfänglicher Skepsis kam ordentlich Stimmung auf unter den mehr als fünfzig Gästen, darunter auch solche, deren Freund- oder Bekanntschaft zu Pierre oder Max über ihre regelmäßige Teilnahme an den Sonntagabendvarietés im *Monbijou* entstanden war.

Karl trug die momentane Mode der männlichen Jugend, graue Flanellhosen und kariertes Jackett. Während Max meist in einem dunklen Samtanzug herumlief, der seiner Erscheinung etwas Unseriös-Halbweltartiges verlieh. Ellie sah in Weiß, einer Farbe, die sie sonst im Leben nicht getragen hatte, ausnehmend hübsch aus. Immer wieder bekam sie das Kompliment zu hören, Pola Negri sehe ihr zwar ähnlich, reiche an ihre Schönheit jedoch längst nicht heran. Ein Filmproduzent, Johannes Marcowitz, ein jüdisch-deutscher Emigrant, schlug ihr gar vor, in einem seiner nächsten Streifen mitzuwirken. Als Ellie fragte, ob es die Hauptrolle wäre, meinte er, um eine peinliche Situation zu vermeiden, selbstverständlich, keine andere Rolle sei ihr angemessen.

Unter den Gästen befand sich einer nicht, das war Xavier Chapelle. Er ließ durch Blanche ausrichten, er liege mit einer

Darmgrippe zu Bett. Pierre war stinksauer, doch Ellie gemahnte ihn an die Unschuldsvermutung.

Um sechs Uhr abends fuhr man ins *Monbijou*, wo der große Saal für die geschlossene Gesellschaft reserviert war. Pierre hatte für das Bankett namhafte Köche verpflichtet, das Abendprogramm sah einen Komiker, eine Ballettrevue (mit Josephine-Baker-Travestie-Parodie) und einem reduzierten Swingorchester vor. Die Tanzfläche nahm sich im Verhältnis klein aus, genügte kaum dem Ansturm, doch kamen die Tänzer um so leichter ins Gespräch miteinander. Ein junger Mensch, ein kurzgewachsener halber Knabe mit schmalziger Tolle, wurde von Max dabei beobachtet, wie er sich Essen in die weiten Taschen seiner Joppe schob. Max kannte ihn vom Sehen aus der *Cosy-Bar*, hielt ihn für einen Strichjungen, den einer seiner Liebhaber hierher mitgebracht haben mußte. Oder der auf eigene Faust und ohne Einladung hier war. Max ließ ihn gewähren. Und führte Ellie zum Tanz, nachdem sie mit Pierre den obligatorischen Walzer absolviert hatte.

Max galt als ausgesprochen guter Tänzer, wenn er einmal in Laune geriet. Es gab Gelegenheiten, da er Beobachtern, die ihn nicht kannten, wie ein fröhlicher und oberflächlicher Mensch vorkam. Er selbst bezog enormen Spaß daraus, die Rolle zu wechseln und Fremden etwas vorzugaukeln, es machte ihm dann nicht einmal etwas aus, als eitler Geck zu gelten; die Lust an der Verwandlung war ein Stimulans, das jede Form gesellschaftlicher Ächtung in Kauf nahm. Max selbst betrachtete solcherlei als Training. Die meisten Lebewesen, sagte er, legen viel zuviel Wert auf das Urteil von Artgenossen, die ihnen eigentlich nichts bedeuten müßten. Diese Artgenossen zu entmachten, durch entschiedene Gleichgültigkeit, sei die erste Stufe auf dem Weg zur geistigen Freiheit. Er kenne Künstler, große

Künstler, die sich von jedem Mundfurz eines Idioten verunsichern ließen. Er hingegen sei ein kleiner, aber freier Künstler. Oder auf dem Weg dorthin.

Was er für das Ideal der Weisheit hielt, beurteilten andere als abgehoben und arrogant. Seine spitze Zunge war süchtig nach Sottisen, und nicht immer war sich Max bewußt, wenn er jemanden herabsetzte. Die Wahrheit, dachte er in einer etwas eigenwilligen Logik, könne niemanden beleidigen. Als er mit Ellie tanzte, flüsterte er ihr ins Ohr, wie schön sie sei, er könne sich kaum sattsehen an ihrer Freude, und er fragte, ob sie nicht immer schon, wie alle reiferen Huren, diesen Traum gehegt habe, einen meist impotenten, doch wohlhabenden und gutmütigen Versorger zu finden.

Kann schon sein, erwiderte Ellie, die nicht wußte, worauf genau er hinauswollte.

Sei dir gegönnt, sagte Max, du Schäfchen bist endlich im Trockenen. Vergiß nur nie, wer dich naßmachen darf.

Das klang nach Eifersucht und Besitzanspruch. Ellie ging nicht weiter darauf ein, sie nahm sich als Ehefrau ernster, als es Max gefallen hätte. Daß er nun, zu einem so unpassenden Zeitpunkt, auf ein diffuses Vorrecht pochte, mißverstand sie als männliche Reviermarkierung, nicht als Ruf nach Loyalität für kommende Zeiten der Not.

Ellie war, auf eine Art, glücklich und gedankenlos, sie tanzte drei Stunden lang mit jedem, der sie aufforderte, sogar und sehr gerne mit dem Negertrommler aus dem Swingorchester, der ihr nach dem Tanz, um sein Selbstbewußtsein zu demonstrieren, einen Klaps auf den Hintern gab. Währenddessen gönnte sich Max, tief unten in der Küche, eine Zuwendung seitens des Strichjungen, den er zuvor beim Mundraub beobachtet hatte. Dem Bengel war es sehr peinlich gewesen, als Max wie versehentlich an die gefüllten Taschen seiner Joppe faßte und ihn lächelnd aus dem Saal drängte, für eine dringend notwendig gewordene Unterredung. Bis auf seinen leichten Mundgeruch, der von einem Magenleiden herrührte, wirkte der Junge, er mochte sechzehn oder siebzehn sein, recht appetitlich. Im Gespräch danach stellte sich heraus, daß er ein deutschsprachiger Jude mit polnischem Pass war, der in Paris von einer Stunde zur nächsten lebte. Er habe von der Hochzeit durch mehrere eingeladene Gäste erfahren und schlichtweg Hunger gelitten. Sichtlich zerknirscht bat er um Verzeihung für sein Eindringen. Max gab dem verblüfften Jüngling einen 50-Francs-Schein und riet ihm, in ein paar Tagen wieder vorbeizusehen, vielleicht könne er dann etwas für ihn tun.

Auch wenn das Verhältnis von Frauen zu Männern 1:5 betrug, fehlte nichts zu einem rundum gelungenen Fest. Weit nach Mitternacht, Pierre hatte sich bis dahin ein alkoholisches Sparprogramm auferlegt, wurde die Ehe sogar, wie um der Form Genüge zu tun, mit letzter Kraft vollzogen.

Tatsächlich drückte sich der kurzgewachsene Pole schon am nächsten Tag im Hotelfoyer herum und legte vor Max seine Verzweiflung offen. Er habe keine Aufenthaltsgenehmigung für Frankreich, ihm drohe die Abschiebung, umgekehrt werde ihm die Wiedereinreise nach Deutschland verweigert, wo seine Familie lebe und Repressalien ausgesetzt sei, er befinde sich in einer *beschissenen* Situation und greife, wofür er um Entschuldigung bitte, nach jedem Strohhalm.

Er sieht, dachte Max, viel weniger attraktiv aus als gestern. Aber schön, sagte er, ich will sehen, was sich machen läßt. Der Bursche wurde um eine Woche vertröstet. Wieder lag alles an den Beziehungen des Marquis de Paulignac. Doch diesmal gelang es Max beim besten Willen nicht, zu ihm vorzudringen, auch wenn er offiziell als Sous-Chef des Hotels *Monbijou* auftrat, um eine ausstehende Rechnung einzutreiben. Der Marquis sei nicht zu sprechen, behauptete die älteste seiner schmallippigen Töchter, er habe einen weiteren Schlaganfall erlitten, befinde sich im Sanatorium und könne am gesellschaftlichen Leben nicht länger teilnehmen. Die geforderte Summe von dreihundert Francs für zwei angeblich nicht bezahlte Übernachtungen erhielt Max ohne Diskussion und ohne dafür eine Quittung unterzeichnen zu müssen. Immerhin.

Genau jene drei 100-Francs-Scheine drückte er dem Jungen, der ihm leid tat, beim nächsten Treffen in die Hand. Er habe, sagte er zu seiner Entschuldigung, mehr nicht erreichen können. Erstaunlicherweise lehnte der Pole das Geld dankend ab. Es sei ihm unmöglich, eine solche Summe zurückzuzahlen, sein Überleben würde er schon, auf welche Weise auch immer, finanzieren, das Problem liege woanders.

Max schlug ihm vor, beim französischen Innenministerium eine vorläufige Aufenthaltsgenehmigung zu beantragen, schaden könne das ja nichts. Eben doch, sagte der Junge, der sich Heinrich Halter nannte, ich bin illegal über Belgien eingereist. Mir fehlt der Stempel.

Dann sag einfach, daß du deine Papiere verloren hast oder daß sie dir gestohlen wurden. Kann jedem passieren.

Max war im nachhinein ungehalten darüber, wie leichtfertig seine Großzügigkeit, und es wäre ja ein Geschenk gewesen, keine Leihgabe, verschmäht wurde. Offensichtlich schien dieser Heinrich jemand zu sein, der aufgrund mangelnder Lebenserfahrung noch in größter Not auf Prinzipien bestand. Das konnte auf Dauer nicht gutgehen.

Ellie ließ sich den Fall am Abend in allen Details erzählen. Ihr gefiel der Bengel, wofür sie keinen konkreten Grund hätte nennen können, es war, wie sie selbst es nannte, reines weibliches Bauchgefühl.

Max registrierte, daß Ellie nach ihrer Heirat um fünf Jahre jünger aussah. Nun, da sie die französische Staatsbürgerschaft annehmen konnte, was sie bei erster Gelegenheit auch tat, durfte sie in Paris offiziell ein Arbeitsverhältnis eingehen und befand sich in Sicherheit vor jedem Zugriff seitens des deutschen Reiches. Sie blühte auf, sie strahlte, sie bewegte sich anders, musikalischer, geschmeidiger, lachte heller, ihre Haut und ihr Teint schimmerten verjüngt. Erst jetzt begannen Ellies Freunde zu ahnen, unter welchen Spannungen sie gelitten haben mußte, die aber hinter ihrer optimistischen Frohnatur nie hervorgetreten waren. Erst die Veränderung schuf dafür ein Bewußtsein.

Und Ellie wollte noch etwas Neues ausprobieren. Sie folgte der Einladung des Filmproduzenten Marcowitz, der ihr auf der Hochzeit eine Rolle in seinem nächsten Film angeboten hatte. Sie wollte seine Studios ansehen und Filmatmosphäre schnuppern. Johannes Marcowitz, ein zigarrenkauender älterer Glatzkopf mit dicken runden Brillengläsern, empfing sie in seinem Büro, das oberhalb von Notre Dame, nah am Seine-Ufer lag, spartanisch ausgestattet und sehr, sehr klein. Um Miete zu sparen, bekannte der Produzent freimütig. Das einzig Wichtige in diesem Raum seien er selbst und das Telefon. Und natürlich nun sie, Ellie. Studios? Nein, er habe keine Studios, die miete man, und zwar dann, wenn der Film realisiert werde, das koste ein Heidengeld, Tausende von Dollars pro Tag. Er redete von Dollars, obwohl man Pariser Studiomieten wahrscheinlich auch mit Francs bezahlen konnte.

Und welche Rolle soll ich denn nun spielen? Ellie kam gleich zur Sache. Marcowitz hob die Schultern. Das sei ein Problem.

Was für ein Problem?

Nun, sagte Marcowitz, der Finanzierung natürlich. Die sei doch immer das Problem. Im Budget fehlten noch etwa 20.000 Dollar, träfen diese ein, könne man über die Besetzung der Rollen reden und einen Stab verpflichten. Außerdem müsse man wohl Probeaufnahmen machen, gerade wegen Ellies Ähnlichkeit mit Pola Negri. Sonst finge man sich am Ende eine Klage ein, auch wenn oder gerade weil Ellie noch etwas schöner sei als das Original.

Ich bin aber keine Kopie.

Eben. Sag ich doch.

Probeaufnahmen seien unbedingt nötig, um herauszufinden, wie man Ellies Typ am besten zur Geltung bringen könne, ohne daß man an die Negri erinnert werde. Zur Zeit sei leider kein Set aufgebaut. Es gebe da allerdings eine Möglichkeit.

Ellie ahnte schon jetzt, daß mit Marcowitz etwas nicht koscher war, ihre Menschenerfahrung hatte sie für derlei feinfühlig gemacht. Schon aufgrund einer subtilen Veränderung in der Stimmlage des Produzenten spürte sie, daß eine Ungehörigkeit in der Luft lag. Es war die Art, in der Männer die Lautstärke senkten und plötzlich für einen Moment wie mit belegter Zunge redeten, als müßten sie Mut aufbringen, um eine gewisse Hemmschwelle zu überwinden. Wobei sie sich meistens räusperten und Blickkontakt vermieden.

Hören Sie, Ellie, denken Sie jetzt nichts Falsches.

Was wär denn falsch und was richtig?

Wir alle, ich meine, wir Emigranten, müssen auch mal kleinere Brötchen backen.

Es gebe in der Nähe ein Studio, ein kleines, sehr gemütliches, da werde zur Zeit ein Film gedreht, ein, naja, freizügiger Film für eine speziell interessierte Klientel. Nach Drehschluß könne man dort ausgesprochen preiswert einige Probeaufnahmen von ihr machen, die dann ja auch ein Anreiz für nötige Investoren wären.

Um was für einen Stoff geht es denn eigentlich?

Nichts Besonderes, das Übliche.

Ich meine, in dem *großen* Film. In dem ich dann spielen soll.

Ach so, naja, das wäre dann Madame Bovary, in die heutige Zeit versetzt, als Kammerspiel. Mit etwas mehr Pep als bei Flaubert.

Was bedeutet: mit etwas mehr Pep?

Naja, man müsse dem gesteigerten Interesse des heutigen Publikums schon entgegenkommen. Bei den Nazis zum Beispiel, da würden inzwischen Filme gedreht, da gehe es in Revuenummern visuell schon deutlich zur Sache, und wenn die Nazis…

Was bedeutet das genau? Muß ich mich ausziehen?

Wir würden das dezent drehen, sehr dezent, als eine Art Schattenriß. Immer im Rahmen und Auftrag der Kunst selbstverständlich.

Müßte ich meine Brüste entblößen? Meinen Sie das?

Naja. Sie haben doch sehr schöne Brüste, oder nicht?

Wenige Jahre zuvor hätte sich Ellie schon aus Neugier darauf eingelassen, billig verdientes Geld wäre es auch gewesen, aber nun, nachdem sie Madame Geising geworden war, nahm sie sich die Freiheit heraus, Marcowitz einen schönen Tag zu wünschen. So endete, plötzlich und unspektakulär, ihre kurze Karriere beim Film. Immerhin beleidigte sie den nach kaltem Tabaksaft stinkenden Produzenten nicht. Wenn sie vom Leben etwas gelernt hatte, dann war es, sich immer ein *Hintertürchen* offenzuhalten. Wie die Kudammnutten derb zu scherzen pflegten, die sich einen Tripper eingefangen hatten.

Anfang August bekam Karl unerwartet Post vom Einwohnermeldeamt in Bari. Neuneinhalb Monate, nachdem er sich dort nach seiner angeblichen Verwandten Ludovica Guardagno erkundigt hatte, erhielt er von der Behörde Antwort. Daß er seiner Anfrage ein Rückporto in Briefmarken beigelegt hatte, war nicht vergebens gewesen. Und doch hätte er auf dieses maschinenschriftlich erstellte Schreiben gerne verzichtet. Karl war des Italienischen nicht mächtig, sein Latein reichte hin, um alles zu verstehen.

*Wir müssen Ihnen heute mit großem Bedauern mitteilen*, stand da, *daß Ihre Familienangehörige Ludovica Maria Fabiola Guardagno, geboren am 9. Oktober 1918 in Bari, am 25. April 1938 in Barcelona, Spanien, verstorben ist, im Alter von neunzehn Jahren. Todesursache: Herzversagen. Eine Überführung des Leichnams nach Italien hat unseres Wissens nicht stattgefunden. Begräbnisstätte unbekannt. Mit faschistischem Gruß, et cetera.*

Karl las die wenigen Zeilen immer wieder, um jedes Mißverständnis auszuschließen. Ihm wurde übel, er ging auf die Toilette, seine Knie waren weich und zitterten, er steckte zwei Finger in den Mund – und sonderte nur Geräusche ab. Das Frühstück war aus dem Magen nicht mehr hervorzulocken; was in ihm wühlte, wurde er auf diese Weise nicht los.

Jetzt begriff er, warum Zanoussi am 29. April das Hotel so überstürzt verlassen hatte. Alles ergab einen traurigen Sinn.

Zanoussi mußte von Milas Tod erfahren haben und hatte Karl nicht davon in Kenntnis setzen noch, nachdem er keine Aufgabe mehr besaß, die Gastfreundschaft weiter ausnutzen wollen. Es sprach für den Charakter jenes letztlich undurchschaubaren Menschen.

Karl vertraute sich Max an, gierig nach jeder Art von Trost. Max zeigte sich erstaunt.

Hast du sie immer noch geliebt?

Wohl nicht, nein. Vielleicht doch, was weiß ich? Karl gab zu, daß Mila seit der eigenen Mutter die erste Tote war, mit der ihn etwas verbunden hatte, die er emotional abarbeiten mußte. Daß er wohl niemehr erfahren würde, welches Vergehens Mila angeklagt gewesen war, machte ihn ganz verrückt. Er glaubte fest an ihre Unschuld. Was für eine Zeit ist das, fragte er laut, die dem Fortschritt solche Blutopfer abpreßt?

Max gab keine Antwort, ausnahmsweise nahm er auf den Zustand seines Bruders Rücksicht, obschon er die Frage bizarr bis dämlich fand.

Auch im August während der Ferienzeit fanden im *Monbijou*, dann aber nur alle zwei Wochen, die durchweg beliebten sogenannten *Sosos* – die Sonntagssoireen – statt.

Es sprach sich herum, daß man hier in gepflegter, dabei nicht übertrieben teurer Atmosphäre Kontakte knüpfen konnte, ohne sich mit dem sonst unvermeidlichen Halbweltpack abgeben zu müssen. Inzwischen hatte die Sittenpolizei Wind davon bekommen und entsandte hin und wieder einen Beamten in Zivil, um sich ein Bild zu machen. Doch Pierre und Max sorgten für ein Höchstmaß an Diskretion. Sie legten Wert auf bürgerlich-begüterte Kundschaft, die einen Ruf zu verlieren hatte und sich einigermaßen im Zaum hielt, wenn es heiter wurde. Der künstlerische Rahmen der Veranstaltungen ließ kaum Verdachtsmomente zu. Manche Gäste frequentierten die Sosos tatsächlich nur der dargebotenen Kunst wegen oder um zu plaudern, ein paar Gläser Wein zu trinken und sich kultiviert zu fühlen.

Max legte sich schwer ins Zeug, Künstler, Artisten, Magier, Musiker, Dichter, Rhetoren zu finden und zu verpflichten, die ihr Publikum zu fesseln und zu bereichern verstanden. Eine reine Alibi-Veranstaltung hätte wenig Zukunft gehabt. Unter den Besuchern sah man hin und wieder Prominenz. André Gide war einmal da, Jean Cocteau sowie der Komponist Francis Poulenc. Was die Gäste am Ende eines Abends hinter verschlossenen Türen unternahmen, blieb deren Privatsache. Und es galt durchaus noch nicht als unüblich, daß sich zwei sparsame Männer ein Zimmer teilten, ohne verwandt, verschwägert oder sonstwie einander verbunden zu sein.

Der mögliche Vorwurf der Kuppelei hätte durch sehr wenige Indizien gestützt werden können. Einzig die Verstöße gegen das Meldegesetz, in solcher Häufung, gaben Max und Pierre einen Grund, sich immer ein wenig zu fürchten. Auch wenn sie sich inzwischen etliche Ausreden ausgedacht hatten und an jedem Morgen die schlimmste Gefahr überstanden schien.

Ellie repräsentierte inzwischen das Hotel und entzückte die Soso-Besucher mit immer neuen, immer gewagteren Garderoben und frech-lasziven Sprüchen, die, weil sie aus dem Mund einer hübschen Frau kamen, definitiv nicht vulgär sein konnten. Mißtöne gab es aber auch. Xavier erklärte den Sonntag zu seinem freien Tag. Ihm ging die neue Madame Geising offensichtlich schwer auf die Nerven, zumal er mit der bockigen Blanche, wollte man den Gerüchten glauben, einen Mißgriff getan hatte und meist schlechter Laune war.

Pierre und Xavier redeten bald nur noch das Nötigste miteinander. Männerfreundschaften überleben selten, wenn der eine die Partnerin des anderen nicht leiden kann.

Daß jemand ihn um Ellie nicht beneidete, sie vielleicht sogar haßte, war für Pierre ein Greuel, eine Beleidigung, die auf seiner Seele einen entzündeten Schatten hinterließ. Zugegebenermaßen steigerte er sich, genau wie Xavier, in etwas hinein. Statt, schon um seiner psychischen Gesundheit wegen, mit der gebotenen Gelassenheit zu reagieren und alles Unangenehme auszublenden, suchte er den Konflikt. Anlässe gab es genug. Xavier Chapelle, dieser einst so stramm gewissenhafte Mensch, vernachlässigte seine Pflichten, tat nurmehr Dienst nach Vorschrift. Als wollte er demonstrieren, was er sich leisten konnte. Mit dem Hinweis, er habe Kopf-, Leib- oder sonstige Schmerzen, zog er sich oft während der Arbeitszeit in seine Kammer zurück. Wo er dann nicht war, wenn man ihn brauchte, weil er sich über den Hinterhof in ein Café verabschiedet hatte und Illustrierte oder Turf-Magazine las.

Pierre grübelte über einen gangbaren Weg, seinen ältesten Angestellten vor die Tür zu setzen, ihm seine Grenzen aufzuzeigen, ohne selbst ein Risiko einzugehen. Und immer war es ausgerechnet Ellie, die ihn beschwichtigte und besänftigte, die ihm zur Mäßigung riet, mit dem Hinweis, Typen wie Xavier Chapelle werde es immer geben, solange der Planet rotiere, man könne aus deren Neid, darum handele es sich im Grunde doch, genausogut Freude beziehen und Selbstbestätigung. Lebenslust. In solchen Momenten war Pierre von der Weisheit seiner Gattin begeistert. Du hast ja so recht, sagte er laut. So recht! Pierres böse Gedanken glichen dann fortgescheuchten Schmeißfliegen, die ziellos im Raum einige Runden drehen, bevor sie zur Wunde zurückkehren.

Karl, der bei seinem Medizinstudium signifikante Fortschritte machte, half oft abends an der Rezeption aus, um sich so mit ehrlicher Arbeit ein Taschengeld zu verdienen, das nicht allein der Gnade und Willkür von Max entstammte. Die Gemengelage der Gefühle war äußerst kompliziert. Auf viele Empfindsamkeiten mußte Rücksicht genommen werden.

Während der ersten September-Soso hob Ellie, wie einige Male zuvor, ihr Sektglas und brachte einen Toast aus, auf das Gelingen des Abends. Später, nachdem die diversen Darbietungen mit viel Applaus bedacht worden waren, forderte sie ein ihr unbekannter, noch recht junger, gutaussehender Mann zum Tanz auf. Er sprach französisch mit deutlich deutschem Akzent.

*Dann wollen wir mal*, antwortete Ellie, und der Neuling in der Runde schien so überrascht wie erfreut, eine Landsfrau vor sich zu haben. Die Lichtquellen im großen Salon wurden durch farbige Filter abgeschwächt, bis eine karnevalesk-entrückte Atmosphäre entstand. Der Pianist, der diesmal ganz allein für die musikalische Untermalung sorgte, sprang von Tonart zu Tonart, erging sich in melancholischen Moll-Glissandi, zu denen man kaum tanzen konnte. Nur eine Art trancehaftes Schunkeln schien angebracht, bis irgend jemand protestierte, enerviert und laut nach MEHR RHYTHMUS rief und so die eigenartige, dabei längst nicht allen unangenehme Stimmung zerstörte. Ellie hatte die Minuten sehr genossen, während derer ihr Tanzpartner seine rechte Hand von einem ihrer Schulterblätter zum anderen wandern ließ, in gewisser Weise aufdringlich und taktvoll zugleich. Sie bat den keine dreißig Jahre alten Menschen, der sich so elegant bewegte, an die Bar, bestellte zwei Kir Royal, wollte mehr über ihn erfahren. Er nannte sich Eduard, ausgesprochen auf französische Art.

Sie sind aber doch Deutscher, nicht?

Das kann man so sagen, in der Tat. Eduard erwähnte, daß er neu in der Stadt sei und an der deutschen Botschaft arbeite, nach einem langen Indienaufenthalt.

Aber dann – sind Sie doch auch Nazi? Fragte Ellie, in der ihr eigenen Direktheit.

Mal gesetzt den Fall – wäre das schlimm?

Und wie! Für uns beide! Wenn Sie nochmal meine Hand küssen, kommen wir wegen Rassenschande ins Gefängnis.

Oha, sagte der schmucke junge Mann. Und setzte ein umwerfend komplizenhaftes Lächeln auf. *Alles hat seinen Preis, und manches ist diesen Preis auch wert.* Eduard ergriff Ellies Hand und küßte diese demonstrativ, wobei seine Lippen, damit wollte er wohl seine Ansicht zur Rassenfrage kundtun, ihre Finger sogar eine Zehntelsekunde lang berührten.

Für einen Moment dachte Ellie, daß dieser Kerl ihr zwei, drei Sünden wert wäre. Aber natürlich mußte er schwul sein. Im nun folgenden Gespräch legte er sich dahingehend keineswegs fest und betonte seine Weltoffenheit. Gegen halb zwei Uhr morgens war er betrunken und komplett aus der Reserve gelockt. Er habe, teilte Eduard mit, sogar einmal eine jüdische Freundin gehabt, einst in Königsberg, und wenn er sich auch um der leidigen Karriere willen dem Nationalsozialismus verschrieben habe, dann doch keineswegs blind unkritisch, im Gegenteil. Er sei gläubiger Katholik und lange nicht mit allem einverstanden, was das Regime propagiere.

Dann würden Sie also mit mir schlafen, ohne sich rassisch besudelt zu fühlen?

Nun, sagte der junge Mann, von Ellies Offenheit eingeschüchtert und unsicher, ob damit ein Angebot verbunden war, nun – wenn Sie mich so fragen, wäre es mir eine Ehre, also, ich meine, hypothetisch gesprochen…

*Wie mutig Sie doch sind!* Entfuhr es Ellie. Sogleich zuckte Eduard ob ihres scharfen Tonfalls zurück und bemühte sich um Haltung. Er begriff, daß die Situation ihm an irgendeinem Punkt entglitten sein mußte.

Vögeln würde mich der Herrenmensch durchaus, aber sich mit mir in einem Restaurant zeigen würde er wohl lieber nicht, hab ich recht? Ja oder nein?

Ich bitte Sie, stammelte Eduard, nicht so laut. Ich habe Ihnen doch gar keine Avancen gemacht. Ich wollte höflich sein. Die Dinge sind nun einmal, wie sie sind. Das hat nichts mit dem Respekt zu tun, den ich Ihnen von Mensch zu Mensch entgegenbringe. Wir können doch nicht zulassen, daß das Zwischenmenschliche unter dem Joch der Ideologie verlorengeht, barbarisch wäre das.

Ellie mußte lachen, obgleich ihr der Vortrag, wie sie sich eingestand, imponierte.

Angesichts seiner Betrunkenheit fand Eduard durchaus die richtigen Worte, um sich mit Würde aus der Affäre zu schlängeln. Er tat ihr beinahe leid. Wahrscheinlich war er ein guter Kerl, sofern man das von einem Nazi behaupten konnte. Und daß sie nie ernsthaft daran gedacht hatte, sich dem adretten, galanten Mann auszuliefern, wäre eine wohlfeile Lüge gewesen.

Ellie war über sich selbst schockiert und ließ ihren Unmut an einem zahlenden Gast aus. Das sei, fand sie endlich, ungerecht und wenig professionell. Wie um sich eine Buße aufzuerlegen, drückte sie diesem hinreißend netten Faschisten einen Kuß auf die Stirn und bat ihn darum, seine Segel einzurollen. Eduard nickte erleichtert, bezahlte die Rechnung und ging. Daß er so ohne jeden Widerspruch Reißaus nahm, empfand Ellie wiederum als *frech*. Wobei sie immerhin ahnte, daß niemand, nicht der geübteste Fährtenleser, fähig gewesen wäre, ihren Gedanken zu folgen.

Pierre hatte die beiden den halben Abend über beobachtet, und als Ellie gegen halb drei zu ihm ins Bett kroch, wollte er wissen, was vorgefallen sei.

Ein bedudelter Nazi. Hab ihm ein bißchen aufn Busch geklopft.

Soso, murmelte Pierre. Er hatte zugesehen, wie die Finger dieses Menschen auf Ellies Schultern Klavier spielten. Und wie ihre Augen dabei leuchteten. Beinahe wäre er dazwischengegangen. Wo er doch längst wußte, daß eine solch kindische Aktion nur Ellies Trotz auf den Plan gerufen hätte. Man muß einer Frau wie ihr Spielraum geben, dachte Pierre, sie an der langen Leine halten, damit ihr Verstand sich frei genug fühlt, um von selbst die nötigen Schlüsse zu ziehen. Zufrieden, beeindruckt von der eigenen Souveränität, schlief er ein.

Ellie blieb noch bis vier Uhr wach und dachte darüber nach, ob jemand, der sich zum braunen Deutschland bekannte, automatisch ein Hundsfott sein mußte.

Die Frage wäre viel weniger relevant gewesen, hätte Ellie nicht unter der bohrenden Lust gelitten, Eduard wiedersehen zu wollen. Ihr Verstand sträubte sich, bäumte sich auf gegen etwas, das sonst anderswo, im Bauch oder im Unterleib, entschieden worden wäre. *Nein*, sagte sie halblaut. Vieles geht, manches nicht. Andererseits – vielleicht ist jeder Mensch zu etwas gut.

Wie um die Angelegenheit in einen sinnvollen Rahmen zu zwingen, fiel ihr der niedliche Polenbengel ein.

Am nächsten Morgen bat sie Max darum, sich bei Gelegenheit einmal umzuhören, wo dieser Heinrich Halter so verkehre. Er, mit seinen Verbindungen, könne das sicher leicht herausfinden.

Weswegen?

Er benötigt doch Hilfe.

In welcher Form willst du ihm welche verabreichen?

Mal sehen. Ich weiß gar nicht genau. Frag bitte nicht so mißtrauisch!

Es kostete Max tatsächlich nur ein paar Telefonate, bis er Heinrich Halter im Pariser Stadtplan verorten konnte. Der Junge fand seine Kunden unter anderem in der Avenue Pierre Ier de Serbie, in der Künstlerkneipe *Le Bœuf sur le Toit*, die bevorzugt von homosexuellen Künstlern besucht wurde, aber hin und wieder auch von Strawinsky, Picasso und Coco Chanel.

Ellie schlug ihrem Gatten vor, daß Heinrich im *Monbijou* wohnen und essen und als Küchenjunge arbeiten könne. Pierre lehnte rundweg ab. Das gehe auf gar keinen Fall. Ein Stricher ohne Papiere, so was komme ihm nicht ins Haus, da könne er ja gleich bei der Polizei Selbstanzeige erstatten, ihm sei ohnehin mulmig. Und jedem könne nun einmal nicht geholfen werden. Bei aller Güte.

Ellie dachte nach und gab Pierre widerwillig recht. Nein, manchmal war es unmöglich, auf direktem Weg zu helfen.

Während der nächsten Tage ging sie nachmittags aus, spazieren, wie sie vorgab, und jedesmal endeten ihre Ausflüge im *Bœuf sur le Toit*. Wo sie Heinrich schon beim dritten Versuch antraf. Er konnte sich an Ellie erinnern und glaubte an eine zufällige Begegnung. Ellie wies beiläufig darauf hin, daß sie die Tochter eines jüdischen Vaters sei, und ließ sich Heinrichs Lage schildern.

In Deutschland waren während des Sommers Tausende polnischer Juden verhaftet oder über die Grenze nach Polen abgeschoben worden. In Polen waren jene Juden auch nicht eben erwünscht. Der dortige Antisemitismus stand dem der Deutschen kaum nach. Heinrich befand sich deswegen in einem fürchterlichen Zustand, seit über anderthalb Jahren hatte er keinen Kontakt zu seiner Familie gehabt. Mit dem Onkel, bei dem er wohnte, kam es immer öfter zu Spannungen. Seit er Mitte August den Ausweisungsbescheid erhalten hatte, laut dem er binnen vier Tagen das Land verlassen müsse, hielt sich Heinrich Halter illegal in Paris auf. Jede Paßkontrolle konnte seine sofortige Deportation zur Folge haben. Während das Deutsche Reich ihm weiterhin die Einreise und somit die Rückkehr zu den Eltern verweigerte. Eine verrückte Situation, die auf den, der in ihr gefangen war, leicht abfärbte.

Hier in Paris könne er, sagte Heinrich, wenigstens für sich sorgen, wenn auch auf eine Art, die ihm, wie er sich ausdrückte, nicht zum Ruhm gereiche. Aber die Angst, die ständige Angst, an der nächsten Ecke kontrolliert zu werden, zerfresse ihm das Gehirn.

Ellie spendierte dem Jungen eine Mahlzeit und gewann sein Vertrauen. Wenn ihn der Hunger plage, könne er immer zu ihr kommen, ins *Monbijou*, und sich ein Essenspaket abholen. Heinrich begann vor Dankbarkeit am ganzen Leib zu zittern. Ellie gab ihm noch einen Ratschlag, wie er ungeachtet seiner vermeintlich ohnmächtigen Lage aktiv werden könne. Das ließ ihn aufhorchen.

Ich? Wie denn? Um Himmels willen.

Ellie erzählte davon, wem sie neulich begegnet sei. Einem Nazi, der an der deutschen Botschaft arbeite, der, frisch in der Stadt eingetroffen, nach Anschluß und Zerstreuung suche.

Ich verstehe wohl nicht ganz, sagte Heinrich. Wirklich verstand er ganz und gar nicht, was ihm da vorgeschlagen wurde.

Mach dir deinen Feind zum Freund. Sein Name ist Eduard.

Ich verstehe leider immer noch nicht.

Wie deutlich muß ich denn noch werden? Er ist geil und einsam. Und angeblich persönlich kein Antisemit. Wer, wenn nicht ein Botschaftsangestellter, könnte etwas tun für dich? Oder für deine Eltern.

Ach? Sagte Heinrich. Und fügte nach langem Zögern hinzu: Meinetwegen.

Noch was. Ellie drückte ihm eine Schachtel Salmiakpastillen in die Hand.

Was soll ich damit?

Dein Magenleiden.

Woher wissen Sie davon?

Das teilt sich von selbst mit.

Widerwillig verstand der Junge und wurde rot.

Plötzlich redete jeder in der Stadt vom Krieg. Er war endlich doch noch ins Bewußtsein der Pariser gerückt.

Hitler hatte neue Forderungen gestellt, vor allem die Rückgabe der nach dem Ersten Weltkrieg an die neue Tschechoslowakei gefallenen Gebiete mit hohem deutsch-

sprachigem Bevölkerungsanteil, das sogenannte Sudetenland. Die Tschechoslowakei unterhielt einen Beistandspakt mit der Sowjetunion und Frankreich. Würde Hitler ins Sudetenland einmarschieren, drohte ein neuer Weltkrieg. Doch unter Vermittlung Mussolinis kam es am 30. September zum *Münchner Abkommen*, dem Höhepunkt der Appeasement-Politik. Frankreich und England erfüllten sämtliche von Hitlers Forderungen. Das Sudetenland wurde deutsches Territorium, und drei Millionen Sudetendeutsche kehrten *heim ins Reich*. Die Tschechoslowaken wurden an den Verhandlungen nicht beteiligt, ebensowenig wie die Sowjetunion, die sich außenpolitisch zunehmend isoliert fühlte. Stalin beschloß, sich Hitler anzunähern. Es gab noch eine besondere historische Pointe. Die Grenzbefestigungen der Tschechoslowakei, die laut Aussagen der Wehrmachtsführung unüberwindlich gewesen wären, lagen alle auf dem nun Deutschland zugesprochenen Gebiet. Die tschechoslowakische Armee, damals eine der bestausgerüsteten Mitteleuropas, mußte ohnmächtig zusehen, wie auch Polen und Ungarn sich Teile des tschechoslowakischen Staatsgebiets einverleibten, allerdings ohne Zustimmung Frankreichs und Englands.
Die Tschechen sahen sich um die vereinbarte Unterstützung Frankreichs betrogen, wagten jedoch nicht, als letzten Bündnispartner die Sowjetunion um Hilfe zu bitten. Ministerpräsident Benes, der von den Tatsachen überfordert war und kein Blutvergießen auf sich laden wollte, ging ins Londoner Exil. Die Slowakei erhielt ihre lang angestrebte Autonomie. Die baldige Besetzung und Zerschlagung der *Rest-Tschechei* war inoffiziell bereits beschlossene Sache.

Das deutsche Volk, das zu diesem Zeitpunkt in seiner Mehrheit keinen Krieg wollte, jubelte dem Führer als Friedensbewahrer zu. Hitler selbst bedauerte im Gespräch mit Parteileiter Bormann später sehr, den Krieg nicht schon im Jahr '38 begonnen zu haben. *»Aber ich konnte nichts machen, sie haben mir alles gegeben, was ich wollte.«*

Von Hitlers Beispiel möglicherweise inspiriert, verlangte Chapelle eine erneute Gehaltserhöhung. Das war angesichts seiner Arbeitsverweigerung der Gipfel der Dreistigkeit. Chapelle verwies darauf, daß er seit bald fünfundzwanzig Jahren im Hotel tätig sei und einen Jubiläumsbonus verlangen könne. Gefragt, wie er sich diesen Bonus vorstelle, nannte er eine Lohnerhöhung um 35 Prozent. Pierre platzte der Kragen, und beinahe hätte er, ungeachtet aller Konsequenzen, Xavier nicht nur vor die Tür gesetzt, sondern sogar geohrfeigt. Im letzten Moment beherrschte er sich und verließ einfach nur schweigend das Büro. Etwas mußte geschehen. Pierre berief einen Familienrat ein, zu dem nunmehr auch Karl gehörte.

Der Aufschwung des Hotels war niemandem weniger zu verdanken als Xavier. Es stellte sich die Frage, ob er belastendes Material besaß, beweiskräftig genug, die Justiz auf den Plan zu rufen, und wenn ja, ob er imstande wäre, davon Gebrauch zu machen. Im Falle seines Rauswurfs sicher, da war man sich einig. Aber wenn man seine Forderung einfach ablehnte, müßte er schön dumm sein, diesen Posten, der ihm für wenig Arbeit gutes Geld einbrachte, 1300 Francs im Monat plus die Prozente aus den Schwarzvermietungen, freiwillig zu räumen. Von daher drohe, behaupteten Max und Ellie, keine Gefahr. Karl war sich dessen nicht so sicher. Ihm als Bürgerkriegsteilnehmer, seufzte er, seien alle vermeintlichen Sicherheiten verloren gegangen. Aber was solle man machen, man könne Chapelle ja nicht beseitigen.

Ich könnte es schon, zischte Pierre, und wie ich es könnte. Ich hab eine Mordswut auf den Kerl. Ellie schlang einen Arm um seinen Hals, zur Beruhigung.

Man muß ihn ja nicht gleich, sagte Max, umbringen, es genügt, ihm klarzumachen, daß er sich solche Spielchen nicht erlauben kann. Erst muß man ihn mal aus der Reserve locken. Lehn die Gehaltserhöhung einfach ab. Punkt. Und falls er dann mit irgend etwas droht, dann...

Was dann?

Lassen wir uns was einfallen. Ich kenne Leute, die Leute kennen...

Karl unterbrach ihn durch lautes Gelächter.

Was ist denn so komisch?

Ich mußte, sagte Karl, gerade daran denken, wie ich einmal meine Lebensenergie für eine bessere Welt einsetzen wollte. Und nun hock ich mit euch wie in einer Räuberhöhle zusammen, und ihr überlegt allen Ernstes, wie ihr einem Mitwisser körperliches Leid zufügen wollt? Weil ihr ihm nicht mehr Geld gönnt, obwohl ihr lebt wie die Maden im Speck? Das ist absurd.

Nein, Karl, sagte Pierre aufbrausend, das ist eine *Frage des Prinzips.*

Räuberprinzipien! All dieser verdammte Schwindel. Dieses ganze lächerliche Theater.

Max fiel alle Farbe aus dem Gesicht, und er hielt aus dem Stegreif, ohne nachzudenken, eine kurze, recht laute Rede, um dem Bruder fürs erste das Wort abzuschneiden.

Die Welt *ist* nunmal ein Theater, Karl, und du solltest dir genau überlegen, *gerade du*, wo du sitzen willst in diesem Theater. Und wenn man irgendwann einmal aus diesen Brettern, die die Welt bedeuten, ein Boot zimmern will, mit dem man in See stechen kann, liebes Brüderchen, mit einem freien Himmel über sich, dann sollte man diese Bretter nicht zerhacken, weil man einen Zahnstocher für lästige Essensreste braucht.

Ellie und Pierre sahen Max ausdruckslos an und versuchten, diesem eigenartigen Vortrag Sinn abzugewinnen. Selbst Karl mußte einen Moment überlegen, bis er seinen Bruder verstand. Dann gab er mit einer abwinkenden Geste Entwarnung. Nein, er hatte zu keinem Moment vorgehabt, bedeutete jene Geste, ihrer beider Wahlverwandtschaft zu Ellie als Komödie zu enttarnen.

Zuletzt wurde beschlossen, Xavier schriftlich mitzuteilen, daß seine Forderung ungerechtfertigt sei, er aber mit einem einmaligen Bonus von fünfhundert Francs rechnen könne, falls seine Fehlzeiten pro Woche einmal wieder weniger als zwei Stunden betrügen.

Über schärfere Maßnahmen diskutieren wollte man erst, wenn es schlechterdings unvermeidlich werden würde.

Chapelle akzeptierte die Antwort. Jedenfalls zeigte er wenig Reaktion und sprach die Sache nicht weiter an, ließ sie still auf sich beruhen. Er erfüllte sogar regelmäßiger seine Dienstpflicht, als käme es ihm auf die in Aussicht gestellten fünfhundert Francs an. Pierre war das nicht geheuer, er glaubte, Xavier würde etwas im Schilde führen, von langer Hand planen, etwas Bösartiges, Abgefeimtes. Und er überlegte hin und her, wie er sich dagegen zur Wehr setzen konnte.

Paris befand sich in Feierstimmung. Ministerpräsident Daladier wurde nach seiner Rückkehr aus München von den Massen bejubelt. Viele Menschen glaubten, daß diesmal, anders als im August 1914, die Vernunft gesiegt habe und ein Krieg verhindert worden sei. Es gab ja bis auf die freie Stadt Danzig kaum noch vernünftige territoriale Forderungen, die Hitler stellen konnte, und nie wieder, da war man sich auf den Straßen einig, durfte aufgrund politischer Kleinigkeiten eine europäische Katastrophe heraufbeschworen werden.
Der Streit Deutschlands mit den Polen um Danzig schien angesichts der möglichen Konsequenzen eine Kleinigkeit. Durfte man deswegen ernsthaft einen Krieg riskieren? Und war Hitler dem sogenannten *Erbfeind* Frankreich nicht großzügig entgegengekommen, indem er auf Elsaß-Lothringen für immer verzichtete? Es gab Intellektuelle, die die Meinung vertraten, es sei besser, wenn ein paar weitere hunderttausend Menschen künftig unter dem Faschismus leben müßten, statt eventuell Millionen Tote in Kauf zu nehmen. Es war nicht so, daß man aus dem Weltkrieg nichts gelernt hatte. Manche jener Pazifisten gaben denn auch, allerdings unwillig, zu, daß man Hitlerdeutschland viel früher schon in seine Schranken hätte weisen müssen, als es noch nicht zu jener Kraft und Macht gekommen war. Sich zu Schiedsrichtern über Leben und Tod aufzuspielen, den richtigen Moment einer solch invasiven Maßnahme vorzuschlagen, gar einzufordern, hätten sie aber abgelehnt.

*'s ist leider Krieg*
*und ich begehre*
*Nicht schuld daran zu sein!*

Die berühmten Gedichtzeilen des Matthias Claudius wurden in den Zirkeln des Geistes oft wie ein Mantra zitiert. Manche gaben zu bedenken, daß ein Krieg gegen Deutschland auch verloren werden könne, danach sehe alles noch viel übler aus. Aber solche Defätisten waren unpopulär, und man drohte ihnen nicht selten Prügel an.

Max war der Meinung, daß viele sogenannte Pazifisten, die sich in der Emigration etwas aufgebaut hatten, die nicht hungern oder konkret Angst haben mußten, einfach nicht gestört oder vor große Entscheidungen gestellt werden wollten. Von Paris aus gesehen waren die dreißiger Jahre, soviel ließ sich jetzt schon vorab resümieren, ein aufregendes Jahrzehnt gewesen, das weiten Teilen der Welt allerhand Schauwert, Fortschritt und Zerstreuung bot. Samt neuem Komfort. Sich selbst nahm Max vom Vorwurf, den er apodiktisch und leichtfertig in den Raum stellte, gar nicht einmal aus. Im Hinterkopf war er sich der Verantwortungslosigkeit seiner Position durchaus bewußt. Hitler zu bekämpfen, hielt er für unbedingt nötig. Obwohl. Daß er sich zu fein für ein persönliches Opfer war, war das eine, die mögliche Verteidigung stand auf anderen Blättern, ebenjenen, auf denen er seinen Roman schrieb. Kreativität entschuldige alles, lautete sein Credo, Schaffenskraft dürfe sich nicht ablenken lassen. Ein gutes Buch leiste mehr für die Zukunft als jeder politische Frondienst.

Wenn auch über verschlungene Pfade des Denkens, wurden die Gebrüder Loewe einander langsam ähnlicher, als würden sich im Laufe der Zeit ihre Gene über ihre Lektüren und Prägungen hinwegsetzen.

Max schnappte in den kommenden Wochen Tuntentratsch auf, den er Ellie brühwarm weitergab. Eduard, bzw. Edüaar, dieser deutsche Botschaftsangestellte, ein in der Hierarchie übrigens ganz kleines Tier, werde in der Szene nur noch *Ambassadrice*, die Botschafterin, genannt, man habe ihn mehrmals mit diesem polnischen Jungen zusammen gesehen, ein sehr ungleiches Paar, schon von der Körpergröße her.

*Sag bloß*. Ellie gab sich gleichgültig bis gelangweilt.

Es heißt im Nähkästchenfunk, daß der Pole jetzt vom Stricher zum Zuhälter aufgestiegen ist und deinem Edüaar andere Jungs vermittelt.

Wieso sagst du: *meinem* Eduard? Was soll das?

Tu mal nicht so.

Ellie war an einer Fortführung des Gesprächs nicht interessiert und gab keine Antwort. Sie ließ sich auch durch weitere Hänseleien nicht provozieren. Haltung zu beziehen zu dem, was Max da berichtete, kam ihr nicht notwendig vor. Am ehesten noch war sie erleichtert, einerseits, weil sie sich über Eduard keine Gedanken mehr machen mußte, andererseits, weil Heinrich nie vorbeikam, um das versprochene Essenspaket abzuholen. Ihm mußte es demnach, den Umständen gemäß, gutgehen. So gut es jemandem in seiner Lage gehen konnte. Das war doch, alles in allem, erfreulich.

Am 6. Oktober 1938 wurde Xavier Chapelle vermißt gemeldet. Er hatte sich drei Tage lang nicht zur Arbeit bequemt. Es war aber nicht Pierre, sondern Blanche, die zur Polizei ging.

Es stellte sich heraus, daß sie von Chapelle schlecht behandelt worden war. Sie hatte eine Fehlgeburt erlitten, lebte seit einigen Wochen bei ihrer Mutter in Neuilly und war nur vorbeigekommen, um ihren Unterhalt zu fordern. Der ihr seit ebenso vielen Wochen verweigert wurde. Neben Chapelle waren aus der Hotelkasse zweitausend Francs verschwunden. Pierre erstattete Strafanzeige. Die Polizei forschte nach und fand heraus, daß Xavier Chapelle bei diversen Buchmachern mit fast 25.000 Francs in der Kreide stand. Wobei er sich als Miteigentümer des Hotels *Monbijou* ausgegeben hatte, um diesen Kreditrahmen überhaupt erst zu bekommen. Mit Blanche sei er unzufrieden gewesen, berichtete unverblümt deren Mutter, die ihr Kind nur in Schutz nehmen wollte, denn jener mißratene Schwiegersohn habe von der armen Blanche Dinge verlangt, die man einer Frau guten Gewissens nicht zumuten könne. Auf Nachfrage, was genau das gewesen sei, verweigerte sie zuerst die Auskunft. Schließlich erwähnte sie doch, daß Xavier, eine unverzeihliche Gemeinheit, von Blanche unter anderem gefordert habe, sie solle ihr Haar wie Ellie Geising tragen. Angebliche Freunde oder Kumpane des Verschollenen wußten zu berichten, daß er in letzter Zeit etlich Geld für Laudanum ausgegeben habe, um die Gefühlskälte seiner Frau auszugleichen. Auch deren Fehlgeburt habe für die Beziehungskrise eine Rolle gespielt; ein Arzt war der Meinung, Blanche könne keine Kinder mehr bekommen, ohne sich in Lebensgefahr zu begeben.

Pierre Geising, nach seinem Verhältnis zu Xavier Chapelle befragt, gab an, man rede von einem bis dato zuverlässigen, verdienstvollen Angestellten, der sich in letzter Zeit öfter einmal in eine Art *Stundenexil* zurückgezogen habe, was mit seinen Spielschulden, der Drogenabhängigkeit, dem Schicksalsschlag et cetera et cetera im nachhinein leicht erklärt werden könne. Ein sehr bedauernswerter Fall, der erneut beweise, daß hinter der Fassade eines Menschen so gut wie alles möglich sei.

Max und Karl entgingen einer Vernehmung, indem sie in ihren Zimmern blieben und hofften, daß niemand vom Hotelpersonal sie erwähnen würde. Beide spekulierten über das Vorgefallene und konnten nicht recht glauben, daß jemand nur wegen 25.000 Francs Wettschulden und einer frigiden Frau gleich zum Verbrecher wurde, eine gute Position und all seine Gewohnheiten aufgab, um mit läppischen zweitausend Francs Bargeld sein Heil irgendwo im Ausland zu suchen. In Frankreich, da waren sie sich einig, würde der Boden für Chapelle sehr schnell zu heiß werden. Die Vorstellung, Pierre könne mit dem Verschwinden seines Angestellten etwas zu tun haben, erschien ihnen zu abenteuerlich, aber irgend etwas an der Geschichte wirkte krumm und unlogisch. Man vergaß beinahe die Tatsache zu feiern, daß Chapelle künftig keine Rolle mehr spielen würde, was die Angelegenheiten des *Monbijou* betraf. Pierre meinte, die gestohlenen zweitausend Francs seien ihm egal, müsse er nur künftig nie wieder, mit welchen Gefühlen auch immer, die Visage dieses Gauners betrachten.

Die Lage in Spanien blieb für den Moment auslegbar im Sinne der jeweiligen Propaganda. Seit April, als Franco mit einem Durchbruch zum Mittelmeer das republikanische Gebiet in zwei Hälften geteilt hatte, mußte mit einem schnellen Ende gerechnet werden. Die Regierung hatte um Frieden gebeten, Franco die bedingungslose Kapitulation verlangt. Mit einer Großoffensive, einem wilden Aufbäumen der republikanischen Kräfte, die alles daransetzten, ihre Machtbereiche wieder zu vereinen, ging der Krieg weiter. Seit dem 24. Juli, seit zweieinhalb Monaten, tobte die sogenannte *Ebro-Schlacht.*

Karl, der kurz vor dem Physikum stand, bekam von Pierre das Angebot, Teile von Chapelles Posten zu übernehmen, eine Vierstundenschicht zu einem höchst anständigen Salär. Karl sträubte sich ein wenig. Ihm widerstrebte es, mit dem Hotel mehr als unbedingt nötig zu tun zu haben. Die dort betriebenen Geschäfte schienen ihm zwielichtig genug und keiner aktiven Unterstützung würdig.

Dennoch akzeptierte er. Auschlaggebendes Motiv dabei war sicher, daß er künftig von seinem Bruder finanziell unabhängig sein würde. Karl hatte seine politischen Ambitionen keineswegs aufgegeben, nur aufgeschoben, bis nach dem erfolgreichen Studium. Erst wollte er den Doktortitel, dann in die aktive Parteiarbeit zurück. Denn ohne schon etwas zu sein, sollte man nichts werden wollen. Das hatten ihn seine Erfahrungen gelehrt.

Einmal bekam Ellie Angst, als Pierre ihr eine seltsame Frage stellte. Wie die Mutter von Karl und Max mit Mädchennamen geheißen habe? Ellie wollte das Auswendiggelernte schon herunterleiern, als sie innehielt. Sie war im Begriff, etwas durcheinanderzubringen.

Ellie, Karl und Max hatten der selbstgestrickten Legende nach ja ein und dieselbe Mutter gehabt, nämlich Hedwig Loewe, geborene Fischer, zwischendurch Jakobowski. Ellie sprach beinahe wie von einer ihr fremden Person, gerade noch rechtzeitig fiel es ihr auf.

*Ich weiß es genau, sie war nämlich auch* meine *Mutter* – fügte sie hinzu und verwandelte so eine unsicher bis verdächtig klingende Auskunft in einen kunstvoll lakonischen Witz.

Ach ja, sagte Pierre und erkundigte sich nach der exakten Körpergröße ihrer Brüder. Warum und weswegen? Er meinte, es gehe um eine Überraschung. Sie versprach, sich diskret zu erkundigen. Beide seien jeweils einen Meter fünfundsiebzig groß, sagte sie ihm am nächsten Morgen. Nachdem so die gestellten Fragen zu seiner Befriedigung beantwortet waren, bohrte Pierre nicht weiter. Ellie fragte ihrerseits nicht nach, worin die Überraschung bestehen würde. Für den Fall, daß Pierre etwas Gemeines im Sinn hatte, ließe sich ohnehin nichts dagegen unternehmen.

Zwei, drei Wochen lang herrschte Ruhe. Max und Karl erhielten relativ problemlos eine Verlängerung ihrer Aufenthaltsgenehmigung. Die zweite *Soso* im Oktober war die vielleicht gelungenste all jener Veranstaltungen. Arthur Koestler las aus seinem jüngst erschienenen romanhaften Gefängnis-Tagebuch EIN SPANISCHES TESTAMENT, worin er seine existentielle Angst nach dem Fall von Malaga verarbeitete. Man hatte ihn als Franco-kritischen Journalisten eingekerkert, per Standgericht zum Tode verurteilt, und nur durch unfaßbar großes Glück erlangte er nach Monaten über einen Gefangenenaustausch seine Freiheit zurück.

Es war eine dichte, intensive Lesung, die alle Zuhörer gleichermaßen bedrückte und begeisterte.

Karl kam nicht umhin, den Autor um seine erlittene Erfahrung zu beneiden. Und ihm zu seinem Buch zu gratulieren. Die Furcht vor der unmittelbar bevorstehenden eigenen Auslöschung könne als literarisches Stimulans (*Kraftfutter*, wie er sich konkret ausdrückte) nicht hoch genug bewertet werden. Vielleicht wolle er selbst einmal über jene finsteren Zeiten Zeugnis ablegen, er schwanke noch. Sein Vertrauen in die eigenen literarischen Fähigkeiten sei begrenzt. Koestler, der überaus sympathisch auftrat, riet Karl unbedingt dazu, sich Erlittenes von der Seele zu schreiben. Literarische Kompetenz trete rücksichtsvoll in den Hintergrund, wo die geschundene Kreatur nur wahrheitsgetreu und erhellend über sich berichte.

Karl versprach, darüber nachzudenken. Nach der Lesung, kaum daß Koestler mit dem Signieren seines Buches fertig war, sprang ein halbes Dutzend junger Ballerinas auf die Bühne. Zu den Melodien einer Offenbach-Operette warfen sie mal das rechte Bein und mal das linke in die Luft. Die eben noch betretene Stimmung wich im Nu einer locker-gedankenlosen. So war Paris. Max, sonst kein Freund von Gemeinplätzen, bemängelte *an den Franzosen,* da wurde er pauschal, den fehlenden heiligen Ernst, die Unlust, sich einer Sache voll und ganz hinzugeben. Er warf ihrem Gemüt die Unmöglichkeit einer konsequenten Euphorie vor. Ihn, obschon er von Wagner wenig verstand und auch kein Nationalist war, berauschten Zeitungsberichte, laut denen am Ende einer *Götterdämmerung* ein deutsches Opernpublikum kollektiv aufgestanden sei und die Nationalhymne gesungen habe. Über der Asche der alten Götter die Vision einer neuen Menschheit zu begrüßen – und sei es eine faschistische, das war in diesem Fall egal –, einen solchen Gänsehautmoment zu erleben, stellte er sich als seelischen Orgasmus vor. Dieser Grad aufgeladener Erhabenheit, hoffnungsgefüllter Ekstase, das Loslassen der Individualität, wie man einen bunten Ballon zugleich mit Tausenden anderen Ballons in den Himmel schickt, als Fanal, so etwas wäre kleinkrämerischen Franzosen nunmal nicht zuzutrauen.

*Die haben immer eine Hand im Hosensack beim Wechselgeld, und ihre Marseillaise singen sie wie einen Schlager, zu dem man schunkeln kann. Franzose sein, heißt eine Sache um ihrer Zinsen willen zu tun.*

Ellie wußte nicht, worüber genau Max redete. Manchmal kamen ihr seine Kommentare bedenklich bis unheimlich vor, immer entschuldigte sie ihn damit, daß er eben gerne provoziere. Ihr Blick fiel auf Heinrich.

Was machte *er* denn hier?

Richtig, sie hatte ihm Hilfe in einer Notlage versprochen. Konnte er Eduard mitgebracht haben? Oder Eduard ihn? Nein, offensichtlich war Heinrich ohne Begleitung gekommen. Sollte sie nun auf ihn zugehen? Oder warten, bis er seinerseits an sie herantrat? Der Junge würdigte sie keines Blickes. Geflissentlich übersah er ihr freundliches Winken. Vielleicht wollte er nicht auf sich aufmerksam machen. Auch Pierre bemerkte ihn nun und warf ihm quer durch den Saal irritierte bis grimmige Blicke zu, als fürchtete er für das Niveau des Abends. Es war dann Max, der sich neben Heinrich setzte und ihm ein Glas Sekt spendierte. Der Pole wirkte wenig glücklich, als würde ihm ein Almosen angeboten. Er schob das Glas demonstrativ beiseite. Es roch nach Ärger. Die Tanzdarbietung war noch in vollem Gange, als Ellie aufstand und sich durch den Saal in Richtung der Bar kämpfte. Sie nahm rechts neben Heinrich Platz und berührte den Ärmel seines Mantels sanft mit zwei Fingern.

Heinrich saß, obwohl jetzt, Mitte Oktober, das Hotel gut geheizt war, in voller Montur am Tresen. Unwirsch schob er Ellies Hand von sich. Max riet ihm, die Contenance zu bewahren, und der Junge starrte ihn fragend an, als kennte er das Wort nicht. *Sie* hat mir das doch eingebrockt, flüsterte er endlich und in sehr weinerlichem Ton, was soll ich denn nun machen?

*Was* hat *wer* dir eingebrockt? Worum geht es? Mensch, du verschreckst unsre Gäste!

Ja, darum geht es euch doch nur. Eure Gäste. Danke, nein, ich finde bessere Freunde als euch. Sprachs – und stand nicht auf. Trotzig blieb Heinrich sitzen, als würde ihn jemand mit Gewalt festhalten.

Trink erstmal was. Max drängte ihm ein Glas Pernod auf, das würde guttun und wärmen und auf nüchternen Magen nicht zu schnell betrunken machen.

Ich bin bei meinem Onkel rausgeflogen. Sagte Heinrich. Es war nicht mehr auszuhalten. Und dieser Nazi – Schon stockte er wieder. Ellie war unterdes mit einem Teller zum Buffet geeilt und kehrte mit ein paar Kanapées zurück.

*Ist hier alles in Ordnung?* Wollte Pierre wissen. Max beruhigte ihn. Alles sei unter Kontrolle.

Pierre zog Ellie dennoch beiseite und wiederholte noch einmal, mit gar nicht übermäßig gedämpfter Stimme, daß dieser Junge nicht unter seinem Dach wohnen werde, niemals, der bringe Unglück. Ellie hob enerviert den Blick zur Decke.

Irgendwo entstand Unruhe, nach der Tanzdarbietung drohte eine Art Amüsement-Vakuum, und das Interesse galt einem späten Gast, der einen furchtbar stinkenden Tabak rauchte, verschlissene gilbige Kleider und einen Kaftan trug. Zanoussi war zurück, woher auch immer. Heinrich registrierte eher beleidigt als erleichtert, daß nicht länger er im Mittelpunkt der Aufmerksamkeit stand. Eben hatte er sich dazu durchgerungen, seine Geschichte zu erzählen, auch wenn sie keine Pointe haben würde. Nun richteten Max und Ellie ihre Blicke auf das andere Ende des Salons, wo dieser Araber herumstand, direkt neben Pierre.

Warum war Zanoussi wieder aufgetaucht? Was wollte er hier? Sein Selbstbewußtsein wirkte penetrant. Er pfiff den Kellner heran, bediente sich von dessen Tablett, trank einen Weißwein nach dem anderen, ohne abzusetzen oder dafür zu bezahlen. Hin und wieder unterhielt er sich mit Pierre, flüsternd, aber gestenreich, wie jemand Ratschläge gibt, oder Anweisungen. Einmal schien Pierre ihm etwas zuzustecken, aber das konnte

Ellie sich eingebildet haben, zu viele Menschen verdeckten die Sicht.

Heinrich lamentierte inzwischen immer lauter, redete sich etlichen Frust von der Seele. Besonders empörte ihn, daß einige politisch weniger interessierte Umstehende anscheinend keine Ahnung hatten, worum es ging.

Die Lage, in der sich der Junge und seine Angehörigen befanden, war auch kompliziert, weil deren treibende Faktoren sich nicht simpel in *gut* oder *böse* einteilen ließen, höchstens in *mehr oder weniger böse*. Zwischen diesen Kräften zerrieben wurden die Rechte Zehntausender Menschen, darunter auch die von Heinrichs Eltern.

Am 31. März 1938 hatte die polnische Regierung ein Gesetz über den Entzug der Staatsbürgerschaft erlassen, mit dem polnische Staatsangehörige ausgebürgert werden konnten, wenn sie seit mehr als fünf Jahren im Ausland lebten. Am 9. Oktober folgte eine Verfügung, nach der im Ausland ausgestellte Pässe ab dem 30. Oktober nur mit einem Prüfvermerk des polnischen Konsulats zur Einreise nach Polen berechtigten. Auf diese Weise wollte die polnische Regierung verhindern, daß in Deutschland lebende Juden polnischer Staatsangehörigkeit massenhaft nach Polen flohen. Während die Nazis diese Personengruppe loswerden wollten und entsprechenden Schikanen aussetzten. Berlin fühlte sich von Warschau, wie so oft, provoziert. Am 5. Oktober wurden die Pässe der jüdischen deutschen Reichsbürger für ungültig erklärt. Erst nachdem ein großes eingestempeltes J den Betreffenden als Juden auswies, wurden die Pässe wieder ausgegeben.

Soweit die Situation an jenem 16. Oktober. Heinrich hatte inzwischen gegen seinen Vorsatz den vor ihm stehenden Pernod in einem Zug ausgetrunken. Und gleich noch zwei hinterhergekippt, weil Max dem Barkeeper jeweils ein Zeichen gab, das Glas bis auf Widerruf nachzufüllen.

Sie stempeln uns ab, brennen uns ein Zeichen ins Fleisch, wie dem Vieh.

Max hielt das für eine dramatische Übertreibung, aber er nickte und ließ den Jungen reden.

Ich habe für meine Familie alles getan, was mir möglich war. Er hat für meine Familie nichts getan, nichts, obwohl ihm so viel mehr möglich gewesen wäre als mir. Dieses Schwein, dieses feige Nazischwein.

Wer? Edüaar? Max gebrauchte stets die französische Aussprache des Namens, um Ellie, die stumm zuhörte, sublimen Sticheleien auszusetzen.

Er ist doch nur ein ganz kleines Licht, mal im Ernst, was soll Edüaar denn tun für dich, wenn er sich nicht selbst kompromittieren will? Hat er dir jemals was versprochen?

Ja. Er hat versprochen, nun, er hat gesagt…

Was nun? Versprochen oder gesagt?

Das ist doch egal! Haltet ihr Deutschen denn immer zusammen? Er wollte sich für meine Familie verwenden. Das hat er gesagt. Ich schwöre es.

Wie naiv bist du eigentlich? Ich hätte an seiner Stelle dasselbe gesagt. Aus Höflichkeit oder Mitleid. Oder Berechnung. Es gibt tausend Gründe für Menschen, dies oder jenes von sich zu geben.

Aber ich habe umgekehrt etliches für ihn getan. Etliches! Ausgenutzt hat er mich.

So ist die Welt. Gewöhn dich dran! Max wollte darauf hinaus, und er meinte es gut, daß der Junge sich in Anbetracht des hereinbrechenden europäischen Nihilismus auf seine Ressourcen besinnen und sein persönliches Glück feiern solle, in Paris leben zu dürfen. Wenn auch auf schwankendem Boden.

Ich soll mich daran gewöhnen, daß meine Familie abgeschoben wird? Und ausgeraubt?

*Du wirst dich noch an viel mehr gewöhnen müssen,* raunte nun Zanoussi, mit verfinstertem Gesicht. *Schwanzlutschender Gauch. An sehr viel mehr!*

Der anscheinend übelgelaunte Anarchist war, ein Glas Weißwein in der Hand, durch den Saal flaniert und mußte in den letzten Minuten der Unterhaltung gelauscht haben.

*Wovon redet dieser Mensch?* Heinrich sah sich konsterniert und hilfesuchend um. In seiner Verzweiflung hatte er gehofft, an diesem Ort auf Zeitgenossen zu stoßen, die ihm Trost zusprachen, die gewillt waren, wenn schon nicht durch Taten, so doch wenigstens durch Beileidsäußerungen seine Situation zu lindern. Statt dessen kam es Heinrich so vor, als säße er auf der Anklagebank und müsse sich gar noch rechtfertigen dafür, nicht mit allem einverstanden zu sein, was das gottlose Schicksal sich für ihn und die Seinen ausgedacht hatte.

Zanoussi, aus keinem erkennbaren Motiv, beugte sich tief zu Heinrich herab und zog seinen Kopf zu sich, als wollte er ihn küssen.

Schreib dir das hinter die Ohren! Oder besser auf die Eier, dann kannst du es jede Nacht lesen beim Wichsen: Hitler wird deine Familie töten. Eins zwei drei – vorbei. Vergiß sie am besten. Geh nach Amerika. Deine Eltern werden in Rauch aufgehen, und du bist ein Niemand.

Erzähl ihm doch nicht so was, protestierte Karl.

Dann werde ich lieber mal *dir* was erzählen. Zanoussi ließ den blassgewordenen Heinrich abrupt los und packte Karl am Kragen. *Mein kleiner Lieblingskommunist!*

Du bist ja besoffen und stinkst aus dem Maul! Karl schlug Zanoussis Hand weg.

In vino veritas, Freundchen. Willst du die Wahrheit hören?

Welche? Deine? Irgendeine?

Nein, nicht *irgendeine*, nein, die ganz spezielle, die auf *dich* gemünzt ist. Sie riecht nicht gut.

Worauf willst du hinaus, schrecklicher Mensch?

Pierre, der die Autorität besessen hätte, ein Machtwort zu sprechen, um die Konversation zu entschärfen, hatte sich mit Kopfschmerzen zurückgezogen, da der rein gesellschaftliche Teil des Abends für geglückt und erledigt gelten konnte. Vielleicht auch, weil er, von einer vagen Ahnung gesegnet, nicht miterleben wollte, was vor sich ging. Oder weil es unangenehme Fragen zu befürchten gab, nach seinem Verhältnis zu Zanoussi.

Der wandte sich nun, weil Karl ihm nach einer Weile nicht mehr zuhören wollte, noch einmal an Heinrich.

Auch die Polen wollen euch jüdische Mischpoke nicht. Darum werden sie leiden, die Juden und die Polen. Die Nordpolen und die Südpolen. Alle werden sie überrannt werden. In den Boden gestampft. Vom Himmel wird es Feuer regnen, und aus dem Erdreich werden Flammen schießen, Swastika und Sicheln werden blutgetränkte Äcker umpflügen, und der Hammer saust hernieder auf die übersehenen Kinder, die sich und ihre irregewordenen Mütter durch ihr Gegreine verraten.

Zanoussi war definitiv besoffen und wußte nicht mehr, was er redete. Stalin und Hitler, sagte er, würden sich Polen teilen, der eine, pseudorechts, fresse von links, der andere, pseudolinks, von rechts, und in der Mitte würden sich Braun und Rot küssen. Die Juden aber würden in Massengräbern enden, mit einem Kopfschuß bleibeschwert, zur besseren Bodenhaftung.

Es gab Gäste, die Zanoussis Formulierungen fasziniert lauschten und dem gebotenen Spektakel etwas abgewinnen konnten. Marcowitz, der Filmproduzent, hatte bereits seine Visitenkarte gezückt, um dem wilden Propheten eine Statistenrolle anzubieten. Heinrich indes konnte nichts davon lustig finden, seine Nerven versagten, inzwischen stand er, was den Grad seiner Betrunkenheit betraf, Zanoussi kaum noch nach. Er spuckte dem Anarchisten ins Gesicht. Spätestens von diesem Moment an mußte eingegriffen werden. Obschon Zanoussi zu aller Überraschung nicht aggressiv reagierte, sondern lachte und tanzte und sich die Spucke begeistert im Gesicht verrieb. Wer sollte daraus schlau werden?

Karl und Max hakten Heinrich unter und schleiften ihn auf die Straße hinaus. Er widersetzte sich wenig, wenn, dann nur mit kaum verständlichem Gebrabbel. Ellie meinte, daß der arme Junge ungerecht behandelt werde, der Agressor sei doch eindeutig Zanoussi gewesen, mit seinen wüsten Phantastereien. Gespuckt hat aber Heinrich, erwiderte Max, das geht nunmal nicht. Der Junge blieb noch ein paar Minuten torkelnd auf dem Trottoir stehen und versuchte sich an obszöne Drohgebärden zu erinnern. Allen tat er leid, und dennoch gab man ihm durch Gesten zu verstehen, daß er sich für heute seine nähere Zukunft anderswo erkaufen müsse. Endlich, nachdem er noch einmal *Scheiße* gebrüllt hatte, trollte er sich. Als würde ihm der noch funktionierende Teil seines Gehirns angeraten haben, nachts auf den Straßen von Paris nicht so laut deutschen Wortschatz zu gebrauchen.

Zanoussi legte seine Arme um Karl. Was zuerst wie einer freundschaftlichen Umarmung von hinten glich, erwies sich als Versuch, jemanden, der nicht zuhören wollte, in den Schwitzkasten zu nehmen.

Du kleiner Scheißkerl! Winde dich, wie du willst, du bekommst deine Wahrheit!

Rief Zanoussi. Bevor Karl ihn wie ein geübter Judoka über die Schulter schleuderte und ihm mehrmals in die Brust und ins Gesicht trat, wobei er ihn unverhältnismäßig leise, beinahe flüsternd dazu aufforderte, endlich und für immer Ruhe zu geben.

Max und Ellie standen mit offenem Mund auf der Schwelle des *Monbijou* und erkannten Karl nicht wieder. Sie packten ihn und hinderten ihn an weiteren Exzessen. Zanoussi hingegen, der heftig blutete, schien alles als rustikalen Spaß aufzufassen. Er krümmte sich auf dem Trottoir, küßte den Rinnstein und kicherte immerzu. Bevor er denn doch, stolpernd und keuchend, das Weite suchte.

Karl rannte, schweißüberströmt, die Treppe hinauf, als wollte er vermeiden, sich vor irgendwem rechtfertigen zu müssen. Max und Ellie tranken noch etwas an der Bar und beredeten den Vorfall, ohne eine Erklärung zu finden. Max bestätigte, daß Karl in seinem ganzen Leben keinem Lebewesen, außer vielleicht einer Fliege oder Kakerlake, etwas zuleide getan habe. All das sei in hohem Maß rätselhaft und beunruhigend. Gegen drei Uhr schlüpfte Ellie zu Pierre ins Bett. Er schnarchte nicht, nicht einmal leise. Sie nahm an, daß er sich schlafend stellte – und ließ es dabei bewenden.

Am Morgen dann stellte sie ihren Gatten zur Rede. Weshalb er sich so verantwortungslos zurückgezogen habe, wollte sie wissen, und was genau er mit Zanoussi zu schaffen habe.

Pierre verteidigte sich mit sehr wenigen Worten. Was sie denn meine?

Nachdem Ellie ihn auf den neuesten Stand der Ereignisse gebracht und er sich umständlich rasiert hatte, zog er nur eine ratlose Schnute.

Kann ich ahnen, daß dein Herr Bruder ein Schläger ist? So kenn ich Karl gar nicht. Und Zanoussi – daß der spinnt, wissen wir alle. Was diesen Stricherpolen betrifft, hab ich doch – und nicht nur einmal – gesagt, daß wir mit dem nur Ärger kriegen. Hättest ihn gleich rausschmeißen sollen.

Ellie gab sich damit nicht zufrieden. Für sie war es offenkundig, daß Zanoussi in Pierres Leben eine Rolle spielte, deren Art und Ausmaß ihr vorenthalten werden sollte.

Wie er mit dir gequatscht hat! Fast wie mit nem Lakaien. Für seinen Promilleschub berappt hat er auch nicht. Schuldest du ihm was?

Was soll ich ihm schulden? So ist er eben. Dreist und durstig. Ihr hättet ihn ruhig abkassieren können.

Halt mich nicht zum Narren, Mann! Ich merks, wenn wer mich foppt!

Ellie verfiel Pierre gegenüber zum ersten Mal in den Tonfall, mit dem sie früher zahlungssäumigen Freiern ins Gewissen geredet hatte. Bevor sie richtig pampig wurde.

Was soll denn sein? Ich hab ihn zufällig auf einer Boxveranstaltung getroffen und ihm gesagt, er könne sonntags gern vorbeikommen, es gehe diesmal um Spanien, das würde ihn vielleicht interessieren. Er hat sich das Maul drüber zerrissen, daß niemand was von Spanien versteht, außer ein paar Spaniern und ihm selbst. Und gut, zugegeben – weil er Kippen aufgesammelt hat vor dem Ring, hab ich ihm angeboten, er dürfe ein, zwei Gläser umsonst trinken bei uns. Er ist mir dann auf die Nerven gegangen, ich habe Kopfweh bekommen, Ende der Geschichte. Zufrieden?

Ellie schnaubte mißmutig. Unzufrieden mehr deshalb, weil ihr nichts mehr einfiel, mit dem sie Pierres Darstellung in Frage stellen konnte. Dennoch blieb das Gefühl, um eine entscheidende Information betrogen zu werden.

Max hätte sich darüber lustig gemacht. Weibliche Bauchgefühle, hätte er gesagt, seien zur Schwangerschaftsfrüherkennung geeignet, zu sonst nichts. Ellie beschloß, für den Moment zu schweigen. Pierre zu fragen, ob er – direkt oder indirekt – etwas mit Xaviers Verschwinden zu tun habe, hätte dem Gespräch einen zu wuchtigen Rahmen verliehen. Der darin wenn auch als Frage verklausulierte Vorwurf wäre vielleicht – und womöglich völlig zu Recht – als Ungeheuerlichkeit aufgefaßt worden.

Statt dessen fragte Ellie ihren Ehemann, wo sie Zanoussi finden könne. Sie fand es dringend nötig, sich bei ihm für Karls Gewaltausbruch zu entschuldigen.

War das denn so schlimm?

Es hätte wer weiß was passieren können. Karl war außer sich.

Aha. Pierre kaute an seiner Unterlippe herum und zog die Stirn in Falten. Es kam ihm wohl merkwürdig vor, daß ein Mensch, den er als friedliebend und ängstlich, beinahe feige kennengelernt hatte, zu so etwas fähig war.

Hat er getrunken gehabt?

Nein, er war nüchtern. Gibst du mir nun Zanoussis Adresse?

Pierre schüttelte den Kopf. Jemand wie Zanoussi habe keine Adresse, der tauche mal da, mal dort auf, wie ein Wal aus dem Meer.

Du *willst* sie mir nicht geben, ist es das?

Wie sie auf so einen Unsinn komme. Nein, vielleicht habe Zanoussi ja doch eine Adresse, das sei nicht komplett auszuschließen, aber er, Pierre, habe sie nicht. Im übrigen müsse, wenn überhaupt jemand, dann Karl selbst Abbitte leisten. Ellie solle sich da nicht einmischen, es handle sich gewiß um eine Sache zwischen Männern.

Ellie hielt ihren Zorn nur mühsam in Zaum. *Eine Sache zwischen Männern.* Noch nie hatte sie sich von Pierre derart gegängelt gefühlt. Selbst wenn er möglicherweise im Recht war und der Konflikt sie nichts anging, wäre ein weniger pädagogischer Tonfall angebracht gewesen.

Max erwachte an jenem 17. Oktober um zehn Uhr morgens. Er wußte nicht genau, weshalb, doch wie in einem großen Befreiungsschlag vernichtete er alles, was er bis dahin geschrieben hatte, indem er die einzelnen Seiten, es waren fünf, in Brand steckte und brennend aus dem Fenster flattern ließ. Mittags dann begann er ein ganz neues Buch, in dem das Wort ICH kaum noch vorkam, einen Roman, ABSCHIED VON EUROPA sollte er heißen. Im Großen und Ganzen die Geschichte zweier Brüder, die kaum unterschiedlicher sein konnten, aber im Exil jeder auf seine Weise mit einer unabwägbaren Ausnahmesituation fertigwerden mußten. Der eine, leicht naive, suchte sein Heil im spanischen Bürgerkrieg, wo er wildeste Abenteuer bestehen und schrecklichste Entbehrungen ertragen mußte, der andere, smartere, trieb sich im Pariser Verbrechermilieu herum, zwischen Drogensüchtigen, Geldschrankknackern und Halsabschneidern. Eigenes Erleben, dachte er, mit aller denkbaren dichterischen Freiheit zu kombinieren, würde unglaublich spannend und anschaulich sein. Ellie würde als Vorlage für die notwendige Frauenfigur dienen, aber nicht als einfache Großstadtnutte, nein, als mondäner, wenn auch leicht ordinärer männerfressender Vamp der Demimonde, eine Mischung aus Marlene Dietrich und Mae West. Und am Schluß, nach nervenzerfetzenden Verwicklungen, würden alle reich sein und nach Amerika gehen. Das Ganze geschrieben in einem fiebrigen jazzhaften Staccato-Stil ohne viele Adjektive, halb Hemingway, halb Céline, kunstvoll, doch ohne Blatt vor dem Mund und mit einem gnadenlos genauen Blick auch für die ekligsten menschlichen Schwächen. Bis auf perversen Sex vielleicht, damit das Buch nicht sofort verboten wurde. Binnen weniger halben Stunden nahm das Projekt Form an, und bis zum Abend hatte Max schon mehr als fünfzehn Seiten mit Entwürfen und rohen Ideen vollgekritzelt.

Zwischendurch wurde sein Schaffensrausch nur einmal von Ellie unterbrochen, die unbedingt von ihm wissen wollte, wo man jemanden wie Zanoussi auftreiben könne, wenn man ihn brauche.

Max verstand nicht. Meinst du »jemanden wie ihn« oder Zanoussi in Person?

Letzteres.

Wozu?

Ist dir nicht aufgefallen, wie eng er mit Pierre tat? Was steckt dahinter?

Was glaubst du denn, was dahintersteckt?

Ellie scheute im letzten Moment davor zurück, jenen Sachverhalt zu vertiefen, handelte es sich doch immerhin um ihren Gatten, den sie vagen, womöglich gehaltlosen Verdächtigungen auszusetzen im Begriff war. Warum Karl sich derart echauffiert habe, wüßte sie schon gern, gab sie zu.

*Ich fand ihn wunderbar. Endlich einmal hat er mich überrascht.* Sagte Max und deutete mit einer Geste an, daß er nicht weiter belästigt werden wolle.

Dann findest du nicht, daß wir uns bei Zanoussi entschuldigen sollten?

Nein. Laß mich bitte in Ruhe.

Was schreibst du denn da auf so viele Zettel?

DAS GEHT DICH VERDAMMT NICHTS AN. JETZT VERPISS DICH BITTE MAL!

Ellie stand für Sekunden mit offenem Mund vor Max, bevor sie die Tür zu seinem Zimmer, von außen und mit größtmöglicher Wucht, zuwarf. Entgegen seiner sonstigen Gewohnheit bei Streitfällen eilte Max ihr nicht hinterher, um eine sofortige Versöhnung in Gang zu setzen. Ellie war verwirrt und traurig. Binnen eines einzigen Tages hatten die drei ihr vertrautesten Menschen, Max, Pierre und Karl, verstörende Wesenszüge gezeigt. Für jemanden wie sie war das längst kein Grund stillzuhalten. Im Gegenteil. Es galt nun erst recht, aktiv zu werden. Ellie hatte sich etwas in den Kopf gesetzt, das darin etwas anderes, wenn auch noch amorphes, nicht klar formuliertes, auszubrüten begann.

Am späten Abend entschuldigte sich Max bei ihr und verwies darauf, daß er zwar über Gebühr laut geworden sei, aber immerhin *bitte* gesagt habe. Er ging ungeküßt zu Bett.

Weil Ellie nicht wußte, an wen sie sich wenden sollte, suchte sie anderntags einfach mal Chapelles Frau auf, Blanche, das ehemalige Zimmermädchen des *Monbijou*. Nach dem Verschwinden ihres Mannes mußte die finanzielle Lage der Frau, die mit ihren 22 Jahren jugendlich unbeholfen, verschüchtert wirkte, aufs höchste angespannt sein. Von daher war Ellie überrascht, Blanche gegen Mittag im Morgenmantel anzutreffen, in einer Wohnung, die mit vier Zimmern viel zu groß war für eine einzige Person. Doch war die Wohnung nur gemietet, kein Eigentum, natürlich, sonst wäre sie von Chapelles Gläubigern längst gepfändet worden. Der Mietvertrag lief noch bis zum 31. Dezember, bis dahin konnte Blanche hier wohnen und eine neue Stellung suchen, was sie indes nur halbherzig in Angriff nahm. Mit einem beinahe stupide zu nennenden Optimismus schien sie ernsthaft darauf zu hoffen, daß Xavier plötzlich wieder auf der Matte stehen und seine Schulden begleichen würde, als sei er nur mal eben Geld besorgen gegangen.

Blanche bat Ellie herein, aus purer Neugier, wiewohl es kaum eine Person gab, gegen die sie einen ähnlich tiefen Groll hegte. Ellie wußte davon nichts, wie sie auch nichts davon wußte, geschweige denn dafür konnte, daß Chapelle versucht hatte, Blanche ihrem Vorbild gemäß umzugestalten. Sie hätte darüber gelacht und sich auf unangenehmste Weise geschmeichelt gefühlt. Davon, daß Chapelle heimlich bis unheimlich in sie verliebt gewesen sein sollte, waren Gerüchte zu ihr gedrungen, aber daß – und in welchem Ausmaß – Blanche deswegen gelitten hatte, davon wußte sie nichts.

Die Figur gewordene Grisaille eines Mädchens. Aber jeder nach seinem Geschmack, dachte Ellie. Gibt Leute, die jegliche Farbe als zu grell empfinden. Das leibarme Wesen, das da vor ihr stand, hatte etwas von einer Laubsägearbeit, auf dünnem Holz entworfen, kaum koloriert.

Das Gespräch verlief zuerst sachlich und unterkühlt. Ellie nannte als Motiv des Besuchs, sich nach Blanches Gesundheit und Wohlergehen erkundigen zu wollen.

Sie wollen mich doch nur nach Xavier ausfragen, also stellen Sie Ihre Fragen, Madame.

Ellie hatte mit einer so unwirschen Reaktion nicht gerechnet. Hatte die ganze Welt ihre Manieren verloren?

Ich werde mich bemühen, Ihnen nicht zuviel Ihrer kostbaren Zeit zu stehlen. Sagte Ellie, mit leicht zusammengekniffenen

Augen. Ich nehme an, daß Sie nichts Neues von Ihrem Mann gehört haben.

Nein, hab ich nicht.

Ob Xavier ihr denn keine einzige Zeile hinterlassen habe?

Nein, hat er nicht.

Das ist ungewöhnlich, oder?

Blanche zuckte mit den Schultern. Sie hätten ja dauernd gestritten. Das sei keine gute Ehe gewesen, und ihre Mutter, sagte Blanche, habe das von Anfang an gewußt. Und betont.

Könnte er sich etwas angetan haben?

Könnte er. Glaub ich aber nicht. Er hat euch doch noch Geld geklaut.

Ja, das spricht dagegen.

Ich hab kein Geld, wenn Sie deswegen hier sind.

Ellie schüttelte den Kopf. Geld sei ihr egal. Nicht immer und überall, aber diesmal komplett.

Was wollen Sie denn dann?

Haben Sie vielleicht eine Ahnung, wo ich Zanoussi finde?

Ellie stellte die Frage einfach so in den Raum.

Wen?

Zanoussi, der Anarchist. Den müsse sie doch kennen.

Nein, kenn ich nicht. Woher denn?

Er hat ein paar Wochen im Hotel gewohnt, als Xavier noch in Dienst war. Xavier müsse von ihm erzählt haben.

Der Lump hat mir nie was erzählt. Ich war ihm zu dumm.

Was Sie aber eigentlich gar nicht sind.

Woher wollen Sie das wissen? Ich weiß es ja auch nicht. Wenn man dumm ist, ist man ja nicht klug genug, zu wissen, daß man dumm ist. Aber der Lump war gewiß auch nicht sehr schlau. Was hat er mit seinem Leben gemacht! Und mit meinem!

Liebe Blanche, übertreiben Sie mal nicht. Sie können doch sicher irgendwo eine Anstellung finden, dann ist alles, nun, beinahe alles, für Sie genau wie vor der Hochzeit.

Ellie meinte es gar nicht spitz, sondern als Trost. Und erntete einen finsteren Blick.

Sie sagen mir, daß ich wieder da unterkriechen kann, wo ich herkomme. Wo mein Platz ist. Während sich andere sonnen im Licht und vielleicht von wo ganz anders herkommen als ich.

Ellie zuckte unwillkürlich zurück. Wie war *das* denn gemeint? Sie überlegte hin und her, ob sie den Satz ignorieren oder ihr Gegenüber dazu auffordern sollte, deutlicher zu werden.

Wie immer Sie das meinen. Sagte sie, als Kompromiß.

Blanche deutete mit einer Hand zur Tür. Und setzte der Frechheit die Krone auf.

Juden schwimmen immer oben, hat mich meine Mutter gelehrt. Wir kleinen Leute, wir bringen es am Ende zu nichts als einem Grundstück auf dem Friedhof. Und wenn uns zwischendurch mal eine Welle nach oben spült, begräbt uns die nächste wieder unter sich. Leben Sie wohl, Madame Geising.

Ach, so war das. Ellie war gekränkt und schwer erleichtert zugleich. Jemand, gewillt, ein wenig Geld zu investieren, wäre leicht dazu imstande gewesen, in Berlin etwas über ihr Vorleben herauszubekommen. Für einen dort ansässigen Detektiv eine Kleinigkeit. Immer hatte Ellie diese Möglichkeit im Hinterkopf gehabt wie einen Tumor aus Furcht.

Sie hatte sich für den Fall der Fälle bereits eine Verteidigung zurechtgelegt. Das, was auch immer gegen sie vorgebracht werde, sei erfunden und erstunken, von maliziösen Kreaturen, die einmal etwas mit ihr hätten beginnen wollen und leer ausgegangen seien. Natürlich habe sie sich, als junges, neugieriges

Mädchen, dem Glanz, der Faszination der sündhaften Metropole nicht komplett entziehen können. Zumal sie einst mit einer gewissen Hübschheit ausgestattet gewesen sei, mit der kokett zu spielen, hier und da, ihr nicht vorgehalten werden dürfe. Mädchen, im Frauwerden begriffen, probierten nunmal dies und jenes aus, begehrten ihren Marktwert zu erfahren auf dem Rummelplatz der Oberflächlichkeiten. Das allein sei in keiner Weise zu beanstanden. Was darüber hinausgehe, entstamme enttäuschten Begehrlichkeiten, Männerrachephantasien der übelsten Art, böswilligen Verleumdungen und/oder Küchentratsch. Stets habe sie ihre selbstgesteckten Grenzen, die andere überrennen wollten, verteidigt, standhaft, mit Klauen und Zähnen. Manchmal allerdings, so hätte ihr äußerstes Zugeständnis an mögliche Vorwürfe gelautet, habe sie es mit roher Gewalt zu tun bekommen, der kein weibliches Wesen anders hätte entgegentreten können, als sich, stumm duldend, in Todesangst, hineinzuschicken und zu leiden. Jene schwarzen Viertelstunden habe sie denn auch aus ihrer Erinnerung als zu schmerzhaft gestrichen – und nur ein Schuft, eine ganz und gar unsensible Existenz, würde sie zwingen, all dies Erlittene noch einmal hervorzuholen aus der Asservatenkammer des Verdrängten.

Antisemitische Sticheleien waren dagegen bedeutungslos. Und dennoch wollte sie Blanches boshafte Selbstgefälligkeit nicht unkommentiert lassen.

Ich bin Protestantin. Mein Vater war Jude, das stimmt, aber nur von Geburt, später dann nicht mehr. Und auch wenn ich Jüdin wäre, würde allein zählen, ob ich dumm bin oder klug, ob ich ein guter Mensch bin oder eben nicht.

Eine halbe Jüdin und noch ein halber Jude machen einen ganzen. Hat Xavier immer gesagt. Den ihr ausgebeutet habt.

Der sich den Buckel krummgearbeitet hat für euch deutsches Pack!

Das nun war zuviel. Ellie wäre bereit gewesen, dieser Ziege einiges nachzusehen, aber ihre Friedfertigkeit stieß mitunter auch an Grenzen.

Den Buckel krummgearbeitet? Xavier? Die faule Sau? Du spinnst wohl, Mädchen! Er hat doch *uns* ausgenutzt. Wenn er dich Schickse schlecht behandelt hat, dann weiß ich jetzt, warum.

Ellie hätte nicht zu so proletarisch-verletzendem Vokabular gegriffen, hätte sie geahnt, daß Blanche, seit ihrer Fehlgeburt im vierten Monat schwermütig geworden, ihr einfach nur auf jedwede zur Verfügung stehende Weise weh tun wollte. Weil sie selbst ja immer nur ein unbefriedigender Ersatz für das gewesen war, was Xavier eigentlich begehrte und nicht haben konnte. Oft, viel zu oft, hatte er begeistert vom Feuer geredet, das jüdische Frauen angeblich besäßen, und sich über Blanches Prüderie beschwert. Das ehemalige Dienstmädchen, das bald wieder und, sofern kein Wunder geschah, endgültig, ein Dienstmädchen sein würde, stand jener angebeteten Ikone gegenüber, die es mit List und Geschick, womit auch immer, zur Gattin eines Hotelbesitzers gebracht hatte, die fortan fein heraus war aus den Fährnissen eines niederen Alltags. Blanches Haß war leicht nachzuvollziehen, während die ahnungslose Ellie schwerstes Geschütz munitionierte, um die mißratene Kanaille, so dachte sie über Blanche, ein für allemal zur Raison zu bringen.

Kein Wunder, daß dein Mann zum Rauschgift greifen mußte, mit soner Pestbeule an seiner Seite! Das entschuldigt wohl alles. An seiner Stelle hätte ich dich Rassistin Tag und Nacht mit dem Riemen gezüchtigt und deine widerliche Frau Mutter dazu!

Auch als sie sich schon auf der Straße befand, stieß Ellie deftige Verwünschungen aus, nachdem Blanche sie gewaltsam aus der Tür gedrängt und diese ins Schloß geworfen hatte. Männliche Passanten, die an einer weniger attraktiven Frau achtlos vorbeigeeilt wären, blieben kurz stehen und erkundigten sich nach Ellies Befinden. Würden sie dies auch noch in zehn Jahren tun? Nein, würden sie nicht. Ellie war eine späte Schönheit, deren Verfall laut eigener Diagnose unmittelbar bevorstand, während dieser dämlichen Blanche noch zwanzig Jahre übrigblieben, um etwas aus sich zu machen, egal was. In dieser Situation war Ellie sehr sehr froh, eine verheiratete Madame Geising zu sein.

Während sie sich jenen Umstand ins Bewußtsein rief, kehrte prompt ihre Liebe zu Max zurück, der ihr, unter Überwindung aller Eifersucht, diese Sicherungsmaßnahme gewährt und sogar angeraten, ja eingeredet hatte. Sie spürte große Lust, sofort zu ihm zu eilen und mit ihm zu schlafen. Was dann auch geschah.

Ihr eigentliches Ziel, den Aufenthaltsort von Zanoussi zu ermitteln und mehr über dessen Verstrickung mit Pierre zu erfahren, verlor Ellie nur kurz aus den Augen. Eine an sich logische, dabei doch nicht ganz naheliegende Überlegung half ihr entscheidend weiter. Falls Pierre Zanoussi unterstützte, dann sicher nicht zuletzt in Form von Naturalien, sprich Lebensmitteln. Sie knöpfte sich Luc Bouchard, den Küchenjungen, vor. Der, weil ihm niemand anderslautende Direktiven erteilt hatte, rückte gleich mit der Wahrheit heraus. Hin und wieder, etwa zweimal pro Woche, liefere er dem Anarchisten Essenspakete in die Rue Marcadet 32, wo Zanoussi ein winziges Mansardenzimmer bewohne, in dem es streng nach Katzenpisse rieche.

Ellie gab dem Jungen fünfzig Francs, um sich seines Stillschweigens zu versichern. Ihr war bewußt, daß sie sich Pierre gegenüber illoyal verhielt und in einer Sache stocherte, die sie nicht unbedingt etwas anging.

Dennoch begab sie sich am nächsten Tag zur genannten Adresse und fand Zanoussi dort auch vor. Er wirkte über ihren Besuch wenig überrascht und bot ihr, in Ermangelung sonstiger Genüsse, ein Glas kalten Pfefferminztee an. Zwei kleine Katzen spielten auf dem Fensterbrett mit den letzten Stubenfliegen des Jahres. Es stank tatsächlich, doch der Anblick der graugetigerten Kätzchen nahm dem Geruch viel Ekelhaftes. Zanoussi bot ein Bild salopper Gelassenheit. Die Wunden an seinem Kopf waren verkrustet. Er trug eine lange Unterhose, über den Oberkörper hatte er sich eine Joppe geworfen und nicht zugeknöpft.

Was kann ich für Sie tun?

Ich wollte mich im Namen von Karl entschuldigen.

Das können Sie nicht. Das kann er nur selbst.

Dann im Namen des *Monbijou.* Sie waren unser Gast, und Ihnen ist Unrecht geschehen.

Woher wollen Sie das wissen, Madame?

Entschuldigung?

Ja, vieles geschieht auf der Welt, und fast alles davon geschieht zu Recht oder Unrecht, je nachdem, wer es beurteilt.

Ich weiß nicht genau, was Sie mir damit sagen wollen... Wenn es bedeutet, daß Sie meinem Bruder nicht böse sind, so freut mich das, und dennoch wäre ich bereit, Ihnen als kleine Entschädigung für den verdorbenen Abend –

Zanoussi schnitt ihr mit einer plötzlichen heftigen Geste das Wort ab, als würde es sein Ohr beleidigen, egal was Ellie ihm anbieten würde.

Ich weiß Ihre Gegenwart zu schätzen, Madame, und Ihr Anliegen ehrt Sie, auch wenn Sie nicht, oder nicht ausschließlich, deshalb hier sind.

Ellie wußte für den Moment ihre Verblüffung nicht zu verbergen. Dann schloß sie den Mund, zwang sich, Zanoussi ins Gesicht zu sehen, und setzte einen Blick auf, halb schmollend, halb erstaunt, der ihr in prekären Situationen oft weitergeholfen hatte.

Zanoussi tat ihr nicht den Gefallen, etwas zu sagen, er schien sich an Ellies Unsicherheit zu weiden. Endlich griff er nach Tabak und Papier, um sich eine Zigarette zu drehen. Und ständig schmunzelte er dabei, bis er, von einer Sekunde auf die andere, zutiefst traurig aussah.

Er leckte am Blättchen, rollte die Zigarette kunstvoll zwischen den nikotingelben Fingern und schob sie sich zwischen die Zähne.

Haben Sie vielleicht ein Zündholz?

Nein, bedaure.

Dann hat Ihr Hiersein keinen Zweck. Schade.

War das ein Rausschmiß? Ellie bekam sich langsam wieder in den Griff. Ihr fiel eine brauchbare Replik ein.

Ja, man ist hier oder dort, und immer hat es einen Zweck oder nicht, je nachdem, wer es beurteilt.

Die Miene des Anarchisten hellte sich auf. Die geistvolle Parodie seiner eigenen Worte gefiel ihm sichtlich.

Madame, ich bin keine gütige Fee. Sie haben zwei Fragen an mich, doch nur eine will ich beantworten. Die andere nicht. Ich bin eine geizige Fee.

Und welche meiner Fragen würden Sie gnädigerweise beantworten wollen?

Ellie guckte nicht mehr ganz durch in dem Spiel, das Zanoussi mit ihr trieb. Er tat, als ob er ihre Gedanken lesen konnte. Leider war Ellie gerade selbst nicht dazu fähig, denn ihre Gedanken galoppierten wild durcheinander, wie eine Herde verängstigter Pferde.

Sie fragen sich, warum Ihr Mann, den ich übrigens Ihretwegen beneide, meine Bekanntschaft pflegt. Zweitens fragen Sie sich, warum Ihr Bruder Karl mich mit Tritten malträtiert hat. Aber das ist Ihnen weit weniger wichtig.

Ellie nickte, obwohl sie es eigentlich nicht wollte. Sie reagierte wie paralysiert und nahm den Verlauf des Gesprächs willenlos hin.

Ich hätte mich viel besser vorbereiten sollen, dachte sie immer wieder. Jetzt ist es zu spät.

Ich werde Ihnen etwas sagen, Karl zuliebe, den ich mag. Er weiß, was er getan hat, ich hab es ihm am Abend erzählt, und es wird sein Leben lang an ihm zerren und nagen, egal in welch tiefe Keller er es sperrt. Seinem Wesen gemäß gibt er mir die Schuld, denn er ist faul und trägt nicht gerne Verantwortung. Aber richten Sie ihm das bitte aus, *ich* bin nicht so. Ich nehme seinen Teil der Verantwortung auf mich, denn ich bin alt und sterbe bald, und er soll seine Ruhe haben.

Entschuldigung, ich verstehe kein Wort.

Deswegen müssen Sie mich nicht unterbrechen.

Entschuldigung.

Sie müssen sich nicht entschuldigen. Sie sollten einfach nur schweigen.

Ellie war, sofern sie noch klar denken konnte, empört, und alles sprach dagegen zu schweigen, aber ihr fiel auch nichts ein, was sie hätte erwidern können. Zanoussi nahm einen tiefen Zug aus seiner Zigarette, und eines der Kätzchen rieb sich maunzend an seinen Knöcheln. Dann stieß er den halb inhalierten Rauch aus, formte ihn mit der Zunge zu Kringeln und lehnte sich in seinen Sessel zurück.

Ich bin mir unsicher, liebe Ellie. Was uns bleibt, ist golden durchsonnter Rauch.

Ach ja?

Die Wahrheit. Was ist die Wahrheit? Sie ist nicht da, bis sie da ist. Wie ein Gast, über den man reden kann, bis man, in seiner Gegenwart, nicht mehr so reden kann, als wäre er woanders. Wenn sie da ist, wird man sie nie mehr los. Sie, liebe Ellie, sind hier, weil Karl nicht den Mut besitzt, selbst hier zu sein. Sie wissen davon nichts und verstehen auch kein Wort von dem, was ich sage, aber so verquer und kompliziert geht es manchmal zu auf dieser Welt.

Ich verstehe wirklich kein Wort, hätten Sie doch bitte die Güte –

Nein, ich bin keine gütige Fee. Es hat keinen Sinn. Unser Gespräch ist beendet.

Das bestimmen Sie einfach so?

Ich sags, wie es ist. Nun gehen Sie bitte, bevor ich mich auf Sie stürze.

Ich würde mich zu wehren wissen, Sie eitler alter Geck!

Cric-Crac! Genießen Sie Ihr Leben. Genießen Sie es, auf den Boulevards Schritte zu tun. Und sehen Sie sich, um den Genuß noch zu steigern, die beinamputierten Bettler an, die ihre Tapferkeitsmedaillen für ein Knoblauchbaguette eingetauscht haben. Genießen Sie jede Sekunde, bevor Hitler Ihren geschändeten Kadaver in den Ofen schieben wird.

Ellie war froh über Zanoussis unverschämte Wortwahl, sie gewann dadurch die Kraft, aufzustehen und die Wohnung zu verlassen, wenn auch mit dem Bewußtsein, fast nichts, beinahe gar nichts, erreicht zu haben. Als sie, behütet vom Rattern der

Metro, Zanoussis kryptisches Gerede noch einmal Revue passieren ließ, resümierte Ellie, daß es irgendein Geheimnis geben mußte, zwischen ihm und Karl. Und Zanoussi behielt recht, das interessierte sie weit weniger als die entscheidende Frage, die sie ihm zu stellen nicht imstande gewesen war. Nämlich ob er und Pierre etwas mit Xaviers Verschwinden zu tun hatten. Sobald sie diesen Gedanken klar für sich formulieren konnte, tauchte ein Heer von Gegenfragen auf, die alle darum kreisten, weswegen genau sie das eigentlich wissen wolle und was sie in diesem Fall zu tun beabsichtige.

Eines schien klar: Es war besser, Pierre von ihrem Besuch bei Zanoussi zu erzählen, denn er würde es höchstwahrscheinlich sowieso erfahren. Und es war ja nichts dabei, sie hatte die eine Frage, die ihn empören würde, gottseidank nicht gestellt, darüber war sie nachträglich sogar sehr froh.

Ich bin bei Zanoussi gewesen und habe mich für Karl entschuldigt. Der Kerl hat mir ganz schön Angst eingejagt.

So, lapidar, beim gemeinsamen Zubettgehen, redete sie die Sache von sich.

Ich weiß, sagte Pierre. Und blieb ganz ruhig.

Woher? Sag bloß...

Mein Personal hält noch zu mir.

Also hatte der Küchenjunge geplaudert. Ellie war wütend und beschloß, sich gleich morgen früh die fünfzig Francs von Luc zurückzuholen.

Außerdem machst du, sagte Pierre leise, ja doch alles, was du dir einmal in den Kopf gesetzt hast. Ob ich dir davon abrate oder nicht.

Ich fand, das mußte sein. Ich geh auch bestimmt nie wieder hin. Der Bock hat mir Sachen gesagt, die über ein Kompliment weit hinausgehen.

Nein, er nimmt kein Blatt vor den Mund.

Und er redete wirres Zeug über Karl und ihn und Verantwortung, die er, also Karl, nicht tragen wolle, oder so ähnlich, ich hab kein Wort verstanden.

Du mußtest da unbedingt deine Nase hineinstecken.

Der Satz klang traurig, mehr nach einer Feststellung als nach einem Vorwurf.

Weißt du darüber etwas? Sie kuschelte sich an ihn.

Er seufzte.

Ich weiß, worum es geht. Karl hat es mir erzählt.

Warum ausgerechnet dir?

Wir sind Freunde.

Ach so.

Und weil das eine Sache *unter Männern* ist. Ich hab dir das gesagt.

Du verrätst mir also nichts darüber?

So geheim ist das nicht. Du läßt mir ja doch keine Ruhe. Also. Karl hatte ein Mädchen in Barcelona. Das saß im Gefängnis, und jetzt ist es tot. Karl denkt, er und Zanoussi könnten schuld daran sein.

Wieso, um Himmels willen?

Pierre stand nochmal auf und goß beiden einen Cognac ein. Es habe da also dieses Mädchen gegeben, Mila, eine blutjunge Kommunistin, Karls Mädel für einige Zeit. Dann sei sie verhaftet worden. Karl habe Zanoussi gebeten, sich über geheime Kanäle nach ihr zu erkundigen. Das sei wohl geschehen. Später habe Zanoussi vom Tod des Mädchens erfahren und das Hotel fluchtartig verlassen. Denn, Pierre mußte schmunzeln, er könne sensibler sein, als man vermuten würde.

Ja, und dann habe ich Zanoussi irgendwann bei dieser Boxveranstaltung getroffen. Da wußte ich noch nichts über Mila.

Zanoussi fragte mich, was er tun solle, ob er die Pflicht habe, Karl mitzuteilen, daß sie tot sei, oder ob er es ihm verschweigen solle. Details waren mir völlig unbekannt, und ich meinte, so traurig das sei, aber er solle, müsse Karl wohl Meldung machen. Deswegen war er auf unsrer Soso. Ich hatte keine Ahnung, daß er sich betrinken würde und was mit dieser Todesnachricht verbunden wäre. Ich wollte mir die Szene ersparen und bin früh schlafen gegangen. Noch in der Nacht hat sich Karl dann bei mir ausgeheult. Kurz bevor du ins Zimmer kamst. Und stell dir vor, Karl hatte von Milas Tod bereits gewußt. Durch das Einwohnermeldeamt in Bari.

Ellie sah ein, daß das eine fürchterlich tragische Geschichte war, aber die Essenz verstand sie immer noch nicht.

Karl hat Zanoussi ins Gesicht getreten, weil der ihm die Nachricht von Milas Tod übermittelt hat? Wovon er längst wußte?

Nein, viel schlimmer. Pierre schilderte den Ablauf, wie er ihn verstanden hatte.

Zwei Brüder Milas haben bei den Faschisten gedient. Sind in Gefangenschaft geraten und gefoltert worden, und haben die eigene Schwester denunziert.

Pierre erzählte die Geschichte, wenn auch ohne Absicht, etwas tendenziös. Wer vom SIM gefoltert wurde, sagte aus, was er wußte, auch wenn er nichts wußte. Milas Brüder hatten einfach nur erwähnt, eine Schwester auf der anderen Seite der Front zu besitzen. Was ihnen, so hatten sie gehofft, als mildernder Umstand in Rechnung gestellt werden würde. Beide wurden erschossen.

So eine Schweinebande! Ellie brauchte einen weiteren Cognac.

Mila sei in Verdacht geraten. Irgendein Sowjetkommissar habe nicht glauben wollen, daß unter dem Dach ein und derselben italienischen Familie solch divergente politische Ansichten vertreten sein könnten. Mila sei in Untersuchungshaft genommen und beinahe schon vergessen worden, wie das vielen Menschen passiert in Kriegszeiten. Dann sei ihr Name plötzlich in abgefangenen Funksprüchen aufgetaucht, das habe man als Beweis ihrer Schuld gewertet. André Marty, ein angeblich etwas geisteskranker Funktionär der KP, habe persönlich den Befehl zu ihrer Hinrichtung erteilt.

Ellie senkte das Glas. Ihr schoß es heiß durch die Schläfen.

Du meinst, das Mädel starb, weil Zanoussi auf Karls Bitte hin diese Funksprüche senden ließ?

Jetzt hast du es kapiert.

Einige Minuten lang herrschte Stille im Zimmer. Ellie dachte nach.

Weiß Max davon?

Keine Details. Der hat seit neuestem nichts als seinen Roman im Kopf.

Es bleibt die Tatsache, daß du mich belogen hast. Du wüßtest Zanoussis Adresse nicht, hast du behauptet.

Ellie, wenn das alles ist, was von dieser Sache an dir kleben bleibt, nehm ichs auf meine Kappe. Trink aus, laß uns schlafen gehen.

Warum läßt du Zanoussi Lebensmittel liefern?

Weil er sonst verhungern würde.

Ellie löschte das Licht. An Schlaf war nicht zu denken.

Pierre?

Ja?

Ist jetzt wirklich alles vom Tisch? Oder gibt es noch etwas, das ich wissen sollte?

Es kam lange keine Antwort. Dann endlich meinte Pierre, sie solle mal den Brockhaus wälzen, darin stünde Wissenswertes zuhauf.

Seltsam zufrieden mit dieser Auskunft, dennoch leicht beleidigt, rollte Ellie sich an den äußersten Rand des Bettes, umarmte ihr Kissen und hielt für diesmal den Mund.

Die erste größere Krise ihrer Ehe schien überstanden. Bevor ihr gegen vier Uhr morgens doch noch die Augen zufielen, dachte sie darüber nach, wie sehr das, was ist und wirkt, nicht unbedingt sein und wirken muß, sondern einzig Beschlüssen und Zulassungen entspringt. Jeder Mensch lebt in einer anderen Welt, je nachdem, was er zuläßt oder nicht.

Max, dem sie am Morgen davon erzählte, nickte zustimmend. Hätte es Schopenhauer nicht gegeben, wäre die Lücke nun durch Ellie geschlossen.

Machst du dich über mich lustig?

Im Gegenteil, ich bin stolz auf dich. Ehrlich.

Max erfuhr von Ellie nichts über die Motive, die Karl dazu getrieben hatten, gegen Zanoussi gewalttätig zu werden. Sie sah ein, sich mit ihrer Neugier, ihrer Einmischung, ihrem permanenten Mißtrauen falsch verhalten zu haben, und gelobte dem Badezimmerspiegel Besserung. Auch Karl gegenüber, dem sie viel Zuwendung schenkte, deutete sie mit keinem Wort an, daß sie etwas von dem wußte, was ihn bedrückte. Das war allerdings vergebliche Mühe, denn allein durch die Tatsache, daß Ellie sich so auffällig um ihn kümmerte, konnte Karl darauf schließen, wieviel sie bereits wußte. Was sie nicht wußte, war, weshalb Karl eine ernste Krise durchlitt, die bis hin zu Selbstmordgedanken führte. Der Grund war nicht Milas Tod, nicht einmal die Umstände, die dazu geführt hatten. All das konnte vernünftig, mit einfühlsamer Selbstbeschwichtigungsrhetorik, bewältigt werden. Karl zweifelte zum ersten Mal an seinem politischen Glauben. Das einzige, was ihn trösten und entlasten konnte, war der Name jenes André Marty, den Zanoussi erwähnt hatte. Nicht die Partei hatte Mila getötet, sondern dieser André. Ein Einzelfall, ein bedauerlicher kranker Mensch, der die Radikalmathematik der guten Sache erfunden hatte, der den Grundsatz vertrat, daß im Zweifelsfall lieber neun Unschuldige ihr Leben verlören, als daß ein Schuldiger seiner Strafe entkäme. André Marty war für den Tod Milas verantwortlich, niemand sonst. Dennoch blieb ein schrecklicher Verdacht. Was, wenn der große Genosse Stalin selbst ein kranker Mensch war? Das schien sehr unwahrscheinlich, ja, aber zuletzt doch nicht völlig unmöglich. Karl, der Politik stets als manichäischen Kampf und den Kommunismus als Aufstand des Guten wider das Böse begriffen hatte, tat sich mit dem Umstand schwer, einzusehen, daß hinter den Programmen immer Menschen standen, Menschen, die gewisse Eigenschaften besitzen mußten, um ihre Führungsposition zu erlangen. Und dies waren gewiß nicht nur positive Eigenschaften. Karls Weltbild geriet ins Wanken. Wo alles zuvor so einfach gewesen war, sinnstiftend simpel, euphorisierend, ging ihm die Lust am Leben verloren. Einmal ertappte er sich dabei, das Kabel der Stehlampe zu einer Schlinge geknüpft zu haben.

Ich kann die Welt, wie sie ist, doch nicht mit sich allein lassen, dachte er dann und schleuderte das Kabel in die Ecke. *So* feige würde er nicht sein, niemals.

Die letzten Oktoberwochen in Paris waren wunderbar. Mehr allgemein, durch das anhaltend schöne Wetter und die Farbpracht der Bäume, im Speziellen aber auch für einige Bewohner des *Monbijou.*

Max feierte ständig neue, waghalsige Ideen für seinen Roman. Ellie und Pierre versuchten, ein Kind zu zeugen. Um genau zu sein, Pierre versuchte es und Ellie hatte nichts dagegen, in der festen Überzeugung, es könne ohnehin nicht klappen. Konnte es auch nicht, da sie sich ihm immer nur an sicheren Tagen hingab.

Karl besiegte die Schwermut, indem er für sein Studium büffelte.

Worüber, wenn nicht über Sport und Wetter, wurde geredet? Die Polizei verstärkte den Kampf gegen unerwünschte Fremde. Das Netz der Razzien zog sich enger zusammen. Das Gebiet von Paris wurde für neuen Zustrom verboten und eine Sondersteuer erwogen, für Ausländer, die in Frankreich einen selbständigen Beruf ausübten. Max und Karl hatten sich mit diversen Tricks davor gedrückt, je Abgaben leisten zu müssen. Sie galten offiziell noch immer als Touristen bzw. Studenten, die sich hier und da als Tagelöhner etwas dazuverdienten. Nachdem Ellie französische Staatsbürgerin geworden war, drohte ihren Brüdern so etwas wie eine plötzliche Abschiebung kaum noch. Nur waren sie, was Karl und Max manchmal vergaßen, gar nicht Ellies Brüder, nicht einmal ihre Halbbrüder. So sehr hatten sie sich an ihre Rolle schon gewöhnt. Sie fühlten sich einigermaßen sicher. In den Pässen des deutschen Reiches fanden die Namen der Eltern des Inhabers keine Erwähnung, und nur über den Mädchennamen ihrer angeblich gemeinsamen Mutter hätte der Schwindel auffliegen können. Es gab allerdings umgekehrt auch nicht den geringsten Anhaltspunkt, geschweige denn Beweis, für eine Verwandtschaft zwischen den dreien. Es sei denn, man half etwas nach, und das geschah dann auch. Ellie ging aufs Amt und beantragte einen Paß. Sie mußte ein langes Formular ausfüllen und indiskrete Fragen beantworten. Als Namen ihrer Mutter trug sie *Hedwig Fischer* ein. Niemandem fiel das auf, niemand prüfte es nach – wie denn auch? –, und schon war sie mit Karl und Max verwandt. Ihre deutschen Papiere verbrannte Ellie zur Sicherheit. Das mußte begossen werden.

Was im Ausland geschah, war Sache der Zeitungen, Trockenfutter für Druckerpressen, kein Thema für das *Monbijou*. Man nahm davon widerwillig und am Rande Kenntnis, indem man die Schlagzeilen las, wenn überhaupt. Hitler, dieser strahlende Triumphator, ging allen einfach nur auf die Nerven.

Zwischen dem 28. und 29. Oktober 1938 wurden in der sogenannten *Polenaktion* zahlreiche Juden verhaftet. Die Maßnahme betraf sowohl polnische Staatsbürger, die in Deutschland lebten, wie auch jene ehemaligen Polen, die 1919 die deutsche Staatsbürgerschaft erhalten hatten, welche ihnen das Nazi-Regime nun jedoch aberkannte. Waren Juden bisher als Bürger zweiter Klasse behandelt worden, aber wenigstens als Bürger, galt von nun an der Grundsatz, daß Staatsbürger nur ein Volksgenosse sein könne. Volksgenosse könne aber nur sein, wer deutschen Blutes sei. Der oberste Parteirich-

ter Walther Buch formulierte am 21. Oktober in der Zeitschrift *Deutsche Justiz*, daß der Jude kein Mensch sei, sondern eine Fäulniserscheinung, ein Schädling der gesunden Volksmasse.
17.000 Menschen wurden in Eisenbahnwaggons an die deutsch-polnische Grenze geschafft. Dort wurden sie von den polnischen Grenzern mit Waffengewalt ferngehalten, da sich die polnische Regierung angeblich mit der Integration weiterer Juden in das Staatsgebilde überfordert sah. Zusätzlich behauptete sie, daß sich unter den Vertriebenen auch politisch gefährliche oder zumindest unerwünschte Personen befänden. Polnische und deutsche Grenzer trieben die staatenlos gewordenen Menschen im Grenzland hin und her. Schließlich kam in den nächsten Tagen ein Teil bei jüdischen Gemeinden in Polen unter, etwa 6.000 Personen mußten aber im Flüchtlingslager Zbaszyn (Alt-Bentschen) in der Woiwodschaft Poznan bleiben, wo die polnische Regierung sie internierte. Diejenigen Juden, welche nicht über die polnische Grenze getrieben werden konnten, wurden nach Protesten des polnischen Außenministeriums von den deutschen Behörden zurück ins Landesinnere gebracht.

Heinrich Halter wußte nichts über den Verbleib seiner Familie und verfügte weder über Geld noch sonstige Möglichkeiten, etwas in Erfahrung zu bringen. Ein letztes Mal sprach er bei Eduard vor und bedrängte den Botschaftsangestellten, sich nach seinen Angehörigen zu erkundigen, wenn er schon sonst – angeblich – nichts tun könne. Eduard lehnte dies mit großem Bedauern ab, aus Furcht vor möglichen Konsequenzen für sich selbst. 1932 hatte er eine Analgonorrhöe, eine Krankheit, die beinahe ausnahmslos Homosexuelle befällt, von jüdischen Ärzten behandeln lassen. Bei denen er größere Hoffnung haben konnte, daß sie die Erkrankung nicht den Behörden melden würden. Er sah ein, sich in der Pariser Szene auf sehr unvorsichtige Art exponiert zu haben, und nahm sich künftig Enthaltsamkeit vor. Als einfacher Legationssekretär war er mit seinen neunundzwanzig Jahren in einer viel zu niedrigen Position, um für Heinrich effektiv etwas auszurichten. Was den betraf, mußte er sich, soviel Verständnis er für seinen Zorn auch aufbrachte, keine Vorwürfe machen. Ein paarmal hatte er ihm gegenüber mehr aus sich gemacht, als er war, das stimmte wohl. Doch für welches Lebewesen auf Erden hätte das nicht gegolten? Nein, Ernst Eduard vom Rath, so lautete sein Name vollständig, konnte mit sich weitenteils im reinen sein. Wenn er Heinrich darum bat, ihn künftig nicht mehr zu belästigen, entsprach das nur konsequent den politischen Gegebenheiten, in denen zu leben beide nunmal gezwungen waren. Mit diesen Worten kappte er jede Verbindung zu dem jungen Juden, der für einige aufregende Wochen sein Geliebter gewesen war.

Heinrich waren die letzten Pespektiven verlorengegangen. Bald würde der Winter kommen. Er traute sich nicht mehr ins *Monbijou*, sah ein, daß er nach seiner jüngsten Entgleisung mit keinerlei Unterstützung rechnen konnte. Aber Ellie Geising, der einzigen Person, die sich zu ihm stets korrekt verhalten hatte, schrieb er einen kurzen Entschuldigungsbrief, teilte ihr seine jüngste Adresse mit, das *Hotel de Suez*, in dem ein Zimmer pro Nacht nur zweiundzwanzig Francs kostete. Zwei, drei Wochen könne er sich ein Dach über dem Kopf vielleicht noch leisten.

Ellie verstand die Bitte, den Hilfeschrei hinter der Entschuldigung wohl. Kurz dachte sie daran, ihm eine Summe von dreihundert Francs auf unbefristete Zeit zu borgen. Doch wollte sie nicht erneut hinter Pierres Rücken aktiv werden, deshalb besprach sie sich mit ihm. Pierre meinte, daß Geld nicht Heinrichs eigentliches Problem sei, das könne sich ein so schmukker Jüngling leicht auf dem Strich verdienen. Es sei indes nur eine Frage der Zeit, wann die Polizei ihn erwischen würde, und dann könne niemand ihm helfen.

Dann soll ich stillhalten, ja? Weil es sowieso keinen Sinn hat? Ellie stellte die Frage provokativ in den Raum. Pierre nickte einfach nur.

Du kannst nicht das Leid der ganzen Welt auf deinen schmalen Schultern stemmen, fügte er hinzu, als Minuten völliger Stille ihn von Ellies Uneinsichtigkeit überzeugt hatten.

Heinrich ist nicht die ganze Welt.

Nein, aber weißt du was? Du gehst mir auf die Nerven. Mach endlich einmal, nur ein einziges Mal, was ich dir sage. Ich hab es satt, ständig mit dir diskutieren zu müssen. Wenn Heinrich Eier hat, soll er nach Spanien gehen und für die Freiheit kämpfen, statt sie sich von geilen alten Männern lecken zu lassen.

Er hängt eben an seiner Familie. Und wie redest du mit mir?

Ich rede so, damit du es begreifst.

Was soll ich denn begreifen? Daß du ein herzloser Mensch bist?

Schluß jetzt. Ich sag es dir zum allerletzten Mal.

Ellie verließ das Zimmer und übernachtete bei Max. Der lieber schrieb, rauchte und trank, als sie anzufassen. Obwohl sie das neue seidene Negligé trug, das sie im *Samaritaine* für teuer Geld erstanden hatte. Es ist soweit, dachte Ellie. Ich bin alt.

Am 3. November 1938 erhielt Heinrich eine Postkarte seiner Schwester, die ihn über die Vertreibung seiner Familie und deren Internierung in Zbaszyn unterrichtete. Er malte sich die Bedingungen dort in den finstersten Farben aus.
Am 7. November 1938, um acht Uhr dreißig morgens, kaufte Heinrich Halter im Waffengeschäft *A la fine lame* (Zur scharfen Klinge) einen sechsschüssigen Revolver samt Munition. Mit 245 Francs, seinem letzten Geld. Auf der Toilette des einschlägigen Homosexuellenlokals *Tout va bien* (Alles geht gut) lud er den Revolver und fuhr mit der Metro zur Station Solferino. Von dort begab er sich zur deutschen Botschaft, wobei ihm auf der Straße Graf von Welczeck entgegenkam, der höchste nationalsozialistische Repräsentant auf französischem Boden. Halter aber ignorierte oder übersah den Würdenträger, betrat die Botschaft und verlangte ausdrücklich einen Legationssekretär zu sprechen. Ernst Eduard vom Rath erkannte ihn und bat Heinrich, unter Umgehung aller dafür vorgesehenen Formalien, in sein Büro. Dort feuerte Heinrich fünf Schüsse auf ihn ab. Zwei davon trafen Eduard in Magen und Unterleib. Der Junge ließ sich danach widerstandslos festnehmen. Schwer verletzt wurde Ernst Eduard vom Rath ins Krankenhaus gebracht. Die Ärzte entfernten ihm die Milz und äußerten sich optimistisch. Herschel Grynszpan, so lautete Heinrich Halters wirklicher Name, gab in ersten Verhören an, er habe mit seiner Tat auf die prekäre Lage der Juden in Deutschland aufmerksam machen wollen.

Im *Monbijou* erfuhr man die Neuigkeit am nächsten Tag aus der Zeitung. Niemand aus der Hotelleitung reagierte mit besonderer Teilnahme darauf. Daß es sich bei Ernst vom Rath um *Edüaar* handeln könnte, in der Szene auch *L'ambassadrice* genannt, lag nicht eben nahe. Ein *Herschel Grynszpan* war niemandem ein Begriff. Der deutsche Botschaftsangestellte würde zudem, so hieß es, wahrscheinlich überleben, wenn auch sein Zustand *besorgniserregend* sei.

Ernst Eduard vom Rath wurde auf dem Krankenbett durch Hitler zum *Gesandtschaftsrat erster Klasse* befördert, ein Karrieresprung von drei Stationen. Dennoch starb er aufgrund einer Kreislaufschwäche am 9. November gegen 16.30 Uhr. Ministerpräsident Daladier drückte der deutschen Führung seine wärmste Anteilnahme aus. Der Attentäter, so schrieben die Zeitungen, mache einen durchaus klaren Eindruck, sei eher ein Fanatiker als ein Verrückter. Endlich erschienen in den Boulevardblättern Photos von Täter und Opfer.

Ellie schrie auf, als sie die beiden erkannte. Pierre wurde blaß und stammelte, er habe immer gewußt, daß dieses Bürschchen Ärger machen würde. Die nächste Sonntagssoirée wurde prompt abgesagt, denn selbstverständlich würde die Polizei – und wer weiß, wer noch – alle Lokale und Festivitäten, die der irrsinnige Knabe in letzter Zeit aufgesucht hatte, unter die Lupe nehmen.

In Berlin wurde das Attentat als Angriff des Weltjudentums auf Deutschland gewertet. Hitler erfuhr die Nachricht vom Tode vom Raths beim alljährlichen Treffen der alten Kameraden zum Jahrestag des Marsches auf die Feldherrenhalle. Er besprach das Ereignis eindringlich mit Reichspropagandaminister Dr. Joseph Goebbels, der anschließend, gegen 22.00 Uhr, die versammelten Partei- und SA-Führer vom Geschehen in Kenntnis setzte. Er lobte bereits geschehene, angeblich spontane judenfeindliche Aktionen und äußerte, daß die Partei nicht als deren Organisator in Erscheinung treten wolle, diese aber dort, wo sie entstünden, auch nicht behindern werde.

Die SA, danach die Polizei und die SS, verstanden das als indirekte, aber unmißverständliche Aufforderung zum Initiieren und Organisieren von Aktionen, die eigentlich der *kochenden Volksseele* zugeschrieben wurden. In der Nacht zum 10. November, die später als *Reichskristallnacht* bezeichnet wurde, brannten fast sämtliche Synagogen in Deutschland. Menschen wurden mißhandelt, schikaniert, gedemütigt, aus ihren Häusern vertrieben, Geschäfte wie auch Wohnzimmer wurden geplündert, Frauen vergewaltigt, ungefähr vierhundert Juden verloren ihr Leben, Zigtausende ihre Existenzgrundlage. Die Pogrome setzten sich am 10. November fort. In Österreich, wo sie erst an diesem Tag begannen, verliefen sie um so heftiger. Direkt im Anschluß an die Zerstörungen folgte die Inhaftierung von etwa 30.000 männlichen, meist jüngeren und wohlhabenden Juden. Sie wurden von Gestapo und SS in die drei deutschen Konzentrationslager Buchenwald, Dachau und Sachsenhausen verschleppt.

Hitler, der sich zu dieser Sache nie äußerte, hielt statt dessen am 10. November eine inoffizielle Rede vorausgewählten Vertretern der deutschen Presse. Darin wurde, obwohl es um nichts anderes ging, das Wort *Krieg* vermieden, aber bereits die Parole vom »Endsieg« ausgegeben.

*»Die Umstände haben mich gezwungen, jahrzehntelang fast nur vom Frieden zu reden. Nur unter der fortgesetzten Betonung des deutschen Friedenswillens und der Friedensabsichten war es mir möglich, dem deutschen Volk Stück für Stück die Freiheit zu erringen und ihm die Rüstung zu geben, die immer wieder für den nächsten Schritt als Voraussetzung notwendig war. Es ist selbstverständlich, daß eine solche jahrzehntelang betriebene Friedenspropaganda auch ihre bedenklichen Seiten hat; denn es kann nur zu leicht dahin führen, daß sich in den Gehirnen vieler Menschen die Auffassung festsetzt, daß das heutige Regime an sich identisch sei mit dem Entschluß und dem Willen, den Frieden unter allen Umständen zu bewahren. Es war nunmehr notwendig, das deutsche Volk psychologisch allmählich umzustellen und ihm langsam klarzumachen, daß es Dinge gibt, die, wenn sie nicht mit friedlichen Mitteln durchgesetzt werden können, mit Mitteln der Gewalt durchgesetzt werden müssen. Dazu war es aber notwendig, nicht etwa nun die Gewalt als solche zu propagieren, sondern es war notwendig, dem deutschen Volk bestimmte außenpolitische Vorgänge so zu beleuchten, daß die innere Stimme des Volkes selbst langsam nach der Gewalt zu schreien begann. Das heißt also, bestimmte Vorgänge so zu beleuchten, daß im Gehirn der breiten Masse des Volkes ganz automatisch allmählich die Überzeugung ausgelöst wurde: wenn man das eben nicht im Guten*

*abstellen kann, dann muß man es mit Gewalt abstellen; so kann es aber auf keinen Fall weitergehen. Diese Arbeit hat Monate erfordert, sie wurde planmäßig begonnen, planmäßig fortgeführt, verstärkt. Viele haben sie nicht begriffen, meine Herren; viele waren der Meinung, das sei doch alles etwas übertrieben. Das sind jene überzüchteten Intellektuellen, die keine Ahnung haben, wie man ein Volk letzten Endes zu der Bereitschaft bringt, geradezustehen, auch wenn es zu blitzen und zu donnern beginnt. Was würde denn geschehen, wenn wir nun einmal einen Mißerfolg hätten? Auch das könnte sein, meine Herren. Wie würde dieses Hühnervolk denn dann sich erst aufführen? Die sind schon jetzt, da wir doch überhaupt nur Erfolge haben, und zwar weltgeschichtlich einmalige Erfolge, unzuverlässig. Wie würden sie aber erst sein, wenn wir einmal einen Mißerfolg hätten? Meine Herren, es war früher mein größter Stolz, eine Partei mir aufgebaut zu haben, die auch in den Zeiten der Rückschläge stur und fanatisch hinter mir stand, gerade dann fanatisch hinter mir stand. Das war mein größter Stolz und bedeutete für mich eine ungeheure Beruhigung. Dazu müssen wir das ganze deutsche Volk bringen. Es muß lernen, so fanatisch an den Endsieg zu glauben, daß, selbst wenn wir einmal Niederlagen erleiden würden, die Nation sie nur, ich möchte sagen, von dem höheren Gesichtspunkt aus wertet: Das ist vorübergehend; am Ende wird uns der Sieg sein!«*

In Paris, speziell im *Monbijou,* war man sehr niedergeschlagen über die Vorgänge in Deutschland. Die idiotische Tat Herschels oder Hermanns oder Heinrichs – alle diese Namen hatte der Junge benutzt – schrieb Weltgeschichte. Ellie redete darüber, daß man dem armen Verwirrten hätte helfen müssen, während Pierre darauf verwies, daß man sich zum Glück, ihm sei das zu verdanken, nicht noch inniger mit dem Mörder eingelassen habe. Die Kluft zwischen Ellie und Pierre vergrößerte sich. Einzig Karl zeigte, in Maßen, Verständnis für die Tat. Wer tätig werde, laufe Gefahr, Schuld auf sich zu laden, wer nichts tue, sei von vornherein schuldig. Natürlich seien die vielen Toten (man ging zu diesem Zeitpunkt von einigen Dutzenden aus) zu bedauern, andererseits habe sich Nazideutschland den Schleier von der Fratze gerissen, die Welt werde nun vielleicht besser begreifen, womit sie es zu tun habe, und sich stärker rüsten für den kommenden Konflikt.

Du redest schon wie ein besoffener Zanoussi, meinte Max. Willst du sagen, die Toten sind ein wenig früher gestorben als für sie vorgesehen, aber für einen guten Zweck?

Die Frage konnte und wollte Karl nicht beantworten. Das hänge von der Zukunft ab, auf die er wenig, leider viel zu wenig, Einfluß habe.

Max schüttelte den Kopf und warf seinem Bruder vor, sich die Sache auf zynische Weise schönzudenken. Max, das war das Sonderbare dabei, machte sich keine Illusionen darüber, daß Hitler einen Krieg vorbereitete, während alle anderen noch auf den Frieden hofften. Aber gerade weil er Hitler in seinem Innersten auf gewisse Weise bewunderte oder, wenn das Wort *bewundern* zu stark klang, ihn als *außerordentliches Phänomen* respektierte und ihm eine, wenn auch verquere, diabolische, Intelligenz zumaß, hielt er es für absurd, daß Hunderttausenden von im Reich verbliebenen Juden ernsthafte Gefahr für Leib und Leben drohte. Natürlich würde es immer mal Ausschreitungen geben, das sei nicht zu verhindern. Aber ein organisierter Terror – damit würde Hitler sich etlicher Ressourcen der Intelligenz, Finanz- und Arbeitskraft berauben und die mächtige, von Juden gesteuerte USA gegen sich aufbringen – so dumm könne niemand sein.

Ellie hörte und stimmte Max sogar zu. Was er sagte, klang einleuchtend. Hitler als primitiven Geisteskranken zu diskreditieren, damit hatten es sich dessen Gegner zu lange zu einfach gemacht. Hinzu kam, daß Eduard ein attraktiver und sympathischer Mensch gewesen war, der solch ein Ende nicht verdiente. Max und Karl entgegneten, hierin ausnahmsweise einig, daß dieser Gesichtspunkt im entstandenen Drama nun die allergeringste Rolle spielte.

Dr. Joseph Goebbels war überzeugt, daß es sich nicht um die Tat eines einzelnen Minderjährigen gehandelt habe, sondern daß Herschel Grynszpan Hintermänner und Auftraggeber gehabt haben mußte. Incognito-Agenten der Gestapo waren bereits in Paris zugange und durchleuchteten das Umfeld des Attentäters, kamen dabei aber nicht recht vorwärts, weil ihnen nicht einfiel, sich bei den richtigen Stellen nach Herschels sexueller Orientierung zu erkundigen.
Ernst Eduard vom Rath wurde am 17. November 1938 in Düsseldorf, in Anwesenheit des Führers, mit einem Staatsbegräbnis beigesetzt. Ausnahmslos alle deutschen Sender übertrugen die einstündige Trauerfeier. Juden wurde im Lauf des Monats verboten, Waffen oder militärische Uniformen zu tragen, deutsche Schulen und Hochschulen, Theater, Kinos, Konzerte oder Varietés zu besuchen. Außerdem wurde ihre Bewegungs-

freiheit stark eingeschränkt und ihnen die Fahrerlaubnis für Kraftfahrzeuge entzogen. Als Sühne für die Ermordung Ernst Eduard vom Raths und zur Kostendekkung der durch die Ausschreitungen des 9. November entstandenen Sachschäden wurde den jüdischen Gemeinden ein Bußgeld von einer Milliarde Reichsmark auferlegt. Zahlbar von vermögenden Juden als zwanzigprozentige Vermögensabgabe in vier Raten.
Dr. Joseph Goebbels erwähnte in einer Rede erstmalig, daß die NSDAP dazu stehe, eine antisemitische Bewegung zu sein. Was in der Welt mit großem Erstaunen registriert wurde.
André Gide, der künftige Literaturnobelpreisträger, schrieb in sein Tagebuch, daß Herschel und Eduard ein Paar gewesen seien und vor vielen Augenzeugen miteinander getanzt hätten; es sei ihm ein Rätsel, warum sich die Presse nicht auf diese Geschichte stürze.

Es dauerte Wochen, bis sich die Lage einigermaßen beruhigt hatte und die Schockstarre abfiel von allen, die sich durch den Mord in etwas hineingezogen fühlten, mit dem sie nichts zu tun haben wollten. In Spanien deutete sich eine weitere Katastrophe an. Die Ebro-Schlacht endete am 26. November mit einem Debakel für die republikanischen Kräfte. Acht Tage vor Jahresende konzentrierte Franco seine Truppen für eine Invasion Kataloniens. Dies würde der endgültige Todesstoß gegen die Freiheit sein, nichts und niemand schien den Faschismus aufhalten zu können.

Selbst Karl, als ideologisch gefestigter Mensch, grübelte über dem Gedanken, daß er womöglich in einer Ära lebte, die am Ende dem Feind gehören würde. So barbarisch jener auch daherkam, war ihm eine gewisse Energie und Imposanz nicht abzusprechen. Mit blankem Neid dachte er sich in den politischen Gegner hinein. Für Reaktionäre und deren Sympathisanten mußte diese Zeit einem fulminanten Triumphmarsch gleichen. Kein Wunder, daß so viele bislang unentschlossene Menschen dem Rausch verfielen und die Hand zum Hitlergruß ausstreckten. Deutschland, die Kulturnation, die der Welt soviel Gutes und Schönes geschenkt hatte, war zum Vollzugsorgan eines unberechenbaren Tyrannen geworden. Angesichts dessen, schlußfolgerte Karl, münde jede Kritik an Stalin in verantwortungslose Korinthenkackerei. Nun ging es um alles, Details wurden zu Nichtigkeiten. Vertrauen wurde gebraucht und absolute Hingabe zur einzigen Kraft, die sich Hitler, Mussolini, Franco und Konsorten noch entgegenzustemmen bereit war. Trotz, ja entgegen allen Erfahrungen im spanischen Bürgerkrieg, ungeachtet sämtlicher dort getroffener Fehlentscheidungen, blieb Karl, letztlich auch aus Mangel an sonstigen Möglichkeiten, ein Verehrer des grobschlächtigen Georgiers, der die Sowjetunion repräsentierte.

Am 4. Dezember fand wieder eine Soso statt, bei geänderten Verhaltensregeln. Der frivole Teil des Programms wurde gegenüber dem kulturellen reduziert. Die Stammgäste wurden vorab darum gebeten, keine anstoßerregenden Travestie-Kostüme zu tragen und von öffentlichen gleichgeschlechtlichen Zuneigungsbekundungen abzusehen, was gemeinsames Tanzen einschloß. Pierre hatte darauf bestanden, weil er überall deutsche Agenten sah oder zu sehen glaubte. Es war eine fade Veranstaltung, und das Streichquartett, das Werke von Schubert, Brahms und Hindemith spielte, wurde mit nur lauem Beifall bedacht. Max schwang sich zwischendurch auf die Bühne, und seine Freunde erwarteten, daß er aus dem Roman vorlesen würde, den er gerade schrieb. Doch Max entfaltete eine Zeitung.

Meine Damen und Herren und Unentschiedenen, so wandte er sich ans Publikum, wodurch er Gelächter auslöste. Wollen wir kurz innehalten und der deutschen Jugend gedenken.

Er rezitierte eine auch in Frankreich vielbeachtete frische Rede Hitlers vom 2. Dezember. Mit leicht karikierender, doch erstaunlich exakt getroffener Stimmlage und Rhythmik.

*»Diese Jugend lernt ja nichts anderes als deutsch denken, deutsch handeln, und wenn diese Knaben mit zehn Jahren in unsere Organisation hineinkommen und dort oft zum ersten Mal überhaupt eine frische Luft bekommen und fühlen, dann kommen sie vier Jahre später vom Jungvolk in die Hitler-Jugend, und dort behalten wir sie wieder vier Jahre. Und dann geben wir sie erst recht nicht zurück in die Hände unserer alten Klassen- und Standeserzeuger, sondern dann nehmen wir sie sofort in die Partei, in die Arbeitsfront, in die SA oder in die SS, in das NSKK und so weiter.*

*Und wenn sie dort zwei Jahre oder anderthalb Jahre sind und noch nicht ganze Nationalsozialisten geworden sein sollten, dann kommen sie in den Arbeitsdienst und werden dort wieder sechs und sieben Monate geschliffen, alles mit einem Symbol, dem deutschen Spaten. Und was dann nach sechs oder sieben Monaten noch an Klassenbewußtsein oder Standesdünkel da oder da noch vorhanden sein sollte, das übernimmt dann die Wehrmacht zur weiteren Behandlung auf zwei Jahre, und wenn sie nach zwei oder drei Jahren zurückkehren, dann nehmen wir sie, damit sie auf keinen Fall rückfällig werden, sofort wieder in die SA, SS und so weiter, und sie werden nicht mehr frei ihr ganzes Leben.«*

Den letzten Nebensatz wiederholte Max etwas theatralisch, womit er jedoch große Wirkung erzielte.

*Und sie werden nicht mehr frei ihr ganzes Leben.*

Meine Damen und Herren und entschiedenen Gegner dieses Brunnenvergifters, ich trinke darauf, daß unser Haus Auswüchse solcher Zucht nie beherbergen muß. Salut!

Alle, die ihm zuhörten, fröstelte es. Karl erhob sein Glas und brachte einen Toast aus. *Freiheit!* Und Ellie fügte hinzu: *Paris!* In diesem Moment fühlten sich beide als Helden, zogen nicht geringen Stolz daraus, dem Regime entkommen zu sein, der Heimat rechtzeitig den Rücken gekehrt zu haben. *Vive la France!* riefen einige der Gäste und stimmten spontan die Marseillaise an. Es war ein feierlicher Moment.

Als würden höhere Wesen Einsicht zeigen, auf jene kollektiv geäußerte Bitte hin, ergab sich eine unerwartete Wendung.

Am 6. Dezember unterzeichneten Reichsaußenminister Joachim von Ribbentrop und sein französischer Amtskollege George Bonnet die gemeinsame Erklärung über das künftige gutnachbarliche Verhältnis der beiden Staaten und die Unverletzbarkeit der beiderseitigen Grenze. Man wolle sich bei internationalen Konfliktfällen gegenseitig konsultieren. Nach der deutsch-britischen Erklärung von München wurde hier die zweite westliche Großmacht besänftigt. Das konnte nur bedeuten, dachten viele, daß Hitler auf einen Angriff im Westen vorerst verzichten und sich gen Osten, gegen Polen und die Sowjetunion wenden wollte. Das war ja auch, aus seiner Perspektive, der logischere Feind.

Neue Hoffnung entstand, auf eine gewisse Schonzeit vom Krieg.

Das Silvesterfest fiel dennoch melancholisch aus, obgleich man sich alle Mühe gab, die üblichen Pariser Lebensgefühle zu beschwören und irgendwann gemeinschaftlich betrunken zu werden. Man sah sich zu viert ein in der Rue de Beaujoulaise stattfindendes Lach-Programm aus bewährten Sketchen an und jagte um Mitternacht Feuerwerkskörper in den Himmel. Aber alles wirkte bereits wie eine Wiederholung, eine Wiederhervorholung von etwas, das ein Fund auf dem Weg gewesen war und nun nicht mehr dieselbe Freude, dieselbe Überraschung bereiten konnte. Hinzu kam, daß die Beziehung zwischen Ellie und Pierre neue Risse zeigte und beide nicht in der Laune waren, nach- geschweige denn klein beizugeben.

Ellie, die sich eine Zeitlang zwischen zwei Männern recht wohl gefühlt hatte, empfand die heimliche Ménage à trois als zunehmend lästig und bedrückend. Max hielt sich klug zurück, forderte nie etwas von ihr und schürte dadurch nur Ellies Sucht nach Vertrautheit. Er war der einzige Mensch, der so gut wie alles über sie wußte, mit dem sie über so gut wie alles reden konnte. Und der rein körperlich um einiges begehrenswerter war als Pierre, der sich in den letzten Monaten einen Speckgürtel angefressen hatte, sich unregelmäßig rasierte und oft nach den Zigarren roch, die man als Besucher von Boxkämpfen anscheinend rauchen mußte. Auch ließ er seinen Flatulenzen in ihrer Gegenwart freien Lauf, gab gar mit deren Dauer und Lautstärke an. Wenn sie sich darüber beschwerte, hielt er ihr entgegen, daß es in der Ehe keinen Grund gebe, geben dürfe, sich etwas so Befreiendes zu verkneifen. Sie sei, warf er ihr vor, kleinlich und streitsüchtig geworden. Ihm wäre es lieber gewesen, sie hätte sich diesem Edelnazi Edüaar, den sie so toll fand, in Gottes Namen einmal hingegeben, statt nun ständig ihn, Pierre, dafür verantwortlich zu machen, daß ein verwirrter Pubertierender jenen Edüaar abgeknallt habe.

Das war nicht annähernd der Tonfall, mit dem man Ellie gewinnen konnte. Immer öfter übernachtete sie bei Max. Doch was sie bei ihm als kluge Zurückhaltung diagnostizierte, entsprach in Wahrheit schöpferischer Euphorie, die neben sich nichts anderes mehr für wichtig hielt. Ellie sah ihm im Bett liegend zu, wie er am Tisch saß, dünne, selbstgedrehte Zigaretten rauchte und schrieb, war stolz auf ihn und schlief dabei ein. Eher selten erwachte sie und fühlte seinen Körper auf ihrem, wenn er schnell zum Ziel kam und sich leise stöhnend von ihr abrollte.

Pierre, obschon er ansonsten liberal dachte, glaubte noch daran, daß sich in der Ehe die Frau dem Mann unterordnen müsse. Jedenfalls dort, wo durch ein vernünftiges Gespräch kein Übereinkommen zu erzielen war. So war es allgemein Ansicht, so stand es sogar im Gesetzbuch, und er hatte Angst vor dem Gerede der Leute, das ihn einen Pantoffelhelden nennen würde, sollte er Ellies Eigensinn nicht brechen. Statt dessen entglitt sie ihm zusehends, und zum ersten Mal fragte er sich, ob er nötigenfalls Gewalt anwenden müsse, um die Widerspenstige zu zähmen. Daß sie mit ihrem Halbruder Max so oft in einem Zimmer schlief, nahm Pierre weniger ihr krumm als vielmehr Max, von dem er erwartet hätte, daß er Ellie zur Versöhnung oder zu Zugeständnissen aufrufen würde, statt ihr so gedankenlos Obdach zu geben. Er unterhielt sich darüber mit Karl, seinem besten Freund. Von Mann zu Mann.

Karl hätte später nicht begründen können, warum er sagte, was er sagte. Es sei ihm wider Willen aus dem Mund gefallen, hätte er vor einem Gericht behauptet. Er habe sich produzieren wollen, auch sei der Umstand, selbst kein Mädchen zu besitzen, nicht zu unterschätzen gewesen. Wie auch immer. Pierre erfuhr, daß zwischen Max und Ellie stets eine innige Verbundenheit geherrscht habe, über die übliche Geschwisterliebe hinaus. Karl drückte sich dabei kryptisch aus, um hinterher behaupten zu können, womöglich falsch verstanden worden zu sein. Was aus ihm sprach, war Eifersucht auf den eigenen Bruder, samt einer fast kindischen Lust, Funken zu streuen im Heu. Stunden später tat es ihm schon leid, und er bemühte sich darum, seine Aussage zu relativieren. Auch riet er Pierre dazu, in keinem Fall grob gegen Ellie zu werden, ihr kämpferisches Naturell ließe sich von dergleichen sicher nicht beeindrucken. Er solle unnachgiebig, aber immer freundlich sein und korrekt.

Pierre fragte sich zu Recht, wie dieser Wischiwaschi-Hinweis umzusetzen sei, wie er *unnachgiebig* sein könne, wo Ellie über die schärfste Waffe verfügte, die innerhalb jeglicher Beziehung von Wirkung war. Sie verweigerte sich ihrem Gatten, ungeachtet dessen sexueller Hörigkeit ihr gegenüber. Eine Schweinerei sei das, ein Unding. Er habe nunmal keine Augen für eine andere Frau – das nütze Ellie frech aus, statt sich auf Knien zu bedanken für seine Treue und Hingabe. Pierre stand kurz davor, Ellies eheliche Pflichten einzufordern, in anderen Worten: sie zu vergewaltigen. Karl besprach die entstandene Situation mit Max. Der lächelte erst nur in sich hinein, brachte Ellie aber dazu, einen vorläufigen Frieden zu schließen. Sie möge Pierre eine Handentspannung gönnen. Und solle sonst nichts unnötig hochschaukeln. Ruhe sei das Gebot der Stunde, er, sagte Max feierlich, habe ein dickes Ding auf der Pfanne, etliche Götter seien mit ihm, sie würden zu Dutzenden in seinem Kopf hocken und ihm Hinweise geben noch und noch.

Na dann, erwiderte Ellie, sind wir ja bestens bestückt.

Karl lernte, gerade zur rechten Zeit, bevor ihm das Alleinsein in der Nacht zur körperlichen Qual geriet, an der Universität ein Mädchen kennen. Sie hieß Marguerite und war genauso alt wie er, beinahe vierundzwanzig. Sie studierte Veterinärmedizin, was in der Zeit noch ungewöhnlich genug war, galt der Beruf des Tierarztes doch als Männerdomäne und hart. Man mußte sich dabei auf schlafraubende Arbeitszeiten und unappetitliche Notwendigkeiten einlassen. Es sei denn, man wollte sich in der Stadt auf die Behandlung von Schoß- statt Nutztieren beschränken. Das wollten allerdings viele, der Markt war dementsprechend knapp. Marguerite war die pragmatischste und intelligenteste junge Frau, die Karl je kennengelernt hatte. Es kam ihm nicht zu Bewußtsein, daß sie für sich gezielt nach einem künftigen Doktor suchte und nach einem, der garantiert beruflichen Erfolg haben würde. Von diesem Gesichtspunkt aus schien Karl eine Bank, seine Noten ergaben zusammengezählt eine recht niedrige Summe. Physisch ähnelte Karl immer mehr seinem Zwillingsbruder. Die Sache mit Mila hatte ihn stark abmagern lassen, und seine Haare trug er nun kurz, selbst den Bart war er losgeworden, denn laut gut unterrichteten Zeitungen bevorzugte die moderne Frau einen gesichtsnackten Mann. Und er war zu lange einsam gewesen, um diesen Hinweis nicht ernst zu nehmen. Marguerite sprach ihn an, wie sonst nur ein Junge das Mädchen anspricht. Karl mußte gar nicht viel tun, um nach nur zwei Wochen den ersten Kuss zu bekommen. Ihre Ansichten waren größtenteils vernünftig, sie gab ihre Stimme bei den Wahlen den Sozialisten, aß kein rotes Fleisch, sehr gerne aber Huhn und Fisch. Nikotin und Alkohol lehnte sie ab, zeigte sich umgekehrt einigermaßen tolerant. Ihre Bildung und Intelligenz begeisterten ihn. Nicht zuletzt war sie von schlankem Wuchs, naturblond und hübsch, auf eine etwas androgyne Art, trug eine hypermoderne Bob-Frisur, flache Schuhe und manchmal sogar, natürlich nicht auf dem Gelände der Sorbonne, Hosen. Ihre Brüste waren fast nicht vorhanden, aber auf das Gegenteil legte Karl keinen übertriebenen Wert. Marguerite hätte seinem Ideal einer Gefährtin durchaus entsprochen. Ein einziger, ernsthafter Makel blieb. Sie besaß keinen Witz, war geistig so knochentrocken sachlich, daß sie selbst auf gelungenste Wortspiele nicht reagierte. Für Ironie hätte selbst eine Rechenmaschine mehr Verständnis aufgebracht. Karl war sehr gespannt darauf, wie es sein würde, mit ihr zu schlafen. Wo es vielen jungen Paaren in Paris an einer Möglichkeit mangelte, stand Karl ein ganzes Hotel zur Verfügung. Marguerite ließ sich darauf nicht ein. Sie wolle unberührt in die Ehe gehen. Er könne ihr ja einen Antrag machen und auf eine positive Antwort hoffen. Bei diesem Thema war sie nun so unmodern wie nur möglich. Sie selbst fand sich ungebührlich forsch, immerhin hatte sie ihm ja, nach nur vier Wochen, quasi eine positive Antwort mehr als nur in Aussicht gestellt. Karl redete mit Engelszungen auf sie ein. Die Ehe, eine Lebensentscheidung, eine riskante Angelegenheit, könne doch nicht bedeuten, im Laden eine Wundertüte zu kaufen, man müsse zuvor abgeklärt haben, ob man auch geschlechtlich zueinander passe. Marguerite entgegnete, daß sie eine Frau sei, das stehe so in ihrem Ausweis. Wenn er ein Mann sei, passe man geschlechtlich zueinander, aller Wahrscheinlichkeit nach.

Am 22. März 1939 wurde das seit 1923 Litauen zugeschlagene Memelland mit dem Deutschen Reich wiedervereinigt. Ohne daß ein Schuß gefallen wäre.
Die Bevölkerung der nun wieder nördlichsten Stadt Preußens empfing den Führer mit Beifallsstürmen.

Karl war nahe daran, Ja und Amen zu sagen. Und schreckte im letzten Moment vor einer endgültigen Vereinbarung zurück.

Er liebte Marguerite nicht, wie er Marie und Mila geliebt hatte, das war ihm bewußt, doch vielleicht wurde Liebe als Beweggrund für eine Ehe überbewertet. Daß Marguerite umgekehrt ihn liebte, daß sie überhaupt zu einem großen Gefühl fähig war, blieb wenig mehr als eine vage Hoffnung. Romantische Rhetorik suchte man bei ihr vergebens, wenngleich sie gern und gut küßte. Karl war hin- und hergerissen, und ebensooft, wie er aus spontaner Geilheit beschloß, Marguerite einen Antrag zu machen, bewahrte ihn seine Lebenserfahrung davor, einen irreversiblen Fehler zu begehen. Auch trugen die Nachrichten aus Spanien ihren Teil dazu bei, daß Karl sich nicht gehen lassen konnte. Sie waren ausnahmslos deprimierend.

Die Nationalisten eroberten Katalonien während der ersten zwei Monate des Jahres 1939. Am 26. Januar fiel Barcelona ohne Gegenwehr. Weite Teile der Bevölkerung bejubelten den Einzug von Francos Soldaten. Den Republikanern blieben noch ein paar Großstädte, darunter Madrid und Valencia, aber die kampflose Übergabe Barcelonas wirkte verheerend auf die Moral der Verteidiger. Am 10. Februar wurde der letzte Widerstand in Katalonien gebrochen. Am 27. Februar erkannten die Regierungen von Großbritannien und Frankreich das Franco-Regime offiziell an. Am 28. März fiel Madrid, am folgenden Tag gab Valencia ebenfalls auf, das fast zwei Jahre dem Beschuß der Nationalisten widerstanden hatte. Als die letzten republikanischen Kräfte kapituliert hatten, verkündete Franco am 1. April den Sieg.

Nur Marguerite blieb eisern standhaft, sogar, als Karl mit Tränen in den Augen darum bat, seinen Kopf in ihren Schoß wühlen zu dürfen, er wolle von dieser Welt nichts mehr sehen und hören. Die Beziehung, sofern man von einer solchen sprechen konnte, endete recht überraschend damit, daß Marguerite sich zurückzog und auf Nachfrage zur Auskunft gab, Karl habe es entscheidend an Entscheidungsfreude gemangelt. Womit sie den Tatbestand der Beleidigung ersten Grades erfüllt sah. Den Krieg in Spanien erkannte sie als mildernden Umstand nicht an. Zwei Monate später verlobte sie sich mit einem von Karls Kommilitonen.

Karl erzählte Pierre davon und beide schimpften mit Verve über die Frauen als solche. Den Vorschlag, gemeinsam ein Bordell zu besuchen, lehnte Pierre dennoch ab.

Ich würde, sagte er, nie im Leben mit einer Nutte verkehren.

Wenn du wüßtest...

Wenn ich *was* wüßte?

Ach, nichts. Karl schoß das Blut siedendheiß in den Kopf. Welches Teufelchen hatte sich diesmal auf seine lose Zunge gesetzt? Doch er redete sich gerade noch einmal und recht geschickt heraus.

Ich meinte, wenn du wüßtest, daß die Nutte gesund ist oder gar Jungfrau, würdest du sicher eine Ausnahme machen.

Nein. Auch dann nicht.

Also ging Karl allein ins Bordell, wofür er allen Mut zusammenkratzte – und kam schwer erleichtert wieder heraus, so gut hatte es ihm dort gefallen. Die Tatsache, daß man dort Wünsche äußern konnte jeder Art, deren Erfüllung, etwas Verhandlungsgeschick vorausgesetzt, nicht mal übertrieben teuer war, begeisterte ihn, und er fragte sich verblüfft, wieso er nicht viel früher von solchen Möglichkeiten Gebrauch gemacht hatte.

Das Verhältnis von Pierre und Max wurde immer weniger herzlich. Pierre dachte nicht ernsthaft daran, es mit einem sexuellen Konkurrenten zu tun zu haben, doch schien offensichtlich, daß Karl die Wahrheit angedeutet hatte. Max und Ellie pflegten eine Verbindung der besonderen Art. Dagegen war nichts zu sagen, geschweige denn zu machen, man heiratete die Mischpoke einer Frau nun einmal mit. Aber Pierre war doch recht ungehalten darüber, daß Ellie in Max immer einen Nothalt besaß und ihre Probleme zuallererst mit ihm besprach. Woraufhin sie stets das unternahm, wozu ihr der selbsternannte Herr Jung-Romancier riet. Max kümmerte sich fast gar nicht mehr um das Hotel, strich dennoch schamlos sein monatliches Salär ein. Außer der Organisation der Sosos, die er zugegebenermaßen noch leidenschaftlich betrieb, wollte er mit profanen Verpflichtungen anscheinend nichts mehr zu tun haben. Jemand wie Xavier Chapelle fehlte nun an allen Ecken und Enden, und Pierre, der sich selbst zu lange dem süßen Leben hingegeben hatte, begann sich langsam Sorgen um die Zukunft des *Monbijou* zu machen. Er sah sich gezwungen, den Chefkoch zu entlassen, weil etliche Abrechnungen nicht stimmten, die Max hätte überprüfen müssen. Wenn er Ellie davon in Kenntnis setzte, setzte die einen sehr gelangweilten Blick auf, als ginge sie derlei doch bitte nichts an. Tatsächlich gab es keinerlei Grund, in Panik zu verfallen. Das Hotel stand insgesamt ganz gut da, und die Reserven aus dem Erbe Julies, fast vierhunderttausend Francs, bildeten ein weiches Ruhekissen für alle aufflatternden Ängste. Was Pierre denn doch nicht gut schlafen ließ, war einzig Ellies undurchschaubares Verhalten ihm gegenüber. Mal ließ sie ihn, im engsten Sinne des Wortes, an sich abtropfen, mal gönnte sie ihm wieder die Gnade, sich ihres Körpers zu bemächtigen. Und immer hatte Pierre das Gefühl, seine ferngelenkte Gattin sei nicht mit ganzem Herzen bei der Sache, befolge Instruktionen einer fremden, unbekannten Macht. Er war mit Ellie nicht mehr glücklich, und sie wohl auch nicht mit ihm. Sollte er ihr das sagen? Sie darauf ansprechen? Ihr Vorwürfe machen? Oder gab es in jeder Ehe solche Kälte-Momente, die auszusitzen waren, überwunden werden mußten?

Spät erst wandte sich Pierre direkt und sehr offen an Max und bat ihn um freundschaftlichen Beistand, forderte von ihm Auskunft darüber, wie Ellie ticke, wie er die korrodierte Beziehung zu ihr neu verschärfen könne. Wobei er sich wie ein Idiot vorkam. Zumal, als Max sich sperrig gab und Bedenken äußerte. Er wolle sich da mal lieber nicht einmischen, es gehe um eine Sache zwischen Eheleuten. Er als Junggeselle sei da der falsche Ansprechpartner, weil zu unerfahren.

Du bist ein falscher Fuffziger, entfuhr es Pierre.

Max tat, als sei ihm das weithin egal, er zeigte sich sogar froh darüber, daß Pierre ihm einen Vorwand bot, die Debatte abzubrechen. Erst als er die Kaskade der Konsequenzen in Betracht zog, ruderte er zurück, nannte Pierre einen Kameraden und bot ihm eine Art Versöhnung an. Ellie, sagte er, schätze Blumen, mehr aber noch geschmolzenen Harzer Käse auf gebratenem Gemüse. Harzer Käse werde in Paris nicht verkauft, die Franzosen wüßten nicht einmal, daß etwas wie Harzer Käse überhaupt existiere. Ellie funktioniere im Grunde erschrekkend einfach, resümierte Max. Wobei er Pierres unentschlossenen, beinahe hilflosen Gesichtsausdruck genoß.

Meinst du das ernst?

Naja, im Grunde schon. Bereite ihr eine Freude. Sie denkt, du denkst, daß du sie seit eurer Heirat im Sack hast und mit ihr machen kannst, was du willst. Aber um die Liebe muß man jeden Tag neu kämpfen.

Pierre versprach, darüber nachzudenken. Den Vorschlag mit dem Harzer Käse verfolgte er dann doch nicht weiter. Aber einen riesigen Strauß roter Rosen ließ er ihr liefern, samt einem Kärtchen, auf dem er um Verzeihung bat. Ellie zeigte sich gerührt, genau wie Max es ihr vorgeschlagen hatte.

# ABSCHIED VON EUROPA

Am 4. April 1939 erhielt Ellie einen höchst eigenartigen Brief von Jean Zanoussi. Er habe zwei Kätzchen abzugeben und würde sie gerne Ellies Obhut anvertrauen. Mehr sei ihm nicht geblieben an irdischen Besitztümern. Mehr habe er auch nie angestrebt.

*Einmal hatte ich Gelegenheit, etwas wirklich Gutes zu tun. Passé. Im Nachhinein gibt es kein Ziel. Liebe Ellie, der Ernst der Stunde wirft auf Sie keinen geringen Schatten. Fliehen Sie, solange sich Gelegenheit bietet, in die Sonne. Für heute adieu, und danke für die wenigen schönen Sekunden letzthin, als ich mit meinen Gedanken bei Ihnen sein durfte. Wir sind die Hölle und der Ausweg. Für große Worte hatte ich nie Kraft genug. Ich grüße Sie.*

*PS: Die Katzen haben keine Namen. Das ist sinnlos. Es wird, wie immer, Zeit.*

Ellie reichte den Brief an Pierre weiter, der Zanoussis Wohnung von der Gendarmerie aufbrechen ließ. Der Anarchist hatte sich, eine bemerkenswerte Form des Suizids, die Kehle durchschnitten. Die hungernden Katzen mußten sich tagelang von Blut ernährt haben, ihre rotverschmierten Mäuler wirkten wenig niedlich. Man wusch die Tiere, duschte sie ab, bevor sie Ellie übergeben wurden. Die an ihnen sofort Gefallen fand.

Wie Zanoussi begingen im Jahr 1939 viele Selbstmord, die den Untergang der spanischen Republik, die Trägheit der Demokratien und den braun-schwarzen Triumphzug nicht ertragen konnten. Eines der prominentesten Beispiele war der Schriftsteller Ernst Toller, der sich in New York erhängte.

Ein als erwerbslos geltender Vorbestrafter, ein politisch radikaler Wirrkopf wie Jean Zanoussi interessierte die Polizei höchstens insofern, als sie ihn von der Liste der üblichen Verdächtigen streichen konnte. Der Fall hätte weiter kein Aufsehen erregt, wären in seiner stinkenden Bude nicht die Papiere des vermißten Xavier Chapelle gefunden worden.

Damit war ein Bezug Zanoussis zum *Hotel Monbijou* hergestellt, und der zuständige *Lieutenant de Police*, Odilo Perec, richtete an Pierre Geising einige unangenehme Fragen. Pierre gab sofort zu, den Anarchisten gekannt und mit Nahrungsresten versorgt zu haben, auch habe Zanoussi, das sei schon eine Weile her, ein paar Wochen lang in einem Verschlag unten in der Küche gehaust.

Weswegen? Fragte der verdutzte Perec, ein fettleibiger, kurzatmiger Mensch, der kurz vor der Pensionierung stand und für eine eher gemächliche Vorgehensweise bekannt war.

Mitleid. Pierre gab an, er habe den Mann interessant, ja amüsant gefunden.

Dann ist er Ihr Freund gewesen?

Das könne man so nicht sagen, nein, dazu gehöre schon etwas mehr.

Haben Sie irgendeine Erklärung, warum sich Chapelles Papiere im Besitz von Zanoussi befanden?

Nein. Nicht die geringste.

Vor dem Fenster entlud sich ein heftiges Unwetter, es regnete wie aus Kannen. Perec akzeptierte die Einladung zu einem kleinen Glas Bier. Den zuvor angebotenen Cognac hatte er noch abgelehnt.

Es gibt ja nun zwei Fragen, die ich mir stelle. Erstens, wie er in den Besitz dieser Papiere gelangt ist. Zweitens, warum er sie nicht verbrannt hat.

Ja, eben, meinte Pierre, er hat sie *nicht* verbrannt, also mußte er wohl kein schlechtes Gewissen ihretwegen haben.

Ja, das klingt logisch. Perec nippte vom Bier und wischte mit dem Handrücken über seine schweißbedeckte Stirn. Man könne natürlich auch überlegen, ob er mit der Nichtbeseitigung jener Papiere eventuell eine Botschaft hinterlassen wollte.

Eine Botschaft? Welcher Art?

Nun, ein *Geständnis* selbstverständlich. Bisher sind wir davon ausgegangen, daß Chapelle sich wegen seiner Schulden aus dem Staub gemacht hat. Jetzt aber deutet vieles auf etwas, hmm, *anderes* hin. Ohne gültigen Ausweis kommt man heutzutage nicht weit. Die Vermutung liegt da doch nahe, daß Chapelle nicht mehr unter den Lebenden weilt. Oder etwa nicht?

Pierre erschrak. Vor seinem geistigen Auge zeichnete sich eine Hausdurchsuchung ab, eine Überprüfung der Bücher, eine Befragung der Gäste, lauter Unannehmlichkeiten. Schnell würde man herausfinden, daß er und Xavier einander zuletzt spinnefeind waren, und dann – dann – stünden allen möglichen Theorien die Türen offen. Pierre bemühte sich darum, gelassen zu bleiben. Es könne sein, sagte er, wobei er jede Silbe zweimal mit der Zunge auf Glaubwürdigkeit prüfte, es könne sogar sehr gut sein, daß Chapelle und Zanoussi – nun…

Nun?

Der Anarchist habe, unnötig eigentlich, das zu erwähnen,

Beziehungen zum Untergrund gehabt. Sicher auch zu Fälscherwerkstätten. Vielleicht habe Chapelle sich eine neue Identität verschafft, mit Hilfe Zanoussis.

Interessant! In der Tat. Sagen Sie mal, wenn Sie wußten, daß Zanoussi über solche Beziehungen verfügte, warum haben Sie das nicht den Behörden gemeldet?

Ähm. Naja.

Pierre wurde schmerzhaft bewußt, daß er gerade dabei war, sich um Kopf und Kragen zu reden. Jetzt jedoch abrupt zu schweigen, wäre ihm noch ungünstiger ausgelegt worden. Draußen stürmte es, und alle paar Sekunden war Donnergroll zu hören.

Sie haben schon recht, beschwichtigte er Perec. Aber ich wußte nichts *sicher*, es gab Gerüchte – und Zanoussi war alt, ein Wrack, geistig wie körperlich, man konnte ihn nicht ernst nehmen, er hat seine letzte Kraft in Barcelona verbraucht, redete viel Unsinn daher. Ich hatte in keinem Moment das Gefühl, es könne von ihm irgendeine Gefahr für die Allgemeinheit ausgehen. Ist das Bier kalt genug?

Perec nickte und machte sich auf einem Block Notizen. Dann bat er um Verständnis, man müsse in *jede* Richtung ermitteln. Zanoussi könne, seine Schuld vorausgesetzt, ohne eigenes Motiv gehandelt haben, im Auftrag von irgendjemandem. Ob es zuviel Mühe bereiten würde, fragte er, eine Liste der Stammgäste des Hotels und des Personals aufzustellen? Möglichst, soweit bekannt, mit privaten Adressen.

Pierre antwortete, daß er dazu bereit sei. Die Diskretion eines Hoteliers müsse darunter zwar leiden, notwendigerweise, aber er habe nichts zu verbergen.

Dann haben Sie auch nichts zu befürchten, meinte Perec. Erst mit einer gewissen Verzögerung registrierte Pierre den tieferen, bedrohlichen Gehalt dieses Satzes. In der Nähe schlug ein Blitz ein, Pierre zuckte zusammen, während Perec das Gewitter gar nicht zu bemerken schien.

Vielleicht, das würde mich besonders interessieren, hat Zanoussi ja irgendwann Streit mit Chapelle gehabt oder mit irgendwem anderen, der auf Ihrer Liste stehen wird. Wäre es Ihnen möglich, sie mir morgen im Lauf des Tages vorbeizubringen? Perec legte sein Visitenkärtchen auf den Tisch.

Selbstverständlich, versicherte Pierre. Sein Kopf glühte, ihm fiel der Vorfall ein, als Heinrich Halter alias Herschel Grynszpan Zanoussi ins Gesicht gespuckt hatte. Herrgott, welche Dimensionen nahm das an?

Nachdem Perec sich überraschend verabschiedete, ohne weitere, sehr wohl mögliche Fragen zu stellen und, noch überraschender, ohne einen Hotel-Regenschirm zu borgen, gönnte sich Pierre ein großes Glas Cognac. Danach bat er Ellie, Max und Karl zu einer Krisensitzung in sein Büro. Diese zog sich bis in den späten Abend hin.

Pierre mußte sich, vor allem seitens Max, einige Vorwürfe gefallen lassen ob seiner Willfährigkeit gegenüber einer Behörde, die, bei entspannter Betrachtung, doch weder gegen ihn noch gegen irgendwen sonst etwas in der Hand hatte. Natürlich müsse man nun, leider, eine solche Liste erstellen, um kooperativ zu wirken.

Da wir alle, schlußfolgerte Ellie, eine reine Weste haben, müssen wir uns vor nichts fürchten. Andererseits liegt es in unserer freien Entscheidung, was wir mitteilen und was nicht. Und unsere Gäste sollten uns heilig sein.

Karl stimmte zu und plädierte dafür, daß man auf die Liste nur erfundene Namen setzen solle. Die anderen hielten das für zu dreist, selbst wenn viele Soso-Teilnehmer tatsächlich ein

Pseudonym, einen *nom d'amour* verwendeten. Endlich fand man zu einem Kompromiß aus zwei Dritteln existierender und einem Drittel erfundener Menschen. Prominente Namen sollten nicht erwähnt werden, und Herschel Grynszpan sei inzwischen ein prominenter Name. Seine kleine Auseinandersetzung mit dem betrunkenen Zanoussi habe im übrigen kaum jemand mitbekommen. Dies könne getrost unter den Tisch fallen. Soll die Polente, sagte Ellie, doch denken, was sie will.

Karl hielt es für eine moralische Verpflichtung, jeden, der mit seinem echten Namen auf der Liste landen würde, umgehend davon zu unterrichten. Pierre fragte sich laut, ob das nicht als Strafvereitelung aufgefasst werden könne.

Max hielt die Liste an sich immer noch für eine abscheuliche Sache und unnötig vorauseilenden Gehorsam. Schließlich habe man nichts zu befürchten, selbst *wenn* Zanoussi, was er nicht glaube, Chapelle um die Ecke gebracht habe.

Pierre wollte kein Spießer genannt werden, nur weil er jede Angelegenheit in die schlimmstmögliche Richtung weiterdachte. Es gehe hier um die Zukunft seines Hotels.

Wenn du deine Liste morgen auf dem Präsidium ablieferst, sagte Max, ist ein Großteil dieser Zukunft Vergangenheit. Die Szene wird weiterziehen. Wir haben hier etwas aufgebaut. Wovor hast du Angst? Was könnte man dir zur Last legen? Daß du Zanoussi durchgefüttert hast?

Es kam zu einem ernsthaften Streit. Ellie hielt sich zurück, schwankte hin und her, unsicher, auf welche Seite sie sich schlagen sollte. Daß Pierre sich übertriebene Sorgen mache, dafür fiel ihr ein launiges Argument ein.

Wenn dieser Polizist einen gravierenden Verdacht gegen dich hätte, würde er dir nicht die ganze Nacht Zeit geben, Beweise verschwinden zu lassen.

Wie bitte? Was für Beweise denn?

Ich meine: hypothetisch.

Vielleicht, sagte Max, stehen aber auch schon Polizeidetektive draußen auf der Straße und warten nur darauf, daß du die Leiche aus dem Keller holst.

Pierre konnte diese Art schwarzen Humor gerade überhaupt nicht vertragen. Ellie ging dazwischen. Lange debattierte man hin und her.

Es wurde am Ende eine relativ kurze Liste erstellt und Ellie erbot sich, sie an Pierres Stelle bei Perec abzuliefern. Das würde dem Gang einiges an Unterwürfigkeit nehmen beziehungsweise eine gewisse Nonchalance hinzufügen, ja eine galante Note.

Die Liste umfaßte etwa fünfzig meist unbedenkliche Personen, deren einziges Auswahlkriterium gewesen war, öfter als einmal im Hotel logiert zu haben. Nur-Besucher der Sosos wurden nicht erwähnt, weil ja nicht ausdrücklich verlangt. Hinzu kam ein Verzeichnis der aktuell im Hotel angestellten Bediensteten. Max und Karl fehlten auf der Liste. Sie waren im engeren Sinne keine Angestellten, sondern Familienangehörige, die kein zu versteuerndes Gehalt bezogen, sondern eine Art Taschengeld.

Ellie zog sich am nächsten Morgen etwas nicht übertrieben Schickes an, fuhr in die *Préfecture de Police* auf der Île de la Cité und lieferte Perec die Liste ab. Der zeigte sich erfreut über ihre Anwesenheit. Wenn sie Madame Geising sei, könne sie ihm gleich eine Frage beantworten.

Aber bitte, gerne.

Perec zückte seinen Notizblock. Er sei gestern noch bei Blanche Chapelle gewesen und habe sie mit dem Namen *Jean*

*Zanoussi* konfrontiert. Der Name habe ihr zuerst nichts gesagt, dann aber sei ihr eingefallen, daß sie ihn doch schon einmal gehört habe, und zwar – aus dem Mund von Madame Geising.

Perec klappte den Notizblock zu. Können Sie mir das näher erläutern?

Ellie setzte ein verwirrtes Lächeln auf. Was genau finden Sie daran denn erläuterungswürdig?

Perec erwiderte das Lächeln. Nun, Madame Chapelle sagt aus, Sie hätten sie nach dem Verschwinden Xaviers aufgesucht und gefragt, ob sie wisse, wo Zanoussi sei, der Anarchist. Und daß Xavier ihr doch sicher einmal von ihm erzählt haben müsse. Im übrigen seien Sie sehr unruhig gewesen und streitsüchtig.

Das ist alles richtig. Streitsüchtig war allerdings Blanche, nicht ich. Sie hat mich beschimpft, als Emporkömmling.

Lassen wir das dahingestellt. Warum *genau* waren Sie denn nun bei Blanche?

Aus humanitären Gründen. Ich wollte ihr anbieten, daß sie wieder bei uns arbeiten könne, wenn sie das wolle. Aber sie ist pampig geworden, und so ist es dazu erst gar nicht gekommen.

Und weshalb haben Sie sie nach Zanoussi gefragt?

Ellie zögerte, dann zuckte sie mit den Schultern und schwieg. Ihr fiel keine stichhaltige Begründung ein, außer der Wahrheit. Daß sie Pierre verdächtigt hatte, er könne etwas mit Zanoussis Verschwinden zu tun haben. Selbst ein noch so tölpelhaft wirkendes Schweigen war besser, als auch nur eine Silbe in diese Richtung zu äußern.

Sie wollen nichts dazu sagen, Madame? Gar nichts?

Naja. Es fällt mir schwer.

Inwiefern?

Weil ich – im Grunde – Sie brachte den Satz nicht zu Ende.

Jetzt machen Sie mich aber schön neugierig, Madame.

Ellie dachte fieberhaft nach. Fieberhaft, leider im wahrsten Sinne des Wortes, suchte sie nach einer tragfähigen Geschichte. Sich jetzt, binnen Sekunden, etwas Glaubhaftes auszudenken, schien unmöglich. Eher möglich war vielleicht, die Wahrheit zu sagen, ohne den innersten Kern der Wahrheit auszusprechen.

Ich habe meinen Mann auf gewisse Weise hintergangen.

Ach? Mit Zanoussi?

Was Sie wieder denken, nein. Um Himmels willen. Es ist so gewesen: Ich habe unseren Küchenjungen, Luc, dabei erwischt, wie er Zanoussi Essenspakete lieferte. Zanoussi war mir immer schon unheimlich gewesen. Ich wollte ihm den Umgang mit meinem Mann verbieten. Dazu brauchte ich seine Adresse. Ich habe Blanche gefragt, die wußte sie nicht. Ich habe damals einfach jeden gefragt, zuletzt den Küchenjungen. Der wußte sie und gab sie mir. Ich hab ihm noch fünfzig Francs in die Pfote gedrückt, damit er dichthält. Aber er ist sofort zu Pierre gerannt und hat ihm alles brühwarm verklickert. Wir haben uns deswegen in die Haare gekriegt. Und wieder vertragen.

Perec musterte sie lange, er wirkte beinahe amüsiert.

Eben haben Sie gesagt, daß Sie diesen Luc dabei erwischt hätten, wie er Zanoussi Essenspakete lieferte. Dann sagten Sie aus, sie hätten von ihm Zanoussis Adresse bekommen. Wie denn nun?

Ich bin etwas verwirrt. Sie haben recht, es war andersherum, ich habe von ihm die Adresse bekommen und dann erst erfahren, daß er Zanoussi mit Lebensmitteln versorgt. Aber ist das denn wichtig?

Vielleicht nicht. Nur plagt mich das Gefühl, daß Sie mir etwas verschweigen. Zanoussi hat Ihnen seine Kätzchen vermacht. Offenbar hat er Sie gemocht. Obwohl Sie ihm, wie Sie behauptet haben, den Umgang mit Ihrem Mann verbieten wollten.

Ellie war nicht mehr fähig, klar zu denken. Natürlich hatte sie etwas Wesentliches verschwiegen. Nämlich, daß Zanoussi zu Gast auf einer der Sosos gewesen war und von Karl blutig getreten wurde. Und daß sie sich bei dem Anarchisten dafür entschuldigen wollte. Spielte das eine Rolle?

Sie quälen mich, Monsieur. Was möchten Sie denn von mir hören? Ich bin einmal in Zanoussis Wohnung gewesen, es hat fürchterlich gestunken, er redete krankes Zeug und fand mich wohl, naja, apart, ich habe daraufhin sofort das Weite gesucht. Warum zwingen Sie mich, all diese Details hier auszubreiten?

Ich zwinge Sie doch nicht. Perec setzte ein besorgtes Gesicht auf und bot Ellie eine Zigarette an. Sie lehnte ab. Aus Angst, Schwäche zu zeigen, indem sie sich an etwas festhielt, das dünn war und in Rauch aufging.

Es ist nur so, Madame, daß ich mir am Ende eines Tages nicht wie ein Idiot vorkommen möchte. Haben Sie bitte ein wenig Verständnis für mich, dann habe ich umgekehrt auch sehr viel Verständis für Sie.

Aha, dachte Ellie. Jetzt gibt er den Netten, Entgegenkommenden. Plötzlich schien ihr das Situationsmuster vertraut, sie gewann etwas Selbstsicherheit zurück.

Dann sagen Sie mir doch einmal, bitte, was genau Sie für möglich halten! Xavier Chapelle, ein drogenkranker Spielsüchtiger, hat uns zweitausend Francs aus der Kasse geklaut. Sollen wir deswegen irgend etwas damit zu tun haben, daß seine Papiere sich beim toten Zanoussi finden? Sagen Sie mir das! Falls es verboten ist, daß ein Selbstmörder mir zwei namenlose Katzen vererbt, sagen Sie mir das!

Perec wirkte beeindruckt. Nun war es an ihm, mit den Schultern zu zucken und zu schweigen. Er guckte da nicht durch, und allmählich stellte sich die Frage, ob da durchzugucken den Aufwand wert war.

Wie so oft im Leben, entschied die unmittelbare Sympathie. Ellie Geising war eine hübsche Frau mit entwaffnendem Akzent, und obgleich es noch viel zu bohren und zu wühlen, etliche Lügen und Halbwahrheiten zu entlarven gab, resignierte Perec. Letztlich war ihm relativ egal, ob ein Subjekt wie Xavier Chapelle tot war oder nicht, es gab weißgott Wichtigeres. Laut Aktenvermerk galt das *Monbijou* als kulturell verkappter Tukkentreff. Darum sollte sich bei Gelegenheit die *Brigade Mondaine* kümmern, die Kollegen von der Sitte. Er, Odilo Perec, hatte in den vierzig Jahren seines Staatsdienstes genug geleistet, um erhobenen Hauptes in Rente zu gehen. Er mochte nicht mehr ohne dringenden Grund Dreck unter den Fingernägeln von Leuten hervorkratzen, die er eigentlich recht putzig fand. Mit einer knappen Verbeugung geleitete er Ellie Geising zu seiner Bürotür und wünschte ihr noch einen sonnigen Tag.

Am nächsten Morgen, nachdem er sich beim Rasieren geschnitten hatte, dachte Perec um und bestellte den Küchenjungen zum Verhör. Luc Bouchard bestätigte im wesentlichen Ellies Angaben. Danach gefragt, was er vom Charakter seines Chefs halte, äußerte sich der inzwischen Achtzehnjährige überschwenglich lobend. Pierre Geising sei ein korrekter, hilfsbereiter Mensch, der auch mal fünfe gerade sein lassen könne. Seit dem Verlust seiner ersten Frau, Julie, habe er eine gewisse Pingeligkeit abgelegt und gegen gesteigerte Lebenslust eingetauscht. Zanoussi sei von ganz anderem Schlag gewesen, vor ihm hätten alle Angst gehabt, als er wochenlang unten neben der Küche hauste. Ein alttestamentarischer Irrer, ein selbsternannter Prophet.

Monsieur Geising hatte aber keine Angst vor ihm?

Nein, anscheinend nicht.

Auf die Frage, ob Geising Zanoussi nur mit Essensresten, nicht auch mit Geld versorgt habe, wußte Luc keine Antwort. Wer könne das ausschließen?

Und ich nehme an, Monsieur Geising ist glücklich mit seiner neuen Gattin?

Das nehme ich auch mal an. Luc beschloß, in diesem Punkt diskret zu bleiben, obwohl alle vom Personal wußten, wie oft Ellie bei ihrem Bruder Max übernachtete. Und sich das Maul darüber zerrissen.

Perec kramte in den vor ihm liegenden Notizen. Er zog eine Aussage der Mutter von Blanche Chapelle hervor. Sie hatte angegeben, daß Xavier Chapelle von seiner Frau gefordert habe, sie solle ihr Haar wie Ellie Geising tragen. Ja, daß Xavier auf Ellie Geising fixiert gewesen sei.

Davon höre ich zum ersten Mal, sagte Luc.

Xavier Chapelle hat sich also weitgehend korrekt verhalten gegenüber Madame Geising?

Mir ist nichts Gegenteiliges bekannt. Wenn es auch schwer fällt, zu behaupten, Chapelle habe sich irgendwo korrekt verhalten.

Hat er das sonst nicht?

Iwo. Zum Schluß hat er doch nur noch gearbeitet, wenn ihm alles andere zu langweilig war. Meistens befand er sich nicht einmal im Haus, sondern trieb sich irgendwo rum.

Wie lange ging das so?

Einige Monate.

Das fand Perec merkwürdig. Erneut kramte er in seinen Notizblättern. Pierre Geising hatte ausgesagt, Perec las die Passage laut vor, *man rede von einem bis dato zuverlässigen, verdienstvollen Angestellten, der sich in letzter Zeit öfter einmal in eine Art Stundenexil zurückgezogen habe.*

Naja, so sei er eben, sagte Luc. Großzügig. Sehr großzügig und dickfellig.

Dickfellig, aha. Hatte er sonst noch Grund dazu?

Wie meinen Sie das bitte?

Konnte er sich Ellies, ich meine Madame Geisings Treue sicher sein?

Wie soll ich das wissen?

Es gibt in einem Hotel doch sicher Gerüchte, Gemunkel. Fest steht, daß Chapelle mehr als nur ein Auge auf Geisings Gattin geworfen haben muß. Und Monsieur Geising soll das kalt gelassen haben? Hat er nicht eifersüchtig reagiert?

Keine Ahnung. Bis eben wußte ich davon nichts. Ich bin der Küchenjunge.

Und Ihr Name ist Hase, natürlich.

Nein, Bouchard! Ich weiß wirklich nicht, worauf Sie abzielen.

Im Moment weiß ich das auch nicht so genau. Perec grinste selbstironisch und reichte Luc die Hand. Sie können gehen. Merci.

Im *Monbijou* machte man sich allerhand Gedanken darüber, warum der Selbstmord eines mittellosen Mannes die Polizei derart beschäftigte. Am Tathergang konnte nicht der geringste Zweifel bestehen, die Wohnung des Anarchisten war von innen abgeschlossen gewesen, und es existierte ein Abschiedsbrief.

Max gab zu bedenken, daß Zanoussi bestimmt viele Geheimnisse mit ins Grab genommen habe. Wer unter den hier versammelten Menschen könne behaupten, ihn auch nur halbwegs gekannt zu haben? Vielleicht verfüge die Polizei über ganz ungeahnte Informationen, die den Bereich der nationalen Sicherheit beträfen. Es sei auf jeden Fall sehr unvorsichtig gewesen, sich mit ihm einzulassen, ihn gar noch zu verköstigen.

Karl und Pierre nahmen die Spitze als Vorwurf gegen ihre Person wahr. Karl erklärte zum hundertsten Mal, daß er Zanoussi nicht nach Paris eingeladen habe, das sei ein dummes Mißverständnis gewesen. Und Pierre fand, daß er sich keine Vorhaltungen gefallen lassen müsse, nur weil er einem Hungernden zu essen gegeben habe. Essens*reste*, sagte er dazu, sich verbessernd, die ohnehin in den Müll gewandert wären.

Paris stand in jener Woche noch unter dem Eindruck eines kürzlich zu Ende gegangenen aufsehenerregenden Prozesses, dessen Einzelheiten man Tag für Tag gespannt in der Presse verfolgt hatte. Eugen Weidmann, ein gebürtiger Deutscher, war mit diversen Komplizen angeklagt gewesen, sechs Touristen erschossen und ausgeraubt zu haben, bevor er nach einem spektakulären Schußwechsel mit der Polizei verhaftet und am 31. März zum Tode verurteilt worden war. Weidmann sah blendend aus und gab vor Gericht eine elegante Figur ab. Die populäre Schriftstellerin Colette ließ sich mit dem Satz zitieren: *Schade um seinen hübschen Kopf.*

Das gesellschaftliche Bewußtsein war durch Weidmanns unverhältnismäßige Greueltaten geschärft. Sie hinterließen deutliche Spuren im Unterbewußten eines jeden, der darüber reflektierte. Vielleicht hätte in einer anderen, entspannteren Atmosphäre ein Ermittler wie Odilo Perec weniger Ambition und Aufmerksamkeit gezeigt. Vielleicht spielte gar die Tatsache eine Rolle, daß Pierre Geising ein gebürtiger Elsaß-Deutscher war.

Perec verhörte noch weitere Angestellte des *Monbijou.* Sie alle schienen nichts Genaues zu wissen. Immerhin erfuhr er so erstmals von der Existenz der beiden Brüder Ellies. Halbbrüder, genaugenommen, von deutscher Nationalität, die bei der Leitung des Hotels eine offenbar nicht zu unterschätzende Rolle spielten. Über Karl Loewe existierte eine dünne Akte. Er hatte, wenn auch vor Jahren, einen wenn auch ganz harmlosen Artikel in der Pariser Tageszeitung veröffentlicht und war dementsprechend dem Umfeld der extremen Linken zugeordnet worden. Max Loewe war nie polizeilich in Erscheinung getreten. Perec erfuhr weiterhin, daß Geising durchgängig im Hotel übernachtete, während er die Wohnung in der Rue Gabrielle seit dem Tod seiner ersten Gattin praktisch nicht mehr nutzte. Weswegen verkaufte er die Wohnung dann nicht? Er hatte es anscheinend nicht nötig. Auch die gestohlenen 2000 Francs waren laut freiwillig erteilter Bankauskunft Kleingeld für ihn; das ergab kein ernsthaftes Motiv.

Wer hätte denn überhaupt das stärkste Interesse an Chapelles Verschwinden gehabt? Natürlich Blanche, die mißhandelte und gedemütigte Ehefrau. Perec glaubte, ein gutes Auge für Menschen zu besitzen, und als er Blanche kennengelernt hatte, schloß er bald aus, daß sie zu einem Kapitalverbrechen fähig war. Aber vielleicht hatte er sich täuschen lassen. Sie habe, sagte sie, von Zanoussis Existenz erst durch Ellie erfahren, die sich – aus welchem Grund? – nach ihm erkundigt hatte. Aus welchem Grund. Aus welchem Grund. Er sah in seinen Notizen nach: Um Zanoussis Adresse zu erfahren. Um Zanoussis Adresse zu erfahren? Sie hatte alle möglichen Leute danach gefragt, zuletzt den Küchenjungen. Warum hatte sie nicht einfach und vor allen anderen *Pierre* danach gefragt? Und *falls* sie ihn danach gefragt hatte, warum hatte Pierre die Adresse nicht herausgerückt? Weil Ellie ihm den Umgang mit Zanoussi verbieten wollte, gut. Warum wollte sie ihm den Umgang mit Zanoussi verbieten?

Perecs Gedanken drehten sich im Kreis, ihm wurde ganz schwindlig. Irgend etwas, das war ihm klar, enthielt irgendwer ihm vor. Aber wer, was und warum? Ging es um Geld? Der Racheakt eines Gläubigers war denkbar. Etliche der Buchmacher, denen Xavier Geld schuldete, waren nicht eben für ihre Geduld bekannt. Wenn dem so war, würde man es nie herausbekommen, höchstens durch einen Zufall.

Ging es um Eifersucht? Xavier Chapelle hatte seine Frau geschlagen, obwohl sie schwanger gewesen war. Das kommt selten vor bei so kurz miteinander verheirateten Paaren der Mittelschicht. Meistens dann, wenn der Mann den Verdacht hegt, das Kind stamme nicht von ihm.

Bisher hatte Perec mit dem Gedanken gespielt, Ellie könne eine heimliche Affäre gehabt haben, mit Chapelle, vielleicht sogar mit Zanoussi. Oder gar beiden? Er hatte schon viel Abgründigeres erlebt in seiner langen Laufbahn als Kriminaler. Die Welt strotzte vor Unwahrscheinlichkeiten, eben weil sie groß war und vieles in ihr möglich. So banal das klang, man mußte es sich immer wieder deutlich machen. Perec sah ein, daß er sich da wohl in etwas verrannt hatte und dabei war, die letzten Wochen seiner Arbeitszeit sinnfrei zu vergeuden. Er spannte die beiden Gummiringe über den Aktendeckel und gab sich geschlagen. Eine Schublade ging auf, wie ein riesiger Rachen. Perec hielt inne. Plötzlich erhellte sich sein Gesichtsausdruck, und er schnaufte laut seinen gesamten Lungeninhalt durch die Nase aus. Ihm war eine Idee gekommen, wie dem Wissenschaftler eine Theorie zufliegt, die alle Fakten und Wahrnehmungen zu etwas Sinnvollem verwebt. Es war im Grunde so naheliegend, so logisch, daß er sich beinahe schämen mußte, nicht gleich daran gedacht zu haben.

Am 20. April, der zum deutschen Nationalfeiertag erklärt wurde, beging Adolf Hitler seinen 50. Geburtstag. Die Planungen für einen Angriff auf Polen waren bereits in vollem Gange. Hitler war durch seine Erfolge zu selbstbewußt geworden, um von seiner Unbesiegbarkeit, seiner geschichtlichen Sendung, nicht überzeugt zu sein.

Am 21. April wurden Karl und Max Loewe verhört. Sie fügten sich der Befragung, obschon sie kurzfristig erwogen hatten, möglichem Ärger aus dem Weg zu gehen und abzutauchen.

Karl blieb sehr ruhig, lieferte sachliche und schlichte Charaktereinschätzungen aller für den Fall relevanten Personen. Beinahe nichts von dem, was er von sich gab, erregte Perecs Interesse in irgendeiner Weise. Bis auf Karls lebhafte Schilderung als Augenzeuge, der Zanoussi in Barcelona erlebt hatte. Als blutgierig und rücksichtslos. Starken Stimmungsschwankungen unterworfen. Natürlich geisteskrank, doch mit Methode.

Max gab sich gänzlich ahnungslos und aufsässig. Fragen beantwortete er oft mit Gegenfragen. Er habe keine Zeit, er müsse ein Buch schreiben. Perec konfrontierte ihn mit dem Umstand, daß er, etlichen Zeugenaussagen zufolge, ein recht enges Verhältnis zu seiner Halbschwester pflege.

Das, gestand Max ein, sei wohl der Fall. Was verstehe er unter einem *recht engen* Verhältnis? Dürften Geschwister sich nicht gern haben, oder was?

Perec ging darauf nicht näher ein, er gab Max insgeheim recht, niemand war so weit gegangen, etwa von Inzest zu reden. Und substanzloser Klatsch durfte keine Rolle spielen.

Habe Ellie Geising sich bei ihm öfters einmal über das Betragen ihres Gatten Pierre beklagt?

Wie definieren Sie *öfters*? Wie definieren Sie *beklagt*? Und vor allem: Was geht Sie das verdammt nochmal an?

Wie bitte?

Was ist das hier? Was wollen Sie von mir? Worum geht es?

Das möchte ich mit Ihrer Hilfe herausfinden.

Sie finden hier sicher auch ohne meine Hilfe heraus.

Wie bitte?

Na los, das alles geht von meiner Lebenszeit ab.

Perec stellte noch ein paar Fragen, pro forma, doch sagte ihm seine Erfahrung, daß dabei nichts herauskommen würde. Max verhielt sich wie die jugendliche Unschuld in Person: frech und renitent, in keiner Weise kooperativ. Um eine Einschätzung Pierres, seines Schwagers, gebeten, äußerte er immerhin leise Zweifel, ob Ellie mit ihm das ganz große Los gezogen habe.

Wie er das genau meine?

So ungenau wie möglich. Streichen Sie das! Plappern ist Scheiße. Es lebe die Freiheit! Ich habe zu tun.

Perec entließ den respektlosen Zeugen, wie man jemanden schnell loswerden will. So ein Benehmen hatte er selten erlebt, und wenn, dann von dreisten Ganoven, denen schon alles egal war. Diesem jungen Deutschen war überhaupt nichts egal, er war ein Künstler, oder wollte es, schlimmer noch, werden.

Max prahlte vor den anderen damit, den richtigen Tonfall gefunden zu haben, mit dem man Belästigungen von sich fernhielt. Er schien mit seinem Roman gut voranzukommen und gab sich unangreifbar. Beseelt und beherzt von seinem schöpferischen Auftrag. Es wäre ihm kaum je eingefallen, daß er sich dadurch unbeliebt machte. Erst als Ellie ihn darum bat, Mäßigung zu zeigen und hin und wieder, seien es auch plump vorgetäuschte, Selbstzweifel zu äußern, begriff er, wie empfindlich, auf die flügellahmen Federn getreten, talentlose Menschen reagierten, sobald sie sich mit einem noch lebendigen Genie konfrontiert sahen.

Die nächste *Soso*, hatte Max beschlossen, müsse Geschichte machen. Ihm lag an einem großen Coup. Ernest Hemingway höchstselbig solle seine Eindrücke vom spanischen Bürgerkrieg schildern. Max stand deswegen in Korrespondenz mit Hemingways Agenten, der ihm immer wieder versprach, eine Lesung im *Monbijou* sei durchaus denkbar, würde es den umtriebigen Autor in nächster Zeit nach Paris verschlagen. Die Forderung von garantierten sechshundert Dollar Antrittsgeld wirkte weniger abschreckend als erhellend. Endlich wußte Max, was er selbst dereinst erwarten und in Rechnung stellen konnte. Sobald sein Roman fertig und er ein großer Schriftsteller sein würde.

Pierre ging auf Zanoussis Begräbnis, das auf dem Cimetière Parisien des Batignolles stattfand, mit einiger Verspätung, weil die Leiche nach der Obduktion aufgrund eines Formfehlers nicht sofort freigegeben worden war. Pierre wurde mehr von Neugier als von Trauer getrieben, er hoffte darauf, einen Blick auf diverse noch lebende Pariser Anarchisten werfen zu können. Zudem gewann er feierlichen und bedrückenden Ritualen einiges ab, sie besaßen etwas so vehement Endgültiges, das zum Nachdenken anregte. Zanoussis Begräbnis geriet zu einem besonders bedrückenden Ritual. Tatsächlich folgte außer Pierre niemand dem Sarg, abgesehen von einem Mann mittleren Alters, der unschwer als Polizeispitzel zu identifizieren war. Pierre sprach ihn prompt an. Ob er auch so enttäuscht sei. Worüber? Daß hier so wenig Mitgefühl unterwegs sei. Der Mann tat, als wisse er nicht, wovon Pierre redete.

Jean Zanoussi wurde bei Nieselregen in einem Armengrab beigesetzt, ohne priesterlichen Kommentar. Ein schlichtes Holzkreuz würde fortan von seinem Vorhandensein zeugen, einige Jahre lang, dann würde man die verblichenen Knochen ausgraben, in ein Beinhaus werfen, danach würde ein Historiker schon Schwierigkeiten haben, zu beweisen, daß er jemals existiert hatte. Pierre meditierte gern darüber, wie wenig am Ende von einem Leben übrigbleibt. Anders als die Mehrzahl der Menschen empfand er den Tod als Befreiung von allen Pflichten und Verstrickungen, als eine saubere, grunddemokratische Lösung. Wäre da nicht die Liebe, der damit verbundene Schmerz. Würde man nicht lieben und würde man nicht geliebt, wäre der Tod ein Klacks. Pierre, den Max' Vorhaltungen, er wäre obrigkeitshörig und rückgratlos, nachhaltig beleidigt hatten, wandte sich an den Polizeispitzel, bat ihn um eine Stellungnahme, gerade in dem Moment, als Zanoussis schlichter Kiefernsarg in die Erde hinabgelassen wurde.

Es ist doch so, oder nicht?

Es ist *was was*?

Gute Frage – *was genau*? Aber sehr viel und in jedem Moment!

Bitte sehr.

Da redeten zwei aneinander vorbei. Pierre blieb lange regungslos am Grab stehen, so lange, bis der Spitzel schließlich aufgab und als erster den Friedhof verließ. Ein alberner Sieg.

Pierre hatte keine Ahnung, welche Schwertspitze über seinem Haupt baumelte. Auf Perec wirkte sein Benehmen deswegen aufreizend, als fast schon frech-durchtriebene Masche. Ihn konnte er damit nicht täuschen. Jeden anderen vielleicht. Ihn nicht.

Perec war oftmals todtraurig darüber, daß jemand wie er, mit seiner Erfahrung, mit seinen kombinatorischen Gaben, in den Ruhestand geschickt werden sollte. Pure Verschwendung war das. Niemand hatte Perecs kriminologischen Esprit je ausreichend zu würdigen gewußt. Wie oft war er bei Beförderungen übergangen worden, weil er das falsche Parteibuch besaß? Längst schon hätte er Polizeipräsident von Paris sein müssen. Niemand hatte eine ähnlich hohe Aufklärungsstatistik vorzuweisen. *Niemand.* Aber gut, er hatte gelernt, daß das Leben kein Wunschkonzert ist, daß man zufrieden damit sein mußte, bei passabler Gesundheit und inzwischen vierundsechzig genossenen mitteleuropäischen Sommern fast nie gehungert zu haben.

Am 28. April 1939 wurde der deutsch-polnische Nichtangriffspakt einseitig von Deutschland aufgekündigt. Jedem denkenden Menschen, hätte man annehmen können, mußte damit klar sein, daß ein Krieg unmittelbar bevorstand, aber viele, die glaubten, besonders klar denken zu können, hielten den Vorgang für einen Bluff Hitlers, mit dem Ziel, Polen zu einem neuen Abkommen zu zwingen, unter für Deutschland viel günstigeren Bedingungen. Das hörte sich auch logisch an, denn Hitler, gesetzt den Fall, er würde Polen wirklich angreifen wollen, würde ja dumm sein, einen bevorstehenden Angriff durch die Kündigung des Nichtangriffspaktes quasi anzukündigen. Hitler behauptete in einer voller Spannung erwarteten Rede sogar, kein Mensch in Deutschland denke daran, etwas gegen Polen zu unternehmen. Und auch mit England, das eben die Wehrpflicht eingeführt hatte, sei trotz dieser Drohgebärde Einigung und Freundschaft möglich. Der amerikanische Präsident Roosevelt meinte in einer ersten Reaktion, Hitler habe die Türen zum Frieden in Europa einen Fingerbreit offengehalten.

Die meisten Franzosen bewahrten Ruhe und strahlten einen sagenhaften Optimismus aus, nur die jungen Männer begannen darüber zu spekulieren, ob sie bald eingezogen würden. Auch in den U-Bahn-Gesprächen der jungen Frauen war dies ein Thema. Niemand aber wollte sich den kommenden Sommer vermiesen lassen. Paris war ohnehin schon prachtvoll genug und voller Lebensfreude, nun stand auch noch der Mai ins Haus. Doch Max verließ immer seltener sein Zimmer, als müßte er um die Wette schreiben, als hätte er einen unverschiebbaren Abgabetermin. Die Sosos fanden nur noch einmal im Monat statt, da Max sich nicht mehr alleine darum kümmern wollte. Ellie sollte das tun. Zum Beispiel Joseph Roth becircen, damit er aus seinem *Leviathan* las, den die Pariser Tageszeitung im letzten Jahr abgedruckt hatte. Der schwer alkoholsüchtige Autor sagte auch zu, hatte seine Zusage aber am nächsten Tag schon vergessen. Daran erinnert, tat es ihm sehr leid, und er versprach sich erneut für Ende Mai. Am Sonntag, dem 30. April, konnte man deswegen nur ein recht braves bis maues Programm bieten. Ellie ließ sich etwas einfallen. Sie bat Markowitz, den dubiosen Filmproduzenten, ihr auszuhelfen. Er brachte einen Projektor, eine Leinwand und einen Film vorbei, der dann als Überraschungscoup kurz vor Mitternacht vor einer geschlossenen Gesellschaft gezeigt wurde. Es handelte sich um einen pornographischen Streifen mit zwei Männern und zwei Frauen, ein leger choreografiertes Bäumchen-wechsle-dich-Spiel mit der Darstellung aller anatomisch denkbaren Verbindungsmöglichkeiten. Max schämte sich in Grund und Boden und überlegte, wie er seinem Publikum gegenüber so etwas rechtfertigen sollte. Untergrundkunst? Erotische Avantgarde? Tabubruch? Pierre starrte fasziniert hin und war zu gebannt, um die fünfzehnminütige Vorführung abzubrechen. Im Saal herrschte Schweigen, man vernahm kaum ein Hüsteln. Als das Licht anging, brach stürmischer Applaus los. Der Pianist griff in die Tasten, alle tanzten. Die Bar verzeichnete einen Rekordumsatz. Später wurde darüber nicht mehr geredet.

Am ersten Mai traf für Karl ein Brief aus Barcelona ein, den er gierig aufriß, aufmerksam las, dann lustlos aus den Händen gleiten ließ.

> Mein lieber Karl,
> ich will dir heute einmal schreiben, auf daß wir einander nicht vergessen und damit du weißt, daß wir noch leben. Meine Eltern und ich denken oft an die guten Stunden mit dir, in denen uns so etwas wie Kultur möglich gewesen ist und ich in dir eine Art großen Bruder haben durfte. Ich bete, daß du uns eines Tages besuchen kommen kannst, wenn es in der Welt ruhiger zugeht. Stell dir vor, Papa hat seinen Posten als Chordirektor wieder, und das Klavier mußten wir auch nicht verkaufen. Dank Franco können wir sogar auf eine Entschädigung hoffen für die Not in der Zeit des Chaos.
> Endlich kehrt in der Stadt wieder so etwas wie Normalität

ein. Die Monate des roten Terrors waren schrecklich und haben die Menschen sehr verändert. Das Land muß wieder aufgebaut werden, und wenn ich auch dieses Jahr noch zu jung bin, in die Falange einzutreten, wird es vielleicht nächstes Jahr klappen. Meine Eltern lassen dich sehr herzlich grüßen, wir alle werden dir immer verbunden bleiben, gib auf dich acht,
Dein Sebastián

Lieutenant Odilo Perec saß währenddessen in einem schmucklosen Büro des *Palais de Justice* und schilderte dem zuständigen Richter Monsieur Robert de Courbevois alle Fakten, aufgrund derer er es für zweckmäßig hielt, einen Haftbefehl gegen den Hotelier Pierre Geising zu erwirken. Wegen des dringenden Tatverdachts der Anstiftung und Beihilfe zur Ermordung Xavier Chapelles.

Perec listete die relevanten Personen kurz auf, charakterisierte sie grob und tat den Stand seiner Ermittlungen kund. Courbevois, der am Abend zuvor Hackfleisch gegessen hatte, bemühte sich, den Staccato-Sätzen des Lieutenants zu folgen.

Ich glaube, daß Pierre Geising eine heimliche Beziehung zu seinem ehemaligen Dienstmädchen Blanche pflegte, vielleicht sogar noch pflegt. Sie heiratete zwar Chapelle, aus Karrieregründen, danach aber spielte sie ihm die frigide Lustlose vor, und das Kind in ihrem Leib stammte von Pierre, mit dem sie sich weiterhin traf. Chapelle fand das irgendwie heraus, oder zumindest bekam er einen Verdacht. In seiner Wut schlug er Blanche, die eine Fehlgeburt erlitt. Außerdem war er süchtig nach Rauschgift, verspielte mehr, als er besaß. Er mußte weg. Blanche und Pierre wollten sich an ihm nicht die Finger schmutzig machen, aber wozu auch? Sie kannten ja diesen depressiven Anarchisten, dem kein Geld für einen gesicherten Lebensabend verblieben war. Der würde ihnen den Gefallen gerne leisten, er hatte so viele Menschen getötet, da kam es auf einen der ohnehin übleren Sorte auch nicht mehr an. Ich bin sicher, Zanoussi hat Chapelle irgendwo die Kehle durchgeschnitten und ihn dann verschwinden lassen. Blanche wohnt übrigens noch immer in der großen Wohnung, deren Miete nur bis zum Dezember bezahlt war. Woher hat sie das Geld dafür? Pierre zahlt das. Wer denn sonst? Und jetzt sitzt Zanoussi in seinem kleinen Zimmerchen, der Krieg in Spanien geht verloren, sein Leben ergibt keinen Sinn mehr. Er schreibt Ellie einen Brief. Er kann Ellie nämlich gut leiden und will ihr die Wahrheit wenigstens andeuten. Ein wenig will er mit der Tat natürlich auch angeben. Ich lese Ihnen eine Passage vor:

*Einmal hatte ich Gelegenheit, etwas wirklich Gutes zu tun. Passé. Im Nachhinein gibt es kein Ziel. Liebe Ellie, der Ernst der Stunde wirft auf Sie keinen geringen Schatten. Fliehen Sie, solange sich Gelegenheit bietet, in die Sonne.*

Deutlicher geht es kaum. Zanoussi drückt seine Angst darüber aus, daß Ellie falsch verdächtigt werden könnte, und rät ihr, sich auf die Seite des Lichts zu begeben, sprich: aktiv die Wahrheitsfindung zu unterstützen, auch wenn es um ihren Angetrauten geht, den untreuen Mistkerl. Ellie ist verwirrt und gibt den Brief Pierre. Pierre läßt den Brief nicht einfach verschwinden und ertränkt die Katzen, nein. Und warum nicht? Ganz einfach, weil er den Brief ja braucht. Sehr geschickt hat sich Zanoussi selbst die Kehle durchgeschnitten. Ohne diesen Brief sähe das nicht unbedingt wie ein Selbstmord aus, und Pierre würde schnell in Verdacht geraten, sich eines großen Risikos und Mitwissers entledigt zu haben. Leider, vielmehr: zu unserem Glück – hat er nicht mit Ellies Aufmerksamkeit gerechnet. Die hatte irgendwann mitbekommen, was hinter ihrem Rücken lief. Vielleicht nicht alles, aber ein bißchen. Genug, um ihren Gatten zu verdächtigen. Und um zu Blanche zu rennen und sie auszuhorchen. Und den alten Anarchisten aufzusuchen, damit er ihr die Wahrheit sagt. Zanoussi gönnt ihr die Wahrheit auf seine Weise, indem er die Papiere Chapelles im Zimmer herumliegen läßt. Er hatte die Papiere behalten, vielleicht, um Pierre im Notfall zu erpressen, oder als Trophäe, was weiß ich, ist mir egal. Blanche gibt im Gespräch mit Ellie natürlich vor, Pierre zu hassen, beschuldigt ihn sogar, absurd genug, Xavier ausgebeutet zu haben. Welch ein geschicktes Manöver. Welch durchtriebenes Biest. Es wird schwer werden, ihr eine Mitwirkung am Mord nachzuweisen. Aber die Verdachtsmomente gegen Pierre Geising sollten für eine Untersuchungshaft bereits genügen.

*Hmm hmm.* Der Richter gab ein grunzendes Geräusch von sich, das man, je nachdem, als Zustimmung oder Zweifel deuten konnte. Perec ließ sich dadurch nicht den Wind aus den Segeln nehmen.

Hausdurchsuchungen des *Monbijou* sowie der Wohnungen in der Rue Gabrielle und der Rue Riquet, der Adresse Blanche Chapelles, werden zum Tathergang *direkt* nichts ergeben, da bin ich mir relativ sicher, dennoch sollten sie nicht unterbleiben. Jetzt gilt es als erstes die heimliche Beziehung zwischen Blanche und Pierre nachzuweisen. Menschen sind sentimental, sie heben immer etwas auf von ihren Romanzen. Wir werden etwas finden und die beiden darauf festnageln. Dann spielen wir sie gegeneinander aus. Früher oder später hält einer von beiden dem Druck nicht länger stand und hängt den anderen hin.

Hmm hmm. Wir haben aber keine Leiche, stellte Courbevois fest.

Die brauchen wir zur Zeit auch nicht. Sobald ein Geständnis vorliegt, findet sie sich ganz schnell.

Mag sein. Dennoch – wie stehen wir da, wenn Chapelle plötzlich irgendwo in der Welt wieder auftaucht?

Das, Monsieur, halten Sie ernsthaft für möglich?

Natürlich ist es möglich. Ganz klar ist es möglich. Vielleicht nicht sehr wahrscheinlich, aber möglich. Was ist, wenn wir Pech haben und es gibt kein Geständnis? Dann müßten wir einen reinen Indizienprozeß führen. Worauf könnten wir uns stützen? Auf die kryptische, beinahe lyrische Aussage eines kriminellen Irren? Mein lieber Perec, bei allem, was recht ist, aber eine Untersuchungshaft Pierre Geisings kann ich nicht befürworten. Die konkrete Beweislage scheint mir doch etwas zu dünn.

Zu *dünn*? Perec traute seinen Ohren nicht. Warum mußte er es ausgerechnet heute mit einem Erzliberalen zu tun bekommen, dieser fleischgewordenen Hybris eines falschen Demokratieverständnisses?

Ich sehe, sagte Courbevois, weder eine dringende Flucht- noch Verdunkelungsgefahr. Es bleibt Ihnen unbenommen, jene angebliche Beziehung von Pierre Geising zu Blanche Chapelle nachzuweisen. Dann können wir uns wieder unterhalten. Bis dahin greift die Unschuldsvermutung.

Aber wenigstens mit den Hausdurchsuchungen sind Sie einverstanden?

Von mir aus. Courbevois wußte aus langjähriger Erfahrung, daß sein Magen Hackfleisch schlecht vertrug. Aber das nutzte nichts, jedesmal wenn er welches bekommen konnte, griff er zu. Jetzt mußte er dringend auf die Toilette, um eine peinliche Situation zu vermeiden, er hatte keine Zeit für Diskussionen. Eigentlich, unter etwas freieren Umständen, wären ihm sogar die Hausdurchsuchungen überzogen erschienen.

Perec verfluchte die Demokratie. Er wünschte sich nach Deutschland, wo man inzwischen andere, effizientere Methoden zur Wahrheitsfindung besaß und auch nutzte. Nun war er zu zeitraubenden Umwegen gezwungen. Aber gut, das erhöhte den sportlichen Wert der Angelegenheit. Sein Ehrgeiz wuchs mit den Lästigkeiten. Zuerst nahm er sich noch einmal Blanche vor, das allem Anschein nach schwächste Glied jener Kette menschlicher Niedertracht.

Zu diesem Zweck ging er aber nicht direkt auf sie los, sondern suchte zuvor ihren Vermieter auf. Daß die Frau, ohne offizielle Einkünfte, immer noch in einer Vier-Zimmer-Wohnung hauste, schien dringend erklärungsbedürftig. Monsieur Albert Gerard, der Vermieter, ein gebrechlicher Mann von fünfundsiebzig Jahren, bestätigte, daß der Mietvertrag zum 31. Dezember 1938 abgelaufen war. Er habe aus Kulanz vier Wochen vergehen lassen, dann habe er Madame Chapelle eine Frist gesetzt, um einen neuen Mietvertrag auszuhandeln oder um ihr eine weitere Frist von zwei Wochen zu gewähren, nach denen sie die Wohnung räumen solle. Es sei aber nichts geschehen, Madame habe ihn einfach ignoriert. Gerard seufzte und zeigte seine zitternden Hände. Er sei alt und gebrechlich und habe wenige Nerven übrig für einen Rechtsstreit.

Aber Sie können sich das doch nicht gefallen lassen?

Nein, Sie haben ganz recht, gefallen lassen konnte ich mir das nicht. Genau. Ich habe zu Madame gesagt: Hören Sie, habe ich gesagt, es muß doch in Ihrem höchsteigenen Interesse liegen, sich eine etwas kleinere Unterkunft zu suchen, Sie brauchen doch soviel Platz gar nicht, warum legen Sie es auf einen Konflikt mit mir an? Sie sagte, sie wolle keinen Konflikt, aber sie hänge an der Wohnung, sonst sei ihr ja nichts geblieben. Und sie rechne immer noch damit, daß Xavier sich bald wieder mit ihr vertragen und zurückkommen werde. Wie könne sie denn das gemeinsame Nest aufgeben, ohne Einwilligung ihres Gatten? Er würde ihr eine Szene machen nach seiner Rückkehr. Na schön, hab ich gesagt, aber ich muß auch von etwas leben. Da sagt sie doch zu mir, allen Ernstes: In Ihrem Alter brauchen Sie doch nicht mehr viel.

Perec mußte lachen. Wie haben Sie darauf reagiert?

Naja, verschnupft. So etwas sagt man ja nicht, wenn man sich Freunde machen will, nicht wahr? Perec schüttelte zustimmend den Kopf.

Und dann hab ich sie gefragt, wie sie sich das denn vorstellt, in einem Rechtsstaat. Wissen Sie, ich glaube, daß diese Frau, zumindest zeitweise, ein wenig, nun ja, unter uns, beschränkt ist und die Konsequenzen ihres Handelns nicht so ganz überschauen kann. Wie ein störrisches Kind, das die Realität nach Gutdünken ausblendet. Mir blieb ja fast nichts übrig, als einen Advokaten zu konsultieren und eine Räumungsklage zu erheben. Irgendwie tat sie mir aber auch leid, die arme Frau. Und dann bot sie mir dreihundert Francs pro Monat an, hundert weniger als bisher. Ich sagte, gut, das Geld will ich aber erst sehen. Und prompt gingen auf mein Konto achtzehnhundert Francs ein, Mietgebühr für das erste Halbjahr. Nun nennen Sie mich dumm oder einen Menschenfreund oder einfach ruhebedürftig, bis zum ersten Juli soll sie mal in der Wohnung bleiben.

Haben Sie sie denn gefragt, woher sie diese Summe plötzlich hatte?

Nein. Geht mich ja auch nichts an.

Perec bedankte sich für die Auskunft. Blanche Chapelle mußte sich das Geld von irgendwem geliehen haben. Vielleicht von ihrer einzigen Verwandten, ihrer Mutter, oder, um einiges wahrscheinlicher, von ihrem Geliebten. Perec ließ sich Gerards Kontoauszüge vorlegen, in der Hoffnung, alles würde ganz einfach zurückzuverfolgen sein. Aber die achtzehnhundert Francs waren durch eine Bareinzahlung auf Gerards Konto transferiert worden. Was Perec in seiner Theorie nur bestärkte. Pierre Geising hatte Blanche einen Hilfsdienst erwiesen, wobei er, weil er kein kompletter Idiot war, unerkannt bleiben wollte.

Perec begriff, daß mit der Tür ins Haus zu fallen eine falsche, voreilige Taktik sein würde. Und er freute sich geradezu darüber, auf dem letzten Teilstück seiner Karriere an Kriminelle mit Verstand geraten zu sein. Ein bloßes *Fischen in der Badewanne*, so nannte er die Aufklärung einfacher Fälle, wäre entschieden zu langweilig gewesen.

In einem erneuten Verhör wollte er Blanche Chapelles Widerstand brechen, aber hierfür mußte er zuerst etwas in der Hand haben. Etwas, mit dem sie nicht rechnen konnte, wenn man es ihr unter die Nase hielt.

Die geplanten Durchsuchungen, die laut Gerichtsbeschluß binnen vier Wochen möglich waren, wurden immer wieder verschoben, statt dessen wurde Blanche Tag und Nacht beschattet. Wenn sie ihre Wohnung verließ, wurde das exakt protokolliert, ebenso, wenn sie Besuch empfing. Leider verließ sie ihre Wohnung nur, um auf dem Markt einige Lebensmittel einzukaufen, und Besuch empfing sie gar keinen, außer einmal den des Schornsteinfegers. Diszipliniert ist diese Hexe, dachte Perec.

Auch Blanches eingehende Post wurde kontrolliert, was eigentlich illegal war, aber der Briefträger spielte mit und dachte überhaupt nicht daran, sich deswegen mit einem hohen Kriminalbeamten zu streiten.

Der Umstand, daß Perec wenige Wochen vor der Pensionierung stand, gestattete ihm so etwas wie Narrenfreiheit. Das Polizeipräsidium wollte keinen wichtigen, komplizierten Fall an jemanden übertragen, der ihn dann mitten während der Ermittlungen an einen Nachfolger abtreten müßte. Deswegen hatte Perec Zeit, sich auf Blanche und Pierre zu fixieren. Ein Scheitern kam für ihn nicht in Frage, es würde ihm den Ruhestand unerträglich machen.

Auch Pierre Geising sollte nun beschattet werden, aber das bekam Perec wegen akuter Personalknappheit nicht genehmigt. Seine Kollegen begannen bereits, über ihn zu tuscheln. Er hatte stets als etwas sonderbar und eigenbrötlerisch gegolten. Es hieß, er habe nie im Leben etwas mit einem Mädchen gehabt. Nein, mit einem Jungen erst recht nicht. Erfolgreichen Menschen wird vieles nachgesagt. Genaues wußte niemand.

Ellie besaß ihre kleinen Tricks, das Soso-Honorar für die auftretenden Künstler im Rahmen zu halten. Wurden zweihundert Francs gefordert, bot sie freiwillig dreihundert an, aber der Künstler möge bitte, wie alle Beteiligten, die Hälfte seiner Gage der antifaschistischen Hilfe spenden. Erstaunlich viele Künstler sagten nein, die antifaschistische Hilfe greife bei ihnen direkt am besten. In den anderen Fällen wanderte das Geld in den Fonds zur Unterstützung deutscher Emigranten im *Hotel Monbijou*, Paris. Ellie bekam deswegen kein schlechtes Gewissen. Sie hatte in ihrem ehemaligen Beruf genügend Abwehrkräfte entwickelt.

Max steuerte in seinem Roman langsam dem zweiten von drei Höhepunkten entgegen, der mit einer wilden nächtlichen Verfolgungsjagd im Rotlichtmilieu endete. Einer seiner Antihelden wurde dabei durch einen ganz unglücklichen Zufall geschnappt und sollte nun seine Komplizen verraten, schleuderte dem sadistischen Kommissar aber nur Verachtung entgegen. Hier konnte Max die reale Situation seines Verhörs durch Perec literarisch verarbeiten. Wie er seinen Helden aus den Fängen der Justiz wieder befreien wollte, wußte er noch nicht. Ihm hatte die dramatische Flucht aus einem Gefangenentransport vorgeschwebt, indes schien das – für eine intelligente Figur, einen Geistesmenschen – zu rabiat und grobschlächtig. Es mußte eine elegantere Lösung geben. Der Roman geriet ins Stocken. Vielleicht, dachte Max, habe ich mich verrannt. Vielleicht war schon die Tonart und die Metronomangabe des Textes, wenn man so sagen konnte, falsch gewählt. Zu feurig, zu fiebrig. Derlei konnte sich schnell den Vorwurf der Trivialität einfangen. Max machte eine niederschmetternde Erfahrung. Irgend etwas war auf den letzten fünfzig Seiten gravierend schiefgelaufen. Je länger er darüber nachdachte, um so nötiger erschien ihm bald eine Aktion, die ihn enorme Überwindung kostete und mit einer Eigenamputation passend zu vergleichen war. Wie der Wolf sich eine Pfote abbeißen muß, um dem Fangeisen zu entgehen und seine Freiheit wiederzugewinnen, hielt Max es für nötig, die letzten Kapitel seines Romans zu verfeuern. Das tat er denn auch, in aller gebotenen Feierlichkeit. Sämtliche gelungenen, in anderem Kontext wiederverwendbaren Sätze hatte er zuvor extrahiert.

Lieutenant Perec ließ sich von Albert Gerard den Zweitschlüssel zu Blanches Wohnung aushändigen. Sobald Blanche die Straße betrat, um Einkäufe zu tätigen, wühlte Perec in ihren Schubladen und Kleinodien herum, auf der Suche nach Belastungsmaterial. Ein solches Verhalten fand er nicht anstößig, weil durch Gerichtsbeschluß einigermaßen gedeckt. Der Begriff Hausdurchsuchung war schließlich Auslegungssache. Perec fand dies und das, darunter intimste Zeugnisse einer überstandenen Liebe. Briefe, in denen Xavier Chapelle sich noch Mühe gegeben hatte, Eindruck auf seine künftige Braut zu machen. Herzzerreißende, rückwirkend irgendwie auch lächerliche Dokumente, mit denen ein älterer Mann eine sehr viel jüngere Weibsperson an sich zu binden trachtete.

So gründlich Perec auch suchte – der Nachweis einer Beziehung von Blanche Chapelle zu Pierre Geising war nicht zu erbringen. Die beiden hatten sich anscheinend extrem vorsichtig verhalten. Als hätten sie von Anfang an gewußt, welches Verbrechen sie planten.

Eine weitere Woche verging, bevor Perec der Geduldsfaden riß. Er wendete einen Doppelbluff an, der nur zur Hälfte funktionieren mußte, damit etwas ins Rollen kam.

Am 12. Mai, nachmittags um drei Uhr, fanden endlich die Durchsuchungen der Büroräume des *Monbijou* und der Wohnung in der Rue Gabrielle statt. Zeitgleich waren Pierre und Ellie Geising für eine Zeugenaussage ins Polizeipräsidium gebeten worden, eine Zeugenaussage, nichts weiter, sie sollten sich in Sicherheit wiegen. Nun wurden sie in getrennten Räumen abwechselnd verhört, wobei Perec sich zuerst an Pierre wandte und ihm auf den Kopf zusagte, daß er Blanche Chapelle Geld geliehen habe.

Der Kriminaler hatte mit vielem gerechnet, nicht aber damit, daß Pierre diesen Sachverhalt sofort bestätigte. Ja, er habe Blanche Geld gegeben, und? Sei das verboten?

Perec staunte, es verschlug ihm für einen Moment die Sprache.

Warum? Weswegen haben Sie ihr denn Geld gegeben?

Sie hat doch nichts mehr. Man muß ihr doch helfen.

Ach ja, ich vergaß, Sie sind der gute Samariter, natürlich.

Pierre senkte ein wenig den Kopf und meinte, so ein guter Mensch sei er eigentlich nicht. Das habe sich vielmehr ergeben, weil, naja –

Blanche Ihre Geliebte war?

Wie bitte? Pierre lachte laut.

Wollen Sie das leugnen?

Und ob. Ich hab ihr das Geld auch nicht aus persönlicher Sympathie gegeben. Im Gegenteil.

Aha? Sie wollen sagen, es war *Schweigegeld*? Blanche hat Sie erpreßt?

Pierre sagte erstmal nichts. Er musterte Perec wie einen Verrückten. Dann meinte er, selten eine so bodenlose Unterstellung gehört zu haben. Seine Frau könne sehr wahrscheinlich für Aufklärung sorgen. Von ihr sei das alles ja ausgegangen.

Perec blinzelte ungläubig. Ihre Frau weiß davon?

Natürlich. Ich habe keinerlei Geheimnisse vor ihr. Fragen Sie sie!

Perec war aus dem Konzept, er verließ den Raum, rauchte eine Zigarette, nahm vor Ungeduld nur drei Züge und konfrontierte Ellie mit der Aussage ihres Gatten. Ellie verhielt sich reizend wie immer und bestätigte Pierres Angaben. Es sei nämlich so gewesen: Anfang Februar habe Blanche sich schriftlich bei ihr entschuldigt. Ihr tue leid, was sie gesagt habe, sie wisse nicht mehr weiter und bitte darum, entweder wieder im Hotel arbeiten zu dürfen oder ein Zeugnis zu bekommen, damit sie sich anderswo um eine Stelle bewerben könne.

Ellie, vielleicht, weil sie von Blanche als Jüdin beschimpft worden war, wollte wie eine gute Christin reagieren und die mittellose Frau erneut als Zimmermädchen beschäftigen. Pierre indes sei skeptisch, mehr als skeptisch gewesen. So etwas bedeute nur neuen Ärger. Ihm ging Ellies Menschenliebe zu weit. Eine Antisemitin unter seinem Dach zu beherbergen, war für seinen Geschmack zuviel an edlem Trieb. Es kam zum Streit. Pierre setzte sich durch mit dem Argument, daß er dieses Hotel leiten würde, es also einzig ihm oblag, wen er einstellen würde und wen nicht.

So war das, *mon général.* Wenigstens habe ich Pierre dazu bringen können, die Miete für Blanches Wohnung auf ein halbes Jahr hin zu bezahlen.

Ach so.

Perec brauchte eine Weile, um sich das alles durch den Kopf gehen zu lassen. Ellie, dachte er, ist schon eine fabelhafte Frau. Froh der Mann, der sie an seiner Seite weiß. Und verflucht der Hundsfott, der dennoch zu einer anderen geht. So war das also. Die beiden hatten alle Vorwürfe antizipiert und sich gemeinschaftlich eine Geschichte zurechtgelegt. Was für eine bewundernswerte Liebe. Was für ein verabscheuungswürdiger Abgrund.

Perec ertappte sich bei einem leichten Zittern, das er verbergen wollte, indem er an seinen Jackettknöpfen spielte.

Verehrte Madame Geising. Glauben Sie mir, ich habe hier schon Menschen aller Art erlebt. Menschen mit netten Gesichtern und schwärzesten Seelen. Menschen mit finsteren Gesichtern und kindlichen Seelen. Manchmal auch unschuldige, gutherzige Menschen, die sich, aus welchen Gründen auch immer, den wüstesten Verbrechern verbunden fühlten. Eines habe ich dabei gelernt: Die Phantasie unserer Spezies ist unerschöpflich. Ich habe mit Menschen gesprochen, aus denen große Schriftsteller hätten werden können, hätten sie je schreiben und lesen gelernt. Eins aber war all diesen Geschichten und Ausflüchten gemeinsam: die Lüge. Die Wahrheit, wissen Sie, riecht nach *nichts*. Sie wirkt locker und selbstverständlich, nicht geziert, nicht konstruiert. Meine Nase müßte dereinst im Museum für Paläontologie eine Vitrine bekommen. Es gibt den Fall, daß gute Menschen lügen und nicht etwa zu schlechten Menschen werden, denn sie haben einen zu guten Grund für ihre Lüge. Und *Ihr* Grund, liebe Ellie, ist bewunderungswürdig. Kurzum: Ich habe jedes Verständnis dafür, daß Sie Ihren Gatten da irgendwie raushauen wollen. Aber Sie müßten sich schon eine glaubhaftere Geschichte ausdenken.

Ellie reagierte nicht so beeindruckt wie erhofft, eher sogar störrisch und uneinsichtig.

Moment! Entschuldigung, zu welchem Kokolores versteigen Sie sich?

Das wissen Sie doch ganz genau.

Von wegen! Rücken Sie mal raus mit der Sprache!

Perec wurde erneut unsicher. Vielleicht war Ellie so nichtsahnend, wie sie tat, und Pierre hatte ihr sein Verhältnis mit Blanche verschwiegen? Das war möglich und denkbar. Und nichts wäre Perec im Grunde lieber gewesen. Es schüttelte ihn bei dem Gedanken, daß Ellie am Ende aufgrund einer wissentlichen Falschaussage hinter Gittern landen würde.

Perec beschloß, aufs Ganze zu gehen und begab sich ins Verhörzimmer Nummer Zwei, wo Pierre geduldig wartete.

Eben habe ich mit Ihrer Frau gesprochen, Monsieur Geising. Sie hat mir alles gesagt. Es hat keinen Zweck mehr zu leugnen. Der Fall ist klar.

Inwiefern?

Darf ich Ihnen ein Faktum nahelegen?

Da bin ich gespannt.

In Frankreich wurde in den letzten zwanzig Jahren niemand zum Tode verurteilt, der, eines einzelnen Mordes schuldig, sofort geständig war.

Perec log, aber so eine Lüge roch nicht, sie war statthaft und gut gemeint.

Wovon reden Sie bitte?

Perec kannte das. Gerade in den ausweglosesten Situationen pflegten sich Täter stur zu stellen. Ein letztes Aufbäumen. Vor dem Einknicken. Waren sie sich ihres Schicksals endlich bewußt geworden, dann erst – zu spät – wurden sie zu Händlern, die jedem Basar zur Ehre gereichten.

Ein noch sehr junger Mann betrat das Zimmer und bat Perec ans Telefon.

Der Lieutenant wollte zuerst abwinken, dann bequemte er sich doch dazu, den Anruf entgegenzunehmen. Die Durchsuchung der Wohnung in der Rue Gabrielle hatte nichts erbracht. Die in den Büroräumen des *Monbijou* sehr wohl. Es sei ein verdachterregendes Foto gefunden worden, in einer Schreibtischschublade. Perec ordnete an, daß es sofort herbeigeschafft werden solle. Die Zeit bis dahin wollte er lieber mit Ellie verbringen und Pierre ein wenig schmoren lassen.

Ellie jedoch zeigte auf eine Unterhaltung keine Lust. Er verstand das. Es galt nun, ihr mit taktvollen Worten begreiflich zu machen, daß es keinen Sinn hatte, länger in Nibelungentreue zu ihrem Ehemann zu stehen. Pierre sei kein sittlich tiefstehendes Subjekt, er sei aber ein Mann – und wie alle Männer von ständigen Versuchungen umzingelt. Ein Geständnis vorausgesetzt, gebe es etliche mildernde Umstände, die anzuführen seien. Pierre habe die Ehre einer werdenden Mutter verteidigt, die sehr wahrscheinlich sein eigenes Kind ausgetragen habe, bevor sie gedemütigt und geschlagen wurde und eine Fehlgeburt erlitt. Jedes Gericht dieser Welt würde das berücksichtigen. Ellie hörte stumm zu und versuchte, sich einen Reim darauf zu machen. Pierre, so verstand sie Perec, sollte mit Blanche, diesem tumben, fischigen Fräulein, eine Beziehung unterhalten haben? Und Zanoussi angeworben haben, Xavier zu ermorden? Was für ein Humbug! Doch sobald ihr klar wurde, worin die Anklage bestand, begann sie auch darüber nachzudenken. In einem natürlichen Reflex, unterstützt von einem genetisch bedingten tiefpreußischen Obrigkeitsrespekt, spielte sie die Möglichkeit immerhin zum ersten Mal durch, wie man sich auch gegen das Unwahrscheinlichste wappnen will, indem man es in einer hypothetischen Realität einmal schaulaufen läßt. Plötzlich war sie sich gar nicht mehr zu hundert, sondern nur noch zu neunundneunzig Prozent sicher, daß hier ein krudes Mißverständnis vorlag.

Es stimmte ja, sie hatte Pierre über einen langen Zeitraum sexuell beinahe verhungern lassen, und üblicherweise greifen solch darbende Männer nach jedem Strohhalm. Und hatte nicht sie selbst einmal den Verdacht gehegt, Pierre und Zanoussi könnten mit Chapelles Verschwinden etwas zu tun haben? Das alles ergab mehr Sinn, als ihr lieb war. Perec, ein alter, erfahrener Beamter, würde sich bestimmt nicht grundlos derart weit vorwagen. Schien das möglich?

Während ihrer langen Laufbahn im Milieu hatte Ellie auf oft schmerzhafte Weise lernen müssen, daß einfach alles möglich war, ob wahrscheinlich oder nicht. Schon begann in ihr ein erster Zorn auf Pierre zu keimen. Immer neuer, ekelhafter Sinn lugte hinter seinen Entscheidungen hervor. Zum Beispiel, als es ihm nicht recht gewesen war, die *blöde Antisemitin*, wie er sie nannte, wieder im *Monbijou* zu beschäftigen. Vielleicht scheute er Blanches Nähe, um weniger Furcht haben zu müssen, daß die Affäre entdeckt würde. Ellie wußte bald gar nicht mehr, was sie noch denken sollte, wo doch alles Denken in finstere Keller und Verschläge führte, die zuvor nicht existiert hatten.

Also schwieg sie, völlig verunsichert, während Perec ihr ständig neues Gift einflößte.

Sie habe die Verpflichtung, sagte er, beinahe beschwörend, sich am eigenen Schopf aus dem Sumpf zu ziehen, statt sich sinnlos an jemanden zu klammern, der bestimmt war, darin unterzugehen.

Es wurde an die Tür geklopft. Das mögliche Beweisstück sei eingetroffen, raunte der junge Mann Perec ins Ohr. Der in diesem Moment seinen Beruf erregender fand als jedwede sonstige Form von Sexualität.

Bringen Sie es herein.

Der junge Mann steckte ihm ein Foto zu, Perec betrachtete es und schmunzelte zufrieden.

Er betrachtete es so lange, bis Ellie um jeden Preis der Welt wissen wollte, was er da in der Hand hielt.

Ein Foto von Blanche. Aus dem Schreibtisch Ihres Mannes. Ein wunderschönes Foto, wenn ich das bemerken darf. Sie hat sich aber auch richtiggehend herausgeputzt.

Zeigen Sie es mir! Bitte! Ellies Stimme klang schwach und heiser.

Ich zeige es Ihnen. In die Hand gebe ich es Ihnen nicht, Sie wären fähig und zerkauen es.

Ich habe mein Lebtag noch kein Foto zerkaut, seien Sie nicht kindisch!

Perec tat ihr den Gefallen und zeigte ihr das Bild. Ellie machte große Augen.

Sie hatte mordswunderwas erwartet – aber das, das war das offizielle Hochzeitsfoto, Blanche in Weiß mit dem üblichen Blumenstrauß, was sollte daran anstößig sein?

Naja, meinte Perec, das ist vielleicht nicht anstößig, bemerkenswert ist es in jedem Fall. Pierre hat nämlich mit einer Schere, und nicht sehr sorgfältig, wahrscheinlich in Wut, die linke Hälfte des Bildes weggeschnitten. Er wollte Blanche für sich haben und nicht ständig die Fresse seines Rivalen sehen müssen, Verzeihung, Madame, wenn ich mich etwas grob ausdrücke. Er hat Xavier *weggeschnitten*, erst aus dem Foto, dann aus dem Leben.

Ellie schüttelte den Kopf und sah zu Boden. Etwas merkwürdig war das schon. Fast unheimlich. Ihr war schlecht und sie bat, zur Toilette gehen zu dürfen. Ferner wolle sie keine weitere Aussage machen und sich erst mit einem Anwalt beraten.

Natürlich. Das ist Ihr gutes Recht, Madame. Sie dürfen sowohl zur Toilette wie auch nach Hause gehen. Ihr Gatte muß leider für heute hierbleiben.

Perec war in seinem Element. Nun würde er sich Blanche vornehmen. Der Rest war ein Klacks, eine Sache der Technik.

Der Richter Courbevois unterschrieb noch am Abend den Haftbefehl für Pierre Geising, ohne sich erneut mit Details der Strafsache zu befassen. Blanche wurde in ihrer Wohnung festgenommen, aber erst am nächsten Tag verhört. Eine Nacht in der Zelle würde zusätzliche Motivationshilfe sein und nicht ohne Wirkung bleiben.

Im *Monbijou* saßen Ellie, Max und Karl zusammen und verdauten das Geschehene. Die Brüder waren von der Durchsuchung der Büroräume überrascht worden. Hinterher hatten sie das zurückgelassene Chaos aufgeräumt und sich Gedanken gemacht. Bevor Ellie ihnen die Einzelheiten schilderte, waren sie noch der Meinung gewesen, die Aktion sei aufgrund der schwarz vermieteten Zimmer erfolgt. Karl nahm das Ganze arg mit, er nannte die Verhaftung lächerlich, die angeblichen Beweise fadenscheinig. Als Ellie von dem zerschnittenen Foto erzählte, zuckte Max kurz, als säße ihm eine Mücke im Nacken, er räusperte sich und wollte etwas sagen, verwarf es aber wieder.

Wir müssen einen guten, einen fähigen Anwalt finden, verkündete statt dessen Karl. Auch wenn ich glaube, daß diese Anklage auf tönernen Füßen steht und auf Dauer durch nichts zu halten sein wird, braucht Pierre den bestmöglichen Rechtsbeistand.

Max und Ellie nickten ihr Einverständnis. Auf hoher See und vor Gericht, sagte Ellie, darf nicht gespart werden. Selbst *wenn* er es getan hat, soll er deswegen keine Nacht unnötig im Gefängnis verbringen.

Die Brüder sahen sie verdutzt an. Ob sie ernsthaft daran glaube, fragte Karl, daß Pierre zu so etwas fähig sei?

Nein, eigentlich nicht, antwortete Ellie. Jenes eingestreute *eigentlich* hinterließ eine gewisse Wirkung. Max verfiel ins Grübeln, und Karl sah sich herausgefordert, noch einmal laut hinauszurufen, daß das doch absurd sei. Albern und absurd!

Max hätte ihn beinahe gefragt, was ihn so sicher mache, so absolut und unangreifbar sicher. Er verschob es auf später.

Lange und sorgfältig besprachen die drei, was nun getan werden müsse, um den Hotelbetrieb aufrechtzuerhalten. Max, der vorgab, mit seinem Roman in Beschlag genommen zu sein, bat Karl darum, an der Universität kürzerzutreten und nötigenfalls ein Semester zu opfern. Der Pflicht zuliebe. Karl reagierte wenig begeistert und äußerte Zweifel, ob dieser ominöse Roman wertvoller sei als ein schneller Abschluß seines Studiums. Zuletzt gab er nach und ordnete seine individuellen Pläne der *Familie* unter.

Die Aufgaben wurden verteilt. Obwohl der Anlaß deprimierend war, genossen insgeheim alle drei den Adrenalinschub jener besonderen Ausnahmesituation. Sie rechneten damit, daß Pierre mit der Hilfe eines rigiden Advokaten binnen weniger Tage, ja Stunden freikommen würde, zumindest auf Kaution. Diese Hoffnung zerschlug sich alsbald.

Jean-Christophe Amirault, ein erfahrener, auf Kapitalverbrechen spezialisierter Spitzenanwalt, der erst noch gelacht und verkündet hatte, kein Gericht der Welt würde sich von solch windigen Indizien beeindruckt zeigen, ruderte zurück. Kleinlaut gestand er seiner Klientel, daß die Lage sich stark, ja grundlegend verändert habe, durch eine nicht vorhersehbare Aussage Blanche Chapelles. Zugleich, das wirkte noch furchterregender, forderte er eine Vorauszahlung auf sein Honorar in Höhe von zehntausend Francs.

Ellie besuchte Pierre, brachte ihm selbstgebackenen, bröseligen Kuchen und ließ sich von ihm eine Kontovollmacht geben. Er müsse sich keine Sorgen machen, sagte sie und spürte dabei doch den Stachel der Lüge in ihrer Kehle.

Perec hatte Blanche nach allen Regeln der Verhörkunst zugesetzt. Bis sie zuletzt nicht mehr wußte, wo ihr der Kopf stand. Sie war doch ein recht schlichtes Herz und leicht zu manipulieren. Perec tat, als sei Pierres Schicksal bereits entschieden. Nur ihre, Blanches Rolle, bleibe zu diskutieren übrig. Sie könne, als Mitwisserin, die aktive Beihilfe zum Mord an ihrem Gatten geleistet habe, auf dem Schafott landen, viel wahrscheinlicher hingegen wäre eine lebenslange oder zwanzigjährige Zuchthausstrafe. Perec gab sich zwischendurch leutselig und nüchtern. Und bot Blanche eine Vereinbarung an, die er ihr nur unter der Hand, nicht offiziell, anbieten könne. Sie gehe straffrei aus, würde sie gestehen, daß Pierre Geising ihr Liebhaber gewesen sei.

Blanche mochte an soviel Entgegenkommen kaum glauben. Die eine Nacht in der Zelle hatte sie bereits zermürbt.

Danach bin ich frei und mir geschieht nichts Böses?

Das genau, flüsterte Perec ihr ins Ohr, sei der Fall.

Ja dann. Klar. Pierre Geising war mein Liebhaber, von ihm stammte das Kind in meinem Bauch. Möchten Sie es so?

Vortrefflich. Kommentierte Perec.

Und das ist dann ganz sicher keine Falschaussage? Und einen Eid darauf schwören kann ich auch? Ohne etwas befürchten zu müssen?

Perec ging das Gerede dieser Ziege auf die Nerven.

Madame Chapelle – kurz und bündig: Wir leben in einem Land, in dem die Wahrheit nicht bestraft wird.

Gut. Man wird ja nochmal fragen dürfen. Blanche nickte und unterschrieb.

Jene Aussage wirkte auf Ellie überraschend, auf Karl niederschmetternd. Nur Max, ausgerechnet er, für den zuvor Pierres Unschuld keine unbezweifelbare Tatsache gewesen war, nahm an, daß es sich um eine Lüge aus Bequemlichkeit handeln könne. Oder um eine mit Foltermethoden abgepreßte Diffamierung. Fest stand, daß bis zu einem Prozeß mehrere Monate vergehen konnten, falls kein Wunder geschah. Man mußte sich damit abfinden und arrangieren. Am 20. Mai kam es zu einem folgenreichen Gespräch zwischen Ellie und Max, als die beiden noch einmal alles unter die Lupe nahmen, was ein Staatsanwalt im Prozeß eventuell ins Feld führen würde.

Pierre behauptet steif und fest, er habe nie irgendein Foto zerschnitten und in seine Büroschublade gelegt.

Womit er, murmelte Max, wahrscheinlich auch recht hat. Das war ich.

Du?

Max hatte nach dem Verschwinden Xaviers die linke Hälfte des Hochzeitsfotos abgeschnitten, damit die Gendarmerie einen Anhaltspunkt für sein Aussehen besaß. Ein anderes Foto hatte sich nicht gefunden, und dieses war sicher auch das aktuellste gewesen.

Das, ereiferte sich Ellie, müssen wir Amirault und Perec sofort erzählen.

Ja. Müssen wir. Klar. Sollten wir auch. Vielleicht nicht sofort.

Wie? Was meinst du?

Damit *allein* bekommen wir Pierre nicht aus der U-Haft, solange Blanche nicht widerruft. Das heben wir uns für einen späteren Zeitpunkt auf. Wir sollten statt dessen mal überlegen, worin das *Positive* liegt, in dieser Situation, in dieser *besonderen* Situation. Für *uns.*

Warum betonst du so seltsam?

Ellie, eine entscheidende Frage möchte ich dir stellen.

Ja?

Liebst du mich noch?

Selbstverständlich.

Wir haben demnach eine Baustelle zusammen?

Äh – ?

Eine Zukunft.

Natürlich.

Dann wird alles gut.

Auf der Soso am 28. Mai sollte Joseph Roth aus seinem *Leviathan* vorlesen, der Geschichte eines jüdischen Korallenhändlers, der, vom Teufel versucht, fortan gefälschte Korallen verkauft, bis er, vom schlechten Gewissen geplagt, nach Kanada auswandern will und Schiffbruch erleidet, im Meer versinkt, hinab zu den echten Korallen, die das Seeungeheuer Leviathan bis zu dem Tag aufbewahrt, da der Messias zurückkehrt. Eine krude, tiefgründige Parabel. Max verstand die Erzählung als Selbstanklage eines undisziplinierten Talents. Am 27. Mai, im Alter von nur 44 Jahren, starb Joseph Roth an einer Lungenentzündung. Die Soso fiel ersatzlos aus.

Max war nicht sonderlich abergläubisch. Aber wenn man *das* nicht als Omen begreifen sollte, was dann? Die *große Macht im All* – so nannte er seine Variante der virtuellen Religiosität, die Gottheiten nur wie Nutztiere duldete, als Seelenbalsam – hatte offenbar beschlossen, daß die Zeit der Sosos vorbei war. Neue Ziele leuchteten am Horizont. Die Zeichen standen auf Aufbruch und Weltenwechsel. Nachts besprach er mit Ellie, was zu tun war.

Sie erschrak zutiefst und sträubte sich erst. Max redete viel vom Sein an sich, das immer mit dem Um-Sein in fataler Wechselwirkung stehe. Manchmal seien große Entschlüsse nötig, man müsse sich stets die Fähigkeit bewahren, über den eigenen Schatten zu springen, ins Neue hinein. Laß uns nach Amerika gehen. Jetzt. Wir haben die Möglichkeit dazu. Andere haben sie nicht.

Ellie reagierte mit Kleinmut auf den großen Entwurf, der ihr da unter die Nase gehalten wurde. Wenn ihr auch das Ganze als Gedanke und Option nicht unsympathisch war, sah sie doch partout die Dringlichkeit nicht ein, aus der Laune des Moments heraus eine solch folgenschwere Entscheidung zu treffen. Zumal es zu beachtende Loyalitäten gab. Vielleicht liebte sie Pierre nicht mehr, oder hatte ihn nie geliebt. Aber ihn jetzt so einfach, so skrupellos, mit diesem leicht entflammbaren Kontinent allein zu lassen, während er auch noch im Gefängnis saß, das widerstrebte Ellies Gefühlen zutiefst.

Max sah ein, zu früh zuviel auf die Tagesordnung gesetzt zu haben. Selbstverständlich würden sie erst fahren, wenn Pierre aus der Haft entlassen sei. Und niemand habe vor, ihm sein Geld zu stehlen. Also, nicht das ganze. Nur die eine Hälfte, die dir zusteht. Bei einer Scheidung. Durch seine Affäre mit Blanche wäre Pierre die schuldige Partei. Wir könnten nach Amerika mit über zweihunderttausend Francs. Wir hätten alle Optionen. Und Pierre auch wieder. Du willst doch mit mir alt werden, oder?

Ich bin längst alt, du ungezogener Junge.

Die USA ließen nur ein kleines Kontingent von Immigranten ins Land. Die drei würden es einfach machen wie schon einmal zuvor, nämlich als Touristen einreisen. Der Rest würde sich irgendwie finden. Eine Schiffspassage dritter Klasse kostete etwa 130 Dollar, umgerechnet 6000 Francs.

Über Wochen ließ Ellie den Gedanken nicht recht an sich heran. Obwohl er im Grunde logisch und gar nicht so kaltherzig war. Ihre Ehe mit Pierre war am Ende, bestand nur noch aus Freundschaft. Eine Trennung, eine Scheidung schien unausweichlich, unvermeidlich, ob früher oder später, was spielte das für eine Rolle? Und ja, Pierre würde schuldig geschieden werden, immerhin war er mit einer unerotischen Frau fremdgegangen, dafür gab es keine Entschuldigung. Der Verlust seines halben Vermögens würde ihm kaum weh tun, er besaß danach noch genug an Barem. Und eine Wohnung. Eine Villa im Süden. Und ein Hotel. Während sie und Max und Karl die Chance bekämen, in einem unbedrohten, freien Land etwas ganz Neues und Eigenes aufzubauen. Sie würde Max heiraten. Oder vielleicht auch nicht. Er war ja nun ihr Halbbruder, vor dem Gesetz. Würde man in Amerika pingelig sein?

Manchmal schien es ihr, als hätte Max von Anfang an auf diese Situation gehofft oder gar hingearbeitet. Aber das war natürlich nicht möglich, dazu hätte er hellseherische Fähigkeiten haben müssen. Er schwärmte bei Tisch oft über New York, das er nur von Fotos aus einem Bildband her kannte. Und betonte bei jeder Gelegenheit die Patina, die auf Paris liege, einer Stadt, deren Legende ständig schrumpfe, die bald morbid und moribund sein würde, quasi dem Untergang geweiht.

Das bin ich auch, kommentierte Ellie sarkastisch. Sie würde im nächsten Jahr vierzig sein. Wenn sie noch einmal ein Abenteuer wagen wollte, dann besser, solange sie noch halbwegs nach etwas aussah. Mitte Juni erklärte Ellie Max in einem der so selten gewordenen Beischlafnachgespräche, daß sie grundsätzlich bereit sei für Amerika. Unter zwei Voraussetzungen: Pierre müsse sich in Freiheit befinden und mit der Trennung einverstanden sein.

Max nickte. Das ließe sich machen.

Karl, als er in den Plan eingeweiht wurde, hatte nichts gegen New York an sich, wollte den Ozean aber lieber etwas später überqueren, wenn sein Studium in zwei Jahren beendet wäre. Max hob enerviert die Augenbrauen. In zwei Jahren würde Hitler vermutlich schon über die Boulevards flanieren.

Was schwallst du für einen Stinkekäse? Wenn du Ellie angst machen willst mit deiner latenten Hitler-Verehrung, bitte. Bei mir wirst du kläglich scheitern damit!

Ich möchte übermorgen abend nach Versailles fahren, unterbrach Ellie die beiden Streithähne. Begleitet ihr mich?

Die drei saßen am Quai d'Orsay, ließen sich von der Sonne bräunen, sahen aufs Wasser und aßen Schinkenbaguettes.

Wozu nach Versailles, fragten unisono die Brüder, und warum ausgerechnet abends?

Ich habe, schlau wie ich bin, ein Zimmer gemietet, von dem aus man beste Sicht hat.

Die Loewe-Brüder verstanden nur Bahnhof. *Beste Sicht*? Worauf?

Wenn Eugen Weidmanns Kopf und der Rest seines Körpers sich voneinander trennen müssen. Lest ihr Dummen keine Zeitung?

Karl und Max sahen erst einander an, dann versuchten sie in Ellies Gesicht Spuren eines Scherzes zu entdecken.

Du willst dir die Hinrichtung ansehen?

Ja. Warum nicht?

Die Frage muß eher lauten: *Warum*?

Ich habe so etwas noch nie gesehen.

Das war ein simples Argument. Die Brüder sahen einander erneut an. Sie wurden von einer Seite Ellies überrumpelt, von der sie nicht gleich wußten, wie sie sie einschätzen und beurteilen sollten.

Karl entschied sich als erster. So ein mittelalterlich grausames Spektakel mit seinem Interesse und seiner persönlichen Anwesenheit praktisch gutzuheißen, käme für ihn niemals in Frage. Max dachte nach und fand, daß es für einen Schriftsteller gute Gründe gab, einmal im Leben einem solchen Ereignis beizuwohnen, denn es handele sich bestimmt um ein *elementares Erlebnis*. Ja, er sei dabei, ließ er knapp verlauten. Wenngleich ihm nicht so ganz klar war, welchen Sinn oder Erfahrungswert Ellie dem Ganzen abgewinnen wollte. Sie mußte sich von ihm noch einige argwöhnische Blicke gefallen lassen.

Karl schüttelte heftig den Kopf, hielt sich mit verschränkten Armen an den eigenen Schultern fest, als schauderte es ihn. Ein paar Stunden später meinte er dann, eine politisch verantwortungsvolle Begründung seiner Präsenz vor Ort wäre allenfalls gegeben, wenn er als Demonstrant mit einem Transparent antrete, das gegen die Todesstrafe protestiere. Er überlege noch.

Zuletzt, am 16. Juni abends gegen sieben Uhr, einem Freitag, brachen sie zu dritt auf. Versailles war vom Gare des Invalides aus in nur zwanzig Minuten Fahrzeit zu erreichen. Die Züge waren überfüllt, obwohl ein Zehn-Minuten-Takt eingerichtet worden war. Es herrschte eine Stimmung, als würden Fußballfans zum Auswärtsspiel ihrer Mannschaft aufbrechen, nur daß die Wimpel, die Fahnen und Vereinsgesänge fehlten. Keiner der Fahrgäste gab dabei den leisesten Hinweis darauf, wohin und weswegen er unterwegs war. Dennoch entstand – Max suchte erfolglos zu ergründen, wodurch – das Bild eines gemeinschaftlichen Ausflugs mit hochgesteckten Erwartungen. Auch Karl hätte nicht benennen können, in welchen Details es sich etwa von der allabendlichen Heimkehr der Werktätigen in die billigen Wohngebiete der Peripherie unterschied. Den Unterschied nahm allenfalls Ellie wahr. Viele weibliche Fahrgäste trugen Feiertagskleidung, und wo sie üblicherweise ermattet und gleichgültig aus dem Fenster oder vor sich hin gestarrt hätten, schien ein Fieber von ihnen Besitz ergriffen zu haben. In ihren Augen war Leben.

Der Zug hielt an seinem Ziel. Ein weiterer Unterschied wurde deutlich. Die Leute drängten so rücksichtslos ins Freie, als würden in den Abteilen Schwelbrände wüten. Dabei hatten sie es alle nicht weit. Seufzer wurden laut. Wer bis dahin von sich annahm, er habe sich früh, gar viel zu früh in Marsch gesetzt, sah sich nun herb enttäuscht. Eine riesige Menschenmenge sammelte sich vor dem Saint-Pierre-Gefängnis, das vom Bahnhof aus in ein, zwei Minuten fußläufig zu erreichen war.

Aufgrund einer Sondererlaubnis des Magistrats durften in dieser Nacht alle Cafés und Restaurants in Versailles durchgehend geöffnet haben. Bauchladenverkäufer machten gute Geschäfte mit Wein, Eis und Limonaden. Auch Klappstühle wurden feilgeboten, das Stück für zwanzig Francs.

Ellie zeigte auf ein Haus, das dem Gefängnisvorhof schräg gegenüberlag. Sie hatte dort beizeiten eine Kammer im dritten Stock gemietet, für dreihundert Francs. Das ältere Ehepaar, dem das Haus gehörte, war erst sehr zufrieden gewesen, die dumme Deutsche derart übervorteilt zu haben, danach überwog der Ärger, weil andere Schaulustige noch viel mehr geboten hatten. Die Kammer beherbergte zwei schmale Betten, einen Tisch und vier Stühle. Auf dem Tisch fanden sich die bestellten Stärkungen, drei Flaschen Wein, ein großer Laib Brot, Oliven, Gürkchen, Schinkenstreifen, Butter und ähnliches. Man konnte es sich gemütlich machen und zusehen, wie die Menschenmenge unten immer noch anwuchs. Bei Bedarf konnte man sich noch ein Stündchen hinlegen. Vor vier Uhr früh würde sicher nichts geschehen. Auf dem Platz spielten Musikanten. Zwei Stehgeiger und ein Leierkastenmann.

Karl hatte tatsächlich ein eingerolltes Transparent aus dünnem Stoff dabei. Mit zinnoberroten Lettern stand darauf zu lesen: *Meurtre reste meurtre, si privé, si par l'état.* (Mord bleibt Mord, ob privat oder verstaatlicht.)

Max stichelte, daß die Botschaft hier im Kämmerlein sicher wirkungslos verpuffen würde, er müsse sich schon nach unten auf den Platz bequemen. Karl entgegnete, daß ihm das bewußt sei, er wolle genau dies später auch tun, aber erst kurz vor der Exekution, um die größtmögliche Wirkung zu erzielen.

Ellie beugte sich aus dem Fenster und schien jemanden zu entdecken, den sie kannte, sie winkte und rief laut einen Namen. *Johannes! Huhu!* Max und Karl folgten ihrem Blick, in dem Gewimmel erkannten sie niemanden. Und wer mochte *Johannes* sein? Erst als aus der Menge zurückgewinkt wurde, fiel ihnen ein, daß Marcowitz so hieß.

Na so was, rief Ellie, komm rauf zu uns! Das macht euch doch nichts aus, oder? Sie wartete keine Antwort ab und lief nach unten, um dem beleibten Glatzkopf die Haustür zu öffnen. *Was machst du denn hier?* Fragte er erfreut und putzte seine dicken Brillengläser mit einem feuchten Tuch.

Karl und Max hatten gegen seine Anwesenheit nichts einzuwenden, sie mochten den älteren Herrn, der sehr nett sein konnte und die aktuell schmutzigsten Witze wußte.

Ihr habt euch ja prächtig eingerichtet, muß schon sagen. Darf ich mich beteiligen?

Er legte einen Hundert-Francs-Schein auf den Tisch, nahm sich ein Glas Wein und ging zum Fenster. Was für eine tolle Aussicht! Ich bin ein Glückspilz. Wir können Poker spielen, ich habe Karten dabei. Oder könnt ihr nur Skat? Nicht einmal Skat? Naja, wir können uns auch einfach nur unterhalten. Kennt ihr den schon?

*»Angeklagter, Sie bekennen sich doch offen zur Homosexualität, warum haben Sie die Nonne vergewaltigt?« »Entschuldigung, aber von hinten sah sie aus wie Zorro!«*

Johannes Marcowitz lachte selbst am lautesten über seinen Witz, dann hielt er abrupt inne und schnappte mit drei Fingern nach seinem Kinn, als bedürfe sein Kopf einer Stütze.

Sagt mal, Leute, wann wird die Hinrichtung stattfinden?

Zwischen vier und fünf Uhr früh wahrscheinlich, meinte Max, der es aus der Zeitung wußte.

Marcowitz dachte nach. Da ist es um diese Jahreszeit schon fast hell, nicht?

Kann sein, warum?

Naja. Wieviel Uhr ist es jetzt?

Fast halb elf, sagte Ellie. Alle errieten, was in Marcowitz' Kopf vorging.

Daß ich daran nicht gedacht habe! Neinnein, ich habe sehr wohl daran gedacht, aber das Licht von ein paar Laternen wäre niemals ausreichend gewesen. Aber morgen ist der 17. Juni, so gut wie der längste Tag im Jahr, es wird hell sein, richtiggehend hell, nicht um vier, aber um fünf. Je näher an fünf, desto besser. Und es wäre ja verboten! Verboten. Doch von hier aus – und ich kann es schaffen, ich laufe sofort los und nehme einen Zug, dann bin ich mit meinem Kram in spätestens zwei, drei Stunden wieder hier.

Moment! Sagte Max. Versteh ich dich richtig? Du willst die Hinrichtung filmen?

Na klar, das wird eine Wucht. Ich brauche lichtempfindliches Material, davon hab ich im Schrank – was? Was siehst du mich so an?

Du bist unser Gast.

Tausend Dank.

Wir haben dir aber nicht gesagt, mach und tu, als wärst du bei dir zu Hause.

Marcowitz kratzte sich an der Wange. Und was bedeutet das?

Max wurde nicht konkret. Er war selbst noch am Überlegen, was genau das bedeutete.

Es ist ganz sicher illegal, was du vorhast. Du forderst uns auf, etwas Illegalem beizuwohnen und es auch noch zu unterstützen, indem wir dir den Raum dazu liefern. Für einen Film, mit dem du wahrscheinlich eine Menge Geld verdienen wirst.

Okay, Geld, ja, natürlich, ihr bekommt Geld, vielleicht nicht gerade jetzt sofort, bei mir habe ich in bar nochmal hundert Francs, ihr kriegt fünfhundert. Einverstanden?

Fünftausend, sagte Max.

Ach, das ist ja wohl übertrieben! Ich bitte euch.

Es wurde nicht nachverhandelt. Max blieb stur, und die Zeit war nicht auf Marcowitz' Seite. Bald sagte er Jajaja und lief los, um den Zug zu erreichen.

Diesen Raum gemietet zu haben, könnte sich noch als lohnende Investition herausstellen, lobte sich Ellie.

Oder wir bekommen eine saftige Geldstrafe verpaßt, antwortete Karl. Ich weiß nicht, ob ich das gutheißen kann.

Das kannst du, sagte Max, wir teilen mit dir.

Ist ja wohl auch selbstverständlich. Ich riskiere, von der Uni zu fliegen, wenn ich mich auf so etwas einlasse.

Du kannst jederzeit heimgehen, dann riskierst du gar nichts.

Bruder, mir gefällt dein Tonfall nicht.

Hört auf zu streiten, rief Ellie, wer weiß, ob Johannes das überhaupt rechtzeitig auf die Reihe bekommt.

Wieso nennst du ihn *Johannes*? Wollte Max wissen.

Weil er nunmal so heißt?

Ich fühle mich unwohl! Verkündete Karl. Ehrlich, mir ist zum Kotzen zumute. Bald wird da draußen einem Menschen der Kopf abgeschnitten, und wir betreiben ein Geschäft damit.

Er ist ein Teufel, kein Mensch. Sähe er nicht – Ellie seufzte lasziv – so *teuflisch* gut aus, kein Hahn würde nach so einem krähen. Ich bin nicht grundsätzlich für die Todesstrafe, aber hier trifft sie mal ins Schwarze. Der Kerl hat für Kleingeld gemordet.

Ach ja? Willst du sagen, daß man für Großgeld eher morden darf?

Nachvollziehbarer wäre es dann schon. Zweifellos.

Karl wurde pampig. Das Adjektiv *zweifellos* gebrauchten viel zu oft Menschen, die einfach nur über eine zu geringe geistige Reichweite verfügten, um irgendwelche Zweifel an ihrem Denken und Handeln zuzulassen.

Max kam Ellie zu Hilfe und nannte Karl ein Paradebeispiel für jemanden, der willfährig und ohne Not jedes Denken und Handeln einzustellen bereit sei, sobald ihm Stalin etwas verordnet habe.

Und du, Arschloch? Hältst dich für wichtig, du Freigeist! Und hast kein besseres Programm fürs Leben, als überall schnell mal was abzugreifen! Ich kann dir gar nicht sagen, wie leid du mir tust.

Du hingegen tust mir gar nicht leid. Idioten verdienen, was immer ihnen zustößt.

Wenig hätte gefehlt, und die Brüder hätten einander bespuckt.

Ellie warf sich dazwischen und sprach ein Machtwort, das sich nach Predigt anhörte. Es stünden noch Wurst und Wein auf dem Tisch, Tabak und Brot. Angesichts der Millionen von Menschen, die das alles entbehrten, solle man sich einfach mal hinsetzen, einen Bissen in den Mund nehmen, langsam kauen und mit einem guten Schluck hinunterspülen. Und daran denken, welche Gnade damit verbunden sei. Und das Maul halten.

Ihre kleine Rede zeigte überraschend Wirkung. Die Brüder beruhigten sich, schoben den Tisch ans Fenster und sahen hinaus in die laue Neumondnacht, lehnten sich zurück und bliesen den Sternen blauen Rauch entgegen. Von unten wehte Musik vorbei und ein Säugling schrie. Tausende warteten auf den Tod eines einzigen. Dafür ein passendes Adjektiv zu finden, das die Atmosphäre hinreichend beschrieb, ohne sie zugleich herabzusetzen, war schwer. Trotz der volksfesthaften Begleitumstände lag in den Stunden nach Mitternacht eine sonderbare Feierlichkeit über der Szenerie. Die Menschen saßen eng nebeneinander, kämpften gegen ihre Müdigkeit an, betrachteten den Sternenhimmel. Beinahe jeder, bis auf die Tumben und Betrunkenen, dachte sich irgendwann in die Rolle des Verurteilten hinein, überlegte, welche Figur er an dessen Stelle abgeben, welchem Thema er seine letzten Gedanken widmen würde. Gegen zwei Uhr senkte sich eine fast meditative Stille über den Platz, und nur aus den Seitenstraßen drang gedämpfter Kneipenlärm heran, zwischendurch unterbrochen vom Pfeifen und Zischen neu eintreffender, gut gefüllter Personenzüge.

Um kurz vor drei Uhr morgens, als schon nicht mehr mit ihm gerechnet wurde, kehrte Johannes Marcowitz aus Paris mit einem Cellokoffer zurück, der ein Stativ und eine Kamera enthielt. Er pfiff ein Liedchen, baute die Kamera auf, während der Vorhang vorm Fenster zugezogen war, dann nahm er ein Messer, schnitt einen Schlitz in den Vorhangstoff und schob das Objektiv durch. Perfekt.

Unten war es mit der Stille längst vorbei. Die Phase der Kontemplation wich einer wütenden Unruhe. Die Masse wogte hin und her, es strömten immer noch mehr Menschen zusammen, allen war klar, daß am Ende nur ein Bruchteil von ihnen die Chance bekommen würde, einen Blick auf das Schafott zu erhaschen. Noch war es stockdunkel, aber auf dem Platz flackerten einige Lichter, die von Fackeln oder Taschenlampen herrührten.

Karl, von Max süffisant aufgefordert, endlich Flagge zu zeigen, wirkte unschlüssig. Übermüdet, mit kleinen, geröteten Augen sah er auf das Treiben hinab. Und änderte seinen ursprünglichen Plan. Der Mob sei ihm nicht geheuer, sagte Karl, er liefe als Teil der Menge nur Gefahr, zertreten, wie ein Sandkorn zermahlen zu werden, drum bleibe er lieber hier oben und hänge sein Transparent aus dem Fenster.

Damit du alle Welt auf die Kamera aufmerksam machst? Untersteh dich! Komm uns bloß nicht in die Quere!

Ich lasse mich von dir ganz gewiss nicht verscheuchen, Geschäftemacher!

Reiß dich mal zusammen! Ellie schlug einen unbeabsichtigt scharfen Ton an. Du gehst uns auf die Nerven mit deinem Transparent!

Karl, der Ellie so nicht kannte, schmollte und meinte, dann wolle er der mittelalterlichen Brutalität auch nicht zusehen, sondern lieber, was er schon vor Stunden gern getan hätte, eine Mütze Schlaf nehmen. Es war nicht nur Müdigkeit, die ihn so schnell kapitulieren ließ. Mehr trieb ihn die Angst um vor der Wunde, die das Bild eines abgetrennten Kopfes in seine Seele brennen würde. Er streckte sich auf einem der beiden sargschmalen Betten aus und schlief sofort ein.

Apropos *Geschäftemacher*. Max wandte sich an Marcowitz. Hast du das Geld aufgetrieben?

Die Banken hatten alle geschlossen. Glaub mir.

Unten kam es zu tumultartigen Szenen. Der Gefängnisdirektor beschloß, die Hinrichtung Weidmanns um fünfundvierzig Minuten zu verschieben. Vereinzelt mußten Gendarmen den Schlagstock einsetzen, um Streitereien zu schlichten. Fast zehntausend Menschen drängten inzwischen dem Platz entgegen, der kaum die Größe eines Fußballfelds besaß.

Viele Leute waren angetrunken und randalierten in den Straßen der Umgebung. Die Polizei entschloß sich zu einem drastischen Eingriff. Eine Sperrzone wurde eingerichtet, und Zutritt zum Gefängnisvorhof wurde nur noch etwa hundertfünfzig Zusehern gewährt, darunter meist Pressevertretern, Würdenträgern oder Menschen mit Beziehungen. Alle anderen sahen sich außen vor und reagierten dementsprechend erbost.

Langsam setzte die Morgendämmerung ein. Marcowitz betete um jede weitere Sekunde. Um vier Uhr zehn sagte er, nun würde bereits etwas auf dem Film zu sehen sein. Um vier Uhr zwanzig jubelte er, daß inzwischen sogar Details erkennbar sein würden. Um vier Uhr zweiundvierzig öffneten sich die Tore der Haftanstalt. Kurz zuvor war unter dem Beifall der Menge die Guillotine enthüllt worden.

Etwas hatte Marcowitz nicht bedacht. Seine Tarnung war eher das Gegenteil einer Tarnung. Sah man sich vom Platz aus das Haus an, so standen, wie in allen Häusern ringsum, beinahe alle Fenster offen, und etliche Menschen sahen heraus. Nur vor einem Fenster war ein Vorhang zugezogen. Was an sich noch nicht so verdächtig war wie der kleine blinkende Kreis in der Mitte des Vorhangs, wo sich die Strahlen der aufgehenden Sonne in etwas Gläsernem fingen und reflektierten. Einem Gendarmen, der vorher schon die Konfiszierung einiger Fotoapparate veranlaßt hatte, fiel das auf, und er setzte sich in Richtung des Hauseingangs in Bewegung. Wobei er gegen die Wucht der herandrängenden Menschen nur langsam vorwärts kam. Marcowitz drückte den Schalter, und die Kamera begann leise zu surren.

*Aufnahme läuft!* Flüsterte er, aufgeregt und glücklich.

Weidmann, sofern sich das von einem Mann sagen läßt, dessen Hände auf den Rücken gebunden sind, strahlte Haltung aus. Er trug ein weißes Hemd, keine Hosenträger. Der Scharfrichter Desfourneaux und seine Helfer waren mit schwarzen Gehröcken und Hüten bekleidet. Nach der Niederwerfung des Delinquenten auf das Klappbrett der Guillotine bediente Desfourneaux den Hebel, der die Lünette fixierte. Nicht so schnell wie gedacht, eher unwirklich langsam, fiel das Beil. Unmittelbar nachdem Weidmanns Kopf abgetrennt war, kippten die beiden Assistenten den Rumpf seitlich in eine bereitstehende Truhe. Von der Niederwerfung des Verurteilten auf das Klappbrett bis zur Abtrennung des Kopfes vergingen acht Sekunden.

Marcowitz' Aufgeregtheit steigerte sich noch, als er den Gendarmen erkannte, der mit seinem Schlagstock direkt in Richtung der Kamera zeigte und Kollegen zu Hilfe rief.

*Merde!* Wir sind entdeckt. Raus hier! Schnell!

Er schaltete die Kamera ab, riss das Filmmagazin heraus und rannte ins dunkle Treppenhaus. Max und Ellie sahen sich kurz an und stolperten ihm hinterher. Ellie griff in einem Reflex nach ihrer Handtasche und mußte sich deswegen einen vorwurfsvollen Blick gefallen lassen. Im Erdgeschoß angekommen, japste Marcowitz bereits nach Luft, er wies wortlos auf den Hintereingang, wo es hinaus auf den Hof ging, zu den Mülltonnen. Und ebenjenen Mülltonnen war es zu verdanken, daß sich ein passabler Weg über die Mauer bot. Sie kletterten, als ginge es um ihr Leben, landeten in einer engen unbeleuchteten Straße, hatten die Wahl, nach links oder rechts zu laufen, entschieden sich für links, möglichst weit weg vom Trubel. Den aufbrandenden Applaus, als Weidmanns Kopf aus dem Korb gehoben und der Meute gezeigt wurde, bekamen sie nicht mit, ihre Aufmerksamkeit war mit etwas ganz anderem beschäftigt.

*Wir haben Karl vergessen.* Stellte Ellie kreidebleich fest. Sie waren im Dauerlauf an einen kleinen Park gelangt, wo sie auf einer Bank nach Luft schnappten.

*Scheiß drauf.* Sagte Marcowitz. Wir gehen jetzt zum Bahnhof. Uns kann keiner was.

Ein gespenstischer Strom von Menschen hatte dieselbe Idee. Ellie, Max und Marcowitz ließen sich in diesen Strom gleiten wie in ein heißes Bad. Karl mußte für sich selber Sorge tragen. Darüber zu debattieren, half für den Moment nicht weiter.

Als das Exekutionsareal freigegeben wurde, stürzten etliche Frauen herbei und tauchten ihre Taschentücher in das Blut auf dem Gehsteig, um ein Souvenir mit nach Hause zu nehmen.
Die Ereignisse der Nacht zeitigten Konsequenzen auf höchster Ebene. Wegen des unbotmäßigen, ja hysterischen Gebarens der Menge ordnete Ministerpräsident Daladier an, daß künftige Hinrichtungen nicht mehr öffentlich, sondern hinter Gefängnismauern zu vollziehen seien.

Karl war aus seinem Schlaf gerissen und in Handschellen zum Verhör aufs nächste Polizeirevier geschleppt worden, wo er, wie es sein gutes Recht war, die Aussage verweigerte. Die Kamera wurde, ebenso das Transparent, als Beweismittel sichergestellt. Der entscheidende Beweis aber, das Magazin mit dem Film, fehlte. Weil der mildgestimmte Polizeichef das Ganze zudem als Studentenstreich abtat, wurde auf eine Anklage verzichtet und Karl noch am selben Tag auf freien Fuß gesetzt. Als neuer Besitzer einer 16mm-Cine-Kodak Spezial im Wert von mindestens zweitausend Francs zeigte er sich mit dem Geschehenen einigermaßen versöhnt. Unversöhnlich jedoch würde sein Verhältnis zu Max und Ellie sein. Sie hatten ihn schnöde im Stich gelassen, hatten zuvor deutlich zum Ausdruck gebracht, wie wenig ihnen an seiner Person lag. Er fuhr nach Paris zurück und nahm Logis im *Séjour*, einem preiswerten Hotel an der Place de Clichy. Stundenlang starrte er dort die Wand an und bedachte seine Situation.

Nein, es hatte keinen Sinn, sein Zelt woanders aufzuschlagen, er war in finanzieller Hinsicht zu abhängig vom *Monbijou* und, mehr oder minder, gezwungen, dorthin zurückzukehren. Anders zu handeln würde Max und Ellie ja nur in die Hände spielen. Sie sollten ihn nicht so leicht loswerden. Erstmal sollten sie sich ein paar Tage lang Sorgen um ihn machen. Würden sie sich überhaupt Sorgen machen? Wo sie ihn doch loswerden wollten?

Karl bemerkte die brüchige, ja kindliche Logik seines beleidigten Denkens. Das macht nichts, sagte er sich. Ich war immer viel zu vernünftig. Er hatte kaum Geld bei sich, also trug er die Kamera in die nächste Pfandleihe. Ihm wurden vierhundert Francs angeboten. Das Ding zeige schon deutliche Abnutzungsspuren, er könne es gerne noch woanders versuchen. Karl verspürte keine Lust zu feilschen und nahm das Geld, er besaß ja den Pfandschein, konnte die Kamera jederzeit wieder auslösen. Jetzt wollte er sich erst einmal etwas Gutes tun und lief schnurstracks in ein Bordell am Montmartre. Ich war immer viel zu vernünftig, wiederholte er vor sich selbst.

Ellie und Max trieben große Sorgen um. Karl wäre gerührt gewesen, hätte er dabei zuhören können, welche Vorwürfe sie sich machten. Vor allem Ellie mochte es sich nicht verzeihen, daß sie sich auf ein krummes Geschäft mit diesem Marcowitz eingelassen hatte.

Max übernahm einen Großteil der Schuld. Er sei es ja gewesen, der Marcowitz den Raum gleichsam vermietet habe. Und ich hätte dir widersprechen müssen, sagte Ellie. Gemeinsam blätterten sie in einem französischen Strafgesetzbuch. Sie hatten zweifellos Beihilfe geleistet, aber zu welcher Straftat eigentlich? Das war nicht einfach zu entscheiden. Von grobem Unfug bis hin zu Unterschleif, Störung der öffentlichen Ordnung, Sabotage oder Erschleichung geheimer Informationen war etliches denkbar. Die heimliche Filmaufnahme einer Staatsangelegenheit durch Ausländer, die Karl und Max ja waren, würde vielleicht gar als Spionage geahndet werden. Im Falle der Französin Ellie bedeutete das Landesverrat. Karl würde sicher ausgewiesen werden, gerade jetzt, in dieser gespannten politischen Lage, da man mit dubiosen deutschen Emigranten nicht eben pfleglich umging. Würde er den Verhören standhalten und die Namen seiner Mittäter verschweigen? Dann würde ihn der Zorn der Behörden erst recht treffen. Oder würde er, um sich selbst zu retten, die anderen hinhängen? Es mußte unbedingt etwas getan werden. Erst Pierre, dann Karl. Würden sie am Ende alle im Gefängnis landen? Oder in einem deutschen Konzentrationslager? Wegen einer Unbedachtheit? Ihre Sorge war begründet. Es kursierten ganz andere Geschichten. Täglich wurden Menschen, die weit weniger verbrochen hatten, expediert, über die *Planke* (die Grenze) geschickt und den Nazis zum Fraß vorgeworfen.

Karl wäre enorm befriedigt gewesen, hätte er gewußt, wie schlecht Max und Ellie in dieser Nacht schliefen, während er nacheinander die Körper von Janine, Mimi und Salomé genoß und nebenbei Champagner im Wert von zweihundertzwanzig Francs konsumierte. Stockbesoffen ließ er sich gegen vier Uhr morgens von einer Droschke zum *Monbijou* befördern, wo er seinen Rausch ausschlief und zehn Stunden später den Speisesaal betrat. Wie eine übernatürliche Erscheinung. Er genoß den Auftritt fast mehr als alle Zuwendungen der letzten Nacht. Ähnlich, dachte er, müsse sich Jesus gefühlt haben, wäre er tatsächlich drei Tage nach Golgatha den Jüngern erschienen, auferstanden aus dem Grab. Der Unterschied lag im Frühstücksbuffet. Karl griff zu, biß in ein Nougatcroissant, ließ sich eine Kanne Kaffee bringen, und einen wunderbaren Moment lang war ihm der Rest der Welt, der Hunger litt, egal.

Aus Max' und Ellies Reaktion gewann er die Überzeugung, den beiden doch abgegangen zu sein. Sie herzten und kosten ihn, um so mehr, nachdem er erzählte, wie willensstark er die Folter ertragen hätte. Was für eine Folter? Er wies keine äußeren Symptome irgendeiner Folter auf, aber das war vielleicht der Raffinesse der Polizeibeamten zuzuschreiben.

Die haben kein Wort aus mir herausgebracht. Zuletzt mußten sie mich gehen lassen. Aber eines sag ich euch, ihr egoistischen Wichte! Bringt ihr mich jemals wieder in eine ähnliche Lage, gibt es keine Loyalitäten mehr.

Während der folgenden Wochen geschah nicht viel. Abgesehen davon, daß immer etwas geschieht.

Die Organisatoren des Tennisturniers von Wimbledon verweigerten dem wegen guter Führung vorzeitig aus der Haft entlassenen Gottfried von Cramm aufgrund seiner Vorstrafe die Teilnahme. In einem Vorbereitungsturnier hatte von Cramm den späteren Wimbledon-Sieger Briggs mit 6:0 und 6:1 geschlagen. Während sich der Schatten des Krieges über Europa schob, wurde im Sportteil der Zeitungen leidenschaftlich über diese Entscheidung debattiert.

Der Anwalt Amirault behauptete, sich gewissenhaft auf Pierres Prozeß vorzubereiten. Blinder Aktionismus sei denkbar fehl am Platz. Sein hohes Voraus-Honorar rechtfertigte er damit, zwei Detektive auf die Spur Xavier Chapelles gesetzt zu haben. Ein lebendiger Chapelle sei die einfachste und überzeugendste Option, die Hirngespinste des Lieutenant Perec platzen zu lassen.

Ellie, Max und Karl hielten das Hotel soweit ganz gut in Schuß und planten sogar eine letzte Soso, deren Höhepunkt darin bestehen sollte, den Film von Weidmanns Hinrichtung zu zeigen. Sie hatten sich bei den Stammgästen ein wenig umgehört und waren auf riesiges Interesse gestoßen. Karl ereiferte sich über die Entsetzlichkeit, daß selbst kultivierte Menschen des zwanzigsten Jahrhunderts ihre Blut- und Sensationsgier derart offen eingestanden.

Leider blieb Johannes Marcowitz, der den dreien noch fünftausend Francs schuldete, unauffindbar. Karl plagten deshalb keine Skrupel, die Cine-Kodak-Spezial im Pfandhaus für vierhundert Francs auszulösen und sie für zwölfhundert Francs an einen Privatmann weiterzuverkaufen.

Max schrieb hingebungsvoll an seinem Roman, und selbstverständlich transformierte er jenes *Elementarerlebnis* der Weidmann-Hinrichtung zu einem recht finster-faszinierenden Kapitel, in dem eine Nebenfigur, der brutale Chef einer Mörderbande, begleitet vom Johlen der Menge, ihren Kopf einbüßte. Wodurch dieser Kopf aber, auf höherer Ebene, zur uneinnehmbaren Festung mutierte und, nebst etlichen Geheimnissen, seine Würde behielt. So, durch die Hintertür, protestierte Max gegen das Phänomen der Todesstrafe, ohne potentielle konservative Leser zu verprellen.

Ellie war von morgens bis abends damit beschäftigt, Pierre zu ersetzen. Wie agil und geschickt sie auch war, litt sie doch unter dem Verdacht, mehr tun zu können. Entscheidendes mehr.

Ihr und den anderen war von offizieller Seite untersagt worden, Kontakt zu Blanche Chapelle, der Hauptzeugin der Anklage, aufzunehmen. Ellie hielt sich einfach nicht daran. Eines

Morgens, genauer gesagt am 3. Juli, kurz nach zehn Uhr, klingelte sie an der Tür der Rue Riquet Nummer neun. Blanche bat sie hinein und bot ihr sogar einen Tee an.

Blanche, Sie können sich ja denken, warum ich hier bin.

Sie möchten mich mit einer großen Summe Geldes bestechen, damit ich die Aussage zurückziehe?

Nein. Daran habe ich noch gar nicht gedacht. Ellie mußte unwillkürlich schmunzeln. Nein, ich bin hier, um Sie – von Frau zu Frau – zu fragen, ob es wahr ist. Dem Richter können Sie dann ja etwas ganz anderes erzählen. Aber mir – die Wahrheit bitte. Hat Pierre mit Ihnen geschlafen? War es sein Kind, das Sie verloren haben? Ich muß das wissen.

Blanche reagierte verunsichert. Sie fand es reichlich dreist, daß von ihr eine Auskunft verlangt wurde ohne irgendein dazu passendes finanzielles Angebot. Dann fiel ihr ein, daß die Geisings ihr bis Ende Juli die Miete bezahlt hatten. Eine schon recht freundliche Geste, zugegeben.

Er hat nie mit mir geschlafen. Das Kind war von Xavier. Sind Sie nun glücklich?

Aber warum haben Sie auf der Präfektur etwas anderes erzählt?

Mir wurde Straffreiheit zugesichert.

Das genügt Ihnen, um einen Meineid zu begehen?

Geschworen hab ichs noch gar nicht. Sagen wir doch mal so. Wenn Xavier lebt, wird sich das Ganze von selbst aufklären. Wenn er tot ist, und Pierre war es nicht – nun –, wenn *er* es nicht gewesen ist, müßte ja vielleicht sogar *ich* es gewesen sein, es bleibt ja sonst bald niemand übrig. Deswegen ist es aus meiner Sicht besser, wenn Pierre angeklagt ist, vor allem, weil *er* ganz sicher unschuldig ist und ihm nichts passieren kann. Jeder ist sich selbst der Nächste, Madame. Ich habe eine ganze Nacht in einer Zelle verbringen müssen. Das war kein Spaß. Sie können sich nicht vorstellen, wie das ist. Schrecklich.

Ich verstehe Ihr Motiv, Blanche, aber Sie können doch niemanden leiden lassen, der überhaupt nichts Böses getan hat, nur damit Sie Ihre Ruhe haben.

Ach, naja. Es ist ja nur für kurz. Pierre ist ein gestandener Mann, er wird das ertragen.

Ellie war von dieser Logik genauso amüsiert wie abgestoßen. Ihr gingen die Argumente aus, als hätte sie eine Verrückte vor sich, die in einer anderen Welt, mit anderen Gesetzen lebte. Wie sollte man jemanden wie Blanche behandeln? Ihr drohen? Sie umschmeicheln? Sie kaufen? Ellie wußte es nicht. Der Besuch jedoch hatte sich bereits gelohnt. Erleichtert nahm sie zur Kenntnis, daß Pierre sie nicht hintergangen hatte.

Andererseits gab es dann auch keinen Grund, daß er jemals schuldig von ihr geschieden werden würde.

Trinken Sie Ihren Tee, Madame, er wird kalt. Ellie schreckte aus ihren Gedanken hoch und sah in Blanches lächelnd mahnendes Gesicht.

Ich habe keinen Durst mehr, danke. Was werden Sie tun am Ende des Monats? Haben Sie schon eine neue Bleibe?

Was für eine neue Bleibe?

Nun, die Miete ist nur bis zum 31. bezahlt. Und wir, also mein Mann und ich, werden Ihnen ganz sicher nicht noch einmal etwas schenken.

Ganz sicher nicht? Nein?

Wie kämen wir dazu?

Dann muß ich mir das mit dem Meineid noch einmal überlegen.

Ellie stand schon halb in der Tür, nun trat sie einen Schritt zurück in den Flur. Sie war beinahe froh, daß sich eine Ebene ergeben hatte, auf der man mit diesem Weib nach vernünftigen Vorgaben kommunizieren konnte.

Sie sind unverschämt, Blanche! Aber schön, sagen Sie, was Sie wollen, ich meine, *wieviel* Sie wollen. Und dann machen wir einen schriftlichen Vertrag.

Madame Geising, ich bin vielleicht dumm, aber so dumm auch wieder nicht. Und ich bin auch nicht gierig. Ist man denn ein schlechter Mensch, wenn man aus dem, was man hat, etwas macht und gerade nur so viel daraus macht, daß man etwas anderes, das man hat, nicht verliert? Ich habe mein Kind verloren, meinen Mann verloren, nun soll ich auch noch meine Wohnung verlieren? Wobei alles, was ich tun muß, um die Wohnung nicht zu verlieren, ist, damit zu drohen, mit der Hand auf der Bibel noch einmal das zu sagen, was ich eh schon gesagt habe. Verstehen Sie mich? Die Drohung allein genügt, damit ich das Dach über dem Kopf behalte, ich muß noch nicht einmal etwas wirklich Schlimmes tun. Würden Sie in meiner Lage dann nicht ebenso handeln?

Ellie war fasziniert. Alles, was Blanche sagte, klang bestrikkend logisch. Auf groteske Art.

Also wieviel?

Nur das Nötigste. Das Allernotwendigste. Einfach nur jeden Monat die Miete und vielleicht eine Kleinigkeit für Lebensmittel. Sehen Sie mich an, wie dünn ich bin, ich verbrauche nicht viel. Dafür wäre ich Ihnen und Ihrem Gatten für immer dankbar. Sie müssen es mir in bar zukommen lassen, vielleicht durch einen Boten. Denn wenn die Polizei dahinterkäme, daß Sie mich bezahlen, könnte es so aussehen, als würden Sie mich bestechen, verstehen Sie?

Tun wir nicht genau das? Ellie konnte nicht mehr, sie mußte übers ganze Gesicht grinsen.

Nein, Madame. Man besticht Leute, damit sie etwas Unrechtes tun. Sie hingegen helfen mir, damit ich das Richtige tun kann. Das sind doch völlig verschiedene Dinge.

Ellie brachte Pierre wieder etwas liebevoller gepackte Freßpakete in die Untersuchungshaft, wo es wirklich nicht so schlimm war. Gefangene mit Geld konnten alles mögliche kaufen, und Pierre meinte, er nutze die Zeit, um endlich mal Bücher zu lesen, die er immer hatte lesen wollen, die dicken russischen Schwarten zum Beispiel.

Ellie berichtete kein Wort von ihrer Unterredung mit Blanche. Besser, wenn er nichts davon wußte, so konnte er sich nicht verplappern. Die Anklage hätte Ellies Besuch bei ihr sicher als Versuch ausgelegt, die Zeugin zu beeinflussen. Ein klares belastendes Indiz.

Wäre sie völlig ehrlich zu sich gewesen, hätte sie eingestanden, daß es noch einen anderen Grund gab. Pierre sollte nicht wissen, daß sie darüber informiert worden war, welch treuen und braven Ehemann sie besaß. Schließlich wollte sie irgendwann die Scheidung. Ein plausibler Beweggrund konnte da nicht schaden, sonst würde sie vielleicht leer ausgehen. Und das wäre nicht in Ordnung, so, wie sie sich fürs Hotel ins Zeug legte. Sie war auch ihren *Brüdern* und deren Zukunft verpflichtet.

Erschrocken bemerkte sie an sich Züge ebenjener Logik, die ihr an Blanche eben noch abstoßend und verwerflich erschienen war. Sie hatte Pierre einen Schwur geleistet. Ihm zu dienen und zu ihm zu halten, in guten wie in schlechten Zeiten. Am Ende würde sich das als der Meineid herausstellen, den Blanche gar nicht erst auf ihr Gewissen nehmen mußte.

Menschen sind kompliziert, sagte sie abends zu Max.

Manche schon, gab er zur Antwort, ohne nachzufragen, wie Ellie zu dieser umwerfenden Erkenntnis gelangt sei.

Ellie überlegte, wen sie mit der Aufgabe betrauen könnte, Blanche am Monatsende das Bargeld vorbeizubringen. Vielleicht Luc, den Küchenjungen. Nein, besser niemanden außerhalb der Familie. Noch blieben siebenundzwanzig Tage, um das zu entscheiden.

Der Prozeß gegen Pierre Geising wurde auf den 22. August festgelegt. Amirault sah darin ein gutes Omen. Anscheinend wurde die Sache nicht allzu wichtig genommen, sonst würde nicht im Hochsommer verhandelt werden, wenn halb Paris noch in den Ferien war.

Lieutenant Perec würde am 31. Juli seinen Ruhestand antreten und dem Prozeß nur als einfacher Bürger beziehungsweise Zeuge ohne Rang beiwohnen. Auch das sei gut, sagte Amirault. Denn ranghohe Ermittlungsbeamte lebten oft von einem in vielen Jahren angesparten System aus zu schuldenden Gefälligkeiten. Mit dem Erreichen des Rentenalters fielen, wie Amirault sich bildhaft ausdrückte, all jene Steine im Brett herunter vom Brett in den Dreck.

Ach wirklich? Ellie hegte immer mehr den Verdacht, Amirault erzähle irgend etwas, um seine Klientel bei Laune zu halten. Die beiden von ihm bestellten Detektive waren bis dahin ohne Erfolg unterwegs gewesen. Dessen ungeachtet forderte er weitere zehntausend Francs, zurückzahlbar im Falle seines Erfolgs. Herablassend erklärte er in Bezug auf Perec, daß Polizisten, die eben noch selbstherrlich und willkürlich agieren konnten, durch ihre Verrentung oft einer völlig veränderten Realität ins Auge sehen müßten, in der ihnen, statt Respekt und Angst, Apathie und Verachtung entgegenschlügen. Amirault war, was

Ellie zu diesem Zeitpunkt noch nicht wissen konnte, ein hervorragender Anwalt und Menschenkenner.

Marcowitz tauchte nach einem zweiwöchigen Aufenthalt an der Côte d'Azur wieder auf, weigerte sich aber, die 5000 Francs zu bezahlen. Seine Kamera, die Karl verkauft hatte, sei jenen Betrag locker wert gewesen, und wenn Karl sich habe übervorteilen lassen bei etwas, das er gar nicht habe tun dürfen, so sei das sein Schaden und der Fall damit erledigt. Ellie wollte nicht streiten und gab nach. Marcowitz hatte in einem preiswerten kleinen Studio in Cannes drei Kopien des Films anfertigen lassen und diese in einer Art Geheimauktion als Unikate versteigert. Der Jet-Set rund um Monte Carlo riß sich darum. Marcowitz' Gewinn nach Abzug diverser Schmiergelder betrug etwas mehr als 80.000 Francs. Nach einigen Gläsern Wein, die er großzügig auf seine Rechnung nahm, konnte er nicht anders, als damit auch noch zu prahlen.

Die Angelegenheit wäre ohne Bedeutung gewesen, hätte Ellie über ihre gewöhnliche Seelenruhe verfügt. Aber sie befand sich, allein schon, weil sie 39 war, und auch das nur noch bis zum November, in einem gewissen Ausnahme- und Alarmzustand, der die Dinge in ein übergrelles Licht rückte. Es kam ihr vor, als sei jeder, der außer seinen Skrupeln nichts zu verlieren hatte, imstande, aus ein bißchen Kapital ein kleines Vermögen zu machen. Wohingegen jemand, der kein Kapital, dafür aber Anstand besaß, wie von einem schweren Gewicht an den Füßen behindert durchs Leben humpelte. Sie bekam Angst, etwas zu verpassen, eine entscheidende Möglichkeit im Leben. Und immer redete Max auf Ellie ein, riet ihr dazu, die Gelegenheit zu nutzen, bevor sie verstrich. Er sagte dabei nie: *tu dies und das*, vielmehr entwarf er ein Panorama der Konsequenzen, die durch untätiges Verhalten drohten. Seiner Meinung nach entstand Leiden letztlich aus Dummheit, nichts sonst. Und Dummheit sei alles, was Leid in jedweder Form ermögliche, ja auf den Plan rufe. Gefragt, welches Leid er genau meine, scheute Max davor zurück, eine konkrete Antwort zu geben. Er könne nicht in die Zukunft sehen oder nur sehr bedingt, aber es sei nie verkehrt, sich mit *Reserven* auszustatten. Ellie begriff seinen Rat als Aufforderung, ihre momentanen Kompetenzen auszunutzen und Geld von Pierres Konto abzuheben. Schließlich wäre es denkbar, daß dieses Konto nach einem Schuldspruch eingefroren werde. Es gehe, insistierte Max, einzig darum, jene Finanzmittel jederzeit verfügbar zu gestalten, ihr Potential auf ein Maximum zu schrauben. Kurz gesagt: Man müsse in Gold investieren.

Ellie verstand von vielem etwas, von Wirtschaft fast nichts. Sie vertraute Max bedingungslos, hob hohe Summen von Pierres Konto ab, um Gold zu kaufen. Pierre, dem sie davon erzählte, unterstützte das sogar. In Zeiten drohender Krisen könne man damit nichts falsch machen. Gold und Immobilien. Deswegen habe er auch das Haus in Menton nicht verkauft, obgleich es wie die Wohnung in der Rue Gabrielle praktisch nicht genutzt werde. Eines Tages aber wolle er dort mit Ellie seinen Lebensabend genießen. Wenn sie nichts dagegen habe.

Das war ein Satz zwischen Feststellung und Frage, man mußte darauf nicht unbedingt antworten, und Ellie tat, als sei sie in Gedanken. Man konnte einem Inhaftierten doch nicht erzählen, daß man sich alsbald von ihm trennen wollte, das wäre zu grausam.

Vielleicht willst du es dir ja mal ansehen?

Was?

Das Haus. Macht euch ein paar schöne Tage dort, ihr drei.

Wenn, dann nur gemeinsam mit dir.

Pierre hatte eingewilligt, daß mit seinem Vermögen ein wenig spekuliert werden dürfe. Jedenfalls hatte Ellie für sich dieses Fazit gezogen. Es war auch weder anstößig noch unvernünftig, der Goldpreis stieg mit jedem Tag, wie die Angst vor dem Krieg. Max und Ellie hatten beide in ihrem Leben noch nie soviel Spielgeld zur Verfügung gehabt, nicht einmal, als Max noch zur Mariendorfer Rennbahn ging, wo er mit seinem unschlagbaren Wettsystem so bitter gescheitert war. Sie kauften Gold für beinahe 150.000 Francs. Nach zwei Wochen hatten sie damit bereits zehntausend Francs Gewinn erzielt. Jetzt, sagte Max, müsse man auf Diamanten setzen. In Zeiten, in denen es darauf ankam, mit möglichst wenig Gepäck den Kontinent zu wechseln, seien Diamanten die ideale Wertanlage. Karl interessierte sich nicht für derlei Transaktionen; diese Sorte Fieber konnte ihm nichts anhaben. Er ging sogar so weit, das alles scharf zu verurteilen. Seiner Meinung nach verhielten sich Max und Ellie wie Schieber und Kriegsgewinnler, wie schlimmste Parasiten des Kapitalismus. Max fragte, wem denn bitte ein Schaden entstehe, wenn man von einer Anlageform auf die nächste wechsle? Karl entgegnete, daß Geld sich nicht unendlich vermehre. Wo es Gewinner gebe, müsse es Verlierer geben. Verlierer, die vielleicht nicht ganz so schlaue, aber anständige, treugläubige Bürger seien und nun bestraft würden, weil sie ihr Erspartes mit langen Laufzeiten angelegt hätten. Unsinn, rief Max, bestraft werde nicht der Kleinsparer, sondern derjenige, der dumm und gierig gewesen sei und die falschen Aktien gekauft habe. Mitleid mit der Kombination aus Dummheit und Gier sei wider die Natur. Die Freiheit des Individuums bestehe nunmal zu einem guten Teil aus seinem Recht zum Risiko, alles andere käme einem großen Gefängnis gleich. Man lebe schließlich nicht in der Sowjetunion.

Es entstanden die üblichen heftigen und dogmatischen Diskussionen, die immer zum selben Ergebnis führten. Keiner von beiden wich einen Zentimeter vom eigenen Standpunkt. Womit sie letztlich dem anderen gegenüber ihre Verachtung ausdrückten. Auf den Gedanken, daß sie als – wenn auch zweieiige – Zwillinge über ganz ähnliche Anlagen, Talente und Geisteskräfte verfügten, daß sie sich nur aufgrund unterschiedlicher Lektüren, menschlicher Begegnungen und gemachter Erfahrungen voneinander so weit entfernt hatten, auf diesen Gedanken kamen sie nie. Der logische Schluß wäre gewesen, die Erfahrungen und Weltanschauungen des jeweils anderen probeweise zu verinnerlichen und Nutzen daraus zu ziehen. Und sei es nur, um auf gegnerischem Terrain größere Geländekundigkeit zu erlangen. Eine Näherung wäre automatisch erfolgt. Statt dessen beharrten sie auf ihren Scheuklappen wie zornige junge Männer, die von der Welt ringsumher Respekt verlangten und sich beide auf ihre Weise für etwas Besseres hielten.

Immerhin zeigte sich Karl bereit, den entstehenden Roman seines Bruders einmal zu lesen. Nicht primär aus künstlerischem Interesse, nein. Vielmehr wollte er endlich wissen, ob das, was Max so oft als Entschuldigung heranzog, wenn er sein Engagement für das Hotel herunterschraubte, irgend etwas taugte. Max lehnte zuerst ab, etwas noch Unfertiges jemandem zu lesen zu geben, der ihm nicht wohlgesonnen schien. Andererseits würde dessen Urteil ihm auch egal sein können, und wie jeder Künstler, der an etwas arbeitet, was er für groß und zeichensetzend hält, gierte Max nach Bestätigung und Beifall. Welcher Triumph würde es sein, wenn ausgerechnet Karl ihm zähneknirschend konzedieren mußte, daß, bei allen ideologischen Vorbehalten und Differenzen, hier etwas unzweifelhaft Gigantisches im Entstehen war.

Max schrieb per Hand und Bleistift. Wenn jeweils zwanzig Seiten geschafft waren, ließ er sie in einem nahgelegenen Schreibbüro abtippen. Wobei er oft telefonische Nachfragen beantworten mußte; seine Handschrift wurde, wenn er getrunken hatte, schwer leserlich. Aber da befand er sich mit etlichen Genies in bester Gesellschaft. Ellie redete ihm gut zu, bemühte einen fast mütterlichen Tonfall. Karl sei, fand sie, einen Schritt auf ihn zugegangen, nun müsse er ihm entgegenkommen. Auch war sie selbst neugierig auf den Text und, wenn sie ehrlich war, etwas eingeschnappt, da Max es offenbar in keinem Moment in Betracht zog, *ihr* das Manuskript zur Erstlektüre anzuvertrauen.

Max, argumentativ in die Enge getrieben, rang mit sich, wog das Für und Wider ab, zuletzt legte er den ersten der drei geplanten Teile Karl aufs Kopfkissen. Ein Akt, der nicht allein aus Beifallssucht geschah, ein wenig auch aus Liebe zum einzigen, wenn auch fehlgeleiteten Bruder. Max malte sich sogar ernsthaft aus, daß der Roman genug Kraft haben würde, aus Karl einen neuen, geläuterten Menschen zu machen.

Dem war dann nicht so. Max Loewe mußte, wie jeder angehende Romancier, lernen, daß der Leser vor allem liest, was er auf sich bezieht, was ihn bestätigt oder ihm sofort einleuchtet. Während er alles andere entweder ignoriert oder als Provokation, ja Beleidigung empfindet.

Karl fand sich im ersten Teil des Romans karikiert wieder, in gehässigster Art. *Johnnie*, so hieß der junge wuschellockige Kommunist, der stets an das Gute glaubte und regelmäßig auf die Schnauze fiel, konnte niemand anders sein als er selbst, um jeglichen Intellekt reduziert. Daß dieser Johnnie zudem kein Rückgrat besaß und als feige Krämerseele geschildert wurde, bereit, der eigenen Legende zuliebe das Blaue vom Himmel herabzulügen, das war partout nicht hinnehmbar, nein. Besonders erboste Karl die nachträglich eingefügte Schilderung einer kurzen Gefängnishaft, aus der er sich herausgewinselt haben sollte, um hinterher damit anzugeben, gefoltert worden zu sein. Das schlug dem Faß den Boden aus.

Beinahe hätten sich die Brüder geprügelt. Max war dabei zorniger als Karl. Daß der sich partout und selbstverliebt in einer Randfigur wiedererkennen wollte, Kunst mit dem Leben verwechselte, gut, das mußte in Kauf genommen werden. Daß er darüber hinaus kein Wort verlor, was die reine Qualität des Textes betraf, kam einer Frechheit gleich. Die Situation eskalierte, als Karl, explizit danach gefragt, den Roman eine minderwertige Arbeit schimpfte, auf Groschenniveau, erdacht von einem kranken Hirn mit zuviel Freizeit. Max war nicht darauf vorbereitet, daß irgendeine menschliche Existenz, und ausgerechnet sein Bruder, derart niederträchtige Lügen in die Welt setzen konnte. Selbst wenn Karl wirklich dachte, was er da von sich gab, war sein Verhalten nicht nachvollziehbar destruktiv. Wozu nahm er in Kauf, die Brücken zum eigenen Bruder, zum einzigen lebenden Blutsverwandten, für immer in die Luft zu jagen?

Max beruhigte sich mit dem Gedanken, daß aus Karl der pure Neid sprechen mußte. So gesehen, war seine Reaktion geradezu ermunternd, ja wünschenswert. Max rief sich den Sinnspruch Jonathan Swifts ins Gedächtnis, demzufolge Genie immer am Aufstand der Idioten erkennbar sei.

Ellie, die, so gut es ging, zwischen den Brüdern vermittelte, fragte Karl, ob er sein harsches Urteil nicht relativieren wolle, es sei ja offensichtlich, daß kein sehr christlicher Geist aus ihm gesprochen habe.

Karl gab zur Antwort, *christlicher Geist* sei ein Widerspruch per se. Wenigstens darauf hatte er sich mit Max immer einigen können. Der war aufgewühlter, als er sich eingestand. Er konnte Karls Kritik nicht einfach abtun und als bemitleidenswert vom Ärmel wischen, sosehr er sich bemühte. Allein die Tatsache, daß sein Text es nicht vermocht hatte, den ersten Leser, welch finstere Motive und charakterliche Lücken der auch immer haben mochte, zu überzeugen, zu becircen, in die Knie zu zwingen – bedeutete eine Niederlage.

Max blieb zwei Tage und Nächte lang wach, starrte auf das leere Blatt vor sich und suchte seine Konzentration wiederzuerlangen. Manchmal kritzelte er eine Haßtirade hin, ließ Johnnie, die Romanfigur, auf grausame Weise sterben, auch wenn das im Zusammenhang keinen Sinn ergab und das Papier, sobald Johnnie tot war, zerknüllt wurde.

*Eine minderwertige Arbeit, auf Groschenniveau, erdacht von einem kranken Hirn mit zuviel Freizeit.* Böse Worte, die sich wie Säure durch seinen Schädel ätzten. Nun ja. Vielleicht gab es ein, zwei Schießereien zuviel. Andererseits las man in der Zeitung jeden Tag von Schießereien, sie waren Teil des täglichen Lebens. Max hatte sich von den sechs Morden der Weidmann-Bande inspirieren lassen. Und dem gefährlichen Leben, das diese Gestalten führten, zwischen Drogen, schnellen Automobilen und erotischen Exzessen. Wenn es derlei gab, konnte es nicht trivial genannt werden. Gut, die Frauengestalten waren möglicherweise schablonenhaft und nicht sehr raffiniert gezeichnet, aber die Weiber in jenem Milieu *waren* nun einmal schablonenhaft und alles andere als raffiniert. Andernfalls würden sie sich doch gar nicht auf Kerle wie diesen Weidmann einlassen. Max hatte bewußt darauf verzichtet, seinen Figuren einen irgend gearteten psychologisch-philosophischen Überbau anzudichten, er wollte das Unmittelbare, das Kraftmoment solcher Existenzen so zerstörerisch und rücksichtslos wie möglich schildern, als einen

Brutal-Moloch des Nihilismus. Einzig Johnnie, ein naiver junger Mensch, der an das Gute im Menschen glaubte, das durch sozialistische Erziehung begärtnert und hochgepäppelt werden könne, besaß etwas Bildung, war höflich und nett, endete aber stets als jugendlicher Don Quijote. Von dem sich die Frauen abwandten, weil es vielleicht sehr viel Schlechteres, aber ganz bestimmt auch noch etwas Besseres geben mußte. Max hatte nicht darüber nachgedacht, wie sehr das Karl verletzen würde. Wo käme man hin, wenn man beim Schreiben eines Romans peinlich genau vermeiden wollte, Ähnlichkeiten mit lebenden Menschen zu riskieren? Eher müßte man als Realist doch bestrebt sein, die Welt so abzubilden, wie sie war. Ob das allen gefiel oder nicht.

Am dritten Tag nach Karls Verdikt beruhigte sich Max einigermaßen. Allerdings könne er im *Monbijou*, behauptete er, vorläufig nicht arbeiten und verlangte den Schlüssel für Pierres Haus in Menton. Das habe er sich ohnehin schon immer einmal ansehen wollen. Durch dessen südliche Lage sei man dort vor einem Überfall Hitlers viel sicherer als in Paris.

Ellie fragte bei Pierre nach, ob es in Ordnung gehe, wenn Max das Haus inspiziere. Pierre fand es sogar sehr begrüßenswert, wenn sich jemand da unten mal umsehen würde.

Max hielt es mit Zarathustra und suchte die Einsamkeit. Gleichsam als Waschanlage für sein von profanem Kehricht beschmutztes Ego. Dem Hoteltresor entnahm er ein Säckchen voll Diamanten, im Wert von etwa 120.000 Francs. Er hielt sich die Option offen, alle Zelte abzubrechen. Manchmal im Leben, dachte er, muß man sich faul gewordene Zähne ziehen und Segel setzen, irgendwohin. Selbst die Liebe, redete er sich ein, sei nur eine Gewohnheit, wenn auch die schönste und schillerndste. Doch nichts, wirklich nichts, komme an Größe und Zauber einem plötzlichen Aufbruch gleich. Das Neue, das Abenteuer, alles hinter sich zu lassen. Tabula rasa! Er spielte mit dem Gedanken, berauschte sich daran. Kolumbien wurde von den Zeitungen, die er im Zug nach Süden las, als Auswanderungsland erster Güte gepriesen. Niemand würde ihn dort finden. Er müßte in Marseille einfach nur ein Schiff betreten, und ein neues Leben ging los! Wie glorreich fühlte es sich an, einen Horizont zu besitzen, der nicht von Mauern, Meeren oder Menschen begrenzt war.

Ellie fehlte ihm dann doch sehr bald. Er wußte und schätzte, welche Bodenhaftung sie ihm gab, und nur im Zorn verwechselte er das mit einem Klotz am Bein. Ihm fiel auf, daß er Ellie immer mit Vorbehalt geliebt hatte, als wäre seine Empfindung nicht standesgemäß, ja degoutant, dem Trieb geschuldet gewesen. Spät sah er ein, daß es im Leben nicht so sehr darauf ankam, wie etwas sich zu irgendeinem Zeitpunkt darstellte, sondern viel eher darauf, ob und wozu es sich entwickeln konnte.

Darüber hinaus gefiel es Max recht gut in Menton. Das Städtchen war schick, nicht blasiert, ruhig, nicht öde, und oben auf dem Hügel das Haus mit acht Zimmern allein zu bewohnen, kam einem cäsarischen Lebensgefühl gleich. Zwei Tage verbrachte Max damit, Staub aus allen Ecken zu fegen, die Jalousien zu putzen und eine gewisse Behaglichkeit herzustellen. Hier, dachte er, würde er arbeiten können. Den schönsten Schreibtisch aus Teakholz schob er in die Mitte des größten Zimmers oben im zweiten Stock. Obwohl der Strom funktionierte, bevorzugte Max beim Schreiben Kerzenlicht. Die im Zugwind zuckenden Flammen füllten die Räume mit allerhand Tierchen aus flackernden Schatten. Man bekam nie das Gefühl, ganz alleine zu sein. Gegen drei Uhr morgens, Max hatte etwas Wein getrunken, aber nicht viel, einen halben Liter vielleicht, ließ ihn etwas herumfahren. Da, neben der zusammengebundenen, wespentaillierten Musselingardine, im Halbdunkel zwischen Fenster und Zimmertür, stand eine Frau. Max erkannte sie sofort von einer Fotografie. Lebendig hatte er sie nie gesehen. Es war Julie, Pierres tote erste Gemahlin. Sie stand da, barfuß in einem langen Kleid, das keine klar definierbare Farbe besaß, aber leicht schimmerte, bald bläulich wie Eis, bald wie poliertes Elfenbein. Sie tat nichts und sagte nichts. Dann stand sie nicht mehr da, ohne daß sie von einem Moment auf den anderen verschwunden wäre.

Am nächsten Morgen fuhr Max nach Paris zurück. Nicht eigentlich aus Angst. Wovor sollte er Angst haben? Schlimmer, viel schlimmer war, daß es keine überzeugende Erklärung für das Gesehene gab.

Möglicherweise hatte ihm jemand einen Streich gespielt, mit irgendeiner Spiegelprojektion. Oder, was wahrscheinlicher war, er hatte während eines Sekundenschlafs geträumt, war Opfer eines zu lebhaften Unterbewußtseins geworden. Es gibt keine Geister. Was für ein Quatsch. Max wollte sich mit so etwas nicht beschäftigen müssen, und der einzige Weg, es aus dem Kopf zu bekommen, war abzureisen.

Er redete mit niemandem über den Vorfall. Ellie wunderte sich, daß er es da unten nicht länger ausgehalten habe. Ich liebe dich zu sehr, sagte er knapp und deponierte das Diamantensäckchen wieder im Safe.

Am ersten August hatte Ellie höchstpersönlich Blanche Chapelle ein Kuvert vorbeigebracht, welches das Geld für eine Monatsmiete enthielt, plus den geforderten Bonus, damit sie keinen Hunger litt. Der Sommer ging langsam vorüber, mit ihm das Zeitfenster für eine große, radikale Entscheidung.

Jetzt, wo sich Karl durch sein (wie Max es nannte) *schäbiges Verhalten, seine abscheulichen Lügen* ins Abseits geschossen hatte und man keine Rücksicht mehr auf ihn nehmen mußte, wäre es noch einfacher gewesen, den Traum von Amerika binnen Tagen zu realisieren. Wäre Ellie einmal mutig vor Max hingetreten und hätte gesagt, ja, es ist soweit, komm, wir gehen das jetzt an, es muß so sein – dann, dann vielleicht hätte die Dynamik des Augenblicks für einen Coup jener Größenordnung ausgereicht. Als wohlhabende Leute wären Ellie und Max in der neuen Welt angekommen und abgetaucht. Es stellte sich gar die Frage, ob sie den Arm des Gesetzes hätten fürchten müssen oder ob die juristische Grauzone Schutz genug vor transatlantischen Zudringlichkeiten bot. So, wie sie beide Pierre einschätzten, wäre er nicht rachsüchtig genug gewesen, Strafanzeige gegen die eigene Ehefrau zu stellen.

Eine solch positive Beurteilung Pierres trug jedoch eher dazu bei, die Aktion in Frage zu stellen statt zu forcieren. Max, der sich als autarke Existenz jenseits der Herdenmoral definierte, wunderte sich oft darüber, wie sentimental er noch war. Lag das in seinen Genen begründet? Lag es an der Restangst vor Verfolgung und Bestrafung? Oder gab es im Menschen, wie frei er auch war, einen natürlichen Respekt vor dem Nächsten, egal, ob man das Phänomen nun obsolet *Ritterlichkeit* nannte, modern *Fairneß* oder, am zeitlosesten, *Anstand*? Max wußte sehr wohl, daß der Amoralist weiter kam als irgendwer sonst, wenn es um die Anhäufung materieller Güter ging. Er war aber auch erwachsen genug, um zu begreifen, daß das reine Streben nach Reichtum nur sehr primitiv geartete Zeitgenossen glücklich machen konnte. Den höherentwickelten Menschen zeichnete die Fähigkeit aus, auf den Ruinen der alten Moral ein eigenes, frei aus sich selbst gestaltetes Wertesystem zu konstruieren. So etwas wie Glück und innere Zufriedenheit war nur zu erreichen, indem man, bei aller verständlichen Sucht nach Versorgtheit und Leidensvermeidung, die letztlich unvermeidliche Verwesung des Körpers anerkannte und dementsprechend die geringe eigene Verweildauer auf Erden durch Großzügigkeit und Verständnis gegenüber den Zeitgenossen adelte. Güte zeigte. Gelassenheit. Freigebige Nonchalance im Angesicht des Todes. Max war auf dem Weg dahin, doch noch am Anfang.

Der Gedanke, kein ganz schlechter Mensch zu sein, widerstrebte Max. Gutartigkeit besaß für ihn immer noch den Beigeschmack opportunistischer Ohnmacht. Herr der Lage zu sein, nein, von dieser kindischen Illusion hatte er sich verabschiedet. Das war etwas für die neuen Herrenmenschen drüben im Reich.

Es war nicht so, daß Max *böse* sein wollte, keinesfalls. Er wollte einfach nur zu jeder Zeit über den größtmöglichen Handlungsspielraum verfügen.

Ich habe nachgedacht. Sagte Ellie einmal, als sie beide nebeneinander im Bett lagen und eine Zigarette teilten.

Du weißt genau, daß das bei dir fatale Folgen haben kann.

Blödkopf! Darf ich dir eine Frage stellen?

Tust du bereits.

Hast du je etwas Schlimmes gemacht?

Was meinst du mit *schlimm*?

Etwas *richtig* Schlimmes.

Nein.

Aber wenn doch – würdest du mirs erzählen?

Nein.

Weil du kein Vertrauen in mich hast?

Nicht deshalb. Jetzt gib Ruhe, bitte.

Du fragst gar nicht, woran ich gedacht habe?

Hab ich vergessen.

Weißt du, ich glaube nicht, daß Xavier nochmal zurückkommt. Bestimmt hat Zanoussi ihn um die Ecke gebracht.

Vielleicht.

Aber wer hat ihm den Auftrag gegeben? Wenn Blanche es nicht war und Pierre auch nicht, wer bleibt dann noch übrig?

Na, *du*.

Ellie starrte ihren Geliebten an und brach in Gelächter aus. Max' Gesicht blieb sekundenlang völlig ausdruckslos, bevor er sich nicht länger beherrschen konnte und die Mundwinkel zu einem winzigen Grinsen anhob.

Am 4. August feierten die Zeitungen aller Welt den 80. Geburtstag Knut Hamsuns. In der nationalsozialistischen Presse wurde der Schriftsteller besonders gewürdigt. Goebbels, Chefideologe Rosenberg und Hitler persönlich sandten Glückwünsche, die sich der Jubilar gerne gefallen ließ. Hamsun war für Max eines der wichtigsten und leuchtendsten Vorbilder gewesen, dessen Affinität zu den Nazis ihm oft genug Rätsel auf- und Zweifel mitgegeben hatte.

Karl erklärte sich das Ganze damit, daß Hamsun zwar als Autor herausragend sei, aber eben auch eine Schraube locker habe, genau wie der Held aus *Hunger*, das Karl für ein verkappt autobiographisches Buch hielt. Hamsuns Eintreten für die Deutschen schon während des Weltkriegs sei als logische Folge seines Hasses auf den großbritannischen Imperialismus erklärbar, dem er etwas entgegenstellen wollte. Und sein Katzbuckeln vor Hitler? Ellie, die etwas naiv an einen Zusammenhang von politischer Moral und literarischer Qualität glaubte, wollte wissen, wie sich das mit einem angeblich genialen Geist vertrage. Karl deutete auf die Zeitung.

Er ist achtzig.

Am Abend darauf wurde im *Monbijou* feierlich ein neues Radiogerät eingeweiht, das Telefunken Zeesen 875 WK, das selbst bei hohen Tönen eine erstaunliche Klangreinheit bot. Gedacht als besonderer Service für die Gäste, stand es fortan im großen Salon, auf einer Empore hinten im Eck.

Ab 21 Uhr lief eine Übertragung von Verdis *Aida* aus der Arena di Verona mit dem Tenor Benjamino Gigli, auf dessen Stimme sich alle Kenner einigen konnten. Max hatte, ohne vorher Rücksprache mit Pierre zu halten, die dreitausend Francs teure Anschaffung durchgesetzt. Ein letztes Mal fanden etliche Stammgäste der Sosos zusammen, um dem Gesang der bei lebendigem Leib eingemauerten Liebenden zu lauschen. Nach dem Schlußduett klatschten die Zuhörer ergriffen Beifall. Max legte einen Arm um Ellie, vor allen Leuten, küßte sie und flüsterte ihr ins Ohr, wieviel sie ihm bedeute. Wenn es jemals jemanden gäbe, mit dem er eingemauert werden wolle, sei sie das. Ellie bekam weiche Knie vor Glück. Eine Erklärung jener Art hatte sie seit Jahren vermißt und erhofft.

Karl hingegen zog sich bereits nach dem Triumphmarsch des ersten Aktes auf sein Zimmer zurück. Soviel Täterätä und pathetischer C-Dur-Schmalz bekomme ihm nicht, Klangreinheit hin oder her. Max mißverstand das als Kriegserklärung und wünschte seinem Bruder alle möglichen Krankheiten an den Hals.

Am 10. August wurde der Prozeß gegen Pierre Geising eingestellt. Amirault hatte recht behalten. Es bedurfte einzig der Verrentung Perecs, damit der Untersuchungsrichter einsah, auf welch lückenhaften und beinahe absurden Voraussetzungen das Verfahren gegen einen bis dato unbescholtenen Bürger geführt werden sollte. Hinzu kam, daß Blanche dem Staatsanwalt ankündigte, auf ihre frühere Aussage keinen Eid zu leisten, sie sei unter Druck gesetzt worden. Pierre war bereits am 11. August ab fünf Uhr morgens ein freier Mann. Er stieg in ein Taxi, überraschte Ellie im Schlaf und erwartete überschäumende Wiedersehensfreude in Form eines spontanen Beischlafs. Ellie, die froh war, daß der endlich wieder kreative Max nicht in ihrem Zimmer genächtigt hatte, gewährte ihrem Gatten den Wunsch. Und bereute es bald. Sein Keuchen klang ihr eklig in den Ohren, besonders wenn es sich kurz vor und nach dem Höhepunkt in ein Krächzen und Rasseln verwandelte. Sie verstand Max inzwischen besser, wenn er sagte, daß Mitleid keine Tankstelle sein könne auf dem Weg zum Glück.

Amirault gratulierte schriftlich und überwies zweitausend Francs zurück, den Rest vom Vorschuß behielt er für nicht abrechenbare Ausgaben ein. Weniger aus Geldgier. Mehr, um seinen Ruf, teuer und erfolgreich zu sein, zu verteidigen. Und aus der Erfahrung heraus, daß jemand, der frisch aus der Haft entlassen worden war, selten reklamierte.

Pierre lud seine Familie ins *Au Caneton* ein, das beliebte, von Exilrussen geführte Restaurant in der Rue de la Bourse. Max kam nicht mit. Er wolle nicht mit Karl an einem Tisch sitzen müssen. Daraufhin erklärte Karl, auch er bleibe lieber zu Hause, Pierre und Ellie sollten sich zu zweit einen schönen Abend machen. Dann, rief Ellie, bleiben wir alle zu Hause, ihr benehmt euch wie verzogene kleine Kinder! Pierre erfuhr, was zwischen den Brüdern vorgefallen war.

Bezeichnenderweise verschlechterte sich die Stimmung im

*Monbijou* nach Pierres Entlassung. Obwohl er die Kontovollmacht für Ellie noch nicht widerrufen hatte, war die Zeit der erregenden Börsenspiele vorbei. Man hätte wahrscheinlich ein Vermögen mit amerikanischem Eisenerz machen können, aber Pierre erwies sich als sehr konservativer Anleger. Das Eisenerz würde im Preis nur steigen, wenn es noch in diesem Jahr zum Krieg käme, und solche Geschäfte, die den Teufel an die Wand malten, fand er unmoralisch. Mit dem Gold und den Diamanten war er hingegen einverstanden und bedankte sich ausdrücklich für die Vermehrung seines Vermögens. *Unsres Vermögens*, korrigierte Ellie, und Pierre nickte. Natürlich, Liebling.

Ich habe Blanche einen weiteren Monat durchgefüttert. Damit du das weißt. Ich wollte es dir vorher nicht erzählen, falls es zum Prozeß kommen würde. Das dafür nötige Geld fehlt in den Büchern. Nicht daß du denkst, ich unterschlage etwas.

Ah. Verstehe. Gut gemacht. Und ich würde *nie* denken, daß du mir etwas unterschlägst.

Ellie konnte ihm kaum in die Augen sehen. Durch geschicktes Jonglieren hatten sie und Max fast 30.000 Francs auf die Seite gelegt. Die Summe, für den Notfall gedacht, lag bar im Schrank von Max' Zimmer, in einem abschließbaren Reisekoffer. Genug, um nach Amerika zu gelangen und einige Monate leben zu können. Wäre es nur das gewesen, Ellie hätte Pierre gegenüber ein relativ reines Gewissen gehabt. Aber jeder Tag, da sie es hinauszögerte, ihn um die Trennung zu bitten, kam einer Tortur gleich. Die schlechte Stimmung entstand hauptsächlich dadurch, daß Ellie von Max gedrängt wurde, und mit Recht. Pierre war auf freiem Fuß, es gab keinen Grund mehr, die Sache zu verschieben.

Und du willst, fragte sie flüsternd, Karl wirklich hier zurücklassen?

Er hat sich selbst hier zurückgelassen. Geht mich nichts mehr an. Soll machen, was er will. Nur nicht in meiner Nähe.

Max, bitte! Überleg dir das noch mal!

Pierre war ein sensibler Mensch, dem natürlich auffiel, daß etwas in der Luft lag. Der Streit zwischen den Brüdern schien eine passable Erklärung. Weshalb aber Ellie geknickt und oft geistesabwesend war, fahrig in Worten wie Bewegungen, war ihm ein Rätsel. Er legte ihr ein paarmal die Hände auf die Schultern, sie wand sich jedesmal aus der Berührung heraus, als würden seine Finger brennen.

Was ist denn los? Rede mit mir!

Was soll los sein, ich hab nur Kopfschmerzen. Morgen ist alles gut.

Morgen, morgen werde ich es ihm endgültig sagen, dachte sie an neun aufeinanderfolgenden Abenden. Bis Max ihr eine recht grobe Szene machte.

Er könne auch anders, rief er. Wenn es allein nach ihm gegangen wäre, würden sie längst in New York sein, und Pierre hätte seinetwegen hinter Gittern vermodern können. Nur ihr zuliebe habe er... Max unterbrach sich, klatschte beide Handflächen gegen seine Schläfen. Ach, vergiß es! *Wir werden nie frei sein, solange wir uns an Schnepfen binden!* Mit diesen Worten verließ er das Zimmer und fuhr mit der Metro Richtung *Cosy-Bar*, um sich abzulenken.

Vorm Schlafengehen suchte Ellie Karl in dessen Zimmer auf. Sie tranken eine Flasche Wein zusammen und aßen ein paar Käsewürfel.

Hör zu, es ist langsam soweit. Ich werde mich von Pierre trennen und mit deinem Bruder in die Staaten gehen.

Karl verzog keine Miene. Er hatte daran schon seit geraumer Zeit nicht gezweifelt.

Morgen sage ich es Pierre. Hoffentlich gibt er nach. Und, Karl, ich möchte, also, es würde mich sehr freuen, wenn du mit uns kämst.

So.

Ja. Du müßtest dich freilich bei Max entschuldigen, ihm sagen, daß alles nicht so gemeint war, daß du im Zorn geredet hast.

Nie im Leben. Außerdem bleibe ich gerne in Paris. Das Studium läuft, in zwei, drei Jahren hab ich meinen Abschluß. Und ihr habt meinen Segen. Ich bin sicher, Pierre wird dich ziehen lassen. Wenn nicht, wird Max schon was einfallen.

Wie meinst du denn das?

Keine Ahnung. Manchmal denke ich, ich blicke da durch, aber dann... Lassen wir das. Hoffentlich behält mich Pierre hier, was denkst du? Wo er dann ja nicht mehr mit mir verwandt ist?

Ihr seid doch so gute Freunde, mach dir mal keine Sorgen. Im Gegenteil, du wirst für ihn unverzichtbar sein.

Karl nickte und trank versonnen einen Schluck rubinroten Grenache. Manchmal kam er sich wie ein schon alter Mann vor, vom Leben gezeichnet.

Tags darauf erhielt Ellie überraschend Besuch von Blanche Chapelle. Sie behauptete, ihre Wohnung zum nächsten Ersten gekündigt zu haben. Jetzt, da Monsieur Geising wieder unschuldig sei, liege ja eine völlig veränderte Situation vor. Sie könne sich sogar vorstellen, eines Tages wieder im *Monbijou* zu arbeiten, und es würde Madame Geising doch sicher gefallen, sie herumzukommandieren.

Ellie meinte, sie solle es in ein paar Tagen nochmal versuchen, dann liege möglicherweise eine noch *viel völliger veränderte* Situation vor.

Karl dachte lange darüber nach, und mit sehr gemischten Gefühlen, wie es sein würde, ohne Max, ohne Ellie. Vielleicht hatten die beiden ja recht damit, sich aus dem Staub zu machen, vielleicht sollte er ihrem Beispiel folgen. Es gab Staaten, in denen man den Doktorgrad schon binnen vier Jahren erreichen konnte, dort, wo Ärzte dringend gebraucht wurden. Was genau hielt ihn in Paris? Es würde bizarr sein, weiter für Pierre zu arbeiten, ungeachtet der Freundschaft, die beide verband. Er suchte Rat bei Claudette, einer sechzehnjährigen Hure, die ihm beim *Liebesspiel* (das Wort fand er im richtigen Zusammenhang köstlich und sehr treffend) manchmal einen Hieb mit der Rute versetzte, was er sich immer öfter und bereitwilliger gefallen ließ. Claudette stammte aus Dahomey und ihre Haut war milchkaffeebraun und weich. Du bleibst mal schön in Paris, lautete ihr Kommentar. Wir habens doch gut hier, wir zwei.

Ellie trank sich mit zwei Gläsern Cognac Mut an und bat, am 22. August, nach dem Abendessen, Pierre um eine Unterredung in seinem Büro. Dort eröffnete sie ihm, künftig nicht mehr mit ihm schlafen zu wollen.

Warum, wenn ich fragen darf?

Es bereitet mir keine Freude.

Was kann ich anders machen?

Diese Frage, sagte Ellie, hätte er wohl früher einmal stellen sollen. Dafür sei es zu spät.

Was bedeutet das bitte?

Ich möchte mich von dir trennen.

Warum? Pierre wirkte überrascht, zeigte äußerlich jedoch

Haltung. Nur an seinen Fingerspitzen, die sich ins rote Leder der Sessellehnen bohrten, war ihm die Körperspannung anzusehen.

Wir hatten unsre Zeit, und die ist jetzt vorbei. Ich möchte gleich dazusagen, daß Blanche *nicht* der Grund ist.

Was bitte hätte denn *Blanche* damit zu tun, verdammt?

Das weißt *du* definitiv besser als ich. Aber wie gesagt, sie ist nicht der Grund. Ich habe dich geliebt, jetzt tue ich das nicht mehr. So einfach ist das.

Du machst es dir einfach. Was soll das? Gibt es einen anderen Mann?

Ich bitte dich. Werd nicht primitiv. Nein, mit einem anderen Mann hat das nichts zu tun. Du kannst mich undankbar nennen. Und herzlos. Aber unehrlich bin ich nicht. Laß uns bitte vernünftig bleiben.

Wobei *du* bestimmst, was vernünftig ist?

Ich hab zu dir gehalten, in guten wie in schlechten Zeiten. Jetzt ist die Zeit weder gut noch schlecht, nur eben so mittel, so unerträglich mittel und mäßig. Das Feuer ist aus, wir stochern noch ein bißchen in der Asche rum, das reicht mir nicht.

Was wirfst du mir denn vor?

Pierre, darauf gibt es keine Antwort. Man wirft Schweinen Dreckfraß vor, damit sie satt sind. Du bist ein guter Kerl.

Was wird das hier? Hat Max dir das eingeflüstert?

Wieso denn *Max*? Laß ihn mal aus dem Spiel. Die Sache betrifft uns zwei allein. Ich möchte mich verändern. Gib mich bitte frei. Laß uns einen Trennstrich ziehen. In Freundschaft, ohne Groll. Ohne Vorwürfe und Nachwürfe.

Pierre traten die Tränen in die Augen. Statt einer Antwort verließ er wortlos das Büro und bereitete sich im großen Salon, auf der breiten Recamiere neben der Bühne, ein Nachtlager aus

Kissen und Tischdecken. Es hätte ein freies Zimmer für ihn gegeben, oder er hätte in seine Wohnung gehen können, aber er wollte Raum um sich haben, möglichst viel Raum. Was ihn am meisten schmerzte, vielmehr vor den Kopf stieß, war Ellies Weigerung, über die Sache zu diskutieren. Das war demütigend. So unterband man die Renitenz eines Kindes. Man schickte es auf sein Zimmer und verbot jede Widerrede. Vielleicht meinte Ellie es gut, zielte auf ein schnelles Ende ab. Oder hatte Angst, zu einem letzten Versuch überredet zu werden. Wenn man vor etwas Angst hat, dann, weil man es für möglich hält. Ein Funken Hoffnung flog durch die Nacht. Und erlosch. Zu rabiat hatte sie den Knoten zerhauen. Pierre fand keinen Schlaf, holte gegen zwei Uhr morgens aus der Küche eine Flasche Aprikosenschnaps und trank sich in die Besinnungslosigkeit. Ellie aber ging zu Max, küßte seine Ohren, machte ihm Meldung, daß alles nun so sei wie von ihm gewünscht.

Na endlich.

Wird er sich gut um die Katzen kümmern, was meinst du?

Pierre brachte nicht die Kraft auf, um Ellie zu kämpfen. Zu entmutigend, zu vollendet wirkte die Tatsache, vor die sie ihn gestellt hatte. Was nicht bedeutete, daß er begonnen hätte, mit den Fingernägeln an dem Fels zu kratzen, der ihm auf der Seele lag. Eher wollte dieser Fels gemessen und gewogen werden.

Wie fast jeder verlassene Mann begehrte er mehr über Ellies Motive zu erfahren, schon allein, um sich an der richtigen Stelle Vorwürfe machen zu können. Er glaubte daran, daß während seiner Haftzeit etwas geschehen sein mußte. Wenn kein anderer Mann seine Hand im Spiel hatte, schien es ihm unbegreiflich, daß eine Frau, einfach so, auf alle Vorteile verzichten wollte, die eine Verbindung mit ihm bot. Auch wenn Frauen, wie unter floskelnden Männern so oft zu hören war, letztlich unbegreiflich seien, hatte er Ellie doch stets als pragmatisches und vernunftorientiertes Wesen geschätzt. Er konnte sich zudem partout nicht daran erinnern, sie jemals schlecht behandelt zu haben.

Als Max ihm über den Weg lief, nach dem Frühstück, bat Pierre ihn auf ein Wort unter vier Augen ins Büro. Obwohl er annahm, daß Max über alles genau Bescheid wußte, tat er, als könnte dem vielleicht nicht so sein. Pierre erzählte, mit immer noch verquollenen Augen, von der schlimmen Nacht, die er hinter sich habe. Und bat Max um freundschaftlichen, um gnadenlos ehrlichen Rat. Wenn irgendwer Einsicht in Ellies Denken habe, dann er.

Ist es völlig aussichtslos? Was steckt dahinter? Was verschweigt sie mir?

Max schützte Mitgefühl vor und ließ in keinem Moment durchblicken, daß er Ellie immer nur als exquisite Leihgabe im Dienst einer höheren Sache betrachtet hatte. Pierre erfuhr immerhin erstmals von den Auswanderungsplänen der beiden nach den USA. Verblüfft und überrumpelt hörte er Max zu, dessen Erklärungen er für den Moment als wohltuend empfand.

Wir wollen dort ein neues Leben beginnen, bevor Europa zur Mausefalle wird. Kann sein, daß Ellie unter einem neuen Leben eben etwas *ganz Neues* versteht. Kann sein, aber das ist Spekulation, daß sie dich für zu festgefahren hält, für zu tief in der alten Welt verwurzelt, um mit ihr einen so gravierenden Einschnitt zu wagen.

Warum denn nicht? Sie hätte mich ja wohl einfach mal fragen können! Und du bist ganz sicher, daß sie keinen anderen kennengelernt hat?

Da bin ich weißgott sicher. Ellie ist eine treue Seele.

Pierre lauschte diesem Satz so hingebungsvoll, als wollte er in Max' Worten ein Schaumbad nehmen. *Kein anderer Mann.* Als wäre das die Hauptsache, entspannte er sichtlich, verschmolz mit dem Sessel zu einer Einheit aus Verständnis und Leidensbereitschaft.

Daß Ellie dich für den Moment nicht mehr liebt, naja, es ist wohl so. Nimm es als gegeben hin und gräm dich nicht. Ich kenne sie lange und weiß um ihren Wankelmut. So war sie immer schon. Schnell hat sie das Interesse an etwas verloren, für das sie vorher durchs Feuer gegangen wäre. Das ist – leider – ihre Wesensart. Ich hätte es dir gerne damals vor der Hochzeit gesagt und dich gewarnt, aber man will ja auch kein Spielverderber sein, man spekuliert darauf, sich für dieses eine Mal zu täuschen.

Jaja. Verstehe. Und jetzt, meinst du, ist es zu spät für eine Versöhnung? Pierre hoffte auf einen Anker, oder eine Boje irgendwo im weiten Meer, unter der er nach diesem Anker tauchen konnte.

Wenigstens für den Moment.

Wie meinst du das?

Ich will dir keine falsche Hoffnung machen. Aber wenn es eine Möglichkeit gibt, sie eines Tages wiederzugewinnen, mußt du jetzt sehr besonnen reagieren. Ellie, das hast du sicher gemerkt, läßt sich nur an einer sehr, sehr langen Leine halten.

Und wie ich das gemerkt habe!

Drum leg dich nicht mit ihr an. Und setz dich nicht auf sie drauf. Klammere nicht. Tu so, als gäbe es Schlimmeres. Laß sie einfach gehen. Beschäme sie durch deine Großmut! Verletze und verwirre ihre Gefühle durch Gleichgültigkeit.

Das ist sehr viel verlangt.

Eines Tages, vielleicht, wird sie sich an die Wohltaten erinnern, die du ihr geboten hast. Vorerst mußt du sie verloren geben. Auf ihr zu beharren, rechthaberisch, nur weil ein Stück Papier dich zu ihrem Ehemann erklärt, wäre grundverkehrt.

Ich muß, sagst du, einen langen Atem haben?

Vielleicht muß er gar nicht so lang sein. Wir reden von einer fast vierzigjährigen Frau. Die bald an die Grenzen ihrer erotischen Überzeugungskraft stoßen wird. Das soll jetzt nicht boshaft klingen.

Tut es nicht. Ich verstehe, worauf du abzielst.

Glaub mir, du bist mir ein sehr sympathischer Schwager, und ich hätte meine Schwester nicht jedem gegönnt. Bei dir, dachte ich immer, sei sie in guten Händen.

Ich hätte mich für sie umbringen lassen!

Das sagt sich immer leicht, hinterher. Ellie ist eine Prinzessin, auf ihre Art. Kapriziös. Du mußt wissen, daß sie sich aus dem rein körperlichen Aspekt der Liebe nie viel gemacht hat. Und – wenn es dich tröstet: Niemanden hat sie je so lange geliebt wie dich.

Ist das wahr? Der Anflug eines Lächelns verirrte sich auf Pierres Gesicht.

Max stemmte sich aus seinem Stuhl und reichte dem Schwager die Hand. Wiewohl er bei anderen ein sehr feines Gespür dafür besaß, wann Eloquenz in Übertreibung umschlug, konnte er nicht an sich halten.

Weißt du, Pierre, wen ich gesehen habe, in Menton, als ich an meinem Roman schrieb, nachts bei Kerzenlicht? Du errätst es nicht. Es war Julie, *deine* Julie, sie stand plötzlich im Zimmer und sah mich an. Es war so gruselig, ich habe mich gefürchtet. Binnen einer Sekunde war mein Weltbild ein anderes. Julie stand da, tat nichts, sagte nichts, sie leuchtete kurz auf und verschwand. Das erschien mir als Botschaft eher wenig, aber weißt du, Pierre, ich habe darüber nachgedacht und immer wieder darüber nachgedacht. So wenig ist das nämlich gar nicht. Wir alle leuchten kurz auf und verschwinden, sind da und tun Dinge. Dann nicht mehr.

Was willst du mir damit sagen? Ich verstehs nicht.

Wir lieben Menschen, ohne viel von ihnen zu wissen. Ellie hat eine Vergangenheit. Sie arbeitet schwer daran, künftig nur noch eine Zukunft zu haben. Und die heißt Amerika. Du bist Pierre, ein freundlicher Mensch. Amerika wirst du nie sein. Im Vergleich mit einem Kontinent den kürzeren zu ziehen, ist keine Schande.

Aha. Wieso, aus welchem Grund, willst du Julie *gesehen* haben? Ich begreife langsam gar nichts mehr. Du verwirrst mich. Was genau meinst du mit: *Ellie hat eine Vergangenheit?*

Max bemerkte, daß irgendein wildgewordener Gaul mit ihm durchgegangen war. Er hielt den Moment für geeignet, Pierre alleinzulassen in seinem Büro. Ohne weitere Erklärungen abzugeben. Was eben noch einem glorreichen Abgang gleichgekommen wäre, ähnelte nun einem verschämten Rückzug.

Pierre, in seiner so fahrlässig wie unnötig entfachten Neugier, wandte sich an Karl, der die halbe Nacht bei Claudette verbracht hatte und etwas übermüdet wirkte.

Du bist mir ein Freund, nicht wahr?

Sicher doch, warum?

Max hat mir von Ellies Vergangenheit erzählt.

Ach, wirklich?

Nicht viel, nicht genug, und ich weiß nicht, wie ich damit umgehen soll. Sie hätte das nicht vor mir geheimhalten müssen. Man kann über alles reden. Finde ich.

Karl überlegte daran herum, was genau Pierre hören wollte und wieviel er bereits wußte.

Ja nun. Vergangenheit – wer hat die nicht?

Pierre sah seinen Bluff bereits verpuffen.

Hör zu, ich weiß ja, daß ich Ellie nicht als Jungfrau bekommen habe, aber sag mir doch einmal, wie viele Männer sie ungefähr hatte vor mir.

Karl dachte nach. Na, ob ich dir da helfen kann, murmelte er, frag sie doch lieber mal selbst. Hast du sie denn nie gefragt? So was macht man doch, im allgemeinen.

Ich nicht, das ging mich nichts an.

Und jetzt geht es dich plötzlich was an? Karl suchte einen Ausweg aus der Situation, die ihm unangenehm wurde. Er tat, als würde er sich in Geschriebenes vertiefen. Auf dem Abstelltischchen neben der Rezeption lagen für die Hotelgäste kostenlose Zeitungen und Äpfel aus. Sein umherschweifender Blick blieb an etwas hängen.

Naja, dein Bruder meinte, sie hätte keinen so lange geliebt wie mich. Das klang irgendwie – vielleicht bilde ich es mir nur ein…

In der Leitglosse, links oben auf der ersten Seite der Pariser Tageszeitung, fiel Karl ein Satz auf:

*Das Ereignis, das gestern alle Gegner des Hitlerismus in tiefste Bestürzung versetzte…*

Jetzt erst las er die Schlagzeile: Darin war etwas von einem PAKT MOSKAU–BERLIN zu lesen.

Er setzte sich, machte gegenüber Pierre eine abwehrend-verschiebende Geste und überflog die Zeilen:

*…sei es unendlich wichtig, den Irrtum zu überwinden, daß eine Diktatur roter Färbung etwas wesentlich anderes sei als eine Diktatur im braunen Gewande. Wenn aus dem gestrigen Erlebnis etwas zu lernen ist, dann dies: Daß zwischen den Systemen, die in*

*Berlin und Moskau regieren, eine tiefe innere Verwandtschaft besteht, eine geistige Bruderschaft, die bisher nur kaschiert war.*

Das waren für die linksgerichtete, sonst linientreue Pariser Tageszeitung ungewöhnlich harsche Worte. Weiter hieß es:

*Es kann einen freilich um die Millionen ehrlichen Menschen aller Nationen erbarmen, die unerschütterlich an das Licht aus dem Osten glaubten, denen Moskau als der einzige Feind des Hitlerismus erschien, und die nun schaudernd erleben, daß dem Hitler-Regime, in einer Lage, die ihm tödlich zu werden drohte, gerade im Kreml ein unerwarteter Helfershelfer ersteht.*

Karl? Was hast du denn? Redest du noch mit mir? Du mußt ja nicht indiskret sein. Eine Andeutung genügt…

Karl sah Pierre an. Und forderte ihn auf, bitte einmal still zu sein. *Halt für zwei Sekunden den Rand!* So lauteten exakt seine Worte.

In den politisch interessierten Kreisen Deutschlands wurde die Nachricht vom Pakt euphorisch aufgenommen. Das Schicksal Polens sei damit besiegelt, hieß es inoffiziell aus Berlin, es würden bereits Karten vom neu verteilten Osteuropa gezeichnet. Der breiten Bevölkerung galt der Pakt als Garant des Friedens. Dem einfachen NS-Parteimitglied, dem jahrelang der Kampf gegen den Bolschewismus antrainiert worden war, wurde der brüske Frontenwechsel als pragmatische Maßnahme verkauft. Die deutschen Zeitungen beschworen plötzlich die historische Tradition der deutsch-russischen Freundschaft. Ein Hauch von Surrealität schwebte über jenen letzten Hochsommertagen. Russische Radiostationen, die allabendlich Anti-Nazi-Propaganda gebracht hatten, sendeten nun Musik.

Der Hitler-Stalin-Pakt, dessen Unterzeichnung der Welt am 24. August 1939 verkündet wurde, traf viele linke Intellektuelle wie ein Schlag ins Gesicht. Offenkundig sollte das apathische Polen zwischen den Großmächten aufgeteilt werden. Karl dachte, nach dem ersten Schock, daß sich Stalin schon irgend etwas dabei denken würde, er konnte sich nur nicht erklären, was genau.

Max, der sich mit Ellie auf seinem Zimmer befand, als er die Zeitungsnachricht las, erinnerte sich dunkel an Zanoussi, der etwas in der Art vorausgesagt hatte. Es wirkte auf ihn ebenso gespenstisch und furchteinflößend wie der Auftritt Julie Geisings nachts in der Villa in Menton. Ellie wollte wissen, welche unmittelbaren Konsequenzen sich daraus ergäben, ob es zu einem Krieg kommen würde oder nicht.

Max zündete sich gierig eine Zigarette an, obwohl er aus Rücksicht auf seine Haut tagsüber nicht mehr hatte rauchen wollen. Ein Krieg komme, ja. Es hänge nun von England und Frankreich ab, ob ein *großer* Krieg draus werden würde. Es gehe um einen schlichten Raubzug. Zwei despotische Wegelagerer hätten ein Interessengebiet untereinander aufgeteilt.

Goebbels schrieb in sein Tagebuch:
*Die Ankündigung des Nichtangriffspaktes mit Moskau ist die große Weltsensation. Das ganze europäische Kräftebild ist damit verschoben. London und Paris sind*

*fassungslos. Warschau spielt den Halbstarken, aber das wirkt nur noch lächerlich. Der Führer hat einen genialen Schachzug getan. Es muß sich nun zeigen, wie die Welt darauf reagiert. Wir leben in einer Zeit ewig sich wiederholender Wenden. Man glaubt, viel erlebt zu haben und immer nur noch mehr. Gesegnet sei diese große Zeit.*

Nur in Polen gab man sich unbeeindruckt. Die Meldung vom rotbraunen Pakt wurde von allen Zeitungen demonstrativ auf die zweite Seite verbannt, um keine zu großen Beunruhigungen auszulösen. Wer in Polen eins und eins zusammenzählen konnte und über die nötigen Geldmittel verfügte, hätte zu diesem Zeitpunkt noch eine knappe Woche Zeit gehabt, sich außer Landes und in Sicherheit zu bringen. *Leiden entsteht aus Dummheit*, wie Max zu betonen nie müde wurde.

Abends ging er mit Ellie ins Kino. Es lief *La Grande Illusion* von Renoir mit Jean Gabin und Erich von Strohheim, ein pazifistischer Film, der die Völkerverständigung beschwor und angesichts der aktuellen Ereignisse etwas hilflos und gutgemeint wirkte.

Auf der Gerüchteseite der bunten Blätter las man, daß Chaplin einen neuen Film namens *Die Diktatoren* plante, eine ernste Komödie über Stalin und Hitler. Aufgrund der aktuellen Ereignisse schreibe er ständig das Drehbuch um und finde keinen Abschluß.

# AUFLEUCHTEN UND VERSCHWINDEN

Pierre Geising bat Max, Karl und Ellie am 26. August zu einer Aussprache in sein Büro.

Für alle drei stellte er ein Angebot in Aussicht, das man in der Summe nur als sehr großzügig beurteilen konnte. Er stimme einer Trennung von Ellie zu, wolle von einer Scheidung aber vorerst nichts wissen. Alle drei gemeinsam, so seine Bedingung, sollten in Amerika ihr Glück versuchen, er wolle ihnen dazu eine Starthilfe in Höhe von zweihunderttausend Francs geben, der Hälfte seines aktuellen Vermögens. Er brauche das Geld nicht, auf seinem Konto läge es nur herum und setze Zinsen an. Es gebe schlicht keinen besseren Verwendungszweck dafür.

Ellie habe drei Jahre Zeit, zu ihm zurückzukehren, danach würde er seinerseits das Scheidungsverfahren einleiten und sogar, falls nötig, die Schuld auf sich nehmen. Es sei wichtig, daß die drei sofort eine Schiffspassage buchten und auf schnellstem Wege das Land verließen.

Warum? Karl stellte die Frage hauptsächlich, um die entstandene Stille zu unterbrechen, die alle drei Beschenkten als etwas unheimlich, beinahe peinlich empfanden. Mit manchem hatten sie gerechnet. Damit sicher nicht.

Ganz einfach, sagte Pierre. Wie es aussieht, wird Hitler in Polen einmarschieren. Daraufhin werden England und Frankreich

Deutschland den Krieg erklären. Ellie wird in Paris einigermaßen sicher sein. Aber euch zwei, euch würde man selbstverständlich internieren, das ist doch ganz klar. Ich möchte nicht, daß ihr in einem Lager verschwindet. Ihr hättet keine Chance mehr, aus eurem Leben noch etwas zu machen. Dein Studium, Karl, könntest du vergessen. Das einzige, was euch als Möglichkeit bliebe, wäre, sich der französischen Armee anzudienen. Wie ich euch kenne, wollt ihr das lieber nicht. Wenn ich mich täuschen sollte: Das Rekrutierungsbüro hat seine Pforten bereits geöffnet, in der Rue Saint-Dominique, je früher ihr euch dort freiwillig meldet, desto besser. Nach einem *Décret-Loi* der französischen Regierung sind alle *Réfugiés* im Kriegsfall den gleichen Verpflichtungen unterworfen wie die Franzosen. Ist euch das nicht bewußt gewesen? Nein?

Drum verlaßt dieses Land, sofort, hier liegt ein Scheck. Nehmt ihn und geht. Ich habe in meinem Leben kaum je eine vernünftigere Entscheidung getroffen.

Das können wir nicht annehmen, flüsterte Ellie.

Max war anderer Meinung. Doch, das können wir! Pierre hat recht. Alles andere wäre unvernünftig, ja geradeheraus töricht. Dennoch bin ich aufs äußerste... beeindruckt. Er reichte Pierre die Hand. Der legte ihm das Kuvert mit dem Scheck in die offene Handfläche.

In Le Havre läuft am Dienstag ein Schiff der *Compagnie Générale Transatlantique* aus. Tickets könnt ihr noch heute nachmittag im Reisebüro *Le Tourist*, Boulevard St. Martin, erstehen, da bekommt ihr als Gäste des *Monbijou* ein halbes Prozent Preisnachlaß. Beeilt euch, es werden wahrscheinlich mehr Menschen auf die Idee kommen. Die Zeitungen schreiben, daß die

Möglichkeit einer Auswanderung nach Übersee in den kommenden Tagen stark eingeschränkt sein wird.

So schnell geht das alles nicht. Karl stand auf, als müßte er sich wehren. Wir haben doch gar keine gültigen Papiere fürs Ausland!

Doch. Habt ihr. Pierre öffnete eine Schublade und holte zwei nagelneue Pässe der französischen Republik hervor.

Zanoussi hat mir versichert, daß sie von Originalen praktisch nicht unterscheidbar sind. Ich mußte ein wenig sein Vertrauen gewinnen, bevor er sie für mich in Auftrag gab. Ja, seht mich nicht so an, ihr Schafe! Ihr hattet die ganze Zeit über riesiges Glück und habt so getan, als sei das selbstverständlich. Das konnte ich nicht tatenlos mitansehen. Eure Namen habt ihr behalten, nur euer Geburtsort liegt ab sofort im Elsaß. Ein kleines Dorf, gleich neben meinem. Jetzt, liebe Landsleute, haut ab. Viel Glück!

Noch Stunden später waren die drei sehr bewegt, in einem Zustand zwischen Rausch und Betäubung. Die Szene, die Pierre ihnen geliefert und dabei sichtlich genossen hatte, würde schwerlich je von etwas anderem zu überbieten sein.

Sie hatten sich Tickets zweiter Klasse besorgt, weil die dritte schon ausverkauft war. Den Scheck hatten sie eingelöst und das Geld auf ein Express-Konto der Western Union deponiert, auf das sie weltweit Zugriff haben würden. Tausend Francs trugen sie in bar mit sich herum. Der letzte Samstagabend, die letzte Nacht in Paris mußte durchgefeiert werden. Morgen würden sie den Zug nach Le Havre nehmen, wo am Dienstag nachmittag der Dampfer *Champlain* Richtung New York auslief, mit Zwischenhalt in Southampton und Plymouth.

Ihre Habe hatten sie in vier große Koffer gepackt und am Gare du Nord in Schließfächern zwischengelagert.

Übermorgen, am 28. August, würde die Zählung der staatenlosen und Asylrecht genießenden Ausländer beginnen. Für den Montag waren alle diejenigen, deren Familienname mit A begann, aufgerufen, sich auf der für ihren Wohnsitz zuständigen Polizeistelle zur Registrierung zu melden. Die Loewes würden laut Plan am 19. und 20. September an der Reihe sein.

Karl, der mit den anderen mitlief, war ein wenig unglücklich, wenn er an die weiche Haut von Claudette dachte. Schwarze Mädchen, meinte Ellie, solle es auch in den USA geben, habe sie gehört. Er könne doch nicht so blöd sein, einer Nutte hinterherzutrauern.

Kaum daß sie es gesagt hatte, wurde sie rot und lachte los.

Die Brüder hatten immer noch nicht wieder direkt miteinander gesprochen. Max beendete diesen Zustand, indem er Karl einen Burgfrieden vorschlug. Ihre Lage ähnele nun einmal der, in der sich zwei Fremde befänden, wenn sie sich für die Nacht ein Hotelzimmer teilen müßten. Drüben in der neuen Welt dann habe man Platz genug, sich aus dem Weg zu gehen. Karl war einverstanden. Glücklicherweise hatte er sich vor den Semesterferien alle notwendigen Bescheinigungen über sein Studium besorgt. Offiziell würden sie, wie viele andere auch, New York als Besucher der dort gerade stattfindenden Weltausstellung betreten. Und wenn es Schwierigkeiten mit der Aufenthaltserlaubnis gab, so wollten die drei weiter nach Toronto ziehen. Kanada zeigte sich weniger pingelig, was europäische Immigranten betraf. Soviel Aussicht auf Neues schien sagenhaft.

Die drei aßen vorzüglich zu Abend im *Au Caneton*, danach liefen sie zu Fuß in Richtung Montmartre. Im Bewußtsein, dies für lange Zeit zum letzten Mal zu tun.

Man sollte, meinte Max, jeden Tag so leben, als sei er der letzte, voller Genuß, mit geschärften Sinnen für die Herrlichkeit des Daseins.

Im übrigen wurde ihnen ein Schauspiel der besonderen Art geboten. Paris übte die Verdunkelung. Statt der prächtigen Illuminationen sorgten auf den Hauptverkehrsadern sowie in der Nähe der Bahnhöfe nur ein paar Laternen, die dazu noch blau umhüllt waren, für ausreichend Licht, um den Straßenverkehr aufrechtzuerhalten. Welchen Sinn das zum momentanen Zeitpunkt haben sollte, war schwer zu erklären, aber es verlieh der Stadt einen ganz eigenen blauschwarzen Zauber. Die Bevölkerung war nervös, aber gefaßt. Man würde sich nichts gefallen lassen, hieß es überall.

In der Pariser Tageszeitung wurden deutsche Exilanten, die nicht freiwillig und selbstverständlich auf seiten der Demokratie zu den Waffen eilen würden, als *Elende* bezeichnet. Max nahm es mit Humor; Karl verzichtete auf einen Kommentar. Ein wenig elend war ihm tatsächlich, aber das konnte von den Muscheln kommen.

Am Place Pigalle, in einem der überteuerten Etablissements, sahen die *Elenden* eine frivole, leidlich unterhaltsame Show, danach tranken und tanzten sie bis vier Uhr, bevor sie in einer Frühbar Milchkaffee tranken und einem der vielen Drogenhändler ein Gramm stark verschnittenes Kokain abkauften, zur Feier des Tages. Danach schliefen sie nahe der Sacré-Cœur drei Stunden lang im Gras, bis die Sonne sie weckte. Bei Ellie war es eine Schnecke an ihrem Hals. Das brachte Max auf eine Idee. Er wollte einem alten Bekannten Adieu sagen.

Um acht Uhr morgens wurde der Friedhof Montmartre geöffnet. Sie gingen zum Grab Heinrich Heines, auf dessen Grabplatte sie (Heilige Dekadenz! Ist doch affig irgendwie. Egal jetzt!) das Kokain schnupften. Karl zeigte sich enttäuscht, weil er kaum Wirkung spürte. Er hatte soviel Adrenalin im Körper, daß die Wirkung des Rauschgiftes darin aufging. Zusammen mit Max rekonstruierte er aus dem Gedächtnis eine Prophezeiung Heines, die genauso gut einmal Zanoussi im Suff von sich gegeben haben könnte:

*Der Gedanke geht der Tat voraus, wie der Blitz dem Donner. Der deutsche Donner ist freilich auch ein Deutscher und ist nicht sehr gelenkig und kommt etwas langsam herangerollt; aber kommen wird er, und wenn Ihr es einst krachen hört, wie es noch niemals in der Weltgeschichte gekracht hat, so wißt: der deutsche Donner hat endlich sein Ziel erreicht. Bei diesem Geräusche werden die Adler aus der Luft tot niederfallen, und die Löwen in der fernsten Wüste Afrikas werden die Schwänze einkneifen und sich in ihre königlichen Höhlen verkriechen. Es wird ein Stück aufgeführt werden in Deutschland, gegen das die französische Revolution nur wie eine harmlose Idylle erscheinen möchte.*

Sie lasen einander auch das formal etwas ungelenke, dennoch wirkungsvolle Gedicht auf der Grabplatte laut vor, womit sie argwöhnische Blicke umtriebiger Witwen auf sich lenkten.

ELLIE:
*Wo wird einst des Wandermüden*
*Letzte Ruhestätte sein?*

*Unter Palmen in dem Süden?*
*Unter Linden an dem Rhein?*
MAX:
*Werd ich wo in einer Wüste*
*Eingescharrt von fremder Hand?*
*Oder ruh ich an der Küste*
*Eines Meeres in dem Sand.*
KARL:
*Immerhin mich wird umgeben*
*Gotteshimmel, dort wie hier,*
*Und als Totenlampen schweben*
*Nachts die Sterne über mir.*

Max wunderte sich darüber, daß in jenen Versen das *Wo* eine so große Rolle spielte, während es Heine anscheinend egal war, neben *wem* (nämlich seiner Frau Mathilde) er hier zu liegen kam. *Mir* wird das mit *dir* einmal nicht passieren, sagte er Ellie ins Ohr. Die bedankte sich graziös mit einem höfischen Knicks.

Karl fand, es sei zu morbid auf diesem Friedhof. Laßt uns was anderes unternehmen! Es war Sonntag. Sie besorgten sich eine Zeitung. Wegen der politischen Entwicklungen waren nahezu alle Sportereignisse von Bedeutung in Frankreich abgesagt. Einzig in Longchamp gab es noch einmal, außerhalb der Saison, ab 13 Uhr Pferderennen. Das war eine Idee. Vorher würden sie auf dem Boulevard Haussmann ein Sektfrühstück genießen, mit Lachs und Ei und einer Schnittlauch-Meerrettich-Remoulade. Danach nahmen sie ein Taxi zum Gare du Nord, zogen sich im Bahnhofswaschraum um (ihre Kleidung war naßgeschwitzt, fleckig vom Gras, in dem sie geschlafen hatten) und fuhren den letzten Kilometer mit einem Seinedampfer zur Anlegestelle des *Hippodrome Longchamp*.

Wegen des enormen Besucherandrangs, es war sonst ja nicht viel los, hatte man auf der Gegengeraden ein Behelfsgerüst errichtet; ein Sitzplatz dort kostete fünfzehn Francs. Über zwanzigtausend Menschen wollten die Rennen sehen. *Zahn zu!* rief Ellie, der es nicht schnell genug gehen konnte.

Es war heiß, der Spätsommer hatte viele lästige Insekten ausgebrütet. Karl gab seinem Bruder einen freundschaftlichen Klaps auf die Schulter, eine kleine, doch bedeutungsschwere Geste der Versöhnung, die jener nicht wahrnahm, denn er war in ein Gespräch mit Ellie verwickelt.

Weißt du, ich genieße das Leben gerade sehr. Früher glaubte ich an eine natürliche Lebensmüdigkeit. Jetzt nicht mehr. Wären wir unsterblich, ginge immer alles weiter. Ich glaube nicht, daß es je wirklich langweilig wäre. Man würde hin und wieder etwas Neues ausprobieren und es sich ansonsten schön einrichten im Leben, man hätte ja Zeit genug zu sparen, sich nach und nach etwas zu erarbeiten.

Ellie fragte, was er denn mit Unsterblichkeit meine? Ewige Jugend?

Ja, sicher, ewige Jugend.

Aber dann hätte man ja um so mehr Angst vor einem Unfall oder Unglück.

Das mag stimmen, gab Max zu.

Und wenn nur Zeit genug vergeht, hat jeder Mensch einmal einen Unfall, auch einen tödlichen. Unsterblichkeit gibt es nicht.

Außer für Götter. Sagte Max.

Die können aber auch nicht sicher sein. Wenn Nietzsche kommt –

Max brach, ungewöhnlich genug für ihn, in schallendes Gelächter aus. Nein, du hast recht. Er küßte Ellie voller Liebe auf die Stirn. Wenn Nietzsche kommt, ist niemand mehr sicher.

Ellie mußte jetzt selbst lachen. Er habe etwas für sie geschrieben, sagte Max und drückte ihr einen Zettel in die Hand. Sie las es.

Das ist sehr niedlich, sagte Ellie. Warum reimt sich die letzte Zeile nicht?

So etwas komme in der Lyrik nunmal vor, behauptete Max.

Ich finde es auf jeden Fall *ganz wunderbar*, lobte Ellie.

Wirklich?

Ja, wirklich, es hat was!

Danke. Du machst mich glücklich. Er strahlte.

Ellie strich ihm über die Wange, küßte seinen Hals und fragte, ob er nicht Durst habe? Er verstand das als Hinweis, eine Runde auszugeben, und drückte ihr seinen größten verfügbaren Geldschein in die Hand. Sofort lief Ellie los, um an der Bar drei Gläser Champagner zu holen. Karl döste derweil in der Sonne. Mit geschlossenen Augen und einem zufriedenen Zug um die Mundwinkel lehnte er den Kopf zurück und dachte an diverse Stunden mit der schönen Claudette. Unten, auf der Rennbahn, wurden die Pferde zum Start in die Boxen gezwungen. Eines wieherte und schlug aus. Was etliche Berufswetter dazu brachte zu murren, laut zu fluchen und ihre schon plazierten Wetten im letzten Augenblick zu bedenken.

Es war Nachmittag, kurz vor halb zwei. Weder die direkt Verantwortlichen noch die Polizeisprecher noch die sonst allwissenden Zeitungen konnten hinterher einen plausiblen Grund dafür nennen, warum das Gerüst aus Holzplanken und Stahlrohren, auf dem in diesem Moment beinahe dreihundert Menschen saßen, mit einem ohrenbetäubenden Krach in sich zusammenstürzte. Ellie, die eben mit den Getränken zurückeilte, um noch vor dem Start des Rennens wieder auf ihrem Platz zu sitzen, erschrak so sehr, daß sie die Gläser fallen ließ und schrie.

Insgesamt starben bei dem Unglück dreiundzwanzig Menschen. Max und Karl waren augenblicklich tot.

In Max' Taschen eingenäht wurden Diamanten im Wert von etwa 40.000 Francs gefunden. Pierre Geising mußte feststellen, daß sein Bankschließfach zu fünfzig Prozent Glasimitate enthielt. Er verzichtete darauf zu klagen; die Diamanten wurden, da keine natürlichen Erben ermittelt werden konnten, dem Staat Frankreich zugesprochen.

Am ersten September wurden Max und Karl Loewe auf dem Cimetière Parisien des Batignolles zur letzten Ruhe gelegt, keine zweihundert Meter vom Grab Zanoussis entfernt. Ein lutheranischer (!) Priester redete, dafür wurde er bezahlt, auf der Beerdigung von Gottes unergründlichem Ratschluß, der zwei so junge Leben zu sich abberufen habe. Wenige Stunden zuvor hatten deutsche Truppen die polnische Grenze überschritten.

Vom Wirken der Loewes kam beinahe nichts auf die Nachwelt. Immerhin hatte Max auf verschlungenen Wegen der französischen Republik zu 40.000 Francs verholfen, genug, um die Kosten der Produktion von vier großkalibrigen Granaten zu decken.

Ellie Jakobowski blieb der Beerdigung fern, um Pierre nicht zu begegnen, der allerdings erst Tage später vom Schicksal seiner vermeintlichen Schwäger erfuhr. England und Frankreich erklärten Deutschland den Krieg. Ellie trieb sich noch ein paar Wochen ziellos in Paris herum, buchte dann eine Schiffspassage nach Algier. Wo sich ihre Spur verliert. Im November 1939 überwies sie ihrem Gatten die Summe von hunderttausend Francs.

Zwei der drei Schließfächer im Gare du Nord brach man nach 72 Stunden auf und öffnete die Koffer. Die gefundene Kleidung wurde der Wohlfahrt gestiftet. Zwei falsche Pässe wurden als falsch nicht erkannt. Ein Polizist zerschnitt sie.

Max Loewes hinterlassenes Manuskript von über 500 Seiten in enger Handschrift sowie eine nicht ganz vollständige Maschinenabschrift landeten, nachdem ein halbes Jahr niemand Anspruch darauf geltend gemacht hatte, ungelesen im Müll. Nicht aus Desinteresse, sondern um den Bestimmungen zum Schutz der Persönlichkeitsrechte Verstorbener Genüge zu tun.

Der Roman wäre fast beendet gewesen. Nur ein letztes Kapitel fehlte, von dem bereits die Überschrift existierte: AMERIKA.

Der Verbleib von Xavier Chapelle blieb ungeklärt. Jemand, ein recht enger Freund, wollte ihn quicklebendig in Toulouse gesehen haben. Eine männliche, stark verweste Leiche, die man aus der Seine heraufgefischt hatte, sah ihm angeblich ähnlich. Es gab auch Berichte, vielmehr Gerüchte, daß er sich nach Argentinien oder Neufundland abgesetzt habe.

Während des gesamten Weltkriegs wartete Pierre auf ein Lebenszeichen von Ellie.

1956 nahm er sich, unheilbar an Lungenkrebs erkrankt, mit Hilfe von Schlaftabletten das Leben. Ohne je eine neue Bindung eingegangen zu sein.

Juan Rodrigo saß unter Franco einige Wochen im Gefängnis, bevor er Spanien in Richtung Portugal verließ und dort, wieder als *Ines Rodrigo*, sein neues altes Leben begann. Das letzte Lebenszeichen datiert aus dem Jahr 1973.

Eric Blair wurde zu einem der bedeutendsten englischsprachigen Schriftsteller des 20. Jahrhunderts. Eileen O'Shaughnessy, seine Frau, starb 1945 tragisch während einer Routineoperation, bei der der Anästhesist versagte.

Der Film, den Johannes Marcowitz von der Hinrichtung Weidmanns drehte, kann heute im Internet leicht gefunden und angesehen werden.

Herschel Grynszpan blieb, ohne Prozeß, zweiundzwanzig Monate inhaftiert. Nach Ausbruch des Krieges wurde er in den Süden des Landes verlegt, wobei er durch eine Bombardierung des Zuges kurzzeitig die Freiheit erlangte. Er ließ die Chance unterzutauchen verstreichen, stellte sich erneut den französischen Behörden, zuerst im Gefängnis von Bourges, wo ihn ein Staatsanwalt laufen ließ, dann in Toulouse. Nach der Besetzung Frankreichs wurde er nach Deutschland ausgeliefert und dort, vermutlich im August oder September 1942, im KZ Sachsenhausen erhängt. Der in großem Format gegen ihn als *Agenten eines kriegstreibenden Weltjudentums* geplante Prozeß war den Nazis zu riskant, da zu befürchten war, daß Herschel seine homosexuelle Beziehung zu Ernst Eduard vom Rath offenlegen würde.

Dr. Joseph Goebbels schrieb in sein Tagebuch, *dies sei natürlich nur eine freche jüdische Lüge, aber immerhin geschickt erdacht.*

# NACHBEMERKUNG

Viele Eindrücke und Informationen vom Leben in Paris und im Spanien des Bürgerkriegs habe ich Kollegen zu verdanken, allen voran dem großen George Orwell und dessen Erfahrungen an der Front von Huesca. Das Rennbahnunglück am Ende des Buches kann glücklicherweise so nie stattgefunden haben, Ende August gab es in Paris keine Pferderennen mehr. Eine weitere Freiheitsnahme ist das Jesuitenkolleg in Potsdam, das dort nie existiert hat, wohl aber in Berlin, wo es noch heute steht. Die Darstellung der Erschießungen auf dem Gefängnisschiff *Uruguay* (die sich wohl über drei Tage hingezogen haben) wurde stark gerafft. 2002 traf ich auf der Pariser Buchmesse Elodie Bouchard, die Tochter von Luc, dem Küchenjungen. Er wollte Herschel Grynszpan noch persönlich begegnet sein und erzählte mir auch dies und das über ein gewisses anrüchiges Hotel, von seinem Elsässer Chef, von zwei deutschen Brüdern, die Max und Karl geheißen hätten, deren weiteres Schicksal ihm aber nicht bekannt sei. Es waren wirre und lückenhafte Erinnerungen eines alten Mannes, der damals allenfalls Randfigur gewesen war. Ich will es kurz erwähnen, weil ich mich unwohl fühlen würde, es nicht zu tun. Selbst wenn sich die Geschichte in groben Zügen so zugetragen haben sollte, würde ich es nie wissen. Sämtliche Details entstammen meiner Phantasie, und auf die Details kommt letzten Endes alles an.